T0272290

LOS VENCEJOS

colección andanzas

Obras de Fernando Aramburu en Tusquets Editores

ANDANZAS

Fuegos con limón

No ser no duele

Los ojos vacíos

El trompetista del Utopía

Vida de un piojo llamado Matías

Bami sin sombra

Los peces de la amargura

Viaje con Clara por Alemania

El vigilante del fiordo

Años lentos

La gran Marivián

Las letras entornadas

Patria

Utilidad de las desgracias

Los vencejos

MARGINALES

El artista y su cadáver

Autorretrato sin mí

Vetas profundas

FERNANDO ARAMBURU
LOS VENCEJOS

TUSQUETS
EDITORES

Obra editada en colaboración con Editorial Planeta – España

Bajo el sello editorial TUSQUETS M.R.
Avenida Presidente Masarik núm. 111,
Piso 2, Polanco V Sección, Miguel Hidalgo
C.P. 11560, Ciudad de México
www.planetadelibros.com.mx

Diseño de la colección: Guillemot-Navares

Primera edición impresa en España: septiembre de 2021
ISBN: 978-84-9066-998-3

Primera edición impresa en México: octubre de 2021
ISBN: 978-607-07-8004-2

Impreso en los talleres de Litográfica Ingramex, S.A. de C.V.
Centeno núm. 162-1, colonia Granjas Esmeralda, Ciudad de México
Impreso en México –*Printed in Mexico*

Índice

Agosto 13
Septiembre 67
Octubre 123
Noviembre 185
Diciembre 237
Enero 293
Febrero 349
Marzo 407
Abril 465
Mayo 523
Junio 579
Julio 635
Seis días después 695

A la Guapa

Héctor Martínez
notas anónimas
Margarita
Isidro la santurrona
papá (Gregorio)
mamá
Olga
Amalia
María Elena
Raúl
Toni
Nikita
Cristina Julia
Águeda
perro Toni
Patachula
Pepa
Tina

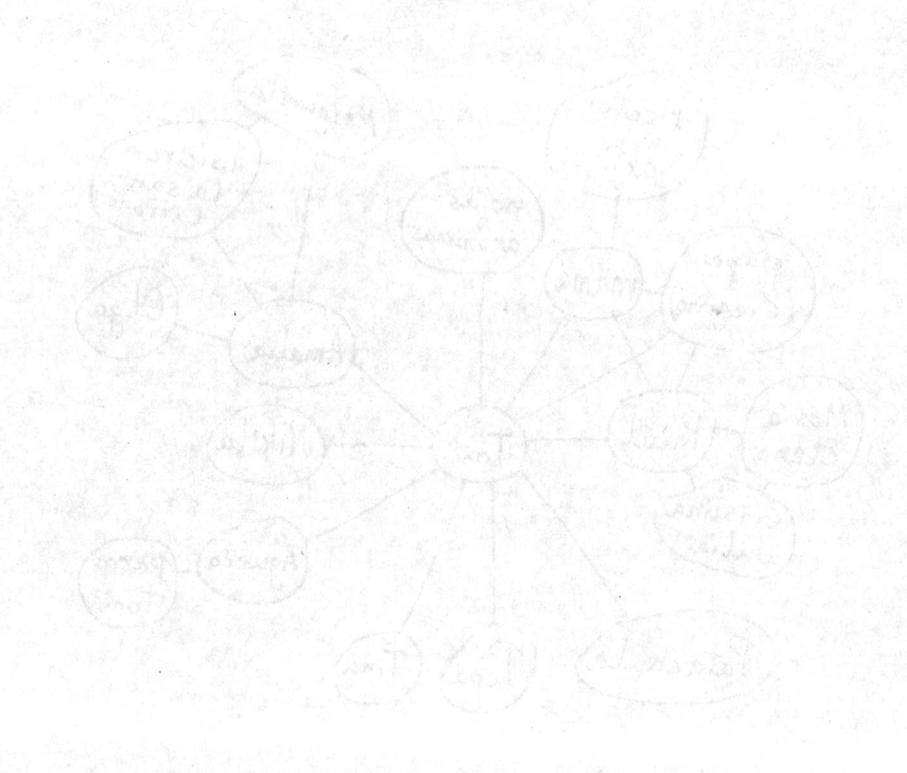

Agosto

1

Llega un día en que uno, por muy torpe que sea, empieza a comprender ciertas cosas. A mí me ocurrió mediada la adolescencia, quizá un poco más tarde, pues fui un muchacho de desarrollo lento y, según Amalia, incompleto.

A la extrañeza inicial siguió la decepción y luego ya todo ha sido un arrastrarse por los suelos de la vida. Hubo épocas en que me identificaba con las babosas. No lo digo por lo feo y viscoso ni porque hoy tenga yo un mal día, sino por la manera como estos bichos se desplazan y por la existencia que llevan, dominada por la lentitud y la monotonía.

No voy a durar mucho. Un año. ¿Por qué un año? Ni idea. Pero ese es mi último límite. Amalia, en el apogeo de su odio, solía reprocharme que nunca he madurado. Las mujeres poseídas por el rencor suelen escupir este tipo de improperios. Mi madre también odiaba a mi padre y esto yo lo comprendo. Él también se odiaba a sí mismo, de ahí su propensión a la violencia. ¡Vaya ejemplo nos dieron a mi hermano y a mí! Nos educan de puta pena, nos rompen por dentro y después esperan que seamos cabales, agradecidos, cariñosos, y que prosperemos.

No me gusta la vida. La vida será todo lo bella que afirman algunos cantantes y poetas, pero a mí no me gusta. Que no me venga nadie con alabanzas al cielo del ocaso, a la música y a las rayas de los tigres. A la mierda toda esa decoración. La vida me parece un invento perverso, mal concebido y peor ejecutado. A mí me gustaría que Dios existiera para pedirle cuentas. Para decirle a la cara lo que es: un chapucero. Dios debe de ser un viejo verde que se dedica desde las alturas cósmicas a contemplar cómo las especies se aparean y rivalizan y se devoran las unas a las otras. La única disculpa de Dios es que no existe. Y aun así yo le niego la absolución.

De niño me gustaba la vida. Me gustaba mucho, aunque no me daba cuenta de ello. Por las noches, nada más acostarme, mamá me besaba en los párpados antes de apagar la lámpara. Lo que más me gustaba de mi madre era su olor. Mi padre olía mal. No mal en el sentido de la pestilencia, sino que se desprendía de él, incluso cuando se echaba perfume, un olor que me producía un rechazo instintivo. Mi padre (tendría yo siete u ocho años), un día, en la cocina, con mi madre en la cama por una de sus migrañas, como yo me negara a hincarle el diente a un filete de hígado y me vinieran arcadas con sólo mirarlo, se sacó, enfurecido, su pene enorme y me dijo: «Para tenerlo así algún día tienes que comerte este hígado y muchos más». Yo no sé si a mi hermano alguna vez le hizo lo mismo. A mi hermano, en casa, lo mimaban más que a mí. Se conoce que mis padres lo veían frágil. Él opina lo contrario y considera que yo era el favorecido.

De joven, la vida empezó a gustarme menos, pero todavía me gustaba. Ahora no me gusta nada y no pienso delegar en la Naturaleza la decisión sobre la hora en que habré de devolverle los átomos prestados. He previsto suicidarme dentro de un año. Hasta tengo ya prevista la fecha: 31 de julio, miércoles, por la noche. Es el plazo que me concedo para poner en orden mis asuntos y para averiguar por qué no quiero seguir en la vida. Espero que mi determinación sea firme. De momento lo es.

Hubo épocas en que quise ser un hombre al servicio de un ideal, sin conseguirlo. Tampoco me ha sido dado conocer el amor verdadero. Lo fingí con habilidad, a veces por compasión, a veces por la recompensa de unas palabras amables, de un poco de compañía o de un orgasmo, como me parece que hacían y hacen los demás. Puede que durante la escena del hígado mi padre me estuviera mostrando amor. El problema es que hay cosas que uno no comprende porque tampoco las percibe, aunque estén ahí delante, y porque, además, a mí el amor a la fuerza no me va. ¿Soy un pobre hombre, como repetía Amalia? ¿Y quién no lo es? Lo que pasa es que no me acepto como soy. No me va a dar pena dejar este mundo. Sigo teniendo un rostro agraciado, a pesar de mis cincuenta y cuatro años, y unas cuantas virtudes de las que no he sabido obtener provecho. Gozo de salud, gano lo suficiente, tengo fácil acceso a la serenidad. A lo mejor me ha faltado una guerra, lo mismo que a papá. Papá se resarcía del deseo incumplido de entrar en batalla practicando la violencia con los suyos, con todo lo que perturbara su ritmo vital y consigo mismo. Otro pobre hombre.

2

Estábamos los cuatro pasando las vacaciones de verano en un pueblo de la costa alicantina. Papá, escritor frustrado, deportista frustrado, erudito frustrado, se ganaba el sustento dando clases en la universidad; mamá, juiciosamente decidida a librarse de la dependencia económica del marido, trabajaba de empleada en una oficina de Correos. Tocante a las finanzas nos iba todo lo bien que les puede ir en España a las familias de clase media. Teníamos un Seat 124 azul comprado de primera mano; Raulito y yo acudíamos a un colegio de pago; en agosto la familia se podía costear el alquiler de un apartamento con terraza y piscina comunitaria no lejos de la playa. Estoy por decir que poseíamos todo lo necesario para ser razonablemente felices. A esa edad, catorce años, yo pensaba que lo éramos.

Me había quedado una asignatura para septiembre. Con mi boletín de notas en la mano, mamá exhaló unos gemidos incriminadores y tuvo enseguida migraña, y papá, de reacciones más primitivas, me arreó una bofetada, me llamó zoquete y, acto continuo, siguió leyendo el periódico. Nada de esto alteraba la placidez de mi vida. De hecho, ya en mi infancia quería ser de mayor padre para pegarles a mis hijos. Lo tuve asumido como recurso educativo preferente desde muy temprano. Luego ni siquiera fui capaz de levantarle la voz a Nikita y así nos salió el muchacho.

En las vacaciones que evoco esta noche, las del verano en que suspendí una asignatura, fui testigo de una escena a raíz de la cual se me encendió una lucecita roja de alarma en el cerebro. Volviendo una tarde de jugar al minigolf, le metí a Raulito una lagartija entre la camiseta y el cogote. Cosa de chiquillos. Se asustó. No resultaba fácil para él tenerme como hermano. Un día, ya adultos los dos, al final de una celebración familiar me acusó de haberle jodido la niñez. Me quedé mirándolo. ¿Qué hacer? Opté por lo más cómodo. Le pedí perdón. «A buenas horas», replicó, recomido por un odio largamente incubado.

Al sentir la lagartija en la espalda, Raulito se sobresaltó de la manera cómica que yo deseaba suscitar. Se conoce que pisó en falso y, perdido el equilibrio, cayó por un terraplén pedregoso, lindante con un limonar. Se levantó como si tal cosa; pero, al verse las rodillas ensangrentadas, se arrancó a llorar a grito limpio. Le mandé que se callara. ¿No se daba cuenta de que me iba a meter en un lío? Mamá oyó los alaridos desde el apartamento y salió alarmada; papá detrás, tranquilo, supongo que cabreado porque un estúpido episodio familiar le había interrumpido la lectura, la siesta, lo que fuera. Mamá vio la sangre y, sin preguntar qué había sucedido, me sacudió una bofetada. Papá, como con desgana, me sacudió otra. Por regla general, mamá pegaba con más saña, pero hacía menos daño. Llevaron a Raulito al dispensario de la Cruz Roja, en el paseo que bordeaba la playa. Volvió una hora después al apartamento con un apósito en cada rodilla y el morro sucio de helado. Para que luego diga que no era el favorito de la familia.

A mí me castigaron sin cenar. Los tres estaban en silencio, sentados a la mesa, hincando el tenedor en unas rodajas grandes de tomate con aceite y sal, y yo los observaba a escondidas desde lo alto de una escalera de caracol, ya con el pijama puesto. Quería hacerle una seña a mi hermano para que más tarde me subiera algo de comer; pero el muy tonto no volvía la mirada hacia mí. Sobre el aparato de cocina humeaba una cazuela con sopa. Mamá le sirvió un plato a Raulito. Mi hermano agachó la cabeza como para inhalar el vapor que le subía a la cara. Y en mi escondite yo desfallecía de envidia y de hambre. Mamá se acercó de nuevo a la cazuela, esta vez con el plato de papá, y, cuando lo tenía lleno, disimuladamente escupió en la sopa. Escupir no es la palabra exacta. Lo que hizo fue dejar caer dentro del plato una hebra de saliva. La saliva colgó unos instantes de su boca hasta que se desprendió. Ella removió acto seguido el líquido con el cucharón y colocó el plato delante de papá. Desde lo alto de la escalera me entraron ganas de avisarle; pero me di cuenta de que primeramente yo tenía que entender lo que estaba sucediendo. Mis padres discutían a menudo. ¿Habrían discutido y por eso cenaban sin intercambiar palabras ni miradas? Me preguntaba si alguna vez mi madre también habría escupido en mi comida. A lo mejor las babas de mamá eran nutritivas; pero, en ese caso, ¿por qué no las había echado en el plato de Raulito? ¿Por qué discriminar al pobre querubín? A lo mejor, escupir a escondidas en la sopa del marido era una costumbre antigua que ella había aprendido en la niñez, observando a su madre o a alguna de sus tías.

3

Y en caso de que no me falte valor en el momento decisivo, ¿qué será de *Pepa*? No se la puedo endilgar a Patachula, que ya hace bastante con cuidármela alguna que otra noche en su casa. Menos mal que me he concedido un año para dejar resueltas esta y otras cuestiones de relevancia. *Pepa* ha cumplido trece años. Dicen que hay que multiplicar por siete para averiguar la edad humana equivalente; aunque no puede atribuírseles a todas las razas caninas la misma esperanza de vida. Convertida en señora, *Pepa* sería hoy día nonagenaria. Ya quisieran los ancianos de esa edad retozar como ella. En realidad, pertenece a Nikita. Podría, por tanto, dejar el animal atado a la puerta de su piso de okupas unas horas antes de poner fin a mis días. De momento no se me ocurre otra solución.

Amalia oponía una resistencia tenaz a acoger mascotas en casa. Nunca habíamos tenido una. Cuando surgió la idea del perro, ella no paraba de enumerar inconvenientes. Los perros manchan, requieren atención constante, se llenan de parásitos, generan gastos, enferman, se pelean con otros perros, alborotan, muerden, mean, cagan, apestan. Te encariñas con ellos y su muerte da mucha lástima. No me parece que Amalia anduviera sobrada de delicadeza al calcular lo que costaría una inyección letal.

Al principio, yo tampoco secundaba la idea de un perro en casa. El chaval insistía con el argumento de que a su mejor amigo del colegio le habían regalado sus padres uno y él no quería ser menos. Caí en la cuenta de que Nikita aumentaba su insistencia cuando estaba a solas conmigo. Entonces comprendí que trataba de ganarme para su causa a escondidas de la madre inflexible. Estaba claro que yo era para él el miembro blando o más accesible de la jefatura familiar. No se expresaba de esta manera; pero bien poco me costaba adivinarle el pensamiento. Aquello, lejos de molestarme, me enterneció. En el fondo no había menosprecio hacia su padre, sino una suerte de identificación. Camaradas en la debilidad, tan sólo uniendo nuestras fuerzas frente a la hembra dominadora tendríamos posibilidades de alcanzar los objetivos que él y yo nos propusiéramos. Y, por supuesto, las unimos. A partir de cierto momento fui yo quien mostró mayores deseos de adquirir un perro. Para lograr dicho propósito, adopté las mónitas de un hombre analítico, didáctico, profesoral. Fracasé. Le pedí consejo a Marta Gutiérrez, la única persona del instituto que me inspiraba la suficiente confianza como para exponerle un asunto privado. Si se le ocurría, le pregunté, la manera de persuadir a una mujer dura a que se diese a partido en una porfía familiar. Ella quiso saber si me refería a la mía. «No, en general.» «No hay mujeres en general.» «Bueno, pues sí, a la mía.» Y le conté lo del perro y le describí en pocos rasgos el temperamento de Amalia. Me aconsejó que la abordase por el lado de la inteligencia emocional, a lo que yo le respondí diciéndole que no le había entendido más que si me hubiese hablado en chino. Todo lo que tenía que hacer, contestó, era fomentar en Amalia la mala conciencia. ¿Cómo? Tanto mi hijo como yo debíamos mostrarnos melancólicos e infelices, haciéndole creer a ella que era por su culpa. Cabía entonces la posibilidad de que se sintiese injusta, o al menos incómoda consigo misma, y concibiese dudas y terminara cediendo aunque sólo fuese por tener la fiesta en paz. Según Marta Gutiérrez, esta estrategia no siempre funciona; pero por probar nada se perdía.

Funcionó, si bien al precio de aceptar una serie de condiciones y normas impuestas por Amalia, quien las remató con una declaración rotunda: ella no se ocuparía ni un instante del animal. Ni de sacarlo de paseo, ni de darle de comer, ni de nada. Y en prueba de que no hablaba por hablar, el primer día se negó a que la perra se acercara a su lado. La cachorrilla no debió de entender los ademanes de rechazo e insistió en subirse a las piernas de Amalia, sacudiendo la cola en ofrecimiento de amistad. «¿A qué esperas para acariciarla?», le dije a Amalia. Me replicó señalando algo con el dedo índice: «¿A qué esperas tú para limpiar eso?». La perra se había meado en la alfombra. Primero con agua y un paño, después con el secador de pelo, logré que no quedara marca. Tampoco olor. La orina de los cachorros apenas huele. Amalia, recelosa, se puso a cuatro patas para comprobarlo. Se mofó de todos los nombres que se nos ocurrían a Nikita y a mí. La desafiamos: «Pues ponle tú uno». «Pepa», dijo secamente. «*Pepa,* ¿por qué?» «Por nada.» Y ese fue el nombre que le pusimos.

4

La primera nota anónima que encontré en el buzón estaba escrita a mano, con el texto íntegro en letras mayúsculas. «Esto es cosa de algún vecino quisquilloso», pensé. Tampoco se me pasó por la cabeza que con aquella nota comenzaba una serie que habría de prolongarse cerca de doce años. Hice con el trozo de papel una bolita y, al salir a la calle, de anochecida, lo arrojé a un charco. Todo lo que recuerdo es que contenía una amonestación de apenas dos líneas por no haber recogido del suelo las cacas de la perra. En una de las frases figuraba la palabra *marrano.* Siempre llevo al menos dos bolsas preparadas en el bolsillo; pero confieso que al principio (más tarde ya no) podía ocurrir que yo caminara absorto en mis reflexiones, o pensando en las clases del día siguiente, o simplemente me diera pereza agacharme y, convencido de que nadie me veía, olvidara los excrementos de *Pepa* dondequiera que hubiesen caído. Cabe la posibilidad de que la nota sin nombre ni fecha estuviera dirigida a Nikita, que a veces también sacaba la perra a pasear. A Amalia no le dije ni una palabra del asunto.

5

Ignoro por qué viajamos los cuatro, a principios de los setenta, a París y no, pongo por caso, a Segovia, a Toledo, a cualquier sitio más cercano donde la gente se expresa en nuestro idioma. Papá chapurreaba algo de francés; mamá, ni jota. Otra razón del viaje acaso fuera impresionar a los vecinos o demostrar a nuestros parientes que éramos una familia armónica y próspera.

Había un río. No estoy seguro de que yo conociera por entonces su nombre o quizá sí, qué más da. Tampoco sabría decir qué puente estábamos cruzando ni adónde íbamos. Lo que no he olvidado es que yo me había retrasado cosa de seis o siete pasos. Por delante caminaban mamá y papá con Raulito en medio. Lo llevaban cogido de la mano y parecían conectados a través de él. Me daba la sensación de que lo querían más que a mí. Aún peor, que a él lo querían y a mí no, o que se ocupaban de él y a mí me tenían abandonado. En cualquier momento me podía atropellar un coche o una moto y ellos, sin percatarse del accidente, seguirían su camino como si nada. La idea del desinterés que me mostraban me hacía sufrir. Y entonces ahí estaban el pretil fácil de escalar y abajo el río con sus aguas turbias y tranquilas en las que se espejaba el sol de media tarde. Me acuerdo bien del ruido del impacto y de la sorpresa que me produjo la brusca sensación de frío. Según caía, oí los gritos de una mujer.

Antes que me entrara agua en la boca, unas manos poderosas tiraron de mí hacia la superficie. Papá perdió los zapatos en el río. En los años siguientes, él contaba con orgullo lo que consideraba la mayor proeza de su vida. En el fondo, estaba encantado de que se le hubiera estropeado el reloj, un reloj de pulsera al parecer valioso que alguna vez había pertenecido a su padre. Con frecuencia le salía la vena heroica. Puesto a elegir entre el reloj o un hijo, no lo había dudado.

Ni mamá ni él me riñeron. Y mamá estaba tan fuera de sí y tan agradecida que, en medio de la gente que nos rodeaba en el paseo junto a la orilla, se abrazó a papá, mojado de pies a cabeza, y le picoteó unos cuantos besos por toda la cara. A papá le gustaba bromear diciendo que yo había nacido dos veces. La primera, mamá me había dado la vida; la segunda, él.

Recuerdo, en la habitación del hotel, la cartera negra, el pasaporte, los francos en billetes y otras pertenencias de papá puestas a secar sobre los muebles. Por la noche, los cuatro celebramos en un restaurante que yo no me hubiera ahogado y papá se bebió él solo una botella de vino. Se le formó un lamparón morado en la pechera de la camisa; pero esa vez a mamá no le debió de parecer bien echárselo en cara.

6

Ayer fui a ver a mamá. Como de costumbre, me cercioré de que el coche de Raúl no estaba en el aparcamiento. Si está, no subo. En otras circunstancias no me importa entablar conversación con él; pero cuando visito a mamá la quiero toda para mí. Si nada lo impide, suelo ir a la residencia una vez por semana, aunque últimamente, lo confieso, he fallado un poco. Es importante comprobar que mamá recibe a todas horas un trato digno. De momento no tenemos queja. Con frecuencia solicito información sobre su estado de salud y procuro que el personal del centro se percate de que inspecciono la habitación y husmeo en el armario y las pertenencias de mi madre. Raúl hace lo propio. Fue su idea que nos mantuviéramos vigilantes, incluso al precio de parecer pelmas, y yo acepté. Hay viejos en la residencia a los que no visita nadie. Los llevan allí como quien se desprende de un trasto inútil. Me puedo imaginar que los cuidadores se esmeran menos con ellos que con otros cuyos familiares pueden aparecer en cualquier instante y elevar una protesta a la dirección o publicar una crítica en la prensa o en las redes sociales en caso de que algo no esté en regla.

Hace tiempo que mamá no nos reconoce. Esto, al principio, fue un duro golpe para Raúl, que llegó a pedir la baja por depresión. Quizá hubiera otras causas de su trastorno agravadas por el apagón cerebral de mamá. No estoy seguro ni tengo deseos de preguntárselo. Tampoco descarto la posibilidad de que mi hermano se hubiera inventado lo de la baja laboral para demostrarme alguna cosa de la que finalmente yo no me he dado cuenta; pero que sin duda vendría a confirmar que ante un determinado problema, asunto, situación, él ha obrado bien y yo mal.

El deterioro mental de mamá fue paulatino. Yo entiendo que el alzhéimer la exonera del llamado sentimiento trágico de la vida. No hay más que ver cómo se va apagando sumida en la apatía. Raúl le llevó en cierta ocasión una foto suya por si a ella le venía de improviso un golpe de lucidez. Ahí sigue el cachivache enmarcado, ocupando sitio encima de la mesa, sin más utilidad que si se tratara de un animal disecado.

Dentro de lo que cabe, ella está bien. Un poco torcida de espalda y muy delgada. Ayer, cuando me dirigía al ascensor, una cuidadora me comunicó que mi señora madre acababa de conciliar el sueño. Tomé asiento al costado de su cama y me dediqué a observarla. Yo advierto serenidad en sus facciones. Eso me da mucha satisfacción. Si la viera sufrir, me volvería loco. Respiraba con tranquilad y me parecía percibir la insinuación de una sonrisa en sus labios. Es posible que en el sueño ella vea imágenes del pasado, aunque dudo que sepa atribuirles un sentido.

Presiento que mamá seguirá con vida el año que viene por estas fechas. Si alguien le fuera entonces con la noticia de mi fallecimiento, ella no la entendería. Ni siquiera notará que he dejado de visitarla. He ahí otra ventaja de padecer alzhéimer.

En un momento dado, acerqué la boca a su oído y le susurré: «Me voy a quitar la vida el último día de julio del próximo verano».

Mi madre continuó durmiendo sin inmutarse.

Añadí: «Una vez te vi escupir en la sopa de papá».

7

Me ha interesado mucho una entrevista con un conductor del metro. Llena una página del periódico. Va de las personas que se arrojan a las vías y de las secuelas psicológicas que este hecho, al parecer frecuente, deja en el hombre que presencia el suicidio a poca distancia y no puede evitarlo por más que se apresure a accionar los frenos. No todos los suicidas logran su objetivo. Según las estadísticas, más de la mitad sobrevive, no raras veces con horrendas mutilaciones. Este último detalle me ha producido escalofríos mientras leía. La idea de acabar paralítico o sin piernas en una silla de ruedas no es algo que me cause especial ilusión. ¿Quién se ocuparía de mí?

Por la tarde, en el bar de Alfonso, he revelado a Patachula mi plan. Me acuciaba la urgencia de conocer una opinión que no fuera la mía y él es hoy por hoy mi único amigo. La reacción de Patachula merece el calificativo de eufórica. ¡Y yo que pensaba que se iba a horrorizar y trataría por todos los medios de disuadirme!

Por un momento he pensado que se estaba quedando conmigo. Se lo he preguntado sin rodeos. Es entonces cuando me ha confesado que a él también le ronda de unos años a esta parte la tentación de quitarse la vida. Motivos, desde luego, no le faltan, empezando por su problema físico, aunque con la prótesis oculta dentro del pantalón y el calzado lo disimula bien.

Patachula no estaba al corriente de la entrevista. Como en el bar no tenían el periódico, aunque suelen tenerlo, al menos hasta que el sinvergüenza de turno se lo lleva, ha salido a toda prisa a comprarse uno en el quiosco. Me consta la afición que mi amigo profesa a los temas luctuosos, incluido por supuesto el suicidio o muerte voluntaria, que es la denominación por él preferida. Afirma haber estudiado en profundidad todo lo concerniente a la cuestión y leído una gran cantidad de libros sobre la materia.

Hemos repasado juntos la entrevista. El entrevistado, un varón de cuarenta y cinco años y veinticuatro de experiencia en el oficio, se queja de que en los medios informativos se habla siempre del que se ha tirado al tren, pero nunca del que lo conducía. Su primer caso de suicidio fue el de una chica de diecisiete años. Aquello le costó nueve meses de baja laboral. Abunda en pormenores de otros suicidios. A mi lado, Patachula leía y comentaba con delectación las respuestas del entrevistado. Se ha ofrecido a ejercer de asistente en mi suicidio. Incluso se da tiempo para decidir si me acompañará en la aventura. Razona: «Es que no me quiero quedar solo». No hay un rasgo de su cara que no exprese entusiasmo. De pronto, se pone serio. Me desaconseja que me tire al metro. «Por Dios, no se les puede hacer una putada tan grande a los maquinistas.» Con el dedo índice señala un pasaje de la entrevista en que el entrevistado cuenta que todavía se le aparece en sueños la mirada de un viejo apenas un segundo antes de ser arrollado.

Patachula ignora que en mis escritos confidenciales lo llamo Patachula.

8

Alguien llamó por teléfono a mamá hacia la medianoche. Algún conocido, algún pariente, quizá una persona de la vecindad la sacó de la cama con intenciones que, juzgadas desde mi perspectiva actual de adulto, no me parecen del todo limpias.

¿Vuelvo de nuevo a los recuerdos de la niñez? Va a resultar que es cierto que uno, cuando avista su final, instintivamente lleva a cabo un visionado de toda su vida. Esto lo he leído y escuchado más de una vez. Pensaba que se trataba de una necedad; pero empiezo a pensar que no. Sigo.

Raulito y yo dormíamos en nuestra habitación compartida, cada cual en su cama, y al día siguiente nos esperaba una jornada normal de colegio. Yo tendría por entonces nueve años. Fue, en todo caso, después del viaje a París. De repente se encendió la luz. Mamá, descalza y en camisón, nos despertó zarandeándonos y metiéndonos prisa para que nos vistiéramos. Muerto de sueño, le pregunté qué pasaba. No hubo respuesta.

Minutos más tarde, los tres bajamos las escaleras del edificio a toda pastilla, mamá con Raulito de la mano y yo detrás. Conjeturo que mamá no quería que los vecinos oyesen desde sus casas el ruido del ascensor o simplemente no tuvo paciencia de esperarlo. En cada descansillo se volvía y me conminaba con un dedo sobre los labios a guardar silencio, aunque yo iba la mar de callado.

Nada más salir a la calle nos golpeó una ráfaga de frío invernal. El cielo estaba completamente oscuro. Casi no se veía gente a la luz de las farolas. Nuestras bocas expelían vaho. Después de un tiempo, mamá, en el borde de la acera, logró parar un taxi. Nos sentamos los tres en el asiento trasero, mamá en medio. Yo no sabía adónde íbamos ni con qué fin, y mamá me dio un pellizco para que dejase de hacer preguntas. Señaló el cogote del taxista con una sacudida enérgica de barbilla. Entonces entendí que aquel señor no debía oír lo que hablábamos. Me invadió la sensación inquietante de que nos habíamos escapado de casa y me apenaba la idea de haber perdido para siempre mis juguetes. ¡Qué rabia no haberme llevado alguno! Yo iba ocupado en estos pensamientos. Raulito se había vuelto a dormir. Mamá se lo puso en el regazo y lo abrazaba.

Nos bajamos delante de un bar, no sabría yo decir en qué calle. Mamá nos dijo que estuviéramos quietecitos frente a la entrada, sin movernos, que enseguida alguien nos vendría a recoger y nos llevaría de vuelta a casa. A continuación cerró la puerta del taxi y se marchó, dejándonos a mi hermano y a mí solos y ateridos en una acera estrecha, a las tantas de la madrugada. Raulito me preguntó si le dejaba un rato los guantes. Le dije que yo también tenía frío y que por qué no se había traído los suyos. Le pregunté si tenía miedo. Dijo que sí. Lo llamé cobarde, gallina, capitán de las sardinas.

No recuerdo cuánto tiempo permanecimos mi hermano y yo delante de aquel bar; por lo menos veinte minutos, durante los cuales no vimos entrar ni salir a nadie. Detrás de los vidrios brillaban unas bombillas rojas y eso es todo lo que recuerdo. Por fin se abrió la puerta. A nuestros oídos llegó un chorro de voces y risas envuelto en música. Un hombre alto, con dificultades para caminar, salió a la acera agarrando a una mujer a la que trataba de besar en los pechos sin conseguirlo, ya que ella se zafaba de sus acometidas, aunque sin dejar de reír. Raulito reconoció enseguida al hombre. «¡Papá!», dijo. Y echó a correr hacia él.

9

Patachula me llamó anoche por teléfono, cuando yo ya me había dormido. Me alarmé pensando en que Nikita hubiera sufrido un accidente o estuviera cubierto de sangre ajena en un calabozo de la policía. Le pregunto a Pata si se ha percatado de la hora que es. Me entró tal coraje al oír su voz que por poco se me escapa llamarlo por el mote. Que sí, que perdone; pero, como mañana se va de vacaciones, prefiere llamarme ahora, en la confianza de que resulte de mi interés lo que me quiere contar.

Desde que le revelé (¡en mala hora!) mi propósito para el año que viene le ha dado por emprender investigaciones sobre la muerte voluntaria. Le encanta decir muerte voluntaria. Se nota que disfruta con el tema y que paladea cada dato, cada concepto, cada cita. Empiezo a pensar que no me toma en serio. ¿Y si le dijera que he desechado el plan, en el que ya sólo veo el fruto de un arrebato pasajero? De este modo podría quizá librarme de su cargante, indestructible y, por supuesto, pueril entusiasmo.

Me contó que en algunos reinos de la Edad Media los cadáveres de los suicidas eran mutilados como castigo. La peor parte se la llevaba la cabeza. Mientras habla, miro el despertador. Las doce y cuarto. Me dan ganas de colgar. No lo hago. Pata es mi único amigo. Volví a prestarle atención. Ataban la cabeza a una caballería y la arrastraban por las calles en señal de advertencia para los vivos. Luego la exponían en la plaza o la colgaban de un árbol. Que qué opino.

De vuelta en la cama, me era imposible conciliar el sueño, no por causa de la disertación que acababa de encasquetarme Patachula, que a decir verdad, con sus truculencias y todo, me traía al pairo, sino por un asunto que me ocupa con fuerza estos días. Y es que aún no tengo decidido si después de las vacaciones me reincorporaré o no al instituto. ¿Qué sentido tiene seguir trabajando y aguantar a los compañeros odiosos, salvo dos o tres, y a la directora, la más odiosa de todos, y a esas bestias llamadas comúnmente alumnos? Podría invertir mis ahorros en pasármelo en grande durante un año. Podría viajar a esos países que siempre quise visitar. El problema es que *Pepa* me retiene en casa. No se la puedo endosar a Patachula durante tanto tiempo. Tampoco deseo alejarme de Nikita. Ni de mamá.

10

Pienso en Nikita cada vez que veo por la calle, en el metro o en cualquier lugar a una persona tatuada. En su día no me pareció ni bien ni mal que mi hijo se hubiera apuntado a la moda de grabarse dibujos en la piel, aparte de que, para el poco tiempo que pasábamos juntos, me esforcé en todo momento por entablar con él una relación exenta de conflictos.

Las normas, que se las imponga su madre, que para eso exigió, abogada mediante, la custodia que yo no le disputaba. Para ella, el hijo; para mí, la perra. No abrigo la menor duda de quién salió perdiendo en el reparto. A Nikita la ingenuidad lo inducía a la franqueza. Me chivaba secretos de Amalia. «Mamá habla mal de ti», decía. Y en otra ocasión: «Mamá trae mujeres a casa y se meten juntas en la cama».

El chaval había cumplido dieciséis años cuando se tatuó por vez primera y sin permiso materno. Yo no dudé en alabar el resultado desfavorable. Prefiero que vea en mí a un colega y no a un padre represor. Mal gusto no se le puede achacar. Incluso me tienta atribuirle una intención poética por el hecho de que escogiera una hoja de roble, aunque a causa de su tamaño reducido el dibujo sólo es reconocible a corta distancia. A partir de los tres metros se convierte en una mancha indefinible. El problema es el lugar elegido para tatuarse la hoja, justo en medio de la frente. Cuando se la vi, me tuve que morder la lengua para no burlarme. No poco ufano me reveló que toda su pandilla había ido a tatuarse. «¿En la frente?», le pregunté. No, en la frente sólo él.

Tiempo después se hizo otro tatuaje, esta vez en la espalda. Horror: una esvástica. Le pregunté, fingiendo ignorancia, por el significado de aquel dibujo. El pobre infeliz no tenía ni idea. Lo importante, desde su punto de vista, era que él y sus amigos llevaban ahora el mismo dibujo, adoptado como señal identificativa de la pandilla.

Noto que soy incapaz de pensar en mi hijo sin sentir pena. Me pasa a menudo, aunque cada vez menos, que levanto contra él una torre de rechazo y al final yo mismo la derribo con un soplido de compasión. No sé hasta qué punto se le puede reprochar a Nikita nada teniendo en cuenta el padre y la madre que le tocaron en suerte.

Amalia me citó en la cafetería del Círculo de Bellas Artes para conversar conmigo acerca del nuevo tatuaje de nuestro hijo y discurrir una solución entre los dos. Que si aquello era para toda la vida, que qué vergüenza, que si a lo mejor con una técnica de rayos láser se podría borrar el símbolo nazi. Mantuve una calma distante, hasta el punto de que, cada vez más irritada, ella acabó preguntándome si no me importaba lo que había hecho nuestro hijo. Le respondí que me preocupaba mucho; pero que, como sólo me estaba autorizado ver al chaval en las horas estipuladas por la jueza, me sentía con las manos atadas para intervenir en sus asuntos. Amalia me miró como diciendo: «Dime que soy incapaz de educarlo, dímelo por favor, oféndeme para que me pueda desahogar y tirarte a la cara tu parte de culpa». Pero no se lo dije y ella, juraría yo que decepcionada, se despidió con su aspereza de costumbre. «Me odias, ¿verdad?»

11

Yo no había vuelto al cementerio desde que enterramos a papá. De eso hace la tira de años. A mí estos presuntos remansos de paz no me atraen poco ni mucho. Me aburren. Todo lo contrario que a Patachula, a quien le encanta darse un garbeo de vez en cuando por los cementerios de la ciudad y particularmente por el de la Almudena, pues es grande, abunda en inquilinos célebres y le pilla cerca de casa. Va más que nada a visitar sepulturas de famosos, y cuando está de viaje procura repetir la experiencia en otros lugares; también, por descontado, en el extranjero. Aprovecha para sacar fotografías. Las cuelga en internet, me las enseña. Mira, la tumba de Oscar Wilde. Mira, la de Beethoven. En ese plan. El caso es que yo he ido esta mañana al cementerio de la Almudena justamente porque, al estar él de vacaciones, me libro de su compañía y de su erudición macabra. No sabía yo si está permitido el acceso con perros. Por si acaso he dejado a *Pepa* en casa. Después he visto a una señora dentro del cementerio con un hermoso pastor alemán.

El calor aprieta con fuerza desde hace varios días. De la parada del 110 hasta la tumba de los abuelos y papá hay un trecho considerable. He llegado con la lengua fuera y la camisa sudada. La losa está, para colmo, a pleno sol. Es de granito sin pulir y en ella figuran, por orden cronológico de inhumación, el nombre del abuelo Faustino, el de la abuela Asunción y el de papá. Están caja sobre caja y la siguiente, el año que viene, será la mía. Tenemos la concesión para noventa y nueve años, de los cuales ya han pasado cerca de cincuenta.

Me he tumbado sobre la losa. Deseaba experimentar la sensación de yacer en el cementerio. No ignoro que se trata de una niñería, pero ¿quién me ve? Sé de antemano las fechas entre las cuales habrá transcurrido mi vida. Poca gente puede afirmar lo mismo. El calor de la piedra me atravesaba la ropa. Por encima de mí, cubría el mundo un cielo de un azul perfecto, no ensuciado, cosa extraña, por las rayas blancas de los aviones. A todo esto, me ha parecido oír voces que se acercaban. Al instante me he levantado y me he ido. No quiero que nadie piense nada raro de mí.

12

Me costó admitir que papá no era trigo limpio. Todavía, tantos años después, me atraviesa como una estocada el deseo de que algunas murmuraciones que llegaron en tiempos lejanos a mis oídos sobre su conducta en la facultad fuesen infundadas. No ignoro el rumor de que cobraba a sus alumnas en relaciones sexuales una mejora sustancial de la nota, así como otros favores relativos a la carrera universitaria, nunca he sabido con exactitud cuáles. Carezco de confirmación acerca de dichos rumores; pero la circunstancia de que procedieran de fuentes distintas y se produjesen en épocas separadas me lleva a pensar lo peor.

De niño yo creía que la mala era mamá. Hoy intento compensar con afecto y compañía aquella equivocación. Una equivocación a medias, puesto que mamá está lejos de merecer el título de santa. En su descargo debe alegarse que a menudo tuvo que actuar a la defensiva. No obstante, me consta que a veces ella, maestra del disimulo, fue la agresora, aun cuando sus acciones no adoptaran la apariencia de violentas. Tras no pocas vueltas al asunto, llego a la conclusión de que ella era un poco menos culpable que él.

Amalia y yo nos dimos cuenta de que dedicábamos demasiada energía y tiempo a causarnos daño. Superado cualquier escrúpulo de orden sentimental, deshicimos el matrimonio acogiéndonos a la Ley de Divorcio Exprés de 2005. Mis padres no pudieron beneficiarse de una opción similar. La Ley de Divorcio del año 81 establecía trabas administrativas que resultaban altamente disuasorias, en una época, no se olvide, en la cual los españoles seguían apegados a los vínculos matrimoniales indisolubles. La ley prescribía la separación judicial. Imponía, además, como requisito indispensable para obtener el divorcio que los cónyuges suspendieran la convivencia durante al menos un año. A papá y mamá, por comodidad tal vez o por no enfrentarse al qué dirán, les resultó preferible perseverar en esa guerra civil de dos llamada matrimonio hasta que la muerte los separase, que es exactamente lo que ocurrió. La tarde en que sepultamos a papá, él tenía cuatro años menos que yo ahora.

Pasadas las décadas, me da igual lo que pudiera achacarse en el plano de la conducta a mi padre. Ni absuelvo ni condeno. Yo sé que, si él resucitara, iría corriendo a echarme en sus brazos. Como no es posible que él venga a mí, entonces iré yo a él. Será por el coñac que estoy bebiendo esta noche, mientras escribo, pero lo cierto es que me reconforta pensar que él y yo reposaremos juntos.

13

Había ido con mis amigos de entonces a una fiesta en la Ciudad Universitaria. Compartimos unas rayas de coca al poco de llegar. No recuerdo que me hiciera demasiado efecto. Aquello, de cocaína, sólo debía de tener el nombre. Después, como el bolsillo no daba para lujos, bebí unas cuantas cervezas sin llegar ni mucho menos a emborracharme. Estuve tonteando en un rincón con una francesa que me hizo concebir ciertas ilusiones. Dijo con un acento lleno de gracia que iba un momento al baño. Me costó veinte minutos comprender que nunca volvería. A lo mejor ni siquiera era francesa.

Llegué a casa a las tantas de la madrugada. La hora exacta no la recuerdo. En vista de la oscuridad y el silencio, supuse que todos los miembros de mi familia estaban acostados. Desde mi ingreso en la universidad nadie controlaba mis entradas y salidas. Se esperaba de mí que aprobase los exámenes; sobre lo demás (mis horarios, mis compañías, mis aficiones) no se me pedía cuentas. Probablemente mamá, que tenía el sueño ligero, estuviera con la oreja atenta, deseosa de una señal que confirmase mi vuelta sano y salvo al hogar. En tales ocasiones, yo procuraba moverme con sigilo, considerando que de la misma manera que tenía derecho a vivir la vida, mi familia tenía derecho al descanso. Conocía de memoria la disposición de los muebles, lo que me permitió cruzar la sala a oscuras. Me fui derecho a la cama, sin pasar por el cuarto de baño y sin darle a la luz para no despertar a Raulito, con quien, por falta de espacio en la vivienda, seguía compartiendo habitación.

Al poco rato noté su aliento junto a mi cara. Me preguntó en susurros, un tanto ansioso, si lo había visto. Visto ¿a quién? A papá, en la sala, cubierto con una manta. El problema es que quizá yo no me tomaba demasiado en serio a mi hermano. Era gordo, llevaba gafas, tenía la voz aguda. Le respondí que yo no había visto a nadie en la sala y que quería dormir. Él dijo como para sí: «Entonces se habrá vuelto a la cama por sus propios pasos». Antes de separarse de mi lado, le picó la curiosidad por saber si yo había podido ligar esa noche. «Por supuesto», le dije. Había follado con una francesa detrás de un arbusto. Y más le valía que hubiera tomado la píldora, porque me había corrido en abundancia dentro de ella. Raulito, con su pinta de entonces, no ligaba nada y se tenía que conformar con la masturbación y mis historias. Me hizo prometerle que al día siguiente le contaría los detalles de la aventura. Se lo prometí y eso fue todo hasta que de amanecida mamá entró a despertarnos.

Papá estaba muerto en el suelo de la sala, tendido boca arriba sobre la alfombra, los ojos abiertos, los labios un poco separados, y, tal como me había anticipado Raulito de madrugada, cubierto con una manta. La manta, supe más tarde, se la había echado por encima mamá a las once de la noche para que él no pasara frío, persuadida de que papá, que había llegado a casa poco antes y con el que había discutido, estaba completamente ebrio y se había quedado allí tirado durmiendo la mona.

Nos miramos los tres un instante sin saber qué hacer. A mí se me ocurrió poner en duda que papá estuviera muerto. A lo mejor se había desmayado. Incluso sugerí que le echáramos un vaso de agua fría en la cara. Mamá, la única que se atrevió a acercarse al cuerpo tendido, le meneó la cabeza con la punta de la zapatilla para mostrarme la innegable realidad. «Ahora sois huérfanos de padre y yo viuda.» Lo dijo con una frialdad que excluía cualquier asomo de duelo. Aun sabiendo que no serviría para nada, nos pusimos de acuerdo en llamar por teléfono a urgencias.

A papá lo enterramos cuatro días más tarde en una caja de color avellana. Intenté faltar a la ceremonia, alegando un examen importante a la mañana siguiente; pero mamá se mostró inflexible. No sé por qué me resultaba difícil sostenerle la mirada. Parecía que se hubiera puesto los ojos de otra persona. Quizá era así como miraba a papá cuando estaban los dos a solas y ahora me tocaba a mí ser el destinatario de aquel gesto un tanto duro. Hoy sospecho que ella debía de sentirse culpable y que la forma de mirar a su primogénito veinteañero contenía una advertencia, la de que no estaba dispuesta a aceptar más reproches que los que se pudiera hacer ella misma. No descarto que por una indiscreción de Raulito supiera que yo había emprendido indagaciones. Antes de salir para el tanatorio, mamá se plantó delante de mí y me dijo que no había hecho más por papá por el sencillo motivo de que no se había dado cuenta de la gravedad de la situación. «¿Alguna pregunta?» Le dije que no. «Mejor», fue su última palabra antes de darme bruscamente la espalda.

14

Últimamente emprendo acciones con una fuerte sensación de despedida. Me digo entre mí que esta ha sido la última vez que saboreo albaricoques, la última que atravieso la plaza Mayor, la última que asisto a una función en el Teatro Español. Soy como un agonizante sin problemas de salud. Me parece que antes era más razonable. O más calculador. No sé. Quizá estoy un poco solo en la vida, sobre todo ahora que mi mejor, mi único amigo, se ha ido de viaje.

El caso es que, mientras deambulaba por la calle a la espera de recoger a *Pepa* en la peluquería canina, he reparado en la iglesia de los jesuitas y he tenido el capricho de cruzar la calle y meterme a hablar un rato con la figura crucificada de Jesucristo, que cuelga en la pared, detrás del altar. Hacía muchos años que mis pies no me conducían a la casa del Señor.

La religión apenas estuvo presente en casa, cuando Raulito y yo éramos pequeños. Fuimos bautizados y recibimos la primera comunión por puro trámite, para dar gusto a los abuelos maternos, bastante pelmas en materia de fe y en otras materias, y para evitar posibles situaciones discriminatorias en el colegio. Como papá y mamá jamás asistían a misa, mi hermano y yo tampoco. Es fama que el abuelo Faustino se jactaba de su ateísmo. A Nikita no lo bautizamos. Amalia era partidaria de que el niño decidiera de mayor si quería que lo bautizaran o no, y a mí, francamente, me daba igual.

He tomado asiento en un banco de la tercera fila. Leí una vez que era el sitio habitual del almirante Carrero Blanco cuando escuchaba misa diaria en esta parroquia. Quizá lo ocupó también la mañana en que una bomba lo lanzó por los aires no lejos de allí. Lo que no sé es si se sentaba a la derecha o a la izquierda del pasillo central.

El crucificado tiene unas dimensiones considerables. Imagino al almirante musitándole plegarias. «Asegúrame, Señor, la unidad de España, ayúdame a detener el comunismo y a poner freno a la masonería, y después llévame a tu presencia, amén.» Y sí, Dios se lo llevó a las alturas con la intercesión de ETA, mientras que el asunto de la unidad de la patria sigue como quien dice en el aire, y en cuanto a los otros asuntos, pues ya se irá viendo lo que deciden los hombres y la Historia.

El Cristo de la iglesia de San Francisco de Borja tiene la cara vuelta hacia un lado. No había manera de que me mirase. Le he dicho en susurros estas o parecidas palabras: «Si me mandas una señal, abandono mi propósito. Ganarías un adepto. Me conformo con que vuelvas la cara hacia mí, guiñes un ojo, muevas un pie, lo que tú quieras, y a cambio yo renunciaré a la idea de matarme».

Han empezado a entrar feligreses en la iglesia. Se conoce que se acercaba la hora de algún oficio religioso. Le he concedido al Cristo de la pared tres minutos. Ni un segundo más. Pasado ese tiempo, no me ha mandado ninguna señal y yo he salido a la calle.

15

No transcurre un día sin que Patachula me mande desde el móvil una fotografía, a veces dos, de su estancia vacacional en un pueblo de la costa gaditana. Siempre coloca el móvil en la misma posición, de manera que la mitad de la imagen se la lleva su cara y la otra mitad el lugar donde él está. Pata sonriente en la playa, Pata sonriente ante una fila de tumbas blancas, Pata sonriente en lo que parece la entrada de una sala de fiestas. Me entran ganas de pedirle que no me mande más pruebas de su felicidad; pero no quiero correr el riesgo de que se enfade.

Recuerdo el día en que Amalia y yo lo visitamos en el Gregorio Marañón. Postrado en la cama con su botella de infusión y el estropicio físico cubierto por las sábanas, nos dijo que se consideraba un hombre afortunado. Seguro de estar fuera de peligro, dio rienda suelta a su talante guasón y no escatimó alguna que otra broma macabra. Llegó a hacerse el decepcionado porque su nombre no hubiera aparecido en los periódicos. «Para eso», le repliqué con la confianza que otorga la amistad y Amalia no entendió, «tenías que haber sido uno de los muertos.»

Sabíamos que había perdido el pie derecho. Sus otras heridas no revestían gravedad. A la vista del semblante alegre que mostraba, Amalia interpretó que nuestro amigo, por quien sentía poca o ninguna estima, acaso por consejo del psicólogo trataba de extraer energía positiva de lo que le había sucedido. Yo supongo que, cuando lo visitamos, él estaba bajo los efectos de los analgésicos y aún no se hacía una idea precisa de la larga y difícil convalecencia que lo esperaba.

Tardé bastante tiempo en verlo de nuevo. Eso sí, nos comunicábamos con cierta frecuencia por teléfono y por fin un día me llamó para contarme que había vuelto a su casa de la calle O'Donnell, que por aquel entonces no me pillaba tan cerca como ahora. Quedé en visitarlo a una hora determinada y ciertamente, al verlo, me llevé una grata impresión. Vestido y con zapatos, no se notaba que llevara la prótesis. Entre otras bromas, se permitió fingir que chutaba un balón imaginario. Me confesó que le había costado acostumbrarse; pero poco a poco le había ido cogiendo el tranquillo al chisme. Podía andar de forma que nadie adivinara su mutilación. Incluso se había atrevido a conducir otra vez su coche. «Pues sí que es un tipo con suerte», pensé. Soltó una carcajada cuando le pregunté si había considerado la posibilidad de participar en los próximos Juegos Paralímpicos. Viéndolo reír, yo no me podía imaginar que se encontrara en tratamiento psiquiátrico. Pensé, por comparación, en esos ciegos que están todo el día sonriendo y agradecen su desgracia. Después de tantas semanas de sufrimiento, subir unas escaleras, oler hierba, ver nubes y andamios, reanudar tan pronto como fuera posible su trabajo en la agencia inmobiliaria, donde los propietarios le tenían reservado el puesto; seguir, en suma, vivo, debía de figurársele a Patachula un motivo inmenso de felicidad. Me pregunto si a esta hora no sentirá algo parecido el camionero que ayer logró detenerse en el puente Morandi de Génova, hundido unos pocos metros por delante de su vehículo. Abajo, escombros de hormigón, vehículos aplastados y más de cuarenta muertos; él, arriba, indemne, con su cupo de años de vida intacto por muy poco. Es como para celebrarlo, aunque para ello haya de esperar a que se le pase el susto.

Pronto me convencí de que la presunta felicidad de Patachula era fruto de una tregua que le había concedido su trastorno por estrés postraumático. Sus sonrisas, quizá como estas de las fotografías de sus vacaciones, le servían para esconder un núcleo secreto de amargura.

16

Eran las ocho y cinco u ocho y diez de la mañana. Como estaba sonando el teléfono, Amalia me hizo señas para que fuera a despertar a Nicolás (para mí, Nikita), mientras ella atendía a la llamada. No ocurría con frecuencia que alguien quisiera hablarnos tan temprano; pero tampoco se podía descartar que un compañero de trabajo, de ella o mío, tuviera un problema de desplazamiento o necesitase un favor más o menos urgente. En fin, no me parece que el timbre del teléfono a esas horas de un día laborable hubiera de ser por fuerza el preludio de una tragedia. Bien es verdad que desde hacía un rato sonaban sirenas a lo lejos y algunas no tan lejos. Yo no me sobresalto por eso. En una ciudad como la nuestra, las sirenas de las ambulancias o de los coches de la policía arman bulla a cada instante.

Amalia sí se alarmó. Experta en presentimientos y temores, su instinto la predispuso para enfrentarse a un suceso preocupante y salió disparada de la cocina en dirección a la cómoda sobre la que continuaba sonando el teléfono. Desde la habitación de nuestro hijo la oí pronunciar varias veces la palabra *entendido*. Me llamó a su lado. Dejé a Nikita desperezándose y yo me reuní con ella en la cocina. Su hermana le acababa de comunicar que se había producido un atentado. Dijo eso, un atentado, y que conectáramos la radio. En la radio no se hablaba de un solo atentado, sino de varias explosiones en lugares distintos, y se daba por hecho que había habido muertos, si bien el locutor puntualizó que era demasiado pronto para determinar cuántos. Los equipos sanitarios se habían puesto en marcha, etc. «Pobre gente», dijo Amalia. Y yo la secundé en el sentimiento compasivo sin sospechar que mi mejor amigo se encontraba entre las víctimas. ¿Qué puñetas hacía él, a las siete y media de la mañana de un día de labor, en un tren de cercanías procedente de Alcalá? Cuando por fin, al cabo de un tiempo, pudimos visitarlo en el hospital, nos contó la historia un poco por encima.

En realidad, nos ofreció una justificación sucinta de su presencia en uno de los trenes del 11-M. «Menos mal que no estoy casado», bromeó. Al pronto sospeché que se habría ido de putas y no se atrevía a confesarlo delante de mi mujer. Me puse imaginariamente en su lugar. ¿Cómo le habría explicado yo a Amalia mi regreso a la ciudad a primera hora de la mañana de un jueves cualquiera en un tren de cercanías, después de haber pasado la noche quién sabe dónde y teniendo, además, coche?

Patachula, a quien yo no llamaba todavía así, me refirió los detalles más comprometedores de su historia otro día en ausencia de Amalia. Había establecido una relación sentimental con una mujer de origen rumano, avecindada en Coslada, madre de dos criaturas de corta edad habidas con un compatriota suyo que la había abandonado. Hasta aquí una historia común que el cabroncete había mantenido en secreto, luego me dijo que porque se trataba de un asunto reciente y él no estaba seguro de que la cosa fuera a prosperar; la historia, en definitiva, de una mujer provista de atractivo físico que peleaba como una leona para sacar la prole adelante, y la del nativo que considera la posibilidad de garantizar estabilidad económica a una familia rota y pobre a cambio de sexo o, como prefería decir él, de mucho sexo.

A Pata se le había hecho tarde en el piso de la rumana y se quedó a dormir con ella como otras veces. Tomando un tren a las siete y pico, le daba tiempo de pasar por casa antes de ir al trabajo; eso sí, tras la delicia, se reía, de un polvo matinal con una mujer que no le ponía límites en la cama.

El tren estaba llegando a la estación de Atocha. Patachula viajaba adormilado en su asiento. A partir de ahí su memoria ya no es capaz de procurarle un relato lineal. Todo son imágenes breves, inconexas. Ya no ironiza ni hace chistes; pero necesita descargar sus recuerdos, compartirlos conmigo por recomendación del psiquiatra a fin de hacerse el ánimo de que, si los saca fuera de sí, no le amargarán la noche. Lo recuerda todo mezclado: la sensación de ráfaga de horno, el humo gris, el silencio repentino, el olor a cuerpo quemado. Y cuando su voz se acelera, ya sé que va a interrumpir la narración hasta otro momento, quizá hasta otro día. Insiste en que, después de todo, tuvo suerte. Ignora en qué punto del vagón estalló la bomba. Lo único que sabe a ciencia cierta es que el boquete en el techo le quedaba como a cinco o seis metros de distancia. Él se ve caído en el suelo, entre los asientos arrancados de sus sujeciones, y había un cuerpo inmóvil a su lado, y él intentó hablarle y oía su propia voz como en sordina, como si no fuera suya. En esos momentos no se percataba de que se le habían reventado los tímpanos. Le dijo al que estaba caído a su lado: «Primero me levanto yo y luego te ayudo». Y entonces, al tratar de ponerse de pie, se dio cuenta de que por la pernera derecha de los pantalones le asomaba un muñón sanguinolento. Dos desconocidos lo sacaron del vagón. Afirma que en aquellos instantes ocupaba su mente un solo pensamiento: sobrevivir como fuera. Se mantuvo consciente todo el rato.

17

A primera hora de la tarde he ido en coche a ver a mamá. Por el camino pongo un disco recopilatorio con canciones de Aretha Franklin, que murió ayer en Detroit, víctima del cáncer. *Chain of Fools, I Say a Little Prayer, Respect* y otras maravillas. A cada rato le hago el acompañamiento a la cantante en los pasajes cuya letra me sé de memoria.

He salido de casa con la sensación de atravesar una gruesa pared de gelatina. Una pared de pereza, tedio, modorra. Esto no tiene que ver directamente con mi madre, sino con la circunstancia de que la residencia geriátrica me pilla lejos, hace calor, tengo que sacar el coche del garaje. Pensando en darle una alegría a mamá, he llevado a *Pepa* conmigo. *Pepa,* que suele jadear de miedo cuando viaja en coche, iba calladita escuchando la voz prodigiosa de Aretha Franklin.

A mi llegada a la residencia, he atado a *Pepa* a la verja del jardín. La única condición que me impuso en su día la directora fue que no la dejase suelta. Bajo a mamá poco a poco, cogida del brazo. Le hablo todo el tiempo. Alabo su aspecto. Le formulo preguntas sin esperar respuesta. Nombro las cosas: el ascensor, el suelo, la maceta. Mamá no dice nada. Se deja llevar en silencio. Hoy tenía un día tranquilo. Supongo que la habrían medicado. Yo creo que atiborran a los viejos de fármacos para tenerlos sumisos. Más les valdría lavarlos con más frecuencia. Me hería en el olfato el olor de mamá esta tarde.

El césped, en cambio, mostraba un aspecto cuidado. Había paz y pájaros en el jardín, y una cigarra rascaba su concierto frenético en el tronco de un pino. Me he llevado a mamá a un banco del fondo desde el que se pueden observar los coches del aparcamiento. Casi todos los bancos cercanos al edificio estaban ocupados. Por suerte he podido encontrar uno en la sombra.

Pepa, como de costumbre, juguetona y cariñosa. Nada más ver a mamá, se ha puesto a tirar de la correa tratando de soltarse, al tiempo que sacudía el rabo con alborozo. He pensado que mamá le haría alguna caricia; pero, en lugar de eso, ha retirado la mano como si tocara fuego. «Hay que matar al demonio», ha dicho mamá. A continuación me ha pedido que le trajese el delantal, en cuyo bolsillo ella se imagina que guarda las tijeras de pescado. Y ha repetido dos veces más que había que matar al demonio.

En vista de que su afecto no era correspondido, *Pepa* se ha tumbado algo apartada de nosotros, debajo de un árbol, y se ha desentendido de mamá, de mí, de las moscas que la rondaban y de todo.

Sin que mamá se diera cuenta, he mirado el reloj. «Veinte minutos», me he dicho. «Veinte como mucho y me largo.» En esto, por encima del seto, veo a mi hermano en el aparcamiento. Tiene el pelo completamente blanco. He confiado en que reconociera mi coche, no lejos del suyo. Lo ha reconocido, se ha dado la vuelta y se ha marchado.

18

Hoy ha salido en la televisión una señora de cincuenta y siete años dispuesta a contarlo todo. No ha formulado así su propósito; pero se notaba a la legua que la apretaba la necesidad de desembuchar confidencias. Era de esas personas, cada vez más abundantes, que usan el plató como confesionario y yo sospecho que esta en concreto habría preferido unos azotes de penitencia delante de cientos de miles de espectadores a los honorarios que le hayan podido pagar. Aunque me lleva tres años, se puede decir que pertenecemos a la misma generación. Hemos recorrido idéntico tramo histórico, sufrido parecida educación escolar, conocido en la adolescencia las últimas boqueadas de la dictadura. La presentadora, tarjeta en mano, una pierna sobre la otra, falda corta, tacones, no se ha andado con rodeos. Tuteaba a la invitada; se dirigía a ella por el nombre de pila como si fueran hermanas, primas o vecinas; le ha dicho sin tapujos que la habían invitado para que hablase del suicidio de su hijo. Enseguida le ha trasladado toda la responsabilidad: «Carmina, has venido a nuestro programa porque quieres contarnos tu experiencia». He imaginado a Amalia, dentro de un año, ocupando el mismo sillón, echándome hipócritamente en falta, sacándose unas perrillas a mi costa. Hará bien, qué leches. A mí lo único que me interesaba de la historia de la señora era saber cómo se quitó la vida su hijo; pero por razones de guion o para mantener pegados a la pantalla a los bobos que no somos capaces de sobreponernos a la curiosidad, la señora omitía el dato esencial en cada una de sus intervenciones.

Yo le habría lanzado una zapatilla a la presentadora y otra a la tal Carmina. Bueno, quizá a Carmina no, aunque me parece que es lo que ella estaba deseando. Los párpados abultados, las arrugas a los costados de los ojos, visibles a pesar del maquillaje, y, en fin, la cara hinchada delataban muchos momentos de llanto, noches en blanco, soledad. A pesar de todo, guapa. Marchita, pero guapa. He imaginado por un instante que yo la llamaba por teléfono al término del programa y nos poníamos de acuerdo en acostarnos juntos en su casa o en la mía, sin tocarnos o, en todo caso, cogidos de la mano bajo las sábanas. Mientras conversábamos amigablemente sobre cuestiones cotidianas, cada cual ingería una dosis de pentobarbital sódico como para tumbar a una manada de caballos. A una pregunta de la presentadora, Carmina, mi dulce y menopáusica Carmina, ha dicho que presintió la muerte de su hijo. Lo ha explicado en razón de ciertas pautas de comportamiento del joven. Ha dicho que un médico le aconsejó que no lo dejara solo. ¿Por qué la enfadaba tanto este recuerdo? Supongo que porque está persuadida de que no extremó las precauciones. Ha hablado con aceptable elocuencia de dolor, de culpa, de arrepentimiento por no haber llevado a su hijo a un psiquiatra. Si yo tuviera la certeza de que Amalia sufriría por mi causa la mitad de lo que ha sufrido esta mujer por la pérdida de su hijo, me tiraría ahora mismo por la ventana. Ni una sola vez ha mencionado Carmina al padre de la criatura. Me estremecía de gusto, de un gusto violento y físico, la manera como ella movía los labios al relatar su infortunio. Por fin, en un momento de la entrevista, ha revelado que su hijo falleció por una sobredosis de lorazepam. Me he sentido decepcionado. Sinceramente esperaba más. Al punto he apagado el televisor. Luego, durante largo rato, los labios de Carmina no se me iban del pensamiento. Acuciado por una urgencia irreprimible, me he metido en el cuarto de baño a masturbarme, evocando con los ojos cerrados los labios de la madre del suicida.

19

Estoy con Amalia en una habitación del Altis Grand Hotel, en Lisboa, adonde habíamos ido a pasar unos días de asueto aprovechando las vacaciones de Semana Santa. Antes de ponernos en camino habíamos tomado el acuerdo de pagarlo todo a escote. Fue idea suya hacerlo así. Llevamos poco tiempo juntos; pero ya rige entre nosotros una ley tácita según la cual ella propone y yo no me niego. Nadie nos la impuso. Con el tiempo, esta ley sufrirá una degeneración paulatina que otorgará a Amalia plenos poderes para decidir sobre cualesquiera asuntos comunes sin consultarme, en parte porque yo me desentiendo, en parte también porque ella tiene un carácter que se adapta de maravilla al ejercicio del poder y por temor a que mi torpeza, mi indecisión, mi ignorancia originen problemas o empeoren los que ya tenemos.

Amalia había propuesto y, por tanto, elegido el destino del viaje. Ella había encargado, en vista de que yo no tomaba iniciativa alguna ni presentaba condiciones, los pasajes y la reserva de hotel. A decir verdad, Amalia la omnipotente, Amalia la sabia, Amalia la eficaz se había ocupado de todo, estimulada por la enorme ilusión que le causaba viajar conmigo al extranjero; pero también porque estaba enamorada como una adolescente, hoy pienso que no tanto del hombre que caminaba a su lado, le cogía la mano y bailaba con ella como de la imagen idealizada que proyectaba sobre él. Acostumbrado a la compañía de Águeda, que era una chica sencilla, buena y, todo sea dicho, carente de atractivo físico, yo observaba encogido de admiración y quizá un poco asustado las dotes organizativas de la bella y sensual Amalia, la energía con que abordaba cualquiera de sus empresas, la obsesión de hacer las cosas bien. Ni por un segundo se me ocurrió prever las consecuencias que me acarrearía el que todas aquellas cualidades se volvieran un día contra mí.

Cayó la noche sobre Lisboa. Amalia y yo habíamos cenado en un restaurante de la Alfama cuyo nombre he olvidado, no así la decoración ni la amabilidad del camarero, y estábamos contentos, ¿qué digo contentos?, eufóricos de vino tinto, de caricias y susurros afectuosos mientras, desde el fondo del local, halagaba nuestros oídos la suave voz de una cantante de fados. Y llegamos al hotel, pasada la medianoche, y yo no he visto nunca a una mujer desnudarse tan rápidamente, que era como si le abrasaran el cuerpo las prendas de ropa. Se desnudó y me desnudó, y movida de aquella prisa ansiosa que la perturbaba buscó mi miembro con sus manos y su boca, sin preámbulo erótico. Nunca ha sido ella, ni lo era entonces ni mucho menos lo fue más tarde, una persona especialmente expansiva en sus hábitos sexuales, al menos conmigo o en mi presencia; antes bien retraída, aunque en modo alguno frígida, eso no. Había una especie de freno interior en ella, una propensión al pudor que a mi modo de ver tenía más de cálculo y previsión, tal vez de secuela educativa, que de timidez o vergüenza; pero aquella noche, en Lisboa, no sé si por efecto del vino y los fados o si por una repentina alteración de sus hormonas, alguna esclusa se le debió de abrir en su interior, liberando de golpe un caudal de lujuria.

Noto el roce de su melena por la cara interior de mis muslos. Veo a Amalia ahí, de rodillas entre mis piernas, los dos encima de la cama, ella atareada en darme gusto. Veo su frente lisa, la curva de su espalda, el pendiente de oro que oscila en su oreja, y veo su boca deslizarse con rítmica y decidida cadencia arriba y abajo de mi miembro erecto. Me abruma de repente la sensación de deuda. Casi estoy deseando que termine para devolverle el favor chupándole lo suyo y que luego no me acuse de egoísta. Va para largo rato que se disiparon las emanaciones del perfume que se había puesto a primera hora de la tarde. Lo que ahora entra en mi olfato es un olor poderoso a excitación y a cuerpo femenino que me causa un feroz desasosiego. Amalia lame, succiona, juega a introducir la punta de la lengua en la ranura del glande. El cosquilleo me pone a dos dedos de gritar de placer. Le aviso que estoy a punto de correrme. Me mira seria, demudada de deseo sexual, el miembro pinzado entre sus labios; amaga un mordisco y otro y otro sin dejar de mirarme, y por primera y única vez en la larga historia de nuestra relación consiente en que la descarga se produzca dentro de su boca.

Apremiado por ella, al día siguiente de nuestro regreso me reuní con Águeda para comunicarle que lo sentía mucho pero había otra mujer en mi vida. Confieso que acudí a la cita con la frase cobardemente aprendida de memoria. El encuentro, mientras Amalia esperaba en una calle cercana, dentro del coche parado en segunda fila, no duró más de un minuto o minuto y medio. Águeda me deseó mucha felicidad. Insistió en obsequiarme con un libro que había comprado para mí. Le temblaba el labio inferior. Yo me despedí bruscamente para no verla llorar. El libro lo abandoné en el escalón de entrada de un portal, sin quitarle el envoltorio. Supuse que a Amalia no le haría gracia que yo regresara al coche con el regalo de otra mujer.

20

Una noche, a la vuelta de un paseo con *Pepa,* encontré la segunda nota anónima en el buzón. Debieron de meterla poco antes; yo al menos juraría no haberla visto hacía cosa de media hora, cuando salí de casa. Extrañado, abrí la portezuela. En esta ocasión el texto, tan breve y limpio de faltas ortográficas como el de hacía un mes, había sido escrito con ordenador. Tampoco lo conservo. No caí en la cuenta de que aquella nueva nota continuaba la serie iniciada con la precedente. Venía a decir algo así como que yo trataba mejor a mi mascota que a mi mujer, lo cual, en pura lógica, no significaba que yo tratase mal a mi mujer; en todo caso, no tan bien como a mi mascota. Me es imposible recordar las palabras exactas. Supuse que guardaban relación con mis disputas matrimoniales, cada vez más frecuentes. La última frase de la nota me tildaba de mala persona. Apenas leída, miré a mi alrededor, receloso de que alguien, un vecino tal vez, me estuviera espiando desde alguno de los ángulos del portal.

Subí a casa preguntándome si yo soy una mala persona. Sinceramente, no me veía como tal, aunque doy por hecho que lo mismo dirán de sí todos los malvados. Debo confesar que me reconocía incapaz de complacer a mi mujer. Puede que como marido yo fuera una nulidad; pero en modo alguno se me podía tachar de hombre inclinado a hacer el mal. Y, como padre, pues es probable que también fuera una nulidad. Y como profesor. Y como hijo de mis padres. Y como hermano de mi hermano.

Quizá lo único que se me da bien en la vida es estar con *Pepa.* Al menos ella no parece tener queja, aunque quién sabe lo que diría si pudiese hablar.

21

Casi me duermo tumbado en un banco del Retiro. El calor, el cielo espléndido, la soledad del lugar. Con los ojos cerrados, he tratado de imaginar cómo sería ahorcarse de la rama del castaño de Indias, fácil de escalar, que en aquellos momentos me daba sombra. Según Patachula, que se jacta de saberlo todo sobre la materia, algunos hombres eyaculan en el instante del ahorcamiento. Confieso que me atrae con fuerza la idea de la muerte y el placer simultáneos. Ahorcarse es barato, rápido y sencillo. Ya sólo falta que sea gozoso. El colgado, lengua fuera, a veces cara azul, suele quedar poco fotogénico. Si vamos a eso, mayor carnicería es tirarse del viaducto de la calle Segovia.

Así pensando, he decidido confeccionar mentalmente una lista de personas que el año que viene llorarán por mí.

Empecemos por mamá. Mamá no se enterará de nada. Cuando la visito en la residencia geriátrica no sabe quién soy. Antes me confundía con alguno de los cuidadores; ahora, ni eso.

Amalia, seca de lagrimales, buscará la manera de colarse en mi piso con el propósito de hurgar en los cajones. No tiene llave; pero, conociéndola, dudo que tan pequeño inconveniente la detenga. Intentará informarse de mi situación económica y estudiará la posibilidad de sacar algún beneficio.

A Nikita lo estoy viendo. No me sorprendería que se haga acompañar de la pandilla. Tampoco tiene llave; pero a estos chavales fornidos, con experiencia de okupas, no hay puerta que se les resista. Los imagino malvendiendo mis bienes para sacar unas perras con las que costearse alguna que otra diversión. A Nikita no creo que le interesen en primer término los documentos; más bien los muebles, el ordenador, el móvil y cosas fácilmente convertibles en metálico.

Raúl, si tiene tiempo, pasará un momento por el tanatorio a bisbisear alguna acusación al oído del cadáver y a suplicarle a Dios que me reserve una plaza en el infierno.

Patachula, si no se suicida conmigo como insinuó, puede que se emborrache a mi salud y proclame en el bar de Alfonso, con la cabeza nublada de alcohol, que yo era un buen tipo y que me echará en falta. A los dos días ya me habrá olvidado.

Algún compañero del instituto preguntará en la sala de profesores, durante el recreo: «¿Sabéis si tenía problemas psicológicos?».

La única que quizá se apene en lo más hondo es *Pepa* o eso quisiera yo creer. Cansada de esperarme, a lo mejor se pira moviendo el rabo, agradecida y contenta, con el primero que le haga una carantoña.

En resumen, nadie llorará por mí.

22

Amalia fue la primera en percatarse de que a mamá se le habían empezado a deteriorar las facultades mentales. En varias ocasiones sugirió la conveniencia de ir considerando la posibilidad de ingresarla en una residencia de ancianos y dejar resueltas cuanto antes las cuestiones relativas al testamento y al acceso a los bienes de mamá, sin descartar la solicitud de una incapacitación judicial. Cada vez que por aquellos días propicios a las tormentas conyugales ella tocaba el tema, yo me lo tomaba a mal, convencido de que deseaba provocarme para que le levantara la voz, le espetara algo feo; en fin, la ofendiese.

Yo advertía la estrategia; intentaba con todas mis fuerzas no caer en la maldita trampa; ponía en práctica el truco de respirar hondo o de contar en silencio hasta cinco o hasta diez. Me decía entre mí:

«Resiste, no respondas»; pero era inútil. Tarde o temprano salían de mi boca unas palabras que yo no habría querido pronunciar. Amalia, victoriosa, se daba el gusto de sentirse agredida como una pobre e inocente mujer y de montar el numerito de las lágrimas, que se le daba de maravilla. Hay que ver con cuánta facilidad conseguía que yo perdiese la compostura. Le bastaba una mención negativa a mi madre, con quien jamás mantuvo una relación de afecto.

Aunque me doliera reconocerlo, en lo tocante al trastorno incipiente de mamá, a Amalia no le faltaba razón. Me acabé de convencer el día en que, durante una celebración familiar, mamá me besó con brusquedad en los labios, mientras, sin el menor pudor y sin que pareciera importarle poco ni mucho que no estuviéramos solos, llevó su mano a mi bragueta. Me aparté de ella roto de pesar. No le dije nada. Me pregunto qué escena del pasado estaría reviviendo su fantasía en aquellos instantes. Doy por seguro que me había confundido con otro hombre, quizá con papá por la época en que fueron novios o con aquel dentista jubilado al que conoció cuando era viuda. Entre las caras atónitas de Raúl y de mi cuñada, topé con la mirada de Nikita al fondo del salón. Me pareció columbrar un punto de maldad risueña en sus facciones, como si su madre ausente, de la que me acababa de divorciar, le hubiera prestado el gesto. Pero ni siquiera a partir de aquella tarde pensé seriamente en recluir a mamá en una residencia. Raúl y yo optamos por ponerle una cuidadora a domicilio, tres días a la semana.

Yo sabía que ella, mientras conservase un ápice de lucidez, se aferraría a su piso de toda la vida como una lapa a su roca. En realidad, el piso nos lo había donado sin darse cuenta de lo que firmaba, y Raúl y yo, para mantener la maniobra en secreto, apoquinamos a medias el impuesto de donaciones guardando la máxima discreción. Mamá nos dijo un día en su casa: «De aquí sólo me sacaréis a la fuerza». Y también que si la encerrábamos en lo que, con mueca desdeñosa, denominó una «pocilga de viejos», se mataría. Deseaba seguir viviendo a su aire, sin que nadie le impusiera la hora de comer, de dormir, de lavarse ni de nada. «¿Que me tengo que morir? Pues me muero, pero tranquilamente en mi casa.»

Mamá nunca aceptó su vejez. Esto, en principio, no me parece reprobable; acaso sea una señal de energía vital. Allá cada cual con sus espejismos. Al principio, ella negaba la imagen que le devolvía el espejo. La cuidadora, una colombiana afable y eficiente, le levantaba el ánimo con sus dosis oportunas de halagos. La peluquera le tapaba con tinte las canas. El maquillaje le disimulaba las arrugas y las manchas en la piel. Y cuando aquellos y otros remedios dejaron de obrar efecto, el deterioro cerebral la dispensó de percibir los estragos de la edad.

A pesar de los indicios esporádicos (despistes, olvidos y alguna que otra incoherencia en la conversación), aún mostraba un comportamiento razonable por los tiempos de mi ruptura matrimonial. Años después, cuando estuvo claro que no podía valerse por sí misma, fue Raúl quien rechazó la idea de ingresarla en una residencia. Me acusó de querer sacármela de encima como a un «mueble inservible». Faltó poco para que le estrellara el puño en su carnosa y congestionada cara de estúpido. «Muy bien», le repliqué, «¿la vas a cuidar tú? ¿Pasarás todos los días por su casa a cambiarle la compresa?» Hasta que no sostuvo entre sus dedos aporretados el diagnóstico del neurólogo, no se dio a partido. De sobra sabía él que una cuidadora a domicilio ya no tenía sentido si no vigilaba a mamá las veinticuatro horas del día, de lunes a domingo.

Fue entonces cuando concebí la sospecha de que su oposición al ingreso de mamá en una residencia no era sino una forma de retrasar la obligación de hacer frente al pago de la cuota. Por lo visto, él y María Elena se habían informado. Y, sí, la cosa resultaba bastante cara. Él y mi cuñada habían estudiado diversas posibilidades, entre ellas una renta vitalicia, una hipoteca inversa y no sé qué más historias, todas ellas con el inconveniente de que mamá ya no estaba para entender ni firmar contratos. Mi hermano y yo descartamos, por engorrosa, la idea de rentabilizar la vivienda de mamá poniéndola en alquiler. Hicimos cálculos. Lo que sacáramos por la venta del piso, unido a todo lo ahorrado por mamá durante su vida, que no era poco, alcanzaría para costearle entre doce y quince años de estancia en una residencia de cierta calidad. El negocio sería a todas luces ruinoso para nosotros si mamá rebasaba con creces los noventa. En el caso de que viviera tres, cuatro, a lo sumo cinco años, aún nos quedaría a Raúl y a mí un buen pellizco de herencia.

Convinimos en vender la casa de nuestros padres, la de nuestra infancia y adolescencia, tan llena de recuerdos, de buenos y malos momentos, y llevar a mamá a pasar el último tramo de su vida en un centro geriátrico limpio y bien equipado, donde estuviera convenientemente atendida. Con la ayuda inestimable de Patachula, que ni siquiera nos cobró comisión, Raúl y yo conseguimos una rápida y lucrativa venta del piso.

23

Por la noche soñé con mamá y yo creo que fue por culpa de todos aquellos recuerdos que redacté antes de meterme en la cama. No fue un sueño agradable.

Insisto en que quisiera tener la valentía de no resignarme a la humillación de envejecer y, lleno de entereza y de frío coraje, plantarme y decir: «Hasta aquí y no más». Qué triste es la vejez. Y qué horrible darse cuenta de que uno arrastra por la última vuelta del camino la fragilidad, los achaques y los olores de los ancianos. Por la mañana me he levantado con el ánimo por los suelos. No soy de llorar y, sin embargo, me ha faltado poco. Decidido a enderezar mi estado anímico mediante una descarga de endorfinas, me he alargado hasta la chocolatería San Ginés, en Prosperidad, a desayunarme con una taza de chocolate y media docena de churros, ojear el periódico (parece que el Gobierno va a decretar la exhumación de los restos mortales de Franco en el Valle de los Caídos) y rellenar el sudoku.

El desayuno me ha causado un efecto reconfortante, pero sin librarme de los negros pensamientos, más tolerables, eso sí, con el estómago complacido. El caso es que durante años abrigué el convencimiento de que a papá le había sucedido una desgracia brutal al morir tan pronto, a una edad, cincuenta años, en que a mucha gente aún le queda una considerable provisión de futuro. Ahora que por decisión propia tengo los días contados, he cambiado de parecer. Para la clase de vida que hemos llevado las personas como papá o como yo, cincuenta años me parecen suficientes. Lo que la vida no le haya dado a uno para entonces es muy improbable que se lo dé de los cincuenta en adelante.

Otra cosa, supongo, será que uno participe en alguna misión importante para sus conciudadanos, de él dependa una investigación que ayude a salvar vidas, sea todavía un artista de primer rango en activo o tenga el consuelo, la alegría o como se le quiera llamar de los hijos y los nietos. Lo dicho: para los que no aportamos nada valioso ni útil a la humanidad, cincuenta años gorroneando oxígeno en el planeta deberían bastar.

Para acabar como mamá, mejor un ataque fulminante de corazón o un ictus letal.

Recién ingresada en la residencia geriátrica, le pregunté de sopetón, estando los dos a solas, si no le parecía que debió llamar enseguida a una ambulancia. Sé que le estaba tendiendo una trampa; pero no se me ocurrió otra manera de aprovechar una de las últimas oportunidades, por no decir la última, de acceder a su conciencia racional, a lo poco que le iba quedando intacto de ella, y sonsacarle la verdad de lo ocurrido aquella noche en casa.

Su niebla mental desbarató mi propósito. Resulta que mamá no recordaba que papá hubiera muerto. Que qué le había pasado. ¿Un accidente? Me detuve a escrutar el fondo de sus ojos. No vi en ellos el menor rastro de fingimiento. Mi impresión es que, aunque mamá siguiera existiendo con sus facciones, su cuerpo menudo, su espalda cargada y aquella fijeza sin culpa en las pupilas, la habíamos perdido para siempre. Aquella anciana no era mi madre; a lo sumo, el envoltorio de una antigua madre, la crisálida seca y vacía de una mariposa humana que echó a volar hace ya un tiempo y estaba muy cerca de cumplir su ciclo vital.

24

Yo tenía a papá por un hombre hermético, con su vida aparte, inaccesible para el resto de la familia. Ahora creo que esta impresión no era sino un fallo o una limitación de mi perspectiva. Tampoco yo le he abierto mi intimidad de par en par a Nikita, más que nada por protegerlo, por no darle la lata con las pequeñas miserias que uno encierra, porque el chaval no anda sobrado de entendederas y, sobre todo y por encima de todo, para que no le fuese después a su madre con el cuento.

Desde muy niño yo admiraba a papá. Y el caso es que, si me preguntaran el porqué de mi admiración, no sabría contestar. Diría simplicidades: que era alto y apuesto, que tenía una voz potente, que daba un poco de miedo. Yo lo admiraba más bien de lejos. Lo admiraba, digamos, a partir de los cinco o seis metros de distancia, o cuando, asomado a la ventana, lo veía alejarse por nuestra calle con su maletín de profesor universitario y su americana con coderas. De cerca se me desvanecían las ganas de ser algún día como él. Su olor, el de su cuerpo, pero también el de su ropa y sus utensilios, un olor no particularmente hiriente, ni siquiera desagradable, que persistía en casa incluso cuando él se había ido, me causaba un velado rechazo. Era un olor como a papel caliente y viejo, y a habitación cerrada. Y su bigote amarillento, de fumador empedernido, tampoco era de mi gusto.

Mi relación con papá mejoró después de su muerte. Quiero decir que me agrada convocarlo de vez en cuando a mis sueños y recuerdos, y tengo la sensación de que también a él le produce placer visitarme. Allí, en mi espacio mental, nos encontramos los dos de adultos, con parecida estatura y parecida edad, y entonces todo son risas, abrazos, bromas y complicidades entre nosotros, y nos pasamos largos ratos poniendo a parir a nuestras respectivas mujeres y criticando sin piedad a Raulito, ese niño gordo que a sus cincuenta y dos años sigue emperrado en considerar a mamá su propiedad privada.

Una noche tuve un feo encuentro con papá en un bar de Malasaña frecuentado por estudiantes. Yo estaba con mi grupo de costumbre. Eran como las doce, quizá un poco más tarde. La música, a todo volumen, apenas permitía la conversación. Yo me estaba dando el lote al fondo del local con una compañera de carrera. Habíamos compartido unas anfetaminas que ella traía en el bolso y con toda tranquilidad nos metíamos mano el uno al otro. En pleno intercambio de microbios bucales, me clavaron un dedo en la espalda para llamar mi atención. Un compañero del grupo me sopló al oído que había un señor junto a la barra que no se tenía de pie y se parecía a mi padre. No bien hube vuelto la mirada, avisté el bigote amarillento. Solo y borracho, papá mantenía una disputa con el camarero. Yo podía haberme quedado en la penumbra del rincón con mi chica sin que él me hubiera visto. Ella se dio cuenta de la situación. «Es tu padre, ¿verdad?», me dijo. «¿Por qué no vas y le ayudas?»

Cuando sintió que lo agarraban del brazo, se volvió airado, pensando tal vez que lo agredían; pero al reconocerme se serenó. Absurdamente me preguntó qué hacía yo allí, en un bar abarrotado de gente de mi edad donde el único que desentonaba era él. Pedí calma por señas a los camareros y les di a entender que yo me encargaría de llevarme a aquel señor a la calle. En el momento de detener un taxi, me coloqué delante de él para ocultarlo a la vista del conductor y que este no se apercibiera de sus trazas, en especial de la ominosa mojadura que se le extendía por la parte delantera de los pantalones. Papá se pasó el viaje soltando incongruencias y arremetiendo contra el Gobierno socialista y contra la oposición, contra el rey Juan Carlos, contra el presidente Reagan y contra todo el que se pusiera a tiro de su monólogo descoyuntado. Ante el portal de casa, propuso que diéramos una vuelta a la manzana. Le dije que yo no pensaba meterme en ningún bar si tal era su intención. Él, con despecho: que quién cojones había hablado de meterse en ningún bar. Necesitaba, dijo, que le diera el aire y se le pasara un poco el mareo, que no dudó en achacar a alguna sustancia que le debían de haber echado a escondidas en la copa. De este modo pretendía hacerme creer que no estaba borracho.

La noche fresca, las aceras poco concurridas, anduvimos sin rumbo por las calles del barrio. Papá hablaba; yo, a su lado, no abría la boca. Él se lamentaba de su fracasada carrera de escritor; a mí no se me iba del pensamiento la ocasión perdida de acostarme con una chica preciosa. A la luz de un escaparate consulté de tapadillo el reloj. Aún no había perdido la esperanza de regresar a Malasaña en cuanto me hubiese librado de la compañía de papá. Por iniciativa suya, tomamos asiento en un banco público; objeté que estaría húmedo, pero él no me hizo caso.

Arremetió de súbito contra mí. Mi silencio se le figuraba un indicio de desafecto hacia él; pero, cuidado, porque si le daba la gana me podía partir en dos como a una barra de pan. «¿Me estás amenazando?» No respondió. Prosiguió con su quejumbre. Mi actitud le dolía más de lo que yo me podía imaginar, en lo cual, por cierto, acertaba, puesto que yo, sobre aquella cuestión, no imaginaba nada. De mí, dijo, se habría podido esperar un signo de cordialidad y de apoyo a lo que él era y representaba, a diferencia de mamá o de Raulito, a los que tildó de «militantes del egoísmo». Que nunca, en los veinte años de mi existencia, me había oído pronunciar la palabra *gracias*. ¿No formaba parte de mi vocabulario o qué? En este punto yo no me distinguía, en su opinión, del resto de la familia, a la que hacía responsable principal de sus fracasos. Las obligaciones familiares le habían impedido emprender estudios eruditos de envergadura, ir a investigar a universidades extranjeras, escribir obras literarias o dedicarse con intensidad a su pasión de juventud, el atletismo. Según él, le sobraba talento y estaba bien preparado; pero en lugar de hacer lo que le gustaba, había tenido que sacar a la familia adelante, llenar nuestros bandullos y procurarnos el nivel de vida que disfrutábamos. Y todo para que al final nadie le agradeciera nada.

Me volví a mirarlo. Lo vi, a la luz macilenta de la farola, frágil y amargado, y me alegré profundamente de no estar en su pellejo. «¿Qué miras?», me preguntó, retador. Su aliento apestaba a bebida alcohólica. En sus ojos había un destello impropio de persona cuerda. No recuerdo haberme encarado con él nunca antes; no lo volví a hacer nunca más (ni hubo apenas tiempo, pues murió al cabo de unos meses); pero en aquel instante no me pude contener. «Papá», le dije con estas o parecidas palabras, «estaba en el bar con una chica, es seguro que iba a tirármela y la he dejado por librarte de la paliza que te iban a sacudir los camareros.» Se volvió, pensé que hecho una furia, pero no. «Eso, eso es lo que me ha pasado a mí desde hace un montón de años, que no he podido dedicarme por vuestra culpa a lo que más quería. A ver si por fin me entiendes.»

Al día siguiente, por la tarde, le reclamé con el mayor tacto posible el dinero del taxi. Se lo tomó a mal. Me dijo que yo era la mayor decepción de su vida. Me cubrió de denuestos. Que si egoísta, que si mezquino, que si no me daba cuenta de que él me costeaba los estudios y las juergas, y de que si no fuera por su generosidad yo no tendría dónde caerme muerto. En esto, sacó lleno de rabia un billete de mil pesetas, hizo con él una bola y me lo lanzó a los pies.

25

A la chica del bar de Malasaña la vi de lejos dos días después en la facultad. Cuando enristré hacia ella por el pasillo, adornándome con la mejor de mis sonrisas, ¿qué hace? Baja la mirada y se da la vuelta para no cruzarse conmigo. ¡Será posible! ¿Creyó que me proponía abordarla con el fin de reanudar en el acto lo que habíamos dejado interrumpido? Tan sólo me disponía a ofrecerle unas explicaciones en tono amistoso, más que nada porque abrigaba la incómoda sensación de haberla dejado plantada, aunque fue ella la que me empujó a ayudar a papá. ¿A mí qué me importa que tuviese novio, como después me contaron? ¿O acaso temía que la delatase? Entonces como ahora reclamo mi derecho a ser un hombre cabal. Uno tiene veinte años, suena música, es de noche, bebe más de la cuenta, se estimula con psicotrópicos y se pone de acuerdo con otro cuerpo en consumar un episodio de placer. ¿Dónde está el misterio? ¿Dónde la culpa o el delito? La cosa no había pasado de unos lengüetazos recíprocos y una ardiente sobadura de los respectivos aparatos genitales externos, con el añadido, presumo que gustoso para ella, de ponerle los cuernos a su novio y así vengarse de algún posible desaire que el fulano le hubiera hecho. ¿O juzgó que no podía esperarse cosa buena del hijo de un borracho pendenciero? Esta última opción me parece ahora la más plausible. Ella era entonces de izquierdas o se proclamaba de izquierdas, e iba, como íbamos todos, a las manifestaciones, lo que quieras que no le confería a uno en la facultad una especie de salvoconducto, de igual manera que en siglos pasados, para evitar problemas con el Santo Oficio, la gente aprovechaba cualquier pretexto para afirmar en público su fidelidad a la fe. Todos los estudiantes éramos de izquierdas excepto dos o tres pijos engominados a los que detestábamos como a bichos inmundos. Ser de derechas, a nuestra edad, nos parecía una desgracia; no sé, igual que tener una deformidad o el semblante punteado de acné. Pues resulta que, acabada la carrera, perdí de vista a la chica que me rehuía en la facultad, cambié de amigos, encontré trabajo, procreé y jodí mi vida como papá jodió la suya. Pasaron los años, gotera incesante de tiempo malgastado, y un día reconozco a aquella antigua compañera de estudios durante una sesión de control al Gobierno retransmitida por televisión. Allá estaba, teñida de rubio, en su escaño del Congreso de los Diputados, peinada de peluquería y hecha una señora en la bancada de los conservadores. Cada vez que las cámaras del telediario mostraban su zona del hemiciclo, yo la buscaba con la vista y allí estaba ella, ejerciendo de palmera de los suyos. Una vez, en el curso de uno de tantos debates televisados, la vi alzar la mano en solicitud del turno de pregunta. Su mano con sortijas que asomaba por la manga de un traje de chaqueta. Mano que quizá un día, quién sabe, tome las riendas de un ministerio o de una secretaría de Estado y firme documentos importantes. La misma mano, señorías, que una noche de hace más de tres décadas, en el rincón de un bar de Malasaña, me agarró la polla.

26

A propósito de las historias que veo, que leo o que me cuentan de viva voz, toda mi vida he aborrecido los finales abiertos. Me cuesta no poner los ojos en blanco cuando escucho que compete a los lectores o a los espectadores inventarse, intuir o completar el final que la novela o la película les escatima. Es como si al término del almuerzo en un restaurante, al comensal lo privaran del postre con el pretexto de que resulta más placentero elegirlo y disfrutarlo mentalmente. ¡Venga ya! Pago para que me cuenten una historia; en consecuencia, la exijo entera. Este mismo propósito me animó a preguntarle a Patachula, tiempo después que él hubiera dejado el hospital con un pie de menos, si seguía visitando a la rumana de Coslada. Dado que la prótesis le permitía desplazarse y no es un impedimento para mantener relaciones sexuales, la pregunta me parecía justificada. A menudo él aludía de broma a su pie postizo. El desenfado restaba dramatismo a su mutilación y a mí me animaba a indagar sin excesivos miramientos en las secuelas físicas o psicológicas que le pudiera haber causado el atentado. Me llamaba la atención que no mencionase a la rumana de Coslada. Le gustaba explayarse sobre la explosión dentro del tren, los cadáveres desparramados, el olor a carne quemada, el rescate de los heridos, los duros días en el hospital, y sobre infinidad de cuestiones relacionadas con su vida de convaleciente. Tocante a la bella rumana, no desperdiciaba una palabra, así que una tarde, deseoso de completar su historia, le pregunté por la mujer. A mi amigo se le dibujó en la cara un gesto de contrariedad y, apartando la mirada, permaneció en silencio unos instantes, absorto en yo no sé qué cavilaciones. Patachula suponía que la rumana no habría tenido manera de localizarlo por mucho que lo hubiese intentado, puesto que él nunca le había revelado su dirección ni su identidad verdadera. Ella no ignoraba que el hombre que la socorría económicamente a cambio de sexo, de mucho sexo, había subido a uno de los trenes de los atentados. La falta de noticias durante tanto tiempo debió de llevarla al convencimiento de que él figuraba entre las víctimas mortales. Transcurridos los meses, Pata determinó reanudar sus visitas a la rumana. Limpio y perfumado, se dirigió una tarde en taxi a la estación de Atocha. No bien se hubo apeado a escasos metros de la entrada, la cercanía al lugar donde había perdido un pie y otros muchos habían perdido la vida le produjo una angustiosa desazón, que ya dentro del recinto fue tomando la forma de un ataque de ansiedad. El corazón le latía de tal modo que hubo de apoyarse en la pared; el sudor le corría por la espalda; le resultaba dificultoso respirar. Un desconocido le ofreció ayuda. Pata salió a la calle agarrado de su brazo. Pasaron las semanas. No era improbable que la mujer hubiese encontrado a otro hombre que la sustentase, a ella y a sus hijos, a cambio de sexo, de mucho sexo. Y, por otro lado, a Patachula, según me confesó, le daba corte mostrarle la prótesis a la linda rumana. Este pensamiento lo disuadió de volver a llamar algún día a su puerta. Pienso que se podía haber desplazado en su coche a Coslada. ¿Por qué no lo hizo? Quizá lo tenía averiado. Quizá no se sentía seguro de poder conducir más allá del tramo corto entre su casa y la oficina o no quería que alguien, en Coslada, lo identificase por la matrícula (tengo entendido que su jefe vive por la zona). Nunca me atreví a preguntárselo, lo que me da un poco de rabia, pues me deja la historia incompleta.

27

Patachula volvió anoche de sus vacaciones. Esta mañana, a una hora en la que, si tuviera dos dedos de frente, se le podría pasar por la cabeza que yo no me había levantado aún, me llama por teléfono. Noto preocupación en su voz. Hemos acordado desayunar juntos en una cafetería. Me ha encarecido que antes pasara por su piso. Misterio.

Encuentro a mi amigo con el cutis bronceado y aspecto saludable; pero con un gesto que desdice la alegría de las fotos que últimamente me enviaba desde el móvil. Al preguntarle qué mosca le ha picado, reacciona bajándose los pantalones. En la cara interior del muslo derecho, el de la pierna donde le falta el pie, lleva un apósito un tanto chapucero, en ningún caso atribuible a manos profesionales. Se lo despega cuidadosamente a la luz de una lámpara. La luz ilumina un agujero en la carne, rodeado de un cerco rojizo. Se dijera la herida de un balazo. No alcanzo a ver si supura puesto que la llaga, el boquete o lo que sea está relleno de pomada yodada. Que qué opino. Pues que debería ir a que lo examine un médico. Lo mismo, responde, le aconsejaron en la farmacia del pueblo donde ha pasado las vacaciones.

Baraja diversas hipótesis que desea someter a mi consideración.

Antes, le digo, me gustaría saber cuándo y cómo le ha salido esa cosa a la que ni él ni yo podemos poner nombre. Pues nada, llevaba siete días en el pueblo; una mañana, poco antes de levantarse, sintió escozor en el muslo y, al descubrir una diminuta mancha rojiza, pensó que le habría picado un mosquito. Se aplicó vinagre con la esperanza de mitigar el prurito, sin resultado. Un día después se empezó a formar en el centro de la mancha un cráter minúsculo, cubierto de pus, que fue creciendo hasta alcanzar las dimensiones actuales. Le he preguntado si le duele. Ha dicho que al principio le escocía bastante; después, menos, y ahora no siente nada. No descarta que le picase un bicho, no necesariamente un mosquito, sino una araña o algún parásito tipo chinche, y que después, quizá por rascarse mientras dormía, la picadura se infectó. Otra posibilidad es que alguna sustancia tóxica le haya ulcerado la piel. Recuerda que la víspera de experimentar los primeros síntomas había comido en un chiringuito cercano a la playa papas con alioli y una cantidad abundante de pescado y calamares fritos. También menciona una posible enfermedad venérea contraída en alguna de sus visitas a un burdel de la zona, y, por último, el cáncer. Que qué haría yo en su lugar. Le sugiero que acuda a urgencias. Responde, con ojos de perro apaleado, que tiene miedo.

Más tarde, mientras desayunábamos, *Pepa* tranquila debajo de la mesa, me ha preguntado si sigo con mi plan. Lo he mirado a los ojos antes de contestarle. No aguanto las bromas sobre este asunto y él lo sabe. Como me ha parecido que no abrigaba intención de burlarse, le he respondido que sí, que por supuesto, al contrario que él, a quien veo muy apegado a la vida.

«Todo depende de cómo se desarrolle el agujero del muslo. Un diagnóstico malo y aquí os quedáis.»

28

Hacía tiempo que no paseaba por la orilla del embalse de Valmayor. Me asaltan recuerdos de cuando iba allí de pícnic con Amalia y nuestro hijo, que un día, a la edad de cuatro años, por poco se nos ahoga. Amalia lo sacó cuando el crío ya había desaparecido bajo la superficie del agua. Yo ni me enteré, lo que, para decirlo suavemente, me valió una de las mayores lluvias de reproches de mi no muy gloriosa historia matrimonial.

Por fin aire limpio, aroma campestre y calor soportable bajo un cielo con más claros que nubes. Me colmaba de gozo contemplar las carreras de *Pepa* por la arena detrás de la pelota de goma que yo le lanzaba. Estos animales no saben dosificar esfuerzos. La perra continuaría trayéndome la pelota hasta desplomarse con el corazón reventado. Me siento a la sombra de un árbol para que ella pueda descansar. La lengua colgante, la pelota entre las patas delanteras, respira con sonido de fuelle. A nuestro alrededor, concierto multitudinario de cigarras.

En vista de que el hambre empezaba a apretarme más de la cuenta y había salido de casa sin provisiones, he puesto rumbo a Valdemorillo, donde hay una plaza que me ha parecido pintiparada para mi proyectado experimento, motivo principal del viaje. Hacia el centro de dicha plaza, llamada de la Constitución, se alza una hermosa farola de cinco brazos. A su lado hay un banco sobre el cual, sin que nadie me viese, he depositado los dos tomos de la *Historia de la Filosofía* de Johannes Hirschberger. No exagero si afirmo que esta obra ha sido fundamental en mi vida, lo uno porque siendo estudiante me sirvió como punto de partida para emprender incursiones en los cacaos mentales de los grandes pensadores de la humanidad; lo otro porque el señor Hirschberger, que en paz descanse, me dejó preparadas con su extenso estudio las clases en el instituto, sobre todo durante mis primeros años de profesor. ¡Cuántas veces me limité a regurgitar delante de los alumnos de bachillerato lo que había leído de víspera en los tomos de Hirschberger! Con el tiempo fui añadiendo, en paralelo al libro de texto, el fruto de nuevas lecturas e incluso de mis propias meditaciones, pero siempre sobre la base de la *Historia de la Filosofía* de Hirschberger. Los dos libros, de tapas blanquiazules, me prestaron un servicio inestimable, por lo que desprenderme de ellos ha supuesto para mí una experiencia dolorosa. A mi llegada a Valdemorillo, aún no estaba seguro de si tendría valor de consumar el experimento. Y es que he tomado la decisión de deshacerme poco a poco de mis pertenencias, incluida mi querida y no pequeña biblioteca, y hoy, en la plaza de Valdemorillo, he llevado a cabo la primera acción, no sin padecimiento del alma, lo cual digo porque abandonar en la vía pública los dos tomos de Hirschberger ha sido como arrancarme dos costillas sin anestesia.

En resumen, he tomado asiento a la sombra de un toldo, con *Pepa* a mi lado, en la terraza de un bar-restaurante llamado La Espiga, desde donde no podía ver los libros, pero sí el banco donde los había depositado. Pasaban unos minutos de las dos de la tarde en el reloj de la casa consistorial. Nadie transitaba en aquellos momentos por el centro de la plaza. Yo estaba acabando el almuerzo cuando dos niños de corta edad se acercan al banco, sin hacer caso de los libros. De ahí a poco, una mujer joven que ha ido en busca de los pequeños hojea brevemente uno de los tomos antes de dejarlo donde estaba. Yo he pedido café y un chupito, y me he dicho: «Si en los próximos veinte minutos nadie se lleva los libros, consideraré fracasado el experimento y la *Historia de la Filosofía* de Johannes Hirschberger regresará conmigo y con *Pepa* a casa». Pero hete ahí que al poco rato un anciano de andar parsimonioso se adentra en la plaza, ojea detenidamente los libros y, sin volverse a mirar si el posible dueño de los mismos pudiera hallarse en las inmediaciones, los coloca en la cesta de su andador y se aleja tan despacio como había venido. ¿Quién sería aquel hombre mayor? Me he arrepentido de no ir a preguntárselo y, de paso, charlar un ratillo con él de filosofía.

29

Me ofrecí a vigilar al crío mientras ella se soleaba tendida sobre una toalla. Mi gesto de buena voluntad no fue tenido en cuenta durante la bronca posterior. En ningún momento negué que yo hubiera asumido la responsabilidad de cuidar al niño, que por entonces tenía cuatro años. A nuestra llegada, un letrero nos recordó que estaba prohibido el baño en el embalse. Tampoco esa era nuestra intención. Nosotros sólo pretendíamos pasar el domingo en un espacio natural, respirar aire del campo, comer las provisiones que habíamos preparado por la mañana en casa y dejar que nuestro hijo correteara de aquí para allá sin los peligros del tráfico urbano. Queríamos que Nikita aprendiera a edad temprana a distinguir unas aves de otras y que se familiarizara con el nombre exacto de los insectos, las plantas y los accidentes del terreno, propósito difícilmente alcanzable si uno no sale de la ciudad. Había en Amalia y en mí un deseo común de dar a nuestro hijo la mejor educación posible y, al mismo tiempo, una ceguera también compartida con respecto a sus facultades intelectuales.

El caso es que hacía calor y el chavalillo y yo nos lo pasamos estupendamente cavando hoyos en la orilla del embalse con una pala de plástico. Después de un rato largo, él se cansó del juego y yo también. Nos acomodamos en la sombra. Nikita escarbaba en la tierra en busca de hormigas, que a continuación mataba con un palito. Yo corregía exámenes, estimulado por el propósito de no tener que dedicarme a tan ingrata tarea por la noche en casa, y de vez en cuando levantaba la mirada para comprobar dónde estaba el niño, en bañador y con una graciosa gorrita roja, y en qué actividades empleaba su curiosidad y sus energías. Absorto en el trabajo, no lo sentí acercarse a la orilla. De repente me sobresaltaron los gritos de Amalia, que acababa de meterse a toda velocidad en el embalse. Como yo, al pronto, no vislumbrase la razón de su alarma, lo único que se me ocurrió pensar fue que ella se estaba saltando la prohibición de bañarse. A todo esto, veo que hunde las manos en un lugar donde el agua le cubría hasta las caderas y saca a Nikita chorreante. El niño abría la boca en una tentativa desesperada de inhalar oxígeno; luego, en brazos de su salvadora, vomitó el contenido íntegro de su estómago y estuvo varios minutos tosiendo. Amalia, tiesa y enfadada, exigió que volviéramos a casa de inmediato.

Por el camino, puso en duda mi capacidad para ser un buen padre de su hijo. No de nuestro hijo; de su hijo, el suyo, el que ella había gestado en su vientre y parido con dolor, y yo casi había dejado morir. Esto me supo a puñalada. No soy un hombre violento. No lo he sido jamás. Papá lo era, pero yo no. En aquellos instantes, dentro del coche, me pareció comprender por qué mi padre se dejaba a veces arrastrar por la ira. Confieso que tuve que contenerme para no estrellarle a Amalia el puño en la cara. Imaginé que lo hacía; la vi en mis pensamientos escupir dientes y sangre y, poseído de un súbito terror, del terror de verme convertido de pronto en mi propio padre, me aferré con todas mis fuerzas al volante. Ella no debió de notar que yo era presa de un torbellino de imágenes atroces, pues siguió disparándome como si tal cosa unos reproches de intolerable calibre.

Amalia, no sé si alguna vez leerás este escrito. Si lo lees, será porque me he muerto. Quiero que sepas que me has hecho mucho daño. Si era lo que pretendías, enhorabuena. Admito tu victoria, aunque dudo mucho que te haya servido para algo.

30

Patachula me cuenta en el bar de Alfonso que anteayer se atrevió a enseñarle el muslo a su médico de cabecera. Reconoce que acudió a él asustado. Al parecer la herida había empezado a desprender mal olor. Me basta verle las ojeras a mi amigo para adivinar que lleva unas cuantas noches mal dormidas. Confiesa que últimamente el terror le impide conciliar el sueño y no para de dar vueltas en la cama. Lleno de preocupación, a veces va al baño a altas horas a mirarse la llaga en un espejo de aumento, con lo que, lejos de encontrar motivos para la esperanza, no hace otra cosa que reavivar su angustia.

Pata conoce al médico desde que ambos compartieron aula en el instituto. Como hay confianza, se presentó en su consultorio sin cita previa después de haber hablado con él poco antes por teléfono. Pata salió sin diagnóstico, pero con una receta de antibióticos. El médico restó importancia al asunto. «Hay infección», le dijo. «La combatimos con fármacos y, salvo complicaciones inesperadas, en unos cuantos días se te habrá formado la postilla.»

He visto a Pata contento esta tarde en el bar. Contento es poco:

feliz. Opino que la felicidad genuina consiste en la conciencia de la superación del infortunio. Sin una dosis de sufrimiento no se produce la felicidad en cualquiera de sus múltiples variantes. Ser feliz no es estar quieto siendo feliz. No hay un absoluto de la felicidad. No hay felicidad en sí. La felicidad es aquí y ahora. Estaba y ya no está, y por tanto uno ha de suscitarla de nuevo si la desea disfrutar. A lo mejor les propongo el tema a mis alumnos el primer día después de las vacaciones. El grado sumo de la felicidad no son, a mi juicio, el hecho venturoso, el instante del orgasmo, el deseo cumplido ni el orgullo satisfecho, aunque algo de felicidad reside en todo ello. A mi modo de ver, la felicidad se asemeja a aquello que escribió no me acuerdo qué novelista: el resultado, con consecuencias físicas y mentales altamente gozosas, de introducirse una piedra en el zapato, caminar un kilómetro soportando el dolor y, ¡momento crucial!, descalzarse.

31

Yo no he sido nunca dado a desvelar mis interioridades. Estos papeles de cada día son otra cosa. Aquí me explayo a mis anchas puesto que nada de cuanto escribo está destinado a nadie. Y la verdad es que no conozco la razón de esta antigua renuencia mía a abrirme a los demás. Quizá se deba a que desde niño me acostumbré a vivir como a la defensiva. O a que llevo dentro de los huesos el miedo a que se rían de mí y me rechacen.

Tan sólo hago excepciones esporádicas con Patachula, supongo que empujado por el compromiso de corresponder al menos en parte a su franqueza. Ni siquiera en nuestros buenos tiempos me sinceraba con Amalia más allá de lo que es justo y razonable dentro de un matrimonio, bien por evitar que ella sometiese a juicio todo lo que yo le contara, bien porque en nuestras frecuentes disputas tenía la fea costumbre de usar en mi contra revelaciones que yo le hubiera dirigido con anterioridad, despreciando mis intimidades e incluso haciendo mofa de ellas.

Nada por el estilo me sucede con Patachula. Mi amigo no va por la vida ejerciendo de prefecto de disciplina ni de mejorador del prójimo. Pata es, además, en materia de confidencias, vía muerta. De ahí que me inspire una confianza que no he sentido nunca por nadie. Yo doy por hecho que lo que le confiese no saldrá de él. Y creo que él me atribuye a mí la misma discreción, de ahí que cada dos por tres me revele secretos suyos, algunos de una inmoralidad que tira de espaldas; secretos que a veces le suscitan una sensación intensa de culpa o que le crean conflictos de difícil solución, por lo que no es raro que solicite mi parecer al respecto. Yo no llego a tanto. Conservo siempre activos los filtros que seleccionan lo que debe salir o no de mi boca; pero, con eso y todo, nadie sabe de mi vida ni de mis pensamientos tanto como mi amigo.

Considero muy valiosa la amistad que nos une. Yo prefiero la amistad al amor. El amor, maravilloso al principio, da mucho trabajo. Al cabo de un tiempo no puedo con él y termina resultándome fatigoso. De la amistad, en cambio, nunca me harto. La amistad me transmite calma. Yo mando a Patachula a tomar por saco, él me manda a mí a la mierda y nuestra amistad no sufre el menor rasguño. No tenemos que pedirnos cuentas de nada, ni estar en comunicación continua, ni decirnos lo mucho que nos apreciamos. El amor exige numerosas precauciones. En el amor yo he ido siempre como arrastrado y con la lengua fuera, pendiente de mantener la intensidad de los afectos, obsesionado por no defraudar las expectativas de la persona amada, temeroso de que al final todo el esfuerzo y la ilusión fueran para nada. Y el caso es que siempre fueron para nada.

Septiembre

1

Me tocó recorrer una mañana con un grupo de alumnos las distintas salas del Museo del Prado. A instancias del jefe de estudios, compartí con una compañera la tarea de pastorear al nutrido rebaño. Uno habría preferido declinar la solicitud de su superior; pero, hechas las cuentas y sopesadas las posibles consecuencias, es obvio que comporta ventajas pasar por el aro. No creo, además, que en sentido estricto existiera solicitud alguna, sino un modo cortés de emitir una orden inapelable.

Aún no llevaba tres años en el instituto, estaba a punto de ser padre, sentía que la necesidad de ganar un sueldo todos los meses me apretaba el cuello como un dogal, debía hacer méritos, conseguir aceptación; en una palabra, someterme. Hoy ya no tengo duda de que así es como caemos en la trampa social, matamos nuestra juventud y traicionamos nuestros ideales.

En esto consiste la madurez, en resignarse a hacer un día y otro y otro, hasta la jubilación e incluso más allá, lo que a uno no le apetece. Por conveniencia, por necesidad, por diplomacia, pero sobre todo por una cobardía que se va convirtiendo en hábito. Si te descuidas, acabas votando al partido aquel que tanto aborreciste.

Detesto las excursiones con alumnos; pero al menos esta del museo no me obligaba a salir de la ciudad. Me consolé pensando en que podía contemplar obras maestras de la pintura, aprender con las explicaciones de la guía cuyo servicio habíamos encargado y estar a la hora del almuerzo en casa.

Desde el comienzo de mi actividad docente me ha serrado los nervios todo lo que no fuera llegar al instituto, dar mis clases y largarme. Participé como profesor novato, al principio con ganas, en varios intercambios escolares con un instituto de Bremen; al cuarto año lo dejé. Las reuniones del claustro y con los padres me roban el aire. La corrección de exámenes y la redacción de informes me revientan el hígado. Las conversaciones de circunstancias en la sala de profesores me producen náuseas que disimulo a duras penas. No me considero un misántropo, aunque más de un compañero así lo crea. Simplemente estoy cansado. Muy cansado. Me cansan muchas cosas, particularmente el roce diario con gente que no me interesa. Y cuando me sacan de mi rutina de las clases es como si, estando dormido, me arrojaran un cubo de agua fría a la cara.

Ignoro el arte de imponer silencio. No es lo mío. Digan lo que digan las directrices educativas, yo no voy al instituto a enseñar a unos adolescentes a comportarse, sino a impartir las clases para las que me preparo y por las que me pagan. Los padres, si de veras estuvieran interesados en la formación de sus hijos, deberían contratar con carácter de urgencia a unos guardias de seguridad provistos de porras y aerosoles de pimienta, entrenados para mantener la disciplina en las aulas, mientras los profesores se concentran en su cometido como si sólo fueran parte del instrumental. ¿O es que alguien espera de la pizarra o del proyector que pongan orden?

En fin, aparte de tomar mi sorbo diario de amargura, hoy me he propuesto recordar por escrito una parte del diálogo que mantuve con mi compañera en la cafetería del museo, durante los tres cuartos de hora que, al término de la visita guiada, concedimos a los alumnos para que observaran cuadros a su antojo. O se fueran a fumar a escondidas en los servicios. Allá ellos.

Esta compañera de la que hablo, Marta Gutiérrez, que en paz descanse, me llevaba ocho años. Tenía una manera singular de remover el café con la cucharilla. Le daba muchas vueltas y muy despacio, o por lo menos más despacio de lo que la mayoría de la gente acostumbra, y si lo hacía al mismo tiempo que hablaba, me da la impresión de que marcaba las sílabas tónicas dándole un pequeño arreón a la cucharilla.

Marta Gutiérrez me reveló en la cafetería del museo algunas intimidades. Su matrimonio estaba en ruinas y probablemente ella no tenía a nadie de confianza a quien contarle sus tribulaciones.

Recuerdo con agrado a esta compañera ya fallecida. Al principio, cuando yo era un novato en la profesión, me tomó generosamente bajo su tutela, y con sus consejos y advertencias me libró de errores y me introdujo en el funcionamiento del instituto.

Ya puestos a intercambiar confidencias, le pregunté por qué en un momento dado las esposas dejan de practicar la felación. La pregunta seguía el mismo rumbo de algunas revelaciones de cama que ella me acababa de hacer. No recuerdo con exactitud su respuesta. Vino a decir algo así como que las felaciones son una cochinada, son humillantes y susceptibles de transmitir enfermedades. Me dio la razón cuando afirmé que las mujeres muy enamoradas no suelen rechazar esta práctica. «Tú lo has dicho: las muy enamoradas.» Y me reveló que hacía cuatro años que no le abría las piernas a su marido. Al punto imaginé esas mismas palabras repetidas por Amalia. Yo abrigaba la esperanza de que la falta de disposición sexual de mi mujer por aquellos días fuera pasajera, achacable a los malos momentos que le estaba haciendo pasar el embarazo, y que tampoco fuera para siempre la propuesta suya de dormir los dos en habitaciones separadas. No dudé en aceptarla pensando que Amalia no deseaba sino evitar en el tiempo de la gestación que mis ronquidos perturbaran su descanso. Qué ingenuo soy a veces.

2

Me daba tanta pena Amalia. Su sangre, su dolor, y yo allí, paralizado de angustia en el paritorio, procurando por todos los medios no estorbar al personal sanitario. Y yo le agarraba a ella su mano caliente, sudorosa, y veía su rostro contraído, y oía sus gritos, su respiración anhelante, y me decía entre mí: «A esta mujer la voy a querer hasta el final de mis días, pase lo que pase». ¿Por qué no se lo digo? Me atenaza la timidez. En casa de mis padres no había costumbre de poner palabras al afecto. Yo nunca oí a papá decirle a mamá: «Te quiero». Ni a mamá decírselo a él. Quizá porque no se querían. Pero... ¿y ellos a Raulito y a mí? Nos daban de comer, nos vestían, nos daban regalos por nuestros cumpleaños y Reyes y se supone que a partir de todo esto nosotros debíamos deducir que nos querían. Lamento profundamente no haber desarrollado la facultad de plantarme ante los demás y transmitirles con palabras precisas lo que siento por ellos. Me habría gustado decirle a Amalia, en el curso de su difícil parto, que estaba a punto de romper a llorar de tanto como la estaba queriendo. A lo mejor eso habría cambiado para bien algunas cosas. Pero es que no me salió. Me daba, además, vergüenza ponerme tierno delante de aquellas personas que atendían a la parturienta.

En el momento de aplicarle a Amalia la anestesia epidural, me pidieron que me echase a un lado. No muy cordialmente, por cierto. «Quítese de ahí.» Amalia entendió mal. «Toni, por favor, no te vayas.» Se percibía en su voz un temblor de miedo. Alguien intervino antes que yo pudiera decir nada: «Tranquila, señora, que su marido no se va». Vi que le dibujaban a Amalia unas rayas en la parte inferior del espinazo. Esa desnudez que antes despertaba mi deseo carnal, ahora me colmaba de compasión. En parte también me hacía sentir culpable. Una de tantas noches, yo había disfrutado de mi orgasmo y ella se había quedado preñada y ahora tenía que sufrir.

Cuando le fueron a insertar el catéter, miré horrorizado hacia el techo. No sabía bien lo que le estaban haciendo. Sí, había compartido lecturas con ella durante el embarazo; pero, lo confieso, el tema no me subyugaba y, en consecuencia, no fui constante, no presté la suficiente atención y ahora no comprendía por qué le estaban clavando una aguja en el lomo.

Luego se produjo una situación de emergencia. Al niño, atorado en el conducto, le empezaba a faltar oxígeno. Las manos solícitas de la comadrona desatascaron la cavidad materna con una espátula. De pronto vi asomar una cabecita con pelo negro. Mi hijo. Se escurrió hacia dentro y desapareció de mi vista. Salió por fin, mojado, cárdeno. Me temblaba tanto el pulso que decliné cortarle el cordón umbilical. Una enfermera lo depositó sobre el pecho de su madre. Después me lo dejaron tener un rato en brazos envuelto en una toalla blanca, mientras a Amalia le cosían el tajo que le habían practicado en el perineo. La criatura lloraba con unos gemidos taladrantes que en aquellos momentos me parecieron maravillosos, pues eran la señal de que estaba viva y tenía vigor. Pronto, en casa, esos mismos gemidos se convirtieron en una tortura que aniquilaba nuestro descanso nocturno y nos ponía frenéticos y discutidores. Y así un día y otro durante meses.

3

La tercera nota anónima estaba escrita a mano en letras mayúsculas. Decía: «¿A qué esperas para tener a tu hijo bajo control? ¿No lo podrías atar de por vida a un poste? Hay mucha gente rezando para que lo aplaste un camión».

Como en los casos anteriores, mi primer impulso consistió en deshacerme del cuadrado de papel; pero esta vez me lo pensé mejor y acabé cambiando de idea. Alguien con malas entrañas tramaba hostigarnos de forma continuada. Mientras sólo se tratara de mensajes en el buzón...

Así y todo, nunca se sabe adónde pueden conducir estas acciones que a menudo empiezan siendo baladíes y con el tiempo pueden llegar a convertirse en un problema grave para las víctimas. Es una norma de nuestro instituto que los profesores permanezcamos vigilantes y nos tomemos en serio cualquier indicio de acoso entre alumnos por leve que parezca a primera vista. Decidí acogerme a la misma precaución en mi vida privada. Quizá aquella tercera nota y otras que la seguirían (y que, en efecto, la siguieron) podrían servirme algún día como prueba del delito en caso de juicio. Este pensamiento me indujo a conservar la nota. Se la mostré a Amalia, a quien faltó tiempo para señalarme el cubo de la basura. «Gamberros hay en todas partes», dijo.

4

El crío pasa un trecho de los dos años y es incapaz de articular una frase íntegra. Pronuncia, sí, palabras sueltas, a menudo tan distorsionadas que no hay manera de entender lo que trata de decirnos. ¿Llegará el día en que se tome la molestia de conjugar un verbo? Amalia y yo habíamos empezado a ponernos nerviosos. Decidimos de común acuerdo mostrarle a nuestro hijo que no lo entendíamos para obligarlo a hacer mayores esfuerzos. La pediatra restaba importancia al asunto. Cada niño, decía, tiene un ritmo específico de crecimiento. El problema es que el nuestro no parecía tener ningún ritmo. Cada vez salíamos menos reconfortados del consultorio; pero ¿cómo íbamos a llevarle la contraria a una bata blanca?

Una tarde coincidimos con Raúl y María Elena en casa de mamá, y no tienen mejor idea que contarnos con gesto de orgullo que a la edad de Nikita su hija mayor (la otra acababa de cumplir un año) ya rezaba el *Jesusito de mi vida,* hablaba por los codos y sabía varias canciones de memoria. Les pregunté si también impartía charlas. En aquel punto se acabó la conversación. Después Amalia, por el camino de vuelta a casa, me afeó que yo fuera siempre tan bruto con mi hermano, lo que acto seguido no le impidió a ella ponerlos a caer de un burro tanto a él como a nuestra cuñada, mientras Nikita emitía en el asiento trasero del coche unos sonidos bucales que francamente empezaban a causarme asco.

A veces, en mi desesperación, ausente Amalia, me encaraba con el niño y le decía: «A ver, Hegel, repite: papiroflexia» o cualquier otro vocablo de difícil pronunciación. El niño fijaba en mí una mirada de inocente apatía. Y haciendo como que había superado la prueba, aunque no hubiese abierto la boca, yo lo alababa: «Muy bien». Y a continuación: «Elevemos el nivel. Repite: Con la existencia surge la particularidad».

Pero vamos a decir que, exceptuando los momentos en que se me agotaba la paciencia, yo le profesaba ternura al ceporrillo. Me tomo la paternidad a pecho, sobre todo en los primeros años; desciendo a la altura del chaval, sentándome a su lado para contarle historias, para moverlo a risa; jugamos los dos sobre la alfombra, y aunque soy lo contrario de un as de la locuacidad, siguiendo el consejo, por no decir la orden, de Amalia, no paro de hablarle. En ningún caso remedo la voz de los niños como hacen otros padres. Amalia me lo tiene prohibido. Detesta que los adultos «se subnormalicen» cuando dirigen la palabra a los bebés. Le hago preguntas a Nikita, nombro los objetos, canto a su lado, recito poemas breves y trabalenguas con voz sosegada, siempre en la esperanza de que la criatura se empape de lenguaje. Ni por esas.

Se afianza en mí la convicción de que nuestro hijo ha nacido con retraso intelectual y juzgo improbable que Amalia no piense lo mismo, si bien cada cual, de momento, prefiere guardar para sí sus impresiones.

Con frecuencia dejábamos a Nikita durante varias horas bien en casa de mis suegros, bien en la de mamá, a fin de que se relacionase con otras personas y se familiarizara con otras voces, otros vocabularios, otros lenguajes gestuales. Mi suegra, un día, en la cocina, le echó la bendición con ademanes imitados del papa. No había visita en que la vieja no animara al niño a jugar con su rosario, un chisme antiguo, manoseado por al menos tres generaciones de santurronas. A Nikita las cuentas de nácar le producían una fuerte atracción, tal vez porque las confundía con golosinas. De tal forma que a veces se las llevaba a la boca con gran espanto de Amalia, temerosa de que el hilo se rompiese y nuestro hijo se pudiera atragantar. Mi suegra preguntaba con cierta insistencia cuándo íbamos a bautizar a su nieto. Estaba firmemente convencida de que su retraso en el habla era un castigo de Dios.

En cierta ocasión la hospitalizaron a causa de una fractura de pelvis. Amalia fue a visitarla y aprovechó para comunicarle que acabábamos de bautizar al niño. La trola fue una idea suya a la que yo no vacilé en dar mi conformidad. Ella la adornó diciéndole a su madre que no habíamos podido posponer la ceremonia debido a que la parroquia tenía sus propios plazos y no aceptar el que nos habían otorgado suponía tener que ponernos de nuevo en la lista de espera. Al borde de las lágrimas, mi suegra agradeció al Señor que por fin su nieto hubiera sido cristianizado.

Tiempo después, ella con bastón y mi suegro con bigote ceniciento de adepto al franquismo, nos invitaron al restaurante Hevia, en la calle Serrano, para celebrar «como Dios manda» el bautismo de Nikita. En adelante dejaron de darnos la lata sobre este asunto.

5

El último tramo, antes de llegar a la guardería, era una callejuela cerrada al tráfico. Nikita y yo habíamos tomado la costumbre de decidir a cara o cruz si bajábamos por las escaleras o por la rampa para ciclistas y personas que se desplazan en silla de ruedas. Al chaval, cumplidos los tres años, le encantaba tirar la moneda al aire. A veces la tiraba con tanta fuerza que había que ir a buscarla. Nikita, invariablemente, elegía cruz, bien porque era lo que le resultaba menos difícil de pronunciar o porque su bajo nivel de concentración sólo le permitía entender el final de mi frase. Después, con independencia de lo que mostrase la moneda, enfilaba la rampa sin hacer caso de mis protestas, y siempre me picó la duda de si el puñetero tenía mal perder o no captaba el sentido del juego.

En cierta ocasión me dispuse a sacar la moneda del bolsillo; pero él ya había echado a correr por la rampa. El chaval no tendría muchas luces; sin embargo, para su edad, era bastante rápido y fornido. Algo es algo. De pronto se detuvo y retrocedió. Yo caminaba detrás de él a pocos pasos y enseguida, por la postura corporal de las dos mujeres y por su entrecejo hosco, me dio el aire de que nos estaban esperando con malas pulgas. Se habían apostado junto a la puerta de la guardería. Imposible franquear la entrada sin pasar por delante de ellas. Nikita se colocó a mi espalda. Mala señal. Volví la cabeza. Le pregunté en voz baja: «¿Qué has hecho?».

Una de las dos mujeres le subió la manga del vestido a una niña que estaba a su lado para mostrarme las marcas de los dientes de mi hijo en el bracito delgado y pálido. Sarcástica: si no le dábamos a Nicolás lo suficiente de comer. Más nítida, por más profunda y acaso más reciente, era la doble fila de puntos rojos en el muslo de un chaval rollizo que la otra mujer tenía agarrado de la mano. Fue esta la que cuestionó que yo educara debidamente a mi hijo, al que tildó de «desgracia de la guardería», y la que, con gesto demudado y en tono de amenaza, afirmó que la próxima vez vendría a hablar conmigo su marido. Me dieron ganas de aconsejarle que enseñara a su niño a defenderse; pero lo cierto es que yo no sabía cómo salir airoso de la situación. Iban llegando madres y padres con sus respectivas criaturas. Como obstruíamos la entrada, no tenían más remedio que detenerse a nuestro lado. No faltó quien metiese baza para confirmar que, efectivamente, Nicolás atacaba sin razón a otros niños. Miré desde mi altura de adulto a Nikita. Le pregunté: «¿Es eso verdad?».

Amalia no pudo contener las lágrimas cuando le conté lo sucedido. «Nos quieren hacer creer que nuestro hijo es un monstruo.» Luego, más calmada, pero no menos triste: «A ver quién para a este niño cuando cumpla quince años». Repliqué con propósito tranquilizador, pero sin creer en mis propias palabras, que para entonces nuestro hijo ya habría cambiado con ayuda de la cultura y la educación que nosotros nos encargaríamos de proporcionarle.

Transcurridas unas pocas semanas, llego a casa muerto de cansancio al término de la jornada laboral, la cabeza saturada de voces y ruidos, deseando echar la siesta y soñar, mientras duermo un rato, que descabezo alumnos con una motosierra. Encuentro a Amalia alterada. «¿Qué pasa?» Había conversado por teléfono con la directora y esta le había transmitido la petición de un grupo de padres para que retirásemos sin pérdida de tiempo a nuestro hijo de la guardería. Me inquietó ver a Amalia servirse una copa de vino a una hora inusual. Despechada, sentenció que ya no mandaríamos al niño a «semejante cochiquera». Le arreó un brusco lingotazo al vino como para aplacar la rabia que le recomía por dentro. Yo objeté que cambiar de guardería supondría tener que poner a Nikita en la lista de espera de otra. Confiárselo a diario a sus padres o a mi madre abriría la puerta a nuevas complicaciones. «Déjame pensar», dijo y, con pasos enérgicos, sonoros de tacones, y la copa de vino en la mano, se encerró en su habitación.

Al día siguiente, más temprano que de costumbre, nos presentamos los dos en la guardería. Esta vez no hubo moneda al aire; cogí al niño y lo bajé en brazos por la escalera, seguido de Amalia, que de puro nerviosa me suplicó que yo llevase el peso de la conversación con la directora. Le dije a esta, sin perder la compostura, lo que traía acordado de casa con mi mujer: que era obligación de la guardería tomar medidas pedagógicas encaminadas a corregir la conducta inadecuada de nuestro hijo, así como a proteger a los otros niños si tal cosa fuese necesaria. De ninguna manera estábamos dispuestos a sacarlo de allí y, por supuesto, llegado el caso no vacilaríamos en recurrir a los servicios de un abogado para impedirlo.

Por la confidencia de una madre con la que manteníamos trato cordial supimos al cabo de un tiempo que las cuidadoras solían aislar a Nikita del resto del grupo. Al parecer, la medida buscaba poner los brazos y piernas de los niños a salvo de la dentadura de nuestro hijo tanto como dar satisfacción a algunos padres tenazmente quejumbrosos.

A Amalia y a mí, en el fondo, la novedad nos causó indiferencia.

«Así aprenderá a no ser violento», dijo ella.

«Por mí como si lo atan al radiador de la calefacción», dije yo.

6

Al cumplir el niño cuatro años, mis suegros le regalaron un estuche metálico con lápices de colores Alpino. Tanto Amalia como yo habíamos tenido de niños lápices de la misma marca, si bien alineados dentro de una cajita de cartón que se rompía con facilidad. Los dos coincidíamos en considerar los lápices un buen regalo; no el mejor de nuestras vidas, pero sí uno que ahora formaba parte de nuestra memoria sentimental más grata, y por eso nos alegraba que nuestro hijo recibiera los mismos avíos de pintar que tan buenos ratos nos habían deparado a nosotros en la infancia.

No bien Nikita hubo roto a zarpazos el envoltorio de regalo, Amalia y yo, aniñados de repente, sentimos la rápida tentación de agarrar sendos lápices y usarlos en una esquina del papel; pero, claro, el regalo no era para nosotros y, ella a mí y yo a ella, nos prohibimos poner la mano en lo que no nos pertenecía.

A mi suegro se conoce que le vino un arranque didáctico. Sentado con Nikita a la mesa, pronunciaba el nombre de los distintos colores para que su nieto los repitiera a continuación, y de vez en cuando miraba hacia nosotros como diciendo: «¿Os dais cuenta de cómo hay que educar al niño?». Cambiaron de juego. Él decía, por ejemplo: «Dame el lápiz anaranjado». Y el niño se lo daba. Así varias veces, con reacciones correctas de Nikita en todos los casos, hasta que a partir de cierto momento, haciendo caso omiso de los colores, al niño le dio por coger los lápices al buen tuntún, señal de que empezaba a aburrirse. Perdía la concentración y su abuelo, con la misma rapidez, la paciencia. En esto, lo llamó zoquete, olvidándose sin duda de nuestra presencia en la sala. Amalia amonestó a su padre no sin cierta severidad y el viejo, resentido, se encerró en su habitación, de la que no quiso salir a despedirnos más tarde, cuando mi suegra fue a comunicarle que nos íbamos.

En casa, a los pocos días, Amalia descubrió que el niño había mordido salvajemente todos los lápices. Algunos, además de morderlos, los había destrozado. En su defensa y por la pena que en el fondo me daba, le conté a Amalia que yo también solía morder de niño mis lápices y con más gusto aún la goma de borrar, aunque sin llegar a los extremos de ferocidad de nuestro hijo. Y la razón de esta conducta, le expliqué, era que los colores vivos de los lápices me evocaban frutas sabrosas, gominolas y otras chucherías por el estilo, aparte de que el olor de la madera me producía una atracción irresistible.

Amalia, niña perfecta, encarnación de la sensatez, jamás rompió ni mordisqueó sus lápices, ni mucho menos los confundió con golosinas.

La circunstancia de que yo hubiera hecho de niño lo mismo que nuestro hijo la tranquilizó. Abrigaba el convencimiento de que los varones tendemos a incurrir ya a edad temprana en necedades y actos de destrucción arrastrados por nuestra consustancial naturaleza depredadora, una forma de decir que somos estúpidos de nacimiento y para siempre. Y sentenció sin ánimo de elogio: «Se ve que Nicolás ha salido a ti».

Lo que la sabihonda ignoraba es que yo, de niño, me guardaba de morder mis lápices y mis gomas de borrar por la cuenta que me traía. Mis padres no me lo habrían consentido. Mamá me habría arreado una sarta de bofetadas; papá habría despachado el trámite punitivo con una sola, pero más dolorosa que todas las de mamá juntas.

7

Al año de casados, empezó en nuestro dormitorio la era glacial, la que, según Patachula, tarde o temprano llega a todo matrimonio. «Un poco pronto en mi caso, ¿no crees?» Se reía.

Yo percibí los primeros síntomas en la cama; pero es posible que el enfriamiento de la pasión física en mi mujer viniera de antes, sin que yo me percatase, hasta que, confirmado el embarazo, Amalia me cerró sus piernas. Y después, sí, nacido Nikita, volvió a abrirlas al cabo de un tiempo, pero con intervalos cada vez más espaciados y con la indolencia de quien se limita a cumplir un requisito. No he follado nunca con un cadáver. Sin embargo, sólo tengo que pensar en la inacción de Amalia tumbada boca arriba, con los muslos separados apenas lo justo, para hacerme una idea de lo que puede ser una experiencia necrófila. «¿Has terminado?» Era típico de ella formular la pregunta tan pronto como aflojaban mis sacudidas.

Confirmado el embarazo, Amalia me anunció como quien lee en voz alta una notificación del juzgado que de momento no haríamos el amor. Alegó un motivo que a primera vista me pareció plausible. Temía que una infección transmitida durante el acto sexual dañase al feto y la dañase a ella. Ilusionado con la idea de ser padre y buen marido, no sólo entendí sus razones, sino que las refrendé en la esperanza ingenua de que tras el nacimiento de nuestro hijo recobraríamos el gusto por los juegos sensuales, así como el hábito generoso de darnos placer el uno al otro. Pensaba que profesando respeto a mi esposa me aseguraría su afecto. Gran error.

Lo que en realidad terminó por aquellos días fue el fingimiento de una atracción física magistralmente escenificado por Amalia. Ahora abrigo pocas dudas al respecto y esto es, de todo lo que pasó entre los dos en los dieciséis años que duró nuestro matrimonio, lo que más me cuesta perdonarle. Mujer calculadora y pragmática, me eligió para lograr un doble objetivo: el espermatozoide que le garantizase la maternidad y el primo que contribuyera a sufragar la crianza del fruto de su vientre. No le costó mucho, una felación en un hotel de Lisboa y poco más.

Algunas noches llegué a implorarle sexo. Y de ese modo, sin darme cuenta, me hacía a sus ojos aún más despreciable, convirtiéndome por la urgencia de una satisfacción corporal en un muñeco sin dignidad ni carácter, dispuesto a pagar unos segundos de placer con horas y hasta con días enteros de sumisión.

¿Que si me duele revivir estos recuerdos? Joder, me duele mucho, pero al mismo tiempo necesito sacarme toda la suciedad que acumulo en mi interior. No quiero que me entierren con ella, sino estar a buenas conmigo y sentirme limpio por dentro en mis últimos instantes.

Una noche en que no pude resistir el empuje del deseo, tuvimos un conato de incidente. La desavenencia no pasó a mayores porque tuve la fortuna o el tino de recular a tiempo, asustado por la fuerza con que empezaba a apoderarse de mí la tentación de partirle la cara a Amalia. Otro en mi lugar quizá le hubiera descargado la mano; pero yo no puedo. Soy incapaz de hacer daño. No quiero parecerme a papá, que consideraba el coño de mamá como de su propiedad y nunca habría permitido que ella se lo negase ni se lo dosificara a cambio de quién sabe qué recompensas y concesiones.

Amalia y yo comenzamos a dormir separados por acuerdo mutuo. Ahora comprendo lo estúpido que fui. Lo ingenuo. Lo manso. Juzgaba razonable no privarla con mis ronquidos de su reposo nocturno. Estaba encinta. Pronto se le notaría el vientre abultado.

Eso es muy serio. Había que hacer todo lo posible por su bienestar y el de nuestro hijo aún no nacido. Tal era mi convicción que, no contento con asumir los argumentos de Amalia, los extremaba obligándome a más de lo que ella me exigía. Si lo llego a saber...

8

Amalia daba el pecho a nuestro hijo de poco más de un mes en el sofá de la sala. Yo estaba en la cocina preparando la cena. Mis habilidades con las cazuelas y sartenes tendían por aquel entonces a modestas, lo que no me dispensaba de asumir las funciones de cocinero casi a diario. Y de hacer la compra. Y de fregar la vajilla mientras no tuvimos lavaplatos. Había que compartir el trabajo en el hogar, una de las grandes reivindicaciones de Amalia, una obsesión sobre la que ella no se acordó de ponerme al corriente antes de la boda. Tampoco he sido el típico torpe de comedia que confunde la sal con el azúcar. Me esforzaba, aprendía y progresaba, e incluso puede que les hubiese tomado gusto a los quehaceres domésticos si la falta del amor físico no me hubiese producido la viva, la punzante sensación de ser víctima de un fraude.

Me veo en mis recuerdos cortando una berenjena en rodajas con un cuchillo de hoja larga, que, aunque incómodo de manejar, era mi preferido por la efectividad de su filo y porque formaba parte de un juego de utensilios de cocina que mamá nos había regalado. Me disponía a rebozar las rodajas y freírlas en una sartén, en sustitución de la carne y el pescado que Amalia empezaba a rechazar por ciertos escrúpulos que había contraído después de leer diversos reportajes acerca de la producción industrial de alimentos, un tema sobre el que de vez en cuando pontifica en su programa radiofónico.

Algo quería de mí y me llamó. Al entrar en la sala, la vi de espaldas sentada en el sofá, la cara del niño apretada contra uno de sus pechos. Su melena de largas y hermosas ondas se le derramaba sobre la parte superior de la espalda. Desnudo el torso, mostraba la curva delicada de los hombros, los antebrazos delgados y una apariencia de fragilidad que solía despertarme una gran ternura. Al verla concentrada en la tarea de la lactancia, ajena a cuanto no fuera abrazar con maternal cuidado a su bebé, me sobrevino una violenta, una irresistible acometida de lujuria. Confieso que habría hecho cualquier cosa por ocupar el sitio del niño y chupar golosamente uno de aquellos pechos. La gusanera de imágenes eróticas que se retorcían en mi cerebro me puso al borde de perder el dominio de mis actos. ¡Qué bello estaba aquel témpano de hielo con forma de mujer! Parado como a dos o tres pasos de su cabeza, noté de pronto en el puño el mango del cuchillo. Una idea repentina me nubló la mente por espacio de unos pocos segundos, los suficientes para representarme, con una sensación estremecedora de realidad, que me abalanzaba por detrás sobre mi mujer y mi hijo y los acuchillaba bestialmente. A Amalia le dio tiempo de proferir un breve alarido de sorpresa, apenas un estertor antes que yo le hundiese la hoja de metal en la garganta; el pobre angelito ni se enteró.

Desperté de aquella sangrienta fantasía al escuchar la voz de Amalia. Me estaba pidiendo, sin volver la mirada, en tono pausado, que le sacase por favor un yogur del frigorífico para que más tarde, cuando lo comiese, no estuviera frío. Me pregunto yo ahora si todos esos horrendos crímenes de género, machistas o como se les quiera llamar, de los que a menudo informan los medios de comunicación, suceden a consecuencia de una repentina ofuscación mental, o se planean fríamente, o si existe alguna otra posibilidad que a mí no se me ocurre ni falta que hace.

De vuelta en la cocina, me dio un escalofrío comprobar que continuaba empuñando con fuerza el cuchillo.

9

Mis suegros nos invitaron a almorzar en Casa Domingo, un restaurante al viejo estilo que les pillaba cerca de casa. Comimos esto, bebimos lo otro; para lo que me propongo recordar hoy aquí son superfluos los detalles culinarios. Mi suegra no ocultó que habían decidido invitarnos al restaurante por aquello de ahorrarse el trabajo en casa. Mi suegro soltó su perorata habitual contra Felipe González y los ministros de su Gobierno, y Amalia, como de costumbre, fiel votante del partido socialista a escondidas de su padre, ni le daba la razón ni se la quitaba.

A mí el fanatismo del viejo, anclado ideológicamente en épocas en las que, según él, imperaban el orden, la justicia y la unidad de España, solía resultarme simpático durante más o menos tres minutos. En dicho lapso su parla de extrema derecha me entretenía como me pueden entretener las muecas de un chimpancé. Agotadas mis provisiones de tolerancia, las prédicas polvorientas del viejo me producían un cansancio espeso, fuertemente adormecedor, compatible con unas ganas crecientes de lanzarle cualquier objeto a la cara (la servilleta, mi ración de ensaladilla rusa), pese a lo cual lo dejaba, lo dejábamos, desbarrar a sus anchas para que se vaciase cuanto antes de sus necedades, fobias y vaticinios agoreros, se quedara tranquilo y nos dejara disfrutar de la comida en paz.

De camino al restaurante, dejamos a Nikita en casa de mamá, no tanto por librarnos de la llantina del bebé durante un par de horas como porque aún estaba permitido en aquella época fumar en los locales públicos y Amalia y yo no queríamos exponer a nuestro hijo al humo del tabaco, ya fuera el propio o el ajeno. Por la misma razón tampoco fumábamos dentro del piso; sólo asomados a la ventana, siempre que no apretara el frío, o en el rellano de las escaleras aprovechando que la vecina de enfrente, una anciana de casi noventa años, no se enteraba de nada ni salía apenas de su vivienda.

Recuerdo una escena de escasa duración en el transcurso de aquella comida con mis suegros. Los cuatro estábamos sentados a una mesa próxima al fondo del restaurante, Amalia enfrente de mí. Yo habría preferido que ella tomara asiento a mi izquierda o a mi derecha, pues sus pataditas en el costado de mis piernas cada vez que me mandaba callar dolían menos que cuando me las arreaba de frente en la espinilla.

En un momento dado, mientras mi suegro insistía en la necesidad de un cambio de Gobierno o, ya puestos, de régimen político con o sin intervención de los militares, miré a Amalia dentro de los ojos y ella miró dentro de los míos; sonreí y ella también sonrió, sin que yo pueda asegurar ahora quién imitó a quién o si la coincidencia de gestos fue obra de la casualidad. Un tácito desafío, alimentado por la aversión, inspiraba mi mirada y mi sonrisa, y estoy convencido de que ella captó esta circunstancia, si no es que llevaba un rato observándome con disimulo y leyendo mis pensamientos como si los hallara escritos en un libro abierto. No abrigo duda de que entendió lo que le estaba comunicando sin palabras. La expresión de su cara en aquellos instantes combinaba la altivez y la flema retadora. Creo que si yo hubiese tenido un espejo delante habría visto exactamente lo mismo en mis facciones.

Lo sabe, pensé. Es lista, lo ha adivinado y me está dando a entender que mis acciones y mis secretos le importan un comino. Hacía dos días que me había estrenado como cliente en un burdel de la Chopera. No fui solo. Solo no me habría atrevido. Patachula, aún bípedo, experto en la materia, familiarizado con el lugar, me acompañó e hizo de guía. Por el camino fue poniéndome en antecedentes sobre la manera adecuada de tratar con las prostitutas. Una, salida de no sé dónde, me interceptó no sin cierta agresividad. Pata me indicó por señas que aquella no me convenía. Le hice caso. Al poco rato trabé conversación con otra, ni más fea ni más guapa, y en esta ocasión mi amigo me hizo un gesto aprobatorio.

Patachula estaba convencido de que la prostitución salva matrimonios. Es posible que a mí me ayudara a soportar el mío por espacio de más de tres lustros. Carezco de datos para verificar esta hipótesis. Albergo, no obstante, la certeza de que no depender de Amalia para mis apremios sexuales obró en mí un efecto liberador.

10

Primer día del nuevo curso escolar; para mí, después de tantos años, el último, cosa que sólo sabemos Patachula (que quizá, en el fondo, no me crea) y yo.

La idea de no estar condenado hasta la jubilación a la jaula laboral me ha dispensado de deprimirme. He estado inusualmente jovial en clase. Era como si un individuo distinto de mí, con un temperamento opuesto al mío, me hubiera desalojado del cuerpo, se lo hubiera puesto como quien se viste un mono de trabajo y me hubiese suplantado durante las clases, mejorando mi rendimiento y echándoles a las explicaciones una gracia y una viveza a las que no estoy acostumbrado. Yendo de un lado al otro del aula, no podía menos de preguntarme entre mí: «¿Qué me pasa? ¿A qué vienen estos ramalazos de euforia, esta locuacidad, esta seguridad en mí mismo?». He logrado que los alumnos se rieran en varias ocasiones. No sólo ellos, yo mismo ignoraba que tuviese una faceta humorística.

Lo único que de un tiempo a esta parte me atrae de la docencia es el sueldo. Tras la etapa inicial de profe novato, lleno de ilusión y ganas de hacer las cosas bien, di en no tomarme en serio a los alumnos y los despreciaba. Sigo sin tomármelos en serio (quiero decir que me da igual si aprenden o no); pero hoy, al menos hoy, no los he despreciado. Hasta sentía deseos de sentarme entre ellos, aunque procuro guardar las distancias, sobre todo con respecto a las chicas, que a su edad, con los pantalones cortos que están ahora de moda, los pechos ya casi formados y el perfume empiezan a provocar pulsiones eróticas en rededor.

Hoy ha sido todo un poco distinto de otros comienzos de curso. He mirado a los alumnos con la simpatía, por no decir con la ternura que se me pone en los ojos cuando, de camino al instituto, observo los vencejos en el aire de la mañana. Adoro los vencejos. Vuelan sin descanso, libres y laboriosos. A veces miro desde la ventana a unos cuantos que tienen sus nidos bajo las cajas del aire acondicionado del edificio de enfrente. Pronto emprenderán su vuelo migratorio anual. Si nada se tuerce y mi vida sigue por el camino trazado, aún estaré aquí la próxima primavera cuando ellos regresen.

Ya veremos.

11

Me moriré sin haber cometido un asesinato. Ignoro si dicha experiencia es sustituible por la de matarse a sí mismo. Sueño que un funcionario del Tribunal Supremo, con la cabeza cubierta por un capirote, pone un fusil de asalto en mis manos y acto seguido lee una orden judicial que me conmina a liquidar en el plazo de dos horas a una persona de mi elección, no importa cuál. Presento objeciones, alego escrúpulos morales, trato por todos los medios de resistirme; pero es en vano. O cumplo lo que se me manda o seré sometido a castigos bestiales antes de ser quemado vivo. En vista de mi renuencia, dos carceleros me arrastran hasta una mazmorra pestilente. Sin darles tiempo a cerrar la puerta, les digo que ya he elegido a mi víctima. Quieren saber de quién se trata y me advierten: «No intentes ganar tiempo. Conocemos los trucos». Les respondo que accedo a disparar contra la directora del centro escolar donde trabajo. Ellos acogen mi elección con indiferencia y, sin perder un instante, me trasladan a gran velocidad, en un automóvil de cristales tintados, hasta el instituto. Constato en el momento de apearme en el aparcamiento reservado a los profesores que estoy de un humor excelente, hasta el punto de permitirme algún que otro chascarrillo. Los carceleros intercambian miradas de desconcierto; pero poco a poco se van rindiendo a la gracia de mis chistes y terminan retorciéndose de risa.

La directora me ha saludado esta mañana ocultando tras su expresión hierática el menosprecio que le inspiro, y yo le he devuelto el saludo disimulando con un gesto de gélida cortesía la aversión que le profeso. La mano hecha pistola dentro del bolsillo, le he metido sin que se diese cuenta media docena de tiros en el vientre.

Mi estrategia con la dominatriz consiste desde hace años en adentrarme lo menos posible en su radio de acción. Sé que es una simple funcionaria, con poderes limitados, pero hábil y tenaz a la hora de fastidiarles la vida a sus subalternos. Acepto y callo, y si tengo que ponerla a caldo, cosa que me ocurre con frecuencia, lo hago fuera del alcance de sus oídos. Otros, valientes hasta la temeridad, optaron por rebelarse, soltándole a la cara lo que pensaban de ella; empeoraron, en consecuencia, su situación laboral. La directora es una tipa con malas entrañas y rencores largos. A ella le debo principalmente mi pésimo horario, que este curso apenas ha sufrido variaciones. Y lo poco que ha cambiado ha sido a peor. Vuelvo a ser víctima del decreto de 2013, con el que el Gobierno de Mariano Rajoy propició la supresión de Historia de la Filosofía, dejando la asignatura como optativa en segundo de bachillerato. Un curso más, para cuadrar el horario, debo impartir una cosa llamada Iniciación a la Actividad Emprendedora y Empresarial. No soy el único afectado por esta situación. Una compañera, sin ir más lejos, debe impartir tres asignaturas presuntamente afines. Cometió la desfachatez, la insolencia, el crimen de solicitarle a la directora cursos de preparación. «Estudie en casa», fue la respuesta. Y desde entonces, enemigas.

Así pues, estoy en el caso de enseñar sin ganas una materia de la que no soy experto (¿experto?, ¡ja!, no tengo ni puta idea) y cuyos fines didácticos desprecio. Todo por el sueldo.

12

Terminada la jornada laboral, agarro mi maletín y enristro hacia la salida; oigo en el pasillo una voz que me llama por la espalda: el padre de una alumna, una de esas que sacan buenas notas más por miedosas que por inteligentes. El hombre me dirige la palabra en tono desapacible. No sólo por la voz, también por la expresión de su cara me doy cuenta de que me ha abordado con intención de formularme una reclamación o una queja. Me pregunto cómo es posible. Hoy ha sido el tercer día lectivo. Desde el lunes, cuando arrancó el nuevo curso escolar, no ha habido, que yo sepa, situaciones de conflicto en mis clases. Aún falta mucho para los exámenes y las notas. ¿A qué viene esta excitación? ¿Qué me hace merecedor de esta cólera? ¿Se ha producido entre mis alumnos un caso grave de acoso y yo no me he enterado?

El tipo, más joven que yo, sostiene el libro de texto con un dedo entre las hojas. Si supiera el hambre y el sueño que tengo...

Me muestra una página en la que, sin mis gafas de lectura, sólo acierto a distinguir el retrato de Karl Marx. Adivino que se trata de la lección dedicada a la filosofía del siglo XIX, cuatro bagatelas que incluyen un pasaje de apenas una página sobre la dialéctica histórica.

Me dice con voz cortante y un punto de histeria que él es un español de ley, un ciudadano que vela por los valores de la patria y que no admite que a su niña le inculquen ideologías contrarias a la fe de su familia. El tipo no se expresa mal. Me exige que le comunique con antelación cuándo daré la clase sobre marxismo porque ese día su niña se quedará en casa. Añade que esto no hace falta que lo sepa nadie y que si la madre de su niña viniera a decirme algo distinto de lo que él me está diciendo ahora, yo no debo hacerle caso, puesto que él es el responsable principal de la educación de su hija, que es lo que más quiere en el mundo y estaría dispuesto a morir por ella si hiciera falta.

¿Se va a poner a llorar?

Me siento demasiado cansado para debatir con un gilipollas. Así que, armándome de cinismo, le doy una palmadita en el brazo y le respondo con aplomo: «No se preocupe. Me saltaré la página. A mí tampoco me gusta. Ahora bien, no se lo diga usted a nadie».

Por supuesto que no me la saltaré. O a lo mejor sí. Depende. Me da todo tan igual...

El caso es que, para lo que voy a durar, ni siquiera necesito el sueldo. Nikita ya no me cuesta lo que antaño y con mis ahorros yo bien podría tirar hasta el verano que viene. Entonces ¿para qué puñetas hago un trabajo que me disgusta? ¿Por qué tengo que aguantar situaciones como la de hoy?

Si no entiendo las cosas más elementales, ¿cómo voy a entender las profundas?

No tengo respuesta para nada.

Para nada.

13

En días como hoy uno se siente tan purificado que le dan ganas de albergar un alma; una dimensión interior por la que puedan fluir las aguas limpias de la bondad; dicho de otro modo, un pequeño templo invisible en el espacio entre dos órganos, donde celebrar acontecimientos como mi fabulosa victoria moral de esta jornada. La cuestión es que anoche, en lugar de preparar las clases (he tirado una vez más de veteranía, apuntes viejos, trabajo en grupos), estuve hasta muy tarde metido en las redes sociales. Supe así que una tromba de agua anegó el domingo pasado la biblioteca pública municipal de Cebolla, pueblo de la provincia de Toledo cuya existencia yo desconocía. El agua y el barro destruyeron por lo visto el ochenta por ciento de los libros allí guardados. Personas de buen corazón han puesto en marcha una campaña de apoyo encaminada a la donación de libros destinados a la susodicha biblioteca. Impelido por un súbito ardor solidario, fui a eso de la una de la madrugada a la cocina en busca de una caja de cartón, la llené de libros, de los más valiosos que pude extraer de las estanterías, y esta tarde los he enviado por correo a Cebolla. Nada más salir a la calle, *Pepa* me ha arreado unos lametones en el dorso de la mano, sospecho que atraída por el aroma a generosidad de mi piel. Me he sentido mejor persona que cuando abandoné los dos tomos de Hirschberger en la plaza de Valdemorillo. Por el camino a casa, notaba un leve cosquilleo en la coronilla, causado seguramente por el roce de mi aureola de santo. Lástima no haber tenido un espejo a mano para observarla. Al llegar a casa ya había desaparecido. Sería, me imagino, una aureola de mala calidad o con batería de poca duración.

14

Esta mañana hemos recordado en la sala de profesores a Marta Gutiérrez. Nada, unos minutos de cháchara con sabor a café y bocadillo matinal en espera de que el timbre nos mandase a todos de vuelta a clase. Ignoro cómo ha surgido la conversación. A mi llegada había un grupo de veteranos hablando de nuestra difunta compañera. Evocaban por turno anécdotas y palabras suyas, todo positivo y cordial y con un punto de melancolía que a mí se me figuraba impostado. Sin otro propósito que hacer una modesta aportación al diálogo, he rememorado la manera extraña que tenía Marta de remover el café con la cucharilla. Ninguno a mi alrededor se ha interesado por el detalle. Ninguno ha dado tampoco a entender que lo conocía.

Yo me imagino a la misma rueda de profesores masticantes de bocadillo hablando de mí dentro de un año: «Era un buen tipo, aunque un poco raro». «Sí, tenía sus manías, pero ¿quién no las tiene?»

Me viene ahora al recuerdo la mañana en que vi a Marta Gutiérrez por última vez. Yo estaba aburriendo a mis alumnos como de costumbre cuando se abrió la puerta. La expresión en el rostro de aquella chica no dejaba lugar a dudas. Antes que dijera nada, yo adiviné que algo grave había ocurrido. Fui tras ella lo más rápido que pude hasta el aula contigua. Marta yacía en el suelo, ningún alumno a su lado, todos quietos y silenciosos en sus asientos, como con recelo de acercarse a la profesora que se había desplomado de buenas a primeras. Marta Gutiérrez estaba consciente, descalza de un pie, las gafas caídas a un metro de distancia. Agachado junto a ella, no sé qué hacer, pero siento que los ojos estupefactos de todos aquellos adolescentes esperan de mí que haga algo. Marta me dijo en susurros, como tratando de que sólo yo la oyera, que no podía mover las piernas. Apremié a dos de sus alumnos a que bajaran a la portería a pedir una ambulancia. Me quito el jersey y se lo pongo a Marta bajo la nuca a modo de almohada. Huelo su perfume, veo la cadena con una cruz de oro que rodea su cuello carnoso. Ordené a los alumnos que por favor salieran al pasillo y, a uno de ellos, que abriera las ventanas. Pensé que a Marta Gutiérrez le vendría bien un poco de aire fresco. Cuando nos quedamos solos, ella dijo con voz entrecortada: «Llama a mi madre». Entraron en el aula otros compañeros, también el director de entonces, mucho más humano que la déspota de ahora. Se conoce que ya la voz de alarma había corrido por todo el instituto. No me moví del lado de mi compañera ni paré de dirigirle la palabra con la esperanza de que se mantuviera consciente hasta la llegada de los sanitarios.

Marta Gutiérrez falleció por la noche en el hospital.

Era una buena persona. Me ayudó mucho, sobre todo en mis comienzos. Tenía sus manías, pero ¿quién no las tiene?

15

A menudo emprendo paseos largos con *Pepa.* La perra necesita movimiento y yo también. Hoy he tenido el capricho de acercarme con ella hasta la orilla del Manzanares, a la altura del Matadero, con la esperanza de avistar el último vencejo de la temporada. Hace días que no los veo revolar por mi barrio. He pensado que quizá en las inmediaciones del río quede alguno. Los vencejos no volverán hasta la próxima primavera. Me han dejado solo con toda la masa humana que me agobia y me saca de quicio. He leído que los vencejos emigran más allá del Sahara, hasta Uganda y por ahí, y que pasan la mayor parte de su vida en el aire. Justamente lo que yo habría deseado: no tocar el suelo, no rozarme con nadie. Si hubiera podido elegir entre nacer hombre o nacer vencejo, visto lo visto me habría decidido por lo segundo. Lo digo en serio. Ahora estaría devorando insectos en los cielos de África en lugar de respirar humo de automóviles en esta ciudad y poner a diario mis nervios a prueba en un instituto de enseñanza secundaria. Qué hermosa filosofía existencial: salir de un huevo, surcar el aire en busca de alimento, ver el mundo desde arriba sin atormentarse con preguntas existenciales, no tener que hablar con nadie, no pagar impuestos ni el recibo de la luz, no creerse el rey de la creación, no inventarse conceptos pretenciosos como la eternidad, la justicia, el honor, y morir cuando a uno le toque, sin asistencia médica ni honras fúnebres. Todo esto se lo he contado a *Pepa,* tumbados los dos en la hierba, que no es lo mismo que volar pero también es agradable, sobre todo en días calurosos como el de hoy. Y *Pepa,* se lo he notado en la mirada y en la lengua colgante, respondía que sí a cada una de mis palabras. Es que es que sí, ¿para qué vamos a darle más vueltas?

16

La gran noticia de la jornada no aparece en los periódicos. A Patachula por fin se le ha formado postilla en la llaga. No se atreve a arrancarla por miedo a que se le reproduzca la infección. Espera impaciente que se desprenda por sí sola. Lleva dos semanas atiborrándose de antibióticos. Aliviado, feliz, me ha enseñado el muslo tras esconderse entre dos contenedores de basura, de una fila de varios que había en una acera. La herida ha mejorado de aspecto. Es más pequeña, no necesita de apósito y no presenta aquel cerco rojizo que la rodeaba cuando él me la enseñó muerto de miedo a la vuelta de las vacaciones. Le he dado la enhorabuena y le he augurado un largo futuro de riquezas y placeres. Él ha contraatacado llamándome «mastuerzo de marca mayor» e invitándome después a taxi y a unas pulgas de jamón en el Mercado de la Reina, en Gran Vía, donde con mis cincuenta y cuatro tacos y Pata con uno más hacíamos una figura como de abuelos de la nutrida parroquia juvenil.

Bullicio y apretura. Pata saca del bolsillo de la americana un recorte de *El País*. Como no nos hemos visto en toda la semana, lleva esperando a mostrármelo desde que la noticia se publicó, el martes pasado. Con una chispa de malicia en los ojos, me dice que trata de una iniciativa auspiciada por la ministra de Sanidad pocos días antes de su dimisión. El periódico la dio a conocer con motivo del Día Mundial para la Prevención del Suicidio, celebrado el día anterior. Yo ignoraba que existiese tal día. Y, ahora que lo sé, me deja frío.

«Pues debería importarte. Ejércitos de funcionarios recibirán formación para desbaratar los planes de tipos como tú que pretenden suicidarse honradamente.»

«¿Qué hago?», pienso. «¿Le parto la cara, lo dejó aquí plantado o le doy un beso en la boca?»

Lo cierto es que la breve ministra, apenas tres meses en el cargo por irregularidades en la obtención de un máster, se propuso poner en marcha un programa encaminado a la prevención de lo que denomina «un problema de salud pública». Supongo que su sucesora en el cargo persistirá en la ocurrencia. Patachula me lee cifras de suicidios en España con ostensible delectación. No he retenido los porcentajes, sólo el dato de que estamos por debajo de la media global. «Tampoco en esto damos la talla», le digo. Y me pregunto cómo van a disuadirme de mi intención. ¿Engatusándome con dinero público? ¿Internándome en un frenopático? ¿Enviándome todas las mañanas un cantautor a casa para que me cante *Gracias a la vida*? Pata no me escucha. A Pata sólo le interesa su recorte de periódico y yo le pido al camarero otra caña.

El proyecto ministerial contempla la detección temprana de unos indicios llamados, en lengua de madera, «ideaciones suicidas», para lo cual se requiere la colaboración de las personas cercanas al inminente suicida.

«Pues si tú no te chivas», le digo a mi amigo, «no sé cómo me van a localizar.»

Mi madre se agosta en sus tinieblas seniles. Mi hermano se ofrecería gustoso a facilitarme los medios para que me matase sin pérdida de tiempo. Mi ex descorchará una botella de cava cuando le den la grata noticia de mi trágico fallecimiento. Mis compañeros de instituto acaso me dediquen un minuto de diálogo durante el recreo y a mi hijo dudo que le interese otra cosa que averiguar cuánto le dejo de herencia. Así que el ministerio no va a poder contar conmigo para rebajar el dato estadístico.

Patachula me revela la existencia de una llamada Sociedad Española de Suicidología, creada también con fines preventivos. De acuerdo con sus recomendaciones, estaremos atentos por si a alguna persona de nuestro entorno se le pone de pronto cara de querer arrojarse por la ventana. Sinceramente, una intervención a tiempo quizá funcione con adolescentes; a partir de cierta edad, le digo a Patachula, ya no hay ministra ni psicólogo con labia que pueda impedir lo inevitable. «Y, además, basta que se empeñen en disuadirte para que te convenzas todavía más.»

El redactor de la noticia escribe en una de las líneas que los suicidas no acostumbran tomar la decisión de un día para otro. Le digo a Patachula que estoy de acuerdo con la afirmación. Y acabamos hablando de aquella pobre gente de las torres gemelas de Nueva York que se lanzaba al vacío para no perecer abrasada. Yo no considero que en su caso se tratase de suicidio por cuanto aquellos infelices no elegían entre vivir y no vivir, sino entre morir lento o rápido, con dolor o con menos dolor. Patachula, socarrón, me tilda de filósofo y encarga otra ronda de cerveza.

17

En los primeros años, el trabajo en el instituto me estresaba de tal manera que empecé a perder el pelo. La idea de quedarme calvo me colmaba de ansiedad. Los días laborables salía de casa atenazado por el miedo. En ocasiones no podía ni tan siquiera tragar el desayuno. Tenía miedo a no haber preparado bien las clases, miedo a que me sobreviniera el bloqueo delante de los alumnos, miedo al comportamiento de estos y a las quejas de sus padres y del director, y miedo, mucho miedo, a la acumulación de pelos en el filtro del desagüe cada vez que me duchaba.

Al mismo tiempo que me odiaba por haber elegido una profesión agobiante, soñaba con una vida en la que siempre fuera sábado. Los domingos, conforme avanzaba el día, se iba apoderando de mí un malestar creciente. Por la noche, en la cama, incapaz de dormir, me entraban deseos de sufrir un accidente, contraer alguna enfermedad o, en fin, tener cualquier otro motivo justificado para recibir la baja médica. Padecía insomnio y hubo una época en que bebía una botella diaria de vino, a veces más, e ingería anfetaminas en los recreos. Solamente los sábados me sentía a salvo, pero apenas de forma pasajera, como cuando ha terminado una tormenta y ya vemos que asoma la siguiente en el horizonte.

Una tarde, al término de una reunión, me sinceré con Marta Gutiérrez, la única persona del claustro de profesores que me inspiraba confianza. Yo, a Marta, le conté cosas que no me atreví a contarle a Amalia ni por los días en que nos llevábamos bien. Marta me daba consejos razonablcs, mc prcstaba material didáctico, me solucionaba engorros burocráticos, me levantaba el ánimo. Le confesé mi tentación de abandonar la docencia. Dijo: «Todos los que ejercemos esta profesión nos hemos desesperado alguna vez». Me sugirió que cambiase de aires y me liberara de los inconvenientes de la rutina sumándome al pequeño grupo de profesores que semanas después participaría en el intercambio anual de colegiales con un instituto de Bremen. Me pintó el proyecto con los colores más atractivos: excursiones, visitas guiadas, barbacoa en casa de un profesor alemán muy majo, dispensa de clases y correcciones, y los alumnos alojados en casas particulares, lo que nos permitiría perderlos de vista durante un buen montón de horas diarias. En fin, unas vacaciones camufladas. Acepté su propuesta luego de consultarla con Amalia.

La experiencia me resultó tan grata, con los alumnos contentos y los padres agradecidos, que al año siguiente, obtenida de nuevo la aprobación de Amalia, esta vez no muy entusiástica, tampoco dudé en apuntarme al intercambio, incluso asumí de buen grado algunas tareas organizativas. Entre las distintas actividades, estaba previsto un paseo en barco por el río Weser. El instituto de Bremen corrió con los gastos de la excursión, del mismo modo que nosotros corríamos con otros similares de sus alumnos cuando nos visitaban, y dispuso que dos profesores del centro, un hombre y una mujer con aceptables conocimientos de lengua española, nos acompañaran e hicieran de intérpretes y guías. El barco tomó su rumbo de paseo río abajo; pero mucho antes de llegar al mar, cerca de un astillero, viró ciento ochenta grados en aguas mansas y emprendió la travesía de regreso. Fue entonces, mientras volvíamos al punto de partida, cuando ocurrió un hecho raro que me viene al recuerdo cada vez que pienso en Marta Gutiérrez, mi protectora en la que yo veía, acaso sin darme plena cuenta de ello, una especie de sucedáneo materno afianzado por la diferencia de edad.

Había al parecer por parte de ella un ingrediente añadido a la relación cordial que manteníamos, del cual yo no me había percatado antes del viaje a Bremen y que luego, por fortuna, no tuvo continuación. Veo en aquel episodio una prueba más de lo poco y mal que llegamos a conocernos los unos a los otros, aunque pasemos muchas horas juntos y hagamos trueque de confidencias. Se diría que siempre queda una zona inaccesible, un cuarto oscuro en nuestro interior donde se encierra la verdad inconfesable de cada cual.

Ya con las casas de Bremen a la vista, Marta Gutiérrez y yo, mientras charlábamos de lo bien que nos estaba saliendo el intercambio y de lo a gusto que estábamos en aquella ciudad tan lejana y distinta de la nuestra, nos quedamos un instante a solas en la plataforma superior del barco. De repente, Marta me agarró una mano con fuerza y bruscamente se la llevó a un pecho por debajo de su abrigo desabrochado. No entendí el gesto. Pensé al pronto que se sentía mal, que le había dado un mareo, quizá un infarto, y se agarraba a mi mano para no caerse o para señalarme el lugar de una dolencia que le impedía expresarse. Me causó más extrañeza la intensidad angustiosa de su mirada que la circunstancia pueril de que me obligara a tocarle una teta. Sin darme tiempo a decir nada, Marta apartó mi mano y a toda prisa bajó a reunirse con los alumnos, otro compañero nuestro y la pareja de profesores alemanes.

Me quedé anonadado, mirándome la palma de la mano como si esperara encontrar en ella unas gotas de sangre, una tiznadura, no sé, un rastro del cuerpo o de la ropa de Marta Gutiérrez. Una vez más me parecía haber sido testigo de un suceso que escapaba a mi comprensión. Conociendo a Marta, juzgaba poco plausible la idea de un impulso erótico mal refrenado, aunque tampoco lo descarto por completo.

Nunca en el tiempo en que continuamos siendo compañeros de instituto, hasta su muerte inesperada, mencionamos aquella escena del barco. Ni ella me dio explicaciones ni yo se las pedí. Al año siguiente, Marta participó por última vez en el intercambio escolar con el instituto de Bremen. Yo lo dejé un año después que ella, más que nada porque no me apetecía viajar sin su compañía, y también porque poco a poco le había ido cogiendo el tranquillo a la docencia, lo cual no significa que yo mejorase como profesor ni me librase por completo de mi inseguridad y mis temores; simplemente me fui acorazando con un cinismo impenetrable que me ayudaba a preservar la salud mental y a acomodarme e incluso a tomarle de vez en cuando gusto a lo que pensé que nunca, en todos los días de mi vida, sería capaz de soportar.

18

Cuánto peligro, Dios, y qué cerca está uno de despeñarse por causa de esos pantalones y faldas cortas que dejan ver, que obligan a ver, por debajo de la mesa, los muslos torneados, diabólicamente atractivos, y a veces hasta un poco de la braga de alguna de las alumnas sentadas en las primeras filas.

Y qué llamada tan poderosa a la tentación hay en esos talles delicados, y en los pechos de mujer incipiente que apuntan bajo la tela fina, y en esos labios preciosos, esas melenas, esos cuellos; en fin, en esos rostros juveniles en los cuales la naturaleza parece haberse aplicado con esmero para lograr unas facciones agraciadas.

Por aquellos días en que Amalia me cerró las piernas, cuántas veces estuve a punto de cometer un error que habría podido hundirme en la miseria. Supe refrenar mis impulsos, debo confesar que en más de una ocasión a duras penas, expuesto un día tras otro a una pérdida repentina de control similar a la de Marta Gutiérrez en el barco de Bremen.

Una mañana me quedé unos minutos a solas en el aula con una alumna de dieciséis años, una monada de niña que manejaba con destreza precoz, según sospecho, sus armas sensuales. Solía mirarme durante las clases con una fijeza que empezaba a turbarme más de lo que un hombre aplomado, y yo creo serlo, es capaz de resistir. Esta alumna, que además olía divinamente, vino a preguntarme algo relativo a la asignatura y por la blusa desabrochada le asomaba la orla del sujetador. Una leve incitación por su parte y dudo que yo no hubiese sucumbido.

Uno no es de hielo, como tampoco lo era el tipo grueso y cargado de espaldas que daba Ética, Religión y creo que también Música. No llegué a conocerlo a fondo porque era bastante taciturno y porque se marchó del instituto (o lo echaron) al poco tiempo de mi ingreso. Se conoce que le gustaba manosear a los alumnos sin distinción de sexo. Un abuso se puede ocultar y quizá dos; pero este profesor carecía por lo visto de freno. Hoy día lo habrían metido en la cárcel y, si me apuras, hasta lo sacan en televisión. Entonces, a principios de los noventa, estos asuntos tenebrosos, a menos que acabaran en sangre, se arreglaban a las calladas o directamente se silenciaban para salvaguardar el buen nombre del colegio. El tipo estuvo de baja. Cuando se reintegró al trabajo, todavía tenía el semblante desfigurado por los hematomas. Decían que había sufrido un encuentro perjudicial para su integridad física con el padre de un alumno.

A Patachula la paliza se le figuraba un castigo insuficiente. De haber sido el padre de la víctima, él habría procedido a la castración sin anestesia del culpable. Y eso que está convencido de que los varones nacieron principalmente para eyacular como sea y cuando sea, pero no mediante el uso de la fuerza ni a costa de criaturas indefensas. «¿Para qué puñetas existe la prostitución? Vas», dice, «pagas la tarifa exigida, te desfogas y adiós.» A esto lo llama él ser un hombre de principios.

19

La cuarta nota decía: «En esta vecindad vive un explotador de mujeres a quien se ve con frecuencia en un club de alterne de La Chopera».

No pude conciliar el sueño en toda la noche. Alguien seguía mis pasos, supuse que con el fin de obtener información comprometedora y chantajearme. ¿Cómo? Yéndole a Amalia con el cuento o exponiéndome a la vergüenza pública. Ya veía fotos de mi mala vida publicadas, con nombre y dirección postal, en las redes sociales o fijadas con cinta adhesiva en las paredes de mi barrio o a la entrada del instituto.

Al fin mi inquietud llegó a tal grado que temí caer enfermo. Consideré entonces la idea de cortar por lo sano contándole a Amalia la verdad, esto es, que yo, como cualquier varón, necesitaba follar, a veces con mucha urgencia; que lo que es por mí lo haría sólo con ella, pero que, como me negaba su cuerpo, no me quedaba otra opción que plegarme a los apremios de la naturaleza recurriendo al sexo de pago. El poco y sucio placer que obtenía a cambio de dinero con una mujer desconocida, en dudosas condiciones de salubridad, suponía para mí antes que nada una humillación.

Por supuesto que usaba preservativo. ¿Qué se pensaba?

Sabía de sobra, mientras imaginaba la conversación, que jamás me atrevería a formular delante de Amalia una disculpa semejante. Para empezar, el razonamiento convertía a Amalia en el sucedáneo de una prostituta. No creo que mi matrimonio hubiese sobrevivido medio minuto a un parlamento de aquellas características.

Como tantas veces, necesitado de un interlocutor, resolví sincerarme con Patachula. No le oculté que aquella nota era la cuarta que me echaban en el buzón. «No te preocupes», dijo como quitándole importancia al asunto, «cambiaremos de zona.» Le respondí que de poco iba a servir tal cambio. Quienquiera que me estuviera espiando, lo mismo me seguiría a un lado que a otro. Me preguntó si tenía alguna sospecha acerca del autor de las notas. Me limité a encogerme de hombros. «¿Y todas ellas estaban dirigidas a ti? ¿Ninguna a tu mujer?» Le dije que quizá Amalia había recibido otras notas sin yo saberlo. «¿No te parece raro que cuando tú abres el buzón, las notas son para ti, y cuando lo abre Amalia, las notas son para ella? Permíteme que te abra los ojos. Esos anónimos los escribe tu mujer.»

20

A menudo ceno mirando la televisión. Es uno de tantos hábitos que puedo permitirme desde que vivo solo. Amalia lo prohibía con el propósito de proteger a Nikita de los malos ejemplos.

La soledad, ya se sabe, es consentidora, si bien a la larga quita más de lo que da. Conecto el televisor por el gusto de sentirme acompañado. Me agradan los presentadores y sobre todo las presentadoras que hablan mirando a la cámara, pues me hago la ilusión de que todo lo que dicen está destinado a mí.

Y es que, en efecto, se dirigen exclusivamente a mí. Ni ellos mismos lo saben. No lo sabe nadie. Lo sé yo y eso me basta.

Pepa dormita la mayor parte del tiempo en su rincón favorito. *Pepa* es una máquina de dormir. A veces, de cachorro, ladraba cuando sentía pasos en las escaleras del edificio. Ahora es raro que se inmute. Apatía, mansedumbre. Comer, cagar, dormir: su vida. Muy parecida, por lo demás, a la mía, sólo que yo duermo menos, no cago en los alcorques y estoy atado a las obligaciones laborales.

Amalia no le permitía subir al sofá; yo, sí, al que tengo ahora. Por lo visto la perra interiorizó el veto de Amalia y le da remordimiento de conciencia acomodarse a mi lado. Le digo: «Tranquila, que la pérfida no va a venir». Invito a *Pepa* a sentarse conmigo en el sofá. Pierdo la paciencia y se lo ordeno, pero nada. No quiere o no me entiende, tan sólo clava en mí unos ojos expectantes, tan estúpidos que parecen humanos. No me queda entonces más remedio que subirla por la fuerza; pero si voy un momento a la cocina o al cuarto de baño, la puñetera corre a acurrucarse de nuevo en su rincón.

Anoche, cambiando de canales, pillé en La Sexta un reportaje sobre residencias geriátricas de Castilla y León donde maltratan a los ancianos y no les dan lo suficiente de comer. Mostraron imágenes de carne en mal estado dentro de bolsas de plástico. El conductor del programa trató de entrevistar a un anciano junto a la entrada del centro. Al pobre hombre sólo le dio tiempo de decir: «Son unos sinvergüenzas». Rápidamente lo rodearon varias cuidadoras en bata blanca y se lo llevaron para dentro.

Estuve toda la noche dándoles vueltas a las imágenes. Yo, como Raúl, tengo la obsesión de que mamá recorra dignamente el último tramo de su vida. ¿Cuánto tiempo le queda: un año como a mí, dos, cinco? Da igual. Aun cuando su parte mental puede decirse que está anulada, queda la física. Limpieza, alimentación adecuada, buen trato: es lo mínimo que podemos exigir. No nos cobran poco por ello.

Hoy no me tocaba ir a la residencia; pero después de lo de anoche la visita era inexcusable. He encontrado a mamá con buen aspecto. A solas los dos en su habitación, le he olisqueado la cabeza, los sobacos, el escote y también sus partes íntimas. Espero que no haya cámaras ocultas. No es que mamá huela a rosas; pero tampoco puede decirse que estuviera sucia. Le he tomado el pulso, la he peinado y le he quitado con unas pinzas de depilar algunos pelos de la barbilla. Con mi ayuda ha comido una de las dos chocolatinas que le he llevado. La otra pensaba escondérsela en el cajón de la mesilla; pero me he dado cuenta de que mamá no la puede comer sola, ni siquiera sacarla del envoltorio. No he querido marcharme de la residencia sin solicitar información acerca de su peso y de las comidas y cenas de los últimos días. Por la cuidadora he sabido que Raúl ha estado por la mañana formulando parecidas preguntas. Bueno, Raúl y familiares de otros residentes. Se conoce que el reportaje de anoche en La Sexta ha desatado una alarma general. «Esta es una casa seria», me ha dicho la cuidadora. Le he pedido perdón por la falta de confianza. Ha respondido, sonriente, que no hay de qué; que ella, en nuestro lugar, habría hecho lo mismo.

21

La primera vez que traté en clase la paradoja de Aquiles y la tortuga se produjo entre los alumnos un movido debate. Todos querían mostrar ingenio y capacidad de análisis, y yo me las veía y deseaba para persuadirlos a respetar el turno de palabra. Supe más tarde que algunos habían trasladado la discusión a su casa y que familias enteras habían estado intercambiando razonamientos a la hora de la cena. Aquel éxito pedagógico me ayudó a ganar confianza en mis posibilidades como docente. Por supuesto que tomé nota y, desde entonces, le debo a Zenón de Elea al menos una clase anual divertida, sobre todo en los primeros años, cuando los alumnos participaban con ganas.

Desgraciadamente ya no es así. El interés por resolver la paradoja del rápido Aquiles y de la tortuga lenta fue disminuyendo conforme los cursos se sucedían. Antaño la genialidad del filósofo me llenaba una hora entera. Todos se lo pasaban bien, el profesor incluido. A partir de cierto momento, cuando internet se populariza y se afianza el auge de los teléfonos móviles, a los alumnos les causa indiferencia si Aquiles podrá o no alcanzar a la tortuga. Lo de esta mañana ha sido extremo. La paradoja del pobre Zenón no ha dado ni para diez minutos de clase. Ningún ardor por desmontar racionalmente la trampa lógica, ninguna curiosidad, ninguna contienda dialéctica, ninguna broma. He tenido la sensación de compartir aula con veintinueve reproducciones de Nikita.

Lo he intentado a continuación con el silogismo dilemático de Demócrito, sólo que, pensando en despertar interés, he sustituido el nombre del filósofo por una figura de actualidad conocida por los adolescentes. La cosa me ha quedado más o menos así: el cantante David Bisbal afirma que los almerienses (en lugar de los abderitanos) son mentirosos; David Bisbal es almeriense; por tanto, David Bisbal miente; en tal caso, no es verdad que los almerienses sean mentirosos; luego David Bisbal no miente; luego es verdad que los almerienses son mentirosos; luego David Bisbal miente; luego... Yo creo que a partir de la segunda premisa los alumnos han dejado de seguirme, si no es que David Bisbal ha pasado de moda y ya no les interesa. Por la tarde, en casa, he esperado la llamada de algún padre airado o de alguna madre furibunda para preguntarme con acento de Almería de dónde saco yo que los almerienses son mentirosos.

Hace poco leí en el periódico un informe sobre el paulatino descenso del cociente intelectual en las nuevas generaciones. Que si no se concentran, que si cada cinco minutos necesitan un cambio de estímulo. El problema no sólo afecta a España. ¿Para qué memorizar si todo está en Google? ¿Para qué entender los fundamentos de aquello que se obtiene o se lleva a cabo con sólo apretar las teclas correspondientes? ¿Para qué estrujarnos el cerebro si disponemos de máquinas provistas de inteligencia artificial? Mi pronóstico es negro, muy negro. Estos chavales terminarán vitoreando algún tipo de tiranía. Es lo habitual cuando las multitudes renuncian al cultivo de la mente crítica y delegan en una instancia superior la toma de decisiones. Menos mal que yo no estaré para verlo.

22

Colocamos el juguete sobre la alfombra. Yo había acordado con Amalia que no intervendríamos pasase lo que pasase. Faltaba cosa de un mes para que celebráramos el tercer cumpleaños del niño. Ya no teníamos duda de que algo en el plano intelectual no iba bien con él. No dispuestos a que nos lo terminase de estropear un psicólogo, buscaríamos claridad y confirmación por nuestra cuenta. Con dicho propósito ideamos el experimento.

El juguete consistía en un cubo de madera, una especie de dado grande con orificios en algunas de sus caras por los que había que introducir unos bloques asimismo de madera. No recuerdo cuántos, doce o trece, coloreados con pintura ecológica. A cada orificio le correspondía un solo bloque. Las formas eran simples: un corazón, un cilindro, una estrella de cinco puntas; en ese plan. Se trataba de un juguete educativo pensado para niños más jóvenes que Nikita. Amalia lo había comprado en una tienda especializada en juguetería didáctica. Lo colocamos sobre la alfombra e hicimos salir a Nikita de su cuarto. El niño, como suponíamos, se abalanzó sobre la novedad.

Convine con Amalia en que no le explicaríamos a Nikita el sentido del juego. Mientras él se entretuviera metiendo los bloques por los orificios, nosotros, a poca distancia, fingiríamos leer el periódico sin inmiscuirnos en su actividad. Sucedía de costumbre que cuando Nikita hacía alguna cosa mal nos apresurábamos a aleccionarlo y a veces, perdida la paciencia, lo reñíamos. En cierta ocasión lo vi salir llorando a moco tendido de la cocina. Le pregunté a Amalia si le había pegado. «¿Cómo se te ocurre?» Se hizo la enfadada, una argucia para evitar que yo siguiera indagando; pero apostaría a que le había atizado un cachete al niño. «En esta casa nadie pegará nunca a nadie.» La frase era de Amalia como podía haber sido mía. Jamás emplearíamos la violencia entre nosotros ni con Nikita. Yo respeté la norma a rajatabla del primero al último día. A ella, no estando yo delante, me da que alguna que otra vez se le escapó la mano.

Desde el principio, Nikita intentó introducir los bloques dentro del cubo. Así pues, el niño comprendía la finalidad del juego. Incluso logró un rápido éxito con el bloque que tenía forma de disco, lo que llevó a Amalia a darme con el codo en un brazo, supuse que al objeto de inducirme a secundar su satisfacción o como diciéndome: «¿Te das cuenta de que nuestro hijo no es tan retrasado como tú afirmas?». Apenas conseguí arrancarle un conato de sonrisa a mi incredulidad. Mis augurios desfavorables hallaron confirmación acto seguido cuando Nikita intentó introducir por la fuerza otros bloques en el orificio reservado al disco. Como no le funcionaba con uno, cogía otro en vez de buscar el hueco adecuado, y cada vez apretaba con más fuerza las piezas de madera contra la pared del cubo. Me inclino a pensar, en contra del parecer de Amalia, que el intento de meterlas a golpes no era una manera de combatir la frustración sino un castigo al juguete por no plegarse a sus deseos.

Al fin, los sucesivos fracasos lo pusieron frenético, a tal punto que arrojó con rabia el cubo contra las cortinas. Sentí impulsos de acercarme a ayudarlo; pero, acordándome de que había dado mi palabra de no entrometerme, me contuve. Volví la mirada hacia Amalia, que en esos momentos, sentada a mi lado en el sofá, se tapaba la cara con el periódico.

23

No todas las lágrimas de Amalia me daban pena. Algunas que le vi derramar por los días previos a nuestra ruptura y otras pocas que derramó en mi presencia después del divorcio por razones varias, no directamente relacionadas conmigo, me colmaron de placer. ¿Placer maligno? Pues es posible. Las lágrimas obran un efecto embellecedor en el rostro de las mujeres. Exagero: de algunas mujeres. No afirmo que me guste ver llorar a nadie, sino que algunas personas tienen la facultad de verter lágrimas con estilo. Se trata de una simple apreciación de naturaleza estética. La idea quizá me vino al pensamiento porque la había oído o leído alguna vez, ignoro dónde, y se la comuniqué a Patachula, quien me premió con una palmada en la espalda. «Joder», me soltó, «por fin te oigo decir algo juicioso. Ya empezaba a preocuparme.»

Al cabo de un tiempo, ya divorciados Amalia y yo, me tropecé con su madre por la calle. Los encuentros casuales con la santurrona no son del todo improbables puesto que vive, ahora viuda, cerca del centro veterinario, que es adonde yo me dirigía con *Pepa.* La vieja, después de tantos años de relación, va y no responde a mi saludo. Me interpuse en su camino para preguntarle sin acritud, pero con firmeza, si tenía algo contra mí. Por las simplicidades que dijo, haciéndose la ofendida y evitando mirarme a los ojos, supe que ella y el facha psoriásico, que en paz descanse, interpretaban mi divorcio con Amalia como una batalla culminada en la victoria de su hija. Vistas las disposiciones judiciales, no les faltaba razón. Me dieron ganas de felicitar a la vieja meapilas y a continuación decirle: «Tu nieto no está bautizado; tu hija es atea, se acuesta con mujeres y ha votado toda su vida a los socialistas». Me mordí la lengua. ¿Qué ganaba yo jugando al demonio con una niña de setenta y tantos años, convencida, en su chaladura, de tener asegurada una parcela con luz y vistas idílicas en la gloria eterna?

Conque una victoria, ¿eh? Sucede que la gran vencedora, la que cifraba su felicidad en perderme de vista (hay afirmaciones que uno no olvidará jamás), llamó al timbre de mi piso un domingo, a eso de las once de la mañana. Dijo por el portero automático que teníamos que hablar. «Es urgente», añadió en un tono de voz que me hizo temer por su salud mental. De lo que no cabía duda es de que venía aguijada por algún problema. Me molestó que no se le ocurriera pensar que a lo mejor yo no estaba solo en aquellos momentos; pero sí, estaba solo. De hecho, siempre he estado solo, también cuando vivía con ella y sobre todo cuando vivía con ella.

Juro que, de haber sabido que vendría, hubiese contratado los servicios de una *escort*, a la que habría pagado unos honorarios por fingirse mi compañera sentimental durante el tiempo que durase la visita de Amalia.

«Hola, te presento a Julia (o a Irina o a Nicoleta). Puedes hablar tranquilamente en su presencia. Entre ella y yo no hay secretos.»

Amalia entró en el vestíbulo sin darme tiempo de hacer el ademán de invitarla a pasar, sin beso de circunstancias, sin abrazo. El contraste entre su falta de efusividad y el regocijo con que *Pepa* se lanzó a arrearle lametones de bienvenida no podía ser mayor. Presa de un ataque de euforia, la perra le plantó las patas en el pantalón a la altura de los muslos, al tiempo que levantaba el hocico y estiraba la lengua con el propósito de restregársela por el mentón, los labios, lo que pillase del cuello para arriba. En el rostro de Amalia se dibujó una mueca de repugnancia. Las manos levantadas como si la estuvieran atracando, era obvio que no quería tocar al animal ni que el animal la tocase a ella. Por disfrutar de la escena, tardé unos segundos más de la cuenta en quitarle la perra de encima.

Se arrancó entonces a hablar, gesticulante; a contar, acelerada; a quejarse, bellamente lacrimosa. ¿Habría moderado sus manifestaciones de pena delante de Tamara o de Lupita o de Yeni? Debo reconocer que la combinación de cuitas y rímel corrido le daba a Amalia en aquel instante un encanto irresistible, a tal punto que, de no conocer su condición venenosa, me habría enamorado perdidamente de ella.

Gran parte de mi atención la acaparaba la novedad de su pelo corto. Me gustaba más antes, con la melena hasta los hombros, detalle que, añadido al tinte, aún le confería un agraciado toque juvenil al cumplir los cuarenta años. Ahora parecía exactamente lo que era, una señora de buen ver, con los primeros estragos de la edad camuflados bajo el maquillaje, con la celulitis y otros defectos tapados por las prendas de vestir y con la figura aceptablemente conservada a fuerza de pilates, hábitos salubres, verdura y esas cosas.

Cuando habla por la radio no suele incurrir en balbuceos. Su voz suena entonces pausada y grave sin dejar de ser gratamente femenina. En mi piso, aquel domingo, las frases brotaban de su boca como un chorro punteado de gallos, con una entonación de vendedora callejera que no puede evitar los quiebros destemplados al anunciar su mercancía. Y, además, perdió la paciencia.

«¿Me estás escuchando? Tu hijo me ha pegado.»

De las comisuras de los párpados le salían sendos haces de arrugas. Yo no recordaba habérselos visto cuando vivíamos juntos y dedicábamos nuestro tiempo y nuestras energías a amargarnos la vida mutuamente.

24

He vivido como una vejación incesante el trato íntimo con una mujer inteligente. Una mujer, además, de éxito, con su programa radiofónico propio, una alta consideración social y un sueldo mayor que el mío. A veces, cuando me apetece una dosis de resentimiento, conecto la radio y busco su voz. Al mismo tiempo que la escucho tiendo la mirada en rededor, a las paredes feas de mi piso, a los muebles vulgares y los cuadros insulsos, y me entran unas ganas feroces de tirarme por la ventana.

Asumo mi inferioridad, pero detesto que me la recuerden a cada instante.

Cualquier comparación de mi intelecto con el de Amalia me resulta desfavorable. Yo le ganaba en pensamiento lógico y en lecturas. Lo primero, fuera del campo específico del análisis, no sirve de gran cosa cuando uno ha de enfrentarse a las minucias de la vida práctica o cuando se enzarza en una discusión matrimonial.

Un reproche de Amalia (que soy aburrido, pedante, serio, poco sociable), unas lágrimas en el momento oportuno o la celeridad de su habla eran infinitamente más eficaces en el campo de batalla dialéctico que mi lentitud en el desarrollo y exposición razonada de las ideas.

Mi tendencia a la abstracción hacía que al poco de iniciar una disputa me enredase en un ovillo de preámbulos, incisos, puntualizaciones, que una sola y simple frase de Amalia barría como un vendaval que se llevara de golpe las hojas secas del suelo. Ella no leía ni un tercio de lo que yo leo. Leía principalmente novelas, reportajes de actualidad y revistas del corazón, casi siempre en la cama hasta que, muerta de sueño, se quedaba dormida con el libro o la revista abiertos. Sin embargo, se me hace a mí que ella sacaba mucho más provecho de sus lecturas que yo de las mías, o las recordaba mejor, o sabía introducirlas con más gracia y oportunidad en las conversaciones.

Tenía enormes lagunas culturales. ¿Quién no las tiene? Pero era astuta a la hora de disimularlas con una sonrisa encantadora, un repentino cambio de tema, un gesto de los labios pintados. A mí, en cambio, mi ignorancia me llenaba de vergüenza y estoy seguro de que me restaba puntos cuando hacíamos vida social.

Amalia se manejaba de maravilla con las leyes. Sabía extraerles el mayor partido posible en interés propio acogiéndose a las cláusulas más recónditas que los demás no advertimos, entre otras razones porque tampoco nos tomamos la molestia de buscarlas o de leer los contratos a fondo. Ella se encargaba del papeleo doméstico, de las facturas, de nuestra declaración de la renta y de todos esos engorros burocráticos que yo aborrezco más que a un dolor de muelas. Reconozco a este respecto mi mucha culpa por haberme desentendido.

Cuando almorzábamos o cenábamos con amigos en algún restaurante, no era raro que Amalia me lanzase alguna que otra pulla delante de ellos. Quizá no me ridiculizaba por mala fe, sino por una necesidad interior suya de no mostrar ante los demás el menor asomo de sumisión al marido. Yo lo pasaba fatal con las sonrisas que suscitaba a mi costa en nuestros acompañantes, y si después, a solas, le revelaba que me había sentido herido por sus palabras, ella se defendía tildándome de exagerado y de susceptible, con lo que terminaba de destruir mis últimas reservas de amor propio.

Tras el divorcio, corté de raíz mi relación con nuestro círculo compartido de amigos. Sencillamente dejé de llamarlos y ellos no me llamaban a mí.

Patachula pone en duda que pueda ser lista una mujer que se haya casado conmigo.

25

Yo atribuía sus despistes y olvidos a inconvenientes propios de la edad. Achaques de viejos, decía entre mí, que pierden movilidad, se tornan olvidadizos, ven mal, oyen peor y no entienden los avances tecnológicos de la época actual. Me da que Raúl pensaba lo mismo que yo; de lo contrario, se habría apresurado a proponer un plan de ayuda urgente para mamá, esa persona que él quisiera de su exclusiva propiedad, pero ha de compartir conmigo mal que le pese.

A veces mamá no recordaba lo que le habíamos dicho un rato antes. También podía ocurrir que formulase en poco tiempo la misma pregunta a la cual ya le habíamos respondido o que fuera incapaz de recordar dónde había puesto esta o aquella cosa. En cambio, no tenía dificultad en referirse a escenas y sucesos de su juventud, lo que me apartaba de recelar que estuviese sufriendo un daño neurológico.

La levedad inicial de los síntomas no impidió a Amalia percatarse de la verdadera naturaleza del problema. Enzarzados los dos en los capítulos sucesivos de una larga guerra matrimonial, me parecía que ella criticaba a mamá para ofenderme, segura de que por ahí encontraría un flanco por donde atacarme con garantías de victoria. Ciego de ira, yo replicaba poniendo a sus padres de oro y azul, simplemente por devolver el golpe.

Ahora que lo pienso con más calma, admito la posibilidad de que ninguno de los dos estuviera equivocado. Quiero decir que considero plausible que Amalia se hubiera propuesto sacarme de quicio refocilándose en la descripción de escenas indicativas del deterioro mental de su suegra y, pasado un tiempo, sus conjeturas surgidas de la intuición o de unos deseos que sospecho malignos, en modo alguno a partir de unos conocimientos sólidos en medicina, dieran en el clavo.

Seguíamos visitando con regularidad a mis suegros y a mamá en sus respectivas viviendas más que nada para que pudieran convivir unas horas con Nikita. A nuestro hijo no hacía falta insistirle demasiado, ya que tanto su abuela paterna como sus abuelos maternos se mostraban generosos con él. El chaval salía siempre de una u otra casa con una paga en el bolsillo. Si tardaban en dársela, él mismo la exigía con insolente candor; lo cual a mi suegro le causaba tanta gracia que a menudo olvidaba adrede aflojar la mosca para que su nieto se arrancara con la reclamación.

A veces pasábamos los tres juntos por casa de mamá. En su presencia disimulábamos nuestra discordia. De hecho, mamá se morirá sin saber que estoy divorciado. En otras ocasiones iba a visitarla sólo con Nikita; más raramente lo hacía Amalia sin mí, aun cuando el trato con su suegra se caracterizaba por cualquier cosa menos por la simpatía y el afecto mutuos. A la vuelta de una de dichas visitas, Amalia me contó que una vecina le había salido al paso con el propósito de referirle un suceso que por lo visto era la comidilla de todo el inmueble. La tarde anterior mamá había hecho sus necesidades en el portal. «¿Y qué?», repliqué, desafiante. «Es la segunda vez que lo hace en poco tiempo.» «¿Y qué? ¿Tienes pruebas?» Me molestaba la calma satisfecha que advertía en la cara de Amalia mientras me contaba su presunta conversación con la vecina. Digo presunta porque quién me asegura a mí que aquel encuentro se había producido de verdad. Tampoco en este caso supe ver más allá de lo que se me figuraba una provocación de Amalia en vísperas de nuestra ruptura. Llegué a preguntarle si había sacado aquel asqueroso tema para envolverme en una nueva discusión, a lo que ella respondió sin alterarse, en un tono que no me podía resultar más abominable, que tarde o temprano a mi hermano y a mí no nos quedaría otro remedio que abrir los ojos.

Tan pronto como pude fui a ver a mamá. Dejé a Nikita en casa. Mamá y yo estuvimos mirando largo rato fotografías del álbum familiar. No noté en ella nada anómalo. Reconocía a todo el mundo, se acordaba de todo, contaba anécdotas. La vi tan alegre, tan tranquila, conversadora y bien peinada que preferí no importunarla con preguntas sobre el penoso asunto en el portal.

26

Tiene una voz sonora, puro terciopelo acústico. Me deja mal cuerpo escucharla. Quizá por eso la escucho. Con frecuencia sintonizo su programa y, tumbado junto a *Pepa*, me dedico a odiar la encantadora profesionalidad de sus ironías, su repaso a los acontecimientos de la jornada, esas entrevistas en las que le cuesta disimular si la persona entrevistada le cae bien o mal o le resulta indiferente, o la lectura de textos redactados en un estilo tan exquisito, tan preciosista, que dudo que hayan salido de su caletre.

Nadie que me viera en esos momentos tumbado en la alfombra o en el sofá, con los ojos cerrados, pensaría que estoy sosteniendo un combate feroz. ¿Contra quién? Durante largo tiempo ni yo mismo lo supe. Hoy no abrigo duda de que mi enemigo mortal es la admiración que me arde por dentro. Duele mucho tener que admitir los méritos de una persona aborrecida. Por eso escucho de vez en cuando el programa radiofónico de Amalia, en la esperanza de que se equivoque, se trabuque, incurra en anacolutos, pleonasmos o faltas de concordancia, se ría a destiempo, no logre una conexión telefónica, el interlocutor la deje en evidencia... Un fallo suyo, por leve que sea, me produce una descarga de placer.

Esta tarde la he oído entrevistar a una diputada de Podemos en torno a cuestiones políticas de actualidad. Por las risas cómplices y el tuteo parecía una conversación entre dos amigas. Las preguntas versaban sobre el conflicto de Cataluña, el empleo precario, los presupuestos generales del Estado y, por descontado, sobre la igualdad entre los sexos, asunto de moda que cuando vivíamos ella y yo juntos le despertaba un tibio interés. Temas que la diputada de izquierdas podía contestar repitiendo lo que dice el programa electoral de su partido y que, de paso, le permitían arremeter a sus anchas contra sus adversarios políticos. Cada dos por tres Amalia acompañaba las declaraciones de la diputada con monosílabos de aprobación. En ningún momento le ha llevado la contraria ni le ha exigido que puntualizase. Al final, le ha dado las gracias por concederle unos minutos de su «apretada agenda».

Días atrás, Amalia entrevistó a un político del Partido Popular que por lo visto acababa de publicar un libro. El trato fue entonces de una hostilidad apenas rebajada por la falsa cortesía. No pocas de las preguntas estaban claramente dirigidas a poner en aprietos al invitado, en todo caso a impedirle que se mostrase bajo una luz favorable. Amalia no le daba tregua: «sí, pero», «¿no le parece que la derecha se contradice cuando?», «¿y por qué no prestan ustedes atención a?». A Amalia no le importaba interrumpir a su interlocutor, particularmente cuando este se expresaba con brillantez, ni intercalar imputaciones en el enunciado de las preguntas. Dos veces planteó asuntos que vinculaban al partido del invitado con hechos delictivos y de corrupción. Lo despidió con una seca fórmula de agradecimiento y, después de la publicidad, se permitió un comentario irónico sobre el título del libro. De haberse celebrado elecciones al día siguiente, yo habría votado por puntillo a aquel pobre defensor de un ideario similar al que inspiró la educación infantil de Amalia.

Ay, Amalia, Amalia.

Niña pija del barrio de Salamanca que se estimulaba el clítoris mirando la carátula de un disco de los Pecos, según ella misma me contó al poco de conocerla.

Alumna ejemplar del Loreto, en Príncipe de Vergara, que jamás mató una mosca, rompió un plato ni cometió una travesura.

La muchachita que no se perdía una misa. La que coleccionaba escapularios, medallas y estampas de santos. La que dormía con un crucifijo sobre la cabecera de la cama y gustaba de montar altares floridos en el salón de su casa.

La que en el 75, a los once años, desfiló con la familia al completo, ella y su hermana cogidas de la mano, vestidas con abrigos negros, delante del ataúd de Franco en el Salón de Columnas del

Palacio Real, el mismo día en que mi padre comunista brindaba en casa con champán y mamá le decía: «No hables tan alto, Gregorio, que te van a oír».

27

Hacía apenas un año que no vivíamos bajo el mismo techo. Nos veíamos conforme a lo estipulado en las disposiciones de la jueza. Yo empezaba a notar un punto de extrañeza en presencia de mi hijo. Se me figuraba que estar privado de su custodia lo hacía menos mío. Debía medir mis palabras para que él no se sintiera herido o se enfadase y acabara rehusando mi compañía. Sólo podía verlo cuando me lo prestaban, de igual manera que uno va a la biblioteca, saca un libro y, pasado un tiempo, lo tiene que devolver.

«Si de verdad me quisiera», decía yo entre mí, «nada le impediría pegarse una escapada de vez en cuando para estar conmigo.» No se lo reprocho. Nos gustase más o menos a los dos, lo cierto es que yo seguía representando una autoridad para él, aunque mermada. Mi objetivo consistía en que Nikita viera en mí más a un colega que a un jefe segundo; mi estrategia para conseguir tal cosa, dejar enteramente en manos de Amalia la tarea antipática de imponerle normas y reprenderlo cuando hiciese falta o cuando ella perdiera la paciencia. Su madre fumadora le tenía prohibido el tabaco; yo, que había dejado de fumar, le costeaba algún que otro paquete de cigarrillos, consciente del despropósito pedagógico que cometía.

Seguíamos tratándonos con familiaridad. Había, sin embargo, instantes en los que yo comprobaba que el chaval se estaba convirtiendo en un desconocido, y me angustiaba y me entristecía pensar que a él le ocurriese lo mismo con respecto a mí. A veces se producían largos silencios entre nosotros. A veces yo le hablaba y él mantenía la atención fija en la pantalla del móvil, lo que en otras circunstancias me habría sacado de quicio. Una tarde de lluvia en que lo vi más apagado que de costumbre lo camelé para meternos en el cine. A media película me percaté de que se había quedado dormido.

Transcurrido un año desde que me fui a vivir solo en La Guindalera, el chaval había pegado un estirón; no estaba lejos de alcanzar mi estatura y se me hacía raro no tener que mirar hacia abajo para hablar con él. A sus dieciséis años, Nikita tenía el cutis salpicado de granos; sobre el labio superior se le alargaba una sombra de bozo que me recordaba los pelillos de Raulito a la misma edad; de su voz habían desaparecido los tonos agudos; sus ademanes eran ahora más pausados, carentes de vivacidad y de elegancia. Se resignaba a mi abrazo; pero de ninguna manera admitía que lo besase en la mejilla. A *Pepa* le prodigaba algo más de ternura.

Mi hijo me daba pena. Todavía me la da. Lo veo y digo entre mí: «Qué mala suerte ha tenido toda su vida este chaval». Amalia me lo mandaba a mí y yo se lo mandaba a Amalia como la pelota que se lanzan dos tenistas desde sus respectivas zonas de la cancha. De haber nacido en otra familia, en otra época, en otro país..., su evolución habría sido acaso más positiva. Esto, por descontado, no hay manera de saberlo. Muchas veces me entra una sensación rara cuando lo veo marcharse. Miro su espalda, su cogote, su forma desgarbada de andar, e imagino de pronto que soy mi padre y Nikita se ha convertido en el adolescente que yo fui, y entonces mi pena aumenta y me entra la duda de si lo que siento por mi hijo coincide con lo que papá sentía por mí.

Me viene ahora al recuerdo un fin de semana en que llevé a Nikita a ver a su abuela. Me tocaba estar con él y esto solía causarme cierto desasosiego, pues el chaval se había metido en una edad en la que yo no podía competir con sus amigos para proporcionarle diversiones. Al principio sobre todo, me inquietaba la idea de que se aburriese a mi lado. Por entonces yo aún confiaba en ganarme su cariño, cosa que hoy día me va preocupando menos. Si quiere verme, ya sabe dónde vivo; pero en aquella época, aún no bien digerido el divorcio, la situación era distinta. Entre mis prioridades estaba la de procurar que la disolución de la familia fuese lo menos traumática para él. Vivía obsesionado por el deseo de no perpetuarme en su memoria como un padre desastroso ni como un modelo masculino fallido.

Era sábado. Nikita llegó a mi piso a la hora convenida. Yo había sacado con su aprobación dos entradas para el partido de las ocho de la tarde en el Vicente Calderón. Aunque no siento especial apego por el fútbol, pensé que si lograba comunicar a Nikita la pasión por el Atleti, en mi caso simulada, crearía un vínculo entre los dos a salvo de la influencia de su madre. De paso estimularía en el chaval las ganas de estar más tiempo conmigo. Incluso podríamos acompañar al equipo a otros estadios. Le conté que su difunto abuelo Gregorio sentía un amor inmenso por la camiseta rojiblanca, dato por mí exagerado pero no del todo inexacto. Presumo que la palabra *amor* asustó a Nikita. Fue inútil escrutarle las facciones en busca de un rasgo de entusiasmo; pero por lo menos le arranqué su conformidad para ir conmigo a presenciar un partido contra el Numancia. Yo confiaba en que el espectáculo obrase en él el efecto persuasivo que no parecían causarle mis palabras.

Mamá nos esperaba en su casa a las dos de la tarde. A Nikita le levantaba el ánimo saber que su abuela se habría esmerado como de costumbre en preparar para él algún plato de su gusto y que, en el momento de la despedida, le gratificaría la visita con una paga generosa. Por ese lado no habría problema. De camino al piso de su abuela, Nikita me expresó el deseo de juntarse a la mañana siguiente con sus amigos y pasar con ellos el resto de la jornada antes de devolverse a sí mismo, como quien dice, a su madre a la hora estipulada. No dudé en hacerme el colega comprensivo y darle mi consentimiento, pensando, la verdad sea dicha, en que si él se marchaba temprano yo dispondría del día entero para mis tareas del instituto.

La cuestión era que por ruego encarecido de Amalia, quien aludió en tono catastrofista a la salud mental de nuestro hijo, yo debía hablar con él acerca del percance que había tenido días antes en casa con ella y llamarlo al orden «de hombre a hombre» y convencerlo «con buenas palabras» de que por los caminos de la violencia no se llega a ninguna parte, lo cual, en mi opinión, está por ver. Quizá debí preguntarle a mi exmujer si se sentía incapaz de manejar sin ayuda la custodia de nuestra gloriosa criatura, pero ¿para qué? ¿Acaso no era Amalia la principal damnificada de su victoria judicial? Me resultaba mil veces preferible cuidar de una perra mansa y cariñosa que de un muchacho cada vez más conflictivo.

Qué estúpido fui al dar mi promesa de entablar una conversación que en cualquier momento podría tomar un rumbo nefasto y arruinarme el fin de semana. Demasiado tarde me había dado cuenta de que debí exigirle a Amalia una reunión familiar fuera de las horas que tengo asignadas para convivir con nuestro hijo. ¿Por qué he de dedicar el poco tiempo de que dispongo para estar con él a los líos y desavenencias que tenga con su madre? Estuve tentado de abordar el asunto sin pérdida de tiempo. El caso era quitármelo de encima cuanto antes. Luego temí que Nikita reaccionara con agresividad y se largase. Dejé pasar las horas del sábado en espera de encontrar un momento oportuno para hacer el malabarismo de reprender a mi hijo de forma que no se incomodase. De pura rabia estuve a dos dedos de recurrir al soborno: «Escucha, monstruito. Te daré veinte euros cada mes que no pegues a tu madre».

Pensé, mientras nos preparábamos para salir, en mamá. La pobre no se merecía que nosotros llegásemos de morros a su casa. Juzgué asimismo conveniente evitar el riesgo de que Nikita, enfadado conmigo, perdiese las ganas de ir al partido contra el Numancia. Menos mal que no abrí la boca, pues el Atleti ganó tres a cero y vi al chaval disfrutar como un enano. Llegamos a mi piso pasadas las once de la noche. No eran, aquellas, horas de traer a colación disputas familiares, así que decidí dejar la conversación «de hombre a hombre» para la mañana siguiente, poco antes que él se marchara con sus amigos.

28

Me reprochó que no había luchado en serio por él. Yo no estaba acostumbrado a ver a mi hijo tan alterado. La vehemencia repentina de sus ademanes, sus ojos dilatados y furiosos, justo él que suele mirar el mundo con los párpados a medio abrir, como si no durmiera lo suficiente o padeciese aburrimiento crónico, y esos dientes apretados y esas manos nerviosas no se correspondían con el talante más bien parsimonioso al que nos tenía acostumbrados. ¿Tanto había cambiado en un año? Veía a Nikita desayunando al otro lado de la mesa, soñoliento hasta hacía unos instantes; hasta que, maldita sea, toqué el tema y de manos a boca el chaval estalló.

La fiereza de sus rasgos me recordó a papá y confieso que sentí un pinchazo de orgullo. Era como si abuelo y nieto estuvieran de pronto comunicados por un puente de vitalidad sobre un río de aguas morosas, tan morosas que parecen no fluir, que en realidad no fluyen o, en todo caso, avanzan y retroceden lentamente porque no tienen adónde ir. En esa secuencia de tres varones a ellos les tocaba ser las orillas y a mí el río.

Alegué en mi descargo la decisión de la jueza. Nikita la injurió: «Una puta marrana». «¿Ese es el vocabulario que usas con tu madre?» No respondió. Según él, las mujeres se ayudan unas a otras para atacar a los hombres y yo tenía que haberlo sabido. «Uno puede elegir al abogado, pero no al juez», le dije. Y añadí: «Nos guste o no, el criterio es proteger los intereses del menor». Pues a él nadie le había preguntado. E insistió, hosco de cejas, en que yo lo había dejado solo con su madre, a la que volvió a cubrir de insultos. Que no la podía tragar, que la odiaba. «No digas eso.» Me replicó, airado: «Digo lo que me sale de los cojones». Que no la aguantaba y que cualquier día de estos se iba a dar el piro. A los dieciséis años, ¿qué sabía él de darse el piro ni de nada? Me acusó de no quererlo. De no haberlo querido desde pequeñito. En apoyo de su convicción, citó a Amalia, quien por lo visto mantenía la misma tesis, si no es que ella se la había inculcado a nuestro hijo. Añadió con ostensible amargura que yo prefería a *Pepa*. Que de *Pepa* sí me ocupaba; de él, muy poco. «Bueno, ayer te llevé al fútbol. Y claro que me gustaría pasar más tiempo contigo, pero recuerda que nos tienen prefijadas las horas de estar juntos.»

En lugar de reñirle, como se supone que debía hacer, yo no paraba de encadenar disculpas y, en el fondo, era él el que me estaba riñendo a mí. Me ardía por dentro una rabia visceral contra Amalia por malquistarme con mi hijo y jodernos a los dos el fin de semana. Deseoso de rebajar la tensión, le ofrecí en un tono apacible de voz más café a Nikita. No hubo respuesta. Y la luz matinal que entraba por la ventana hacía lastimosamente visibles los granos en su frente y sus mejillas.

Como mirándome adentro de los ojos, afirmó que él no había pegado a su madre. «Pues ella dice...» «Mentira.» Sólo la había empujado en defensa propia. Por lo visto, Amalia se había interpuesto entre el chaval y la puerta del piso, un detalle que yo desconocía. «Me castiga sin salir. Me hace ir a la cama temprano y luego la oigo venir a las tantas de la madrugada.»

Me preguntó con una expresión como de desafío si no me daba cuenta de que Amalia me ponía los cuernos. Le recordé que no existía tal posibilidad, puesto que estábamos divorciados. Al parecer, mi argumento lo disuadió de seguir por aquella senda del diálogo. A cambio, acusó a su madre de chivata. Si no, ¿cómo me había enterado yo de la pelea del otro día?

«Os estorbo.»

Me dieron tentaciones de llevarle la contraria. Me contuve pensando en que si no cortaba la conversación llegaríamos a un punto de no retorno; así que me limité a decirle con empaque profesoral que ni su madre ni yo éramos personas violentas y le ordené, le pedí, que tampoco él lo fuera.

No respondió. Terminamos de desayunar en silencio, le di un billete de veinte euros, recogió sus cosas y, sin abrazo de despedida, se marchó con sus amigos.

29

Sin darme tiempo a retirar mis últimas pertenencias, Amalia cambió la cerradura. En vista de que yo estaba obligado a entregar la llave, me hice una copia a escondidas tanto de la puerta del piso como de la del portal. Amalia se adelantó a mis designios, espoleada con toda seguridad por los muchos y variados miedos que ante cualquier situación la llevaban y supongo que todavía la llevan a extremar las precauciones. No hay más que escuchar su programa radiofónico. Le encanta entrevistar a violadas, maltratadas, desahuciadas y a mujeres, ocasionalmente también a varones, que lo han perdido todo o han sido víctimas de injusticias brutales. Una de sus preguntas fijas es: «¿Cómo se podría haber evitado...?».

Sabiéndola en la emisora y al niño en el colegio, resolví entrar en su piso con el fin de recuperar algunas pertenencias mías que quedaban dentro. De paso, lo confieso, a husmear un poquillo. Parado ante la puerta, supuse absurdamente que el cerrajero me había confeccionado una copia defectuosa de la llave.

Mi nombre ya no estaba en el buzón ni junto al timbre.

La sensación de haber sido expulsado de la que hasta hacía poco tiempo había sido mi casa me dolió.

Incluso por los días en que Amalia se obstinaba con más fuerza en un remate judicial del matrimonio, yo me mostré partidario, y así se lo hice saber, de que en adelante mantuviéramos una relación amistosa entre los dos, por sensatez, pero sobre todo para garantizar el equilibrio emocional del niño. Ella, temor y cautela, no se fiaba de mí. De hecho, intensificó la hostilidad hacia mi persona pensando que mi propuesta formaba parte de un cálculo enderezado a causarle los mayores perjuicios posibles.

La puerta por la que yo había entrado y salido durante tantos años se había convertido en un muro infranqueable. Sentí que una fogarada de rencor me abrasaba las entrañas. Me dio tal subidón de adrenalina que por poco la emprendo a coces con la puerta. Bajé a la calle pensando en la manera de resarcirme.

Yo vivía entonces acogido en el piso de Patachula en espera de alquilar una vivienda. Se abría para mí un periodo de incertidumbre económica. Entre el alquiler y la pensión de alimentos para mi hijo, mi sueldo de profesor no iba a alcanzar para muchas alegrías.

Podía haberme alojado una temporada en casa de mamá, por más que su lucidez empezaba a mostrar los primeros agujeros. Lo que pasa es que yo no quería que ella se enterase de mi divorcio ni que un día fuera Raúl a verla y me sorprendiese saliendo del cuarto de baño en zapatillas y albornoz.

Estudié la posibilidad de entrar en un piso compartido.

O de irme a vivir a un barrio de las afueras.

Cuando me percaté de que la llave no entraba en el ojo de la cerradura, creí ser un moribundo al que hubieran retirado la respiración asistida. Al día siguiente, en un momento en que mamá echaba una cabezada en la mecedora, me metí en su habitación; junté un copioso puñado de somníferos y otras pastillas suyas de diversos tamaños y colores en una bolsa de recoger las cacas de *Pepa* y, no bien se me ofreció una ocasión, me dirigí de nuevo al piso de Amalia. Se iba a enterar. Sentado en el felpudo, imaginé el momento en que ella descubriera mi cadáver. ¡Lástima no estar vivo para verle la cara y escuchar acaso su grito! Saqué la bolsa, vacié el contenido en la palma de la mano. De pronto se me ocurrió que quizá Nikita pudiera volver a casa antes que su madre. La verdad, no me apetecía que el chaval me recordase tirado en el suelo con mueca de suicida durante el resto de sus días ni que tuviera que responder a las preguntas de la policía. También pensé en los problemas que yo podía causar a mamá privándola de sus medicamentos. Empecé a flojear en mi determinación, se me disipó el coraje y me levanté. En la calle lucía un cielo azul. Distinguí allá arriba, entre dos edificios, la silueta veloz de los vencejos. ¿Me iba yo a quitar la vida para darle gusto a una imbécil? ¡Anda ya!

30

Le dije a Pata, por los días en que me acogió en su casa, que yo atribuía el cambio de cerradura a los miedos de Amalia. Que no me cupiese la menor duda, respondió. Y a continuación me expuso una teoría que más o menos venía a decir así:

«El miedo es el fundamento lógico de la mujer. La mujer es como es, piensa como piensa, se comporta como se comporta, porque tiene miedo. Miedo instintivo, genético, sobre todo al varón, al que ve principalmente como agresor y al que a toda costa desea domar y, si es posible, castrar. Y cuando por fin lo ha conseguido, lo desprecia porque la mujer, sin miedo, no es nada. Ya verás como tu ex se arrima a un tipo enseguida. Lo envolverá en su perfume, le dirá lindezas al oído y se ofrecerá como suministradora de orgasmos a cambio de asegurarse los servicios de un guardaespaldas».

Terminada la disertación, me preguntó qué opinaba.

Le respondí que me sentía demasiado triste para opinar.

Octubre

1

Anoche anunciaron para hoy hasta treinta grados de calor y disturbios en Cataluña, y ambas predicciones se han cumplido. Escucho comentarios en la sala de profesores; pero estoy decidido a mantenerme al margen. Advierto que hay dos polos de opinión y que cada cual orienta sus juicios hacia uno y otro con distintos grados de aproximación. Están por un lado los que se dicen cansados (más: hartos; mucho más: hasta los cojones) del problema catalán y se resignarían a cualquier remedio, incluso al desmembramiento de España, con tal de gozar de tranquilidad en la parcela que les corresponda. Por el otro, los que después de anteponer escrúpulos democráticos, como dando a entender que representan el sosiego y la tolerancia, se avendrían a lo que denominan una solución drástica, postulada asimismo con diferentes grados de intensidad: desde la aplicación inmediata del artículo 155 de la Constitución, pasando por la supresión *sine die* de la autonomía catalana hasta la intervención del Ejército al viejo estilo.

Observo las bocas, los ojos de los opinantes. Me pregunto: «¿Qué hago aquí rodeado de estos simios? ¿Qué hago en este mundo? ¿Qué me importan a mí todas estas bagatelas de la política actual?». Yo tengo el propósito de guardar silencio salvo que un pelma me interpele, en cuyo caso me limitaré a emboscarme en evasivas y generalidades. Algunos apelan a una cosa, por lo visto mágica, llamada diálogo. Es una apelación vaga e incluso hipócrita, un canto a las estrellas, una forma de ganar tiempo en espera de que los ánimos se templen y el fuego de la discordia se apague por sí solo. Con la facción de los que reclaman mano dura se alinea la directora. La dominatriz sentencia que hay que defender a toda costa la ley y luego negociar. En ese orden y no al revés. ¿Quién le ha pedido que intervenga en el debate? Nadie le lleva la contraria. Da igual si esta señora habla del tiempo, del cultivo de la vid o del precio del pescado. Todos asienten, pues su palabra baja de una cumbre jerárquica. El intercambio de pareceres se acaba después del dictamen de la directora. Al rato suena el timbre y, mientras me dirijo al aula, oigo que dos compañeros reanudan la conversación sobre Cataluña en el pasillo. Uno dice: «Basta que haya un muerto para que se monte una bronca como la del 36».

2

Pensando en lo de ayer, en cómo la gente del resto de España mira hacia Cataluña por televisión (enfrentamientos, banderas, porras) como quien oye a través de las paredes una riña en un piso de la vecindad y sacude la cabeza en señal de fastidio y se queja en voz baja del alboroto, pero no sale a la calle a defender la integridad de su país, me he acordado de papá. Su amargura política, su salida del partido a los dos años de ser legalizado. «¿Para esto arriesgué el pellejo?», se lamentaba. «¿Para seguir con la misma bandera, el mismo himno, y restaurar la monarquía? ¿Qué mierda de Constitución es esta?»

En el fondo, papá soñaba con una España similar a la de Franco, pero con un líder comunista en lugar de un caudillo ultracatólico y militar. Ingenuamente pensó que el pueblo votaría en masa al PCE en cuanto hubiera elecciones libres. Su chasco fue monumental.

Estaba convencido de la naturaleza rebañega de los españoles. «Hatajo de subalternos, nacieron para obedecer y se resignan a todo. No les han enseñado a pensar. Tienen menos imaginación que un zapato.» Papá sazonaba las cenas de mi adolescencia con frases de este tipo. Mamá le decía: «Gregorio, ya está bien». Entonces él se callaba, refunfuñante, sin levantar la vista del plato de sopa, sopa en la que quizá mamá le había echado a escondidas un escupitajo, y un rato después volvía a la carga.

«No conozco nación con menos espíritu revolucionario. Se lo tienen que traer todo hecho de fuera.»

Cuando cumplí no sé si once o doce años me regaló un ejemplar de *El manifiesto comunista.* Todavía lo conservo, con una ilusionada dedicatoria suya que decía: «De tu padre y camarada», y a continuación la firma, como si fuera él el autor del libro. Al cabo de unos días me preguntó qué me había parecido. Le dije que bien. Intentó entablar conversación conmigo sobre el tema. No llegamos muy lejos. Mamá se interpuso: «¿No te das cuenta de que es un niño?». La verdad es que yo no había leído el libro. Empecé, sí, a leerlo por miedo a defraudar a papá. Como no entendía nada, lo dejé en la quinta o sexta página. A mí lo único que me gustaba leer por entonces eran los tebeos.

Hoy me hago cargo de la decepción que debió de sufrir papá por mi culpa y la de Raulito. A mi hermano no le regaló *El manifiesto comunista* porque cuando llegó a la edad de leer y entender, papá ya se había borrado del partido. Yo equiparo su desengaño con el que alguna vez he sentido por Nikita. Tratas de transmitirle a tu hijo unos valores, unas convicciones, y luego compruebas que cuanto le dices no le interesa nada, que está a otra cosa y que, en consecuencia, todo aquello en lo que creías morirá contigo o incluso antes que tú. En el fondo nos impulsa el egoísmo de prolongarnos en nuestra descendencia. Seríamos capaces de vaciar a nuestros hijos de su personalidad para rellenarlos, como a animales disecados, con el serrín de la nuestra.

¿Qué diría papá si supiese que un nieto suyo lleva tatuada una esvástica en la espalda?

Si te descuidas, a lo mejor hasta le hace gracia. Los abuelos son así. Permiten a los nietos lo que prohibían a los hijos y de este modo los cabrones se hacen querer.

3

Lo teníamos todo listo para irnos de pícnic a la Casa de Campo y papá no venía. Mamá se había levantado temprano para preparar la tortilla de patata y el pollo empanado. En el momento de levantarnos de la cama, el piso entero olía a frito. Papá dijo que tenía que recoger unos papeles en casa de un amigo y que a las once, a más tardar, estaría de vuelta y entonces ya podríamos ir todos en nuestro Seat 124 a pasar el día, como tantas veces y como tantas familias de la época, a la sombra de los árboles.

No es mucho lo que recuerdo. La memoria me dice que hacía calor, que el cielo estaba azul y que mamá tenía un enfado muy grande porque dieron las doce y luego la una y papá no venía. Por una causa nimia le echó la bronca a Raulito. Mi hermano rompió a llorar con unos alaridos como de cochinillo en el matadero. Esto del cochinillo se lo oí decir una vez a papá y yo lo repetía a menudo por aquellos días para chinchar a mi hermano. Al cabo de un rato mamá me riñó a mí, yo creo que para compensar, para que Raulito no creyese que a él lo quería menos. Más tarde nos llamó a su lado, nos dio un beso a cada uno, nos pidió perdón y nos permitió encender el televisor a una hora en que normalmente lo teníamos prohibido.

Papá no vino ese día a casa ni los siguientes. Raulito y yo nos dimos cuenta de que el enfado de mamá se había transformado en pena, pues tenía todo el rato los ojos rojos como de llorar y casi no hablaba. Yo cometí la crueldad de decirle a Raulito que papá no volvería nunca porque se había escapado con una mujer negra. En realidad no se lo dije con conciencia de estar mintiendo, salvo en el detalle del color. Yo mismo creía en mis palabras; simplemente quería ver en la cara de mi hermano cómo había que reaccionar ante una noticia de aquella naturaleza. Raulito corrió a gimotear con la cara pegada entre los pechos de mamá; pero no le sirvió de nada porque mamá estaba demasiado triste para castigarme.

En algún momento me percaté de que mamá sabía dónde estaba papá, pero no nos lo podía decir. Transcurrieron los días y una tarde se abrió la puerta y entró papá serio y sucio, y quedó un olor desagradable flotando en el aire. A él y a mamá les dio por hablar durante un tiempo en susurros. Mamá le llevaba infusiones de manzanilla a papá, que permanecía muchas horas en la cama, con la persiana de la habitación bajada, sin ir a trabajar. Nosotros teníamos instrucción de no hacer ruido para no molestarlo, pues por lo visto le dolía la cabeza. Por fin se le pasó lo que fuera que tenía y reanudó su vida normal. Algunos fines de semana, cuando hacía buen tiempo, nos íbamos de pícnic a la Casa de Campo, y a Raulito y a mí se nos olvidó que papá había estado ausente de casa más de una semana, no sabíamos por qué ni se lo preguntamos, a lo mejor por miedo a que fuese verdad que se había escapado con una mujer negra o de cualquier otro color.

4

Me dieron las doce y media de la noche buscando en mi biblioteca el ejemplar que me regaló papá hace tantos años. Lo encontré en el fondo de una caja de cartón repleta de folletos y revistas viejas, y miré lo primero de todo la dedicatoria, temeroso de que se hubiera esfumado. La tinta estaba, en efecto, desvaída y por un instante tuve una sensación dolorosa al descubrir un vestigio de papá. Me da que *Pepa* olió mi tristeza, pues vino de pronto a rozarse contra mis piernas como con intención de consolarme.

Por la mañana, a la luz del día, me he fijado en algunos detalles que en la adolescencia me debieron de pasar inadvertidos. O quizá no, pero yo era demasiado joven para entenderlos. He visto que se trata de una edición mexicana fechada en 1967, con traducción de Wenceslao Roces. Nunca la leí. Más tarde, durante la época de estudiante, adquirí la versión de un traductor moderno que restituye al panfleto de Marx y Engels su título original: *Manifiesto del Partido Comunista.*

No he profesado nunca con intensidad una fe, ni política ni religiosa. Barrunto que en el fondo son lo mismo.

No aspiro a la eternidad. No entiendo que los seres humanos, tras tantos siglos de horrores, sigan creyendo en la posibilidad de un paraíso social en la Tierra.

No soy católico, no soy marxista, no soy nada, sólo un cuerpo con los días contados como todo el mundo. Creo en unas pocas cosas que me dan gusto y que son cotidianas y visibles. Creo en cosas como el agua y la luz. Creo en la amistad de mi único amigo y en los vencejos que, pese al aire contaminado y el ruido, vuelven todos los años a la ciudad, aunque sospecho que cada vez hay menos.

Son cosas, como el chocolate negro, que también me gusta, carentes de significación política o religiosa; en cualquier caso, no destinadas a hacer daño a los demás.

Creo asimismo en la eficacia de la cirugía, en cierta clase de música, en la bondad de unas cuantas personas y en los niños.

Hablando de niños, me ha sucedido una anécdota esta tarde. Como en tantas ocasiones, he llevado a *Pepa* al parque de Eva Duarte, que es uno de mis sitios favoritos del barrio. A *Pepa* también le gusta. Allí retoza con otros perros a los que ya conoce y con los que congenia. Se olisquean los genitales, una costumbre que admiro.

Suelo tomar asiento en alguno de los bancos, si es posible en uno al sol cuando el tiempo es fresco, a la sombra cuando aprieta el calor; me entretengo con el periódico o con un libro, preparo clases, corrijo exámenes, contemplo los vencejos o lo que sea que vuele por encima de mi cabeza (a veces hago ejercicio, pues hay bancos provistos de pedales), mientras la perra husmea a sus anchas por los alrededores. Tarde o temprano se cansa de correr y viene a tumbarse cerca de mí. Hay en el parque un espacio acotado con vallas y con el suelo de arena donde los perros pueden moverse sin correa; pero sus dimensiones son tan reducidas que no permiten una carrera digna de tal nombre.

Nada más franquear la entrada por Francisco Silvela hay un monumento dedicado a quien da nombre al parque. Al pie del pedestal con el busto de Evita he depositado, cuando me dirigía a la salida, el ejemplar de *El manifiesto comunista* que me regaló papá hace más de cuarenta años. Persisto en la voluntad de desprenderme paulatinamente de mis bienes. Ya había llegado con *Pepa* a la acera cuando oigo a mi espalda voces infantiles. «¡Señor, señor!» Y, al volverme, veo que corren hacia mí dos niñas como de siete, ocho, quizá nueve años. Una de ellas, la más espigada, de rasgos orientales, agita en el aire el ejemplar del *Manifiesto,* convencidas ella y su amiga de que me lo había olvidado. En el momento de darles las gracias, me viene la tentación de preguntarles si se lo quieren quedar; pero me muerdo la lengua y no porque el texto de Marx y Engels se me figure inapropiado para aquellas dos criaturas, sino porque sospecho, a la vista de su edad, que acaso hayan venido al parque acompañadas de sus padres, que las estarán vigilando desde algún lugar cercano, y no quiero por nada del mundo que me tomen por una especie de pervertido filosófico, me saquen fotos con el móvil y me denuncien a la policía o me expongan a la vergüenza pública en las redes sociales.

De nuevo a solas, he arrancado la hoja donde figuraba la dedicatoria de papá y he tirado el libro a una papelera que hay junto a la parada del autobús.

Continúo después andando con *Pepa* a mi lado, rumbo a casa. Me pregunto qué sentido tiene conservar la hoja con aquellas palabras que la tinta desvaída ha vuelto casi ilegibles. «De tu padre y camarada.» Hago una pelota con el papel y la tiro a la siguiente papelera.

«Pobre papá», pienso. «Ahora sí que te has muerto del todo.»

5

Se supone que éramos una familia atea. No íbamos nunca a misa ni teníamos en casa símbolos religiosos. Sin embargo, tanto Raulito como yo fuimos bautizados al poco de nacer e hicimos más tarde la primera comunión con otros niños en la parroquia del barrio, vestidos ridículamente de marineros. Guardo algunas fotografías. Mi hermano no puede decir lo mismo, ya que, cosas de niños, las suyas las destruí a tijeretazos.

Meternos en la iglesia fue una medida preventiva de nuestros padres. A nosotros nos pareció un juego maravilloso. Quizá, pienso ahora, lo maravilloso era sentirse normal y lo normal, durante la dictadura de Franco, era frecuentar la iglesia y hacer la primera comunión con traje de marinero, zapatos blancos y una vela en la mano. Tras la ceremonia, mamá guardó las prendas en un armario; pasados tres años, se las puso a Raulito luego de hacerles algunos arreglos, pues mi hermano ya era a los siete años bastante rollizo, y después recuerdo vagamente que las vendió o regaló a unos vecinos.

Llevados por la cautela, papá y mamá se abstenían de hablar contra los curas y la religión en nuestra presencia, y nunca hicieron comentarios sobre los rezos que habíamos aprendido. Evitaban así que mi hermano y yo nos fuéramos de la lengua en el colegio. Ni papá ni mamá blasfemaban, y no porque el lenguaje soez les fuera ajeno, sino porque el propio concepto de blasfemia carecía de sentido para ellos. Yo tampoco suelo mezclar a Dios con las palabrotas. Mis juramentos son aproximadamente los mismos que soltaba papá. Cuando juro, cuando maldigo, soy papá. A veces juro y maldigo cuando nadie me oye, sin otra razón que hacerme la idea de que papá se ha metido a vivir un instante en mi cuerpo.

Podría parecer incongruente que, días antes de la Navidad, pusiéramos el nacimiento sobre la cómoda del pasillo. En realidad, nuestro portal de Belén con sus preciosas figuras de artesanía, su musgo y su río de papel de plata no tenía para mis padres la menor connotación religiosa. Por si quedaban dudas, papá solía fijar en el dintel del pesebre una insignia roja de latón, con la hoz y el martillo en color dorado sobre fondo rojo. En la sala poníamos el abeto navideño con sus bolas, su espumillón y sus luces intermitentes, y en Nochevieja comíamos por supuesto las doce uvas sentados los cuatro delante del televisor.

Repartidos los granos en cuatro platillos, papá, que ya estaba algo achispado, dijo señalando la pantalla: «Ahora van a enseñar la casa donde me torturaron». Mamá le mandó callar. Y luego resultó que ese año no retransmitieron las campanadas de Fin de Año desde la Puerta del Sol, sino desde un edificio de Barcelona con un reloj en la fachada. Entonces papá, visiblemente decepcionado, dijo: «Ah, coño. Pues han cambiado. Ahí no es donde me torturaron». Mamá golpeó con el platillo sobre el tablero de la mesa y algunos granos de uva salieron despedidos. «Gregorio, ya está bien. Si sigues así me voy a la cama.»

6

Durante varios años, papá nos ocultó a Raulito y a mí que lo habían tenido encerrado en los calabozos subterráneos de la Dirección General de Seguridad. Hoy sé que, tras el incidente de Nochevieja, mamá le hizo prometer que no nos diría una palabra sobre el asunto mientras fuéramos pequeños. En lo que a mí respecta, ella fue la principal causante de que quedara prendida en mi recuerdo la existencia de algo en la vida de papá que no debía salir a la luz. Y todo por llevar al extremo una situación que se podía haber evitado con un poco de disimulo por su parte. Una situación que a un niño de mi edad, no digamos de la edad de Raulito, que tenía entonces seis años, fácilmente le habría pasado inadvertida, aún más si se considera que en aquel lance festivo que nos había reunido delante del televisor toda mi atención y la de mi hermano estaba puesta en zamparnos a su debido tiempo los doce granos de uva.

Mamá no cesó en la amonestación hasta exasperar a papá, que acto seguido se negó a ingerir «las putas uvas», según dijo al tiempo que las miraba con un gesto de desprecio. Ella no se molestó en recoger las suyas esparcidas sobre la mesa. Sin sonar la última campanada, me sacudió una torta por robarle un grano a Raulito. A las doce y cuarto o doce y veinte estábamos todos en la cama. Y el tablero de parchís, con las fichas dispuestas para el comienzo de la partida, se quedó sin jugadores en la mesa de la sala. A través de la pared se oía a papá y mamá discutir a voz en grito, y también se oyó de pronto un chasquido como de carne golpeada y después ya no hubo entre ellos más conversación. A la mañana siguiente, a mamá se le veía un labio hinchado y yo no tuve duda de que en la vida de papá se escondía un secreto sobre el que no se debía hablar.

A partir del año siguiente, las campanadas de Nochevieja se han retransmitido siempre en la primera cadena desde la Puerta del Sol. Sospecho que, sentados los cuatro delante de la tele en blanco y negro, papá se mordía la lengua para no soltar su frase sobre la tortura, si no es que mamá, antes de tomar las uvas, le recordaba su promesa.

Una tarde de 1977 papá se sinceró conmigo yendo los dos por la calle, sin mamá ni Raulito a nuestro lado. Papá estaba fuera de sí, las cejas hoscas, un temblor de rabia en el labio de abajo. Casi no podía respirar del ansia, de la ira, del reconcomio que sentía tras enterarse de que el ministro del Interior había concedido la Medalla de Plata al Mérito Policial a Antonio González Pacheco, alias «Billy el Niño», el inspector de policía que lo había estado torturando durante once días en un cuarto de la Dirección General de Seguridad, en el edificio desde el cual se televisan anualmente las campanadas de Nochevieja. Yo tenía catorce años y él dijo: «Ya es hora de que te lo cuente y luego no hace falta que se lo digas a tu madre porque esto es una cosa de hombres». Que si lo entendía. Un tanto cohibido le respondí que sí.

Papá no se creía en el punto de mira de la Brigada Político-Social. Al instante se corrigió. En una dictadura cualquier ciudadano es por principio sospechoso. Lo que él quería decirme es que su nombre no figuraba en la lista de los más buscados. Aquella mañana en que teníamos previsto irnos de pícnic a la Casa de Campo, tuvo la mala fortuna de hallarse reunido con un camarada a quien un grupo de policías fue a detener. Y el caso es que él y su amigo ya se estaban despidiendo. Me dijo que si la bofia llega un minuto más tarde no lo pilla. Se lo llevaron también a él, «como cerezas unidas por el rabito», por ver si le podían sonsacar alguna información, sin saber quién era. Lo comprobó en el primer interrogatorio. Papá no llevaba consigo la documentación. Les declaró su nombre y uno de ellos salió corriendo a hacer comprobaciones. Y, entretanto, ya le estaban dando leña.

Billy el Niño llevaba la voz cantante en el interrogatorio. Se enorgullecía de su mote, hasta el punto de susurrárselo a papá varias veces a la oreja, como con intención de arredrar al detenido. Le pregunté si conocía de antes a aquel hombre. Dijo que a los hombres malos los conoce todo el mundo, pues se habla mucho de ellos, y aquel era el peor con diferencia. Le parecía indignante que en una democracia se condecorara a un torturador.

Papá me detalló algunas atrocidades que le hicieron. Todas, según dijo, no me las podía contar... de momento. Unas cuantas las reservaba para cuando yo tuviese más edad, pues eran por demás desagradables. No abrigaba intención de asustarme, sólo que hay cosas que un padre tarde o temprano debe revelar a sus hijos. Contó que no le daban de beber y que le negaron la comida durante varios días. Tampoco lo dejaban dormir ni ir al retrete a hacer sus necesidades. Mientras se explayaba sobre las consecuencias físicas de aquellos tormentos, yo dirigía mi atención a los coches, la gente, las fachadas, no tanto porque no me interesase lo que papá me estaba contando como porque yo no sabía en qué rincón de mis pensamientos colocar sus palabras ni qué hacer con ellas, y en el fondo yo estaba deseando que terminase cuanto antes de llenarme los oídos con el relato de tantas truculencias.

Una y otra vez lo subían al cuarto del interrogatorio, le hacían pasar las de Caín y lo devolvían al calabozo, y entre las idas y venidas y las somantas que le atizaban no tardó en perder la noción del tiempo. El tal Billy el Niño mandó que lo colocaran delante de una ventana abierta y lo amenazó con darle «un empujoncito sin querer». Lo tenían desnudo muchas horas. Y otra cosa que le hicieron fue pegarle con una guía telefónica en la cabeza, pumba, pumba, pumba, lo que le producía a papá unas cefaleas horribles que se le repitieron cuando ya había recobrado la libertad. Ah, y también estuvo un tiempo meando sangre. Lo soltaron con una patada en el culo, luego de haberle arrancado la poca información sustanciosa que pudieron obtener de un militante de segundo o tercer rango. Billy el Niño lo despidió más o menos con estas palabras: «No quiero volver a verte, comunista de mierda, porque la próxima vez te juro que no sales vivo de aquí».

Cerca del portal de casa, papá me miró muy adentro de los ojos desde lo alto de su estatura majestuosa y me preguntó con su voz recia qué había aprendido de cuanto él acababa de contarme. La pregunta me pilló tan de improviso que no la supe responder. Temí una bofetada; pero por suerte papá, repuesto de su ansiedad y su sofoco, no se tomó a mal mi tibia reacción. Quizá pensó que su relato me había dejado tieso de miedo. Poco después, delante de nuestra puerta, al tiempo que posaba una mano afectuosa en mi hombro, me hizo prometerle que de mayor me afiliaría al Partido Comunista y sería fiel a su programa, a lo cual me apresuré a contestarle que sí, incluso con convicción, porque en realidad, a los catorce años, mi ideal en la vida era ser grande, fuerte y perfecto como él.

7

Hoy no era el día adecuado para encontrarse con Patachula. Por la mañana, aprovechando el primer paseo de la jornada con *Pepa*, he comprado un ejemplar de *El Mundo*. Me he sentado a leerlo en un banco. Los domingos, hacia las nueve, suele haber poca gente en el parque. Si además, como hoy, hace buen tiempo, se está allí de maravilla.

No bien he visto las dos páginas que le dedican en el periódico al tal Zougam, me he apresurado a discurrir un pretexto con que excusarme de una posible cita con Patachula. Yo sé que él lee regularmente *El Mundo,* también otros diarios. En algún momento habrá descubierto el reportaje sobre el único condenado como autor material de los atentados del 11-M. Imagino su cara al pasar la página y toparse con la fotografía en gran tamaño de uno de los terroristas que intentaron liquidarlo. Doy por hecho que a Pata el dolor del miembro fantasma le habrá estropeado el día. Definitivamente habría sido una mala idea adentrarse en el radio de acción de su berrinche.

He leído que Jamal Zougam lleva catorce años encarcelado, siempre en módulos de aislamiento. Insiste, al parecer, en su inocencia; pero, como recuerda el autor del reportaje, en el juicio le demostraron que había colocado las bombas (el texto no especifica cuántas ni en qué trenes) y distribuido las tarjetas de teléfono móvil necesarias para activar los artefactos explosivos. Ahora lo investigan por pertenencia a una red de reclusos yihadistas que se comunican por carta y hacen proselitismo en las cárceles.

Patachula me contó una vez que hubo un tiempo en que soñaba por las noches con Zougam. Un tribunal lo condenaba a muerte y Pata era el verdugo. No había modo de ejecutar al reo. Le disparaba con un fusil hasta vaciar el cargador y el otro, acribillado a balazos, se levantaba sonriente y se sacaba los proyectiles como quien se arranca pelitos. Le cortaba la cabeza con una guillotina; el ajusticiado la cogía del suelo y se la volvía a colocar. Patachula accionaba la horca; Zougam silbaba una melodía o hacía comentarios meteorológicos sin dejar de balancearse en al aire.

Al poco de llegar a casa, suena el teléfono. Patachula. Si me animo a acompañarlo a un mitin de Vox en Vistalegre. No hace mención del reportaje en *El Mundo*. Mejor. Al pronto he pensado que podría entretenerme escuchando arengas de extrema derecha, salpicadas de loores a la patria, cuajadas de alusiones a la unidad de España, condimentadas de retórica subida contra moros e inmigrantes. Pereza. Renuencia a comprometerme. Pocas ganas de pringarme de fervor colectivo. Conque le he soltado a Pata la excusa urdida un rato antes en el parque.

A papá le salí rana, aunque no estoy del todo seguro. Lo cierto es que nunca solicité el carnet. Él mismo me disuadió al darse de baja en el partido. Ahora bien, tampoco me seduce ir a abastecerme de convicciones al otro extremo.

Yo milito desde hace largos años en el PPES, en el Partido de los que Prefieren Estar Solos, donde no desempeño cargo alguno. Lo integra un solo militante, yo, y ni siquiera soy el jefe.

Todo el programa de mi partido se reduce a un lema: Dejadme en paz.

8

La siguiente nota anónima me desconcertó por la trivialidad de su contenido. Mala intención, desde luego, no le faltaba. Transcribo: «Jersey azul marino, pantalón marrón y zapatos negros no pegan. Te vistes como un anciano». Tal había sido efectivamente mi indumentaria de los últimos días.

Había transcurrido cosa de un mes desde la nota anterior. Decidí dejar la nueva dentro del buzón para estudiar el comportamiento de Amalia. La idea me la había sugerido Patachula. Yo puse como condición que el anónimo no hiciera alusión a mis hábitos menos honrosos, en cuyo caso me lo guardaría para mí o lo rompería.

En lo tocante a mi manera de vestir, Amalia afirmaba sin tapujos que carezco de estilo. Nunca, tampoco en nuestros buenos tiempos, me ocultó su parecer; pero tan sólo me daba la lata cuando íbamos juntos a algún sitio, sobre todo si cabía la posibilidad de encontrarnos con gente de su profesión, pues temía quedar en ridículo por culpa de mi aspecto. Fuera de esas ocasiones, su vigilancia se relajaba. Salvedades aparte, cada vez más esporádicas, su desinterés derivó hacia una creciente indiferencia no bien empezaron las batallas matrimoniales. Sobre el vestuario en sí poco me podía ella objetar por cuanto solíamos comprarlo juntos. En vano interrogo a la memoria a la busca de un caso en que su criterio no hubiese prevalecido. Lo que quedaba a mi elección era la manera de combinar las prendas y, sí, lo reconozco, había mañanas en que, apretado por la prisa, me ponía lo primero que mi mano encontraba en el armario. A fin de cuentas iba al instituto, no a una recepción oficial ni a una fiesta de postín.

Amalia, en cambio, salía peripuesta aunque sólo fuera a hacer un encargo a la vuelta de la esquina.

En principio, el mensaje de la nota podía haberlo escrito ella. Mi exmujer tenía sus épocas. Tan pronto le daba por sacarme faltas como se desentendía por completo de mí. Llegó un tiempo en que esta segunda opción me resultaba preferible.

Conforme a la hipótesis de Patachula, si Amalia era la autora de las notas, procuraría por todos los medios que fuese yo quien las encontrase. Entonces decidí, por ponerla a prueba, dejar en el buzón aquella que afeaba mi atuendo, así como la correspondencia del día; subí a casa y esperé. Y, en efecto, Amalia, en la mano los sobres que yo había visto media hora antes dentro del buzón, no hizo al llegar a casa ninguna referencia a la nota.

«¡Conque es ella!», pensé. «Y la puñetera sabe que voy de putas. ¿Cómo se habrá enterado?»

Me estremeció de pronto la sospecha de que estuviese confabulada con mi amigo, el único que tengo.

Habían transcurrido cerca de veinte minutos desde su llegada cuando me dijo con toda naturalidad, en la cocina: «Por cierto, tesoro, he encontrado este papelito en el buzón. Espero que de ahora en adelante escuches mis consejos antes de elegir lo que te pones».

Se dio la vuelta y siguió picando cebolla.

9

Le pregunto a Patachula cómo le fue el domingo en el mitin de Vox. Confieso que he formulado la pregunta con cierto retintín, convencido de que me anticipaba a las diatribas o a las burlas que él dirigiría a buen seguro contra dicho partido. Pata dice que acudió tanta gente al Palacio de Vistalegre que cerca de tres mil personas hubieron de quedarse fuera por limitaciones de aforo. La seriedad de su respuesta hiela mi sonrisa, me induce a ponerme en guardia. «No son fascistas», afirma como rebatiendo algo que yo no he dicho. «¿Qué son entonces?» Tilda a sus líderes de chalados, histéricos, idealistas, un tanto inclinados a extremar los modales masculinos, y deja para el final el elogio al que se encaminaba su ristra de adjetivos: «Honrados».

No le interesa su programa electoral por considerarlo demasiado derechista; tan sólo su firme determinación de derrotar al separatismo catalán. Intenta justificarse con ayuda de un ejemplo, que venía a decir más o menos así: «Si tengo un problema de corazón, voy a la consulta de un cardiólogo, aunque el cardiólogo profese unas ideas políticas distintas de las mías. Por mí que se las coma con pan y chocolate. Lo único que espero de él es que sea un cardiólogo competente y me cure. ¿Qué harías tú con un corazón enfermo? ¿Pedir cita en el ginecólogo porque los dos compartís idéntica ideología?». Y, sin esperar respuesta alguna por mi parte ni reparar en que quizá lo esté oyendo la gente del bar, agrega con estas o parecidas palabras: «Yo creo que a muchos de los que estábamos allí en el fondo nos da por culo lo que piensen los dirigentes de este partido sobre la inmigración, el plan hidrológico y el saco de leyes que prometen derogar cuando lleguen al poder. Nos une un deseo urgente. Eso es todo. Es el deseo de que los separatistas no logren rompernos la patria. No me extrañaría que Vox sacase buenos resultados en las próximas elecciones».

Al despedirnos en la calle, Patachula acaricia la cabeza de *Pepa* y me dice que también comparte la antipatía que los de Vox profesan al islam. Es entonces cuando me pregunta si el domingo pasado leí el reportaje sobre «el hijoputa que intentó matarme». Sé que luego me sentiré mal si le respondo con una mentira; así que, tras un breve titubeo, le digo la verdad. Leí el reportaje y pensé en él. «¿Crees que me estropeó el día?» Me lo pregunta en un tono y con un gesto que parecen retadores. No veo motivo para ser insincero y le digo que sí. «Tienes razón. No he pegado ojo desde entonces.» Al parecer ha pasado dos días con dolores en la pierna. Él los atribuye al reportaje. A primera hora de la mañana eran tan intensos que casi no consigue colocarse la prótesis.

«Por cierto», me dice cuando ya se había alejado unos cuantos metros, «¿a que no sabes a quién vi el domingo en Vistalegre?» ¿Cómo quiere que lo sepa? Espera unos segundos, tratando quizá de infundirle suspense a la revelación, antes de nombrar a Nikita, a quien distinguió en medio de la muchedumbre agitando una bandera de España. «Enhorabuena. Se ve que supiste educarlo.» Le replico con ironía: «Imagino que andará como tú, con problemas de corazón». Pata se ríe al tiempo que celebra el chiste mostrando un pulgar hacia arriba.

10

No sé, no sé. Anoche, en la cama, incapaz de dormir, estuve pensando. Yo veo que Patachula se aferra a la vida. Sus accesos de fiebre política indican que sigue con la atención puesta en las vicisitudes del gran teatro del mundo y que no tiene la menor intención de abandonarlo. Pongo en duda que hable en serio cuando asegura que el año que viene nos llevarán juntos al tanatorio. «Eso sí», añade, «en mi caso, después de un polvo jugoso», lo que me confirma que bromea y que no cree en la firmeza de mi decisión. Yo, la verdad, no necesito que él se suicide conmigo. Me haría un favor más grande si, llegada la hora luctuosa, adoptase a *Pepa,* con la que se entiende de maravilla.

La buena avenencia entre ambos viene de los días en que mi amigo, tras su salida del hospital, padeció una crisis depresiva. La relación de afecto mutuo se afianzó unos años después, durante el proceso de mi divorcio, cuando él tuvo la generosidad de acogerme en su casa. Temí que la perra fuese un impedimento para que Patachula me prestara una habitación mientras yo buscaba un piso de alquiler acorde con mis ingresos. Incluso consideré la posibilidad de dejar a *Pepa* un tiempo en una residencia canina. No era lo mismo confiarle a mi amigo el animal unas horas que meterlo en su casa día y noche. Pata me echó la bronca cuando le comuniqué mi propósito. Le parecía inhumano, además de costoso. Sostuvo que era a *Pepa* a quien él acogía en su casa y de paso, por imperativo de las circunstancias, al pegote humano que la acompañaba.

Le estoy asimismo agradecido por facilitarme este piso de La Guindalera, barrio que algunos menosprecian por considerarlo el «patito feo del distrito de Salamanca». Patachula gestionó la operación a espaldas de la agencia inmobiliaria, a la que suplantó en las negociaciones. La candidez de la propietaria posibilitó un acuerdo altamente ventajoso para mí. Al poco de enviudar, la buena señora se fue a vivir a la capital de provincia de donde procede. Algunos vecinos le sugirieron que intentara sacar beneficio económico a la vivienda en lugar de tenerla vacía, con grave riesgo de que cayera en manos de alguna pandilla de okupas. Ella acudió a la agencia inmobiliaria que le recomendaron y Patachula la atendió.

Tras disuadirla de poner el piso en venta con el argumento de que había por entonces una fuerte tendencia de los precios a la baja, Patachula le contó que conocía a un hombre formal, profesor de instituto, que lo tomaría en alquiler. La señora no tenía ni idea de cuánto cobrar. Mi amigo, pensando en mí, se ofreció a asesorarla sin exigirle comisión. Se sacó de la manga unos cálculos, barajó cifras y al final sugirió a la propietaria el precio más alto que a su juicio se podía pedir en atención a diversos factores como la situación del mercado inmobiliario, la escasa demanda (mentira) y la ubicación y estado de la vivienda. Total, que envolviendo a la señora en lenguaje de experto y haciendo como que defendía sus intereses la convenció para que me cobrara una cuota mensual irrisoria. A ello hay que añadir que la casera se ha olvidado de subírmela desde que me instalé en su piso de ochenta y cinco metros cuadrados con plaza de aparcamiento subterráneo, de esto hace exactamente una década. Alguna vez que hablé con ella por teléfono me dijo que estaba contenta de no tener su viejo hogar muerto de risa; supongo que también se alegrará de la puntualidad con que llegan a su cuenta corriente las mensualidades.

Tanto como la pérdida del pie y la amputación de un trozo de pierna, las infecciones, los dolores, la herida que se le abría y qué sé yo cuántas molestias más, durante la prolongada baja laboral a Patachula lo hacía sufrir el miedo a quedarse sin su puesto de trabajo. Claro está que, en el futuro, la falta de un pie no le impediría despachar la tarea con normalidad. Su jefe lo había llamado por teléfono en diversas ocasiones para interesarse por su estado de salud y asegurarle, en nombre de los dueños de la agencia, que contaría con él tan pronto como se recuperase. A Patachula el temor le venía por otro lado. No se había atrevido a confesarle al jefe que estaba en tratamiento psiquiátrico. Me dijo un día: «Creerá que no me encuentro en condiciones mentales de cumplir con el trabajo. Ya sabes, hay que conversar con los clientes, mostrarse dinámico y persuasivo, ofrecer una buena imagen...».

Yo lo visitaba de vez en cuando, quizá no con la frecuencia que cabe esperar de una vieja amistad; pero es que me daba la impresión de que mi presencia le era ingrata. Me sentaba frente a él y apenas hablábamos, o hablaba yo y Patachula se encastillaba en la apatía. No era insólito que yo le formulase preguntas (sobre su grado de invalidez, sobre si le correspondía una indemnización o si le iban a costear la prótesis) y él permaneciera callado, con la mirada fija en el empeine de sus zapatillas. Ni al llegar y saludarlo ni al despedirme mostraba signos de vitalidad en sus facciones. Si finalmente se decidía a emitir unas hebras de lenguaje, lo hacía con una voz tan apagada que no parecía la suya. Una vez, por mostrarle afecto, le llevé una caja de bombones. Días más tarde, allí estaba la caja sin abrir, en el mismo sitio donde yo la había depositado. Al término de cada visita, la cabeza se me llenaba de negros pensamientos: «Este no va a levantar cabeza, su trastorno no tiene curación, le han destrozado la vida...». Y me marchaba a casa abrumado por la cruda certeza de que no podía ayudarle a poner fin a su calvario.

Una tarde de tantas, en el curso de un paseo con *Pepa,* cerca del portal de Patachula se me ocurrió subir a su casa sin previo aviso. «Ya que estoy aquí», me dije, «voy a ver qué hace el loco.» Al principio, mi amigo no prestó ninguna atención al animal. Tenía el televisor puesto a bastante volumen y miraba un programa de telebasura que, a decir verdad, no se compadecía con su nivel cultural. A mi llegada, no apagó el aparato ni moderó la potencia del sonido. Si ya resultaba difícil conversar con él a causa de sus bajones de ánimo, ahora, con el vocerío del televisor, era punto menos que imposible. Yo estaba arrepentido de la visita y acechaba una ocasión propicia para despedirme. De pronto se produjo una escena que me desconcertó. Con su instinto canino, *Pepa* debió de percibir el abatimiento de Patachula; se sentó sobre sus cuartos traseros delante de él y, escrutándolo no sé si con compasión o con ternura, lanzó un gemido. Pata pareció despertarse de golpe. Tuvo una especie de estremecimiento o de sobresalto que indujo a la perra a agachar las orejas. Él la miró con una intensidad en los ojos como de hombre alucinado, a tal extremo que llegué a pensar por un instante que se disponía a golpear al animal o a apartarlo de sí por la fuerza. En lugar de eso, mi amigo se abrazó a *Pepa,* que le correspondió con unos lametazos afectuosos. Esa misma tarde, Patachula me pidió que en adelante le llevase la perra tantas veces como fuera posible. A este efecto, tuve incluso que comprar una escudilla para el agua y otra para la comida, ya que con cierta frecuencia él se empeñaba en que *Pepa* pernoctase en su casa.

11

Amalia equiparaba mi biblioteca con una plaga. Le parecía que mis libros se iban extendiendo por la vivienda como hongos que terminarían cubriendo suelos, techos y paredes. Ella no solía conservar los suyos salvo en casos excepcionales. Una vez leídos, gustaba de regalarlos a los compañeros de trabajo, a los invitados del programa, a sus amistades, o simplemente los dejaba abandonados en la emisora a disposición de quien quisiera llevárselos. Tampoco es que leyese mucho. Rascando la superficie de su cultura general no tardaba en aflorar la ceporrilla oculta detrás del rostro maquillado con esmero. La falta de conocimientos en tantas materias no le impide adoptar un aire de mujer cultivada en su programa radiofónico. Lo prepara a conciencia, eso hay que reconocerlo. Ahora bien, a poco que uno preste atención a sus intervenciones, comprobará que, más allá del encanto que les pone y de la buena voz, ella se limita a formular preguntas, leer textos haciendo como que los repentiza, indagar en la intimidad ajena y repetir eslóganes de moda y frases sacadas de los periódicos. Los oyentes jamás la oirán disertar a fondo sobre un tema que requiera investigación y estudios.

Llegó un momento en que, cansado de sus quejas, me avine a guardar una gran parte de mis libros en cajas de cartón. Las cajas formaban unas pilas infinitamente más feas que las estanterías abarrotadas. Mi cuarto semejaba el almacén de una frutería. Amalia decretó que la sala de estar fuera un espacio limpio de libros. «Limpio de cultura», le repliqué. En su opinión, nuestras visitas (escasas) no tenían por qué sentirse atrapadas en un ambiente oficinesco. Pronunciaba la palabra *oficinesco* con ostensible desdén.

Aún sentía menos aprecio por Patachula que por mis libros, aunque delante de él refrenaba sus ganas de clavarle los dientes en el cuello. Se profesaban aversión mutua y acaso por eso se entendían, porque, concordes en el disimulo, se compenetraban en la misma estrategia hipócrita. Yo me daba cuenta de que, cuando hablábamos de mi amigo, ella hacía gestos de desagrado y rehuía su nombre como si le produjera repulsión permitir el paso de una cosa tan sucia por la boca. Amalia nunca llegó a conocer el mote que yo le puse años después a mi amigo a raíz de su mutilación. Ni Amalia ni nadie, empezando por el nombrado. Patachula era mi única aportación a nuestro círculo de amistades. Debo admitir, en descargo de Amalia, que él era a veces demasiado directo. Con frecuencia usaba expresiones poco o nada refinadas en presencia de ella, consciente de la incompatibilidad de intereses y caracteres entre ambos, y aun puede que con el velado propósito de intimidarla. Se divertía a costa de la ingenuidad de Amalia en cuestión de ideas políticas, buscándole las vueltas hasta desvelar con un punto de crueldad sus contradicciones. Ella lo tenía por un grosero y se tomaba a mal que yo no la defendiese. Un día en que cenamos los tres en un restaurante, Patachula nos preguntó de manos a boca: «Vosotros ¿cuántas veces folláis a la semana? Es para una estadística que estoy confeccionando». Y soltó una carcajada que atrajo las miradas de los circunstantes hacia nuestra mesa. En esos casos, Amalia permanecía impertérrita, dando a entender que las impertinencias de Patachula no la afectaban más que si se tratasen de las salidas de un niño mal educado. Atrincherada detrás de una calma sin fisuras, capeaba el trance con fría naturalidad, aunque le corriese lava por las venas, y a continuación, a hurtadillas, me arreaba un pellizco o me daba una patada por debajo de la mesa para que fuera pensando en anunciar cuanto antes nuestra despedida. En honor de Patachula debo decir que era extremadamente generoso a la hora de hacernos favores y regalos. Tras mi ruptura con Amalia, ella se desentendió de mi amigo como yo me desentendí de los suyos.

Y la tercera cosa mía o importante para mí o relacionada conmigo que Amalia detestaba era la perra. Nunca la sacó de paseo ella sola. Alguna vez nos acompañó, bien a mí, bien a Nikita, a dar una vuelta por el barrio, más en funciones de inspectora que tratando de disfrutar de un grato callejeo. Si *Pepa* se rascaba, seguro que tenía pulgas; si en torno a la escudilla quedaban esparcidos restos de comida, se nos llenaría la casa de hormigas; si al sonar el timbre la perra soltaba un ladrido, los vecinos nos iban a denunciar. Cada dos por tres me exhortaba a no olvidarme de recoger las cacas en la calle; alguien podía reconocerme como marido de ella y arruinar con una fotografía en las redes sociales su carrera de locutora. Todo eran pegas, suciedad, augurio de percances. Sintiéndolo por Amalia, *Pepa* no se podía meter en una caja de cartón como mis libros ni la podíamos perder de vista durante semanas como a Patachula. *Pepa* vivía con nosotros; era la mascota de nuestro hijo, aunque él no le hiciera mucho caso; pertenecía, en suma, a la familia. De hecho, era el miembro más cariñoso, también el más tranquilo y razonable, y por eso mismo el que yo más quería.

12

Vi el tendedero plegable con abundante lencería puesta a secar al sol de la mañana. Que aquella copiosa colección de bragas y sujetadores perteneciera a Amalia es algo que yo no estaba en condiciones de asegurar; pero desde luego el tendedero era el de siempre, el que ya usábamos por los días de nuestro matrimonio. Así pues, Amalia mantenía la costumbre de colgar en la azotea, a resguardo de curiosos, las prendas mojadas. Es raro que un vecino suba hasta allí. Los tontainas no se imaginan lo pronto que se seca la ropa en lo alto del edificio cuando hace buen tiempo. A nosotros, moradores del piso superior, la azotea nos quedaba a mano y le sacábamos el máximo partido posible; a ella conducía un tramo de empinados escalones que la anciana de enfrente nunca habría podido subir.

Amalia decía que la ropa colgada en el patio interior se impregnaba de los malos olores que salían por la ventana de las cocinas.

Humo de fritangas, vapor de verdura hervida: todo eso y más llegaba hasta nosotros. Aparte de que allí dentro no daba nunca el sol ni corría el viento, por lo que la ropa tardaba en secarse. Incluso parecía que nunca se secaba del todo. Después de horas en la sombra se adhería a la tela un frescor desagradable. Cualquier vecino asomado a la ventana podía hacer recuento de nuestras prendas íntimas y saber con qué sábanas nos envolvíamos y con qué toallas nos secábamos. La exhibición forzada de lo que nadie tiene por qué conocer causaba a Amalia un profundo disgusto.

Las hileras de bragas y sujetadores colgados de las barras me hicieron sentir viva incomodidad. Era como si me estuvieran mirando con descaro y murmuraran bromas contra mí y se pusieran de acuerdo en contarle a Amalia que yo había subido a la azotea por la mañana.

«¿Estáis seguros?»

«Viene a escondidas, aprovechando que tú has salido. Es un perverso.»

«Ya lo era antes del divorcio.»

«Pues ahora más.»

Fui arrojando las prendas al vacío por orden de colores: primero las blancas, luego las rojas, las negras... Un sujetador, una braga, otro sujetador... Por último me tiré yo. Di un salto decidido con el que me elevé unos centímetros en el aire, lo que me hizo sentir con una particular intensidad el efecto de succión hacia el suelo. Cualquiera que me hubiese visto desde la calle sembrada de lencería o desde alguna ventana de las inmediaciones habría pensado: «Ese señor intenta pasar corriendo por el aire de un edificio a otro».

En los primeros instantes de la caída sentí placer. Leve, frío, fugaz, pero placer.

Y de pronto una algarabía de chillidos me punzó en los tímpanos como una rociada de agujas sonoras y frenéticas. Miles de vencejos formaron a mi alrededor una bandada compacta que me envolvía por entero en su sombra. Noté en la frente y las mejillas un roce violento de alas, así como picotazos en la ropa y en la carne. Calculo que habría descendido en picado no más de dos o tres pisos cuando mi caída empezó a ralentizarse hasta que me quedé suspendido en el aire. Un sinnúmero de pájaros tiraba de mí hacia arriba. La gente, en las aceras, me señalaba con el dedo y me miraba sorprendida. Con enorme esfuerzo de sus cuerpecillos aleteantes, la nube de vencejos logró subirme de regreso a la azotea, donde fui depositado con prodigiosa suavidad. Me vi cubierto de excrementos de ave. Una plasta blancuzca cubría mi indumentaria, mis brazos, mi cabeza. Los vencejos revoloteaban a mi alrededor ensordeciéndome con su agudo guirigay. Indiferente al alboroto, volví a arrojarme al vacío. Ellos me trajeron de vuelta a la azotea, donde para entonces se había congregado un grupo de personas. ¿Vecinos? Cubiertos los párpados de una pasta inmunda, no lograba distinguir a nadie.

Uno dijo: «Ven aquí, que te vas a enterar». Y aquella voz, no había duda, era la de papá. Mientras me dirigía a la puerta de acceso al interior del edificio, resignado a seguir con vida, aquella gente me hizo el pasillo. De cerca los fui reconociendo. Eran papá, mamá, mi hermano, mi cuñada, Amalia y su hermana, Nikita y sus primas, mis suegros... ¿Papá y mi suegro no habían muerto? ¿Qué hace mamá fuera de la residencia? Tampoco faltaban Patachula, *¿tu quoque?*, y varios compañeros del instituto; junto a ellos, Marta Gutiérrez, al parecer resucitada, y más allá la directora con el semblante demudado por un gesto torvo. Caminé entre todos ellos con la cabeza gacha tanto para protegerme de su ira como para esquivar sus miradas, y a mi paso cada cual me sacudía una sarta de golpes; este con un palo, el otro con un bastón, los siguientes con la mano desnuda, con un látigo, con una barra de hierro... Y lo que más me desconcertó fue ver al final de las dos filas paralelas a un profesor de matemáticas que tuve de niño. El cual empuñaba un cuchillo cuya hoja ancha y larga brillaba al sol de la mañana. En el momento de presentarle mi vientre para el sacrificio, me desperté. Pocas veces recuerdo durante el día lo soñado por la noche. Atribuyo la pesadilla de la azotea a la cápsula de melatonina que me tomé después de cenar.

13

Desde la orilla del embalse los vi adentrarse en una zona de árboles. Nikita, adelantado unos metros, jugaba a tirar una pelota de goma que *Pepa,* joven y vigorosa, perseguía a todo correr. Por detrás, la melena suelta sobre la espalda, Amalia caminaba con aquel cimbreo suyo que tanto me gustaba. Lo mejor de Amalia ha sido y es el cuerpo, ya se verá por cuánto tiempo. El carácter no ha estado nunca a la altura del recipiente. Es mi opinión. Si otros no la comparten, allá cuidados. Pienso asimismo en el peligro que ella corre de convertirse en una persona insufrible cuando la vejez le arrebate el atractivo físico. En fin, dejo esto que para mí es como beber vinagre. Lo que yo deseo evocar esta noche es otra cosa.

Mediaba la tarde de domingo. Yo me quedé cuidando de nuestras pertenencias. De paso, sentado en una piedra, corregía ejercicios de mis alumnos. A fin de que yo pudiera trabajar tranquilo y porque acabábamos de tener un conato de disputa, Amalia convenció a Nikita para dar un paseo por los alrededores. Reaparecieron, ya con el sol bajo, por donde se habían ido dos horas antes. Y Nikita, visiblemente alterado, echó a correr hacia mí profiriendo unas extrañas y agudas voces que sólo comprendí cuando llegó a mi lado.

Más serena, Amalia confirmó la noticia. *Pepa* se había escapado. «Sospecho que a causa de un ataque de pánico, quizá por la picadura de un alacrán.» Habían emprendido la búsqueda sin demora, pero nada. Lo que Amalia dijo a continuación me escamó: «Es tarde y tenemos que volver. Habrá que hacerse a la idea de que la hemos perdido». En realidad, lo que me escamó no es tanto que dijera aquello como la expresión de su cara al decirlo. No había forma de entrever en ninguna de sus facciones un ápice de inquietud o de pena.

Creo que Amalia, que es todo lo contrario de tonta y que leía mi cara como, por lo demás, yo leía la suya, se percató de su precipitación en asumir como hecho irreparable la pérdida de nuestra mascota. No opuso la menor resistencia a mi propósito de ir en busca de *Pepa,* me da a mí que urgida por la necesidad o la astucia de disipar recelos. Dispuse que Nikita me acompañara. ¿Quién sino él podía mostrarme el camino? El chaval accedió de mala gana. Acordamos que Amalia recogiera mientras tanto nuestros cachivaches de la excursión y los metiese en el coche, de modo que todo estuviera listo a nuestro regreso y pudiéramos iniciar la marcha enseguida. Insistió en que no nos alejásemos demasiado. Que pensáramos, dijo, que pronto empezaría a oscurecer y que el día siguiente era jornada de colegio. Un cuarto de hora de búsqueda le parecía suficiente. Me mostré conforme por no alargar la conversación, sin deseo ninguno de cumplir la promesa. En otras palabras, yo estaba decidido a pasar la noche entera, si hacía falta, recorriendo las arboledas próximas al embalse de Valmayor hasta dar con *Pepa.*

A solas con Nikita, le pedí que me guiase exactamente por donde había caminado con su madre. Se empeñó desde el principio en ponérmelo difícil. Que no se acordaba. «¿Habéis ido por aquí?» «Sí.» Le señalaba segundos después una dirección distinta y también respondía que sí. Parados en medio de ninguna parte, lo estreché a preguntas sobre el supuesto ataque de pánico de *Pepa.* No siempre, pero a veces lo bueno de tener un hijo limitado de entendimiento es que carece de habilidad para mentir.

«Mamá me ha dicho...»

«Lo que ha dicho mamá ya lo sé. Ahora quiero que me digas lo que has visto tú.»

Averigüé que no había presenciado la fuga de la perra. Su madre le ordenó estarse quieto en un camino. Ella desapareció en la espesura y volvió al cabo de un rato sin *Pepa.* A fuerza de preguntas, le sonsaqué a Nikita un detalle que al instante me pareció del máximo interés. Desde el lugar donde él había esperado a su madre se veían las casas de un pueblo. «¿Colmenarejo?» Se encogió de hombros. No tenía ni idea. No importa. Yendo por aquellas sendas y arboledas no podía ser otro pueblo que Colmenarejo, y hacia allá nos encaminamos aprovechando las últimas luces del día. Cada dos o tres minutos, yo lanzaba a los cuatro vientos una andanada de silbidos. Esperaba unos instantes y continuaba caminando, con mi hijo desganado y quejumbroso a mi zaga.

«Si no quieres acompañarme, vete con tu madre.»

«Es que no sé volver solo.»

Pepa llevaba su microchip reglamentario. Cabía la posibilidad de que la Guardia Civil nos la devolviese; pero también que la encontrara algún espabilado que, viéndola tan linda y tan dócil, se adueñase de ella. Volví a silbar. Nada. Hacía rato que había transcurrido el cuarto de hora acordado con Amalia. Y Nikita me estaba sacando de quicio con sus quejas. Al fondo se distinguían las luces de lo que no podía ser otro pueblo que Colmenarejo. A punto de darme por vencido, me encaramé a lo alto de un pequeño muro de piedras, en el borde del camino. Con mermadas esperanzas volví a silbar de aquel modo potente que me enseñó mi padre y que yo nunca he conseguido enseñar a mi hijo. Esta vez me respondió un ladrido distante que al pronto no pude identificar como de *Pepa.* Pudiera ser que mi presencia hubiese irritado al perro guardián de una finca. Volví a silbar y en esta ocasión el ladrido sonó con un tono claramente lastimero. Yo silbando y Nikita lanzando voces, logramos que la perra nos encontrase después de varios minutos durante los cuales el animal no dio señales de vida. Pronto supe la causa. Traía la pelota de goma apretada entre los dientes.

Por el camino de vuelta a casa, Amalia se mostró contenta de que hubiéramos recuperado nuestra mascota. Ni siquiera protestó porque Nikita y yo hubiéramos empleado cerca de una hora en buscarla. Desde el asiento del copiloto, alargaba la mano para acariciar la cabeza de la perra, jadeante como de costumbre en el asiento trasero, junto a Nikita. Amalia hizo tales alardes de ternura que por un momento pensé que se nos había metido una señora desconocida en el coche.

Tras la cena, bajé a *Pepa* a la calle para que hiciera sus necesidades antes de dormir. A la luz de una farola, me acuclillé a su lado. «Ha intentado abandonarte, ¿verdad?» Vislumbré la respuesta en el fondo de sus ojos.

«En el futuro», le prometí, «procuraré estar más atento.»

14

La vieja me profetizó el infierno. Más bien me lo deseó. Vino disparada hacia mí. Sólo le faltó pegarme con el bolso. Abrigaba el convencimiento de que Dios me castigaría con toda la fuerza de su «inmenso poder», primero por haber hecho infeliz a su niña, segundo por atentar contra el sacramento del matrimonio. Dictaminó que yo había roto una familia. El castigo correspondiente a tan mortal pecado sería terrible. Y con ojos coléricos repitió que después de la vida me esperaban los mayores tormentos que nadie pueda imaginar.

Hablaba de una manera atropellada y arcaica, pero no incorrecta. Su vocabulario es amplio, adquirido y perfeccionado en incontables horas frente al púlpito. Ya les gustaría a muchos presentadores de televisión y políticos actuales expresarse con una fluidez similar a la de la vieja santurrona.

Deduje que Amalia había informado a sus padres de los trámites de nuestro divorcio. Yo, en cambio, preferí ahorrarle disgustos a mamá en el último tramo lúcido de su vida. Sigo creyendo que hice lo correcto.

Durante aquella escena desagradable, mi suegro se mantuvo en un segundo plano mientras su señora me reprendía. El viejo psoriásico guardaba un silencio rencoroso, negándome el honor de su mirada, soñando acaso con tapias y pelotones de fusilamiento que me llevasen convenientemente acribillado a la presencia del Todopoderoso.

Había algo en la exaltación de mi suegra que me complacía. Me abstuve, en consecuencia, de interrumpir su parla subida de tono. Su estrechez mental me resultaba por demás agradable. He visto obras de teatro y películas infinitamente menos divertidas. Me fascinaba aquella mezcla de fanatismo y candor que parecía obrar en ella el efecto de una droga. No había más que ver cómo se le agrandaban las pupilas y con cuánto furor apretaba los dientes al mirarme.

No tengo práctica en sacudir puñetazos a las ancianas. Aquel día estuve a dos dedos de saltarle a mi suegra los dientes postizos y hundirle la nariz y marcharme a mi casa con la camisa tinta en su sangre santa.

Entrada la noche, Amalia me llamó por teléfono para pedirme disculpas y agradecer que yo hubiera conservado la calma delante de su madre.

«Ya sabes cómo es», dijo como queriendo exonerarla de toda culpa.

15

A mi exsuegro ya lo habían enterrado cuando me enteré de su fallecimiento. Nikita se olvidó de darme la noticia. No es por nada, pero el chaval ¿por qué tenía que hacer de recadista? ¿O es que su madre deseaba ensombrecer con cuestiones fúnebres el tiempo limitado que el chaval y yo podíamos estar juntos?

Yo sabía que el viejo, corroído por el cáncer, tenía los días contados. De vez en cuando Nikita me comunicaba algún detalle: «El yayo Isidro se ha quedado supercalvo». Sin apearse de su lenguaje informal, hacía alusión al hedor que por lo visto se desprendía del enfermo y a otras cuestiones de naturaleza fisiológica que a mí, francamente, con sólo escucharlas me revolvían el estómago.

En cierta ocasión, le pregunté a Nikita por qué me revelaba detalles de la enfermedad de su abuelo materno sabiendo como sabía que desde mi divorcio yo no mantenía ninguna relación con él ni con su mujer.

«Mamá me dice lo que tengo que contarte.»

El viejo fue ingresado en el hospital, lo entubaron, palmó, le dieron sepultura y yo no me enteré. El hecho, para qué ocultarlo, no me afectó y, a juzgar por las apariencias, a Nikita tampoco. «Imagino», le dije, «que estarás triste. Por mí vamos otro día al Retiro a andar en barca.» Su réplica le salió como escupida de la boca: «Venga, papá, no digas chorradas».

Sea como fuere, ignorante de lo ocurrido, no me presenté en el tanatorio, no acudí al entierro, no transmití el pésame. Transcurrido un tiempo, Amalia quiso cerciorarse por teléfono de si yo había actuado movido por el rencor. Justo ella, que había promovido un divorcio con resolución judicial, esperaba de mí que continuara guardando fidelidad a nuestros lazos familiares rotos. Esta pretensión me supo tan mal que no me dio la gana de decirle que nuestro maravilloso y atolondrado hijo se había olvidado de notificarme la muerte de su abuelo, y para justificar mi ausencia en el entierro alegué ciertos asuntos privados que no admitían dilación. Dolida, decepcionada, ella tiró por derroteros sentimentales, exactamente como en los viejos tiempos, cuando nos enzarzábamos en discusiones continuas, y aunque reconoció que nuestra situación de divorciados le impedía exigirme nada en el plano personal, pensaba que podía quedar un rastro de amistad o quizá de afecto entre nosotros. Aun no siendo así (a este punto recurrió a su mejor voz radiofónica), una nota de condolencia era lo mínimo que se podía esperar, aunque sólo fuera como gesto de buena educación.

«El pésame te lo puedo dar ahora. No creo que sea una cosa que caduque.»

«A mí no me tienes que dar ningún pésame, sino a mi madre, que no te ha hecho nada.»

Le respondí que mi álbum de reproches estaba lleno y no me quedaba sitio en él para ninguno más. Me tildó de cínico y añadió, con mal disimulado despecho, que posiblemente ella tampoco se interesaría en el futuro por mi madre. «Ni falta que hace», le dije, pero no me oyó. Había colgado.

16

Anoche soñé que subía de nuevo a la azotea. Me pregunto qué le pasa a mi cerebro de un tiempo a esta parte. ¿Se aburre y necesita entretenerse con historias absurdas? ¿Será por la melatonina? Esta vez sólo colgaban bragas en las barras del tendedero, cada una con su pinza correspondiente. Muchas bragas de diferentes hechuras y colores, no sé si sólo de Amalia o también de alguna de sus amantes. En los sueños no hay oficinas de información. Uno no puede preguntar.

Otro detalle que me viene a la memoria es que no se divisaban vencejos en el cielo. Quizá estaban al corriente de que yo no había subido en esta ocasión a la azotea con el propósito de lanzarme al vacío. En lugar de poner un fin abrupto a mi vida, me acerco al tendedero y elijo al azar una de tantas bragas. Es una braga roja, con orlas de encaje, y juraría que de buena calidad. La descuelgo con cuidado de no dañar el fino tejido con las uñas. Compruebo, al ponérmela, que está seca. También me la habría puesto mojada porque, si no, ¿para qué me he tomado la molestia de subir hasta allí? Aprieta un poco, no demasiado, pues Amalia, aunque más baja y menos corpulenta que yo, es ancha de caderas.

Con la misma pinza que sujetaba la braga colgué mi calzoncillo. En el momento de quitármelo noté adherido a la tela el calor de mis partes. No es, desde luego, de los mejores calzoncillos que yo tengo. Se trata de una prenda vieja y vulgar, de algodón, deshilachada en uno de sus bordes y no del todo limpia. El contraste con la delicada lencería colgada en el tendedero no puede ser mayor.

Sin saber cómo, pues no tengo llave, he entrado en el piso de Amalia. Me apresuro a esconderme detrás de una cortina. Todo está como cuando vivíamos juntos: los mismos muebles, la misma lámpara de techo, los mismos adornos en las paredes. Amalia llega a la sala implorando a su amante que la crea, que ella no ha lavado ni puesto a secar ninguna prenda masculina en la azotea. Y la otra, Olga se llamaba, enfurecida de celos, anuncia que rompe con Amalia por infiel, por asquerosa y por puta; todo ello, huelga decir, expresado a gritos que estarán escandalizando al vecindario.

De pronto estoy en el instituto, dando una clase sobre Kant y el imperativo categórico, y no me pasan inadvertidas las risitas y los cuchicheos de los alumnos. No sé cómo, pero los puñeteros han adivinado que debajo del pantalón llevo una prenda femenina, y si te descuidas saben incluso de qué color, porque estos chavales de hoy día, con sus móviles y sus gaitas sociales, se lo cuentan todo, y basta que uno de ellos haga un descubrimiento para que al poco rato lo conozcan los demás.

Interrumpo la disertación y, plantándome en el centro del aula, conmino a los alumnos a intercambiarse de inmediato la ropa interior. «Los chicos», les digo en un tono severo al que no los tengo acostumbrados, «se pondrán las bragas de las chicas; las chicas, los calzoncillos de los chicos.» Corto a gritos unos asomos de protesta. Y para demostrarles que estoy dispuesto a hacer valer a cualquier precio mi voluntad, saco de la cartera una pistola calibre 22 y, sin pensármelo dos veces, destrozo de un balazo el vidrio de una ventana. Silenciosos, acobardados, los alumnos comienzan a desnudarse. Algunos se tapan las vergüenzas con las manos; otros, con el libro o con un cuaderno. Veo penes pequeños y veo pubis todavía ralos. Comienza el trueque de prendas interiores en medio de un silencio apenas turbado por algún que otro leve gemido, al principio con lentitud y timidez, con presteza después de un segundo disparo.

A todo esto, se abre la puerta del aula. Entra la directora. En su tono hosco habitual me ordena guardar la pistola, al tiempo que me felicita por mi capacidad de imponer disciplina. Se vuelve a continuación a los alumnos, la mayoría de los cuales no ha tenido tiempo de cubrirse las piernas, y bajándose los pantalones les muestra, con intención de calmarlos, acaso para predicar con el ejemplo, que ella lleva puesto un calzoncillo de su marido.

17

Yo recorría por la tarde, con *Pepa,* como en tantas ocasiones, la calle Cartagena. Ando despacio, sumido en recuerdos y pensamientos que pudieran proporcionarme un asunto para mi trozo diario de escritura. Y a la perra, que va detrás de mí, acompasados sus pasos a los míos, no la noto. Es como si yo llevara en la mano una correa flotante. Al llegar a la intersección con Martínez Izquierdo, me paro delante de un chaflán, un corte sin puerta ni ventanas en la fachada de un edificio que hace allí esquina. La acera es estrecha. En ella, dificultando el paso de los viandantes, se alzan una señal de tráfico y un semáforo con papelera, muy juntos la una del otro. El zócalo regado de orines caninos atrae la curiosidad de

Pepa, que se pone a olisquear con fruición las secreciones de sus congéneres. Detenido ante el chaflán, dudo entre tirar por la acera de la izquierda o por la de la derecha. Como no me dirijo a ningún lugar determinado, en el fondo da lo mismo si voy por una calle o por otra. Marcado el territorio con un chorro de orina, *Pepa* se sienta sobre sus cuartos traseros, esperando a que yo tome una decisión. La miro y me mira. No es que yo no me sepa decidir, pues resulta de todo punto indiferente lo que elija. «¿Qué más da tomar el camino de la derecha o el de la izquierda», me digo, «si no tienes adónde ir, si nadie te espera en ninguna parte?» Finalmente opto por eludir el dilema. Doy media vuelta y me vuelvo con la perra por donde había venido.

18

Ahora resulta que todos los grupos del Congreso, tanto de izquierda, de derecha como de centro, se han puesto de acuerdo en dar a la filosofía carácter de asignatura obligatoria en los tres últimos cursos de la enseñanza secundaria. A buenas horas me llega a mí esto. Hasta el Partido Popular apoya una iniciativa que contradice la reforma que él mismo promovió en 2013. Lo he leído hoy por la mañana en una página de periódico que alguien había fijado con chinchetas al panel de la sala de profesores. Andaban algunos comentándolo. Yo he esperado a que se alejaran del panel para poder leer el artículo con tranquilidad, sin que ninguno me incordiase preguntando lo que opino. ¿Cómo voy a estar en contra de que se le otorgue mayor relevancia a mi asignatura? El Gobierno actual es débil, no creo que dure mucho y me temo que la iniciativa reformadora quedará en agua de cerrajas.

A mí se me figura que la educación en España es como un balón de rugby. Quien lo agarra corre a llevárselo a su área de intereses perseguido por sus adversarios. A mí no se me quita de la cabeza la idea de que unos y otros tratan de arrebatarse el balón por la fuerza. Y me pregunto qué nociones de pedagogía y qué conocimiento de la realidad cotidiana en los colegios tienen nuestros políticos. Si de mí dependiera, fundaría un parlamento dedicado en exclusiva a la gestión educativa, con pedagogos elegidos democráticamente, los cuales a su vez elegirían un gobierno segregado del gobierno de la nación.

Desde que ingresé en el instituto he sufrido diversas leyes educativas, se supone que encaminadas a mejorar la calidad de la enseñanza. Mentira podrida. Todos los cambios fueron de quitar y poner, sobre todo de quitar lo que puso el legislador anterior. En su mayor parte las reformas consistieron en un conjunto de decisiones administrativas y de prescripción curricular, que ataba de manos a los docentes, trataba a los educandos como a máquinas de asimilar contenidos y nacía desvirtuado por un exceso de burocracia y por una falta endémica de recursos.

Al final del artículo podían leerse declaraciones enternecedoras de algunos intelectuales favorables a esta proposición no de ley para la recuperación plena de la filosofía en la enseñanza secundaria. Un experto hablaba de la conveniencia de preparar a los jóvenes para que sean «capaces de pensar sobre los grandes retos que afronta la humanidad». Una catedrática ensalzaba la Historia de la Filosofía como «bagaje imprescindible para construir una sociedad reflexiva». En el instante de anotar estas frases me han venido al pensamiento las caras de mis alumnos. Los veía mirándome pasmados mientras yo les endilgaba en clase aquellas afirmaciones como si se me hubieran ocurrido a mí. Una compañera que acababa de entrar en la sala de profesores me ha preguntado de qué me reía.

19

Se hablaba esta mañana, por los pasillos del instituto y en la sala de profesores, de la muerte de una alumna de segundo de ESO a la que yo no conocía. Había curiosidad por averiguar los detalles de lo sucedido. A algunos compañeros se les notaba apenados. Supongo que son los que tenían o han tenido a la finada en su curso. La directora nos ha dicho a unos cuantos, en la sala de profesores, que «qué se le va a hacer, estas cosas ocurren y debemos, como profesionales de la enseñanza, asumirlas». ¿Habrá pensado que una breve arenga sin tacto ni diplomacia nos levantaría el ánimo? Hay quien, a sus espaldas, le ha reprochado «frialdad de carácter atribuible a la falta de hijos». He sabido que la alumna, de trece años, llevaba un tiempo ingresada en una clínica y que finalmente ha sucumbido a su grave enfermedad. El lunes se celebrará un funeral en la parroquia de Nuestra Señora del Pilar. No iré.

A diario mueren en el mundo personas de todas las edades. Objetivamente hablando, la directora tiene razón. Estas son cosas que pasan y que no alteran las leyes de la Naturaleza, lo cual, perdone usted, no quita para que sintamos que la muerte de un menor tiene un punto de crueldad añadida. Hago esta noche recuento de alumnos míos fallecidos en los años que llevo dedicado a la docencia. Recuerdo tres casos y los tres me afectaron, bien que unos más que otros y no por las mismas razones.

La primera en fallecer fue una chiquilla aquejada de fibrosis quística. Se llamaba Rocío. Yo era por aquellos días un profesor novato, con las energías intactas y una firme determinación de progresar hasta convertirme en un buen docente. Desde el primer momento quise ayudar a aquella pobre criatura sobre cuya enfermedad nadie me había puesto en antecedentes. A fin de averiguar lo que le sucedía, concerté una entrevista con la madre, quien me proporcionó las debidas explicaciones sobre el problema de salud de su hija. De paso, con ojos empañados, me pidió que por favor colocase a Rocío al fondo del aula, apartada de sus compañeros de forma que los molestase lo menos posible cuando le viniera un acceso de tos. Me confesó su temor a que, como en años precedentes, hubiera quejas de padres y profesores por dicho motivo. Viendo el sufrimiento de la niña me entraban ganas de salir corriendo a quemar bosques. Era como si dentro de su cuerpo escuálido los órganos estuvieran sueltos y chocasen los unos con los otros. Yo paraba la disertación movido por una mezcla de lástima y deferencia; pero los minutos transcurrían; la tos, una tos profunda y pertinaz, continuaba y los alumnos empezaban a removerse en sus asientos, a hacer bromas y a portarse mal. Rocío se congestionaba, el pañuelo delante de la boca en previsión de que se le escapase algún esputo. En ocasiones, con su último aliento, nos pedía perdón. Yo le decía que no se preocupase, que tosiera tranquila, que nos hacíamos cargo. Me consta que otros profesores estaban bastante menos dotados de paciencia que yo. Sé de uno que invitaba a la niña a salir del aula tan pronto como empezaba a toser. Tuve a Rocío solamente unos meses en clase. Durante mis primeras vacaciones navideñas como profesor la ingresaron de urgencia en el hospital debido a un proceso infeccioso relacionado con su enfermedad. Reanudado el curso en enero, recuerdo a primera hora de la mañana su silla y su mesa vacías. Nadie me había informado. Empezadas las explicaciones, una alumna me interrumpió para contarme, en medio de un silencio espeso, lo que todos en el aula sabían menos yo.

El siguiente hecho luctuoso sucedió varios años después. Yo tenía por entonces más tablas. Lo importante para mí ya no era tanto impartir clases modélicas como regresar a casa lo menos molido posible al fin de la jornada laboral. Al contrario del primer fallecimiento, este segundo me causó una descarga de satisfacción; incluso lo celebré a solas con una copa de vino. Lo que me complació no fue la muerte del alumno, que se llamaba Dani, sino pura y simplemente aquel obsequio inesperado del azar que me libró de un sinvergüenza; el cual se dedicaba a estropearme las clases con sus malos modos, su petulancia y su odio hacia mí y mi asignatura. A él debo un mote de grueso calibre vejatorio que seguí arrastrando bastante tiempo después de su oportuna defunción. Yo no lo detestaba menos que él a mí. El chaval me inspiraba un rechazo físico, cercano al asco. Y era cosa segura que no me iba a temblar la mano cuando llegase el día de ponerle el suspenso que por supuesto se merecía, pero al que no por ello le había de faltar una connotación de desquite. Vi en un informativo de televisión el coche destrozado en el que, además del tal Dani, perecieron el joven conductor y una chica. El primer día de clase tras el accidente mortal, yo sentía escalofríos creyendo que los compañeros del fallecido me lanzaban miradas acusatorias. «Saben que mi gesto de condolencia es puro teatro, la máscara que oculta mi rencor triunfal.» Así pensando, yo deambulaba entre las mesas con el pecho encogido por la viva sensación de haber cometido un asesinato y de llevar grabada en las mejillas, a hierro candente, la confesión de mi delito.

El tercer fallecido, un chaval que cursaba segundo de bachillerato, se llamaba Luis Alberto y era de origen venezolano. Un verdadero encanto de persona. Todo lo que se diga es poco: educado, estudioso, simpático..., pero por desgracia, como ocurre tantas veces, sin la entereza necesaria para resistir en un mundo competitivo y canallesco como el nuestro. Semanas antes de perder la vida había cumplido diecisiete años. Y así como otros alumnos no tenían clara la elección de su futuro profesional, este había tomado la firme decisión de estudiar medicina. No pudo ser. Su tutora de curso nos contó que en casa de Luis Alberto menudeaban los conflictos familiares y que el chaval estaba en tratamiento psiquiátrico. A mí dos alumnos, chico y chica, del curso de Luis Alberto me contaron en privado otra cosa. Recientemente el chaval había sufrido un desengaño amoroso. También me contaron que había sido objeto de mofas en las redes sociales y, por supuesto, en el instituto. ¿Por parte de quién? Me di cuenta de que mis dos confidentes no deseaban señalar culpables. Tuve que conformarme con una respuesta vaga. Luego la chica se hizo la encontradiza conmigo en el aparcamiento y me reveló la naturaleza homosexual de la relación amorosa de Luis Alberto.

«Por lo visto era gay.»

«¿Por lo visto?»

«Bueno, era gay.»

Lo cierto es que, por una u otra razón, el chaval se arrojó un sábado, a altas horas de la madrugada, al túnel de La Menina desde el paseo de la Chopera, en Alcobendas, lejos de su casa y del instituto. Una nota manuscrita que le fue encontrada al cadáver permitió a la policía descartar tanto la posibilidad de un accidente como la de un homicidio. En un periódico de amplia tirada se especuló con la posibilidad de que el muchacho hubiera sufrido acoso escolar y se citaba el nombre de nuestro instituto. El periodista no se tomó la molestia de especificar su fuente informativa.

20

Volví del instituto a la hora de costumbre. Había dos sobres en el buzón, correspondientes uno a la notificación de un banco, otro a una factura. Los dos a mi nombre. Al sacarlos cayó al suelo una nota anónima. No estoy seguro de recordar literalmente lo que decía, algo así como: «Tu mujer te engaña (o te la pega) y nunca imaginarás de qué forma». En un primer momento pensé en añadirla a la colección. Ya estaba por meterme en el ascensor cuando cambié de parecer. ¿Cómo reaccionaría Amalia al enterarse de aquel chivatazo, tal vez difamatorio, que la implicaba? Esta nota no era como la anterior que ella pudo entregarme como si tal cosa, pues a fin de cuentas sólo aludía a mi indumentaria. No me detuve a pensarlo demasiado. Coloqué las cartas dentro del buzón como yo las había encontrado, con la nota aprisionada entre una y otra. Subí al piso en busca de *Pepa,* di un largo paseo con ella y, a mi regreso, encontré el buzón vacío. Las dos cartas estaban encima de la mesa de la cocina. Hice como que no les prestaba atención. Tan sólo después de un largo rato las abrí en presencia de Amalia. De la nota anónima, ni rastro. En un momento en que ella se ausentó de la cocina, me apresuré a mirar en el cubo de la basura; pero allí tampoco estaba. La circunstancia de que Amalia no me hubiese entregado la nota ni la hubiera mencionado me confirmó la veracidad de su contenido.

21

Mi primera decisión fue convertirme en otro. En uno que despierta extrañeza, que acaso suscita temor. Estaba decidido a convertirme en un extraño incluso para mí. Y para ir probando posibilidades, una noche introduje media docena de libros en el frigorífico. Amalia los vio por la mañana y no formuló pregunta alguna ni hizo el menor comentario. Entonces llegué a la conclusión de que yo le importaba un pimiento, lo que acrecentó el odio que le había tomado.

Sensación desagradable de fraude, de pacto roto. «¿Para qué ir a trabajar?», me preguntaba. «¿Por qué no reúno mis ahorros, me largo un par de años a Nueva Zelanda, sin dar explicaciones a nadie, y dejo a Amalia aquí plantada?»

«La culpa es tuya por casarte», me dijo Patachula, quien por entonces ya merecía el mote.

Entré a probarme un sombrero en El Corte Inglés de Goya. Lo descubrí al pasar y lo compré, aunque era caro o precisamente porque era caro, además de anticuado y cursi, y porque al mirarme en el espejo vi que me sentaba como un tiro. Me lo llevé puesto a casa. Yendo por la calle me daba la impresión de que la gente sonreía al verme. Ante la luna de un escaparate me sentí payaso. Amalia lo alabó. ¿En serio, de broma? No lo sé. Pero me bastó su alabanza para no ponérmelo nunca más.

«¿Qué hago?», le pregunté a Patachula.

«Mátala.»

«¿Estás loco?»

«Entonces, ¿para qué preguntas?»

22

Yo no he abrigado nunca un sentimiento de propiedad con respecto a mi mujer. Tampoco he sentido que Nikita me perteneciese, ni siquiera cuando era un bebé desvalido. Mi mujer, mi hijo o mi madre son gente que estaba ahí, con la que me relacioné a menudo, profesándoles afecto u odio, según los días, sin saber a ciencia cierta qué pensaban, qué sentían, qué tipo de caldo humano hervía en su interior. Yo me moriré el 31 de julio de 2019 convencido de que no es posible conocer a nadie en profundidad.

Papá sí propendía a los celos. Tenía una especie de temor a que le hurtasen lo suyo. Yo creo que decía «mi mujer, mis hijos» en sentido literal, como podía decir mis pantalones o mi reloj. Le pertenecíamos a la manera como las ovejas pertenecen al pastor que las guía y las lleva a beber y a pastar. Y eso que mamá tenía su propia fuente de ingresos. Los celos eran el perro con el que papá mantenía el rebaño familiar bajo control.

Me apremiaba, eso sí, la curiosidad. Necesitaba saber. Tenía la certeza de que no hallaría sosiego hasta que no le viera la cara al tipo que se acostaba con Amalia. De noche, en la cama, barajaba posibilidades. Buscaba al sospechoso en nuestro círculo de amigos. Sospechaba de todos. Me torturaba minuciosamente imaginándolos desnudos, ora este, ora aquel, encima de ella. De pie junto a lo que parecía una cama de hotel, yo veía el cogote del amante, su espalda, su trasero que subía y bajaba al ritmo de la copulación; pero no lograba, maldita sea, verle la cara. Me avergonzaba pensar que mi vida se hubiera convertido en la letra de un tango, resumible en una frase: «Mi mujer me engaña con mi mejor amigo». Lo siguiente que se me ocurría era que yo, con mis últimos restos de orgullo varonil, probaba diversas formas de venganza. Apuntaba a los pechos de Amalia con una pistola que me había traído papá del cementerio; él me enseñaba a disparar; yo disparaba y, en lugar de bala, salía por el cañón un ridículo chorro de agua y ella decía en son de burla: «No me haces daño». Trataba a continuación de hundirle en el vientre un cuchillo de carnicero que también me había proporcionado papá; pero en el momento crucial la hoja se doblaba convertida en goma. Papá perdía la paciencia. «No te pego porque soy un esqueleto.» Y bajaba a la tumba murmurando para sí: «Era un inútil cuando yo vivía y sigue siéndolo. ¡Qué cruz!». Escenas como esta me venían al pensamiento noche tras noche mientras esperaba que los somníferos me hicieran efecto.

Todos los días, a la salida del instituto, me daba prisa por llegar a casa antes que Amalia a fin de interceptar cualquier nota que pudiera haber en el buzón. El corazón se me aceleraba por el trayecto y, al entrar en el portal, me parecía que faltaba poco para vomitarlo. A tales extremos me empujaba el ansia por conocer detalles de la infidelidad de mi esposa. Qué enorme contradicción:

ahora me decepcionaba no encontrar aquellos anónimos que hasta hacía poco me habían resultado tan molestos.

Así pensando, decidí redactar yo mismo uno, deseoso de poner a prueba la conducta de Amalia. Con letras mayúsculas, trazadas de modo que ni un experto en grafología me las habría podido atribuir, escribí: «CORNUDO DE MIERDA, SI FUERAS MÁS LISTO YA HABRÍAS DESCUBIERTO CON QUIÉN TE ENGAÑA TU MUJER. NO TE PREOCUPES. PRONTO TE LO DIREMOS». La nota no se distinguía de las anteriores redactadas a mano. Depositada en el buzón, debo confesar que el apelativo de cornudo no terminaba ni de convencerme ni de dejarme tranquilo. Lo encontraba excesivo, además de vulgar. Así que escribí en un trozo de papel el mismo texto, pero sin el insulto; lo reemplacé por el que había metido un rato antes en el buzón y salí con *Pepa* de paseo. A la vuelta, el buzón estaba vacío. Ni las palabras ni los gestos de Amalia revelaron esa noche nada anómalo. Ella no hizo alusión a nota alguna. La debió de esconder o la rompió. Pocas veces he odiado a nadie con tanta intensidad.

23

Acomodados en nuestro rincón del bar, con *Pepa* adormilada bajo la mesa, le conté mi perrería de la nota anónima a Patachula, quien al mismo tiempo que me tildaba de pillo me dio una palmada aprobatoria en la espalda. «Bien hecho», dijo. «Juega con tu mujer, diviértete a su costa.» Pata propende a esa clase de juicios que pudiéramos calificar de brutales; pero por ello mismo los estimo, porque, no estando obligado a adoptarlos, me facilitan la observación de mis asuntos desde una perspectiva exenta de niebla sentimental.

Puesto a sincerarme, cosa que siempre me obliga a vencer una resistencia interior, le conté que de víspera Amalia había recuperado después de mucho tiempo la disposición sexual para conmigo, coincidiendo, qué casualidad, con la llegada de la nota.

«No hay duda.» Pata dio un respingo en la silla. «Es culpable.»

Le pedí que fuera más explicativo y menos sentencioso. Aceptó la solicitud a condición de que lo invitase a una nueva ronda de cañas. A mi amigo le encanta examinar conductas, explayarse en sus causas y consecuencias, y columbrar trastornos mentales incluso en las acciones más corrientes.

No me ocultó que le apetecía humillarme. Con ese fin, supongo, me preguntó qué cambios había experimentado yo de pronto para que de buenas a primeras mi mujer volviera a sentir algo que pudiéramos llamar «atracción física por mi malhadada persona». «¿Usas un perfume nuevo? ¿Te ha tocado la lotería?» De sobra sabía él que ni una cosa ni otra. Y luego de llamarme bobo, ingenuo, tonto del haba, y de dedicarme unos cuantos epítetos más por el estilo, conjeturó que a mi mujer no la movía a «prestarme el chichi con fines placenteros» ninguna pulsión erótica, sino algún tipo de interés inconfesable y, por supuesto, la ancestral cuquería femenina.

Dicho con otras palabras, era razonable pensar que mi nota había puesto a Amalia en situación de máxima alerta. Patachula sugirió una hipótesis, según la cual la «hembra infiel» habría empleado conmigo el truco de echarme tinta a los ojos a la manera del calamar, entendiendo en este caso por tinta un breve periodo de actividad sexual. «Y tú, ciego, con las hormonas alteradas y el pene enhiesto, estás que no cabes en ti de gozo pensando que tu mujer te ama, te adora y se desvive por hacerte disfrutar. Vamos, no me jodas.»

Por otro lado, siempre según Pata, Amalia (instinto de madre, integridad familiar en peligro) combatía o intentaba al menos paliar mediante «un calculado episodio de comercio carnal con el simplote del marido» su sensación de culpa. O sea, que me daba lo que se supone que me correspondía por tradición conyugal y de ese modo, libre de toda deuda, ella podía presentarse ante el querindongo con la conciencia tranquila.

«Imaginemos que tus elucubraciones no están descaminadas. ¿Qué me sugieres que haga?», le pregunté.

«De momento, folla todo lo que puedas. Aprovecha ahora que es gratis. Después, Dios proveerá.»

24

En los dos días posteriores a la nota del buzón (después volvió a cerrarse para mí la barraca), Amalia no tuvo inconveniente en que yo la penetrase por detrás sin prolegómenos eróticos, que es como a mí más me gustan las cópulas.

Hubo un tiempo, al principio de nuestro matrimonio, en que esta posición le parecía animalesca, además de vejatoria; no sólo vejatoria para ella, sino para el género femenino en su conjunto y en todo lugar y tiempo, por cuanto se le figuraba que era connotadora de dominación masculina.

De nada servía decirle que no era mi propósito dominar, sino correrme con el mayor deleite posible. Luego, por los días en que le vinieron las ganas de gestar, leyó en una revista que la susodicha posición favorecía la entrada del esperma hasta muy adentro del conducto vaginal y cambió de parecer. De hecho, así fue como engendramos a Nikita, detalle que el chaval no conoce ni falta que hace, a menos que un día, yo en la tumba, él lea estas líneas, o a menos que su madre se lo haya revelado, cosa que dudo.

El abordaje por detrás entraña ventajas que Amalia terminó por admitir. La mujer está libre de soportar el peso del varón sobre su cuerpo, así como de recibir su aliento en la cara; no corre peligro de que el compañero copulante le estropee el maquillaje, le impida la normal respiración, le pinche con la barba, la moje de sudor o, como ya se ha dicho, la aplaste. Al mismo tiempo disminuyen las posibilidades de que el contacto con almohadas, cojines, alfombras o moquetas le arruinen el peinado. En fin, todo esto lo teníamos nosotros hablado en confianza, así como acordado el único orificio de entrada permitido, y ya digo que, salvo en los primeros tiempos de nuestro matrimonio, cuando la correlación de fuerzas aún no estaba del todo clara, Amalia no solía oponerse a la consumación del acto sexual en la referida postura.

Ella misma se apresuró a adoptarla durante los dos coitos que mantuvimos por los días posteriores a la nota. Coitos de una calidad gimnástica intachable, no perturbados por dilaciones de índole amorosa. Y es que, además de las ventajas recién enumeradas, había otras acaso de mayor peso: para Amalia, que yo llegaba antes a la polución cuando le entraba como perro en perra; para mí, que privadas sus manos, uñas, pies y dentadura de cualquier función defensiva, así como sus ojos de toda posibilidad de examen y control, yo me podía entregar a mis anchas a la excitante fantasía de tener a la hembra enteramente para mí, vencida, sometida, dominada... ¿Qué más se puede pedir?

25

Ya pasa de las once de la noche. El piso está en silencio. A Nikita, trece años, nos lo hemos quitado de encima con la excusa de que ya era hora de acostarse. El chaval duerme o por lo menos está en su cuarto con la luz apagada, quizá fumando a hurtadillas en la ventana, persuadido de que su madre y yo no nos enteramos.

A *Pepa,* todavía un cachorrillo, la hemos dejado en la sala, atada por si acaso a una pata de la mesa. El animal acostumbra seguirnos a todas partes y raspar la puerta con las uñas cuando la encuentra cerrada y quiere entrar. A Amalia le disgusta la idea de que se cuele en la habitación y nos observe mientras follamos. Dice que *Pepa* tiene una forma demasiado humana de escrutar; también que podría confundir la cópula con una pelea entre nosotros y alarmarse y ponerse a ladrar, o incluso defender a una de las partes arreándole un mordisco a la otra. Ya entonces *Pepa* era la mansedumbre en persona (o en perro). Sinceramente, creo que Amalia exagera; pero no es este el momento oportuno de llevarle la contraria. Ahora que estoy empalmado, cuanto antes entremos en acción, mejor.

Ella tampoco es propensa a las expansiones acústicas durante el acto sexual; de ahí que nuestros coitos semejen escenas de cine mudo. Copulamos sin intercambiar una palabra ni emitir bramidos de placer. El acto resulta, en mi opinión, un tanto clandestino y mecánico; aunque, a decir verdad, lo último que a mí se me ocurriría echar en falta en el rato breve que dura el acoplamiento es un coloquio con Amalia. La brega silenciosa propicia que de vez en cuando se oiga un chaschás de carnes entrechocadas, como cuando el carnicero aplasta filetes con la parte plana del hacha.

Sobre todos estos pormenores me vienen a la lengua unas cuantas bromas. Claro está que me las callo. Herir la susceptibilidad de Amalia haría peligrar la consumación del orgasmo que se avecina. Albergo, además, desde antiguo la firme convicción de que no hay sacralidad, tensión poética o atmósfera erótica que sobreviva al efecto devastador de un chiste. No hay más que ver la bobada esa que he escrito sobre el hacha de carnicero para comprobar la inmediata pérdida de encanto del pasaje. Menos mal que escribo sin responsabilidad de literato.

Pero ya Amalia ha accedido por segunda noche consecutiva a la fusión de los cuerpos que procuraba evitar en los últimos años de nuestro matrimonio. La impele, según sospecho y mi amigo Patachula me ha confirmado, el sentimiento de culpa. No estoy seguro. Tampoco descarto la posibilidad de que la excitación debida al remordimiento de conciencia sea auténtica. Desde luego, no se lo voy a preguntar. No me interesa. Voy a lo mío, al derramamiento gozoso, como ella seguramente va a lo suyo, sea lo que sea. Igual que ayer, seductora de lencería, provocativa de labios, hace como que me cede la iniciativa y ella es, de puro deseo, incapaz de resistirse. Incluso se ha plegado sin vacilar a mi propuesta de dejarse puestos los zapatos de tacón. Que qué caprichos tengo, dice, condescendiente, melosa, y sonríe como diciendo: «Eres un chiquillo». Y yo le sigo la corriente reproduciendo en mi cara su sonrisa, que no significa ratificación de lo que ella cree o finge creer ni mucho menos gratitud de fetichista complacido, sino la satisfacción victoriosa de ver a mi mujer comportarse como una prostituta.

Penetrada rítmicamente por detrás, halaga mi amor propio no verle la cara a Amalia durante el acto sexual. Yo creo que me truncaría la erección, después de tantos años de convivencia matrimonial y de tantas discusiones y tanto odio profesado en dosis diarias, tener que mirar el conjunto de facciones donde se manifiestan su personalidad, sus estados de ánimo y sus sensaciones. ¿Qué me importa a mí todo eso en este instante? Yo sólo quiero poseer el cuerpo femenino; la muñeca viva, de hermosa figura a pesar de haber dejado atrás la juventud; el bello objeto de carne oloroso a humedad vaginal, caliente, con zapatos de tacón encima de la cama.

Fue la última vez que nos acostamos juntos; pero eso, en aquellos momentos, yo no lo sabía.

Pene, cuéntame, ¿qué sentiste?

«Una sequedad inicial de aquel conducto visitado por mí en incontables ocasiones, aunque cada vez con menor frecuencia, me indujo a pensar que yo no era acogido en él con agrado, hasta el punto de que hube de empujar con cierta fuerza como a puerta que no se deja abrir, exactamente igual que en la noche anterior. Ignoro si se trataba de una sequedad de origen menopáusico o causada por la ausencia de disposición sensual de su dueña. La mojadura de bienvenida de los primeros tiempos faltaba; pero tampoco voy a negar que, una vez superada la resistencia inicial de los labios poco o nada lubricados, entré en el grato humedal de la hembra, y ya nada me impidió llevar a cabo las sacudidas que de mí se esperan en estos casos. Me metí sin dificultad hasta donde alcanza mi largura. Reconocí por el tacto el recinto donde ya tantas veces estuve. Y allí, a oscuras, me empapé de sus jugos, me deleité restregándome en sus suaves y cálidas paredes y culminé el grato empeño con una violenta efusión de esperma; hecho lo cual, ya no me quedó más sino replegarme, tomando sin mayores dilaciones el camino de regreso a la intemperie.»

26

No he salido a celebrar mi cumpleaños con Patachula, aunque se lo prometí, y le he escatimado a *Pepa* el paseo principal del día para evitar que Nikita me pillase fuera de casa cuando viniera a felicitarme. Solo, sin asesoramiento materno, el chaval es incapaz de elegir un regalo. Tampoco se lo exijo. De hecho, yo me conformaría con cualquier cosa por pequeña que fuese; no sé, con una simple tableta de chocolate que a continuación le remuneraría colmadamente dándole una paga como tantas veces se la doy al margen de la asignación mensual.

Por los tiempos anteriores al divorcio, su madre y yo teníamos el compromiso de recordarle al nene nuestros respectivos cumpleaños. De otro modo, él los habría olvidado como hoy el mío. Amalia se encargaba de comprar en su nombre los regalos para mí de cumpleaños, de Reyes y del día del Padre, y en correspondencia yo compraba los del chaval para ella, si no es que la propia Amalia se compraba algo y me lo daba bajo cuerda para que yo a mi vez se lo diese a Nikita con la idea de que, llegado el día, el monstruito se lo entregase por sorpresa a su madre. Nuestro hijo, con una falta exquisita de entusiasmo, nos entregaba los paquetes de regalo sin disimular que no tenía la menor idea acerca de su contenido, y nosotros lo abrazábamos con unos aspavientos de gratitud dignos de los mejores teatros de España.

No necesito que Nikita me regale nada; pero, joder, me habría alegrado recibir al menos un abrazo suyo en el último cumpleaños de mi vida. ¿Es mucho pedir una breve visita, un «hola, papá, ¿todo bien?». Por muy ocupado que él esté, pienso que podría haberme llamado con el móvil, cuyas cuotas mensuales, por cierto, le financio. A solas en el piso, ya de noche, he notado que me era imposible pensar en Nikita sin experimentar por él un fuerte rechazo. Nada del otro mundo. En infinidad de ocasiones me ha entrado el mismo coraje. Después veo a mi hijo, me apeno de él y lo perdono.

Empezaba a sentirme tan mal que después de la cena lo he llamado por teléfono. «¿Qué haces? ¿Dónde estás?» He averiguado, gran acontecimiento, que la semana pasada se instaló un juego nuevo de ordenador. Me ha dicho el nombre, en inglés, en su inglés rudimentario, y a continuación me ha preguntado si lo conozco. «Me suena.» Por supuesto que no me sonaba; pero no me parecía oportuno recordarle que lo que a él le apasiona no tiene por qué apasionar a toda la humanidad. Me ha dicho que puede jugar a través de internet con rivales de otros países. La idea consiste en liquidar a tiros de ametralladora, con bombas de mano y me ha parecido entender que con un machete a los enemigos de una secta religiosa hasta aniquilar al gran jefe en su refugio.

Supongo a Nikita sentado durante horas delante del ordenador, comiendo pizza, patatas fritas de bolsa y bocadillos, bebiendo refrescos azucarados, destruyendo su vista, engordando, incubando la diabetes..., y a lo mejor tomando drogas.

Este es mi hijo. Un inútil de veinticinco años convencido de haber venido al mundo para cumplir la importantísima misión de destruir figuras móviles en la pantalla de un ordenador.

Le pregunto si sabe qué día es hoy.

«Viernes, ¿no?»

Le he agradecido la información, le he deseado buenas noches y he colgado.

27

Confieso que tardé más de la cuenta en percatarme. Qué se le va a hacer. Soy así. Viejas adherencias mentales, por otro nombre llamadas prejuicios, me impiden comprender ciertas cuestiones, si es que yo he comprendido a fondo alguna cosa en esta vida. A veces pienso que Patachula tenía razón. «Tu problema», me soltó un día en el bar, cuando aún no era un lisiado, «es que a fuerza de lecturas has terminado por no entender lo sencillo, y lo complejo ya ni te cuento.»

A este propósito, recuerdo que una vez Nikita me llamó tonto con la mayor naturalidad del mundo, delante de sus abuelos y de Amalia, mientras trataba de explicarme, al parecer en vano, pormenores de un videojuego que mis suegros acababan de comprarle en un centro comercial.

Yo dejaré la vida convencido de que aquí todo el mundo estaba en lo cierto menos yo. Ahora bien, mis recuerdos son míos y ahí sí que no consiento que nadie meta la mano.

El de esta noche lo he retenido en la memoria como sigue.

Pepa y yo volvimos empapados de un paseo a última hora de la tarde. Nos había pillado un chaparrón lejos de casa. La lluvia caía con tanta fuerza que dejaba un rastro flotante de neblina a ras del suelo. Corrimos a guarecernos bajo una marquesina; pero pasaba el tiempo, empezaba a oscurecer y a mí, al día siguiente, me esperaba una nueva jornada de suplicio laboral en el instituto. Por entonces no estaba permitido viajar con perros en el metro y dudo que un taxista hubiera aceptado a *Pepa* en su vehículo. El chaparrón persistía. Yo abrigaba firmes esperanzas de prolongar por tercera noche consecutiva la racha sexual que me estaba deparando Amalia, para lo cual convenía no llegar a casa demasiado tarde. ¿Qué hacer? Le pregunté a *Pepa* si le importaba mojarse un poco. ¿Un poco? ¡Seré granuja! *Pepa*, ojos mansos, lengua colgante, no dijo que no; así que, sin la menor posibilidad de cobijarnos, emprendimos nuestro largo camino de regreso bajo una lluvia torrencial.

Llegamos a casa no menos mojados que si nos hubiéramos caído a un río. Dejé a la perra en el rellano, atada al barandal, y entré en busca de una toalla. En el vestíbulo, me quité lo primero de todo los zapatos. Me disponía a desnudarme cuando llegaron a mis oídos rumores de conversación y risas femeninas procedentes de la sala. Percibí una voz desconocida. Supuse que Amalia tendría visita, lo cual no era algo que ocurriese con frecuencia, aunque tampoco podía descartarse por completo.

Nunca fuimos ella y yo partidarios de recibir gente en casa. ¿El motivo? Pues que el orden y la limpieza no eran nuestro punto fuerte, no digamos el de nuestro hijo, cuya habitación, a pesar de nuestras continuas amonestaciones, contradichas por el mal ejemplo que le dábamos, parecía la réplica de un campo de batalla.

No seguí desvistiéndome. Amalia, que me había sentido llegar, dijo sin ver mi aspecto, en tono alegre: «Aquí estamos». Supuse que la superflua constatación entrañaba una advertencia envuelta en jovialidad: «No se te ocurra venir a la sala en paños menores, descalzo o desnudo». Volví a ponerme los zapatos mojados; el jersey, en cambio, lo dejé en el suelo, y, privado de todo asomo de elegancia, en camiseta interior, acudí a saludar a... «Te presento a Olga.» Pues eso, a Olga, una mujer alta, de cuerpo delgado, pelo corto y facciones agraciadas. A diferencia de Amalia, que no se movió de su silla, la tal Olga tuvo la amabilidad de venir hasta mí a estrecharme la mano. La miré a los ojos para comparar nuestras respectivas estaturas. Me pasaba; no mucho, pero me pasaba. Y a Amalia, no digamos. Supongo que en su repertorio de gestos corteses no entraba el de juntar la mejilla con la de un hombre empapado. Le calculé a simple vista una edad más próxima a los treinta que a los cuarenta. Olía de maravilla.

A la vista de los papeles con apariencia de documentos, diseminados sobre la mesa, deduje que la mujer habría venido a casa a tratar con Amalia algún asunto de trabajo. La idea de la tarea compartida en hora y lugar inusuales no me pareció incompatible con la circunstancia de que ellas estuviesen bebiendo champán. Amalia, como yo, era remisa a recibir gente en casa por falta de tiempo para recoger y limpiar; pero en su honor diré que si algo hacía bien era agasajar a sus invitados. No me tomé a mal que hubiese servido a su acompañante el champán, mi champán, que yo guardaba en el frigorífico a la espera de una ocasión especial para degustarlo. Me lo había regalado por mi cumpleaños la propia Amalia. Al instante me hice cargo de la situación. Viene alguien de improviso a tu casa y digo yo que no vas a ofrecerle agua del grifo. Conociendo a Amalia, lo más probable es que se hubiese formado el propósito de comprarme otro día una botella de la misma marca. Yo, desde luego, no pensaba exigírselo. La promesa de una tercera noche de sexo fomentaba en mí la tolerancia, la generosidad y lo que hiciera falta.

«¿Está lloviendo?»

Sagaz pregunta estúpida o estúpida pregunta sagaz con la que Amalia logró empujarme a una conversación de tema meteorológico mientras daba tiempo a la tal Olga, preciosas caderas, figura esbelta, a volver a su silla. El mensaje encubierto me quedó claro: «Aquí no se habla de nada serio ni confidencial; anda, di dos cositas inocuas y te vas». Contesté con las trivialidades que de mí se esperaban y a continuación, la lengua predispuesta a encadenar enunciados obvios, dije que tenía que secarme y secar a la perra. Amalia se escudó detrás de una de esas sonrisas que la gente de mundo suele reservar para las relaciones sociales, y aquietado un instante el gesto, dijo estirando la voz hasta imprimirle una sonoridad radiofónica: «Nosotras seguimos aquí». Interpreté sus palabras como una forma de insinuarme que no volviera. No me importó. «¿Cierro la puerta?», pregunté. «Sí, por favor, y vigila un poco qué cena Nicolás.» Yo estaba convencido de que las dos mujeres se habían reunido para resolver alguna cuestión urgente, quizá para preparar un guion de programa o algo por el estilo, y lo último que me apetecía era importunarlas. Mis esperanzas eróticas me aconsejaban, además, hacerme el bueno.

Nikita y yo cenamos juntos en la cocina. El chaval tampoco sabía quién era la mujer. Ni lo sabía ni le importaba. Tras la cena, se fue a acostar o al menos eso es lo que me dijo. Minutos más tarde, mientras fregaba los platos y cubiertos de la cena, noté que trascendía hasta la ventana abierta de la cocina olor a humo de cigarrillo. Decidí no estropearle a mi hijo su placer clandestino. A su edad, yo también fumaba a escondidas; aunque, puestos a hacer comparaciones, me parece que yo disimulaba mejor.

A petición de Amalia, que no quería a *Pepa* en la sala, llevé el lecho del animal a mi habitación. Pasaban unos pocos minutos de las diez de la noche cuando me retiré a echar una ojeada rápida al contenido de mis clases del día siguiente y a leer. Dieron las once, una hora crítica desde el punto de vista de mis aspiraciones sexuales, pues se me figuraba que a partir de aquel instante empezarían a reducirse las posibilidades de consumar un coito.

A través de la pared me llegaban los rumores de conversación de las dos mujeres, un runrún punteado de risas que no dudé en atribuir a los efectos euforizantes del champán, de mi champán. Yo no me había puesto aún el pijama pensando en que Amalia vendría de un momento a otro a anunciarme la marcha de la tal Olga. Pero dieron las doce y, francamente, o daba ya por terminado el día o a la mañana siguiente, muerto de sueño, me tambalearía como un zombi por los pasillos del instituto.

Por la mañana, el taladrante, odioso, tiránico despertador me sacó del sucedáneo de útero materno llamado comúnmente cama. Fui a la cocina en pijama a poner en marcha la cafetera. Es mi primer rito de la jornada este de asearse y vestirse mientras la taza se va llenando de aromático café. De haber sabido que la mujer estaba en la cocina habría invertido el orden de las actividades. No sé qué pensaría de mí: de víspera, calado hasta los huesos; ahora, legañoso y sin afeitar. Ella, con parecido desaliño, andaba hurgando en los cajones, también descalza. Tenía unos pies largos, finos, muy bonitos, con las uñas pintadas de rojo. Vestía el albornoz de baño de Amalia y debajo, supongo, nada. Me preguntó si le podía indicar dónde estaban las bolsitas de té. Al pronto no me acordé de su nombre. Pensé que habría dormido en el sofá de la sala. También pensé que estaba realmente buena y que si no me la follaba allí mismo no era por falta de ganas.

28

Y dijo también que si yo hubiera aceptado su relación con Olga, a lo mejor nuestro matrimonio se podría haber salvado.

Ya el divorcio era cosa decidida cuando Amalia me soltó aquel reproche con la calma de quien comenta una película a la salida del cine. No le respondí. Sabía que en el futuro nos veríamos poco, tan sólo por asuntos relacionados con nuestro hijo. Yo me había hecho el firme propósito de borrarla de mis pensamientos y tenía la sensación de estar haciendo rápidos progresos.

«Claro que ¿quién me dice a mí que tú deseabas salvar nuestro matrimonio?»

Ni la miré. Para mí habían terminado los tiempos de las provocaciones y las disputas, los intercambios de mordacidades y los diálogos tensos. Me di la vuelta y me marché con las manos en los bolsillos, oteando el cielo azul de la mañana en busca de vencejos.

Su amor chupante, como lo llamaba Patachula, me traía sin cuidado. «Eso no son cuernos», opinaba mi amigo, quien define el lesbianismo como «una técnica de masaje con posibilidad adicional de convivencia». Me animó a que mirase pornografía para convencerme. «Se acarician, se lamen, se restriegan. Eso no es sexo», sentenciaba, socarrón. «A lo sumo, gimnasia lenta.»

Por los días en que por fin supe lo que tarde o temprano habría averiguado, encontré aquella nota que yo había escrito días atrás. Así pues, Amalia no la había roto ni tirado. Ahora que ya no había nada que ocultar restituyó el papelito al buzón. ¿Con qué fin? Dudo que Amalia sospechara que lo había escrito yo.

En casa se lo mostré haciéndome el tontito.

Ella se encogió de hombros, haciéndose la tontita.

Yo le habría partido la cara allí mismo.

Ella, no cabe duda, me habría sacado los ojos con un abrelatas.

29

Quizá el odio que yo he profesado en el curso de mi vida no haya sido de buena calidad. He odiado bastante, pero a rachas, a menudo con pereza; también, la verdad sea dicha, con placer. Nuestros legisladores actuales se han inventado un llamado «delito de odio». Supongo que piensan en el terrorismo y cosas así; pero ¿dónde está el límite entre la dimensión pública y la privada? Sólo faltaría que una ley aprobada en el Congreso de los Diputados me prohibiese odiar a la directora de mi instituto. Al día siguiente me encadenaría con una pancarta de protesta al carro de la Cibeles. Ahora los gobernantes se meten a regular con propósito restrictivo nuestros sentimientos como quien dicta las normas del tráfico. Da un poco de asco esta época.

El mío, salvo excepciones, ha sido un odio de rescoldo, con el fuego por dentro. Pongo en duda que mis aborrecidos supieran cuánto los odié y por qué. A veces me vino una acometida súbita de odio en un instante de buena avenencia con ellos, incluso durante un beso en la mejilla o un abrazo. Yo me mostraba sonriente, pero por mis venas corría un torrente de hierro fundido. Me pregunto si lo mío no será más resentimiento que odio. Se trata, en todo caso, de un odio sigiloso, reflexivo, tapado. Un odio en defensa propia, conforme a la tesis de Sigmund Freud, quien consideraba que el odio se fundamenta en el instinto de conservación del yo. A mí no me va eso de vociferar improperios, lanzar platos contra la pared o asestar cuchilladas.

Sinceramente, creo que debería haber odiado más a lo largo de mi vida o, en todo caso, con más brío. No es verdad que el odio empequeñezca al odiador, lo hunda moralmente o lo prive del bienestar y del sueño. Hay que distinguir entre unos odios y otros. Los hay, sin duda, que carcomen las entrañas; pero también los hay que, gobernados con discreción y sagacidad, resultan gozosos, y estos son los que yo he procurado cultivar con callada perseverancia, en beneficio propio.

Me tienta afirmar en estas postrimerías voluntarias de mi vida que se me ofrecieron multitud de ocasiones para odiar y las desaproveché, si bien el problema no ha sido para mí tanto de cantidad como de calidad. Nunca me manejé bien con las emociones intensas. A mí las pasiones me cansan pronto, las propias y las de los demás. Algunos compañeros del instituto me atribuyen un carácter introvertido. No comprenden que a su lado me aburro y entonces, claro, uno pierde vitalidad facial y tiende, sin tan siquiera proponérselo, al ahorro de gestos y palabras.

Otra cosa que me ocurre es que yo no puedo odiar a quien no conozco. Patachula odia a muerte a un gran número de políticos, deportistas, actores e individuos famosos de ambos sexos de los que sólo tiene noticia por los medios de comunicación. Los pone a parir con rabia, deseándoles toda clase de penalidades. Yo no puedo. Para odiar como es debido necesito la presencia de mis odiados. Frases que suelta mi amigo, como esa de que no aguanta al actual presidente de Gobierno, al que nunca ha visto en persona y de quien dice que «a lo mejor, en el trato cercano, es un buen tipo», yo no las comprendo. A mí no me va tampoco el odio en abstracto del que hablaba Francisco Umbral, el odio sin motivo, el odio porque sí. Mi odio surge de un motivo tangible. Puede empezar con una mirada, quizá con un olor o una palabra, y después evoluciona hasta adaptarse a mi talla. Hay gente en España que odia a España. A mí un odio (o un amor) de estas características me quedaría ancho, se me caería por todos los costados hasta cubrirme como la funda de una campana enorme.

30

A papá lo he odiado principalmente después de muerto. Antes no me atrevía, ni siquiera en secreto, pues abrigaba la sospecha de que él podía ver mis pensamientos. Yo estaba demasiado ocupado en mantenerme a una distancia prudencial por el temor que él me inspiraba, aunque no lo temiese como se teme a un tirano del que uno espera todo tipo de crueldades, sino por la sensación de inferioridad y fracaso que me embargaba a su lado. Esta sensación abrasiva se intensificaba cuando él tenía algún gesto de benevolencia conmigo. Me abrumaba entonces la idea de que me tomase por un farsante que se hubiese apropiado sin merecimiento de una sonrisa suya, una palmadita de aprobación o unas palabras cordiales. Yo le profesaba a papá un temor veteado de admiración y puede que de afecto. Hasta que no lo hubimos enterrado, no me di cuenta de lo dañino que él había sido para mí. Lo que de verdad me humilla aún no es que yo le tuviera miedo, sino la conciencia de haber desaprovechado su ejemplo para adiestrarme en la técnica de inspirar miedo a los demás. Odio a papá más que nada porque no soy él. Claro está que yo nunca habría podido ocupar su lugar ni extender a mi alrededor una sombra tan densa, tan poderosa, como la suya. No digo ser como él, a ver si me explico, sino ser él, exactamente él, con su chaqueta de pana, su bigote amarillento, su aversión a la ternura y aquel olor que no me resultaba grato y hoy echo amargamente en falta. En mi calidad de primogénito, entiendo que yo estaba llamado a ocupar el hueco que dejó a su muerte en nuestra casa. No lo conseguí. Raulito, por fortuna, tampoco, pues eso me habría causado una pesadumbre agotadora. Ni mi hermano ni yo teníamos envergadura psicológica suficiente para calzarnos la personalidad de nuestro padre. En su presencia no nos era posible ejercitarnos siquiera tímidamente en la rebeldía. Mi odio a papá es un odio póstumo con el que me hago la ilusión de encaramarme a su altura ahora que él ya no puede derribarme con su mirada o con sus silencios severos. En el fondo, para qué voy a engañarme, el odio mío por papá es un odio limpio y noble entre varones de distinta edad y condición; un homenaje en negativo de criatura apocada hacia un hombre que se odiaba a sí mismo. A veces, cuando me paro a pensar en estas bagatelas personales, creo que papá se sentiría orgulloso de este odio que me salva de recordarlo con pena y que con un poco de generosidad de criterio podría considerarse una señal de fortaleza psíquica. Sin la menor duda, de todos mis odios, es este dirigido a mi difunto padre el que más me complace. De hecho, lo estoy celebrando esta noche con una copa de coñac, mientras escribo. Sucede lo de costumbre; se nos muere un miembro de la familia y nos entristece haberlo dejado marchar sin decirle lo mucho que lo odiábamos o lo queríamos, o ambas cosas alternadamente. Lo siento, papá, pero no tuve arrestos para plantarme un día ante ti, posar una mano sobre tu hombro y decirte con la voz serena y firme, mirándote a los ojos, que eras un tipo raro, mitad dios, mitad cerdo.

31

El odio más antiguo de mi vida es el que siento por mi hermano. Es también el más ortodoxo si nos atenemos a la definición de Castilla del Pino, quien identifica el odio, en un estudio que leí hace algunos años, con el deseo de destruir el objeto que lo inspira.

¿Odiamos a una persona porque es odiosa o se nos hace odiosa porque la odiamos? En lo tocante a mi hermano, no existe para mí tal dilema. Se trataría de un caso de efecto que produce su propia causa. Dicho de otro modo, el efecto sería la causa de la causa como la causa sería el efecto del efecto. Y al expresarme con estas retorceduras verbales de filósofo aficionado, tengo de pronto la sensación de estar hablando en clase delante de mis alumnos.

En el estudio de Castilla del Pino se vierte una afirmación de la cual discrepo, aunque también pudiera ser que yo la recuerde mal. Venía a decir que uno no odia a quien considera inferior, por no conceptuarlo un peligro para la propia integridad. Pues bien, ni un segundo de mi vida he dejado de ver en mi hermano a un ser inferior a mí y, sin embargo, lo odio hasta el punto de alegrarme de sus desgracias. De niño, yo le he deseado a mi hermano la muerte en incontables ocasiones. Anhelaba que él desapareciera para siempre de mi vida. Por eso me habría valido también que mis padres lo encerraran en un internado o lo diesen en adopción; aunque sigo pensando en la muerte, a poder ser dolorosa, como solución preferible.

Recuerdo haber rezado en las noches de mi infancia para que Raulito se muriera de leucemia, como decían que se había muerto un niño del barrio. Me habría causado un secreto placer hallarme presente en el entierro de mi hermano de corta edad, acercarme al borde de la fosa y echar una palada de tierra con piedras sobre su ataúd.

«Te vas a morir pronto», le decía yo con estas o similares palabras a Raulito. «A lo mejor la semana que viene ya estás metido en una caja. La caja es tan estrecha que no te puedes mover y da igual que llames a mamá o papá porque nadie te puede oír.»

Yo no cesaba en mi malicia hasta que Raulito rompía a llorar.

Bien es cierto que hoy día mis sentimientos hostiles hacia él se han atemperado; pero esto se debe, en mi opinión, a la circunstancia favorable de que nos vemos poco. Un acuerdo tácito nos lleva a evitarnos.

El odio que le profeso a mi hermano tiene su origen en la Naturaleza. Lo odio por haber nacido, por disputarme con su presencia, sus necesidades y sus gemidos la atención de mamá y papá. No es que hubiera mediado un conflicto entre nosotros a partir del cual nos hubiéramos cogido manía. Nunca le perdonaré a Raúl la afrenta de ser mi hermano. No me extrañaría que yo albergase simpatía por él si, en lugar de haber nacido del mismo vientre que yo, hubiera sido un vecino o un compañero de trabajo.

Su gordura, sus gafas, su voz de pito cuando era adolescente no hicieron sino agravar el odio instintivo que le tomé desde la primera vez que lo vi, envuelto en prendas de bebé. Mamá me permitió sostenerlo en brazos y al punto me vino el pensamiento de dejarlo caer. Así pues, no era su aspecto físico la causa primera de mi odio. Porque estoy seguro de que, debido a nuestro vínculo fraternal, yo lo habría detestado igualmente de haber sido él delgado y guapo.

Más de una vez soñé con encaramarme a su cuna y estrangularlo. Años más tarde, aprovechando que no había nadie en casa, saqué de un cajón el álbum de fotografías familiares y a golpe de tijeras destruí todas aquellas en las que aparecía Raulito. A mamá y papá les costó meses darse cuenta de la travesura. Rápidamente me la atribuyeron. Papá me arrancó una confesión con ayuda de una mirada terrible, más dolorosa que las tres bofetadas de mamá. Me mandaron a la cama sin cenar. Creo que ninguno de los dos adivinó el sentido de mi acción ni fue consciente de su imprudencia al castigarme. Estuve pensando aquella noche en cortarle la garganta a Raulito con un cuchillo de sierra que había en la cocina. A menudo, por puntillo, me tentaba la idea de quitarme la vida; de este modo pensaba cobrarles a mis padres la maldad de haberme endosado un hermanito. Y me daba igual que mi muerte no les diera tristeza; al menos les causaría problemas.

Con el correr de los años, mi odio por Raulito fue evolucionando hacia formas de animadversión menos virulentas. Descubrí que él también me odiaba y, desde entonces, odio a mi hermano principalmente por el odio que él me profesa. Por lo común, su odio se manifiesta a través de acusaciones relativas al pasado y de reproches de toda índole. La expresión de su cara revela, no obstante, que eso no le basta. Yo vislumbro en sus facciones un deseo intenso de que la vida me castigue con contratiempos, dificultades, infortunios...

Esto no quita para que en los últimos años, aconsejado quizá por su mujer y sus hijas, él haya llevado a cabo alguna que otra tentativa de acercamiento. En todos los casos fueron gestos de tibia cordialidad ante los cuales yo me puse rápidamente en guardia y cuyo resultado no fue otro que un incremento de mi odio, por cuanto me resistía a creer que su propósito procediera de un fondo sincero.

Sé que le he hecho bastante o mucho daño. Alguna vez me ha pedido cuentas de las trastadas que le hice cuando éramos niños. Le pido disculpas, alego mi poca edad de entonces y no es raro que termine tildándolo de rencoroso.

Para mis adentros me digo que Raúl no ha sido listo. Si se hubiera dejado odiar en forma plena, satisfactoria para mí, cuando éramos pequeños, tarde o temprano yo me habría cansado de odiarlo y luego, quién sabe, nos habríamos llevado razonablemente bien durante el resto de nuestras vidas. A veces me da por pensar que quizá hasta le daba gusto que yo lo odiase.

Noviembre

1

El odio que sentí por mamá a lo largo de mi vida fue siempre momentáneo, brusco, discontinuo. Fue un odio poco o nada placentero. Un odio equiparable a unos zapatos demasiado grandes o demasiado pequeños con los que uno nunca habría podido llegar lejos caminando.

Con respecto a mamá, experimenté un apogeo de odio en la niñez que fue disminuyendo conforme pasaban los años, hasta perder pujanza y hacerse en la edad adulta cada vez más espaciado. De hecho, la palabra *odio,* aplicada a mamá, me resulta excesiva. Debería quizá decir rabietas, golpes de ira, arranques de furia pasajera o algo por el estilo. Lo cual no quita para constatar que mi madre, cuando se lo proponía y sin apenas esfuerzo, podía ser un espécimen humano detestable.

En la actualidad mamá no es ella misma. Yo diría que ya no es nadie; en todo caso, un residuo avejentado, meramente corporal, en el que es imposible columbrar a la mujer inteligente y hermosa de antaño. Hoy mamá me inspira una profunda compasión. Y así como en mi infancia, frenético de odio, yo deseaba la muerte de mi hermano, ahora la pena me lleva a desear la muerte de mamá, se entiende que una muerte suave, indolora, sin agonía.

De pequeño me resultaban insufribles las muestras de cariño que ella prodigaba a Raulito. Yo la veía cogerlo en brazos, darle de mamar, besarlo con un amor repugnante, cantarle canciones, hacer toda clase de monerías para que se riera, y a mí, corroído por los celos, me daban ganas de embestir de frente contra la esquina de un mueble.

Hasta los albores de mi juventud me dediqué a vigilar a mamá con la mira puesta en comprobar si repartía sus atenciones y su afecto de manera equitativa entre mi hermano y yo. Y cuando observaba que Raulito salía favorecido en el reparto, yo odiaba a mi madre con todas mis fuerzas. Lo hacía de un modo solapado, temeroso de que si ella se percataba de mi comezón me tomaría fila y acabaría prefiriendo por siempre a mi hermano.

Mamá tenía la mano ligera. Era pegona, pero ignoraba la saña. Como no hacía daño, a veces me gustaban sus bofetadas, pues me complacía ver en ellas la prueba de que sufría o se enojaba por mi causa y yo no le era, por tanto, indiferente. Había belleza en sus arrebatos. A menudo los acompañaba con quejas e incluso con lágrimas, como si fuera ella la agredida. Con el tiempo caí en la cuenta de que mamá, no siempre, pero con llamativa frecuencia, nos pegaba a Raulito y a mí en presencia de papá, dándole quizá a entender que no nos mimaba como él decía. Papá estaba convencido de que la ternura estropea a los varones. Más de una vez, después de habernos zurrado, mamá nos estrechaba entre sus brazos o nos pasaba la mano por el pelo a escondidas de papá.

En los momentos de odio, yo la creía merecedora de castigo. Papá, sin saberlo, era mi mano ejecutora. Creo que por eso cada día me resultaba más difícil odiar a mamá, por cuanto me daba la impresión de que tarde o temprano recibía su merecido, y esto significaba para mí la demostración de que se había portado mal y papá, que de vez en cuando la hacía llorar y al que ella tenía el mismo miedo que nosotros, había hecho justicia en mi favor. La cuenta quedaba así saldada y el odio, diluido.

Mi madre distaba de ser una santa. Ella compensaba su reducida fortaleza física con una refinada propensión a la venganza secreta. Todos los indicios apuntan a que poseía una rica vida interior que no compartía con nadie. Me consta que no se privaba de esparcimientos a espaldas de la familia. No la juzgo. O quizá sí, pero me falta valor para cometer la indecencia de condenarla, pues por muy severo que fuera el dictamen, nunca superaría en rigor al trato que le dio la vida.

Al poco de enviudar, nos dejó boquiabiertos a mi hermano y a mí revelándonos de manos a boca que jamás había sentido por papá nada parecido al amor, tampoco al principio de su matrimonio; que se casó con él sin entusiasmo y que le daba mucha pena y mucha rabia que en su juventud no hubiera existido una ley de divorcio.

2

Me noto coartado al escribir estas líneas. ¿Las leerás algún día, hijo mío, cuando yo no esté? ¿Habrás tenido la lucidez y la paciencia de llegar hasta aquí? ¿Habrás entendido algo?

No puedo evitar recordarte como el ser humano que más veces me ha sacado de quicio.

He sostenido conmigo mismo luchas titánicas para no odiarte. En los momentos críticos me aferraba a toda suerte de excusas: tu limitación intelectual, el hecho fácilmente verificable de que tu madre y yo no dimos con la tecla correcta de tu educación, el mal ejemplo que de nosotros recibiste...

Pero lo cierto es que habría que haber sido de hielo y piedra para no odiarte. ¿Por qué? Simplemente porque eres una de las criaturas más odiosas que ha respirado el aire de este planeta. Sí, hijo, estas páginas que redacto a diario están destinadas a contener mi verdad personal, aunque sea una verdad triste, dolorosa, repulsiva. Y mi verdad relativa a ti es que tendría que poner patas arriba la memoria para recordar un día, un solo día, en que no me hubieras dado un motivo para odiarte. Pude desentenderme de ti hace mucho tiempo, pero no lo hice. Desde un principio asumí la tarea de sobrellevar la paternidad como se sobrelleva una joroba.

No me extrañaría que no te hubieras dado cuenta de que te odié. Ignoras, además, la ironía. Alguna vez dije, abrazándote, que te quería y te lo creíste. Dejando a un lado un puñado de ocasiones en que mereciste la horca, me inspiraste incontables pero cortas descargas de odio. Las imagino similares a un revuelo de chispas contaminadas de diversas adherencias: la resignación, la responsabilidad educativa, el cariño compasivo. Lo cierto, hijo, es que cansa mucho odiarte, aunque todavía cansa más amarte, y yo he intentado las dos cosas y siento que en las dos fracasé.

Alguna vez llegué a pensar que yo no era tu padre biológico; que tu madre te concibió a consecuencia de una noche con otro hombre, no sé, con algún bruto que le salió al paso en un callejón; pero este pensamiento, que me habría consolado de tantos lances penosos, me duraba el tiempo justo de recordar que tú y yo tenemos el mismo grupo sanguíneo, la misma forma de la nariz y el mismo color de pelo y de ojos.

Cuanto más te odiaba, más lástima me dabas. Cuanto más me compadecía de ti, más merecedor de odio me parecías. Y muchas veces, pensando, en el colmo de mi desesperación, que el mayor favor que podía hacer a tu madre, a mí, al mundo entero y a ti mismo era dejarte tetrapléjico a palazos, me subía de pronto a la boca una sonrisa cuyo sentido no comprendo.

Como afirmó un poeta que no conoces ni conocerás, te he odiado con afecto, te he amado con odio y me has sido, en suma, indiferente; todo a la vez, como chispas salidas súbitamente de un cañón, unas para aquí, otras para allá, revueltas en completo desorden emocional.

3

Antes de conocer a mis futuros suegros, Amalia me previno que eran personas un tanto especiales. «¿Quién no lo es?», pensé. Y, por lo demás, yo estaba por esos días tan enamorado, con la libido tan fuera de control, que todo me importaba nada y habría aceptado cualquier tributo, peaje, arancel, precio, condición, con tal de permanecer al lado de aquella mujer que además de guapa, elegante, llena de encanto, maravillosa de labios, de ojos, de pechos, de piernas, de talle, era una gata sedosa y dulcemente feroz en la cama. No se me ocultaba que mi madre, con quien ya vi desde el principio que a Amalia le costaba congeniar, no suponía una ganancia vital para ella, así que callé en lo concerniente a sus familiares.

La circunstancia de que Amalia, comprobado que nuestra relación iba camino de ser duradera, tardase tanto tiempo en presentarme a sus padres debió ponerme sobre aviso. Como quien administra en dosis pequeñas una medicina amarga, ella me fue preparando con sucesivas insinuaciones para lo que me esperaba. Sin éxito. No hay duda de que en ciertas materias soy un zoquete. Por otro lado, qué me importaba su familia. A mí me importaba Amalia. Tanto insistía ella en que sus padres eran buenas personas que anuló en mí cualquier asomo de suspicacia, de manera que, llegada la ocasión de conocerlos, fui a su casa animado por los mejores augurios.

Al principio, cuando íbamos a visitarlos, Amalia me rogaba que por favor tuviera comprensión con ellos, que los dejara hablar como se deja hablar a los niños, sin sentirme vinculado con lo que dijeran, pues a fin de cuentas ella y yo haríamos nuestra vida al margen de las opiniones y deseos de sus padres. «Son un poco antiguos», los disculpaba. Y a menudo me ponía a su hermana Margarita como ejemplo de estrategia inadecuada. La chica optó en la pubertad por la insumisión, se fue de casa nada más cumplir los dieciocho años, estuvo largo tiempo sin hablarse con sus padres.

«Supongo que la desheredaron.»

«Bah, no creas. En el fondo mis padres son unos benditos. Mucho bla, bla, bla y luego, nada.»

A los cinco minutos de conocer a mis suegros, ya los odiaba. Desde la primera hora sentí que me apremiaba la tentación de golpearlos con una vara. Todavía no me explico cómo en tantos años fui capaz de contenerme.

Él era más previsible, más monotemático, y por ello mismo más llevadero que la vieja. Quiero decir que dejaba en mí una huella negativa menos honda. Con él bastaba esquivar los asuntos políticos. Me acostumbré a fingir interés por las burradas integristas que soltaba a cada rato. Me limitaba a asentir, le seguía la corriente, no le llevaba jamás la contraria, y de este modo me resultaba fácil mantenerlo a raya, disimulando el asco que me inspiraban tanto sus opiniones como su misma persona, de la cual se desprendía una incesante nevada de escamas debida a la psoriasis.

El viejo justificaba la dictadura de Franco. La añoraba. Gustaba de repetir eslóganes de aquel régimen que él consideraba principalmente como una etapa de bienestar y orden. Nada de ello suponía para mí un problema grave, por cuanto no existía la menor posibilidad de que yo me contagiase de su vetusta ideología. Bien poco me habría costado tolerar sus monsergas si él hubiera sido un buen tipo. Un hombre equivocado, pero generoso y afable. No lo era. «Votaréis al Partido Popular, ¿eh?», nos decía a Amalia y a mí, inquisidor, metete, en vísperas de las elecciones. Me agotaba bastante su conversación, si bien, por fortuna, nos veíamos poco.

La vieja era más incisiva. Tenía la fea costumbre de hurgar en la vida privada de los demás. Le gustaba intervenir venenosamente en las decisiones ajenas. A Amalia y a mí nos afeaba la ropa, los muebles, el peinado, el destino de nuestras vacaciones y una vez hasta el número de la lotería que habíamos comprado.

«¿Acaba en cinco? Pero si ya tocó la semana pasada. Dos veces seguidas no cae.»

Lo dicho: para quitarle el polvo con una vara.

Mi suegra hablaba a cada instante en nombre de Dios, a quien suplantaba a la hora de repartir absoluciones y condenas. Era mezquina, lenguaraz, controladora, mandona; en una palabra, insufrible. Uno de los seres humanos más desagradables que he conocido. Una campeona de la soberbia. Una sacafaltas. Una mujer castradora. Una fanática del orden y la limpieza. Ya sólo su voz penetrante, su falsete de vieja severa y santurrona, encendía en mí una brasa de coraje. Nunca la oí decir nada interesante, ni tierno, ni divertido. Sus canas teñidas levemente de malva, su rosario, su delgadez esquelética, su pánico a las corrientes de aire, su beatería sin tregua, su dentadura postiza, sus manos cruzadas de venas violáceas, su olor a colonia rancia, sus mejillas frías cuando me doblegaba a la repugnante cortesía de besárselas a mi llegada, todo eso y más que no enumero para evitar las náuseas componían la imagen de un ser que me inspiraba un odio visceral, un odio que me dejaba de mal cuerpo para largo rato, a tal punto que algunas veces, después de haber estado con ella y con el viejo fascista, pero sobre todo con ella, al llegar a casa me metía directamente en la ducha.

4

Amalia. El nombre llegó a tener para mí la más alta significación. En cada una de sus sílabas yo veía representados los atributos de una mujer fascinante. Bastaba pronunciar su nombre para que yo experimentase un intenso temblor de agrado. Si a ello se añadía la presencia de la nombrada, el deslumbramiento ya era completo. Amalia me parecía sinónimo de belleza, de ternura, de inteligencia, de compañerismo. Y la circunstancia de que ella me correspondiese en el afecto y estuviera dispuesta a convivir conmigo y a compartirlo todo conmigo se me figuraba el mayor obsequio que podía hacerme la vida.

No ignoro que una relación sentimental, por muy armónica y hermosa que sea, puede venirse abajo de un momento a otro, a menudo como consecuencia de un deterioro paulatino, quizá no del todo perceptible hasta que llega el suceso, la escena o la frase fatal que desencadena el derrumbe.

Día a día, de común acuerdo, Amalia y yo subíamos la bola de un péndulo imaginario, por el lado del amor, a lo más alto del extremo correspondiente. Lo que yo no había previsto y ella acaso tampoco es que, al soltarla o al escapársenos de las manos, aquella bola viajaría a gran velocidad al extremo contrario, de modo que lo que había sido atracción mutua se convertiría abruptamente en un rechazo sin paliativos. En breve tiempo pasamos de la simpatía al desprecio, de los besos y las risas a un odio desatado. Ahora mismo, mientras escribo con dolor estas líneas, noto que se me revuelve el estómago con la sola mención del nombre de Amalia.

Pero ya escarmenté, vaya que sí, y nunca más he vuelto a idealizar a nadie. Me acucia de vez en cuando, como a cualquier hijo de su madre, el apremio sexual. Pago lo que me piden por sofocar ese fuego que me esclaviza y me voy en paz. Después de Amalia, me juré no invertir jamás un gramo de energía, de ilusión ni de sentimiento verdadero en una relación amorosa. Y vive Dios, si es que vive, que he cumplido a rajatabla el juramento.

Amalia no era perfecta. Yo la perfeccionaba, tanto en lo físico como en lo intelectual, por acrecentar el gusto de su compañía, quizá para convencerme a mí mismo de que yo amaba a un ser extraordinario. Y cuando de pronto su proximidad me resultó insoportable, afloró la verdad desnuda de sus defectos, de sus limitaciones culturales, su mal carácter, su talante vengativo y todo lo que yo no había querido ver durante años, empeñado en sublimar el recuerdo de una vulgar felación en un hotel de Lisboa.

5

Me estaban humillando y yo no me daba cuenta. La una por cobardía, por no atreverse a hablar claro y decirme: «Esta es la situación, tú verás lo que haces». La otra por no sé qué causa ni me importa; conjeturo que por el egoísmo de disputarle a un rival el objeto de su deseo. Visto el asunto desde la perspectiva de ambas, se supone que para que el plan saliera adelante bastaba con que yo me resignase al hecho consumado. La decisión que yo tomara en última instancia, si es que tomaba alguna, no les preocupaba lo más mínimo. Jugaban, además, con la ventaja de saber que a mí no se me dan las reacciones vehementes. Como mucho, debieron de pensar, yo lanzaría unos gritos, señal ostensible de mi impotencia; pero eso no iba a impresionarlas.

Me escamó hallar sola en casa a Olga a la vuelta del instituto. Escamar acaso no sea la palabra exacta. Dejémoslo en «me desconcertó». Verla de nuevo descalza, como a primera hora de la mañana, afianzó en mí el convencimiento de que aquella mujer no estaba de visita entre nosotros. Me gustó, lo confieso, que a mi llegada rozase, mua, mua, sus mejillas con las mías, colocando las manos sobre mis hombros y adelantando el vientre hacia mí, con una familiaridad corporal más bien excesiva de la que no me creía merecedor. A fin de cuentas, yo apenas conocía a aquella mujer, a la que había visto de víspera por vez primera. Al igual que por la mañana en la cocina, no recordé su nombre.

Había una voluptuosidad natural en sus movimientos y en sus gestos que la hacían rápidamente seductora, aunque en apariencia no se lo propusiese, a menos que fuera una maestra en el arte de fingir descuido. Lucía, además, una sonrisa de dientes perfectos en una boca grande, de labios carnosos, pero no demasiado gruesos; los cuales, al arquearse, esparcían una onda de gracia y de simpatía por todo su rostro. Era una de esas sonrisas que a un tiempo parecen componer una mueca de alegría y de dolor, como cuando uno aspira aire con los dientes apretados al sentir los efectos de una escocedura. Admito que me faltan palabras para explicar esto. También puedo tirar por el atajo del lenguaje vulgar. La tía estaba cañón.

Me resultó agradable que se interesara por *Pepa.* De pie a mi lado, mientras yo, en cuclillas, colocaba al animal el arnés y la correa y aprovechaba la postura para contemplar a hurtadillas los preciosos empeines femeninos, Olga formuló diversas preguntas relativas al cuidado de los perros. Yo se las respondí con mucho gusto, acaso excediéndome en los pormenores. En un momento dado, ella acarició la cabeza de la perra, gesto impensable en Amalia. *Pepa,* dócil, cariñosa, se apresuró a mostrar gratitud a su manera, arreando lengüetazos en los dedos de la mujer, que se los dejó chupar sin el menor atisbo de repugnancia.

Dejé a la tal Olga sola y descalza en nuestro piso. Por la calle estuve haciendo cábalas. Si ella colaboraba con Amalia en la preparación de algún programa y las dos eran compañeras de trabajo, ¿por qué no habían ido juntas por la mañana a la emisora? Llegué a la conclusión de que quizá aquella mujer había venido de otra ciudad y Amalia, generosamente, la había invitado a alojarse unos días en nuestra casa. Lo que no me entraba en la cabeza es que Amalia no me hubiese puesto en antecedentes. Debido tal vez a que por esos días habían surgido problemas de financiación en la radio y se temía un drástico ajuste de plantilla, incluso el cierre de la emisora, supuse que Amalia no habría encontrado el momento de hablar conmigo de una cuestión de importancia menor para ella. Y, por otro lado, desde la pasada noche no nos habíamos visto, por lo que tampoco había tenido ocasión de contarme quién puñetas era la mujer descalza y qué hacía en nuestra casa.

Una intranquilidad creciente me indujo a dar una vuelta más corta que de costumbre con *Pepa*. De nuevo en casa, le pregunté a Olga, como quien no quiere la cosa, en tono cordial, dónde vivía. Me respondió, sonriente, que eso a mí no me importaba y acto seguido, haciendo un mohín de coquetería, me llamó curioso. Me tentó no darme por vencido e insistir; pero hice entonces un descubrimiento que me paralizó. Y es que la tal Olga estaba cambiando de sitio los objetos de adorno que Amalia y yo teníamos repartidos en la vitrina de la sala, entre ellos un *souvenir* de latón que me compraron papá y mamá en aquella visita de mi infancia a París, cuando me tiré al río. A Raulito le compraron uno idéntico. Se trata de una pequeña réplica de la torre Eiffel. No creo que costase más allá de unos pocos francos de la época. Todavía la conservo, pues guarda para mí un valor sentimental inestimable. Ya sólo el hecho de que aquella mujer la hubiera sostenido en sus manos me irritó. Así y todo, aún supe contenerme pensando en que, antes que acabase el día, la figurita de la torre Eiffel volvería a su sitio de siempre. Pues eso faltaba.

«¿Qué haces?»

«Lo que ves. Poner un poco de orden.»

No hablamos más. Me desentendí del asunto en la suposición de que Amalia me daría más tarde explicaciones. Conque dejé en la sala a la chacha vocacional subida a una silla y me retiré a la cocina a preparar la comida de *Pepa* y después la de Nikita, que no tardaría en volver del colegio. Y en ello estaba cuando la mujer apareció en el vano de la puerta y de manos a boca, en un tono no exactamente autoritario, pero firme y seco, me pidió que no le hiciera nunca más el amor a Amalia. No recuerdo exactamente sus palabras; pero la idea era esa, expresada sin preámbulos atenuadores.

«¿Pretendes prohibirme las relaciones sexuales con mi mujer?»

«No las necesita y, hasta donde yo sé, no le gustan.»

Juro que es mentira que yo le hubiera alzado la voz a Olga como habría de reprocharme Amalia después. Me expresé con calma, midiendo con exactitud cada una de mis palabras, que no fueron, por cierto, muchas, pues me limité a comunicarle a la tal Olga que disponía de tres minutos para recoger sus pertenencias y largarse de mi casa.

La boca seria, la barbilla levantada en claro signo de arrogancia, me pareció que por fin le veía a aquella mujer su cara verdadera.

«Bien, me voy», dijo sonriendo por un costado de la boca. «Pero esto no va a cambiar nada.»

Al marcharse dejó la puerta de casa abierta de par en par. Aún no habría alcanzado la calle cuando yo restituí mi torre Eiffel a su lugar de costumbre.

6

Dejamos a Nikita en su habitación y subimos a la azotea a debatir sin testigos. Fue este el único punto en que Amalia y yo estuvimos de acuerdo aquel atardecer. El sol se había puesto, pero seguía haciendo calor. Yo no sé si Amalia sufrió un ataque de valentía o si la desesperación nublaba su sesera. En su lugar, con sus bracitos delgados, yo habría sido más cauteloso. ¡Qué poco me habría costado arrojarla a la calle y llorar después su suicidio! Lo pensé varias veces, inducido por la insistencia de Amalia en atribuirme el papel de agresor, mientras que reservaba para ella y para su amiga el de víctimas de un ogro machista.

Amalia hablaba a chorro. Hablaba y hablaba con el fin evidente de que yo no pudiera meter baza en la disputa. A cada rato, abrumado por la granizada verbal, yo suspendía la atención y pensaba en mis cosas o me abismaba en la contemplación de los edificios circundantes. Me acordé de las objeciones postuladas por Nietzsche contra la moral de los esclavos, cimentada en el resentimiento de los débiles. Me vino asimismo al recuerdo una convicción de Patachula: «La inferioridad física induce a la mujer a defenderse amarrando al varón con abundancia de leyes. De esta manera, al debilitarlo, logra igualarse a él».

De nada servía negar que yo hubiera levantado la voz a su amante. Usé con plena intención la palabra *amante* para darle a entender a Amalia que conmigo no valían disimulos. En la cuestión de los gritos, ella no me creía. Creía a su pareja, como prefería denominar a su amiga. Insistió en acusarme de grosero, de insociable, de hombre sin estilo, y una y otra vez volvía a la cantilena de mis gritos a la pobre Olga, como si ese fuera el motivo central de nuestra conversación.

Exasperado, dije, ahora sí gritando, que yo no le había gritado a la «tipa esa». Me causaba placer asumir con la mirada tendida hacia los tejados y azoteas del barrio, la noche cada vez más cerca, el papel de hombre apasionado, incapaz de dominar sus impulsos. «¿Lo ves?», me replicó Amalia. «También me gritas a mí. Es muy difícil convivir con un hombre como tú.»

7

Le pregunté a Amalia en la azotea para qué se había casado conmigo. ¿Había fingido durante años un vínculo sentimental conmigo? ¿Veía en mí tan sólo un suministrador de semen y un cofinanciador de la crianza de un niño? Bajó la mirada. Interpreté que había sentimiento de culpa en su gesto, no a causa del lesbianismo (con su pan se lo coma), sino por la conciencia de haberme implicado en un proyecto de familia para luego dejarme en la estacada, sujeto a un sinfín de incómodas y costosas responsabilidades y con un hijo agradable como un dolor de muelas.

Amalia fue la impulsora de nuestro enlace matrimonial. Y, por detrás de ella, mi suegra, temerosa de que también la hija supuestamente sensata viviera, como la aborrecida, en pecado mortal, si bien la vieja santurrona, en un derroche de magnanimidad raro en ella, se resignó, qué remedio, a que nos casáramos tan sólo por lo civil. Confieso que accedí al trámite desoyendo los consejos de mamá. ¿Me ofuscaba la promesa de incontables noches de felicidad física? Es posible.

Durante nuestra disputa en la azotea, no dudé en declararme víctima de un fraude, con el agravante de suplantación de funciones maritales en mi propio hogar. Prueba de ello es que la tal Olga había exigido de mí que yo no me acostara con mi mujer, «algo en verdad inaudito», dije, «además de vergonzoso y ruin, ¿no crees?». Yo veía en las facciones de Amalia el efecto doloroso que le causaba cada una de mis palabras. Al borde de las lágrimas, me preguntó si me había propuesto destruirla. Destruir me pareció un verbo excesivo. Me evocaba cargas de dinamita, bolas de demolición, bombas atómicas, y no palabras, opiniones adversas, críticas. Amalia dijo estar sorprendida de mi talante vengativo. Me distraía ver lo guapa que estaba con sus ojos empañados y una mueca de inocencia que parecía decirme: «¿Qué culpa tengo yo de haberme enamorado? ¿Acaso no has contraído tú nunca el sarampión o te acatarraste?». Yo me debatía entre la pena y la repugnancia. La compasión frenaba mi odio; el odio aniquilaba mi compasión. Y, entretanto, Amalia proseguía con exhibida y hermosa tristeza su numerito trágico.

Mirándola hablar, mover nerviosamente los labios, fruncir el entrecejo, imaginé de nuevo que la levantaba en brazos y la arrojaba al vacío. Casi al mismo instante, espoleado por el arrepentimiento, yo echaba a correr escaleras abajo. No tenía tiempo de esperar la llegada del ascensor. Corrí a tal velocidad, saltando los escalones de tres en tres y de cuatro en cuatro, que me dio tiempo de alcanzar la calle antes que Amalia se hubiese estrellado contra la acera. Estiré los brazos y conseguí *in extremis* parar su caída.

Entretanto, Amalia se había soltado a perorar sobre el amor, no con pretensiones teóricas, eso no, sino en relación consigo misma y con abundancia de cháchara anecdótica, en una clara tentativa de proporcionarle una base moral a su conducta. Por un momento pensé que me hablaba en un idioma de su invención, más interesada en escucharse a sí misma que en comunicarse conmigo. Recuerdo a este respecto una frase extraída de una carta de Hannah Arendt, copiada por mí en un Moleskine de tapas negras que por ahí debe de andar, perdido entre mis libros. Cito de memoria: «Ya desde chiquilla supe siempre que sólo puedo existir de verdad en el amor». Era más o menos la idea que Amalia trataba de transmitirme en un estilo, digamos, más llano. Le respondí con una bobada: que a todo el mundo le gusta que lo amen; breve preámbulo antes de manifestarle que lo suyo con Olga no pasaba, en mi opinión, de una historia de vanidad halagada. Me corrigió: que a ella le daba igual si la amaban o no; que era ella la que quería amar, fuera o no correspondida, y sentir por tanto deseo y admiración por otra persona. Y eso, aunque me picara, era justo lo que le ocurría con Olga y no conmigo.

Le pregunté con mala baba si sus padres estaban al corriente de su lesbianismo. En los ojos de Amalia se encendió una chispa de inquietud y puede que de terror. Juraría que en aquellos momentos el corazón le latía salvajemente. Me dediqué a escrutar con placer maligno la angustia visible en sus facciones.

«¿Y nuestro hijo? ¿Sabe Nikita que te encamas con esa mujer que nos metiste anoche en casa?»

Amalia se había quedado de buenas a primeras muda. No me importó. Teníamos tiempo y yo esperé en silencio su respuesta. La recuerdo así:

«Puedes perjudicarme, no te lo niego; pero no vas a conseguir chantajearme. Harás sufrir a mis padres y a nuestro hijo. Si eso te hace feliz, adelante».

Debí haberme callado en aquel punto; pero la escaramuza dialéctica coronada con una pequeña victoria despertó en mí el apetito de un triunfo completo. No calculé bien, me dejé arrastrar por el exceso de confianza y, suelto de lengua, deseoso de humillar, tuve una intervención infortunada.

«Me has convencido. Yo también voy a echarme una querida.»

Los ojos de Amalia se enturbiaron de desprecio.

«¿Sabes?», dijo con calma fría. «Toda tu vida has sido una mediocridad.»

Se dio la vuelta y se dirigió con pasos resueltos hacia la puerta de acceso al interior del edificio. Permanecí un rato largo en la azotea, contemplando el cielo de atardecer con vencejos y unas grúas y la fachada de enfrente cubierta por un andamio. Supuse que Amalia y yo emprenderíamos en breve los trámites del divorcio. «Cuanto antes mejor», pensé. Sin embargo, nuestro fracasado matrimonio aún duró dos años más, tiempo que Amalia y yo aprovechamos para amargarnos mutuamente la vida con perseverancia y eficacia.

8

Prosigo con mi campaña de suelta de libros por la ciudad. En las estanterías empiezan a formarse huecos. Compruebo que, según va mermando la biblioteca, me duele menos desprenderme de los libros, incluso de aquellos que en un momento dado tuvieron una significación especial para mí. Libros que me dejaron honda huella, con los que aprendí, con los que disfruté y me emocioné; en algunos casos, piezas valiosas que me supusieron un desembolso considerable; regalos de mamá y papá, de Amalia cuando me quería; también primeras ediciones, obras en lengua francesa y ejemplares firmados por sus respectivos autores en la Feria del Libro, a la que tanto me gusta acudir todos los años en solicitud de dedicatorias.

¿Para qué he leído tanto? ¿De qué me han salvado los libros? Bien sé que no me han salvado de nada; pero de alguna manera había que llenar el tiempo y dar pábulo a la esperanza de entender, reunir unos cuantos conocimientos y, con un poco de suerte, ampliar mi horizonte vital.

Esta tarde, aprovechando una tregua que nos ha concedido la lluvia, he efectuado un largo paseo con *Pepa* hasta la Cuesta de Moyano. Por el camino he ido abandonando libros. No siempre los deposito en lugares visibles. A veces los escondo debajo de los bancos públicos o apoyados en algún recoveco del mobiliario urbano. Procuro, eso sí, preservarlos del contacto con la suciedad.

Al llegar a la Cuesta de Moyano, luego de cruzar de un extremo a otro el parque del Retiro, ya me había deshecho de todos los libros menos de un ejemplar de *El extranjero* de Camus. Era una edición económica que habré leído no menos de tres o cuatro veces a lo largo de mi vida. Debido a su tamaño pequeño me cabía en un bolsillo lateral de la gabardina.

Con *Pepa* junto a mí, tan perfectamente acompasado su andar con el mío que no la noto, he estado mirando sin prisa las mesas cuajadas de libros viejos, y a pesar de que había multitud de títulos apetecibles, poco me costaba refrenar la tentación de comprar alguno. Para lo que me queda de vida no merece la pena añadir nuevos volúmenes a la biblioteca. Tiempo atrás era raro que yo llegase al final de la cuesta, lo mismo daba si la recorría hacia arriba o hacia abajo, sin haber adquirido al menos un libro. En más de una ocasión salí de allí con lectura para una buena temporada.

Pero a lo que iba. Mientras echaba un vistazo al género, he introducido con disimulo mi librito de Camus dentro de una pila de novelas a tres euros la pieza, con la posibilidad de pagar cinco euros por dos. Me he alejado con calma cuesta abajo, deteniéndome junto a cada una de las mesas, la perra a mi lado, pocos visitantes, y cuando ya estaba llegando al último puesto he retrocedido en busca de la novela de Camus y la he comprado por el precio que indicaba el cartel. El librero me ha preguntado si quería una bolsa. Le he respondido que no hacía falta, que el libro me cabía en el bolsillo.

Desde la Cuesta de Moyano he emprendido el regreso a casa por el paseo del Prado. Minutos después, al divisar el letrero de un bar desconocido para mí, La Tapería, me he dado cuenta de que iba muerto de sed y he entrado. Una camarera con acento de algún país sudamericano me ha servido una consumición. En una mesa cercana un tipo de unos treinta y cinco años, quizá cuarenta, con gafas y canas, se ha puesto a hablar a voz en cuello por el móvil, cabeceando en señal de disgusto. «Serás hija de puta.» Esta frase la ha dicho varias veces. «Métete el niño por el culo.» Agresivo, furioso, apoyaba la frente sobre la palma de la mano. Las palabras le salían mordidas con rabia. «¿Que me vas a matar? Baja si te atreves, hija de puta.»

La camarera le ha pedido que no gritase, al tiempo que le ponía una mano en el hombro y lo llamaba por su nombre. «Siento la bronca», ha dicho el tipo al marcharse. Yo he pensado: «¡Cómo te entiendo, compañero!». Y he sentido un fuerte impulso de salir tras él, contarle mi vida, escuchar el relato de la suya, emborracharnos mano a mano, compartir lágrimas y risas hasta la madrugada y regalarle el libro de Camus, que al final, más por pereza y fatiga que por otra cosa, he abandonado sobre la mesa del bar, escondido entre las páginas del menú.

9

Busco en el fajo de notas anónimas la siguiente que encontré en el buzón. Más que nota parece una carta breve. Copio: «Mucho cuidado con ponerle la mano encima a tu mujer. Más de cien ojos te observan, aunque no los veas. No consentiremos tampoco la violencia verbal. Más de cien oídos te escuchan. Ten la certeza de que las consecuencias que te acarreará una agresión de obra o de palabra a tu mujer superarán en dolor el dolor que le inflijas. Mucho cuidado, pues. Y a ver si te pelas con más frecuencia el cogote. Visto por detrás, parece que llevas la crin de un burro».

En casa, desplegué la nota sobre la mesa de la cocina. «¿Has escrito tú esto?» Amalia negó rotundamente. Lo que tuviera que decirme me lo diría siempre a la cara. «Pero has leído la nota antes de subir a casa.» Lo reconoció sin un gesto de vacilación y como si el asunto la dejara indiferente. «¿Y por qué no me la has subido?» Dijo un tanto molesta que ella sólo se ocupaba de su propia correspondencia. No insistí. Se supone que cien ojos y cien oídos me estaban espiando desde el interior de las paredes.

10

En el portal, nada más leer aquella nota escrita con el claro propósito de amenazarme y ofenderme, me llevé la mano al cogote y, en efecto, lo noté velludo. Me acordé de papá. En la amargura de sus últimos años, le dio por descuidar la higiene. Iba a impartir sus clases en la universidad sucio y desaliñado. Comprendí que, sin necesidad de proponérmelo, yo podría seguir el mismo camino a poco que me abandonase a la pereza y al desánimo.

Desde mi disputa con Amalia en la azotea, ya no me quedaba nadie en el mundo a quien agradar ni esposa que se ocupase de mi aspecto, me rapara el cogote, me afease los lamparones del atuendo, los pelos que me brotan de las orejas y de los agujeros de la nariz, ni me pusiese sobre aviso de los malos olores corporales, ni me pidiese que me cambiara de ropa interior o me cortara las uñas o me duchase.

En principio, no me desagrada un poco de suciedad, a la que, dentro de unos límites tolerables, atribuyo propiedades protectoras. Decidí, sin embargo, no imitar a papá en la falta de limpieza por no provocar rumores y burlas en el instituto; pero sobre todo para no darle a Amalia pie a refocilarse con el pensamiento triunfal de que sin ella estoy perdido.

El mismo día en que leí la nota me vino la idea peregrina de pedirle a Nikita, de amigo a amigo más que de padre a hijo, que me pelase el cogote con una cuchilla de afeitar. Previamente le explicaría que no me es posible limpiar como es debido una zona que queda fuera del alcance de mi vista. Y también le diría que ya no podía contar con la ayuda de su madre. Ingenuamente creí que el chaval, a sus trece años, estaría en condiciones de aprender unos rudimentos de barbería. Al entrar en su habitación, lo sorprendí disparando con una pistola de juguete a su imagen reflejada en el espejo del ropero y comprendí que no tenía sentido pedirle el favor. Por unos cuantos euros, un peluquero del barrio me dejó el cuello impecable, no sólo el cogote. Aún visito su peluquería con regularidad, aunque desde que me afinqué en La Guindalera me pilla un poco lejos. A veces le encargo que me haga la barba por el gusto de que el buen hombre me enjabone las mejillas y me manosee la cara mientras me da la tabarra hablándome de sus cosas, principalmente de fútbol.

11

A mi llegada a casa, de vuelta del colegio, mamá le estaba echando una bronca monumental a Raulito. Se oían los gritos desde la escalera. Mi hermano lloraba a su manera estridente; como cochinillo en el matadero, que decía papá. Mamá enristró hecha una furia hacia mí sin darme tiempo de quitarme los zapatos ni dejar la cartera en el suelo. Me preguntó, ya la mano lista para la primera bofetada, si también había leído el cuaderno. Yo no sabía de qué cuaderno hablaba. «Lo sabes de sobra.» Sinceramente, era la primera noticia que tenía al respecto. Por mis palabras y mi cara de sorpresa, mamá parece que se convenció de que yo no mentía y se limitó a decir con ánimo de arredrarme: «Que no me entere yo». Luego siguió con el rapapolvo que le estaba echando a mi hermano.

A la hora de la cena, papá ausente, rompió en pedazos, con manos enfurecidas, el cuaderno que yo veía por vez primera; juntó los restos en el fondo del fregadero y les pegó fuego. Subían las llamas y allí se acababa algo cuyo sentido escapaba a mi comprensión. Yo no entendía nada, lo que se dice nada de nada, ni las lágrimas de mamá, ni sus murmullos, ni la causa del repentino tirón de pelo que le arreó a Raulito; pero ya la curiosidad se había extendido por todo mi cuerpo en la forma de un picor que pedía alivio urgente. Así que en cuanto nos acostamos mi hermano y yo, apagada la luz, me acerqué a su cama y, apretándole el cuello con las dos manos, le dije: «Ahora me vas a contar qué cuaderno era ese y lo que ponía dentro». Y como él hiciese amago de llamar a mamá, le apreté aún más el cuello hasta que noté que ya casi no respiraba y entonces no le quedó más remedio que contarme con un hilo de voz algunas cosas que había leído. Averigüé de este modo que mamá escribía un diario. Raulito, hurgador de cajones, lo había descubierto y mamá lo había pillado leyendo. Él le aseguró que sólo una vez. «Tú eres muy torpe», le dije. Y luego le eché en cara que no me hubiera avisado de la existencia de aquel cuaderno.

A oscuras en la habitación, fingí que no me impresionaba todo aquello de que mamá no aguantaba más y cualquier día se iba a beber una botella de lejía. Raulito estaba asustado. «Papá no nos quiere y mamá se piensa matar.» Acto seguido propuso que tiráramos a la basura la botella de lejía que había en el armario debajo del fregadero, entre los utensilios de limpieza. Yo le dije: «¿Tú eres tonto o qué? Si tiramos la botella, mamá bajará a la tienda a comprarse otra».

Volví a mi cama. Tardé mucho en conciliar el sueño. Todavía éramos adolescentes y el bobo de mi hermano me había contagiado su miedo.

12

Enterramos a papá. Nos visitaron parientes a los que hacía mucho tiempo que no veíamos ni hemos vuelto a ver; nos dieron el pésame, mustios de expresión, negros de indumentaria, unos más verbosos que otros, pero todos verbosos, y se marcharon por donde habían venido. En casa, cuando nos quedamos los tres solos, mamá nos dijo a Raulito y a mí señalando la alcoba matrimonial: «Ahí tenéis las cosas de papá. Coged lo que os apetezca. El resto irá mañana a la basura».

Un tanto amilanados de poner los pies en tierra vedada, Raulito y yo procedimos a salvar algún que otro recuerdo de papá, y era como si temiéramos que él se presentara de pronto en casa, recién resucitado, y nos pillara hurgando en sus sagradas pertenencias.

A decir verdad, yo no encontraba reliquia paterna que me pareciese útil ni valiosa; pero como vi que Raulito hacía un montón encima de la cama con los objetos que sacaba de aquí y de allá, por no ser menos lo imité. Sin dejar de mirar de reojo el botín de mi hermano, junté unas cuantas corbatas seguro de que jamás me las pondría, así como un mechero (que cogí del montón de Raulito porque no me parecía bien que él se lo quedase por la simple razón de haberlo visto primero), un reloj de pulsera, una estilográfica y otras pertenencias similares. No sé mi hermano, pero yo tenía la sensación incómoda de estar robando en mi propia casa. A mamá, en la cocina, no le interesaba nada lo que hacíamos.

En esto, Raulito llamó mi atención sobre el contenido de uno de los cajones de la cómoda. Ya sólo por su mueca intuí que lo que se disponía a enseñarme no era cosa para brincar de alborozo. Allí dentro se apretaban calzoncillos blancos de papá. Blancos el día en que los estrenó. Los del cajón no habían visitado la lavadora en mucho tiempo y a mí me dio pena, pena y asco, que la inmundicia (y los calcetines agujereados de otro cajón y las camisas hacinadas a la diabla en el ropero) ensuciasen nuestro recuerdo de papá.

Ya no tuve estómago para seguir con el registro, el saqueo o lo que fuera que estuviéramos haciendo. Me sobrevino un reparo invencible de tocar los objetos que había ido reuniendo sobre una silla, así que cogí la estilográfica y una corbata, le devolví a Raulito el mechero, que parecía de calidad, y me desentendí de todo los demás. Al pronto me tentó preguntarle a mamá por qué papá guardaba sus prendas de vestir en tan pésimo estado, particularmente la ropa interior; pero al fin opté por no meterme en indagaciones conducentes a una respuesta que, en el fondo, conocía.

13

Patachula, con quien he comentado esta tarde el asunto en el bar, opina que «la suciedad es el último acto de orgullo del hombre derrotado». Una especie de desquite. ¿No me queréis? ¿No me aceptáis? Pues soportad mi mugre, mi barba de cuatro días, mis olores nauseabundos. Pata está firmemente convencido de que a las mujeres su instinto las lleva a actuar por lo común de forma inversa. Me cuenta a modo de ejemplo que a una compañera suya de la agencia inmobiliaria le notaron que se había separado del marido antes que ella lo revelase, pues de la noche a la mañana le dio por venir a la oficina con los labios pintados de rojo chillón, el canalillo al aire, unos efluvios de perfume que cortaban el aliento y el borde de la falda por encima de las rodillas, como anunciando su disponibilidad para una nueva relación. En cambio, tiempo después un compañero entró en proceso de divorcio y el pobre diablo venía a trabajar, no hecho un mendigo, pero por ahí, por ahí.

Y el caso es que papá, cuando Raulito y yo éramos pequeños, se esforzaba por inculcarnos la disciplina del aseo personal que él mismo se aplicaba con sumo rigor. Era algo así como que para ser algún día hombres auténticos y, por tanto, hombres como él, que no usaba de disimulo alguno a la hora de presentarse ante nosotros como modelo, debíamos aceptar, nos gustasen o no, pero sobre todo si no nos gustaban, normas o ritos cuya justificación no necesitábamos conocer. En ellos se incluía el baño colectivo.

Papá insistía en que los miembros masculinos de la familia se bañaran juntos, sobre todo durante las vacaciones, cuando él tenía más tiempo para estar con nosotros. Bajábamos a la playa y, no bien estábamos los tres en bañador, soltaba la frase de costumbre: «Hala, jabatos, vamos a invadir el mar». La frase debía de tener para él un sentido litúrgico. Me da la impresión de que con ella inauguraba las vacaciones. Todo lo anterior (el madrugón en casa, el viaje en coche hasta la costa, nuestra entrada no siempre triunfal en el apartamento, pues llegábamos fatigados y a menudo se habían producido discordias por el camino) papá lo debía de entender como mero prolegómeno. Las vacaciones propiamente dichas empezaban cuando él se zambullía con sus hijos en el mar.

Y no es que Raulito y yo, niños del interior, no tuviéramos ganas de tirarnos de cabeza a toda prisa en la primera ola; pero quizá habría ayudado a fortalecernos el carácter el que, a nuestra llegada al litoral, con el chisporroteo de expectativas que aquello suponía para nosotros, se nos hubiera permitido entrar por nuestra cuenta en el agua, sin la sensación de cumplir órdenes. A partir del segundo día, la disciplina se relajaba un poco, siempre a merced de la autoridad de papá, a quien en cualquier momento se le podía ocurrir que nos volviéramos a bañar los tres juntos como si estuviéramos participando en unas maniobras militares.

Mamá estaba exenta de los arrebatos disciplinarios del jefe de familia. Se soleaba a su antojo durante horas o se recogía bajo la sombrilla a sufrir en silencio alguna de sus migrañas. A una hora determinada subía al apartamento a ocuparse de la comida. Papá dejaba de pronto a un lado el periódico y decretaba que los tres nos diéramos otro chapuzón, o fuéramos caminando hasta aquella punta de allá, o hiciéramos un castillo de arena. A veces cambiábamos el mar por la piscina de la urbanización; pero el ritual a fin de cuentas venía a ser el mismo.

De vuelta en el apartamento, a papá le chiflaba que los tres nos ducháramos juntos, siempre con agua fría que nos hacía temblar y encogernos y dar gritos entre divertidos y asustados a Raulito y a mí, mientras él se exhibía poderoso, velludo, con su imponente atributo masculino que yo recuerdo ahora bamboleándose cubierto de espuma de jabón.

Una vez, los tres metidos en la estrecha cabina de la ducha, nos dijo, señalándose el miembro, que por allí habíamos salido. Y a continuación, por orden suya, primero yo, después Raulito, se lo tuvimos que besar en señal de agradecimiento.

14

Si papá hubiera vivido diez o quince años más, yo le habría podido formular ciertas preguntas. Para entonces él no habría podido imponerme su superioridad física e intelectual. Nuestra conversación no habría estado condicionada por la circunstancia de que él me procuraba el sustento, lo que quieras que no limitaba mis posibilidades de pedirle cuentas o de llevarle la contraria.

Creo que por primera vez en mi vida me habría permitido el gusto de hablarle desde una posición de paridad jerárquica, mis ojos a la misma altura que los suyos. Con un poco de fortuna y sin que él se diera cuenta, habría podido sonsacarle las leyes matemáticas de su personalidad. De pronto, yo sería el fuerte y él el débil, yo sería él y él yo o cualquier otra cosa menos el hombre que había aparentado ser toda la vida.

Hoy dudo incluso de que papá abrigara la fortaleza de carácter que le atribuí de niño. Ya lo habíamos enterrado hacía unos meses cuando mamá nos reveló a Raúl y a mí un secreto de la vida de papá que al pronto me descolocó, no tanto por la envergadura de la confidencia, que considero de poca monta, sino debido a la falta de correspondencia entre su repercusión en papá y su innegable trivialidad.

Por un momento hasta me conmovió la existencia de algo en este mundo que hubiera hecho sufrir o colmado de vergüenza a papá, una suerte de mácula en la línea familiar. Superada la sorpresa inicial, me decepcionó que él no hubiese afrontado la cuestión sin tapujos, no digamos ya con ironía, de la que estuvo cruelmente infradotado por la Naturaleza, y que no se hubiese atrevido jamás a hablar al respecto con sus hijos.

Él mencionaba raras veces a su padre, de quien sólo conservaba una fotografía. Hoy no descarto que tuviera otras escondidas. Nosotros nunca las vimos. Todo lo que sabíamos del abuelo Estanislao era que había muerto en combate durante la Guerra Civil sin haber cumplido treinta años. ¿En qué circunstancias? Por fuego enemigo, en la batalla de Brunete, cerca de Quijorna, en el verano del 37. Tal era la explicación sucinta que papá nos ofrecía acerca del final de su progenitor. A mi hermano y a mí el asunto no acababa de interesarnos, aparte de que papá nos disuadía de mayores averiguaciones al darnos a entender que él tampoco sabía mucho más sobre la muerte de su padre, pues en el instante del suceso él era un niño de cuatro años y su madre, la abuela Rosario, fallecida al poco de mi nacimiento, al parecer nunca gustó de airear asuntos dolorosos de su pasado.

En gran parte influido por papá, pero un poco también por fidelidad al hombre borroso de la fotografía en blanco y negro, siendo colegial yo sentía preferencia por quienes lucharon en defensa de la Segunda República.

Al mirar películas o documentales, al leer libros y, en el colegio, durante las clases de Historia, los míos eran siempre los republicanos. Los republicanos eran los buenos y no tenían culpa de nada; las tropas nacionales eran las malas y Franco el peor, el culpable de todo, el asesino de mi abuelo Estanislao, de quien daba por hecho que había muerto como un héroe defendiendo una causa justa.

Hubo una época de mi adolescencia en que me dio por pintar banderas republicanas en los cuadernos escolares y en los márgenes de los libros de texto. «No pasarán», escribía a veces debajo.

Me hice adulto, papá murió y un día, como quien no quiere la cosa, mamá nos reveló a mi hermano y a mí que el abuelo Estanislao en realidad había sido falangista y luchado como voluntario en el bando de Franco.

Quizá por eso, para expiar una culpa heredada, papá había abrazado el comunismo. Quizá sus arraigadas convicciones, que después abandonó sin cambiarlas por otras, no eran sino lo que suele llamarse un acto de penitencia. Quizá pensó que con las somantas recibidas en los cuartos de tortura de la Dirección General de Seguridad había pagado el precio de haber tenido un padre fascista.

Estas preguntas y otras similares me habría gustado formulárselas a papá tranquilamente, con una copa de vino por medio, si él hubiera vivido un poco más.

En este juego de rechazos y culpas contraídas, si papá era comunista porque su padre había sido fascista, ¿qué me toca ser a mí? ¿Un descreído? ¿Un liberal descafeinado? ¿Un socialdemócrata apacible porque es lo que hoy prevalece, lo más cómodo, lo que impone la corriente colectiva que nos arrastra? ¿Y qué destino le corresponde entonces a Nikita, mi sucesor? ¿La vuelta al punto de partida? ¿La reencarnación del abuelo Estanislao?

Me dejan indiferente las posibles respuestas a estos interrogantes que constituyen un simple e inútil pasatiempo. La Guerra Civil española, a ochenta años de distancia y a cuarenta de la instauración de la democracia, me parece una mota de espuma en el río de los siglos. En cuanto oigo a un pelma traerla a colación, miro para otro lado. El presente no me aburre menos. El mañana será sin mí. Pongo fin a estas divagaciones y me voy a la cama, mi verdadera, mi única patria. ¡Arriba la almohada! ¡Viva el colchón!

15

Mamá y Raulito, demasiado manso para oponer resistencia, se encargaron de vaciar el despacho de papá en la universidad. Yo me desentendí del asunto de forma tajante, con la autoridad que desde hacía unos días me confería la ausencia en casa de un varón por encima de mí en la jerarquía familiar. Me interesaban más los amigos y las juergas que las pertenencias del finado, incluyendo sus libros, ajenos por lo demás a mis estudios y mis gustos.

Así que fueron los dos sin mí a la universidad, mi hermano a regañadientes, mamá sin ganas, pero no había otro remedio que desalojar el despacho. Donaron unas cosas, tiraron otras. Como recompensa por la ayuda prestada, Raulito se quedó con la máquina de escribir de papá, una Olivetti Lettera 32 destartalada, menos útil para cumplir funciones mecanográficas que como pieza de museo.

Les hice saber que no deseaba ningún trasto de papá; pese a lo cual mamá me entregó una caja de cartón encontrada entre los libros del despacho. Contenía una cantidad considerable de hojas manuscritas y mecanografiadas. Ella me las confió con el ruego expreso de que las examinase por si tenían algún valor. Di por hecho que se trataba de estudios académicos. Por pereza y porque no me sobraba el tiempo, pospuse durante varias semanas una tarea que preveía tediosa.

Comprobé que en la caja no había estudios académicos, sino tentativas literarias. En vano busqué una página fechada. Por el color amarillento del papel y la tinta tenue deduje que las hojas del fondo eran antiguas. Puse a mamá al corriente del hallazgo.

«¿Qué tal es?»

«Muy malo.»

En la caja había dos obras de teatro inacabadas. No recuerdo los títulos; sí que una abarcaba cerca de setenta páginas; la otra, apenas un esbozo, no pasaba de quince. Los diálogos en ambas piezas eran torpes, grandilocuentes, farragosos. Por eso los leí, por el placer de regodearme en la escasa talla literaria de un hombre que achacaba a las obligaciones familiares la frustración de sus sueños. Algunos parlamentos semejaban arengas. Los personajes, en un caso, eran mineros asturianos durante la Revolución de 1934; en el otro, sin apenas desarrollo de la trama, un grupo de combatientes en vísperas de una batalla, entre ellos un tal Estanislao.

Descubrí asimismo los primeros capítulos de lo que parecía una novela y cerca de treinta cuentos de distintas dimensiones, escritos en una prosa seca, funcionarial, sin el menor relieve estético, sin gracia ni ironía que contrarrestasen la rigidez del estilo y la falta absoluta de amenidad. Los textos no tenían el menor gancho narrativo y, salvo los más cortos, fui incapaz de leerlos hasta el final.

Lo que más abundaba en la caja eran poemas, muchos de ellos sueltos, otros reunidos bajo el título de *Canciones para Bibi,* persona que en la dedicatoria trazada a mano merecía el apelativo de «estrella mayor de mis noches».

Le pregunté a mamá si papá acostumbraba aplicarle en la intimidad algún sobrenombre. Que por qué se lo preguntaba.

«Simple curiosidad.»

No hice el menor intento de averiguar quién era la destinataria de aquella ingente cantidad de cursilería versificada. Tampoco me apetecía jugar sucio con papá ahora que él no podía defenderse. Tiré la caja de cartón con todos los papeles a la basura. Mamá nunca me preguntó por ellos.

16

Recuerdo una de sus sentencias habituales: «Hay que desindividualizar al individuo». Esta y otras afirmaciones similares ya nos las soltaba a Raulito y a mí cuando aún no habíamos cumplido los diez años. Papá detestaba que un ciudadano se singularizase. Tenía tendencia a vituperar el éxito de los hombres que se esfuerzan por descollar al margen de equipos y organizaciones.

Los comportamientos estrafalarios, los atuendos extravagantes, las caras maquilladas en exceso despertaban en él un hondo desprecio que a menudo se manifestaba en la forma de epítetos ofensivos. Reservaba los más gruesos a los cantantes y bandas de rock.

Después de mucho pensar, he llegado a la conclusión de que el comunismo de papá era una derivación de su resistencia a concebir al ser humano como un ente autónomo. Un hombre no es nada sin los demás, solía decir. Un hombre existe en función de la totalidad social en la que está inserto y es, por tanto, esta totalidad la que le confiere su verdadero significado y su razón de ser. A Patachula le he oído expresar la misma idea desde otra perspectiva: «Un comunista es el que pretende que la sociedad se organice como una familia en la que es obligatorio quererse. Y, si no, ya verás lo que te pasa».

A papá le venían con cierta frecuencia arrebatos teóricos. Particularmente temibles, por largas y aburridas, eran las disertaciones que nos endosaba durante nuestros viajes vacacionales en coche hasta la costa o por el camino de vuelta a casa. Ni las migrañas de mamá, encogida de dolor en el asiento del copiloto, lo movían a guardar silencio.

En nuestras excursiones de fin de semana a la Casa de Campo o a la sierra, no bien llegábamos al lugar elegido, papá dirigía la mirada al suelo en busca de sus queridas hormigas. Lo estoy viendo, como si lo tuviera delante, salirse del sendero y agacharse entre los matojos. De pronto le sobrevenía una acometida de entusiasmo y, con ademanes apremiantes, nos llamaba a mi hermano y a mí a su lado. «¿Veis?», nos decía señalando la hilera de bichos laboriosos. «Ninguna hormiga es más que otra y todas colaboran al mismo fin, que es garantizar la prosperidad del hormiguero.» Ofrecía similares explicaciones acerca de las abejas. Y en ambos casos destacaba la importancia de la reina, encarnación del líder que consagra su vida al desempeño de una misión, sin salir nunca del agujero o de la colmena. Él postulaba idéntica estructura social para el género humano. Creía que todo debe ser compartido y que la propiedad privada debía ser limitada a lo esencial. «Y el que no esté a gusto que se vaya. Nada obliga a una hormiga a seguir con las demás. Es libre de marcharse. Ya veremos cuánto tiempo sobrevive sola.»

«Mucho ojo con darle al yo demasiado de comer», era otra de sus máximas. Cultivar un espacio íntimo, inaccesible a los demás, se le figuraba a papá un lujo improductivo. Poner en práctica cualidades que no redundaran en beneficio del grupo, un acto insolidario; aún peor, una traición a la especie. «¿Os parecería bonito que una hormiga se dedicara a tomar el sol mientras sus compañeras se matan a trabajar?»

Consecuente con sus convicciones, no perdía ocasión de podarnos a mi hermano y a mí el menor brote de singularidad y, por tanto, de iniciativa propia, con las consecuencias negativas para el desarrollo de nuestro carácter que no quiero ni imaginar. A mamá le prohibía pintarse los labios y las uñas; ella nos contaba, secretamente complacida, que por celos; yo me inclino a pensar que arrastrado por un afán de dominio.

Era el líder supremo.

El comandante del hogar.

Luego resultó que componía en secreto poemas ñoños a una tal Bibi, la estrella mayor de sus noches.

17

Habíamos ido a pasar el domingo a un paraje natural que conocíamos de excursiones anteriores. Quedaba cerca de un remanso poco profundo del río Lozoya, ideal para el baño. Hacía un calor de mil demonios y ya en aquel verano de cigarras incesantes y de avisos frecuentes en televisión para evitar los incendios forestales corrían rumores acerca del estado de salud del dictador. Papá había prometido invitarnos a una merienda con churros y chocolate el día en que se produjese la noticia que él tanto deseaba. Y con esa esperanza conectaba el transistor y nos mandaba callar a la hora del parte. La noticia, como es sabido, se hizo esperar hasta noviembre. Y sí, papá nos invitó una tarde a churros y chocolate en la chocolatería San Ginés, no sin que mamá le tuviera que recordar su promesa del verano.

Colocamos las sillas, la mesa plegable y la parrilla para asar la carne detrás de unas rocas, en una zona algo apartada de la carretera. El sitio, sin ser del todo solitario, tenía la ventaja de que formaba un recoveco donde los cuatro podíamos acomodarnos a resguardo de miradas ajenas. Tras la observación admirativa de un hormiguero, papá se metió con mi hermano y conmigo en el agua e incluso mamá estuvo un rato sentada en la orilla refrescándose los pies. Por aquel entonces éramos una familia quizá no feliz, pero sí unida, y aquellos pícnics de fin de semana nos permitían remedar modestamente el ocio de los ricos.

Después del baño en el río, Raulito y yo nos pusimos a buscar lagartijas, saltamontes y otros bichos inofensivos junto con unos chavales de edad parecida a la nuestra que andaban por allí con sus familias. Papá y mamá se retiraron al sitio donde habíamos dejado nuestras pertenencias y donde se disponían a encender una hoguera con las debidas precauciones, que en esto eran los dos muy estrictos. Y acordamos con ellos que, en cuanto nos llamaran a comer, iríamos sin pérdida de tiempo a su lado.

Llevaríamos cosa de veinte minutos distraídos con nuestros entretenimientos y exploraciones cuando metí la mano entre unas piedras incrustadas en el barro seco, a escasa distancia de la orilla, y, sin sentir dolor alguno, al sacarla, descubrí con estupor que me sangraba en abundancia, yo no sé si porque me había cortado con un objeto punzante o porque acaso me hubiese mordido un animal. Me lavé a toda prisa la herida en el río; pero de poco sirvió. Manaba tanta sangre del costado de un dedo que me asusté. La mirada de pánico de Raulito me confirmó la gravedad de lo sucedido. Salí disparado en busca de mamá y papá, y dejé a mi hermano en compañía de los otros chavales.

Poco después fui testigo de una escena que escapaba por completo a mi comprensión y sobre cuyo significado, ahora que estoy en mejores condiciones de entender ciertos comportamientos humanos, sigo abrigando dudas. Por llegar cuanto antes a donde mis padres, me salí del sendero y atajé por entre los matorrales, y al asomarme entre la tupida vegetación al sitio donde ya humeaba la leña encendida, vi a papá arrodillado en el suelo, con el torso desnudo, y a mamá de pie a su lado azotándolo con un cinturón.

Me asombró, hasta hacerme olvidar por un momento mi mano ensangrentada, que el débil pegara al fuerte y que este no hiciera el menor movimiento para resistirse. Los azotes eran espaciados y, hasta donde yo podía comprobar desde mi escondite, no especialmente fuertes, entreverados de conversación en voz baja. El instinto me aconsejó no interrumpir lo que fuese que estaban haciendo mamá y papá. Así y todo, yo seguía perdiendo demasiada sangre como para estarme allá mucho tiempo parado. Conque me volví al sendero y, conforme me acercaba por la parte de abajo al lugar donde estaban mis padres, fingí llorar a gritos con el propósito de anunciarles mi llegada. Alarmados, salieron a mi encuentro, papá todavía con el torso al aire. Al ver mi sangre, mamá echó a correr hacia el coche en busca del botiquín.

18

Teníamos entradas para hoy domingo en el Teatro Español, donde daban una representación titulada *Fiesta, fiesta, fiesta*. Me las ofreció la semana pasada, a bajo precio, un compañero del instituto que por un problema familiar no podía asistir a la función. Durante el recreo, llamé a Patachula a la oficina para preguntarle si le apetecía acompañarme al teatro y, como respondió que sí, compré las entradas.

Esta tarde, a mi llegada al bar de Alfonso, no bien le he visto a Pata el semblante he adivinado que algún inconveniente se interpondría en nuestro plan y así ha sido. Ocurre que tres meses después de la primera llaga le ha salido una segunda, esta vez en un costado del torso. No me lo ha dicho enseguida. Primero me ha estado hablando de la soledad, de la falta de afecto de las personas con las que se relaciona a diario y de sus tentaciones cada vez mayores de quitarse de en medio.

«Como ves, tengo un día blando. Ya perdonarás.»

En los servicios del bar, me ha enseñado el boquete en carne viva. Me lo tenía que enseñar. Para Pata era muy importante que yo lo viese. Y mientras se desabotona la camisa me espeta que como le aconseje ir al médico me mandará a la mierda. Ya es mala suerte necesitar una madre consoladora y tenerme a mano sólo a mí. Dice que la llaga se le ha formado en apenas dos días y que no le duele. Yo no entiendo que no le duela semejante agujero, parecido al orificio de entrada de una bala. «Esto o es venéreo o es cáncer.» Me da que afirma tal cosa con la esperanza de que yo discrepe y lo convenza de que su problema recibe tal o cual nombre, es leve y se cura con palabras.

En vista del estado físico de mi amigo y de su abatimiento, hemos convenido en renunciar al teatro. No he encontrado la manera de oponerme a que hoy *Pepa* pernoctase en su piso. La cercanía de la perra le hace un efecto balsámico, mientras que a mí su ausencia y la expectativa frustrada de disfrutar del espectáculo me han dejado con la moral por los suelos. «¿Y si voy al teatro yo solo?» Aún estaba a tiempo; pero me daba no sé qué pasármelo pipa junto al asiento vacío de Patachula. Luego he pensado que mal puedo ayudar a mi amigo si acabo tan deprimido como él y que incluso sería mejor para ambos que yo me distrajese un rato y reuniera, con vistas a nuestra siguiente cita, tranquilidad y buen humor en vez de añadir mis lamentos a los suyos.

Superadas las dudas, he cogido un taxi y he llegado puntual al Español. La obra iba de profesores y alumnos de un instituto de secundaria y también de personal no docente, y cada cual expresaba sus opiniones, experiencias y sentimientos sobre asuntos de actualidad. De esta forma, atento a las amarguras del mundo, he perdido de vista las mías durante más de una hora. A Patachula no hace falta que le cuente que estuve en el teatro.

19

Terminadas las clases, he ido al piso de Patachula en busca de *Pepa.* La encuentro lenta, apática. Ni siquiera ha venido a saludarme. Las orejas gachas, el rabo abajo: mala señal. Era la viva imagen de Patachula, que sigue tan deprimido como ayer, difundiendo ondas negativas en rededor. Da repelús acercarse a su lado.

Poco después, en la calle, he tenido la confirmación de que algo no iba bien con la perra. Sin tiempo de llegar al primer alcorque, ha soltado un chorro de excremento líquido en medio de la acera, imposible de limpiar con las bolsas que llevo siempre en el bolsillo. Una señora se ha parado a mirar con cara de reprobación. He hecho como que me afanaba en retirar la inmundicia y, en cuanto me he visto libre de vigilantes, he seguido mi camino. Yo notaba por la tirantez de la correa que *Pepa* era incapaz de acompasar sus pasos a los míos. Los últimos quince minutos he cargado con ella en brazos.

Desde nuestra llegada a casa, agazapada en su rincón, no ha parado de temblar. Sufre en silencio, sin molestar, no como el llorón de Patachula. Le pongo a *Pepa* la mano en el lomo, percibo una vibración constante. Ni come ni bebe y evita mirarme a los ojos. Si no mejora, mañana tendré que llevarla a la clínica veterinaria, lo que me obligará a sacrificar tiempo y a pagar una factura de aquí te espero.

A decir verdad, yo confiaba en que Patachula llamara esta noche para interesarse por el estado de la perra. Son las once y media y aún no lo ha hecho. Yo se la dejé ayer sana, plena de vitalidad; me la ha devuelto hecha un guiñapo. ¿Qué puñetas le habrá dado de comer? Quizá alguna porquería con azúcar, aunque ya le he advertido en más de una ocasión de los peligros que eso entraña.

Le rompería la frente a palazos; pero a lo mejor no se da ni cuenta. Está tan ocupado consigo mismo...

20

Me distancié de mis amigos de juventud y ellos también se distanciaron entre sí sin que mediara ninguna disputa. Matrimonios, mudanzas, profesión, hijos imprimieron un rumbo distinto a la vida de cada cual; hoy este, mañana el otro, dejamos de llamarnos y al final nos perdimos de vista. De higos a brevas me tropecé con alguno por casualidad e intercambiamos unas cuantas palabras. Agotado el repaso de las viejas historias compartidas, se veía que no teníamos gran cosa que decirnos. El único amigo de los viejos tiempos con quien todavía mantengo trato es Patachula.

Recuerdo con exactitud la primera vez que lo vi. Llegó una tarde en compañía de no sé quién a la sala de billar del Círculo de Bellas Artes, donde el grupo solía reunirse con cierta frecuencia. A veces uno cualquiera de nosotros presentaba a los demás a un primo carnal, un compañero de estudios, un conocido de paso en la ciudad; gente a la que en la mayoría de los casos no volvíamos a ver. Con Patachula, aún sin mote, no fue así. Él continuó viniendo a la sala de billar y pronto se reunió con nosotros en otros lugares. Para cuando quisimos darnos cuenta, ya era un miembro más de la pandilla.

No he olvidado que al principio Patachula perdía todas las partidas. Yo pensaba: «¡Qué mal juega este chico! Más le valdría dedicarse a otra cosa». Luego, a partir de la tercera o cuarta tarde, nos ganaba con mucha facilidad, revelándose como un diestro manejador del taco, de donde yo deduje que hasta entonces se había dejado ganar, ya fuera por educación, por cortesía o para no hacerse rápidamente odioso. Conociéndolo como lo conozco, lo creo capaz de una astucia semejante. Un día, evocando los viejos tiempos, le mencioné mi sospecha. Se reía.

21

Una noche de las fiestas de San Isidro, en el recinto ferial, Patachula nos metió en un lío que a punto estuvo de acarrearnos consecuencias trágicas.

Hacía varios meses que se había incorporado al grupo. Ingenioso, convidador, lo acogimos sin reservas. Había en él una peculiaridad... Bueno, había muchas, pero una en concreto despertaba en mí, no sé si también en los demás, un atractivo poderoso que nunca le he confesado. Era que Pata les profesaba afición a los libros inusuales. A veces, en la inercia de una lectura reciente, sin sombra de pedantería, a lo mejor nos soltaba una ristra de detalles amenos sobre una herejía medieval, sobre insectos tropicales o sobre la infancia en un suburbio de Boston o de Chicago de un músico de jazz del que no habíamos oído hablar en la vida.

En más de una ocasión, sin decírselo, compré y leí obras de botánica, de ciencias ocultas y de otros asuntos novedosos para mí, que él, con sus comentarios y explicaciones, me había hecho sobremanera apetecibles. Pata cursaba entonces en la Politécnica, por imposición paterna, Ingeniería de Caminos, Canales y Puertos, especialidad a la que después no se dedicó ni había pensado dedicarse jamás. Tenía (lo sigue teniendo) un hermano gemelo que estudió lo mismo que él y al que nunca conocí.

Pero voy sin más dilaciones al incidente que me propongo recordar esta noche.

El metro nos acercó a la pradera de San Isidro a última hora de la tarde. Iba el grupo al completo, integrado por los cinco de siempre y Patachula, a cuya compañía ya nos habíamos acostumbrado. Prueba de lo dadivoso que era, nos agenció por su cuenta unas papelinas de buena calidad con las que nos entonamos antes de ponernos en camino.

Nada más llegar al recinto de la feria, alegres y dicharacheros, comenzamos a beber ginebra de unas botellas que habíamos llevado en bolsas de supermercado, junto con otras de limonada y cola para hacer la mezcla. El alcohol ingerido lo removíamos en nuestros cuerpos, como si fuéramos cocteleras andantes, con las sacudidas de las diferentes atracciones de feria. Sentados en la hierba de la pradera, invitamos a beber y a fumar a un grupo de chicas, con las que tonteamos sin entrar en mayores intimidades. Lo pasamos bien hasta que les llegó la hora de marcharse o se hartaron de nosotros, que es lo más seguro.

Hacia las diez de la noche cometí el error de comer un bocadillo de calamares aceitosos, regado con una jarra de cerveza. La cena me sentó como un tiro. No sé si echar la culpa al bocadillo, al medio litro de cerveza demasiado fría o a todo junto. El caso es que me aparté del grupo para meterme los dedos en la garganta; al pie de un árbol vomité el contenido entero del estómago y en adelante me sentí algo mejor, aunque ya con más ganas de cama que de juerga.

Durante cerca de una hora, no nos movimos de los coches de choque. Todavía con sensación de mareo, me retiré a un costado de la instalación, donde se podía respirar el aire fresco de la noche. Zumba, zumba, zumba, resonaba dentro de mi cabeza la música a todo volumen, interrumpida por los sirenazos cada vez que se acababa una ronda de colisiones. De vez en cuando, una ráfaga de olor a fritangas me reavivaba el recuerdo desagradable de los calamares. Mis amigos se divertían como niños embistiéndose entre sí con los coches y embistiendo a otros jóvenes, con preferencia a chicas apretujadas de dos en dos en los vehículos estrechos. Los continuos encontronazos les daban mucha risa tanto a ellos como a ellas, y cada dos por tres resplandecía un chispazo arriba del mástil, en la oscuridad de la malla eléctrica. Estuve unos minutos conversando con una compañera de estudios a la que encontré por casualidad. La invité a un cigarrillo. Me contó que días antes le había dado positivo una prueba de embarazo y no sabía cómo contárselo a sus padres. Vino a todo esto una amiga suya con el rímel corrido como de haber llorado. Cogidas del brazo, las dos muchachas se perdieron a paso raudo entre la multitud.

Justo cuando nos marchábamos de los coches de choque, Patachula tuvo un roce verbal con un tipo, yo no advertí en aquellos momentos por qué razón, aunque ya se sabe que a menudo ni siquiera hace falta una razón para que dos varones se enzarcen, sobre todo si van mamados. Basta una mirada, un gesto, un súbito indicio de aversión, para que se apoderen de ellos los impulsos agresivos. Nosotros acudimos sin demora a separarlos. El tipo profería palabrotas con acento *sudaca,* como decíamos entonces con ánimo de ofender. Resultó que estaba acompañado de varios chavales, creo yo que más jóvenes que nosotros, que no entendieron o no quisieron entender nuestra intención pacificadora y se apresuraron a hacer uso de los puños. Uno, rechoncho y aindiado, me escupió; lo repelí; al retroceder, cayó. ¿Cómo desperdiciar la ocasión de propinarle un puntapié si hasta parecía que lo estaba pidiendo?

Nuestro amigo Nacho se interpuso, abierto de brazos, pidiendo paz en medio de la trifulca. Y en esto, mientras yo buscaba en quién descargar un segundo golpe que me resarciese del mal de los calamares, vi que el pobre Nacho, grueso, bonachón, se encogía bruscamente de hombros y pecho. Una mano aviesa lo había acometido por la espalda. Cuando se volvió a mirar a su atacante, todos comprobamos el manchón de sangre en la camisa blanca. Nacho apenas duró de pie el tiempo que la pandilla de latinos, al percatarse de la fechoría con posibles consecuencias policiales, tardó en emprender la veloz escapatoria. Patachula se apresuró a contener con un pañuelo la hemorragia de nuestro amigo, que sollozaba en el suelo convencido de su final inminente. Y lo cierto es que cuando los sanitarios lo introdujeron en la ambulancia, los demás pensábamos lo mismo.

Algún que otro periódico de la época dio testimonio de aquella pelea con herido por arma blanca en las fiestas de San Isidro. A Nacho, de quien actualmente no tengo noticias, aunque sé que ostenta un alto cargo en una consultora, el incidente le dejó un recuerdo imborrable en forma de cicatriz, y a Patachula, implicado en el origen de la reyerta, un moretón en el ojo del que estuvo presumiendo hasta que, pasado un tiempo, le desapareció.

22

Patachula, de mejor ánimo. Me ha recibido en el bar con una sonrisa que le tapaba media cara, me ha convidado a boquerones fritos, se ha interesado por *Pepa.* Le he dicho que, como sigue delicada de salud, prefiero sacarla lo menos posible de casa para no exponerla a una recaída. En realidad, está sana; pero de momento no me parece prudente dejarla otra noche con mi amigo.

A Pata le han cauterizado el *noli me tangere,* como llama ahora de broma a la llaga, y recetado los mismos antibióticos que la vez anterior. Le pregunto por el diagnóstico. Se encoge de hombros. ¿No habría sido conveniente tomar una pequeña muestra del tejido dañado y analizarla? No quiere saber nada del asunto. Está harto de esperas angustiosas, pinchazos, incisiones y batas blancas. Sólo desea que se le cierre cuanto antes el agujero, da igual con qué procedimiento, y tener paz. No ha podido refrenar las chanzas al contarme que, tumbado en la camilla, veía salir humo de su torso. El médico soplaba sobre la herida como un hombre prehistórico tratando de hacer fuego.

Patachula considera que ha sido condecorado con una vistosa cicatriz. Al hilo de esta guasa me he acordado de la que le debió de quedar a nuestro viejo amigo Nacho en la espalda. Le revelo a Pata que anoche estuve recordando la pelea con los latinos de hace más de treinta años, durante las fiestas de San Isidro. Y le confieso que nunca tuve del todo claro cómo se desencadenó aquella pendencia que pudo acabar con nuestro amigo y con cualquiera de nosotros en el cementerio. Lo que suponía: un pique entre varones. Patachula colisionó a la máxima velocidad contra el coche del *sudaca,* quien por lo visto sintió menoscabada su reputación masculina delante de sus colegas y puede que en la cercanía de alguna piba de su gusto. El ofendido esperó a Patachula donde pudiera salirle al paso. Hubo intercambio de miradas, palabras gruesas, insultos. Volaron a continuación los puños y la espalda de nuestro amigo Nacho recibió la visita intempestiva de un arma blanca. Eso es todo.

Patachula conjetura, con la boca atiborrada de boquerones, que Nacho quizá se acuerde de nosotros cada vez que se rasque la espalda.

Le he preguntado si sabe qué fue de él.

«No tengo ni idea. Sé que trabajaba en una consultora, que se casó y se divorció. Lo típico.»

23

Esta mañana he repetido en clase las afirmaciones que Patachula vertió ayer en el bar acerca de la violencia. Lo he hecho por descontado en forma de preguntas o bien atribuyendo las referidas afirmaciones a pensadores e intelectuales de mi invención. No quiero que los alumnos cuenten después en casa que el profesor ha dicho esto y ha dicho lo otro.

El profesor raro. Una vez, hace años, cuando atravesaba uno de los pasillos del instituto, oí que a mi espalda una tierna y susurrante voz adolescente me calificaba de esta manera.

Había amplio consenso en clase sobre el origen natural de la violencia. «Como dijo Brown», nombre que me ha venido a la lengua de repente, «la violencia no es privativa del género humano.» En refrendo de dicho aserto, los alumnos han mencionado los tiburones, los leopardos y una larga serie de depredadores. Rápidamente algunas chicas se han acordado de las arañas y las mantis religiosas, especies animales en las cuales las hembras son más fuertes que los machos. También ha habido acuerdo general en considerar que una fiera, por muy sanguinaria que sea, no comete delito alguno, mientras que los hombres, al estar sometidos a las leyes, sí.

No falta nunca el imbécil (varón en el 99,9 por ciento de los casos) que sabotea los debates con cuchufletas; pero sucede que hoy el tema interesaba a sus compañeros y estos han mandado callar al aspirante a humorista con unos modos no precisamente corteses que a mí me habrían acarreado a buen seguro una queja formal de los padres del memo.

¿Para qué sirve la violencia?

Se supone que así reza el título de un importante tratado de Pantani, filósofo italiano de una imaginaria Escuela Monológica de Florencia. El nombre de esta lumbrera salida de mi manga se lo he cogido prestado, claro está, al célebre ciclista de los años noventa que a mis alumnos no les sonaba de nada: *sic transit gloria mundi.* Esta parte del debate ha sido la que ha suscitado el mayor número de intervenciones. De hecho, yo no daba abasto para repartir los turnos de palabra.

He escrito en la pizarra dos tesis contrapuestas con el propósito de que los alumnos eligieran la que considerasen más acorde con su idea de un mundo justo. Tendríamos en primer lugar la teoría del antropólogo alemán Uwe Seeler, nombre que recuerdo de unos cromos de futbolistas que Raulito y yo coleccionábamos de niños. A juicio de Seeler, la especie humana va superando con el paso de los siglos su condición animal. Dicho de otro modo, el hombre se humaniza, valga la redundancia, manteniendo a raya sus impulsos instintivos con ayuda de la educación, el arte, la moral, etc., y se asegura la supervivencia por medio de la organización racional, no de la fuerza bruta, lo que da lugar (siempre y cuando no se produzcan retrocesos) a sociedades cada vez más civilizadas.

Esta idea un tanto optimista se opone a la defendida por un tal Chíchikov, maestro e inspirador de Nietzsche, «a quien estudiaremos en una lección aparte». Este pensador ruso del siglo XIX sostuvo que los débiles inventaron la moral, las leyes, los tribunales, el reparto equitativo de derechos..., para mantener a raya a los más fuertes, cuya violencia temen.

Una alumna, que se suele exaltar fácilmente, ha dicho que eso es machismo, fascismo y una «cosa incompatible con la democracia».

Todos los alumnos, incluido el chistoso, han votado a mano alzada en favor de Uwe Seeler.

Me aprieta la tentación de contárselo a Patachula, que ayer, zampando boquerones, abogaba por la tesis de Chíchikov.

24

Recibí otra nota: «*I'm a loser and I lost someone who's near to me.* ¿Te suena? Te esperan años de soledad, hombre perdedor. Disfruta, canta, no te amargues. Siempre te quedará el recurso de la masturbación».

Mientras subía a casa, acerqué el papel a la nariz en busca de rastros de olor que me pudieran proporcionar algún indicio acerca del autor o la autora de los anónimos. Nada. Estudié la posibilidad de encargarle a un especialista la instalación de una cámara oculta en el portal. Traté de recordar a las personas de mi entorno que supieran inglés o, en todo caso, que tuvieran un grado de conocimiento de dicha lengua como para transcribir sin faltas la frase de los Beatles y entenderla.

En casa comprendí que aquellas lucubraciones significaban una pérdida de tiempo y que me procuraría más paz no darle demasiadas vueltas al asunto. En relación con las notas, lo mejor sería fingir que las ignoraba.

La verdad es que me hacían daño y que me moría de ganas por descubrir a quien las depositaba en mi buzón. Todos los días le deseaba las peores desgracias, los mayores sufrimientos.

25

Había leído un reportaje sobre pisos de prostitución diseminados en el paseo de las Delicias y alrededores. Vedado para mí el cuerpo de Amalia, yo no disponía de vagina en la que derramar gratuita y matrimonialmente mis fluidos seminales. En algún sitio he oído decir que el vaciado regular de los testículos previene el cáncer de próstata. Ignoro si el dato tiene base científica o es leyenda. De mí puedo afirmar que propendo a las eyaculaciones involuntarias durante el reposo nocturno cuando dejo pasar más tiempo del debido sin practicar el sexo. No poco me inquieta pensar que esta incontinencia presagia otras peores. Me desagrada, además, la plasta en el pijama, sobre todo cuando, pasado un rato, se enfría. A los solitarios y abandonados nos queda el recurso de la masturbación. Ya me lo vaticinaba aquella antigua nota malévola. Habría que distinguir entre la paja despachada en soledad, barata y terapéutica, y la que uno se echa sirviéndose de un cuerpo cualquiera a modo de instrumento erótico; pero en el fondo todo es onanismo, al menos desde cierta perspectiva masculina, la única que a mí me compete e interesa.

Soy un desdichado racionalista. Un racionalista, qué se le va a hacer, con necesidades.

Pero a lo que iba. El reportaje del periódico ponía bajo una luz desfavorable la ejecución del acto sexual de pago en viviendas habilitadas al efecto. El periodista abundaba en pormenores relativos a la falta de garantías higiénicas en los referidos folladeros y a la explotación ejercida por no sé qué mafias sobre mujeres principalmente latinas y rumanas, pero también originarias de otros países. El texto, firmado por un varón, tenía un agradable viso informativo. Me explico. Era tan exacto en los detalles sobre el funcionamiento del negocio, los precios, el mobiliario y la afluencia al parecer numerosa de clientes, que, queriéndolo o sin querer, obró en mí un poderoso efecto invitador.

Al punto me percaté de que se me ofrecía una ocasión pintiparada para agregar a mi biografía de hombre aburrido, pero quizá no del todo tonto, una experiencia prostibularia sin la tutela de Patachula, quien además de arrastrarme de vez en cuando a los burdeles de su elección y de llenarme los oídos de advertencias, consejos e instrucciones tácticas a la manera de un entrenador de fútbol a sus jugadores, se había convertido en una especie de gobernador de mis expansiones fornicatorias.

Anoté un par de números de portal mencionados en el reportaje; me duché y perfumé; le pedí a *Pepa* que me deseara suerte y fui. ¿De noche? En absoluto. A las once de la mañana de un día festivo, como quien va honradamente a misa. Por el reportaje de prensa supe que a partir de las nueve ya estaba abierto al público el servicio de vulvas venales.

26

Salí del metro en Delicias con la sensación de estar poniéndole los cuernos a mi amigo Patachula. Las gafas de sol atenuaban la luz de la mañana ya de por sí descolorida, con nubes que cubrían casi por completo la extensión del cielo. Añadí la precaución, ¿la cobardía?, de caminar por la acera de los portales pares, amilanado por augurios inquietantes: el alumno que casualmente se encuentra en la zona y me ve entrar en el edificio de mala fama, el compañero de instituto (¡la directora!) que al instante adivina el vergonzoso motivo de mi presencia con gafas de sol en un barrio distante del mío.

Ir de putas yo solo, sin el magisterio de Patachula, me hacía sentirme adulto. Creo que esto me importaba más que echar un polvo.

Me detuve a la vista del portal que estaba buscando, el 127. Desde la acera de enfrente, vi la puerta de barrotes negros abierta, no custodiada por el gorila protector provisto de bate de béisbol al que aludía el reportaje. La puerta era una boca dispuesta a succionar viciosos. Vi entrar a unos cuantos, uno con traje y corbata, en cuestión de pocos minutos: su rapidez resolutiva, la seguridad de movimientos del que está familiarizado con el lugar y lo que allí se hace. Al cabo de un rato salían, en cambio, despacio, neutros de gesto, intactos, vivos, lo que me animaba a abrigar cada vez mayor confianza en las posibilidades de éxito de mi propósito.

Y entré luego de repostar coraje con una copa de whisky en un bar cercano. Me salió al encuentro un tufo agresivo de ambientador. Se oían voces femeninas como de controversia. ¿Dónde? Pronto lo comprobé: en el rellano del primer piso. Me topé allí con un barullo de mujeres escasas de ropa. Me cortan el paso, chillonas en confusión de idiomas, y la más ruda, fuerte, ancha y pintada de las cuatro va y se suelta delante de mí las tetas voluminosas, al tiempo que me grita en un idioma que no logro identificar ni mucho menos entender y me agarra un brazo, cual larva de hormiga león a su presa, decidida a arrastrarme al interior de su madriguera. Me suelto punto menos que a la fuerza. Me llega por la espalda una andanada de insultos de pronto comprensibles, aunque no bien pronunciados. Yo tiro a paso rápido escaleras arriba en busca de una mujer que ejerza la prostitución con mejores modales y, si no con ternura, al menos en silencio.

En el tercer piso, una prostituta más joven que las de abajo, recostada en el marco de la puerta, se cepilla la melena. Me ve llegar y sonríe sin moverse del sitio ni sacarse la horquilla que sostiene en la no muy católica dentadura. Se la pone y de ese modo, al levantar el brazo, me enseña la axila rasurada. Lleva puesto un pantaloncito corto muy ajustado que deja al aire unas piernas delgadas y bonitas. «¿Te vienes con la paraguaya?» Se expresa con una voz melosa, susurrante. «Todito te lo hago por veinticinco euros.» Simula timidez y sumisión, aunque va al negocio sin dilaciones. Me hace entender por medio de un ademán su menosprecio a las de abajo, que todavía están armando bulla. Y me invita a tocarle un pecho que se ha sacado por el borde de la camiseta, un pechito casi adolescente y, para mi gusto, un poco frío. «Vamos, mi amor.» Se mete en el piso y yo voy detrás.

27

La paraguaya me dijo que se llamaba Iris. Yo no se lo pregunté. No era mi propósito averiguar pormenores de su vida. Pero, ya digo, en cuanto entramos en acción, la chica no paró de hablar. Patachula, que se tiene por experto en esta como en otras muchas materias, afirma que las putas se valen de la verborrea para avisar a las compañeras, a través del tabique, que no han sido atacadas y siguen vivas, así como, de paso, interferir en los pensamientos de los clientes, controlar sus cerebros y estudiar en sus reacciones y en su disposición al diálogo si cabe esperar de ellos algún peligro.

A mí no me gusta nada entablar conversación mientras follo. Follar es música; así que, por favor, silencio.

Volví a visitar a la prostituta parlanchina pasadas dos semanas. Tuve mis dudas no tanto por ella, que irradiaba una considerable simpatía personal, como por la molestia de atravesar el rellano del primer piso atascado de chillonas. La segunda vez se conoce que ellas vislumbraron en mí una determinación firme no sé si en mi mirada o en mi forma de caminar y me cedieron el paso. Encontré la puerta del tercer piso cerrada. Tuve que pulsar el timbre. Me abrió una mujer desconocida, en bata, despeinada y con unas ojeras como de acumular noches de insomnio. Que si estaba Iris. El nombre no le sonaba. Se volvió hacia el interior de la vivienda. «¡Niña!», gritó. Y entonces vino a mi encuentro la paraguaya, descalza y fumando.

Esta vez Iris, mientras se desnudaba, dijo llamarse Arami y me da que no se acordaba de mí ni falta que hace. Yo sí me acuerdo ahora de sus dos nombres por lo inusuales que me parecieron.

Tal vez para inducirme a un trato pacífico por la vía de incentivar mi compasión, me contó que tenía un hijo de dos añitos en

Paraguay, lo que más quería en el mundo, y que la vida allí se le hacía muy difícil y había venido a España a probar fortuna y escapando de un hombre violento; no le iba mal; antes había servido en un bar de Vallecas, diez y más horas al día por un sueldo de miseria, y el propietario era un cochino que se le acercaba demasiado y llegó a pegarle porque ella es una mujer decente que se hace respetar, así que tuvo que buscarse otro trabajo y una compatriota le dijo que con el sexo se ganaba más y ahorraría pronto lo suficiente para regresar al Paraguay y abrir allí una tiendita de flores o de costura, ya lo vería, cerca de su niño, de su amorcito, al que no apartaba un instante de sus pensamientos y que para darle una buena vida ella se dedicaba a lo que se dedicaba convencida de que Dios seguro la va a perdonar.

Todo esto me lo iba contando mientras yo la penetraba. Se le marcaban bastante las vértebras en la espalda salpicada de lunares. Y con tanto que hablaba me costó correrme, que ya pensé que no lo conseguiría.

Fui una tercera vez al 127 del paseo de las Delicias, pero ella no estaba. Pregunté. Quizá insistí demasiado o no supe dar con el tono conveniente. Me pusieron mala cara. Que si era policía o periodista. Y me amenazaron con llamar a unos ecuatorianos.

28

Hacía tiempo que no sacaba a Tina del armario. Advierto en sus ojos impertérritos, limpios de rencor, que me perdona los meses de olvido. ¿Qué mujer dotada de respiración y lenguaje, en su lugar, no me habría montado una escena?

Está preciosa como siempre, con sus facciones finas, serenas, y con sus turgencias juveniles levemente cubiertas por la lencería. Hemos consumado sin prisa un coito silencioso sobre la alfombra, en mi postura favorita, ante la mirada soñolienta, aprobatoria, de *Pepa.* Se conoce que estas últimas noches el recuerdo de la paraguaya ha reavivado en mí una necesidad apremiante de placer.

Redacto estas líneas en un estado mental próximo a la beatitud. Hacía mucho que no me sentía tan bien. Aplacada la urgencia física, reflexiono.

Veo, a un lado, al varón superfluo de cuyo sueldo la mujer liberada, dueña de sus días, ya no depende; veo, al otro, a la mujer prescindible, no como objeto de placer, sino para el placer, que no es lo mismo, chicas. Acto seguido, todo lo demás se cae por su peso: la compañía, la conversación, las reclamaciones interminables, las interminables discusiones, el machismo, el feminismo, el desajuste de las respectivas personalidades y los diferentes objetivos en la vida.

¿Al fin paz en la superficie terrestre?

Ellas ya tienen su acceso al mercado laboral, su capacidad de tomar decisiones y su independencia económica. Unas más que otras, por supuesto, como nosotros, sus eternos rivales opresores, nacidos para no escucharlas ni comprenderlas. Bien, muy bien. Se lo merecen. Viva la democracia. Nosotros tenemos ahora las *love dolls*. Barrunto que si las hubieran inventado antes, la historia de la humanidad habría discurrido por caminos menos sangrientos. Dudo que se hubiera desencadenado la guerra de Troya; que se hubieran sucedido siglos de embarazos indeseados, violaciones, adulterios y crímenes pasionales. Dudo que la sífilis se hubiera llevado a la tumba a Franz Schubert, de quien escucho la *Inconclusa* mientras redacto estas líneas, o que millones de Otelos repartidos por la faz de la Tierra hubieran matado a otras tantas Desdémonas. Podríamos alargar la enumeración por tiempo indefinido. Me da a mí que una especie como la nuestra, con la pulsión sexual satisfecha a todas horas, propendería de suyo al sosiego, incluso a la mansedumbre. Seríamos, por fin, hermanos.

29

Tina es de fabricación japonesa. No sé exactamente cuánto pagó Patachula en su día por ella, creo recordar que no andaba lejos de los mil euros. Lleva una preciosa melena negra, aunque se le podría cambiar de peluca fácilmente. A mí me gusta como es, con sus rasgos de mujer mediterránea, expresión dulce y una belleza superior a todo lo que yo he conocido hasta la fecha en materia de rostros y cuerpos femeninos. Tina es bastante más hermosa que Amalia en sus mejores tiempos, antes de la celulitis y el avinagramiento del carácter. Vamos, no hay punto de comparación, y eso que Amalia, en honor a la verdad, no estaba mal. En Tina todo es terso, armonioso, suave, al mismo tiempo tan parecido a la realidad que me basta colocarla en determinadas posturas para provocarme de inmediato una erección.

Se mire por donde se mire, Tina sólo me ofrece ventajas en comparación con una mujer viva. Antes que nada deseo aclarar que no la considero una cosa. El frigorífico, el televisor, los muebles y adornos de la casa no me hacen compañía ni se comunican conmigo; Tina, sí, como *Pepa*, que también tiene nombre propio, cara y cuerpo. Tina no envejece, no juzga, no me amarga la vida con reproches, no experimenta cambios repentinos de humor, no tiene la regla, no finge orgasmos, no pide recompensas materiales o de cualquier otro tipo a cambio de las satisfacciones que me procura. Tina no transmite enfermedades venéreas. No tiene una revolución pendiente a mi costa. Con ella no estoy obligado a hacerme el bueno, el comprensivo o el obsequioso para que al término de la jornada ponga a mi disposición durante un rato su cavidad genital. Calificar a Tina de juguete me parece injurioso; afirmar que un ser como Tina no da calor humano, directamente estúpido. ¿Quién me ha dado a mí calor humano en esta puta vida? ¿Mis padres, mi hijo, Amalia, Raúl...? Patachula me contó una tarde, fuera de sí, que había leído no sé dónde las declaraciones de una psicóloga británica, según la cual las muñecas sexuales deshumanizan a «sus usuarios». ¿Usuarios? Las eyaculaciones que yo he tenido con Tina no me las provocaría la sabihonda esa ni pagándome con barras de oro. Tina es más humana que muchos seres humanos. He conocido prostitutas más robóticas que ella y más frías. Tina es mi ideal femenino. Ninguna mujer me ha dado plenamente lo que Tina me da. Tina es más digna de mi cariño que todas las mujeres juntas que yo he conocido... y soportado. Tina nunca me lleva la contraria. No siente rencor de mi poder. No me chantajea con lágrimas. Tina me acepta como soy. Y cuando estoy mal, me consuela, me aplaca, me mejora. El apego que le profeso acaso sea amor o, en todo caso, una variante del amor.

Fue Pata quien le puso el nombre y quien primero la disfrutó. «A Tina», me dijo un día, «no tengo que explicarle como a las otras por qué me falta un pie.» Le costó largo tiempo revelarme que se había comprado una muñeca sexual, sospecho que por temor a que se la pidiera prestada o me riera de él o lo tomara por loco. Si yo permito que *Pepa* pernocte de vez en cuando en su casa, ¿por qué no va a pernoctar Tina en la mía? Le eché en cara su secretismo, impropio de buenos amigos. Se conoce que mis palabras le hicieron mella. Pasados unos días, me declaró su intención de comprarse una muñeca nueva. Había visto en el catálogo una mulata, último modelo, con voz y sensores de movimiento, con respuestas (en inglés) preestablecidas para distintas situaciones, y a pesar del precio él estaba decidido a cambiar de pareja. Me ofreció a Tina por cuatrocientos cincuenta euros. «Ahora que te has cansado de ella, ¿verdad? Métetela por el culo.» Le hablo así, lo mismo que él a mí, porque hay confianza. Pata, en plan mercachifle, bajó a trescientos euros, segundos después a doscientos. Lo mandé a freír espárragos. Le dije que era un miserable tratante de blancas. Al final me la regaló.

El traslado de Tina de casa de Patachula a la mía fue toda una peripecia, sobre todo en el tramo último, entre el garaje y mi piso. Una peripecia, debo confesar, con ribetes de cine cómico. Saqué a Tina del maletero del coche ya entrada la madrugada, con la mayor de las cautelas, y tuve que esperar a que un vecino saliera del garaje antes de echarme al hombro el bulto envuelto en una sábana como asesino que carga con el cadáver de su víctima. Toda precaución se me antojaba insuficiente. Por suerte, a quienquiera que depositase las notas anónimas en mi buzón parece que aquella noche no le tocaba guardia.

30

Debo a Tina innumerables ratos de placer. Me gustaba en ocasiones mirar alguna película de televisión sentado en el sofá, con el pene agarrado por la mano de Tina, cuyos dedos articulados puedo mover a voluntad. Una tarde, Nikita se presentó de improviso en mi casa, espoleado por la esperanza de que yo lo socorriese en un apuro económico. Nada más anunciarme su llegada por el portero automático, corrí a esconder a Tina en el armario y allí ha permanecido durante estos últimos meses. Quizá me cansé de su docilidad y su silencio o simplemente he tenido los pensamientos demasiado ocupados en cuestiones relativas al tramo final de mi existencia, que es lo más probable.

Tina está hecha principalmente de látex, vinilo y silicona. Sus labios, sus ojos, sus pechos son de un realismo algo menos conseguido que el de la mulata de Patachula, pero así y todo notable. Puedo hacer que gire la cabeza; puedo abrirle la boca y jugar con los dedos de sus pies, que tienen una consistencia blanda y suave. Dado que los labios de Tina son móviles, puedo acoplarlos a los míos de modo que no encuentro diferencia entre besarla a ella o besar la boca de una mujer viva.

Tina no me parece menos real ni menos humana por la circunstancia de que no esté constituida de carne y huesos. Me explico. Su humanidad no viene de fábrica; hay que agregársela. Yo se la agrego y de este modo hago de ella una persona con atributos agradables. No niego que proyecté en Tina mis fantasías; pero ¿acaso no hacía lo mismo con las mujeres de las que algún día me prendé? ¿Acaso (como ellas a nosotros cuando hay afecto por medio y no comercio) uno no las mejora por la vía de idealizarlas hasta que poco a poco y a veces de sopetón asoma la verdad decepcionante?

Según las explicaciones del prospecto, Tina posee un armazón metálico que vendría a equivaler al esqueleto de un ser vivo. Su melena es natural; su ropa, de calidad. Todo ello, incluidos los productos de maquillaje y los accesorios, se puede cambiar o renovar comprándolo, como acostumbra Patachula, en internet. Yo no llego a tanto porque veo a Tina feliz con las cuatro pertenencias que completaban su vestuario y el utillaje de su arreglo personal cuando mi amigo me la regaló. Tina era presumida y bastante derrochadora por los días de su relación con Patachula; conmigo prefiere acogerse a hábitos más austeros.

Al principio, me complacía perfumarla con la misma marca usada por Amalia en los días de nuestro matrimonio. Para empezar, aún no me manejaba bien en la elección de productos cosméticos y prefería ir a lo seguro; pero también, no lo niego, me movía el deseo de añadirles un ingrediente malicioso a mis relaciones sexuales con la muñeca. La fragancia idéntica confería a Amalia la condición de mujer sustituida. Agotado el contenido del frasco, cambié de marca y elegí la que he usado hasta ahora, más cara y quizá de mayor calidad.

Diciembre

1

Apenas ha transcurrido un mes desde la muerte de papá y cuesta encontrar rastros suyos en la casa, como si no hubiera vivido nunca con nosotros. Qué fácil es borrar el paso de un hombre por la vida. Mamá se ha deshecho prácticamente de todas sus pertenencias. Raulito se ha reservado unas cuantas para su uso personal o para alimentar a solas una pequeña hoguera de nostalgia. Allá él. En lo que a mí respecta, nuestra vivienda no es más que el sitio al que voy a comer, a dormir y a que me laven la ropa. Paso la mayor parte del día en la facultad y con los amigos. A veces me quedo a dormir en casa de uno u otro. Ni siquiera aviso a mamá. Tampoco ella me lo exige.

La muerte de papá fue para todos nosotros una liberación. Claro que esto no nos lo decimos. Tampoco nos decimos otras cosas. Casi no nos decimos nada. Vivimos juntos por inercia, guardando las distancias. Quizá es lo mejor que podemos hacer para no perdernos del todo el respeto.

Mi hermano aprovechó la muerte de papá para madurar a toda velocidad. Por entonces tiene diecisiete años. Reclama una habitación propia. «Pues como no te instales en la sala...» Mamá y yo se lo decimos en broma, convencidos de que su deseo no puede cumplirse. Pues se instaló en la sala aun cuando era lugar de paso; pero se conoce que él prefería allanarse a nuestras idas y venidas a seguir compartiendo un espacio reducido conmigo.

Muy serio, en la cocina, nos dijo uno de aquellos días:

«En adelante no me llaméis Raulito».

«Muy bien, Raulito.»

Me lanzó una mirada rebosante de inquina. Se la correspondí

en silencio con otra parecida y mamá se apresuró a advertirnos con menguante autoridad que no quería discordias en casa.

Al empezar cuarto de carrera me fui a vivir a un piso con otros estudiantes.

2

Raulito, Raúl, el benjamín de la casa, rollizo y gafotas, va y desarrolla en ausencia de jefatura paterna, sin que nadie se lo solicitara, un instinto de protección con respecto a mamá. Se preocupaba por ella, temía que le ocurriese alguna desgracia, que la engañasen o se metiera en líos. Dicho con otras palabras, la vigilaba. Aprovechó una mañana mi paso por la sala para chistarme, misterioso, secreteante, desde el rincón donde tenía instalada su cama plegable. «¿Qué ocurre?» Y, para que no se hiciera ilusiones de una larga conversación, le di a entender que iba con prisa.

Me pregunta en voz baja si no me he percatado de que mamá se maquilla mucho últimamente y no sólo la cara («¿mamá tiene cara?», pienso); también se pinta las uñas de los pies («¿mamá tiene pies?»), cosa que antes no hacía. La verdad es que yo no había caído en la cuenta del detalle, quizá porque paro poco en casa o simplemente porque no es esta una cuestión que despierte en mí un interés especial. Que qué podemos hacer. Raulito, perdón, Raúl, sospecha que mamá sale con un hombre o está buscando uno y nos lo va a incrustar en la familia, y a lo mejor es un tipo desagradable, quizá alcohólico y pegón, y que «vivimos bien como vivimos, ¿para qué dejar entrar en casa a un desconocido?».

A mí lo que de veras me colmó de inquietud, después de escuchar los razonamientos de mi hermano, fue la idea de que papá resucitase con otra cara y otro nombre, pero provisto de su autoridad de antaño; tomara de nuevo posesión de nuestras vidas y pusiera límites a la libertad que yo gozaba desde el mismo instante de su muerte. El caso de Raulito, Raúl, era distinto. Mi hermano, más joven, más tierno, más proclive a sentir desvalimiento, ardía en celos creyendo que un señor vendría a casa a arrebatarle a su mamá.

Total, que para disipar dudas convinimos en seguir a mamá a distancia por la calle. Mi hermano había averiguado que ella salía de casa muchas tardes a eso de las siete. Se le figuraba que la podría encontrar con los ojos cerrados en cualquier punto de la ciudad haciéndose guiar por el rastro de su perfume. La había interceptado en la sala dos veces y preguntado, como quien no quiere la cosa, adónde iba. En ambas ocasiones, mamá le había respondido que a hacer unas compras; pero por la noche ella volvía a casa sin bolsas ni paquetes y no cenaba. «Muy sospechoso, ¿no te parece?» Y yo me quedé mirando a mi hermano, sorprendido de sus dotes detectivescas y su capacidad para ver, entender, suponer cosas que a mí me pasaban por completo inadvertidas, y me dio un poquito de dolor y de pena constatar que, a pesar de las juergas y las chicas y la música y el coqueteo con las drogas, a mi vida le faltaban alicientes, a mi vida le faltaban aventuras. Yo creía estar exprimiendo la juventud al máximo (eran los tiempos de la célebre Movida) y de pronto, al escuchar a mi hermano, se me impuso la convicción de estar malgastando en naderías mis mejores años.

Una de aquellas tardes esperamos escondidos a mamá en la acera de enfrente de nuestro portal, parapetados detrás de una cabina de la ONCE, a la hora en que, según mi hermano, ella solía marcharse de casa sin que supiéramos adónde. Y, en efecto, pasados unos minutos de las siete mamá salió a la calle.

Ella tenía para su edad, cerca de cumplir los cincuenta, un aspecto más que aceptable con sus curvas no mal conservadas bajo un vestido que yo no le había visto nunca, el cabello arreglado y teñido de peluquería y, en fin, los paulatinos e inevitables estragos del tiempo adecuadamente camuflados con la ayuda de productos cosméticos. Me di cuenta de que iba más acicalada que en los días de su matrimonio. «Vaya, vaya. ¿Desde cuándo tengo una madre rubia?» Y Raulito, Raúl, me chistó junto a la cabina del ciego para mandarme callar. Que yo recuerde, era la primera vez que mi hermano me daba una orden.

Otra cosa que advertí cuando mamá salió del portal es que llevaba los ojos pintados. La mancha roja de los labios, vista a veinte metros de distancia, me hizo el efecto de una flor sostenida por el tallo entre los dientes. La vi, en fin, mujer y no madre, mujer no desprovista de atractivo, mujer que se sabía aún guapa y acaso deseable y que caminaba por la acera con un leve contoneo lleno de distinción, de elegancia y seguridad en sí misma. Y por si todo ello fuera indicio insuficiente de que algo estaba cambiando o había cambiado en su vida, al comprobar el tamaño de sus tacones no dudé de que mamá, al poco de estrenarse en la viudez, se había erotizado. Así pues, a Raulito, a Raúl, no le faltaba razón y a mí ya se me habían saltado todas las alarmas cuando echamos a andar detrás de ella.

«Tira para adelante, Raulito. Vamos a verle la cara al intruso.»

«Raúl, si no te importa.»

«Me va a costar acostumbrarme.»

Al cabo de un rato, mamá enfiló la calle de Blasco de Garay. Caminaba despacio, pero con la determinación de quien acude a una cita y no a la manera del paseante ocioso, sin volver la mirada a los lados. En la esquina con Rodríguez San Pedro, se detuvo a conversar con una señora que llevaba una barra de pan bajo el brazo. «¿La conoces?» Raulito, Raúl, negó con la cabeza. A mí me parecía incongruente que mamá prolongara más de diez minutos la conversación con la desconocida si de verdad tenía una cita con alguien. Aferrado a la suspicacia, mi hermano no opinaba lo mismo. Nos habíamos escondido detrás de una furgoneta estacionada. Yo sugerí que era bastante sucio lo que estábamos haciendo. Raulito, Raúl, insistía en que no podíamos permitir que a mamá le sucediera nada malo.

«Exageras.»

«Si piensas eso, ¿por qué no te vuelves a casa?»

Mamá se despidió por fin de la señora, continuó su marcha tranquila calle adelante, dobló por Gaztambide y de ahí a poco comprobamos que el destino de sus pasos era El Corte Inglés de Princesa. Y ahora ¿qué? Nos parecía arriesgado buscarla por las distintas plantas. Sobre todo en los tramos de escaleras mecánicas resultaba difícil esconderse, así que optamos por usar el ascensor. No tardamos en encontrar a mamá en la cafetería, sentada a una mesa con otras dos señoras de aproximadamente su edad.

La vimos sin traspasar la entrada, seguros de que, como no miraba hacia nosotros, no se podía percatar de nuestra presencia, y en total permanecimos mi hermano y yo cosa de un minuto o minuto y medio al acecho, no más. Yo salí a la calle convencido de que nos habíamos comportado como dos imbéciles y le eché en cara a mi hermano, no con palabras amables ciertamente, que me hubiera hecho perder el tiempo con sus temores y sus sospechas y sus aventuras de detective aficionado.

Por la noche, mamá nos echó en casa una bronca descomunal. Que qué clase de hijos había traído al mundo, que quién nos había dado permiso para espiarla, que si no fuera por nuestra edad nos partiría la cara a bofetadas. Al tiempo que despotricaba, yo no podía apartar la mirada de la preciosura de sus labios pintados. No menor fascinación, mezclada con extrañeza, despertaban en mí el rímel de sus pestañas y el sombreado de sus ojos. Yo no sabía qué responder y de vez en cuando dirigía a mi hermano un gesto acusador. Raulito, Raúl, confesó a mamá sus preocupaciones con respecto a ella; de este modo y con la promesa de que no la someteríamos a vigilancia nunca más logró que ella se calmase.

Fue así como descubrí que mi madre tenía cuerpo, de mujer atractiva para más señas, y que mi hermano no era tan tonto como yo había creído hasta entonces.

3

Aconsejada por una conocida, mamá se inscribió en una agencia matrimonial con sede, oficina o lo que fuese en la plaza de Santo Domingo. No hubo que hacer averiguaciones. Nos lo contó ella misma. Y lo primero que dijo, reunidos los tres a ruego suyo en la cocina, fue: «Con haber aguantado a un marido en la vida tengo de sobra. Sólo busco compañía. Si lo entendéis, bien. Si no, me da igual».

Ella deseaba que reinase la claridad entre nosotros; de paso, supongo, que la dejáramos tranquila. Reunidos aparte mi hermano y yo, acordamos no entrometernos en las tentativas de mamá por sentirse menos sola. Estaba en su derecho, etc. Ella nos aseguró, además, que no traería extraños a casa.

De allí en adelante, entabló relación pasajera con diversos hombres. O con caballeros, como prefería llamarlos. Señores maduros de cierta cultura, de buena posición e higiene intachable (punto este último de capital importancia para mamá), entre los cuales predominaban los viudos y los separados. Ella se hacía invitar a fiestas privadas y a restaurantes, a espectáculos, a exposiciones de arte e incluso, en una ocasión, a los toros. A cambio ofrecía conversación, algo de escote y su presencia perfumada. Ella y su acompañante de turno acudían a lugares de ocio, daban paseos, no raras veces cogidos de la mano, y, si al fulano no le era ajeno el buen humor, tenían sus ratos de esparcimiento alegre y sus risas. Lo que no tenían era sexo.

«A la menor insinuación, me despido.»

A mamá le gustaba agradar. Como a todo el mundo, podría objetárseme; sí, bien, pero vamos a decir que en ella había un punto suplementario de necesidad urgente, incluso de necesidad angustiosa, no tanto por recuperar el tiempo perdido en la cárcel de su infeliz matrimonio como por sacarles provecho a los últimos restos de su lozanía. Quizá sea esta la gran aportación, el mayor beneficio, que le había supuesto la muerte de papá: la posibilidad real de experimentar orgullo ante la propia imagen.

Le encantaba despertar admiración a su alrededor y que la respetasen. Y que le abrieran la puerta de los taxis y le cedieran el paso a la entrada de cualquier local y le regalaran flores. Era bastante malvada contándonos anécdotas risibles de sus pretendientes a mi hermano y a mí, como aquella de un corredor de bolsa al que en un restaurante de postín se le salió la dentadura postiza. A veces, establecida cierta confianza, iba con su pareja a bailar y una noche, a medio vals, le arreó una bofetada delante de la gente a un bajito con traje y corbata que le plantó la mano donde, según mamá, no se le toca sin permiso a una dama. Mi hermano y yo nos partíamos de risa escuchando sus historias.

4

Yo estaba rendido de sueño, con una resaca que parecía llenarme la boca de arena cuando llegamos al restaurante. Después de una noche larga de juerga, había vuelto a casa con las primeras luces del amanecer, sin otro propósito que dormir como un cadáver hasta el final de los tiempos; pero, desde hacía unos cuantos días, mamá mostraba un insistente y extraño interés en que el domingo almorzáramos los tres juntos en un restaurante cercano a la plaza de Chamberí al que no nos había llevado nunca.

Durante la semana, no paró de recordarnos a mi hermano y a mí que había reservado una mesa. «Mamá, te repites.» Se lo dijo Raúl, se lo dije yo. Tanta obstinación mostraba mamá en recordarnos el almuerzo del domingo que le preguntamos si había algo que celebrar. Respondió que no, que sólo quería solicitar nuestro parecer acerca de un asunto de gran importancia para ella, lo cual sólo podía hacerse en un lugar adecuado, de ninguna manera en casa. El domingo, a la una de la tarde, mamá me sacó de la cama sin demasiadas contemplaciones. A esa hora, ella y Raúl ya estaban vestidos de calle. Ni siquiera me dejaron ducharme.

En la entrada del restaurante, me sorprendió que mamá no necesitara decirle su nombre a la recepcionista. Esta la reconoció al instante, se apresuró a estrecharle la mano y la trató con sonriente familiaridad, de donde deduje que mamá no visitaba el establecimiento por vez primera. La recepcionista mandó a un empleado que se ocupara de nuestras prendas de abrigo. A continuación, nos condujo a una mesa del fondo, en un espacio, acotado por una hilera de plantas de interior, que ofrecía la ventaja de estar un tanto a resguardo del barullo. Había allí tres mesas: la nuestra junto a la pared; otra ocupada por un señor del que, inclinado sobre su plato, sólo veíamos la espalda, y una tercera más allá con dos chicas que a nuestra llegada pelaban langostinos ajenas al vocerío del local. Entre nuestro rincón y la salida se interponían un vaivén de camareros en plena faena y comensales a los que no quedaba más remedio que hablar en voz alta para entenderse. Yo no tenía ni pizca de hambre. Sed sí, mucha, y unas ganas imperiosas de echarme a dormir debajo de la mesa.

En resumen, mamá había conocido por mediación de la agencia matrimonial a un hombre llamado Héctor Martínez, que, según nos dijo, despertaba en ella algo más que simpatía: un viudo de setenta y un años que no era como los otros con los que había trabado breve relación anteriormente, sino que estaba provisto de cualidades que lo hacían especial y, desde luego, agradable. Raúl, mucho más despierto que yo en aquel instante, fue incapaz de contenerse: «No me digas que te has enamorado». Mi hermano me miró con ojos de lechuza angustiada, como esperando que yo tomase la iniciativa del interrogatorio; pero todo lo que se me ocurrió fue preguntarle a mamá por qué puñetas no podíamos haber tratado el asunto en casa.

A mí me da que mamá se había preparado a conciencia para cualesquiera preguntas, reproches, acusaciones, que sus hijos le pudieran dirigir, de tal manera que cuando Raúl insinuó la hipótesis de una posible traición a papá (o a la memoria de papá, ya no me acuerdo), ella permaneció impertérrita. Dijo que no estaba segura de haberse enamorado, pero que tampoco lo podía descartar. Al tiempo le correspondería pronunciar la última palabra al respecto, siempre y cuando Raúl y yo no nos opusiéramos a la relación, en cuyo caso ella aceptaría, no sin pena, separarse del hombre con el que llevaba saliendo cosa de un mes.

Raúl, llena la boca de jamón ibérico con picos (era un hambrón de cuidado), dio muestras de histeria incipiente y yo, la verdad, estaba cansado, muy cansado, muerto, así que, en un rapto de lucidez y más que nada por zanjar cuanto antes la conversación, tomé la palabra para decirle a mamá que le deseaba mucha felicidad y esa era mi postura y no tenía más que añadir. Ella me arreó un pellizco cariñoso en la mejilla como señal de agradecimiento. Los dos a un tiempo fijamos la mirada en Raúl, quien, todavía masticante, se limitó a hacer una mueca de resignación.

«¿Estáis dispuestos a que os presente al hombre del que os he hablado?»

Asentimos.

«¿Estáis seguros? Luego no me vengáis con historias raras.»

Volvimos a asentir, esta vez con algo más de firmeza.

A este punto, mamá, alzando de pronto la voz de tal forma que no pude menos de sobresaltarme, dijo en dirección a la mesa de al lado: «Héctor, ya puedes darte la vuelta».

El señor allí sentado volvió la cabeza y, a ruego de mamá o más bien por orden de ella, trasladó su plato y sus cubiertos, después su vaso y su botella de agua mineral, a nuestra mesa y, visiblemente cohibido, tomó asiento a nuestro lado.

5

Encontramos la fotografía en un cajón de la cómoda, debajo de un revoltillo de sujetadores, medias, calcetines y demás. A Raúl aquella imagen de hacía veinticinco o treinta años no le despertó el menor interés. En principio, yo también era partidario de arrojarla a la basura junto con el contenido íntegro del cajón; pero en el último momento me la guardé movido por la curiosidad de averiguar si mamá sería capaz de reconocer al hombre mucho más alto que ella, vestido con traje y corbata, que la tenía cogida del hombro.

Se les veía a los dos felices, risueños, veraniegos, puede que hasta enamorados, ante un paisaje campestre con hileras de olivos al fondo. Recuerdo que mamá y Héctor se aficionaron a emprender viajes y excursiones juntos, y que él, hombre de posición social desahogada y una generosidad sin límites, solía correr con los gastos. Di la vuelta a la fotografía por si cabía la posibilidad de descubrir el nombre de un lugar o alguna fecha en el reverso; pero allí no ponía nada.

Llegó el día de ingresar a mamá en la residencia de ancianos. Los papeles estaban en regla y todo dispuesto para que nos recibieran a una hora determinada. De mutuo acuerdo, Raúl y yo nos abstuvimos de ofrecerle explicaciones a mamá. Hicimos como que la sacábamos de paseo, no sin que antes mi cuñada, con un pretexto que se inventó, le administrase un calmante. Dejamos a mamá al cuidado del personal sanitario y bajo la tutela de la directora, que salió a darle la bienvenida con unos aspavientos profesionales de afecto. Complacidos de la docilidad que mostraba nuestra madre, mi hermano y yo nos despedimos al poco rato. Nada más salir de la residencia, Raúl no pudo contener las lágrimas. Apostaría a que lo abrumaban los mismos remordimientos de conciencia que a mí.

Visité a mamá al día siguiente de su ingreso. Necesitaba abrazarla y besarla y asegurarme de que estaba bien atendida. Al llegar avisté el coche de mi hermano en el aparcamiento, así que por matar el tiempo en espera de que él se marchara fui a tomarme una consumición en una cafetería de los alrededores, me entretuve leyendo el periódico y regresé a la residencia al cabo de una hora.

Tanto como su sonrisa al verme, me alegró que mamá pronunciara mi nombre, pues me pareció que no la habíamos perdido del todo, sino que aún era posible conversar con ella salvo sobre cosas o asuntos recientes, incapaz de retenerlos su precaria memoria. En cambio, todavía recordaba canciones de su niñez y episodios de su vida lejana. El buen ánimo me duró lo que tardé en mostrarle la fotografía en que se le veía acompañada de Héctor Martínez. La sujetó con sus manos levemente temblorosas y yo le pregunté si sabía quiénes eran las dos personas de la imagen; a Héctor lo confundió con papá, y de su propia imagen dijo, con ostensible mal humor, que sería «la querida del Malo». De ahí a poco, se puso a manosear con movimientos bruscos un despertador que tenía sobre la mesilla y tardé unos instantes en comprender que pretendía llamar con él a papá, olvidada de que llevaba muerto más de treinta años.

6

Años atrás leí varios libros sobre el alzhéimer, no tantos como Raúl, que no pierde ocasión de recomendarme títulos y exhibir lo mucho que ha aprendido por su cuenta sobre la materia. Por suerte nos vemos poco.

Mi hermano se asusta fácilmente creyendo haber heredado la predisposición a la enfermedad. No bien olvida un nombre, un dato, una palabra, se le enciende una luz roja de alarma en el cerebro. Lo de la luz roja se lo oí decir dos o tres veces a mi cuñada. No me pareció que bromease. Esta gente no bromea nunca. Raúl teme asimismo morir de un paro cardíaco a la manera de papá. Por un exceso de precaución, que él niega, se somete a frecuentes revisiones médicas.

Confieso que después de ver el cadáver de papá tirado en el suelo de nuestra sala también a mí me inquietó la sospecha de que algún día me moriría de manera parecida, antes de la vejez. Ahora estoy libre de temor. El acecho de posibles enfermedades no me preocupa desde que decidí la fecha exacta de mi final. ¿Que me falla la memoria? Pues que me falle. ¿Que me salen llagas como a Patachula? Qué más me da si tengo las horas contadas y son tan pocas y ya no hay tiempo de que se me desarrolle una larga penalidad. Si de pronto se me llenara el cuerpo de tumores malignos, adelantaría la despedida. Por ese lado estoy tranquilo.

Hubo un tiempo en que me dolía saberme borrado progresivamente en la memoria de mamá. Tengo asumido que es un empeño vano tratar de vivir en el pensamiento y los recuerdos ajenos. Los que no hemos hecho cosa de mérito en la vida, nos disiparemos conforme se vayan apagando las pocas mentes capaces de evocarnos. Después de muertos seremos un nombre en una lápida que un día tal vez no lejano no significará nada para nadie, que también desaparecerá para dejar sitio en el cementerio a otros difuntos. Bien es verdad que la Historia preserva algunos nombres que acaso nos den la ilusión de que algo humano puede perdurar. Bobadas. Pongo en duda que nadie conserve una pizca de vida auténtica por el simple hecho de ser estudiado, dar nombre a una calle o merecer una estatua en el parque.

Pienso en la única foto que quedó del abuelo Estanislao. No me emociona, no me dice nada. Disto de abrigar sentimiento alguno, ni positivo ni negativo, por aquel hombre cuya voz nunca escuché y sin el cual yo no habría nacido. Me dejan indiferente sus hechos, sus convicciones, la coincidencia del apellido.

De mi propio padre, muerto cuando yo tenía veinte años, guardo una imagen cada vez más borrosa que desaparecerá conmigo.

No hay mayor fatuidad que creerse inmortal en la memoria frágil de los hombres.

Gloria al olvido, que siempre triunfa.

7

Al cabo de tantos años, no puedo menos de acordarme con lástima de Héctor o, como decía mi hermano con dejo desdeñoso, del señor Héctor. Tengo para mí que era un hombre bueno, de una mansedumbre afable combinada con una educación exquisita y una más que sólida cultura; un viudo, corroído por la soledad, que se consolaba de la pérdida de su mujer con la compañía de nuestra madre. Dudo que lo movieran las intenciones aviesas que Raúl le achacaba. A mí, al principio, también me caía mal el viejo, pero sin llegar a la ojeriza de mi hermano, que parecía al acecho de un pretexto para saltarle a la yugular. En pocas palabras, nos había desplazado de la primera fila en los afectos de mamá y nosotros carecíamos de empatía, altura moral y todo lo que hiciera falta para perdonárselo. Pobre Héctor.

El día en que lo conocimos, salió del restaurante cogido de la mano de mamá. Raúl y yo no estábamos preparados para una escena semejante. Al ver sus manos unidas sentí una acometida de vergüenza. Mi hermano, que reparó antes que yo en el detalle y se apresuró a llamar mi atención con disimulo, concibió desde el primer instante una antipatía furiosa contra aquel hombre mayor que mamá había metido de pronto en nuestras vidas.

Aún no nos habíamos acostumbrado del todo a su presencia cuando nos enteramos de que los dos tórtolos habían acordado viajar a Jerusalén aprovechando las vacaciones de mamá. Pudiendo alegrarnos de que a ella, con su sueldo modesto y su pequeña pensión de viudedad, se le ofreciera ocasión de disfrutar de un esparcimiento superior a sus posibilidades económicas gracias a la esplendidez de Héctor Martínez, nos alarmamos como dos histéricos, y aun cuando Raúl había visto a Héctor, al señor Héctor, comer jamón y gambas en el restaurante y sabía que se casó de joven en la iglesia de los Jerónimos, dio en sospechar, con un punto de paranoia, que fuera judío, no ultraortodoxo, ni siquiera ortodoxo, sino de los camuflados. Y con esto parece que aumentó su aborrecimiento hacia aquel hombre, mientras que a mí la estirpe y convicciones de Héctor no me alteraban poco ni mucho el sueño y lo que de verdad me dolía o me incomodaba o me volvía rabioso de celos era que el viejo hiciera feliz a mamá.

Mi hermano temía que Héctor retuviera a mamá para siempre en Israel o que un comando de palestinos nos dejara definitivamente huérfanos. Barajaba otras posibilidades: secuestro del avión, una bomba a la entrada del hotel y otras calamidades que su imaginación calenturienta me pintaba con los colores más crudos.

«Tú ves muchas películas», le dije.

Por insistencia de Raúl (ya no se le podía llamar Raulito) y con la aprobación risueña de mamá, antes del viaje a Jerusalén le solicité a Héctor, en mi calidad de hijo mayor, una reunión conmigo y con mi hermano a fin de conocernos más a fondo. Mamá explicó a su compañero sentimental que Raúl y yo no acabábamos de asimilar la relación de ella con un hombre distinto de nuestro padre y lo animó a mostrarnos en el curso de una conversación entre varones que no había motivo para albergar recelo. Héctor, que era un hombre paciente y bondadoso, accedió.

8

Indagué las causas del presunto antisemitismo de mi hermano. No había tal. El ceporrillo había establecido vínculos mentales al dictado de su monumental ignorancia: Jerusalén, Israel, judíos, verdugos de Jesucristo, narices corvas, usureros despiadados, envenenadores de fuentes públicas y otros tópicos y falacias que desde algún lado ajeno a nuestra familia le debían de haber llegado a la punta de la lengua.

Tenía miedo, eso era todo. Miedo de que mamá no volviera de su viaje a Jerusalén. Primero lo dejé desbarrar. Sus necedades me entretenían. Después me mofé de él. «Niño enmadrado», le dije entre otras lindezas. Y, como para entonces ya era tan alto como yo, acaso más robusto y, por supuesto, más grueso, se engalló y estuvimos a punto de intercambiar una cantidad indeterminada de puñetazos en la cocina. Mamá se interpuso.

De camino a la taberna, Raúl me rogó que el asunto de los judíos no saliera a relucir en la conversación con el señor Héctor. Al parecer se iba arrepintiendo de sus palabras dichas en casa. Nada más tomar asiento a la mesa, lo delaté.

«Mi hermano cree que eres judío y te llevas a mamá para siempre a Jerusalén.»

A Héctor le entró una risa como de abuelo tierno, con un meneo simpático de hombros, y Raúl, enfrente de mí, encendidas las mejillas por el rubor, apretaba los dientes soñando a buen seguro que me los clavaba donde el mordisco más pudiera dolerme.

Héctor, de quien dimos por hecho que costearía las consumiciones, como así fue, aclaró propósitos, expuso pormenores biográficos suyos y respondió a preguntas, algunas tan impertinentes que yo no sé cómo las aceptó. Creo que abrigaba vanas esperanzas de apaciguarnos con su elocuencia de señor aplomado. No comprendió que él no era más que el objeto sobre el que mi hermano y yo habíamos tramado poner en acción nuestra rivalidad. Transcurrida una hora, pidió la cuenta y se despidió de nosotros con las cejas tristes, convencido, según supimos al cabo de unos días, de que Raúl y yo vetábamos su relación con mamá.

9

Héctor Martínez había ejercido de dentista hasta la jubilación, con consultorio propio en el barrio de Salamanca. Tenía dinero, eso se notaba, y tenía un hijo en Canadá, casado con una mujer de allí. Del hijo hablaba poco, tan sólo si se le preguntaba directamente por él, y en tales casos sus respuestas eran siempre lacónicas. Mamá nos reveló que padre e hijo no se trataban por una discordia grave que había habido entre ellos.

A mí Héctor me parecía un hombre sin apenas vitalidad, bueno y soso. Era un hombre muy leído y muy viajado; pero roto por dentro como consecuencia de la muerte de su mujer y de su desavenencia de difícil arreglo con el hijo.

Vestía por lo común de traje y corbata, no sólo en los días festivos, y lucía un bigotito canoso que en el primer encuentro nos dio mala espina. Estábamos convencidos de que profesaba ideas conservadoras. Puestos a indagar en su pasado, tuve la desfachatez de preguntarle de sopetón, mientras devoraba las croquetas de bacalao y unas patatas bravas con picante a que nos había convidado, si años atrás había sido franquista. Yo estaba seguro de ello y me parecía que la pregunta había de señalar el derrumbe de sus disimulos. ¿Se pensaba que podía engañarnos? Imaginé al espectro de papá dándome una palmada de aprobación en la espalda. La cara de mi hermano traslucía asombro admirativo.

Héctor respondió sin alterarse que su relación con el régimen de Franco estuvo condicionada por la doble circunstancia de haber sido hijo de un republicano represaliado y hermano de un militante de la UGT fusilado durante la guerra, a la edad de veintinueve años, por miembros de la Falange. Su padre, añadió, condenado inicialmente a muerte, se había acogido a la llamada Redención de Penas por el Trabajo, participando como obrero raso en la construcción del Valle de los Caídos. La serenidad de sus palabras y una como reposada y antigua tristeza que asomó de repente a sus ojos me colmaron de vergüenza, hasta el punto de que torpemente, para compensar el desacierto de mi conducta, conté que mi padre había sido torturado en la Dirección General de Seguridad. En adelante y casi hasta el final del encuentro, preferí ocuparme de las croquetas y las bravas, y dejar que la paranoia de mi hermano llevara el peso de las preguntas.

¿Qué más? Pues me acuerdo también de que Héctor era un gran aficionado al teatro y a los espectáculos musicales, con abono en el Teatro de la Zarzuela. Por mamá supimos que almacenaba en su casa cerca de tres mil discos de vinilo, con preferencia de música clásica, pero también de flamenco y jazz y, en fin, de todas clases. Tocaba algo el piano y de vez en cuando se animaba a componer pequeñas piezas, si bien yo nunca tuve ocasión de comprobar sus habilidades con el teclado.

Nos declaró asimismo a mi hermano y a mí en la taberna cuáles eran sus intenciones con respecto a nuestra madre. Simplemente deseaba hacerla feliz a cambio de su compañía. No quería nada más: salir con ella, llevarla a restaurantes y conciertos y ofrecerle, si se lo consentía, un poco de afecto. Nos calificó de afortunados por tener una madre como la que teníamos.

Juzgo improbable que al final de la reunión no se diera cuenta de que seguía cayéndonos tan mal como al principio, a pesar de las croquetas de bacalao, las patatas bravas con picante y los buenos propósitos.

10

Mamá nos trajo de Jerusalén una caja de dátiles a cada uno, sendas menorás de latón pulido y unos posavasos de cerámica en los cuales podía leerse la palabra *Shalom* escrita con letras latinas. Raúl y yo le agradecimos fríamente los regalos. Él metió los suyos en un cajón; yo metí los míos en otro y, a excepción de los dátiles, los olvidamos.

Once días nos dejó mamá solos, con el frigorífico repleto de provisiones y una cantidad exagerada de guisos en el congelador, cada uno señalado con un rótulo en su respectivo recipiente. Nosotros aprovechamos la ausencia de autoridad materna para pelearnos sin cuartel, quizá no tanto espoleados por la discrepancia como llevados del acuerdo tácito de mostrar a mamá los efectos negativos de habernos abandonado.

No hubo más remedio que sacudirle a Raúl una ración de tortas después que me hubiese amenazado con revelarle a mamá que yo pasaba las noches fuera de casa, y no es que a mi edad de aquellos días alguien me pudiese impedir entrar y salir cuando me viniera en gana; era la mala fe, el deseo de joder, la índole pegajosa del soplón vocacional lo que encalabrinó mi mano. A Raúl se le fueron agotando la paciencia y la mansedumbre, de manera que con motivo de la última agresión se defendió. Me pilló desprevenido. A mamá le conté que los arañazos en la cara se debían a un tropiezo con un seto del campus.

Ni Raúl ni yo mostramos especial interés por la crónica del viaje a Jerusalén. Varias veces mamá se arrancó a enumerar en nuestra presencia, sin que se lo hubiéramos solicitado, detalles de los sitios que había visitado con Héctor Martínez, del hotel donde se alojaron, de una excursión que habían hecho al mar Muerto y otra a San Juan de Acre, y, en fin, de diversas iniciativas de tipo turístico que a mis ojos de entonces, no sé si a los de mi hermano, me resultaban burguesas, retrógradas; en una palabra, despreciables. Mamá insistía en ponderar la generosidad de su acompañante. Por aquella vía no lograba sino que Raúl y yo torciéramos el gesto o pusiéramos los ojos en blanco.

Al final mamá estalló. Hoy me asombra que no lo hubiera hecho antes. Perdió la contención un día en que me permití con ella una refinada crueldad. Y fue que, contra lo que nos había prometido, permitió que Héctor subiera a casa a buscarla una tarde en que los dos tenían previsto asistir a una función en el Teatro de la Zarzuela. No me supo bien que aquel hombre, por muy santo que fuese, plantara los pies en nuestro territorio, de forma que, no bien lo oí llegar, como protesta corrí a ponerme la corbata que yo conservaba de papá. Mamá prefirió tragarse el rescoldo de su rabia y esperar a la mañana siguiente, cuando estuviéramos solos, para endosarme una bronca de cuidado. De paso convocó a Raúl en la cocina, escenario habitual de las reconvenciones maternas. Le afeaba idéntico comportamiento repugnante e infantil con respecto a Héctor. Dijo estar indignada por nuestros pésimos modales; pero sobre todo por nuestra ceguera al no darnos cuenta de que la única posibilidad real de financiarnos unos estudios universitarios dependía en buena parte de la munificencia de aquel señor que era absolutamente bueno con ella y que con gusto lo sería asimismo con nosotros si se lo permitiéramos y aunque no nos lo merecíamos. Y todo ¿por qué? Pues porque éramos unos mocosos arrogantes, maleducados y posesivos, además de unos tontos del culo y más cosas por el estilo que dijo a grito pelado y ya no recuerdo. Embellecida por el enfado, afirmó que ella no era propiedad de sus hijos ni tenía por qué someter sus decisiones a nuestra aprobación, pues el único hombre que le podía dar órdenes estaba reducido a huesos en una tumba.

Mamá no paró de reñirnos hasta que mi hermano y yo prometimos no boicotearle en el futuro su relación con Héctor. No satisfecha con habernos inducido a reconocer nuestra maldad y nuestra culpa, pretendía que pidiéramos perdón al hombre que le aportaba un grato aliciente en la vida, y hasta insinuó que no nos prepararía la comida si no lo llamábamos de inmediato por teléfono. A nosotros semejante exigencia se nos antojaba excesiva. Además, nos daba corte ponerla en práctica y así se lo hicimos saber a nuestra madre, a quien poco a poco conseguimos ablandar. Al final, por la paz de la familia, ella se conformó con nuestro compromiso de guardarle a Héctor el respeto que, en su opinión, nunca debimos haberle negado.

11

Necesitaría cientos de dedos para contar las veces que me tentó arrearle una bofetada a mi hijo. Nunca le pegué. Puede que en alguna situación de estrés le apretase un poco el brazo o le diera un pequeño empujón; pero lo que es una bofetada yo nunca se la di.

Jamás le puse la mano encima a mi mujer. Ni su padre ni el mío podrían afirmar lo mismo con respecto a la suya. El difunto fascista y el difunto comunista compartían idéntica noción jerárquica, patriarcal, totalitaria, de la familia. Para completar el rompecabezas del victimismo, a Amalia le faltó la pieza anhelada de un marido maltratador. A su pirotecnia verbal de reproches no le quedó otro remedio que acusarme de violencia psicológica y no tengo la menor duda de que la jueza, anteponiendo la solidaridad entre féminas a las pruebas, se tragó el cuento.

Me habría procurado un placer enorme partirles la cara por mal comportamiento a muchos alumnos en el curso de mi carrera docente. Ni aunque el castigo físico hubiera estado permitido, yo lo habría aplicado. Me conformé con soñar de vez en cuando que flagelaba a los peores hasta desollarlos.

En el colegio, de niño, no pertenecí jamás al grupo de los pegones. Tan sólo me impliqué en alguna pelea de poca monta y más por atacado que por atacante. Si algún compañero me serraba los nervios, yo me desquitaba convirtiéndolo en blanco de mi ironía o por cualquier otro método dialéctico que me sirviera para mostrarles a él y a los testigos su inferioridad intelectual. Las palabras urticantes se me daban bien y por eso los compañeros de clase que no carecían de inteligencia y los otros seguramente por imitación preferían estar a buenas conmigo.

Recuerdo como una excepción la patada que le aticé a un latino caído en el suelo durante la pelea en que nuestro amigo Nacho recibió un navajazo.

A pesar de mi aversión a la violencia, hice sufrir lo indecible a mi hermano, con quien sí se me fue la mano más de una vez. ¿Por qué? Diré la verdad: lo ignoro. Quizá porque lo tenía a mi lado en casa a todas horas y era menor que yo, o porque me gustaba el sonido de sus carnes blandas golpeadas, o porque me disputaba la atención y el afecto de mamá. Puede que por todo eso y por nada. Ya adultos los dos, confié en que el tiempo le hiciera olvidar las perrerías que le hice. El cabrón se acuerda de todas.

He estado considerando seriamente la idea de introducir una nota dirigida a Raúl en un bolsillo de mi indumentaria de suicida. Podría dejarle escrita una solicitud escueta de perdón; pero, conociéndolo, no me sorprendería que se la tomase a mal. Sospechará que traté de limpiar mi conciencia en el último momento o que me quise mofar de él una vez más. Lo estoy viendo. Encendido de ira, rasgará la nota como si me rasgara a mí.

12

Clin, clin, tintineo de cucharas contra la loza. Cenábamos. Resulta que Raulito, siete años por entonces, no quería ir más al colegio. Según contaba, voz asustada, mirada gacha, era objeto de burlas a diario y un niño de su curso se divertía pegándole cada dos por tres.

«¿Y la maestra no hace nada?»

«No lo sabe.»

«Díselo tú. ¿Para qué tienes boca?»

«Es que no me atrevo.»

Esto es lo que en la actualidad llamaríamos acoso escolar. En aquella época no tenía nombre y quizá por ello no había tanta conciencia como ahora del problema. Raulito era el gordo de la clase, además de un niño bueno y dócil: el juguete ideal para el resto. Algo en él excitaba el instinto agresivo de sus congéneres. Lo mismo me pasaba a mí.

Durante la cena, en lugar de mostrarse comprensivo, papá lo acusó de cobarde. Que qué clase de hombre era si no sabía plantar cara a sus agresores. Mamá intervino, apaciguante, conciliadora. Y papá la mandó callar, diciéndole que ya bastaba de mimos, joder, que luego los hijos salen como salen, blandos y ñoños. Mamá calló y papá, con su voz poderosa, le dijo a Raulito que no quería oírle hablar de problemas en el colegio, que cogiera un palo y se defendiera. Y como Raulito le respondiese que si cogía un palo la maestra lo castigaría, papá le replicó que no se preocupase, que ya se encargaría él de pararle los pies a la maestra y a quien hiciera falta.

Tras la cena, papá se encerró conmigo en el cuarto de baño. Me puso una de sus manos enormes, gran honor, sobre un hombro y, acercando su bigote amarillento a mi oído, me susurró si yo no podría pegarle un susto al chaval que se metía con Raulito. «Te enteras de quién es, le sacudes un par de leches y me lo acojonas bien acojonado.»

Al día siguiente, descubrí un inconveniente que papá no podía conocer. Y era que el chaval a quien yo debía dar un escarmiento en defensa de mi hermano tenía el suyo propio en un curso por encima del mío. Este hermano mayor era, por añadidura, un mocetón ancho y fornido; así que, después de pensármelo con cierto detenimiento, les pedí a dos condiscípulos de confianza que me acompañaran para crear entre los tres la apariencia de banda y opté por amedrentar al pequeño tan sólo de palabra después de atraerlo a un rincón del patio, donde lo agarré de la pechera del jersey y le dije el nombre de mi protegido y las consecuencias de volver a pegarle. Si había entendido. Respondió que sí y lo solté.

Años más tarde, una vez que Raúl me vino con los puñeteros reproches sobre el trato que yo le había dispensado de niño, le pregunté si se acordaba de cuando lo defendí en el colegio y logré que durante una temporada sus compañeros de clase lo dejaran en paz; pero no se acordaba. Ese sólo se acuerda de lo que le interesa.

13

Esta noche, cansancio, ligero dolor de cabeza, no me apetece desempolvar recuerdos. Vuelvo a la colección de notas anónimas. La siguiente del fajo dice así: «Se rumorea que no pones interés en tus clases, que no las preparas y son aburridas. Es de suponer que la vida que llevas de hombre venido a menos, tu falta de alicientes y tu poco arranque te bajan el ánimo y te desmotivan; pero los alumnos ¿qué culpa tienen? Si no estás en condiciones de desempeñar adecuadamente tu trabajo, deja el puesto a una persona capaz. No vales para nada».

La nota me dolió.

Imposible atribuírsela a Amalia. Por aquellos días ella estaba de viaje en el extranjero con su amiga Olga. No me lo ocultó. «Me voy con Olga a Londres. De compras y a conocernos mejor.» Así de claro.

También se me ocurrió que Amalia podría haber escrito aquellas líneas de contenido intemporal antes de ponerse en camino, y que luego le había pedido a alguna persona de su círculo de amistades que depositase la nota en mi buzón durante su ausencia. Hasta pudo haberle dejado la llave del portal. No sé, demasiado retorcido. Y, además, ¿para qué?

Definitivamente alguien me espiaba. Pensé en un detective que me siguiera a todas partes, en Orwell y el Gran Hermano, en una confabulación de gente malvada, deseosa de hacerme daño; pero en todos los casos me tropezaba con la misma pregunta: ¿para qué?

¿Qué beneficio, recompensa o placer podía esperar quienquiera que dedicase tiempo y esfuerzo a vigilar a un don nadie?

¿Se estaba apoderando de mí el delirio persecutorio?

14

Al punto me di a disfrutar de las ventajas que suponía para mí el que Raúl hubiera colocado su cama en la sala, dejando para mi completo usufructo la habitación hasta entonces compartida. Esta circunstancia me facilitaba la acogida de amigos en casa. No es que antes no pudiera hacerlo; pero con mi hermano ahí al lado, estudiando a la luz del flexo y conminándonos a hablar más bajo, las posibilidades de diversión eran limitadas. El gordito tenía, además, que acostarse pronto, más que nada por joderme, porque a sus diecisiete, ya casi dieciocho años, nos había salido un empollón obsesionado con dormir sus ocho horas diarias.

Le tomé gusto a pasar las tardes encerrado en mi habitación con la pandilla, a veces hasta altas horas de la noche. Nos sentábamos en el suelo o sobre la cama porque sólo había una silla y durante horas escuchábamos discos, hablábamos de libros, mirábamos películas del videoclub, jugábamos a las cartas y fumábamos porros con la puerta cerrada con llave. Mi habitación era mi coto vedado. Allí mandaba yo. Allí nadie me decía cómo tenía que comportarme ni a qué hora exacta debía apagar la luz.

De vez en cuando me encerraba con una amiga. Hoy esta, mañana la otra. Los ochenta fueron años de promiscuidad y de pasarlo bien a tope, como se decía en la jerga de la época, y después vino el sida, pero esa es una historia oscura que pudo pero no llamó a mi puerta.

Hoy se quedaba a dormir conmigo una compañera de estudios, mañana una chica conocida horas antes en un bar de Malasaña, a la que quizá ni siquiera me acordaba de preguntarle el nombre. Un sábado, de madrugada, se metió en mi cama una mujer de entre treinta y cuarenta años. Nunca antes la había visto ni la volví a ver. Me abordó en la planta baja de La Vía Láctea, mi bar favorito de entonces; fue directa al grano y ella misma pagó el taxi. Subida encima de mí, me pareció que follaba como si tuviera prisa, como si estuviera huyendo. El mundo parecía lleno de gente desesperada, gente que mendigaba placer, a la que le temblaban las manos. Consumado el coito, la acompañé en paños menores hasta la puerta, donde se despidió de mí con lágrimas en los ojos, dándome las gracias con una extraña intensidad.

En una ocasión, sin decir palabra, mamá depositó encima de mi escritorio un paquete de preservativos, de donde deduje que no ponía objeciones a mi modo de vida. «Lo único que te pido», me dijo días más tarde, «es que apruebes el curso.»

15

En una de aquellas noches de mi juventud ocurrió un suceso chusco que no puedo menos de evocar con cierta lástima hacia mi hermano. Preferiría pasarlo por alto; pero ya van tres noches seguidas que la escena me viene a la memoria y temo que, si no la pongo por escrito, me va a estar persiguiendo hasta el final de mis días.

Resumiendo, Piluca había venido a pasar la noche conmigo. Piluca era una compañera de estudios no del todo guapa, pero sana y alegre y una de las mujeres más desinhibidas que yo he conocido. Por sus días de estudiante universitaria ya mantenía relación sentimental con el chico que años después sería su marido y padre, supongo, de sus dos hijas. Piluca te invitaba a su cuerpo como otros te invitan a una taza de café; eso sí, siempre y cuando mediase simpatía mutua y no olvidaras facilitarle su parte de gozo. La apretaban ciertos apremios de naturaleza erótica que el aburrido de su novio no era capaz de aplacar, y de vez en cuando ella y yo conveníamos en tener secretamente un gusto físico. Bastaba una pregunta: «¿Cómo andas de ganas?», formulada por cualquiera de los dos, para establecer sin mayores trámites una espontánea y deleitosa comunicación genital.

La cuestión es que una noche entre semana, con un frío severo en la calle, Piluca me acompañó a casa. Nadie nos sintió llegar o al menos nadie salió a nuestro encuentro. Yo le procuré a mi amiga, atendiendo a sus instrucciones, el deseado orgasmo, servicio que requería del olvido momentáneo del interés propio; a continuación, ella dio lugar al mío con una generosidad de ofrecimiento corporal similar al de Tina, sólo que con un grado mayor de implicación, lo cual se agradece. La hora tardía y la temperatura invernal de fuera convidaban a compartir colchón hasta el amanecer. Apagada la luz, nos dispusimos a dormir desnudos, arrimados el uno al otro a causa de la estrechez de la cama. Estando a oscuras y en silencio, calientes los cuerpos, además de satisfechos, se abrió lentamente la puerta, la cual yo ya no cerraba con llave porque todo el mundo en casa tenía asumida mi prohibición de ser molestado. En la claridad tenue procedente del pasillo se perfiló la silueta de un joven metido en carnes que se acercaba con pasos sigilosos a mi cama. A todo esto, susurró mi nombre como para asegurarse de que yo no dormía y acto seguido, sin percatarse de que era escuchado por cuatro oídos, dijo en voz baja: «Creo que el señor Héctor está en casa y se ha acostado con mamá. No se ve luz por las rendijas. ¿Qué hacemos?». Y como yo no respondiese, Raúl insistió, urgido de poner por obra algún tipo de represalia contra el intruso: «Tenemos que hacer algo».

Me creía solo aunque éramos tres bajo la manta: Piluca, yo y la vergüenza que el tontaina me estaba haciendo pasar. Calló de pronto, en espera de mi respuesta; pero la que le respondió, no sin dureza, fue una voz femenina que le dijo: «¿Por qué no dejas a tu madre follar en paz?».

Se oyeron balbuceos en la oscuridad: «Ah, ¿estás con alguien?». La silueta adiposa se apresuró a abandonar de puntillas la habitación. Durante varios días mi hermano no me dirigió la palabra, ignoro si enfadado o corrido o las dos cosas a la vez.

16

Apenas terminada la carrera y con la única excepción de mis amigos más cercanos, perdí de vista a todos los compañeros de la facultad. Exentos de las obligaciones que nos convocaban en las aulas, se produjo una dispersión general y, desde el primer instante, el tiempo se aplicó a lo que mejor sabe hacer, a la tarea minuciosa de avejentarnos.

De uvas a peras, en un restaurante, en una tienda, a la entrada del cine o yendo por la calle, reconocí, a veces sin estar del todo seguro, a un antiguo condiscípulo en el señor calvo adosado a una panza complacida o en aquella señora peripuesta de la que no quedaba un asomo de la esbeltez de antaño. Sé, porque lo leí o porque me lo contaron, que los avatares relacionados con la profesión llevaron a más de uno a afincarse en el extranjero y que hubo quien acabó dando clases en la misma universidad donde nos habíamos licenciado. Me consta que al menos dos descansan bajo tierra.

Entre los pocos estudiantes de mi promoción de quienes todavía me llega alguna que otra noticia está Piluca, periodista que goza de notable presencia en la prensa escrita y autora de novelas de éxito mediano.

Hará cosa de dos décadas, minuto arriba o abajo, me enteré de que iba a presentar un libro propio en la librería Alberti, escoltada por un escritor de renombre. Empujado por la curiosidad y acaso también por la nostalgia, sin decirle a Amalia una palabra de mi propósito, decidí asistir al acto. Vi a Piluca un tanto apocada junto al escritor famoso y demasiado agradecida: agradecida por la asistencia de unas cuarenta personas, agradecida a la dueña de la librería, agradecida a la directora de su editorial allí presente, agradecida al escritor mediático sin el cual me da a mí que la concurrencia habría sido bastante más reducida.

Al final de la presentación compré un ejemplar. Cuando me llegó el turno, le pedí a su autora que me lo dedicara. Piluca me reconoció al instante; de hecho, según me contó con franqueza sonriente, ya me había echado el ojo durante el acto. Se puso de pie para obsequiarme con un abrazo y un doble roce de mejillas, y alabó mi aspecto. Se desprendía de ella un aroma de producto cosmético que me decepcionó por no parecerse nada a su olor tibio de cuando éramos estudiantes. Quizá era eso lo que yo había ido a buscar a la librería sin darme cuenta: un vestigio corporal, por muy pequeño que fuera, de nuestra juventud perdida.

Piluca me hizo un rápido resumen de su situación personal: el divorcio en vías de consumación y dos hijas que le traían «por la calle de la amargura», y tuvo la deferencia de preguntar qué tal me iba. Hablamos apenas dos minutos. «¿Te acuerdas?», dijo sin especificar de qué tenía yo que acordarme. Mientras me escribía una dedicatoria, me fijé en el dorso de su mano, atravesado de venas. Ay, la edad. Había detrás de mí otras personas haciendo cola en espera de obtener una firma de la autora. Me despedí de Piluca deseándole de corazón mucho éxito. Ella me correspondió deseando que su libro me gustara y también me deseó felicidad.

En los días siguientes leí su novela. Comencé la lectura con un interés que no duró más allá de una docena de páginas. Quizá la culpa fuera mía por mi incapacidad de hallar placer en este tipo de libros. Libros que indagan en lo íntimo; que intentan contar historias duras, fuertes, pero artificiosas y, a la postre, cursis. Libros que no me dejan huella, superficiales en su pretencioso psicologismo, en el excesivo peso de la introversión sentimental en ellos.

Me sorprendió el escaso provecho literario que Piluca, tan ardiente de joven, extraía en el texto a diversos lances eróticos, descritos con una prosa fríamente informativa. Hoy ella se ha sumado a la corriente feminista y publica unos artículos bastante feroces en los que cuestiona, incluso ataca, la maternidad y sus consecuencias, en la cual ve una condena de la naturaleza cuyo ejecutor o verdugo es el varón o al menos un determinado tipo de varones.

Le he hablado esta tarde de ella a Patachula. Mi amigo, que la conoce por los artículos de prensa, no la traga. «El problema de esta señora», ha dicho, «como el de tantas otras de su calaña, es que escribe mal, es fea, no tiene un puto pensamiento propio y lo sabe. Por eso se agrega al coro de los grillos que cantan a la luna, a ver si opinando en grupo su mediocridad pasa inadvertida.»

No le he revelado a Pata lo mucho que Piluca, después de tantos años, sigue significando en mi particular orbe mitológico; la simpatía que le profeso, el bien inmenso que le deseo. Por lo demás, no me parece que escriba peor que otros escritores actuales que reciben aplausos y ganan premios.

17

Tanto como llevar a cabo un intento de alegrarle la tarde a mamá, de nuevo he querido comprobar si su mermada memoria todavía conservaba algún recuerdo. Ha sido como tirar una piedrita a un pozo profundo y mantener, mientras duraba la caída, la esperanza de que el sonido del impacto confirmase la existencia de agua en el fondo. En lo que respecta a mamá, me temo que el pozo está definitivamente seco.

Yo no puedo cantar la letra de la canción puesto que nunca la aprendí. Ni siquiera albergo la certeza de que el fragmento de melodía que he estado silbando en el jardín de la residencia se corresponda con la música original. A mamá se le ha dibujado una leve sonrisa en la cara. A decir verdad, ya estaba sonriendo antes que yo me pusiera a silbar y su sonrisa, que nada significa, que nada expresa, continuaba en sus labios minutos después que yo hubiese guardado silencio. No descarto la posibilidad de que le haya causado gracia o le haya resultado agradable el simple hecho de oír silbidos. Tras varias tentativas sin reacción ninguna por su parte, he puesto fin al experimento aceptando mi fracaso.

Treinta y tantos años atrás, con sus facultades mentales intactas, no era raro que mamá se soltase a entonar la canción mientras despachaba las tareas domésticas o ante el espejo de su tocador, cuando se preparaba para salir. A veces se limitaba a tararear la melodía con gorgoritos como de cupletista de tiempos antiguos. Sé que la letra hablaba de un enamorado que dirige requiebros a una mujer; pero no recuerdo ningún verso. Empezó a extrañarme la presencia reiterada en la voz de mamá de aquella canción desconocida para mí, que ni sonaba en las emisoras de radio de la época ni ella, apenas dotada para la música, había cantado nunca hasta la fecha. Así que le pregunté qué canción era aquella que no se le despegaba de la boca. Al principio me respondió con evasivas. Yo insistí, seguro de que trataba de ocultarme algo. Me reveló finalmente que Héctor había compuesto la canción para ella. Añadió que por favor no se lo contase a mi hermano.

Pobre mamá. Si al menos conservara un último recuerdo, el de los sonidos de unos días de felicidad...

18

A Patachula no se le termina de cicatrizar la llaga que le cauterizaron hace un mes. El médico le ha dicho que estas cosas llevan su tiempo. Compró a principios de otoño un billete de avión con la idea de pasar el Fin de Año en México; pero abriga la duda de que su estado físico le permita emprender el viaje. Por lo visto, tiene contratados con la agencia el alojamiento en hoteles de distintas ciudades y una excursión al Yucatán.

Según me cuenta, no le duele nada. ¿Entonces? De vez en cuando se levanta un costado del apósito delante del espejo, ya sea en su casa o en el cuarto de baño de la oficina, y el *noli me tangere,* como a veces lo llama, reaviva en él los augurios más funestos.

Pata se supera como interlocutor cuando está preocupado. Es un caso típico de hombre que mejora sustancialmente con ayuda de la angustia. Si algo lo perturba, si lo acucian el temor y las tribulaciones, nuestros diálogos ganan en hondura de ideas y en densidad confidencial. Viéndolo serio, deprimido, me animo a comunicarle pensamientos que, cuando cultiva su faceta cínica y bromista, prefiero guardarme para mí.

De pronto, sin que lo dejaran entrever las cuestiones que veníamos tratando hasta ese momento, nos hemos puesto a hablar de mi proyectada despedida, que hoy a mi amigo le parecía por fin (y ya iba siendo hora) un asunto con visos de cumplimiento en la fecha prevista.

«Te noto decidido.»

«¿De qué te sorprendes?»

También él considera probable quitarse la vida si le siguen saliendo llagas. Alega otras razones: la falta total de estímulo para el trabajo, la soledad que se abatirá sobre él si yo no estoy, las ganas de vomitar que le produce la actualidad política española, el cansancio vital, el odio al propio cuerpo desde que perdió la juventud... La mueca ostensiva de repugnancia con que ha dicho esto último, mirando hacia el ventanal a la manera de quien desdeña el mundo y todo lo que en él se contiene, sin distinción entre lo hermoso y lo feo, lo noble y lo ruin, me ha hecho pensar que acaso no sea tan descabellada la idea de que nos lleven a los dos el mismo día al tanatorio.

De ahí a poco la conversación ha derivado hacia el modo de poner fin a mis días. «¿Tienes resuelta la cuestión? ¿Necesitas ayuda logística?» Le he dicho la verdad, que aún no he planeado nada. Lo único que sé seguro es que me gustaría superar el trámite con rapidez y sin dolor.

Patachula, víctima de un malentendido, se ha mostrado dispuesto a agenciarme un arma de fuego. Afirma que me podría conseguir sin dificultades y a buen precio una de manejo sencillo. No le faltan contactos. Como me parecía que este no era un tema de conversación adecuado para el bar, con bastante parroquia en aquellos instantes, he sugerido que saliéramos a caminar por el barrio. Durante el paseo, con *Pepa* a nuestro lado, le he explicado a mi amigo por qué descarto la opción de volarme la tapa de los sesos. Es por una historia que viene de lejos, de cuando hice el servicio militar en el cuartel Tetuán 14 de Castellón de la Plana a mediados de los años ochenta. Una noche en que me tocó hacer guardia ocurrió un suceso trágico cuyo recuerdo, le he dicho, todavía me sobrecoge. No quiero que nadie tenga la misma experiencia desagradable por mi culpa.

Mi muerte será silenciosa y limpia, fuera de casa, con toda probabilidad de noche en un banco del parque. Por nada del mundo quiero acabar desfigurado. ¿Qué pensarían mis parientes y mis alumnos si vieran imágenes repulsivas de mi cadáver en algún programa sensacionalista o en las redes sociales? No quiero que ningún medio de comunicación se aproveche de mi charco de sangre para impresionar al público, aumentar la audiencia, atraer publicidad, hacer negocio...

19

A Patachula le conté ayer el episodio un poco por encima. Viéndolo tan preocupado por su llaga, no me apetecía abrumarlo con detalles escabrosos de una historia de cuartel que ni le va ni le viene. Entiendo que este tipo de asuntos no le merezcan el menor interés. Me ocurría a mí lo mismo en tiempos pasados. Tan pronto como algún conocido hacía amago de desempolvar en mi presencia sus recuerdos de la mili, me entraban unas ganas incontenibles de salir huyendo.

El caso es que un chaval canario de mi compañía se suicidó una noche sin que nadie supiera por qué, ni siquiera los soldados con los que más se relacionaba. Que si le habían denegado un permiso, que si su novia le había contado por carta que salía con otro. Infundios, rumores, habladurías. El canario era abuelo, según la jerga del cuartel, cuando se mató y yo un pollo llegado no mucho tiempo antes del CIR n.º 8 de Rabasa.

De aquel año de mi juventud tirado a la basura sólo recuerdo con gusto el invierno suave que tuvimos. Y fue precisamente un sábado de la estación invernal, antes del amanecer, cuando al canario, que era un chaval introvertido al que le faltaban unos meses para licenciarse, se le debieron de cruzar los cables. Yo lo conocía poco. Un día, en un descanso de la instrucción que hacíamos por las mañanas en un paraje campestre llamado Montaña Negra, me pidió un cigarrillo y se lo di; otro día le pedí yo a él uno y me lo dio.

Me tocó hacer guardia con él la noche de su suicidio, si bien en turnos distintos. A mí me asignaron el que nos partía la noche por la mitad, con diferencia el peor de todos. El de medianoche, bastante jodido también, o el más cercano al alba nos permitían por lo menos dar una larga cabezada sin interrupción en el banco corrido que llegaba hasta la misma entrada de los calabozos. Las guardias diurnas (no cuento las de los fines de semana, equivalentes a castigos) me gustaban más que la instrucción y no por nada, sino porque me pasaba las horas en la garita leyendo. A la luz del sol era también más fácil esconder la brasa del cigarrillo. De noche había que tomar precauciones.

Hice la guardia nocturna de aquella noche de viernes a sábado en la única garita que no daba al exterior del cuartel, la del polvorín. Había estrellas, fumé unos cuantos cigarrillos, me relevaron. Y estando de nuevo en el cuerpo de guardia, rendido de sueño, sonó una detonación en el silencio de la noche, un ruido suelto, amortiguado por la distancia, que en un primer momento no alarmó a nadie, pues nadie lo identificó con un disparo. Pero se conoce que, pasado un rato, al oficial de guardia lo debió de escamar que el centinela de la garita que daba a la autopista no atendiera al teléfono durante la ronda habitual de llamadas.

Por suerte no me mandaron ir con otros soldados a retirar el cuerpo del canario. A uno de los que lo bajaron de la garita le oí decir que tenía la cara destrozada. Sí vi el chopo con el que el canario se había disparado. Y ya empezaba a clarear cuando el sargento, «a ver, tú y tú», nos mandó a dos soldados y a un cabo con trapos y dos cubos de agua a limpiar las paredes de la garita. Mis acompañantes, el uno por veterano, el otro por sus galones, se escaquearon y yo, por nuevo, tuve que subir solo al estrecho receptáculo de ladrillo y apechugar sin guantes ni protección de ningún tipo con la tarea ingrata.

Todavía, después de tantos años, la imagen que me viene a la memoria me revuelve el estómago. Hasta el último día de mi servicio militar le estuve guardando rencor al canario de los cojones. Se podía haber volado la cabeza en otro sitio; no sé, en Montaña Negra o abajo de la garita, entre los pinos.

20

He llamado por curiosidad y acaso por morbo al Teléfono de la Esperanza. Patachula me proporcionó ayer el número. Dice que lo usó en una ocasión, poco después de recibir el alta médica en el hospital. La vuelta a casa con un pie de menos, la condena a llevar prótesis, la merma en la movilidad, los dolores o el miedo a perder el trabajo significaron para él una humillación de proporciones descomunales. Una noche notó que la soledad lo asfixiaba más de la cuenta. Creo imaginar a qué se refiere, aunque no estoy seguro. Un torbellino de emociones negativas se desencadenó de repente en su interior, agravado por la conciencia de valer mucho menos que antes de su desgracia, de no valer en realidad nada. Un hombre incompleto en una sociedad despiadada. Incompleto para siempre. Le dio un arrebato y se puso a golpear con las muletas, de madrugada, los muebles y los tabiques de su vivienda. Un vecino lo amenazó con llamar a la policía. Pata conjetura que quizá le sucedió lo que al canario de mi cuartel, con la diferencia de que él, en lugar de valerse de un fusil, marcó el número del Teléfono de la Esperanza. Una enfermera se lo había anotado «por si acaso» en una hoja durante su estancia en el hospital.

A mi amigo la voz femenina al otro lado de la línea le resultó agradable; también el tono serio, al mismo tiempo cordial, y la disposición de la interlocutora a escuchar. La mujer se abstuvo en todo momento de endosarle a Patachula consejos, no digamos lecciones, y tras no breve conversación lo emplazó a llamar al día siguiente, a una hora determinada, para emprender alguna acción concreta en su ayuda. Le preguntó si tenía somníferos a mano. Los tenía. La mujer le rogó que por favor se tomase uno sin pérdida de tiempo. Mi amigo hizo caso, se durmió enseguida y un día después no llamó al Teléfono de la Esperanza como había prometido; lo uno, asegura, porque en realidad ya estaba por aquellas fechas en tratamiento psiquiátrico; lo otro, porque le parecía haber superado el rato malo que había tenido.

Yo he llamado esta tarde con escaso convencimiento. Desconozco la técnica de fingir desesperación. Estaba seguro de que la persona que me atendiese me tomaría por un bromista, por uno que llama para pasar un rato entretenido fingiendo encontrarse en una situación límite. Lo mío consistía más bien en un ensayo; en una escenificación sincera, aunque sin duda prematura, y por ello mismo injustificada.

El teléfono ha sonado largo rato sin que nadie se dignase atender a mi llamada. Diez minutos más tarde he hecho un segundo intento. Nada. He salido con *Pepa* a dar un paseo por el barrio y a mi regreso he llamado de nuevo al Teléfono de la Esperanza. «He decidido quitarme la vida el año que viene.» El tipo, al otro lado de la línea, ha emitido una serie de carraspeos, como si tratara de toser pero algo que le atorase la garganta se lo impidiera. «¿Cómo dice?» Así hablan los fumadores empedernidos. Su voz áspera me raspaba el tímpano. Era como si mi interlocutor estuviera masticando granos crujientes de café al mismo tiempo que hablaba, de forma que, al poco de iniciada la conversación, no me ha quedado más remedio que colgarle. «Esto no es para mí», he pensado.

21

Me fatiga que el asunto del suicidio salga a relucir con frecuencia en nuestras conversaciones. Aun sabiendo de mi incomodidad, Patachula insiste. No es por pecar de receloso, pero a veces sospecho que mi amigo se vale de una astucia sutil para caricaturizar lo que él llama la muerte voluntaria, convirtiéndola ante mis ojos en parodia sin que se note mucho, hoy un poco, mañana otro poco, con el velado propósito de apartarme de mi decisión. Ya una vez le dije (y me arrepiento) que no deseo para mí un desenlace de comedia.

En cuanto se hace público un caso nuevo, ya sé que Patachula se presentará por la tarde en el bar de Alfonso provisto de información adicional, recortes de prensa y lo que se tercie. Sentados los dos a la mesa en nuestro rincón de costumbre, no tarda en sacar algún que otro trozo de periódico y arrancarse a leer con fruición crónicas en las que rara vez faltan los pasajes subrayados, prueba de que, antes de venir al bar, ha estado ocupándose de la cuestión. Quien dice ocupándose, dice deleitándose. De nada sirve declararle que ya estoy al corriente de la noticia.

Sus comentarios entusiásticos me irritan casi tanto como la inmodestia de proclamarse experto en la materia. ¿Llevarle la contraria? Empresa vana. ¿Recordarle que hace poco hablamos de lo mismo? Empeño inútil. A la menor objeción o reproche por mi parte se defiende alegando que saca el tema a relucir no tanto por mi condición de suicida futuro como por mi oficio de profesor de filosofía. Despliega argumentos, porcentajes, datos, citas, en señal de que acude armado de ciencia al coloquio, y no es insólito que en algún momento del diálogo me suelte, como fumador que expele con delectación una bocanada de humo, la célebre frase de Albert Camus: «No hay más que un problema filosófico verdaderamente serio: el suicidio».

A mí esta afirmación, rebatible por el derecho y por el revés, me ha parecido desde la primera vez que la leí una ocurrencia gratuita. Yo no me resigno a ver en la vida un simple concepto, ni una pregunta fundamental, ni nada que se le asemeje. Vivir puede ser para mí y para mucha gente cualquier cosa menos una tarea filosófica. ¡Pues eso faltaba: suicidarse porque no cuadran las partes de un silogismo!

Yo juraría que la vida ha empezado a gustarme desde que sé que tengo en la mano la palanca para ponerle fin. Sólo por dicha razón se acabaron para mí los momentos insustanciales. Cualquier acto que yo lleve a cabo en la actualidad tiene un aire estimulante de despedida. De pronto, todo cobra sentido (sí, Patachula; sí, Camus), puesto que todo sucede con respecto a un punto exacto de referencia. Ahora sí, ahora es cuando juzgo de veras que la vida (los siete meses que me quedan) merece ser vivida. La certeza del suicidio me la hace apetecible, tal vez porque, después de probar el sabor dulce de la aceptación y la serenidad, me siento liberado de eso que llaman el sentimiento trágico de la existencia. Ya nada me ata. No me atan las ideas ni las cosas. El mundo sería, no sé si más bello, pero seguramente más pacífico, si todos los hombres conocieran desde la niñez la hora precisa de su última toma de oxígeno.

No hay mayor fraude ético que la negación de la muerte. Me reafirmo en el convencimiento de que la ilusión de inmortalidad está en la base de las peores tragedias colectivas. Vivir en función de una Idea, qué horror, aunque sea un horror susceptible de aportar consuelo. Sacrificar congéneres para que prospere una Idea y perpetuarse en ella, qué asco. Una buena lectura, un lengüetazo cariñoso de mi perra, la contemplación de unos vencejos en la luz del atardecer, eso me basta. Y luego todo se acaba como se acaba el día y ya está, para qué darle más vueltas.

22

Hoy han comenzado las últimas vacaciones navideñas de mi vida. Me he pasado el día huyendo de algo y hasta última hora de la tarde no he sabido de qué.

Por la mañana, mientras hacía una nueva selección de objetos con miras a diseminarlos por la ciudad, he tenido el televisor conectado a bastante volumen. Sin prestarles atención, he dejado que sonasen durante horas las voces de los niños que cantan los números premiados de la lotería.

El gordo ha terminado en siete. Luego, en el telediario de las tres de la tarde, he visto imágenes de algunos afortunados escenificando su felicidad ante las cámaras. Les acercan un micrófono. No hay uno que pronuncie una frase correcta. No dicen nada interesante, original, que invite a la reflexión. Todo en ellos es uniformemente elemental y simiesco. Daban saltos de júbilo a la entrada de una administración de lotería, agitaban botellas de cava antes de descorcharlas, algunos bebían a morro como manifestando que el dinero obtenido por azar los dispensa de comportarse con educación y elegancia, tal vez convencidos de que las buenas maneras son cosa de desgraciados o de pobres.

Nací y he vivido en un país chabacano.

Un país que maltrata la palabra.

Menos mal que no ha llovido. Y yo he deambulado sin rumbo por las calles, con *Pepa* y con mi maleta de viajero que no viaja, depositando aquí un plato, allá una taza o una copa. De esta manera me he desprendido de una parte de mi vajilla, que tampoco es que fuera numerosa. Y con cada trasto abandonado crece en mí la sensación de que se acerca el instante en que empezaré a flotar sobre el suelo.

En la calle he trabado conversación con varios desconocidos. A una castañera que atiende en Manuel Becerra, esquina con Ramón de la Cruz, le he endilgado un análisis la mar de sesudo en torno al alumbrado navideño de este año, mientras la buena señora me servía en silencio, con mitones ennegrecidos, un cartucho de castañas asadas. Y poco después me ha dado por vacilar a varios viandantes pidiéndoles que me indicaran la manera de llegar a un edificio de oficinas que sólo existía en mi imaginación. ¿Por qué hago esto?

Quizá Patachula, que es un sabelotodo del copón, me lo podría explicar; pero hoy, como anda con los preparativos de su viaje a México, no nos hemos visto.

Y cuando al llegar a casa, a eso de las ocho, me he apresurado a encender la radio, he comprendido de golpe que llevaba todo el santo día huyendo del silencio. Apenas comenzadas las vacaciones escolares, ya me falta dolorosamente el bullicio del instituto. Me faltan las estupideces de los compañeros en la sala de profesores y el vocerío insoportable de los alumnos, quién lo dijera. ¡Con las ganas que yo tenía de perderlos de vista!

Al fin entiendo por qué voy a seguir dando mis clases hasta el último día del curso, aunque nada me impediría quedarme en casa y renunciar a un sueldo que no necesito, puesto que con mis ahorros del banco podría tirar sin estrecheces los meses que me quedan de vida.

Repaso en medio de un silencio aplastante las líneas que escribí anoche. Caigo en la cuenta de que he cambiado de opinión, de que hoy pienso lo contrario.

23

Leo otra nota del fajo. Es de una exquisita brutalidad, afrentosa hasta decir basta, por lo que en su día no pudo menos de hacerme sonreír. La intención es tan obvia y la redacción tan zafia que no me resultó difícil desvincular de mi persona las afirmaciones del texto, como cuando a uno lo llaman hijo de puta y tanto el ofensor como el ofendido o como los posibles testigos saben que la injuria pretende cualquier cosa menos especificar la profesión de una madre.

Guardé el cuadrado de papel por no dejar incompleta la colección. Dice así: «La mujer se te pira de vacaciones con la querindonga y, mientras las dos se dan la vida padre, se meten mano y se revuelcan como gatas en celo sobre la alfombra de un hotel, tú cuidas del hijo, el chucho y la casa, limpias, cocinas, haces la compra y encima vas a trabajar. Eres un gilipollas de pura sangre. Mereces lo que te pasa».

24

Lo teníamos hablado desde hace tiempo y, como no me fío un pelo de él, se lo recordé varias veces por teléfono. «No olvides que la víspera de Navidad iremos a ver a la abuela.» Me agradó que en ninguna de las conversaciones opusiera resistencia o intentara escurrir el bulto sirviéndose de algún pretexto; pero esta mañana he temido lo peor al ver que pasaban diez, quince, veinte minutos de la hora acordada y no venía.

Ya no es un niño. A sus veinticinco años, yo debería depositar en él más confianza y compensar así el escaso aprecio intelectual que me inspira.

Aunque tarde, ahí ha aparecido con sus andares desgarbados, la cara hinchada y esa tez pálida suya de siempre, como si estuviera enfermo, no durmiese lo suficiente y le faltaran vitaminas. No lee libros, no aprende un oficio, no practica ningún deporte. En mi juventud, a este tipo de chavales los espabilaban en el cuartel. Suprimido en España el servicio militar obligatorio y a menudo, como en nuestro caso, sin un padre ejemplar en casa, ya no hay forma de enseñarles puntualidad, disciplina, orden, obediencia, espíritu de superación, fortaleza de carácter..., hombría. Arrastran todos un cansancio crónico, se atiborran de azúcar e hidratos de carbono, son lentos. Trabajo con adolescentes. Sé de lo que hablo.

«¿Qué hay, viejo?»

Mi hijo.

Llega con veinticinco minutos de retraso, que no justifica; pero por lo menos llega. Tras amagar con sacudirme un puñetazo amistoso en el pecho como si estuviera con uno de sus compinches, me envuelve en un abrazo de mocetón corpulento. Constato que en una pelea cuerpo a cuerpo me ganaría sin dificultad. Huele a limpio. Deduzco que se ha duchado hace poco y por un momento me agrada pensar que ese ha sido el motivo de su retraso.

Lleno de orgullo, me enseña su brazo derecho, tatuado desde la muñeca hasta casi el hombro con distintas imágenes, ninguna de las cuales por fortuna es un símbolo político. Lo felicito. ¿Qué otra cosa puedo hacer? Y le miento: «Te han dejado un brazo muy chulo». El brazo tiene en realidad un aspecto horrible. Parece quemado con una sustancia azul corrosiva. Adopto un tono de impostada severidad para preguntarle por la esvástica de la espalda. Poseído de súbito entusiasmo, se da la vuelta y se levanta la ropa para enseñarme que se tapó la esvástica hace un mes haciéndose tatuar nuevos dibujos encima y alrededor. Y sí, es verdad, la esvástica ya no se nota en medio del chafarrinón de adornos florales. A la altura de los riñones le veo unos puntos rojos; pero, suponiendo que se trata de granos reventados, no le digo nada. Me cuenta que su madre le ha costeado el arreglo de la espalda y lo ha premiado con cien euros diciéndole, con evidente propósito de comprometerme, que «a lo mejor tu padre también te da una recompensa». Yo me limito a aprobar la manera de proceder de su madre. En cuanto al dinero, «de eso ya hablaremos más tarde».

Previendo el panorama desalentador que nos esperaba en la residencia, por el camino le he prometido a Nikita que no nos quedaríamos mucho tiempo. He experimentado una acometida de emoción al verlo abrazar a su abuela. No me lo esperaba. Yo pensaba que él me había acompañado sin ganas, nada más que por cumplir un trámite y, de paso, estimular en mí la generosidad haciéndose el bueno. Mucho más grande que mamá, en el momento de inclinarse sobre ella, cubierta con la manta hasta el cuello, Nikita parecía un pulpo enorme envolviendo con sus tentáculos a una presa. Mamá, por supuesto, no lo ha reconocido. Ni a él ni a mí. Hoy la he encontrado más apática que nunca, sin posibilidad de levantarse de la cama ni de establecer con nosotros algún tipo de comunicación. Pierde saliva constantemente y han empezado a alimentarla por sonda. Me conmovía ver a Nikita, sentado a su costado, decirle frases amables, incluso cariñosas, y contarle algunos pormenores de sus andanzas actuales, por más que mamá no lo puede entender. Yo más bien había vaticinado que el chaval, de puro asco, permanecería a cautelosa distancia de la cama.

Al rato, Nikita me ha hecho un gesto para indicarme que ya bastaba de visita. Le ha dado un beso en la frente a su abuela, yo he hecho a continuación lo mismo y por último la hemos despedido desde la puerta fingiéndonos alegres y campechanos. Mamá no ha apartado un instante la mirada del techo.

Mientras nos dirigíamos al aparcamiento, Nikita, que esta mañana me parecía todo corazón y bondad, ha caído en la cuenta de que no le hemos llevado ningún presente a la abuela. Y yo le he dicho, para calmar sus remordimientos, que no hacía falta, que ella no se entera. Dentro del coche, él me ha comunicado sin tapujos su dictamen.

«Para mí que no llega a la primavera.»

«¿De dónde sacas tú eso?»

«La nariz no me engaña. La abuela huele a muerte.»

Aprovecho un semáforo en rojo para volver hacia él la mirada.

«Quizá el zopenco tenga razón», pienso. Lleva en cada oreja unas dilataciones negras de plástico. Cuando se las quite quedará a la vista un boquete en cada lóbulo por donde fácilmente le cabrá un dedo. Hago como si no me llamaran la atención, como si fueran la cosa más natural del mundo.

25

De la residencia de ancianos, ya cerca de la una, vinimos directamente a mi piso. Así lo habíamos convenido de víspera por teléfono, lo que me permitió esconder a Tina a tiempo en el armario. Nikita y yo teníamos acuerdo de almorzar juntos en la que suponemos que será la última vez que nos veamos este año. Yo lo habría invitado de buena gana a un restaurante; pero, como ahora trabaja de pinche de cocina (y de lo que le manden) en un bar, se empeñó en mostrarme su pericia con el manejo de cazuelas y sartenes, para lo cual me encargó la compra de ciertos ingredientes. No voy a ocultar que me produjo ternura su necesidad imperiosa de obtener mi aprobación. Yo estaba dispuesto a elogiarlo hiciera lo que hiciera. Cualquier bodrio que me hubiese servido yo lo habría calificado sin vacilar de delicioso.

No deseo burlarme de mi hijo. Se esforzó, eso es lo que importa, y su compañía después de una temporada sin vernos me hizo mucho bien. Que se le fuera la mano con el vinagre no me impidió estibar en el estómago mi parte de la ensalada. Los macarrones con salsa de tomate de frasco, mejillones de lata, queso rallado y albahaca desmenuzada, me parecieron sosos, pero comestibles. El filete empanado con pimientos fritos, sin duda la prueba más difícil del menú, fue lo que mejor le salió y yo así se lo hice saber para gran satisfacción suya. Lo elogié repetidas veces sin poder apartar la mirada de la hojita de roble tatuada en su frente. Y en un momento determinado, estuve a punto de abrazarlo de la pena que me daba; pero también agradecido por haberme dedicado unas cuantas horas de su vida.

Me contó peripecias ocurridas durante su trabajo, algunas relativas a la falta de higiene en la cocina del bar, donde no es raro, dice, oír el crujido de las cucarachas aplastadas bajo los zapatos de los que allí se ajetrean. Me pareció tan ostensible su deseo de moverme a risa que preferí no decirle que sus historias me estaban quitando el apetito. Yo no les veía la gracia ni a las cucarachas ni a otras guarrerías que contó; pero, por no contrariar su esperanza de alegrarme, me esforcé en escuchar sus palabras con gesto risueño.

Le pregunté cuánto le pagan. Muy poco, como yo sospechaba. Por lo menos, le dije, «tienes una fuente de ingresos y una ocupación». Su horario laboral tampoco es como para reventar cohetes. Sabe que el dueño lo explota; pero no le importa, pues como okupa no tiene gastos de alquiler, de luz ni de agua (se ducha en casa de unos estudiantes), e incluso está ahorrando para abrir un bar propio con sus compañeros de piso. Y cuando me explicó que todos ponen parte de sus respectivos ingresos en una caja común, le pregunté si sus amigos son de fiar.

«Pues claro.»

Le pregunté por sus planes de futuro. «Trabajar y pasármelo bien.» Por su madre. Si la ve con frecuencia. Que qué raro, hago las mismas preguntas que ella; que por qué no nos vemos Amalia y yo y hablamos directamente sin usarlo a él de cartero. Le pedí disculpas. Últimamente él la había visto por lo del tatuaje en la espalda, pero en general muy poco. ¿Y a su otra abuela? «A esa, nada. No sé ni si está viva.»

Antes de marcharse, se entretuvo un rato revolcándose en el suelo del pasillo con *Pepa,* a la que apenas había hecho caso hasta entonces. De regreso a la niñez, fingió enzarzarse en una pelea con ella. Le agarraba de las patas y del rabo, la apretaba contra su pecho, le zarandeaba la cabeza. La perra se prestaba de buena gana al juego. Eufórica, contraatacaba con lametones vehementes y falsos mordiscos.

Aquel era justo el momento que yo llevaba esperando desde por la mañana para preguntarle a Nikita si me podría hacer en verano, hacia el 1 de agosto, el favor de cuidar de *Pepa* durante una ausencia que tengo prevista. Le noté en la cara que la idea le causaba lo contrario de entusiasmo. Dijo que no me puede contestar porque a lo mejor él también se va de vacaciones. Depende de cuándo el dueño decida bajar la persiana. Además, tendría que consultarlo con los compañeros. «No les puedo meter en el piso un bicho tan grande así como así. Y eso contando con que para entonces no haya venido la pasma a echarnos.»

Poco después, ya con la puerta de casa abierta, me arreó, nunca mejor dicho, un abrazo de despedida con el complemento adicional de unas palmadas en la espalda. Echó a correr escaleras abajo, saltando los peldaños de dos en dos y de tres en tres. En eso no ha cambiado. Me quedé con la duda de si su efusividad repentina se debía al cariño verdadero o a los cuatro billetes de cincuenta euros con que le alegré el día poco antes de marcharse.

O a lo mejor es que le doy pena, tanta como la que él me da a mí o más.

26

A poco que yo hubiera sido más suspicaz, un comentario que me hizo la cuidadora colombiana en casa de mamá podría haberme alertado. Lo cierto es que no concedí mayor importancia a sus palabras que si hubieran estado referidas a pormenores meteorológicos o a problemas del tráfico urbano. Seguramente pensé que se trataba de una de tantas naderías que los seres humanos solemos decir en nuestras charlas ligeras. Esta interpretación errónea me mantuvo durante algunas semanas ignorante de un feo asunto al que no pude poner fin hasta que mi hermano, con un tonillo desagradable por demás, entre la mofa y el reproche, sabiéndome atrapado en una situación vergonzosa, me comunicó por teléfono lo que ocurría.

La colombiana dedicó un elogio a Nikita por el cariño con que, según ella, trataba a su abuela y por lo mucho que la visitaba. ¿Mucho? Pues sí. En varias ocasiones, a su llegada a la vivienda, había encontrado al muchacho haciendo compañía a mi señora madre y «siempre, diciendo que no quería estorbarme», se había marchado enseguida, «aunque para esta humilde servidora no hacía falta que se marchase».

A primera vista podría sorprender que un chaval apenas dotado de empatía mostrase de la noche a la mañana un intenso apego a su abuela, cuando no mucho tiempo atrás casi había que arrastrarlo hasta su casa y, una vez allí, no se molestaba en disimular el disgusto que le causaba la visita y las ganas que tenía de irse. De pequeño era otra cosa. Entonces contaba con el estímulo de una paga que a partir de cierto momento, por olvido, por pérdida de facultades mentales, por lo que fuera, mamá dejó de darle, al menos de manera regular.

Ahora las circunstancias habían cambiado. Cabía pensar que a Nikita lo acuciase una necesidad repentina de recibir afecto o incluso de prodigarlo si se considera que sus padres acababan de divorciarse y el angelito probablemente estaba pasando una mala temporada. Quizá encontraba algún tipo de reparación emocional en la compañía de su abuela. ¿Cómo saberlo si ya no vivíamos juntos y él, sospecho que adiestrado por su madre, apenas me comunicaba sus confidencias en el tiempo limitado que la sentencia judicial me autorizaba a verlo? Por supuesto que llamaba la atención el que todavía unos meses antes visitara a su abuela a regañadientes y ahora, de pronto, se presentase solo, cada dos por tres, en su casa. Aquello no era normal; pero ¿qué podía merecerle por entonces el calificativo de normal a un adolescente de quince años que había presenciado de cerca el derrumbe de su familia?

Y en esto recibo la llamada de Raúl. Mi hermano me pilla en mi recién estrenado piso de La Guindalera, corrigiendo un fajo martirizante de exámenes entre las cajas aún sin abrir de la mudanza. Noto en el timbre de su voz placer maligno. Mis desgracias y fracasos se diría que lo reafirman en el convencimiento de que toda su vida, al contrario que la mía, consiste en una sucesión ininterrumpida de decisiones acertadas. Se hace melosamente el preocupado. No me dirige acusaciones directas y, sin embargo, no pronuncia una sola palabra que no le sirva para acusarme. ¿De qué? No es difícil imaginarlo: de dejación de responsabilidades paternas, de educador pésimo, de hombre incapaz de mantener una familia perfecta como la suya; en resumidas cuentas, de no haberles tomado a él y a su mujer como ejemplo de cómo conviene criar a los hijos, amarlos, hacer de ellos personas cabales y todo eso. Mientras lo escucho, me gustaría estar dos horas seguidas vomitándole en la cara.

Por él averiguo la razón de tanta visita y tanto cariño de mi hijo a su abuela en los últimos tiempos. Mi hermano, al teléfono, emplea diversos eufemismos, todos los cuales apuntan a una palabra que no pronuncia, pero en la que el muy taimado me obliga a pensar: robo. Así pues, Nikita iba varias veces a la semana a casa de su abuela a cogerle dinero de la cartera, además de piezas, a saber cuáles y cuántas, del joyero y, en fin, cualquier objeto encontrado en los cajones que él pudiera después canjear o vender. Destapada la fechoría, lo interrogué aparentando severidad, sin el menor deseo de castigarlo. Ahora que sólo disponía de los días estipulados por la sentencia judicial para estar con él, lo último que me apetecía era correr el riesgo de que se negara a verme, con el consiguiente regodeo de su madre. Pocas veces me ha tentado con tanta fuerza partirle la cara a mi hijo. Me contuve como siempre me he contenido, sólo que a las razones de siempre se añadía en aquella ocasión la de evitar una denuncia.

Las explicaciones balbucientes de Nikita no dejaban lugar a dudas. El chaval abrigaba el convencimiento de que su abuela estaba completamente ida. En su lógica peculiar, él no se sentía ladrón puesto que la dueña original de su botín no se enteraba del hurto, cosa que no era cierta como al fin se vio, ni por su deterioro mental podía hacer uso de lo hurtado. Para Nikita era como si la abuela ya hubiese muerto o fuera un vegetal, y todo lo que él había ido mangando en sucesivas visitas estuviese desparramado por la casa a la espera de que alguien le sacase provecho. El tontorrón ignoraba que su abuela aún tenía rachas de lucidez. Que no entendiese muchas cosas o no las recordara no significaba aún la pérdida absoluta de la comprensión. Y, sin embargo, hay que reconocer que mi hijo tampoco andaba del todo descaminado.

Sea como fuere, a mamá se le encendió una luz, una lucecita, una chispa levemente iluminadora en el cerebro cuando vio a Nikita enredar en su bolso. No bien se hubo quedado sola, confirmó la desaparición de unos billetes. Al instante relacionó a su nieto querido, al que tanta devoción le profesaba, y no a la cuidadora colombiana, de la que injustamente había sospechado, con la falta en días anteriores de otras cantidades de dinero y de ciertas pertenencias; pero, como lo mismo se le iluminaba el entendimiento que se le nublaba, supuso que Nikita era hijo de Raúl y le contó a mi hermano, más triste que enfadada, su descubrimiento. Mi hermano vio peligrar una parte de su herencia y se apresuró a llamarme por teléfono. Acordamos una suma de dinero que yo restituiría en nombre de mi hijo. Asimismo me comprometí a indagar el paradero de los supuestos objetos que este se hubiera llevado.

27

Durante años estuve anotando en un Moleskine de tapas negras, obsequio de Amalia cuando no nos detestábamos, citas sacadas de libros, no sólo de filosofía. Las seleccionaba y copiaba según me parecieran, si no convincentes, al menos de interés. Como no me creía capaz de desarrollar un pensamiento filosófico coherente por mi cuenta, espigué ideas sueltas en las obras de los grandes autores como quien se confecciona un traje intelectual con retazos. Estas citas me fueron de gran utilidad hace años en las clases del instituto, también para atacar y defenderme en debates de todo tipo, así como para exhibir cultura dondequiera que hubiese una oportunidad de lucirse. Un día de tantos me olvidé de consultarlas, dejé de añadir otras nuevas y perdí de vista el cuaderno.

Esta mañana ha aparecido por sorpresa entremetido en el lote de libros que me había propuesto abandonar por algunas calles de Vallecas, bastante lejos de mi casa, sí, pero es que apenas hace frío (once grados) y no llueve. Tras ojearlo un rato, he decidido no desprenderme de él por el momento. Supongo, además, que este apretado conjunto de líneas manuscritas, no fáciles de descifrar dada mi mala y diminuta letra, no despertarán el interés de nadie, por lo que resultaría más razonable, llegada la ocasión, tirar el cuaderno directamente a la basura.

Lo abro al azar antes de dar por terminada la jornada de hoy y acostarme. Leo, página 12: «Al deseo de hacer bien que nace de la vida según la guía de la razón, lo llamo *moralidad*», Baruch de Espinosa, *Ética demostrada según el orden geométrico*.

Celebro la tentativa de fundar una ética objetiva, válida para todos por igual en cualquier tiempo y espacio. Una ética que no se conforme con las migas que se les caigan de la mesa a los preceptos religiosos. Pero tampoco Espinosa, que en su día fue tachado de blasfemo y expulsado de la sinagoga, concibe al hombre separado de Dios y eso me molesta; aunque sería estúpido por mi parte exigirle un certificado de ateísmo a un europeo del siglo XVII por muy racionalista que fuese y por mucho que hubiese criticado la idea misma de Dios.

Dios es la razón principal de que el hombre no haya alcanzado la madurez.

El hombre, mal que le pese, es un producto químico que está solo. Yo estoy solo y hay estrellas, nebulosas y planetas. Nada de ello me impedirá conducirme como una criatura moral hasta el final cercano de mis días, aunque sólo sea por un simple gesto de elegancia. O por respeto a la superficie poética del mundo. O por orgullo de quien, hecha la suma de sus acciones, no espera castigo ni ambiciona recompensa.

Corolario: cumpliré a carta cabal con mi fatigosa tarea docente; ejerceré mi derecho a voto cuando los ciudadanos seamos convocados a las urnas y aunque, en el fondo, me da igual quién gane; seguiré correspondiendo al saludo de mis vecinos; abrazaré tantas veces como pueda a mamá, al único amigo que tengo, a mi perra y quizá a mi hijo; me iré sin ruido ni queja en la hora elegida por mí libremente.

28

A pesar de haber recorrido cientos de veces, en coche y a pie, ese tramo de la calle de Alcalá, ya en la curva con Gran Vía, nunca hasta la boda de Raúl había reparado yo en que hubiera allí una iglesia. Se conoce que su fachada, encajonada entre otras de corte profano, pasa fácilmente inadvertida.

Mamá y yo le pedimos al taxista que nos dejase bajar un poco más adelante porque no teníamos la menor intención de mezclarnos en la entrada con la parentela de la novia. Ellos eran un montón de aragoneses acicalados para la ocasión (algunos, como luego supimos, quejosos de que los novios no hubieran ido a casarse a Zaragoza); por la parte del novio, sólo estábamos mamá, con un vestido violeta y un bolso a juego, y yo.

«¿Qué habría dicho papá?» Cuando salíamos mamá y yo de casa, no más alegres que si nos dispusiéramos a asistir a un funeral, me fue imposible silenciar por más tiempo la pregunta. Mamá, con cara de resignación, me confesó que no había podido pegar ojo en toda la noche preguntándose lo mismo. Le costaba disimular su incomodidad; aunque por un hijo, afirmó, «una madre hace lo que sea». Al parecer yo representaba un motivo no pequeño de su preocupación por cuanto no había parado de encadenar sarcasmos desde que conocimos la noticia del feliz acontecimiento. Ni me había dado cuenta. Por un instante, de víspera, mamá temió que yo me pasase la ceremonia por el forro, como en efecto me apetecía, y a ella no le quedara más remedio que ir sola a la iglesia de San José y después al banquete. Le dije, por calmarla, con estas o parecidas palabras: «No te preocupes. Me da igual todo este teatro. Iremos juntos; pero que el meapilas no espere de mí que me ponga corbata».

Por unos parientes de María Elena supimos que Raúl nos estaba buscando. Nosotros ya habíamos tomado asiento en el costado de un banco, entre desconocidos, ni cerca ni lejos del altar. Y entró él con cara de apurado por el pasillo central, con su traje gris que remarcaba su gordura, mirando a izquierda y derecha; nos vio y nos hizo señas para que nos acomodáramos con los padres de la novia en la primera fila y le dijimos que sí, que ahora vamos, pero no fuimos por respeto a la memoria de papá, que era un hombre hostil a cualquier sentimiento religioso.

A mamá no le parecía mal que el menor de sus hijos se casase a una edad temprana. «Cada cual elige su destino.» Grandioso regüeldo filosófico que merecería figurar en mi Moleskine si no fuera porque lo considero una soberana falacia. A mí, francamente, el destino de mi hermano me traía al pairo; pero una cosa resultaba evidente: desde que salía con esa chica tan gruesa como él le había entrado una fiebre de tragasantos. Allá cuidados. Lo que no podíamos tolerar es que nos sermoneara a todas horas, rociándonos con su entusiasmo penetrante, como si le hubieran asignado la misión de sacarnos de nuestro error y convertirnos a la fe católica. Y todo, según creíamos, venía de ella, la primera novia que tuvo y la única, esposa para siempre, hasta que la muerte los separe, persuadida de la existencia de Dios, de la necesidad de Dios y de que no hay moral que no consista principalmente en servir a Dios.

Veintidós años tenía el tortolito en el momento de hacerle una reverencia al cura, tres menos que ella. Vete por ahí y va por ahí. Vete por allá y va por allá. Y se puso de pie para comulgar, las manos juntas, en actitud devota, sobre el chaleco hinchado de tripa. ¿Cerraría los ojos para mejor experimentar el arrobo místico? No lo pudimos comprobar, nos daba la espalda. Se tragó la hostia y yo pensé: «Ahora sale papá de detrás de una de estas columnas y te da una de aquellas tortas suyas que descoyuntaban las mandíbulas». Papá no salió y Raúl, hecho un santo y un marido vitalicio, volvió, la cara gacha, a tomar asiento en la silla que ocupaba delante de las escalinatas, junto a la blanca novia.

Le susurré a mamá: «Esto pasa por habernos bautizado».

Ella acercó su boca a mi oreja.

«Y por poner todas las navidades el nacimiento en la cómoda del pasillo.»

Nos miramos, primero serios, escrutadores, luego sonrientes, y tanto a ella como a mí nos faltó un pelo para soltar la carcajada en medio de la ceremonia.

29

Antes de la boda, yo sólo había visto en una ocasión a la chica que después, transcurridos unos meses, habría de ser mi cuñada;

todo hace indicar que para siempre pues a estos dos, «polvo serán, mas polvo enamorado», no los separa ni Dios con un hacha.

Mamá me dijo una tarde en el tono aplomado de quien constata un hecho común: «Raúl se casa». Creí que bromeaba; así y todo, como uno no es inmune a la curiosidad, le pregunté con quién. «Con la chica que nos presentó a primeros de año.» Tuve que estrujar un poco la memoria. Ni siquiera me acordaba del nombre. «¿La gorda?» Y mamá asintió con un gesto de fingida amonestación.

Ni a su oído ni al mío había llegado nunca la noticia de que mi hermano hubiera salido alguna vez con una chica. Mamá bajó la voz para confesarme que desde hacía un tiempo rondaba sus pensamientos la sospecha de que Raulito fuese «de la otra acera», cosa que ella estaba dispuesta a aceptar, pues un hijo es un hijo pase lo que pase, y yo le dije que cuando se dirigiese a él lo llamara Raúl porque de lo contrario se iba a cabrear.

A mí la conjetura de mamá con respecto a mi hermano no me parecía acertada. Barrunto que, impelida por el instinto materno, adornaba al menor de sus hijos con prendas de las que este carecía, prefiriendo atribuirle una determinada inclinación sexual a abrir los ojos y ver lo que todos veíamos. Porque lo cierto es que un chaval con esa cara, ese cuerpo, los hombros caídos, la voz aflautada y una inseguridad y timidez capaces de amargar la juventud de cualquiera no estaba en las mejores condiciones de seducir a nadie. Yo apostaría a que cuando Raúl se casó en la iglesia de San José sólo conocía la sexualidad manual. Mi hermano contrajo matrimonio para poder mojar, a mí que no me digan, lo mismo que ella para ser mojada, luego de un pacto entre dos seres pragmáticos absolutamente conscientes de que su falta de atractivo les hacía difícil, por no decir imposible, encontrar pareja.

Yo sospecho que la Naturaleza, por fatiga o por desgana, a veces no se esfuerza lo suficiente y confecciona individuos de baja calidad juntando las piezas defectuosas que le han sobrado de hacer otros. Tal sería el caso de Raúl y María Elena. La Naturaleza les negó cualquier asomo de encanto físico; pero en su proverbial generosidad o por remordimiento de conciencia les dio cerebro, más a ella que a él, y dos hijas modeladas con lo menos feo de cada progenitor.

A mí me da que el catolicismo practicante de mi cuñada, asumido sin restricciones por mi hermano, es de índole utilitaria. Los dos han levantado una empresa llamada familia, agrupación de cuatro miembros regida por criterios claramente definidos, uno de los cuales consiste en la práctica religiosa. Son gente de orden, de un conservadurismo sin fisuras, previsora, remisa al riesgo, ahorrativa en extremo y sin imaginación. Pero les va bien y, por tanto, hacen lo correcto. Por ese lado no merecen reproche. Han echado raíces profundas en el humus social de la clase media, huelen a agua de colonia, educaron a sus hijas en valores piadosos y colegios de pago, conducen un coche que ya no se fabrica y yo me los imagino bendiciendo los alimentos que van a tomar y a mi hermano y a mi cuñada follando en día fijo, una vez a la semana, siempre en la misma postura, con preservativos de oferta y las sábanas limpias.

No he tenido jamás un conflicto con María Elena y van treinta años que la conozco. Tampoco recuerdo haber entablado con ella una conversación de cierta sustancia. El trato, diría yo, ha sido hasta la fecha correcto, no exento de lances puntuales de cordialidad. Y no abrigo la menor duda de que es la mujer adecuada para mi hermano, además de buena persona. Así lo creía también mamá, quien, sin embargo, le profesaba una tenaz antipatía. Yo no he visto nunca a mi hermano y a mi cuñada disputar. Ella sabe llevarlo sin incurrir en las vejaciones castrantes de las mujeres autoritarias y se ve que los dos se entienden de maravilla, en buena parte porque a la menor divergencia en sus puntos de vista él se apresura a adoptar los de ella o al revés, como si acataran un código de convivencia, hecho de sutiles señales acústicas o mímicas, que requiere unas dosis enormes de identificación mutua y a mí, lego en la materia, me pasa por completo inadvertido.

30

Ayer olvidé escribir, a modo de conclusión, que Raúl y María Elena son felices. Lo son en el sentido que yo supongo que ellos dan a la idea de felicidad, sin pararse a meditar en ella. Un estado de gordura armónica, de acuerdo en cualquier actividad que emprendan y en todos sus juicios, manías y convicciones. Bertrand Russell (página 22 del Moleskine negro) debió de pensar en gente como ellos cuando afirma: «Es, pues, esencial para vivir felizmente una cierta capacidad para soportar el aburrimiento».

El aburrimiento, si no me equivoco, forma parte inseparable de la manera de ser de mi cuñada y mi hermano, así como de la naturaleza de su relación matrimonial. Pero, ojo, quizá yo sea víctima de un espejismo. Pudiera suceder que estos dos se lo pasen en grande aburriéndose sin descanso y aburriéndonos a los demás. La consecuencia, en cualquier caso, es la felicidad. Una felicidad de cochura lenta que ni ellos mismos perciben. Son felices lo mismo que son gordos. Disfrutan de la vida porque nunca, desde que se conocieron, les ha ocurrido nada excitante y eso para ellos constituye una experiencia grandiosa. Lo que para los cerdos es el barro donde chapotean y se revuelcan es para ellos la avaricia. Y si de repente uno de los dos dice una cosa profunda es por azar. Y si tienen un rasgo exquisito, elegante, poético o humorístico es sin voluntad ni conciencia.

Su felicidad me hace sufrir porque alumbra en mi interior un hueco donde debería estar y no está ni estará la felicidad que jamás me ha sido dado conocer.

¿Y para qué me ha servido ser infeliz? Para nada.

«No creo que exista superioridad mental alguna en el hecho de ser desgraciado.» Este pensamiento también procede de Bertrand Russell, *La conquista de la felicidad.* No tengo anotada la página del libro.

31

He ido con *Pepa* a la calle Serrano a ver pasar a los participantes de la San Silvestre Vallecana. La prueba internacional. La del mogollón popular no me interesa. Por la radio he oído que ha ganado un chico de Uganda. Cuerpos esbeltos, piernas ligeras, juventud y el convencimiento general de que la vida discurre en una dirección y concluye en una meta con posibilidad de triunfo y premios.

Como no tenía nada mejor que hacer y nadie me esperaba en ninguna parte, he permanecido en el borde de la calzada hasta que han pasado todos los corredores. Algunos emitían extraños ruidos respiratorios. Los últimos han sido los que mayor simpatía me han despertado. «Estos son los míos», me he dicho, «los perdedores.»

Luego, tranquilamente, me he venido a casa a cenar las lentejas que han sobrado de mediodía, un yogur con sabor a modestia y una esquina de turrón de yema. Mi solitario banquete de Nochevieja. He enviado un mensaje a Nikita para felicitarle el año nuevo. Al puñetero le ha costado más de una hora responderme. He empezado a pensar mal y a sentir rencor. Por fin ha respondido: una frase de seis palabras con cinco faltas de ortografía y unas nanopartículas de afecto, que es lo que importa, todo ello rematado por una ristra pueril de emoticonos.

También me ha escrito Patachula, campechano, jocoso, desde México para desearme, ¡será cabrón!, un «feliz año con suicidio» y contarme con palabras dictadas por la euforia que se le ha curado el *noli me tangere*.

Raúl no me ha escrito ni me ha llamado. Yo no he escrito ni llamado a Raúl. Empate a cero.

Amalia está muerta para mí.

A mamá la he visitado por la mañana y le he dado un beso.

Tras la cena me ha tentado ir a tomar las uvas en algún local del centro y mancharme de trato humano rozándome con cuerpos festejadores, ebrios y desconocidos, pero ¿para qué? En casa, con Tina en posición provocativa encima del sofá, con *Pepa* asustada por los petardos de la calle y yo mirando algún programa de televisión hecho por subnormales para subnormales, es donde mejor se está.

No me falta un racimo de uva en el frutero, pero francamente yo ya no tengo el cuerpo para tradiciones. De lo que no me he privado ha sido de seguir por televisión las campanadas de despedida del año 2018. Las campanadas y la muchedumbre apretujada y vociferante en la Puerta del Sol me la sudan. Yo quería experimentar una sensación de reencuentro con papá viendo en la pantalla la fachada de la Real Casa de Correos. «Ahora van a enseñar la casa donde me torturaron.» Y pienso que a estas horas el hombre que lo torturó todavía vive y a lo mejor también ha visto esta noche la retransmisión de las campanadas sentado cómodamente en un sillón de su domicilio, con su decrepitud y sus pantuflas, y ha susurrado: «Ahí torturé». O quizá: «¡Qué bien torturaba yo ahí dentro! De hecho, recibí condecoraciones incluso en la democracia».

Me pregunto cómo actuaría yo si lo reconociera por la calle. «Perdone que lo aborde. ¿Es usted el que torturó a mi padre?» Será un anciano fácilmente abofeteable, aunque... mucho cuidadito. No me sorprendería que conserve la costumbre de llevar pistola en un bolsillo de la gabardina.

Por lo demás, acaba de empezar el último año de mi vida. «Oh noche oscura. Ya no espero nada.» En realidad, este verso de Vicente Aleixandre, uno de los pocos suyos que me sé de memoria, no puedo aplicármelo. Demasiado angustioso, demasiado intenso. Con pulso sereno dejo constancia por escrito de que para mí ya no habrá más campanadas de Nochevieja. Por fin papá dejará de ser torturado.

Me voy a la cama enseguida a tener comercio carnal con Tina, no sin antes cumplir el rito de expresar un deseo pío para el nuevo año. Millones de personas repartidas por el planeta estarán prometiendo a estas horas abandonar el tabaco, alimentarse de manera más sana, perder peso, renunciar todo lo que se pueda a los envoltorios de plástico.

Mi proyecto para el 2019 es que me quitaré la vida en la noche del 31 de julio al 1 de agosto, no sé todavía dónde ni cómo. Llegado el momento, ya tomaré la decisión que corresponda.

¿Qué estará haciendo ahora el ugandés que ha ganado la carrera?

Enero

1

También ahora. Y esta mañana. Y ayer. Y, en realidad, todos los días, en algún momento, descubro que *Pepa* me está mirando fijamente. Leí años atrás en una revista de mascotas que, en el caso de los perros, este tipo de miradas bien puede ser una expresión de amor.

Copio del Moleskine: «Quien no ha tenido nunca un perro no sabe lo que es querer y ser querido». La frase es de Arthur Schopenhauer. Es una chorrada, pero es bonita.

En el silencio de la casa, los ojos de *Pepa* irradian con frecuencia un brillo inquietante. Yo creo adivinar en ellos otra cosa distinta del amor cuando me escrutan; no sé, una mezcla de lástima, frialdad y reproche. Es como si la perra dudara entre seguir acusándome o absolverme por compasión después de tantos años de soledad compartida. A menudo pienso que calla por interés, sabiendo que depende de mí para alimentarse y para dormir en un lecho blando, a resguardo de la intemperie; pero que en el fondo de su conciencia canina no me ha perdonado jamás y que su dulzura y sumisión no son más que un truco para tenerme contento y aumentar sus posibilidades de sobrevivir.

No va a haber más remedio que recordar por escrito (hoy no, estoy muy cansado) uno de los actos más ruines de mi vida. Sólo le hallo una atenuante en mi situación emocional de aquella época. Acababa de divorciarme, lo que sólo parcialmente puede considerarse un hecho infortunado. El divorcio supuso para mí una liberación, si bien menoscabada por un agudo sentimiento de fracaso; peor aún, por la certeza de haber malgastado tiempo, ilusión y esfuerzo en una empresa fallida.

Salí tocado de la ruptura con Amalia. Sólo podía ver a mi hijo cada dos fines de semana. La jueza me trató como a un animal peligroso, en consonancia con la imagen que en todo momento dio de mí la abogada de mi exmujer. Tuve que dejar mi casa con lo puesto, mis libros, mi ropa, *Pepa* y poco más, e instalarme, después de unas semanas acogido bajo el techo de Patachula, en este piso que hoy no puedo menos de ver como una antesala del cementerio. Por aquel entonces yo carecía de lo más esencial en cualquier vivienda que se precie, y hasta que no me trajeron la cama, ni la más costosa ni la más barata que encontré en la tienda, tuve que dormir varias noches en el suelo, tumbado sobre una pila de prendas de vestir. Lo único que poseía en abundancia eran libros, hacinados por todas partes en bolsas de plástico y cajas de cartón. Estaba solo, estaba triste, estaba desesperado, con tentaciones fuertes de poner fin abrupto a todo. Y en medio de las ruinas de mi vida, estaba *Pepa,* tan desorientada como yo y lo mismo que yo expulsada del hogar, puesto que Amalia y Nikita no quisieron saber nada de ella.

2

Sí, *Pepa.* Les estorbabas. Nos estorbabas. Ay, me estorbabas.

Aún no había amanecido cuando bajé contigo al garaje. Dócil como de costumbre, te acurrucaste sobre la manta extendida en el asiento trasero. Pareces alegre, te humedeces a lengüetazos el hocico. ¿Adónde crees que vas, que te llevo?

Era domingo. Apretaba el frío y apenas había tráfico. Y ya en las primeras calles desiertas conecté la radio. Necesitaba música y voces que me dispensasen del acoso de mis propios pensamientos, pero también del jadear incesante de la perra, siempre nerviosa cuando viaja en coche. No sabía adónde dirigirme. Mi única intención clara era salir de la ciudad y buscar por la provincia un paraje arbolado.

Con las primeras luces abandoné la autovía a la altura de Torrelodones. No me era desconocida la zona a causa de nuestras excursiones familiares en el pasado. Crucé el pueblo de una punta a otra y enfilé la M-618 hacia Colmenar Viejo, vacía de coches a esas horas. La última casa quedó atrás. El campo se desperezaba blanco de escarcha. No se veía una nube en el azul cada vez más intenso. Algunos restos de niebla se apretaban en los recovecos del paisaje. Sensación de soledad y limpieza. Justo lo que estaba buscando. Reduje la velocidad. Y *Pepa,* quizá dormida, había puesto fin a sus jadeos en el asiento de atrás.

Luego de una curva, vi que en el muro de piedra que se alargaba al costado izquierdo de la carretera se abría una brecha. Detuve el coche en la entrada de un camino, no lejos de la parte derruida de dicho muro. No se divisaba un alma ni se oía en el frío severo de la hora temprana algarabía de pájaros, cigarras, grillos, habitual de las estaciones cálidas. Pasó, a todo esto, un coche. Después, otra vez, silencio. *Pepa* vaciló antes de saltar al suelo de tierra. Se conoce que la temperatura del exterior le hacía preferible permanecer en el calor del asiento. Le puse la correa. Atravesamos la brecha del muro, pisando con precaución las piedras esparcidas. Los dos echábamos vaho por la boca. Nos habíamos metido como cazadores furtivos en una finca abundante en maleza y encinas. Subí monte arriba, con la perra a mi costado, hasta perder de vista la carretera, y cuando, en medio de la espesura, me sentí seguro de no ser visto por nadie, la até con varios nudos a un matorral.

No quise, no pude, no me atreví a sostenerte la mirada.

Y me marché sin ti, a paso vivo, por la ladera abajo. Sólo después que me hube alejado un buen número de pasos, me volví a mirarte, más por cerciorarme de que continuabas en el lugar donde yo te había dejado atada que por averiguar lo que hacías. Te vi sentada tranquilamente sobre tus cuartos traseros, esperando tal vez que yo te llamase, quizá intentando adivinar con la ayuda de tu inteligencia canina el sentido de aquel juego nuevo que no era ningún juego.

Ya estaba entrando de nuevo en Torrelodones cuando recordé de pronto el microchip que permitiría a la Guardia Civil localizar al dueño del perro abandonado, quizá muerto de sed o inanición, lo que me podría suponer una multa o incluso un proceso penal. Otra cosa es que te hubiera dejado suelta, en cuyo caso cabría alegar que te habías escapado, como hizo Amalia cerca del embalse de Valmayor, ¿te acuerdas?, cuando eras una perrita joven, llena de energía. Así que en la primera rotonda, ya dentro del pueblo, di la vuelta y regresé a toda velocidad, carretera arriba, hasta la brecha del muro. Me recibiste meneando la cola con alborozo. Y al librarte de tu atadura, me diste unos lametones frenéticos de agradecimiento. Temblabas no sé yo si de frío o por otra causa. No fue hasta llegada la noche, en mi triste piso de divorciado, cuando percibí por vez primera el sentido inculpador de tu mirada, la misma que me estás clavando ahora desde tu rincón.

Eran malos días, *Pepa.* Créeme.

3

También es de Arthur Schopenhauer esta sentencia: «El hombre ha hecho de la Tierra un infierno para los animales». No consta en mi Moleskine negro ni falta que hace. Es una de esas frases que se clavan para siempre en la memoria. Desde la muerte del filósofo en 1860 hasta nuestros días, la situación de la biodiversidad terrestre no ha cesado de empeorar. Las especies se extinguen. Los polos se deshielan. Los mares son un vertedero de plástico. Las motosierras retumban en los bosques tropicales o, por mejor decir, en lo que queda de ellos. ¿Qué más? Menudean los fenómenos atmosféricos extremos, preludio probable del escarmiento que la Naturaleza nos tiene preparado.

Al día siguiente de mi tentativa de deshacerme de *Pepa,* nada más entrar en clase escribí sin preámbulos ni explicaciones, sin tan siquiera tomarme la molestia de saludar a los alumnos, la cita de Schopenhauer en la pizarra. Se hizo un súbito silencio. Yo debía dedicar la hora al origen de la racionalidad; pero en el último momento, subiendo las escaleras que llevan al aula, cambié de idea. Se me figuraba que la relación de los seres humanos con los animales podría ser de mayor interés para los alumnos. No me equivoqué.

Pensando en incentivarlos, inventé la historia de un individuo a quien agentes de la Guardia Civil habían detenido por abandonar a su perro en un bosque de la provincia de Ávila. Lo había atado a un árbol, en una zona montuosa, con el fin de evitar que el animal pudiera volver a casa. La alusión a Ávila era un simple detalle para apuntalar la verosimilitud del infundio. Según el reportero, unos senderistas presenciaron la escena y se apresuraron a denunciar al dueño del perro.

Pedí opiniones. Al instante se alzaron manos. Varios alumnos censuraron con dureza el abandono del animal. No hubo una sola voz discrepante. Tampoco las gansadas de costumbre. Una alumna formuló la conclusión final al calificar de malvado al dueño del perro. Me producía un enorme placer que los adolescentes reprobaran la conducta de un hombre que había hecho lo mismo que yo. Y no me dejaba de admirar lo fácil que había sido servirme de ellos, de su sinceridad y su sentido estricto de la justicia, para flagelarme.

Acto seguido les sugerí que se pusieran en el lugar de un juez e impusieran al acusado una condena acorde con su culpa. Algunos castigos eran de tal calibre, tan rigurosos, incluso tan sádicos, que temí por el futuro de nuestra democracia no bien la generación a la que pertenecían mis alumnos tomase las riendas de la sociedad. De pie junto a una de las ventanas, yo me daba el gusto de sentirme destinatario de cada uno de los castigos, la mayoría inasumible por el código penal de un Estado de derecho.

El debate se me fue de las manos cuando derivó hacia el espinoso asunto de las corridas de toros, que yo no tenía previsto abordar. Surgió de pronto, al hilo de una de tantas intervenciones. Al instante la clase se dividió en dos frentes inconciliables, más numeroso el de los contrarios a los espectáculos taurinos, pero más exaltado y agresivo el de los partidarios, constituido exclusivamente por varones. Hablaban unos y otros a la vez, algunos en tono airado. Hubo acusaciones recíprocas, sonaron palabras ofensivas, tuve que cortar y mandé abrir el libro por la lección que habíamos empezado a tratar en la clase anterior.

Días después la directora me llamó a su despacho. En cuanto le vi la cara adiviné que se disponía a cualquier cosa menos a darme la enhorabuena. «Siéntese», dijo por todo saludo, sin concederme el honor de su mirada. Los padres de un alumno se habían quejado de mí por criticar la tauromaquia en mis clases. No mencionó ningún nombre, ni del alumno ni de los padres; pero me dio a entender que eran gente de viso. ¿Me estaba insinuando que peligraba mi puesto de trabajo?

«Desde niño soy aficionado a los toros. Mi padre me costeó durante años un abono en Las Ventas.»

Mentí para defenderme de aquella señora que no tenía el menor empacho en mostrar el absoluto desprecio que yo le inspiraba. Mis palabras no le hicieron ningún efecto.

«Usted está aquí para dar clases de filosofía, no para hablar de toros con los alumnos. Márchese y que no se repita lo ocurrido.»

Acepté la humillación y salí de su despacho. Yo más no podía ofrecerte, *Pepa.* Espero que lo entiendas.

4

Ya tengo la muerte en casa. Es blanca. Patachula me la ha traído de México dentro de una bolsita de plástico. Para entregármela me ha citado esta tarde en su casa. Aterrizó el miércoles de amanecida; no obstante, ha esperado hasta hoy porque primero quería recuperarse de la soñarrera del viaje. Él sabrá qué parte de su cansancio se debe a las juergas que se ha corrido al otro lado del océano.

«Te invito a morir», me ha dicho, socarrón, todavía con ojeras. Y se ha negado a cobrarme la mercancía. A cambio, se ha dado el gusto de explayarse en el relato de sus vacaciones. Al final hemos quedado en que le debo una cena. Ha quedado él; yo me he limitado a hacer un gesto maquinal de asentimiento mientras me esforzaba por mitigar el susto.

También he recibido de Patachula, como regalo, un paquete de calaveritas de azúcar, ocasión que le ha venido de perlas para endosarme una conferencia sobre la particular relación de los mexicanos con los muertos. Ha vuelto encantado de México, deseando, dice, morirse. Para demostrar que no habla en broma me ha mostrado una bolsita similar a la mía, con idéntico contenido.

Impresionado, aun cuando yo me sentía últimamente seguro de mi fortaleza de ánimo, no he podido hacer otra cosa que escuchar en silencio a mi amigo, volviendo los ojos de continuo hacia el lugar de la mesa donde estaban depositadas las dos porciones de polvo blanco. Me apretaba una sensación de nudo, ¿de horror?, en el centro del pecho por la cercanía material de la muerte. ¡Y yo que pensaba que morirse no era más que una operación filosófica, el mero trámite de pasar del ser al no ser! En México lo ven como un acto más cotidiano y menos abstracto, nomás que igualito que te desnudas de la carne como te desnudas de la ropa y te quedas en los puros huesos.

Patachula, aficionado a la decoración y los ambientes funerarios y, según él, experto en ellos, visitó diversos cementerios, que en México llaman panteones. Ha traído el móvil repleto de fotografías. Algunas muestran las tumbas de hombres célebres (Mario Moreno «Cantinflas» y gente por el estilo). Tomó unas cuantas, pensando en mí, de la tumba del poeta Luis Cernuda. Entusiasmado, me muestra imágenes de un cementerio del Yucatán con tumbas pintadas de vivos colores: verde, turquesa, rojo..., y otras, estas tomadas no sé dónde, en las que se ve a dos mujeres tocar instrumentos de cuerda delante de una tumba infantil sembrada de muñecos de peluche y globos de colores.

«Gente maravillosa, los mexicanos. Niegan la muerte. Te mueres, pero sigues presente y vivo en la tumba. Y va tu madre y te canta.»

«A lo mejor por eso se cometen allá tantos homicidios.»

«Eso mismo he pensado yo. Si quien muere, vive, ¿qué más da matarlo?»

Cianuro de potasio es, pues, con toda probabilidad, el nombre de mi muerte. La primera vez que lo he visto me he puesto nervioso; ahora, mientras escribo estas líneas a medianoche, siento una calma placentera.

Patachula, que por lo visto no se fía de mí, me ha advertido varias veces que no se me ocurra abrir antes de tiempo la bolsita ni mucho menos acercar la nariz a su interior, ya que por lo visto el polvo con aspecto de sal desprende un gas tóxico. También me ha dicho que no tuvo dificultades para adquirir la sustancia y que, de haberlo querido, podía haber comprado una cantidad mayor. Le bastó acordar una cita por teléfono. El precio le pareció aceptable incluso antes de entablar el consabido regateo. En previsión de que la policía de aduanas registrase su maleta, escondió las dos bolsitas, envueltas en papel de aluminio, dentro de otra bolsa de plástico y esta a su vez en el interior de un frasco de champú. Pasó el control del aeropuerto sin problemas.

5

Harto de dar vueltas en la cama, me levanté a las cuatro de la madrugada dispuesto a cambiar de sitio la bolsita de cianuro. No podía pegar ojo. Me irritaba sobremanera haber aceptado el obsequio letal de Patachula. Ni se lo había pedido ni lo esperaba. «Menuda sorpresa te he dado, ¿eh?» Me lo dijo con un aire de suficiencia que me disgustó como él no puede imaginarse. ¿Por qué tengo yo que resignarme a que otra persona elija mi forma de morir? ¿No he estado durante meses considerando el suicidio un acto de libertad suprema? Y esa idea de ser dueño y señor de mi último instante, ¿no me hacía disfrutar de mi mirada altiva en el espejo?

«No te dije nada porque no estaba seguro de que el plan funcionase; pero yo ya salí de aquí con la debida información y dos números de teléfono.»

La injerencia de mi amigo, a quien no puedo achacar malas intenciones, no es lo único que anoche me robó el sueño. Me preocupaba asimismo la idea de no haber escogido un buen escondite. Mi primer pensamiento al llegar a casa fue depositar la bolsita lejos del alcance de *Pepa.* De ahí que la colocase en la balda superior de la estantería, sin darme cuenta de que tarde o temprano abandonaré en algún punto de la ciudad los libros allí alineados y entonces el cianuro quedará a la vista y yo volveré a tocar el envoltorio, cosa que no me agrada, o bien este se me caerá al suelo y entonces quién sabe si la perra, creyendo que le arrojo una golosina, va y se lo traga.

En la cama, yo tenía la sensación de que un bicho altamente venenoso me rondaba en la oscuridad. A las cuatro ya no pude aguantar más la penosa vigilia y encendí la lámpara. Lo primero de todo cambié de sitio la bolsita. Tampoco quedé satisfecho con la nueva elección. Seguí barajando opciones hasta que, después de no corta búsqueda, di con una solución aceptable. He fijado la bolsita con cinta adhesiva al reverso de la fotografía de papá que cuelga en la pared del vestíbulo. Papá podía ser en vida todo lo adusto que se quiera; pero en esa foto en blanco y negro que hace años hice enmarcar luce una sonrisa amable. Anoche su gesto parecía decirme: «Has hecho bien, hijo. Yo custodiaré el cianuro. Vete tranquilo».

Durante todo el día me han estado inquietando pensamientos aciagos. De repente suenan timbrazos en mi imaginación. Qué raro. No esperaba visita. Abro la puerta. Mi hijo. Al pronto no lo reconozco, ya que lleva puesta una especie de sotana o chilaba y tiene el rostro salpicado de hojitas de roble tatuadas, similares a la original de la frente, lo que le da un aspecto como de hombre picado de una enfermedad horripilante. Voy a la cocina en busca de una bebida que me ha pedido y, entretanto, él me roba la bolsita de cianuro persuadido de que contiene cocaína. Ignoro cómo ha dado con el escondite. Acometido de una prisa súbita, se despide de mí sin tan siquiera tomar un trago, diciéndome que como el Congreso de los Diputados está a punto de nombrarlo presidente del Gobierno de España se tiene que marchar. Una hora después, él y sus compañeros de piso esnifan el cianuro y mueren. Por la noche un policía llama a mi puerta. Me dice entre carcajadas que viene a traerme una mala noticia.

Mientras paseo con *Pepa* por la Quinta de la Fuente del Berro, me sobreviene a pocos metros del monumento a Bécquer una sospecha. ¿Y si Patachula fue víctima de un timo? ¿Y si las dos bolsitas que trajo de México contienen sal de mesa, azúcar refinada u otra sustancia inofensiva por el estilo? Para salir de dudas no se me ocurre otro arbitrio que catar la mercancía. «Bécquer, ¿tú qué piensas?» El poeta, subido a su pedestal, no responde. Tomado el supuesto cianuro la última noche del próximo mes de julio, me figuro la cara de bobos que se nos pondría a Patachula y a mí al comprobar que el esperado efecto no se produce. En el semblante de Bécquer y en el de las tres figuras de piedra que lo acompañan descubro un leve, un levísimo gesto de asentimiento o acaso de comprensión cuando les susurro que no queda más remedio que administrar una porción del polvo blanco a un ser vivo. ¿Quién podría servirme como cobaya de laboratorio? El primer candidato que me viene al pensamiento es el propio Patachula, seguido a continuación de Amalia, mi suegra, mi hijo, la directora del instituto..., incluso de mamá.

Luego de considerar por largo espacio los pros y los contras de cada uno de los posibles colaboradores involuntarios del experimento, decido probar el cianuro con *Pepa* por la comodidad de no tener que salir de casa y porque difícilmente ella me podría denunciar a la policía. Con dicho fin, imagino que corto un trozo del queso de tetilla que guardo en el frigorífico; le hago una hendidura con el cuchillo y, protegida la mano con un guante de látex, introduzco por el estrecho orificio un pellizco de cianuro. Pongo en práctica este procedimiento cada vez que la perra ha de tomar sus pastillas contra los parásitos intestinales que de tiempo en tiempo le receta la veterinaria. Primero la engaño con unos trozos de queso, que ella devora con avidez. Yo se los lanzo al aire; la perra los atrapa de un bocado y, sin pararse a degustarlos, se los traga. Viéndola confiada, le lanzo por fin el trozo de queso cebado con cianuro; ella lo captura visto y no visto con la boca, pero su paladar o su olfato o su instinto le mandan algún tipo de advertencia y lo escupe. Lo mismo sucede varias veces. Finalmente se me agota la paciencia. Entonces imagino que le separo a *Pepa* sin contemplaciones las mandíbulas y la fuerzo a ingerir el veneno. No tarda en perder el equilibrio, en caer al suelo y quedarse muerta con los ojos abiertos. Yo vuelvo a colocar la bolsita con el resto del cianuro detrás de la fotografía de papá. Me vienen tentaciones de llamar por teléfono a Pata y decirle que hizo una buena compra.

6

A media mañana, Nikita ha venido a recoger su regalo. Soñoliento, sin garbo ni vitalidad, entra en mi piso y yo le tomo el pelo.

«¿Que hoy es el día de Reyes? Ah, pues no sabía.»

Viene a lo suyo, olvida abrazarme. En proporción con el cuerpo, su cabeza me ha parecido hoy demasiado pequeña; pero quizá yo estaba siendo víctima de un efecto óptico. En otras ocasiones me ocurre lo contrario; entonces se me figura que el pobre chaval anda por la vida con una cabeza descomunal sobre unos hombros estrechos que la sostienen a duras penas.

Nikita me hace entrega de una bolsa con diversos artículos de droguería a guisa de regalo, no espera a conocer mi reacción, desoye mi agradecimiento y va derecho a la sala, donde se supone que los Reyes Magos se habrán acordado de dejarle una sorpresa. Nada más entrar, tiende la mirada a una y otra parte sin hacer caso de *Pepa*, que en vano parece suplicarle una caricia. Nikita acaso espera encontrar una instalación como la que imagino que su madre le habrá montado en su casa con paquetes envueltos en papel de colores, cada uno de ellos provisto de un lazo primoroso y una nota ostensiva de ternura materna; pero él ya sabe que yo carezco de maña para la ceremonia de los regalos. Ignoro lo que le gusta, lo que quiere, lo que necesita y cuáles son sus tallas. Y, además de ignorarlo, no me importa. Yo prefiero ir a lo seguro, obsequiarle con dinero al contado y que luego él se compre lo que se le antoje.

A todo esto, me pide con ingenua brusquedad que no le pregunte qué le han traído los Reyes en casa de su madre. ¿Cabe alguna duda de que ha sido conminado por ella a guardar silencio? No pasan ni cinco minutos y él mismo, por iniciativa propia, me revela todo lo que ha recibido de Amalia. Idóneos, muchos y costosos regalos. ¿Dónde están? Me cuenta que antes de venir a verme ha pasado por su piso y lo ha descargado todo allí. Barrunto que la generosidad extrema de su madre pretende dejarme en mal lugar, en el lugar de un padre rácano que no profesa al hijo común ni la mitad de cariño que ella. ¿Será posible que el chaval sepa esto y lo use para presionarme? En tal caso, debo reconocer que ha logrado su objetivo. Mi intención era darle doscientos euros;

cambio de idea al enterarme de lo que le ha regalado su madre y le doy cuatrocientos, más los cien que cada año por estas fechas y también con motivo de su cumpleaños le entrego en nombre de su abuela. Nikita se embolsa los billetes y acto seguido me arrea un golpe amistoso con el puño en el costado del brazo, una forma como otra cualquiera de darme las gracias.

Le pregunto, aun cuando conozco de antemano la respuesta, si quiere que almorcemos en un restaurante. Como era de suponer, él tiene otros planes. ¿Qué clase de planes? Lo primero de todo irá «a casa de la vieja a cobrar la guita de Reyes», y por la tarde tiene que trabajar. La vieja es, por supuesto, la madre de Amalia. Bromeo: «A lo mejor te regala un escapulario». «Todo lo que no sea dinero en efectivo lo tiraré a la basura.» Así hablando, me detengo delante de la fotografía enmarcada de papá. Le hablo de él a Nikita, del abuelo al que nunca conoció, y aunque noto su impaciencia por marcharse, me las apaño para retenerlo unos minutos a un metro de la bolsita escondida. Me abraza, ya con la puerta de casa abierta, y el suyo ha sido un abrazo limpio y noble que me ha dejado durante todo el día una sensación amarga, como de enfado conmigo mismo. «Deberías», me he dicho, «respetar un poco más a tu hijo.»

7

Hay momentos, no sé, momentos como este, ya noche avanzada, en que juraría que le he perdido miedo a morirme. No a morirme de cualquier manera, ojo, sino con ayuda de los infalibles polvos blancos que suscitan en mí una impresión de higiene, al tiempo que me convidan a abrigar esperanzas acerca de una muerte rápida, tranquila, indolora. Casi se me escapa escribir una muerte perfecta. Sobre esta cuestión he concebido, no obstante, dudas inquietantes después de conversar a última hora de la tarde con Patachula, quien me ha puesto sobre aviso de la agonía horrible que puede seguir a una ingesta de cianuro potásico si no se toman las debidas precauciones. O sea, que la cosa no es tan simple como yo creía. De vuelta en casa, he estado ampliando mis escasos conocimientos en la materia con ayuda de internet y al punto he comprobado que Pata tiene razón.

De paso he buscado imágenes del suicidio de Slobodan Praljak, de quien mi amigo y yo también hemos estado hablando. Este antiguo general bosniocroata se negó a acatar en noviembre de 2017 la condena a veinte años de prisión ratificada, en La Haya, por el Tribunal Penal Internacional para la Antigua Yugoslavia. Confirmada la sentencia, el hombre, alto y fornido, de aspecto fiero, de frente atravesada de surcos, de pelo y barba blancos, se puso de pie; tomó la palabra con el propósito de afirmar su inocencia; a continuación sacó un frasco de cianuro disuelto en un líquido y, para estupor de todos los presentes, apuró de un trago el veneno que algún cómplice debía de haberle proporcionado a escondidas. Las imágenes de televisión dieron la vuelta al mundo. Lo que yo ignoraba, hasta que lo he leído en internet, es que este señor, a quien se imputan crímenes de guerra contra civiles musulmanes y se atribuye, entre otras acciones, la destrucción del puente antiguo de Mostar, no murió al instante. Según las crónicas, la suya fue una muerte en extremo dolorosa que se prolongó por espacio de veinte minutos; de hecho, hubo tiempo de trasladarlo de urgencia a un centro hospitalario, donde finalmente se le paró el corazón.

Veinte minutos de sufrimiento (dificultades respiratorias, convulsiones, ardor interno...) son muchos, demasiados minutos. Al decir de los expertos, no es descartable que la agonía de quien ha tomado cianuro se prolongue en ocasiones por espacio de una hora. En socorro de mi esperanza, Patachula daba esta tarde por seguro que con el cianuro contenido en nuestras respectivas bolsitas la muerte será instantánea. Tamaña dosis tumbaría, afirma, a un elefante en cuestión de segundos.

No logro apartar del pensamiento la cara de Slobodan Praljak en el momento en que ingiere con ademán enérgico y ojos de loco el veneno letal. ¿Haré yo un gesto parecido cuando llegue mi hora en un banco público, en un rincón del parque, en una calle solitaria? En cualquier sitio menos en casa. No quiero aquí policías enredando en mis cajones ni pudrirme tirado en el suelo mientras el hedor de mi cadáver se expande por todo el edificio.

Veinte minutos de agonía dolorosa me parecen una barbaridad.

8

He salido muy tocado de mi visita a mamá. Su grado de postración llega a tal extremo que no se puede decir en puridad que esté viva. Hace bastante tiempo que recibe alimentación por sonda y no se levanta de la cama. ¿Conversar con ella? A veces pestañea, vuelve la mirada como si tratara de indicar que escucha, incluso que ha entendido lo que se le dice; pero es inútil esperar que en su cara se dibuje un gesto o que salga de su boca una palabra. Le administran, según he sabido, un fármaco que la mantiene en estado de somnolencia.

Cuesta creer, duele creer, que un día esas facciones destruidas por la edad contuvieron belleza, y que en ese cerebro cancelado hubo recuerdos, emociones, lucidez.

Hoy mamá despedía un olor que me ha hecho dudar del cuidado profesional del que gustan de presumir los folletos publicitarios de la residencia. En mi lugar, Raúl se habría apresurado a pedir explicaciones. Quizá habría armado la bronca. No sería la primera vez. Yo, no. Yo estoy hecho de otra pasta y, además, refrena mis impulsos el cansancio que actualmente rige mi vida. Recelo que las críticas, exigencias y reclamaciones de los familiares las pagan después los viejitos cuando se quedan solos con el personal del centro.

No menor preocupación me han causado las dificultades respiratorias de mamá. Esta tarde eran de una intensidad inusual. Aprovechando que nadie me veía, la he auscultado con una oreja pegada a su pecho. Allá dentro se oían, débiles, pausados, los latidos de su corazón. A ratos mamá emitía una especie de estertor que me ha encendido todas las alarmas. Me he atrevido a llamar la atención de una de las cuidadoras sobre este detalle. No me ha parecido que la adusta señora se sorprendiese. Y a mi pregunta de si la respiración anhelante de mamá era un síntoma de agonía, me ha mirado como si acabara de descubrir una babosa en la ensalada. A la edad de mi madre, en cualquier momento puede llegar el final que tarde o temprano nos llegará a todos. Al pronto me han ofendido las palabras de la cuidadora, que he juzgado insensibles y, por supuesto, tópicas. Podía haberle replicado, pero ¿para qué? Más tarde he comprendido que a los empleados de la residencia no se les contrata ni se les paga para consolar a nadie con mentiras piadosas. Bastante trabajo tienen como para dedicarse a enjugar las lágrimas de los visitantes.

Me he acordado de Nikita. «La abuela huele a muerte.» Dijo también que mamá no llegaría con vida a la primavera. Considero una gran crueldad que en España no exista una ley de eutanasia. Aquí lo obligan a uno a comerse hasta la última migaja de dolor. ¿Quieres morirte? Muy bien, pero primero sufre.

Yo miraba como a través de un velo de lástima los labios entreabiertos de mamá y me veía a mí mismo introduciendo con amorosa delicadeza, en su boca sin dientes, una cucharada de cianuro, aun cuando ella no esté en condiciones de tragar nada. «Mamá, no mereces un final tan penoso. Mi amor de hijo me fuerza a poner fin a tus padecimientos.» Luego la dirección del centro presentaba una denuncia a la policía; a mí me conducían esposado a la comisaría más cercana, donde Billy el Niño, rejuvenecido para la ocasión, me aplicaba idénticos métodos de tortura que en su día a papá; la misma jueza que sentenció a favor de Amalia me condenaba a unos cuantos años de cárcel; al fondo de la sala del juicio, presa de un ataque de ira, mi hermano me amenazaba a voz en cuello con tomar venganza de mí tan pronto como yo recobrase la libertad y, justo en el instante de ser arrojado al interior de una celda oscura, con las paredes cubiertas de verdín y el suelo encharcado de aguas por supuesto fecales, mi historia imaginada se me borraba del pensamiento como si se hubiera producido en el interior de mi cabeza un apagón eléctrico.

De la residencia he venido a casa con el ánimo por los suelos.

9

Alguien debía de seguirme a todas partes o solicitaba información acerca de mi vida privada entre las personas que tenían trato conmigo. Alguien que me conocía o que había contratado los servicios de un detective se había convertido en mi sombra invisible. Fuera quien fuese, me estaba tocando las pelotas con sus malditas notas en el buzón.

Patachula volvió a aconsejarme la instalación de una cámara oculta en el portal. «Carezco de conocimientos técnicos», le dije, «y no me apetece dedicar tiempo ni dinero a este asunto.» Dudo, además, que los vecinos hubiesen aprobado la iniciativa. Ya sólo para hacérsela comprensible habría tenido que proporcionarles una justificación un tanto sonrojante, sin contar con que la medida no habría servido de nada si el culpable, también residente en el edificio, conocía la existencia de la cámara. Otra posibilidad, según mi amigo, era tirar las notas a la basura sin leerlas. «¿Para qué te mortificas? No hagas caso y quienquiera que esté tratando de divertirse a tu costa terminará aburriéndose del juego.» Dedujo de mi enfado que yo acababa de encontrar otro papelito. Picado por la curiosidad, insistió en que se lo enseñara. Era este que tengo ahora delante: «Todavía en trámite de divorcio y ya te has liado con otra. ¿Tienes prisa por repetir errores? ¿Crees de verdad que a ti te puede aguantar una mujer? Nuevo fracaso a la vista. ¡Lo que nos vamos a divertir!».

¿Liado con otra? Patachula me miró entre sorprendido y risueño.

Alegué los bandazos emocionales que me producía el proceso de divorcio, el miedo a quedarme solo, mi necesidad de sexo con ternura, de compañía grata y conversación y, quién sabe, de compartir con una persona agradable un proyecto de vida. Y le revelé su nombre: Diana Martín, la madre de una de mis alumnas.

Es de justicia reconocer que era, a sus treinta y siete años, aunque aparentaba bastantes menos, no guapa, sino muy guapa. Y era esbelta y obsequiaba sin titubear a sus interlocutores con una sonrisa preciosa de dientes blancos y labios finos que parecía expresar, en combinación con el resto de sus facciones agraciadas, una especie de felicidad triste o de pena alegre, lo que agregaba un toque afable a sus encantos.

Prodigaba sonrisas con tal frecuencia que llegué a preguntarme si no se acostaría todas las noches con agujetas en la cara.

A veces me daba la impresión de que Diana Martín se avergonzaba de su belleza y por eso, incapaz de ocultarla, la atemperaba vistiendo con modestia y sencillez y evitando de paso el abuso de productos cosméticos, los adornos llamativos y los ademanes y gestos encaminados a resaltar el magnífico trabajo que había hecho con ella la Naturaleza.

También se me figura plausible esta otra hipótesis. Diana Martín renunciaba a ejercer de mujer bella no tanto por vergüenza de su maravillosa lacra como por temor a atraerse la animadversión de sus compañeras de sexo. A su lado, el atractivo físico de las demás palidecía. Y ella, que en modo alguno lo ignoraba, porque era todo lo contrario de tonta, movida del deseo de no ser juzgada solamente por su aspecto físico hacía lo posible por pasar inadvertida. Carezco de pruebas, así que dejo aquí la reflexión envuelta en la niebla pobretona de mis conjeturas.

Diana Martín cuidaba, sin embargo, como más tarde supe, hasta el último detalle de su apariencia, siempre con el pensamiento puesto (me parto de risa) en parecer una mujer normal; mantenía en todo momento una actitud discreta durante las reuniones con los padres de los alumnos (en su gran mayoría madres) y, pudiendo ser el foco de atención principal dondequiera que hubiera gente, prefería retirarse a un segundo plano, encastillada en su risueña introversión.

Su hija, por la que ella se desvivía, pertenecía al grupo selecto de los alumnos destacados de la clase, con un cociente intelectual y un rendimiento (hasta que se le desmandaron las hormonas) dignos de ser expuestos en el escaparate de una joyería; pero, a diferencia de su madre, la muchacha propendía a la locuacidad y al desparpajo. Estropeada por los genes del padre, al que nunca conocí, tenía una cara ancha y vulgar, aunque yo no diría que fea salvo por el estigma pasajero de los granos.

La madre era un bombón. Yo lo constataba con serena objetividad, como quien juzga las propiedades estéticas de una obra de arte. Y no por nada, sino porque me inducía a recular la evidencia de su belleza. Leí en cierta ocasión que algunos varones reaccionamos de este modo ante la mujer dotada de inteligencia y hermosura superiores. Les cedemos la iniciativa de la relación, lo que bien puede hacerles creer que las menospreciamos. Incluso puede que rehuyamos su trato, pero no por miedo como afirman presuntas expertas en materia de conducta sexual, siempre inclinadas a embadurnar de barro negativo al hombre, sino pura y simplemente por quitarnos de en medio cuanto antes. Convencidos de que menudearán los rivales, nos sabemos de antemano condenados a dedicar cantidades fatigosas de energía, atenciones y vigilancia para no perderlas o, lo que es lo mismo, para que no se vayan con quienes nos aventajen en prendas personales y de cualquier otro tipo. Yo a esto no lo llamaría celos, sino instinto ahorrativo. A fin de evitar quebraderos de cabeza, preferimos apañárnoslas con mujeres que no sobresalgan demasiado en nada; mujeres de no mal ver, sanas, bondadosas y que no despierten deseos eróticos allá por donde pasen. Mi única excepción fue Amalia, a quien considero el error más garrafal de mi vida.

¿Los sabihondos de rigor y no digamos las sabihondas me objetarían, en caso de leer estas líneas, que lo que afirmo en ellas es un tópico? Por supuesto que lo es, lo cual no significa que no encierre una gran verdad. Y como yo consideraba a Diana Martín cada vez que su presencia me alegraba la vista, siempre por asuntos relativos a su hija, muy por encima de mis posibilidades y merecimientos, me limitaba a admirarla en secreto, sin esperanza de obtener de ella favor ninguno, sino como quien admira con fascinación tranquila un paisaje, un ave de paso o un jarrón de China. Yo ya me entiendo.

11

En cierta ocasión asistí a una de tantas reuniones informativas con los padres de los alumnos, aunque yo no era tutor ni en el fondo pintaba nada allí. Órdenes de la directora. Me coloqué, como de costumbre, en un costado del aula sin otro propósito que pasar lo más inadvertido posible y disimular el aburrimiento a la espera de que alguno de los presentes me dirigiese una pregunta, cosa que en tales situaciones no me ha sucedido jamás. Suelo aflojar la correa del reloj para que este salga con facilidad fuera de la manga y resbale hacia el dorso de la mano, lo que ayuda a consultar de rato en rato la hora sin que a mi alrededor todo el mundo note mis ganas de marcharme. Esta y otras argucias por el estilo me las enseñó Marta Gutiérrez al poco de mi ingreso en el instituto.

Ninguna de las cuestiones tratadas en la reunión afectaba directamente a mis clases; pero ya se sabe que la directora disfruta jodiéndonos las horas de descanso con la excusa de que el cuerpo de profesores ha de estar en todo momento disponible. Un aliciente inopinado me alegró aquel encuentro con los padres. Cerca de mí, como a dos metros de distancia, yo podía recrearme a mi antojo en la contemplación de los pies de Diana Martín, que asomaban por debajo de la mesa. No me tengo por fetichista; pero tampoco me falta sensibilidad para deleitarme en presencia de la hermosura y aquellos piececillos femeninos, menudos, tersos, eran verdaderamente dignos de ser admirados. No está de más añadir que Diana Martín vestía un pantalón vaquero de perneras acabadas hacia la mitad de sus bien depiladas pantorrillas. Calzaba unos zapatos minimalistas, por decirlo a mi manera de inexperto, consistentes en una suela con tacón más largo que corto y dos tiras negras a modo de sujeción, una justo por encima de los tobillos y la otra a lo largo del arranque de los dedos. La primera de estas tiras se unía por medio de una prolongación similar a una franja estrecha que cumplía las funciones de talón de los zapatos. Y era, desde donde yo la observaba pasmado de gusto, como si ella estuviese descalza, elegantemente descalza, perturbadoramente descalza, mientras atendía sin mover un músculo del agraciado rostro a las sucesivas intervenciones de quienes tomaban la palabra. ¡Santo cielo, qué hermosa era! O dicho en plata: ¡Qué buena estaba!

Me desentendí desde el principio de los asuntos tratados en la reunión. Es lo que hago siempre, sólo que aquella tarde con mayor motivo. Me habría complacido tocar, ¿qué digo tocar?, acariciar, besar, lamer con parsimonia aquellos dedos finos que remataban en sendas uñas pintadas de rojo oscuro. El dedo segundo era el más largo de todos; sobrepasaba por unos pocos milímetros al dedo gordo, que de gordo sólo tenía el nombre. Los empeines eran lisos, suavemente curvados, sin rugosidades ni venas que los afeasen; los tobillos, igual que si los hubiese modelado un diestro artífice con una materia delicada, pura porcelana. Por debajo de uno de ellos, podía verse un pequeño y caprichoso tatuaje en tinta negra que representaba una libélula.

En un momento dado, Diana Martín se percató de que yo estaba mirando fijamente sus pies. Con su habitual discreción, esperó a que me diese cuenta de que ella a su vez me observaba a mí y, al fin, cuando nuestras respectivas miradas se cruzaron, me obsequió con una sonrisa encantadora.

12

La directora de la residencia de ancianos me ha pedido amablemente por teléfono que sea yo quien notifique a mi hermano el fallecimiento de mamá. Lo ha llamado al número de teléfono fijo que él comunicó en su día y nadie se ha puesto al aparato. Afirma que lo ha intentado en varias ocasiones. Hoy es sábado. Supongo, le he dicho, que Raúl se habrá ido con mi cuñada a pasar el fin de semana fuera. Así lo hacían de costumbre en otros tiempos, cuando sus hijas eran menores de edad. Al instante me he arrepentido de la respuesta. ¿Qué sé yo cómo pasa hoy día esa gente su tiempo libre? ¿Acaso me importa?

La directora alega que sus ocupaciones le impiden dedicar demasiado tiempo a hacer llamadas telefónicas. Idéntico motivo afecta a los empleados del centro. El hecho de que una persona de su rango se explaye en tales explicaciones me da una idea de la presión que ha estado ejerciendo mi hermano sobre el personal de la residencia. Es probable que esta señora, cuya profesionalidad queda para mí fuera de toda duda, antes de hablar conmigo por la mañana pensase que soy de la misma estofa que Raúl.

A continuación, me ha revelado lo que parece una intriga de mi hermano. Repetidas veces Raúl había solicitado a mis espaldas que, cuando se produjera la defunción de nuestra madre, primeramente se le informase a él. ¿Y eso? Juraría que mi reacción de sorpresa ha complacido a mi interlocutora, quien a partir de ese instante, segura de que no tengo nada que ver con las maquinaciones de Raúl, se ha mostrado menos reservada conmigo. Tras asegurar que no tiene competencia para intervenir en las relaciones de familia de los residentes, me ha contado que mi hermano «mantenía un vínculo sentimental muy fuerte con su madre, a la que visitaba con frecuencia, y había expresado su deseo de ver el cuerpo sin vida de ella antes que otros parientes».

«Desde su nacimiento», he creído oportuno decir, «mi hermano se ha visto a sí mismo como propietario de nuestra madre. Nunca fue amigo de compartirla.»

«Entiendo.»

En ningún momento, durante los tres o cuatro minutos de conversación, me ha parecido que la voz de la directora sonara fúnebre; antes bien cálida, diáfana, acogedora. Me ha aclarado en tono sereno algunas circunstancias relativas a la muerte de mamá y ha tenido para mí unas palabras, creo que sinceras, de condolencia. Descarta que haya habido agonía dolorosa. Antes de colgar, nos ha emplazado a Raúl y a mí a pasar sin demora por la residencia a fin de cumplir los trámites legales. Y ha añadido, adoptando un tono confidencial, en referencia a mi hermano: «En un centro como el nuestro se ven tantas cosas que ya nada puede sorprendernos».

13

Tras la conversación telefónica con la directora, estuve largo rato mirando por la ventana el cielo azul, los tejados y todo eso. Salvo una paloma de aspecto enfermizo, agazapada sobre una cornisa, no divisé aves por ningún lado. Me vino al recuerdo el comienzo de *El extranjero* de Camus: «Hoy ha muerto mamá. O quizá ayer, no lo sé». Necesitaba a toda costa frases, apotegmas, citas, que me alumbraran en mis recién estrenadas tinieblas de la orfandad completa.

Yo juraría que la muerte de un padre, al menos en los tiempos que corren (en el pasado tal vez no, cuando la familia dependía de un patriarca alimentador), es más fácil de asumir que la de una madre. Hablo en mi nombre. Yo no soy un especialista en conductas humanas, aunque algo he visto y algo sé. La muerte del padre golpea por fuera; parece como que de pronto uno tiene que asumir responsabilidades, tomar decisiones que antes no le competían; ocupar, en suma, el sitio del difunto. Una madre es insustituible. La muerte de la madre duele más adentro y te deja como desamparado, desnudo y recién nacido, aunque tengas como yo más de cincuenta años. Así pensando, me tentó buscar la novelita de Camus en la biblioteca; pero luego me acordé de que la había abandonado dos meses atrás, primero en la Cuesta de Moyano y a continuación, tras recuperarla por unas monedas, en un bar.

Seguramente Amalia tenía razón cuando me acusaba de ser un hombre que se aparta de la realidad para observarla a través de los libros. A mí la muerte de mamá no me ha dejado indiferente; pero reconozco que necesito palabras que me la expliquen y me la sitúen en el contexto cotidiano de mi vida. No negaré que cuando la directora de la residencia me dio la noticia sentí alivio. Mamá dejó de respirar por causas naturales en algún momento de la noche del viernes al sábado. Terminó para ella una larga vejación. «Se ha apagado suavemente como la llama de una vela», dijo la directora. He ahí una frase convencional que, sin embargo, a uno, por el mero hecho de ser destinatario de ella, le parece novedosa, justa y con su pizca de resplandor poético. La circunstancia de que mamá expirase sin sufrir y a edad avanzada me está ayudando a interiorizar su pérdida. Fue ayer y parece que llevase muerta veinte años.

De codos en el antepecho de la ventana, intenté derramar una lágrima mientras miraba el cielo vacío de pájaros, pero no lo conseguí. Imaginé la voz de papá: «De aquí no te mueves hasta que no llores por tu madre». Me habría reconfortado llorar un poco. Dicen que es un recurso eficaz para expulsar del cuerpo penas, dolor, angustia y demás toxinas. Lo siento, mamá. Se conoce que estoy seco.

A la una y media me dirigí en coche a la residencia de ancianos y pedí que me dejaran un rato a solas con mamá. Se notaba que la habían lavado y arreglado. Olía a agua de colonia, tenía la boca y los ojos cerrados y la densa y sólida serenidad de su expresión me hizo mucho bien. Cobardemente me incliné a darle las gracias al oído; digo cobardemente porque hay cosas que o se dicen en vida del interlocutor o mejor ya no se dicen. La besé en los labios fríos y en las manos y en la frente; le hice una caricia en la mejilla y me marché.

Dentro del coche, en el aparcamiento de la residencia, llamé al móvil de mi hermano. Al otro lado de la línea telefónica sonaban voces como de local con gente. Los pillé a él y a mi cuñada almorzando en un restaurante del centro de Segovia. Raúl rompió a llorar aparatosamente. «Este», pensé, «no haría buen papel en la novela de Camus.» Imagino a los comensales de las mesas vecinas preguntándose «por qué llora ese señor como un cochinillo en el matadero». Cuando más o menos recobró la calma, quiso saber si yo había estado en la residencia.

«¿Desde dónde crees que te llamo? Mamá está muy guapa. Es una pena que no puedas verla.»

No sé por qué tiendo a ser tan cruel con mi hermano.

14

A mi llegada a la sala de velación, ya estaban allí, vestidos de luto, Raúl, María Elena y mis sobrinas; la menor, pobrecilla, con peluca. Los encuentro serios, remisos a conversar, pero no adustos ni especialmente tristes. El saludo ha sido correcto, con roces cordiales de mejillas en el caso de ellas. He preguntado a Julia qué tal se encuentra y me ha dicho que bien, que de momento no le darán quimioterapia hasta conocer los nuevos resultados. Su madre, protectora, metete, se ha apresurado a completar la información con datos sucintos, todos sin excepción plateados de esperanza.

A Cristina, silenciosa y mustia como de costumbre, le he dirigido la misma pregunta para que no se sintiera relegada. En el instituto he escuchado historias de alumnos con graves trastornos psicológicos causados por sus propios padres al volcar toda su atención en el hermanito discapacitado o enfermo, dejando al niño en principio sano desatendido por creerlo capaz de valerse por su cuenta. Un compañero algo mayor, hoy día jubilado, dijo que en sus tiempos esas cosas no pasaban; que los matrimonios tenían más hijos y los desatendían a todos por igual. Creo que fui el único que no captó (sigo sin captarla) la presunta gracia del chiste.

A Raúl le he estrechado la mano con una sensación de despedida. Lo he mirado a los ojos, me ha mirado a los ojos. Mamá era el último hilo que nos unía. «¿Qué hay, hermano?», me ha dicho. Por un momento he tenido la sensación de estar interpretando la escena final de una película. Respondo que nos hemos quedado definitivamente huérfanos, lo cual es una simple evidencia. A Raúl lo ha vencido la emoción y se ha lanzado a abrazarme. Al punto he pensado que me agredía. La muerte y sus efectos benéficos. La muerte como desencadenante de ataques repentinos de bondad.

Doy por hecho que la de hoy ha sido una de las últimas veces que nos veamos Raúl y yo. Algunos trámites pendientes relativos a la defunción de mamá y a la herencia que nos deja nos obligarán a reunirnos en los próximos días. Después, adiós para siempre. Hacía tiempo que no me hallaba tan a gusto a su lado.

De pronto llega Nikita, a quien comuniqué ayer por teléfono el fallecimiento de su abuela.

«Si puedo, iré al tanatorio; pero no te prometo nada.»

Le pedí que informara a su madre.

«Vale.»

Al verlo entrar en la sala por poco me caigo de espaldas. Viste una camiseta de manga corta con una enorme calavera estampada («joé, papá, es que era lo único negro que he encontrado»), tan inapropiada para el invierno como para el lugar donde nos encontramos. El tatuaje del brazo a la vista y las manos en los bolsillos del pantalón, yo habría preferido que no viniera. Llega con un problema físico, ignoro de qué naturaleza. Despeinado, ojeroso, sin afeitar, saluda rápidamente a sus tíos y a sus primas; no me saluda a mí y se mete corriendo en el cuarto de baño. Desde fuera lo oímos vomitar. «Algo que he comido me ha sentado mal.» Lo dice sonriente, al salir, mientras se limpia el morro con el dorso de la mano.

Después enristra con paso decidido hacia el ataúd, como si lo acabara de descubrir. Yo no intervengo. Es mayor. Él sabrá lo que hace. Durante unos instantes mira la cara de la difunta sin expresar ningún tipo de emoción. Se rasca la cabeza. Yo pagaría una buena suma de dinero por verle los pensamientos en ese instante. Se vuelve y le pregunta a Julia, de sopetón, si le está creciendo el pelo de nuevo. Sólo falta, me digo, que le quite la peluca para comprobarlo.

Me consuelo pensando que sus parientes lo conocen lo suficiente como para perdonarle de antemano lo que sea que haga o diga. Se nota que a la muchacha le causa incomodidad la conversación; así y todo, responde con una sonrisa de circunstancias. Mi cuñada interviene haciéndole a Nikita preguntas sobre su vida privada y su trabajo. Logra así cambiar de tema. El chaval responde de buena gana. Se permite algunas chanzas. Afirma con rotundidad que dentro de un año él y unos amigos van a abrir un bar.

Por la noche, cuando me dispongo a dar el último paseo del día con *Pepa,* suena el teléfono. Noto a María Elena nerviosa. Me pregunta si tengo inconveniente en que Raúl conserve la urna con las cenizas de mamá. Explica que para él es importante por razones sentimentales. La incineración, según nos han dicho en el tanatorio, se efectuará mañana. ¿Para qué querrá mi hermano las cenizas de nuestra madre?

«¿Piensa esparcirlas en algún lado?»

«No. Las quiere guardar en casa.»

«¿Y a ti eso no te importa?»

«A mí me da igual con tal de que no estén a la vista.»

Le respondo que por mí se las puede quedar y ella, no sé si aliviada o complacida, o las dos cosas a la vez, me da las gracias como si les hubiera hecho el mayor favor de su vida.

15

La hija de Diana Martín había sacado en una de las evaluaciones notas, no malas, pero algo por debajo de lo habitual en ella. Para mí, nada que indujera a tomar medidas drásticas; para su madre, un drama. La muchacha no mostró en las semanas posteriores signos de mejora ni en el rendimiento escolar ni en la conducta, descuidó algunas obligaciones y su madre, alarmada, vino una mañana al instituto a hablar con los profesores y también conmigo.

Se le figuraba que su hija de dieciséis años había entrado en una espiral que conducía al desastre. A mí aquello de que una alumna se precipitara hacia la perdición por las revueltas de una espiral me pareció un acierto expresivo notable. Claro que cualquier cosa dicha por una boca tan bonita, ¿cómo no me iba a parecer un acierto? La mención a la espiral me evocó los toboganes de tubo que había, para felicidad de Nikita cuando era pequeño, en la Aquópolis de San Fernando de Henares. Por un momento vi a la hija de Diana Martín, con su cara ancha salpicada de granos, deslizándose a gran velocidad por uno de dichos toboganes y levantando una imponente salpicadura al caer al agua.

Hice lo posible por tranquilizar a Diana Martín, que me miraba desde el otro lado de la mesa con unas pupilas expectantes, dilatadas por la preocupación, quizá por la angustia. En tono aplomado le dije esto, le dije lo otro. Por supuesto que eché la culpa del cambio de actitud en su hija a los vaivenes hormonales de la pubertad. Incurrí en alabanzas no del todo sinceras, abundé en eufemismos. A los aires de contestona de la educanda los tildé de gusto por el debate; a sus malos modos de los últimos tiempos, fortaleza de carácter, y así hasta completar una imagen positiva de la criatura. Me había propuesto que los preciosos labios de Diana

Martín sonrieran y lo conseguí. A continuación, su expresión risueña se propagó como agua impactada por una piedrecilla rostro arriba, hermoseándolo en grado sumo.

Y pensé que ahí terminaba una conversación de tantas con la madre de una alumna que acababa de descubrir las delicias de la desobediencia y el tabaco y su atracción por los chicos. Una madre más turbadora que otras, eso sí. Y ya estábamos a punto de despedirnos, los dos de pie, cuando Diana Martín me pide un trozo de papel y un bolígrafo. La vi anotar un número con su mano de uñas pintadas de rojo. A continuación me tendió la esquina de papel y dijo, mirándome con encantadora intensidad: «Mi teléfono, por si hubiese algún problema con Sabrina». Guardó un instante de silencio y, mirándome fijamente a los ojos, añadió con la voz más dulce que se pueda imaginar: «Y por si te parece bien que nos conozcamos».

Era la primera vez que me tuteaba.

16

Y mientras Amalia, en la cocina, amenazaba con llevarme a juicio, mostrándome un puñito furioso que no creo que me hubiera dolido más que la bofetada de una mariposa y asegurando que iba a arruinar mi vida y que ya contaba para ello con los servicios de una abogada inmune a la clemencia (o a la compasión, no recuerdo la palabra exacta, pero los tiros iban más o menos por ahí), yo manoseaba a escondidas o más bien acariciaba, en el bolsillo del pantalón, el trozo de papel donde Diana Martín me había escrito de víspera su número de teléfono.

Sacaba de quicio a Amalia que yo le diera la razón y le ofreciese mi ayuda para hundirme en la miseria. Me llamaba arrogante. Ella quería lucha; esperaba que yo la cubriera de insultos, la golpeara, le diera un motivo que justificase el odio hacia mí que le hervía en las entrañas. Generalizaba: «Los tíos sois...», «los hombres os creéis...». Pensó que yo me estaba tocando los testículos por dentro del bolsillo, como burlándome de sus palabras; que mi sonrisa era pura provocación y desprecio, y mi calma, altanería. Ciega de cólera, no se daba cuenta de que era otra cosa.

Era felicidad.

Pocas horas antes de la escena desagradable en la cocina yo había marcado el número de teléfono de Diana Martín, quien se puso al aparato enseguida, como si estuviera esperando mi llamada. Sin mayores dilaciones acordamos encontrarnos al día siguiente, de atardecida, en el café Comercial. Fue ella quien propuso la hora y el sitio. Yo habría ido de noche al cementerio o al fondo de una sima con tal de verla. No recuerdo que el corazón me hubiese palpitado con tanta fuerza desde la pubertad.

A Diana Martín le sucedía al parecer lo mismo. Por teléfono me reveló que se sentía «nerviosa como una jovencita». Pensando en que detrás de aquella confidencia se escondía la solicitud de unas palabras que la calmasen o, en fin, le inspirasen confianza, le respondí con una necedad, no más que por dármelas de gracioso: «Yo no me como a nadie». Un segundo después me habría partido los dientes de un puñetazo. Ella me premió de manera espontánea con su risa; acto seguido, confesó sentirse insegura ante un hombre sabio (¡sabio!, ¡me llamó sabio!, ¡a mí!) y me pidió disculpas por si en el curso de nuestro encuentro yo acababa desengañado de ella. Aunque me lo callé, a mí me inquietaba idéntico temor. Juzgaba milagroso que una mujer tan guapa aceptase compartir un rato de intimidad con un profesor insulso que no había hecho cosa de mérito en la vida. Acudí a la cita convencido de que Diana Martín no encontraría en mí nada, lo que se dice nada, digno de su interés.

A mi llegada al café Comercial, Diana Martín estaba sentada ante la hilera de espejos de la pared. De este modo, pude verme la cara y corregir la sonrisa inapropiada (por excesiva y por paleta) mientras me acercaba a su mesa. Ella tuvo el detalle de ponerse de pie para recibirme. Me estrechó la mano sin mirarme a los ojos y sin la menor efusión; saludo frío, al menos en apariencia, que achaqué a su azoramiento. De hecho, se apresuró a declarar, con tímida franqueza y con aquella como dolorida sonrisa suya que tanto me cautivaba, que por un momento había temido que yo no viniera. Por hacerme agradable, le pedí al camarero lo mismo que ella había pedido antes de mi llegada, una taza de té, bebida que detesto y que endulcé en demasía para poder pasarla por el gaznate. Diana Martín me obsequió con una novela de Enrique Vila-Matas. «Igual ya la has leído.» Le confesé que me sentía avergonzado. «Perdona mi torpeza. No se me ha ocurrido traerte nada.» Estuve a punto de añadir que los hombres somos así; pero el instinto me aconsejó no llevar la conversación a ciénagas de las que luego es difícil salir. Sencilla, elegante, ella replicó que disfrutaba más dando que recibiendo.

Mujer maravillosa.

Hablamos, sentados uno frente a otro, de cuestiones diversas entre sorbo y sorbo al bebistrajo insípido y oscuro que llaman té. Sin explayarme en pormenores, le dije que me encontraba a las puertas del divorcio. No le oculté los malos días y las peores noches que estaba sufriendo por dicho motivo. Lo hice al objeto de evitar que Diana Martín viese en mí a un hombre que busca orgasmos a espaldas de su mujer. Mi presencia en el café Comercial podía significar cualquier cosa menos la aventura de un mujeriego. Estaba dispuesto a respetar y a hacerme querer. Después ya se vería adónde me llevaban el respeto y el afecto. Ella, como si estuviéramos reunidos en el instituto, abundó en las preocupaciones que le causaba su hija, y a mí esto en principio no me pareció mal, pues pensaba que todavía estábamos ella y yo en los prolegómenos de lo que más adelante, si llegábamos a congeniar, podría convertirse en una relación más estrecha.

Pero, de pronto, como a la media hora de encuentro, cuando aún no se había creado entre los dos un clima de verdadera intimidad, Diana Martín se puso de pie, me tendió la mano y me dijo, con aire de disculpa, que se le había hecho tarde y tenía que marcharse. Insistió en pagar las consumiciones. «¿He dicho algo inconveniente?» «No, qué va, en absoluto.» Y, para demostrarme que no era así, me pidió y aun diría que me suplicó que la llamase pasados unos días.

Me quedé solo, atónito, chasqueado, a malas conmigo por carecer de explicación para la marcha precipitada de Diana Martín. Pedí una copa de whisky con hielo. «Tú eres tonto, tío. De nuevo sucede algo delante de tus narices que no comprendes.» Y mientras me dedicaba en voz baja los epítetos más despiadados, convencido de que la cita había sido un fiasco por alguna cosa que yo habría hecho o dicho (pero ¿cuál, hostia, cuál?), reparé en la mancha de carmín en el borde de la taza de la que ella había bebido. Limpié cuidadosamente la pequeña porción de pasta roja con la yema del índice y, tras cerciorarme de que nadie me observaba, me la restregué por los labios.

17

Raúl, dichoso. Raúl, emocionado, al borde de las lágrimas. Me ha llamado por teléfono a la hora de la cena para expresarme su agradecimiento, tembloroso de voz, chisporroteante de cumplidos. ¿Por la herencia ni módica ni para reventar cohetes que nos ha quedado? No. Desde hoy tiene a su mamá, valiosa propiedad encerrada en una urna, toda para él. Considera, conmovido, que he sido generoso. «Y tú cobarde», me han entrado ganas de decirle, «que mandaste a tu mujer que me pidiera lo que tú no tuviste huevos de pedirme.» Y he estado en un tris de agregar: «Te dispenso fraternalmente de asistir a mi entierro el próximo verano. Goza, mientras te dure la vida, de las cenizas maternas. Abrázalas, duerme con ellas o tíralas por la ventana. A mí me da igual».

Más que el comportamiento de mi hermano me ha sorprendido estos días que Amalia no me llamara o no me mandase un mensaje de condolencia. Bien es verdad que yo no acudí al sepelio de su padre ni les di a ella y a la santurrona el pésame. Quizá la muerte de mamá le ha brindado la ansiada ocasión de sacarse esa espina. Así pensando por la mañana, mientras daba clase, me ha venido de pronto una sospecha.

Nada más salir del instituto, he llamado a Nikita.

«Oye, ¿le dijiste a tu madre que ha muerto la abuela?»

«Se me pasó. Es que tenemos mogollón de trabajo en el bar. Pero, tranqui, que ya la voy a llamar.»

Le he dicho que no hace falta, que yo me encargo. No la he llamado, claro está, ni lo pienso hacer. Tarde o temprano, Amalia se enterará de la noticia. Y, si no, ¿qué más da?

18

Yo marcaba con desánimo creciente el número de teléfono de Diana Martín, pero ella no se ponía al aparato, lo que afianzaba en mí el convencimiento de que no quería verme. Alguna palabra de más salida de mi boca debía de haber dado al traste con la relación apenas iniciada. Una lástima. Yo necesitaba que ella me lo confirmase y con ese fin la estuve llamando por espacio de una semana; eso sí, no más de dos veces al día, excepcionalmente tres, para que no me tomase por pelma o, peor todavía, por acosador. Varias veces me tentó abordar a Sabrina en los pasillos del instituto y preguntarle con algún pretexto por su madre; pero, tomada la decisión, en el último momento una voz interior me persuadía a no envolver a la muchacha en el asunto.

Leí entretanto el libro de Enrique Vila-Matas, *Exploradores del abismo,* pensando tal vez que Diana Martín me lo habría regalado con el propósito de transmitirme algún mensaje oculto. El libro estaba bien, no era demasiado largo, contenía relatos de interés. La idea de que todo ser humano vive en el borde de su propio abismo, de un abismo hecho como un traje a medida, me pareció profunda. Entresaqué un pensamiento para el Moleskine. Como no llevo un índice de las frases anotadas, he tardado un rato en encontrar la del libro de Vila-Matas, pero aquí está: «Me resisto a morirme y que sigan los pájaros cantando y que a esos animalillos nada les importe que yo me haya ido».

A mí, pienso ahora, me deja frío que el mundo me sobreviva. No aspiro a convertirme en la última conciencia del planeta. Tarde o temprano todo lo que respira experimentará la dispersión natural de sus átomos. Esto es como montarse en el tiovivo y cada vuelta es un año. Das las vueltas que te toquen. A mí me han tocado cincuenta y cinco. Podría continuar un poco más; pero estoy cansado. Aún peor, harto. Llegada la hora de abandonar el tiovivo, te bajas y otro, nacido con posterioridad, ocupa el sitio vacante. Si te divertiste, enhorabuena; si no, te jodes. El escritor, aceptado que expresa confidencias propias a través de sus figuras de ficción, cosa por demás discutible y en todo caso indemostrable, da muestras de apego a la vida. Le gustaría como a niño mimoso que el tiovivo no cesase jamás de girar con él dentro.

Yo, antes, empujado por el terror inherente a la especie, ansiaba lo mismo, pero ya no. Ni siquiera creo que el abismo que me ha correspondido en virtud de mi nacimiento sea hondo, como tampoco yo lo soy. Está ahí cerca, a la luz del día, claro como el agua limpia, y en el instante prefijado me dejaré caer tranquilamente en él. Luego amanecerá y habrá vencejos, ambulancias, nubes y sonidos. Habrá normalidad; pronto me cubrirá el olvido y eso es todo. ¿Para qué más? ¿Para qué tanta filosofía, tanta religión, tanta angustia y tantos aspavientos que no cambian nada?

19

A punto de desistir de mi empeño, Diana Martín atendió, aleluya, a una de mis llamadas. Ya era el sexto día consecutivo que yo trataba de comunicarme con ella. Le pedí perdón; un tanto atropelladamente, lo confieso. Ella no entendía por qué. Percibí en su voz un tono de dulzura alegre que me produjo una descarga de melancolía, pues consideraba que aquella alegría brotaba en un espacio vital al cual yo jamás tendría acceso. Pensé lo primero de todo que Diana Martín deseaba poner fin a mis llamadas y mandarme a paseo con cortesía y elegancia.

«Supongo que en el Comercial dije algo que te disgustó. Sea lo que sea, te pido disculpas.»

Ella achacó su marcha repentina a tareas urgentes y a cuestiones familiares, las mismas que la habían mantenido ocupada durante los últimos días. No aclaró a qué tipo de tareas y cuestiones se refería, y yo conjeturé que sería una desconsideración imperdonable escarbar en su vida privada. Se limitó a decir que quizá tenía que haberme avisado. Y ahora fue ella la que pidió perdón. En prueba de que no se sentía molesta conmigo, sino todo lo contrario, me propuso con encantadora espontaneidad una cita al día siguiente, a la misma hora y en el mismo sitio que la vez anterior. Me comunicó, no obstante, que por desgracia no dispondría de más de media hora; pero que, así y todo, unos pocos minutos le parecían mejor que nada pues estaba ansiosa por verme.

Ansiosa por verme.

Diana Martín, un bellezón mirada por delante, por detrás y con las luces apagadas, estaba ansiosa por verme.

«Yo también a ti. No te imaginas cuánto.»

Antes de colgar, le dije para complacerla que había leído el libro de Vila-Matas y que me había gustado mucho. Si me lo había regalado, le pregunté, por alguna razón especial.

«Lo vi casualmente en la librería y, como se acaba de publicar, pensé que no lo tendrías.»

«Pues has acertado de lleno.»

En adelante tomamos la costumbre de encontrarnos una vez por semana, siempre en bares o cafeterías, al atardecer, y nunca durante más de treinta o cuarenta minutos. Yo veía a Diana Martín mirar de vez en cuando, con imperfecto disimulo, su reloj. De pronto se ponía de pie, insistía en pagar la cuenta, me estrechaba la mano y salía disparada del local con su sonrisa y su cuerpo maravilloso, dejándome como quien dice con la miel en los labios.

Aquellos encuentros semanales con Diana Martín, que eran una especie de tertulia a dos, me resultaban sobremanera placenteros. Yo los esperaba con ilusión y no ocultaré que me aliviaron el proceso de divorcio y me ayudaron a conservar la calma en una época de agrias disputas matrimoniales. Hubo por entonces momentos malos, de desesperación dura y pura, en que estuve pensando seriamente en la posibilidad de liquidar a Amalia y a continuación suicidarme. Pero luego, en medio de los pensamientos más negros, acudía en mi rescate la imagen de Diana Martín y, en la esperanza de un futuro a su lado y del disfrute de su bello cuerpo, conseguía poco a poco recobrar la calma. Con frialdad cercana a la indolencia cedí a cuantas reclamaciones formuló por aquellos días Amalia, cada vez más agresiva, más histérica, más ávida de perjudicarme. Ella se emperraba en interpretar mi serenidad como parte de una estrategia de provocación. Un día me dijo más o menos con estas palabras:

«Te da todo por saco, ¿verdad? ¿Sales con alguna tía? ¿Es eso? Pues que sepas que por mí te la puedes meter donde te quepa, que yo tengo mi plan».

20

Del marido nunca hablaba. Ni siquiera logré averiguar si Diana Martín tenía uno. «El padre de Sabrina», decía alguna que otra vez, como de pasada, sin mencionar su nombre ni especificar si el suministrador del espermatozoide que había contribuido a dar vida a aquella muchacha descarada era o había sido su marido. No es que el asunto me preocupase. Yo quería simplemente conocer el estado civil de la mujer con la que soñaba acostarme y con la que, en caso de no existir impedimento, me habría gustado establecer una relación estable. Una tarde no pude refrenar la curiosidad y le pregunté si estaba casada. Me respondió con el entrecejo adusto que «de eso» prefería no hablar. Sentí como que me cerraba de golpe una puerta en las narices y, a fin de no poner en peligro la continuidad de nuestras citas, decidí eludir en adelante el tema.

Por entonces encontré otra nota anónima en el buzón. «Muy guapa tu amiguita.» Eso era todo. No me inmuté. Por costumbre añadí el recuadro de papel a la colección. Si Amalia lo había leído o incluso si era la autora de la frase me daba absolutamente igual.

Pasaban las semanas, se sucedían los encuentros y mi boca era incapaz de reunir las palabras adecuadas para manifestarle a Diana Martín, sin causarle ninguna ofensa, el desaforado deseo sexual que se apoderaba de mí a su lado; aunque dudo mucho que la expresión de mi cara, mi voz y mis ademanes no me delatasen. ¿Se divertía a mis expensas? ¿Le bastaba con tener un rato semanal de conversación con uno de los profesores de su hija? Una tarde calurosa acudió a la cita con una blusa blanca, de tela fina, desabrochada de tal manera que dejaba al descubierto el arranque de sus preciosos pechos. Me resultaba imposible no volver la mirada a ellos cada dos por tres. Estuve a punto de alargar la mano, metérsela por el escote y terminar mi sufrimiento con una minúscula recompensa que a buen seguro habría desencadenado el final de nuestra aún no asentada relación.

«Me encantaría acariciarte los pechos.»

«Pronto», respondió, sonriente. «Pero te aviso que no son gran cosa.»

Minutos más tarde, Diana Martín se despidió con su precipitación de costumbre.

21

Por la mañana, por la tarde, por la noche, a todas horas los medios de comunicación hablan del niño de dos años que se cayó hace ocho días a lo hondo de un pozo, en un monte cercano al pueblo malagueño de Totalán.

A la legua se ve que el propósito no consiste tanto en transmitir información como en generar sensaciones, ramificando un relato con el que no hay manera de aprender nada de provecho. Detalles ya difundidos se repiten y se comentan sin descanso. No bien llega a las redacciones una novedad, todos se lanzan como locos a sacarle brillo, a sobarla y exprimirla, empeñados en extraerle hasta la última gota de jugo trágico.

Se nota en los reporteros repartidos por el monte una delectación mal disimulada. En sus gestos, en sus palabras, a mí me parece percibir ternura morbosa. Julen, dicen, como si conocieran personalmente al niño, como si este fuera hijo o sobrino de quien habla por el micrófono. Y se nota asimismo una enorme curiosidad colectiva por averiguar si la pobre criatura, aprisionada a setenta y un metros de profundidad, en un hueco oscuro de veintipocos centímetros de diámetro, sigue con vida después de más de una semana desde la caída.

Hoy nos han contado que anoche los especialistas terminaron de abrir una galería vertical paralela al pozo. Llevaban varios días con sus respectivas noches perforando estratos durísimos de roca. ¡Joder, a mí mismo se me escapa un superlativo! A algunos noticiarios de televisión les ha dado por impartir clases de mineralogía. Amalia llevó ayer a su programa radiofónico a un doctor que estuvo disertando sobre las posibilidades de supervivencia del niño. El caso es mantener la atención del público encadenada al suceso.

Patachula considera las labores de rescate una pérdida de tiempo, a menos que el objetivo consista en la recuperación de un cadáver. Él lo tiene claro. Es innecesario excavar de noche y hacerlo a toda prisa, pues, de acuerdo con su convicción, el chavalillo no pudo sobrevivir a la caída. «Asistimos», dice, «a un espectáculo mediático de la peor especie.» Y concluye: «Este país cada día me produce más vergüenza».

Pata tenía hoy una tarde de cabreo y amargura. A veces las tiene de cabreo y a veces de amargura. Cuando lo aprieta por dentro un problema grave, verdaderamente grave, se le juntan, según dice (parodiando mis filosoferías), «las dos mareas bravas del ser». En tal caso, su cara se tensa, el carácter se le avinagra, todo le parece mal y no hay modo de que sonría y suelte alguna de sus chanzas habituales. Así que le he preguntado sin rodeos dónde le ha salido en esta ocasión el *noli me tangere*. Se ha quedado de piedra. «¿Cómo lo sabes?»

Allí mismo, en el rincón de una tasca de Embajadores, adonde hacía tiempo que no íbamos a saborear una fuente de gallinejas con patatas fritas, se ha levantado con cuidado una de las perneras. Entonces ha surgido a mi vista, en un costado de la pantorrilla pilosa, cerca de su único pie, un corro rojo no más grande que una monedita de céntimo.

«¿Y esa pequeñez te preocupa?»

Le he tenido que pedir perdón. ¡Cómo se ha puesto!

Sus llagas, según explica, comienzan por un punto rojo en la piel que rápidamente se expande; en cuestión de horas se forma un cráter diminuto en el centro de la mancha; el cráter empieza a supurar y asimismo a crecer; extrañamente no causa picor; antes de cinco o seis semanas no se forma la postilla; la postilla se cae sola, «porque si la arrancas reproduces el estropicio», y no deja marca.

Patachula cree que ha contraído algún tipo de cáncer. No duerme, no come, ha perdido la tranquilidad, busca casos similares en internet y lo que encuentra le pone los pelos de punta. En la oficina le han recomendado una dermatóloga de prestigio que tiene su consultorio privado en Pozuelo de Alarcón, pero cobra bastante. A él no le importa el precio. Piensa visitarla sin demora y pagar lo que le pida. Hasta la fecha ninguno de los médicos consultados ha sabido comunicarle un diagnóstico. Lo único que hacen es recetarle antibióticos y mandarlo a casa.

Le he mostrado comprensión, he compartido su inquietud, le he ofrecido mi ayuda en caso de que la necesite y él, suavizados el cabreo y la amargura, me lo ha agradecido. Dice que anoche sostuvo un rato largo la bolsita de cianuro en la palma de la mano.

Puestos a compartir confidencias, yo le he contado que en las últimas noches me ha dado por evocar a Diana Martín.

«¿Aquella madre guapa de tu alumna?»

«Desde hace varios días no me la quito de la cabeza.»

«De buena te libraste. Ahora mismo podrías estar bajo tierra.»

22

Mis citas semanales con Diana Martín, acordadas por regla general de víspera, parece ser que no eran tan secretas como yo pensaba. No hay más que ver el desenlace que tuvieron. Me he preguntado a menudo si nuestros respectivos teléfonos estarían intervenidos. En el caso de Diana Martín, puedo imaginarme que alguien (su marido si lo tenía, su pareja sentimental, tal vez el hombre a quien ella denominaba el padre de Sabrina) hiciera lo posible por retener a su lado a una mujer extraordinaria en todos los sentidos, empezando por el atractivo físico, estupendamente conservado a sus treinta y siete años. Pero ¿para qué vigilar a un mindundi como yo?

Consumado el final abrupto de nuestra relación, supuse que no tardaría en llegarme una nueva nota anónima. La recibí, en efecto, tres días después del incidente en la Taberna del Alabardero. Escribo *incidente* a falta de palabra más precisa y porque, como tantas otras veces, me ocurrió algo para lo que carezco de explicación.

El tono de la nota era de placer maligno. Y, para darle mayor realce a la burla, esta vez, acompañando al texto, se veía el dibujo de un monigote con amplia sonrisa y nariz atomatada de payaso.

«¿De verdad creías que un puto profe de instituto, pelagatos mayor del reino, tenía opciones de llevarse al huerto a una mujer de semejante categoría? ¿No te dabas cuenta de que ella te quedaba demasiado grande? Abrígate bien, tontín, porque te esperan años fríos de soledad, exactamente todos los que faltan hasta que palmes.»

Yo estaba rabioso conmigo mismo y como odiándome por lo que consideraba una debilidad imperdonable. En las últimas boqueadas de un matrimonio desastroso, me prometí no unirme jamás emocionalmente a mujer alguna. «Una mujer es una cosa que sólo sirve para follar», gustaba de decir Patachula con su habitual socarronería. Sin haber perdido a Amalia de vista, yo había corrido como un perrito espoleado por esperanzas estúpidas detrás de la primera cara linda que se me había cruzado en el camino.

«Nunca más», me dije. «¿Lo oyes? Nunca más. Que le den por culo al amor.»

23

Pagaríamos a medias. Fue su propuesta y yo la acepté. Me gustaba saberme mirado por sus ojos, que ponían un brillo de adorable y verde cristal en medio de su expresión risueña. Me guardé de decir nada que pusiera en peligro nuestro primer almuerzo juntos; por tanto, la primera de nuestras reuniones que previsiblemente habría de durar más de una hora. Aunque yo me habría ofrecido de buena gana a convidar, pagaríamos la cuenta como ella dispusiese y todo lo haríamos a su gusto y voluntad.

Diana Martín tomó a su cargo reservar por teléfono una mesa en Casa Ciriaco. Más tarde me hizo saber que para el día convenido no había sitio libre en dicho restaurante. Se le había ocurrido otra opción, en la misma zona. Se trataba de la Taberna del Alabardero, establecimiento, dijo, de calidad, frecuentado por políticos, escritores y gente del cine y el teatro y donde ella ya había estado alguna vez. Que qué me parecía. «Perfecto.» ¿Qué otra cosa podía responder? Con tal de disfrutar de su compañía, yo habría ido a comer al tugurio más sucio del planeta.

Hecho el pedido, entrechocamos las copas de vino tinto y ella estaba luminosa y bella y blanca de dientes, y unos preciosos bucles se le derramaban por los costados del rostro. Alargó la mano en busca de la mía, me acarició el dorso y la mantuvo sobre él, tibia y suave, durante unos instantes sin apartar sus ojos de los míos. Escudriñé sus pupilas y dije entre mí: «Ya está. Ha costado tiempo, citas y un número excesivo de tazas de té, pero todos los indicios apuntan a que habrá en breve fusión de cuerpos». Yo me había acordado de meter por si las moscas, en el bolsillo interior de la americana, un paquete de preservativos. No era la primera vez que los llevaba a una cita con ella. «Nunca se sabe», me susurraba la esperanza al oído.

Compartimos como entrante una fuente de jamón de Guijuelo. Ella ahí, yo aquí, la veía masticar; me miraba a los ojos como buscando mis pensamientos dentro de ellos, y con unos dedos largos y finos agarraba delicadamente los trozos de jamón y las croquetas de un platillo que también habíamos pedido para compartir.

En esto, entraron ellos. Diana Martín, de espaldas, no se percató de su llegada hasta que los tuvo uno a cada lado. Eran dos tipos altos, corpulentos, vestidos con traje y corbata. Al de las gafas oscuras le asomaba por el borde de la manga un grueso reloj. No dijeron una palabra. Al verlos, ella se puso de pie, cogió su bolso, seria de gesto, y abandonó el local sin despedirse de mí ni volver la mirada, precedida por uno de los tipos. El otro vertió con calma el vino de mi copa sobre los restos del jamón. No me hizo el menor caso, como si fuera yo invisible. Después, tranquilamente, salió del local detrás de su compañero y de Diana Martín.

No volví a verla nunca más. Temeroso de causarle problemas, juzgué prudente no llamarla por teléfono. Por la misma razón me abstuve de preguntar a su hija por ella. Sabrina terminó aquel año el Bachillerato con notas aceptables. Ignoro qué ha sido de la muchacha, hoy ya mujer. De su madre hablé en cierta ocasión con mi compañero Chema Pérez Rubio, apodado «Einstein», meses después del incidente, el episodio, la escena o lo que fuese en la Taberna del Alabardero.

24

Por los tiempos en que yo trataba de olvidar a la bella Diana Martín, Einstein, que es, según dicen quienes lo conocen mejor que yo, un matemático notable, aún estaba de baja. Varios compañeros fueron a visitarlo al hospital. Por ellos se supo en el instituto la naturaleza de la lesión que padecía: fractura de mandíbula. Al principio, en la sala de profesores, se habló de accidente; más tarde, de pelea, cosa no fácil de creer dado el temple apacible del damnificado; finalmente, de agresión. A Einstein, hombre de tipo pícnico, trato afable, gafas de alta graduación, un desconocido le había sacudido una paliza. Tras prolongada ausencia, ya restablecido, se reintegró al trabajo. Y a mí el asunto no me habría despertado mayor curiosidad si no fuera porque una mañana, en la hora del recreo, oí que un compañero vinculaba la lesión de Einstein con la madre de Sabrina.

No poco escamado, decidí hacerme el encontradizo con él en el aparcamiento del instituto al final de la jornada. Le pregunté si podía dedicarme un poco de tiempo para tratar conmigo de un asunto que me intrigaba. No era mi intención inquietarlo; conque agregué que si le causaba alguna molestia o le traía malos recuerdos lo que iba a decirle, yo cortaría al instante la conversación. Einstein, prototipo del buenazo, accedió a acompañarme a un bar de la zona, donde sin tapujos de ninguna clase le conté la verdad: mi fascinación por Diana Martín, mis encuentros semanales con ella, la irrupción de los dos gorilas trajeados en la Taberna del Alabardero, el vino derramado sobre el jamón. Einstein escuchó mi relato, con expresión de alarma al principio, luego con las cejas cada vez más tristes.

«No me la nombres, por Dios, que me da un infarto.»

Averigüé que su historia y la mía con respecto a Diana Martín presentaban numerosas similitudes. Me sinceré: «No hubo sexo entre nosotros». Y él, mueca mustia, confirmó la coincidencia. Encuentros esporádicos por los mismos días (más espaciados en su caso), miradas y sonrisas y para de contar..., hasta que un fortachón los interceptó a la salida del hotel Vincci, en cuyo bar él y ella habían estado conversando, y sin mediar palabra ni darle tiempo de protegerse, le atizó a Einstein un número indefinido de puñetazos. Se quedó él tendido sin conocimiento en la acera de la calle Cedaceros. Algún viandante debió de llamar a una ambulancia del SAMUR.

Le conté que en mi caso vinieron dos gigantes con traje y corbata a llevarse a Diana Martín, pero que a mí, por alguna razón, no me agredieron.

«Seguramente te salvó estar dentro de un local y no, como yo, en la calle.»

25

Sorpresa: Raúl ha venido a verme. Sorpresa a medias, pues mi cuñada me había anunciado la visita una hora antes por teléfono pensando que, como es viernes, a lo mejor salgo de viaje de fin de semana y era urgente que mi hermano hablara conmigo. Esto mismo, me pregunto, ¿no me lo podía haber dicho Raúl?

Por lo demás, ¿qué puñetas sabrá ella de mis hábitos de fin de semana? Mis viajes actuales, le podía haber respondido, son todos hacia el interior de mí mismo; desplazamientos de larga duración que, no obstante, pueden llevarse a cabo sin salir de casa.

Me apretaba la tentación de preguntarle a mi cuñada si Raúl iba a reunirse conmigo porque ella se lo había ordenado. No lo puedo evitar; tan pronto como se perfila la estampa de mi hermano en mi horizonte de sucesos, me suben los niveles de agresividad en la sangre. He logrado, por fortuna, morderme la lengua. Y es que la cosa pinta mal con mi sobrina Julia. La familia, salvo la hija mayor, que se ha casado (ahora me entero) y trabaja en una compañía de seguros (lo mismo), ha decidido mudarse a Zaragoza, cerca de los abuelos maternos y del oncólogo que ya una vez atendió a la muchacha y en el que al parecer todos ellos depositan sus últimas provisiones de esperanza. El resto, ha dicho mi cuñada con un temblor emocionado en la voz, ya me lo contará Raúl.

La visita de mi hermano me ha obligado a poner orden y hacer algo de limpieza en la sala. No es que tenga el piso sucio; pero, en fin, cuando uno vive solo, sin la presión de una esposa autoritaria y vigilante, puede ocurrir que la higiene del hogar no figure entre sus ocupaciones predilectas. Lo que sí me urgía era recluir a Tina en el armario. Lo demás: ventilar la vivienda, pasar el trapo y la aspiradora y retirar vajilla usada, periódicos viejos, peladuras de fruta y cáscaras de cacahuetes ha sido cuestión de veinte o veinticinco minutos.

Raúl llega obra de un cuarto de hora antes de lo anunciado. Yo acababa de terminar el veloz zafarrancho de limpieza. Aduce como excusa por el adelanto que temía encontrarse con dificultades de orientación y aparcamiento en este barrio que no conoce. Entra por vez primera en mi piso, indiferente a la novedad. No hace comentarios, no mira los muebles ni las paredes, no presta atención a *Pepa,* se sienta donde yo le indico, rechaza las bebidas que le ofrezco, no me pregunta qué tal me va y se arranca sin mayores preámbulos a contar lo que ha venido a contarme.

Lo veo ojeroso y más delgado, aunque todavía metido en carnes. Habla directo y claro, refrenando cualquier asomo de expansión sentimental, y yo percibo en mí el peligro de la admiración indeseada, que indefectiblemente, si no me apresuro a zanjarla, me conduciría a un nuevo ataque de odio. Raúl me explica que su empresa le ha concedido el traslado a la filial de Zaragoza, donde ocupará una posición de menor rango; pero eso a él, en las circunstancias actuales, no le importa. María Elena, por su parte, ha obtenido una excedencia de dos años, si bien no renuncia a solicitar en Zaragoza un puesto de trabajo acorde con su profesión, «siempre y cuando lo permitan los cuidados de la niña». La siguen llamando la niña a pesar de sus veinticuatro años.

Invito a mi hermano a contarme detalles del estado de Julia. De la boca de Raúl salen palabras como nubes negras: tumor, cáncer, quimioterapia. No me atrevo a preguntarle qué expectativas hay de curación. La curiosidad me apremia; pero al mismo tiempo pienso que llevar la conversación a terrenos trágicos hará que Raúl se me eche a llorar como cochinillo en el matadero. De momento resiste y yo, entre mí, se lo agradezco. Noto dentro del pecho sucesivas acometidas de compasión. *Pepa* nos mira soñolienta. Cierra los ojos, los abre, bosteza. De vez en cuando cambia de postura, sin levantarse. Le deben de importar un pimiento las tribulaciones humanas. Bendito animal.

Transcurridos poco más de quince minutos desde su llegada, Raúl considera que ya me ha dicho lo que me tenía que decir. «En cuanto se haya ido», pienso, «volveré a ventilar el piso para que salga a la calle el olor a desgracia irreparable.» Ante la fotografía de papá que esconde lo que esconde, a punto de despedirnos, mi hermano dice: «Me gustaría haberte tenido más afecto, pero no te lo tengo y lo sabes». No le respondo. A lo mejor este cabrón tiene un dispositivo escondido en la ropa y me está grabando. Un momento nos miramos en silencio, cerca el uno del otro. La compasión que me llenaba el pecho hace unos minutos se ha desvanecido. Raúl ha parado de hablar y yo no digo nada. Pienso: «¿Así que te llevas a mamá una temporada a Zaragoza? ¿O es para siempre?».

Mientras observo su pelo blanco, él me pregunta de sopetón si puede abrazarme. «Por supuesto.»

Y nos abrazamos con cierta efusividad silenciosa; pero lo que habría podido ser un gesto fraternal de despedida él lo echa a perder revelándome que tiene órdenes de María Elena de no salir de mi domicilio sin darme un abrazo. Lo dice como advirtiéndome que cumple un encargo o una orden, y que no me haga ilusiones de merecer su cariño.

Por la mirilla veo a Raúl entrar en el ascensor. Mientras esperaba en el rellano, ha estado diciendo que no con la cabeza. ¿No a qué? ¿A mí? ¿A la fuerza del destino? ¿Al ruido de cables viejos en el hueco del ascensor? Todos los indicios apuntan a que mi hermano y yo no volveremos a vernos nunca más. En realidad, ahora que lo pienso, llevamos muchos años viéndonos por última vez cada vez que nos vemos.

26

El lunes le harán a Patachula una biopsia. Está asustado. Este hombre que habla con desparpajo de la guerra de Siria, como, por lo demás, de cualesquiera conflictos bélicos repartidos por el mundo; que disfruta describiendo paisajes desolados a causa del cambio climático, en su opinión imparable; que habla de catástrofes colectivas en son de broma, como si no fueran más que entretenimientos de salón, resulta que siente pánico a las inyecciones.

El miedo cerval a las agujas le viene de la niñez. Me permito conjeturar en su presencia que a raíz de la amputación y los injertos le debieron de poner docenas de inyecciones. «¿Y qué me quieres decir con eso?» Las detesta más que cuando era niño. Le falta poco para equiparar a médicos y enfermeros con torturadores. No excluye a la dermatóloga de Pozuelo, a quien describe como señora seca, ahorrativa en materia de amabilidad y conversación, de mirada penetrante por encima de las gafas encajadas sobre la punta de la nariz. Le recuerdo a Patachula, en descargo de la doctora, que esta se avino a recibirlo, saltándose la lista de espera, para una rápida revisión en su consultorio. Su réplica no se hace esperar. Si me he propuesto llevarle todo el rato la contraria. Especifica, de mal humor, que la dermatóloga se limitó a examinarle la pantorrilla con una lupa, sin tomar notas ni aventurar un posible diagnóstico. «Será muy competente, pero en lo mío no tiene ni puta idea.» No le dijo más sino que habrá que extraer una muestra de tejido y enviarla al laboratorio.

«O sea, que otros le hacen el trabajo y ella cobra. Así cualquiera es médico.»

Desde la calle, por la ventana del bar, he visto a Patachula esperándome en nuestro rincón con un aspecto como de reo ante el pelotón de fusilamiento, y al instante me he figurado que, tan pronto como me reuniera con él, no dejaría pasar un minuto antes de enseñarme la llaga. No se anda con disimulos. Le da igual si alguien mira. Se levanta la pernera impulsado por una especie de arrebato melodramático y aguarda, medroso, impaciente, mi veredicto. Le encantaría que yo negase la evidencia y le dijera algo así como que a un tío carnal mío le salía un *noli me tangere* tras otro, hasta que una tarde similar a la de hoy se tomó una taza de consomé y un chupito de orujo y se curó para siempre.

Compruebo que se han cumplido punto por punto sus predicciones. La manchita roja del otro día se ha convertido en una feísima matadura. Patachula levanta con dedos cautelosos un costado de la venda y ahí está lo que él denomina el cráter, cubierto ahora de pomada desinfectante, ligeramente ensangrentada, que él mismo se ha aplicado. Lo que veo me produce tal repugnancia que me impide compadecerme de mi amigo y, aunque haría cualquier cosa por infundirle ánimo, no logro articular una palabra de consuelo.

«¿Y dices que no pica?»

Se lo pregunto para que no piense que me trae al pairo su problema. Y entre mí me digo: «Esperemos que esta lacra no sea el inicio de una epidemia de peste y yo el primer contagiado». Él responde con voz apagada que por las noches, en la cama, le pica un poco.

Estaba yo a vueltas con la idea de contarle el caso de mi sobrina. Una vez más me pregunto por qué hago partícipe de mis confidencias a este hombre y él me hace a mí partícipe de las suyas. ¿Acaso somos confesores recíprocos? No he visto en el bar de Alfonso una coyuntura idónea para cumplir mi propósito. Habría yo incurrido en una gran torpeza abrumando a mi amigo con pormenores relativos a la enfermedad de una muchacha a la que no conoce. Incluso se lo podría haber tomado a mal creyendo que lo que trato de expresarle es que ya hay drama suficiente en mi familia como para cargar además con el asunto de sus cráteres.

Una alusión a las noticias del día ha bastado, como ya me figuraba, para desviar la conversación hacia el tema del que hoy habla todo el mundo en España. Durante la noche pasada fue rescatado, después de trece días de afanosa perforación, el niño de dos años que se cayó al pozo de Totalán. Un guardia civil lo sacó muerto a la una y veinticinco de la madrugada. No a la una y veinticuatro o a la una y veintiséis. Se nota la intención de facilitar al público el paladeo de la exactitud. Los noticiarios rebañan hasta el último detalle del suceso: la criatura cayó de pie con los brazos hacia arriba, contusiones múltiples, estratos de cuarcita, más de trescientas personas implicadas en la operación..., y se adelantan a los jueces e incluso los suplantan en un ejercicio de atribución de culpas y responsabilidades que raya en la obscenidad.

Pata: «Trece días de espectáculo morboso, de un enorme poder anticultural que nos empeora como personas». Está convencido de que pasado mañana nadie se acordará del niño, a costa de cuya tragedia los medios de comunicación han llenado espacios, y la gente, conversaciones, disfrutando durante dos semanas de unos buenos ratos de conmiseración impostada. Pronto los aireadores de noticias atroces, tantas que uno acaba acostumbrándose a ellas, volverán a colmar nuestras conciencias con crímenes escalofriantes, accidentes de tráfico o desastres naturales. Patachula habla de la información como de una droga adictiva. Cree que en el fondo no nos interesa la noticia, sino la sensación placentera que nos produce. ¡Qué alivio saber que una desgracia le ha ocurrido al prójimo y no a nosotros! Extinguida su efímera actualidad, la noticia muere y nosotros, dice, conectamos el televisor o abrimos el periódico en busca de estímulos nuevos. «Ya verás qué pronto nos sirven en porciones un parricidio, un asesinato machista o algo por el estilo, y así, con nuestra absoluta complacencia, nos van insensibilizando día tras día.»

De anochecida he acompañado a Patachula hasta el portal de su casa. Así como dentro del bar no paraba de hablar, por la calle iba taciturno y como sumido en sus pensamientos. A mí me resultaba incómodo caminar a su lado en silencio, de modo que por hablar de algún asunto que no fuera el de mi sobrina le he contado que anoche me acordé de un viejo compañero de instituto, apodado Einstein, al que hace años un individuo relacionado con Diana Martín le fracturó la mandíbula a puñetazos.

«Tú y ese otro fuisteis unos ingenuos. La tipa sabía cómo mejorar las calificaciones escolares de su hija.»

«Yo más bien creo que arrastraba un secreto turbio que no llegamos a averiguar.»

«Ves demasiadas películas. Lo único turbio eran vuestras limitadas entendederas.»

A tiempo de despedirnos delante de su portal, me ha preguntado si yo tendría inconveniente en que *Pepa* pernoctara en su piso. He mirado un instante a la perra, sentada sobre sus cuartos traseros en medio de los dos. Me ha parecido que sus ojos despedían un destello implorante, como diciendo: «No irás a dejarme sola con este fascista...».

Lo cierto es que no me he atrevido a contrariar el deseo de mi amigo. Conque, sin decir palabra, le he alcanzado la correa. Después he venido a casa rumiando mi cabreo por las calles y lanzándome en voz baja los peores denuestos que puede dirigirse un hombre a sí mismo.

27

Por la mañana, de camino a casa de Patachula, he abandonado en distintos lugares del parque un frutero de porcelana con dibujos en oro y azul, la tostadora que hace años, lo mismo que el frutero, me regaló mamá, y una docena de libros, en su mayor parte novelas. Conforme me desprendo de mis propiedades crece en mí una sensación de ligereza, de ascenso en el aire hacia mi soñada conversión en vencejo.

Por cierto, en estos grises días invernales no se ve revolotear a ninguno sobre los tejados. Normal. Los vencejos que no emigraron a su debido tiempo al calor de África están, estamos, invernando a ras de suelo camuflados de seres humanos.

Anoche se me hizo tarde. Después de redactar mi trozo diario de escritura personal, estuve hasta las tantas de la madrugada destrozándome la vista ante la pantalla del ordenador. Consecuencia: hoy se me han pegado las sábanas. Entre que me he retrasado más de la cuenta y Pata olvidó sacar a la perra por la noche y tampoco lo ha hecho esta mañana (él sabrá por qué si tanto la quiere, según dice), a mi llegada la pobre *Pepa* temblaba, quejumbrosa y encogida, por el apremio de hacer sus necesidades. Este pretexto me ha servido para permanecer no más de dos minutos en el piso de mi amigo, que ya se disponía a darme otra vez la murga con la llaga de marras.

Nada más salir del portal, la perra corre a aliviarse en un alcorque. Decido volver por donde he venido y pararme un rato en el parque en sustitución o adelanto del paseo de mediodía. Sentado en un banco, a falta de un libro o de un periódico, me entretengo echando un vistazo a las noticias y a las redes sociales en la pantalla del móvil. De vez en cuando observo a *Pepa* en sus idas y venidas. Husmea, marca el territorio, se pavonea a solas, con simpático desgarbo, una oreja levantada, la otra caída. Me hace feliz verla feliz, con el rabo levantado en señal de autoestima. Hay nubes y claros, y yo disfruto de la tranquilidad del parque, poco concurrido en la mañana dominical. Se ven, sí, unos pocos visitantes, pero están lejos. Yo no diría que hace frío. Catorce o quince grados, calculo.

Me alegra que *Pepa* eche carreras absurdas con aquella vitalidad y aquel derroche de energía de cuando era joven. No tardo en descubrir la razón de su alborozo. Un perro gordo y negro, con cara de tontorrón, tras mutuo olisqueo de genitales, la reta a jugar con él. Los dos van y vienen a toda mecha acosando a quién sabe qué presas imaginarias. Se rozan, se desafían, se persiguen. Congenian.

Sí, ya lo sé, ya lo sé. La ordenanza municipal obliga a conducir los perros en los espacios públicos y en los privados de uso común «mediante cadena y cordón que permita su control»; pero a mí, en estas horas dominicales sin niños, sin viandantes ni policías, se me figura una crueldad superflua prohibirle a *Pepa* que retoce libremente en compañía de su amigo ocasional.

Amigo feote, viejo, ventrudo y, a juzgar por la pinta y el comportamiento, de buen carácter. Me extraña verlo solo, pero no. Por allá viene la dueña con un gorro de lana y dos vueltas de bufanda en torno al cuello. Demasiada ropa, pienso, para la temperatura que hace.

«*Toni.*»

Sorprendido de que el animal lleve mi nombre, dirijo la mirada a la señora y al punto no la reconozco, en parte por la distancia como de veinte pasos que me separa de ella, en parte porque acapara mi atención el objeto que trae en las manos: mi frutero de porcelana que ya no es mío.

En esto, a pocos metros del banco, vuelve a pronunciar el nombre de su perro; pero esta vez mirándome a mí y en una entonación abiertamente interrogativa, como si no estuviera del todo segura de que yo sea quien piensa que soy.

Entonces me fijo con mayor detenimiento en sus facciones, no muy agraciadas, la verdad sea dicha, y el corazón, de pronto, me da un vuelco.

«¿Águeda?»

28

No hubo contacto físico. Ninguno de los dos hizo ademán de estrechar la mano del otro. ¿Por timidez? Me inclino a pensar que, en un primer instante, tanto a Águeda como a mí nos desconcertó la situación inesperada. No había más que ver su sonrisa torpe y sosa que con toda seguridad era un calco de la mía. Ella permaneció de pie, como a dos metros de distancia, sin saber qué hacer ni qué decir, barrunto que esperando a que yo hiciera o dijera algo. Con el frutero en brazos, sostenido a la altura del vientre igual que si estuviese protegiendo o acunando a un bebé, Águeda componía una estampa como de cómica de teatro infantil. Yo no me moví del banco. Pensé: «Si te levantas, a lo mejor se lanza a juntar sus mejillas con las tuyas». Lamenté para mis adentros la mala hora en que se me había ocurrido meterme en el parque.

Águeda recordó que hacía veintisiete años que no nos veíamos. Más tarde, por el camino a casa, hice mis cuentas y comprobé que ella tenía razón. Quizá no me habría importado topármela en otro momento y en otras circunstancias; pero no así, de sopetón, muerto de sueño, mal desayunado, bajo de ánimo y sin unos preparativos mínimos.

Siete u ocho minutos de conversación apenas dieron para un sucinto intercambio de pormenores biográficos. Qué ha sido de ti, dónde vives, en qué trabajas: ese tipo de preguntas que, según cómo se formulen, pueden fácilmente derivar hacia un interrogatorio incisivo. Respondí con tan pocas ganas como palabras, procurando que no se notase la incomodidad que me embargaba. Soltada la evasiva de turno, me apresuraba a devolverle a ella cada una de sus preguntas sin otro objeto que inducirla a hablar para no tener que hacerlo yo. Su malestar no debía de ser menor que el mío. Prueba de ello es lo rápidamente que abandonamos las indagaciones personales para disertar mano a mano, con una facundia propia de expertos en meteorología, sobre el inagotable asunto del tiempo.

Yo aproveché para observar con la debida discreción la fisonomía de Águeda, así como su figura hinchada por la excesiva ropa de abrigo. Su cuerpo sin cintura semejaba una columna forrada de tela. Remataba por abajo en unos botines viejos.

29

Sigo pensando en Águeda. No me la quito de la cabeza. Nunca fue hermosa. Buena, tierna, sí, justo lo contrario de Amalia. Con el carácter de una y la envoltura carnal de la otra habría podido hacerse una mujer de primera. El esmero que puso la Naturaleza en dotar a Águeda de un temperamento apacible se lo escatimó a la hora de modelar su aspecto físico. Las cosas como son. Y por supuesto que ella no tiene la culpa, salvo en lo referido a la vestimenta. El pasado domingo comprobé que con los años su incapacidad innata para la elegancia ha desembocado en un desaliño sin paliativos. Resultaba difícil resistir a su lado el impulso de darle una limosna.

Me vino la sospecha de que se afea adrede, quizá impelida por una conciencia rencorosa de su falta de encanto. La bufanda de lana desgastada; el gorro que ocultaba por completo su pelo, si lo tiene, y transformaba su cabeza en una pelota; la desarmonía de colores de su atuendo; algún que otro lamparón y más que omito, porque no pretendo ensañarme aquí con ella, componían una imagen en la que no se avistaba un detalle que invitase a una observación gozosa.

Mientras conversábamos, *Toni* y *Pepa* seguían retozando a nuestro alrededor. Águeda me contó que aquel era su tercer perro en veintisiete años y a todos los había llamado *Toni.* Me pareció entrever una punta de mordacidad en la revelación. Contraataqué preguntándole qué costumbre era aquella de pasear por el parque con un frutero en los brazos. Su franqueza me resultó simpática. Dijo que acababa de encontrárselo al pie de un seto. Y añadió: «La gente es un poco guarra y va tirando cosas por ahí. Había también una tostadora, pero yo tengo una mucho mejor. Si te interesa, te digo dónde está».

30

Regresábamos en avión de Lisboa, amartelados como dos adolescentes. La azafata nos sirvió sendas bebidas y de pronto, nada más entrechocar los vasos, Amalia me pidió en susurros, con su voz más seductora y una mano posada en la cara interior de mi muslo, que rompiera todo contacto con «esa chica fea que te sigue a todas partes».

Amalia me miró dentro de los ojos; me besó en la boca antes que yo pudiera responder; calificó a Águeda, cuyo nombre se negaba a pronunciar, de «estorbo de nuestro amor» y me hizo prometerle que en menos de veinticuatro horas la habría desterrado para siempre de mi vida. Le contesté que tranquila, que Águeda no significaba nada para mí y que en cuanto llegase a casa, sin esperar a quitarme los zapatos, la llamaría por teléfono para comunicarle que no volveríamos a vernos. Amalia recompensó mis palabras besándome de nuevo en los labios, al tiempo que deslizaba su mano por mi muslo en la dirección adecuada.

Hecha la promesa, pensé que el asunto estaba liquidado; pero más tarde, en el aeropuerto, mientras esperábamos las maletas, Amalia volvió a la carga. Prefería, dijo, que yo le anunciase personalmente a la «chica esa» el fin de nuestra amistad, para lo cual sugirió un breve encuentro con ella.

A Amalia le parecía que, hablándole a la cara, a la chica no le quedaría el menor resquicio para la esperanza. Escuchando el tono de mi voz y viendo mis gestos por fuerza habría de comprender que mi decisión no admitía réplica y la ruptura era, por tanto, definitiva. Así pues, nada más llegar a casa, concerté en presencia de Amalia una cita por teléfono con Águeda para el día siguiente. Llegado el momento de ponerme en camino, Amalia manifestó el deseo de llevarme en su coche y me pidió varias veces que por favor no me entretuviese mucho tiempo con la chica. Ella estaría esperándome en algún lugar de las inmediaciones, como así hizo.

La cita fue en la plaza Santa Bárbara, cerca del piso donde Águeda vivía con su madre. Llego y ella, sonriente, se pone de puntillas para darme un beso que yo rechazo. Con aparente entereza, me desea mucha felicidad. Su labio inferior tiembla. Lo interpreto como el preludio de unas lágrimas. Participar en una escenita de llanto en la vía pública es lo último que me apetece. Sin decir palabra, Águeda me entrega un libro envuelto en papel de regalo. Supongo que quiere dejarme un recuerdo de los momentos que pasamos juntos. Sé que le estoy haciendo daño, pero debo elegir. No hay más remedio. Y he elegido. Pienso que Águeda superará la ruptura. Tengo bastante experiencia en este tipo de lances. Conozco el percal. También a mí, en el pasado, me dijeron que ya bastaba, que gracias por los buenos ratos, si los hubo, y adiós. En dichas ocasiones yo pasaba unos días apenado, hasta que me arrimaba a otra persona, por supuesto encantadora, fascinante y todo eso, y me recuperaba. Supuse que lo mismo le había de suceder a Águeda. Es imposible que en una ciudad tan poblada como la nuestra no haya un puñado de hombres a su medida. Todo es cuestión de cruzarse con alguno.

Me despido sin beso ni abrazo. Ella se queda sola bajo un árbol de la plaza. El libro lo abandono, antes de reunirme con Amalia, en el escalón de entrada de un portal. No sé de qué libro se trata. No le he quitado el envoltorio. Luego transcurren veintisiete años.

31

De niño conjugaba los verbos en voz alta con mis compañeros del colegio. La clase entera coreaba, siguiendo un ritmo de salmodia, los distintos modos y tiempos ante la mirada atenta del maestro. En casa yo los repasaba con mamá. Recuerdo los tres verbos regulares que debíamos aprender de memoria: *amar, temer, vivir*. Albergo pocas dudas acerca del significado de los dos últimos. Sobre el primero podría disertar largo y tendido. De hecho, he tratado el tema bastantes veces con mis alumnos, procurando no meterme en demasiados callejones. Yo no tengo constancia de haber conocido nunca la plenitud de la experiencia amorosa. Extraigo del Moleskine un aserto atribuido a Platón: «El amor consiste en sentir que el ser sagrado late dentro del ser querido». Sinceramente no recuerdo haber presenciado en toda mi vida un fenómeno similar. Creo, sí, que he sido amado a rachas y en momentos puntuales, y a veces yo también participé en el juego de corresponder al bien que se me hacía; hasta puede que me condujese de forma que a ojos ajenos mis palabras y mis acciones merecieran ser interpretadas como gestos de un hombre con buena disposición sentimental. He profesado simpatía a algunos congéneres, he sentido fascinación por ciertos cuerpos, incluso me complací en idealizarlos, y he gustado, a menudo hasta extremos obsesivos, acaso degradantes, del amor encaminado al placer de los sentidos. Conozco por supuesto la ternura compasiva. Me dan gusto la generosidad y el abrazo; pero confieso que nunca derroché afecto en la amistad, tampoco en la de Patachula, mi amigo más duradero, a quien, no obstante, cada dos por tres estoy tentado de mandar a la porra por esa manera suya que tiene de serrarme los nervios. Sostuve a mi hijo pequeñito, frágil, en brazos. ¿Lo amé? No estoy seguro. Si la expresión del amor requiere el lenguaje declamatorio o meloso de las telenovelas («ay, mi amor, mi tesoro; me siento comprendido; te doy mi promesa de que te amaré eternamente», etc.), entonces yo no he pertenecido nunca a la categoría de los que así sienten y así dialogan. Quizá un trastorno de la mente aún no identificado por mí me impide manifestar en forma oral los sentimientos positivos o simplemente soy víctima de una negligencia educativa de mis mayores. A mis padres jamás los oí usar el verbo *amar;* ni se lo decían entre ellos ni nos lo decían a Raulito y a mí. El amor no se vestía con palabras; se daba por supuesto o se deducía a partir de gestos y acciones. Ellos nos alegraban el día con un obsequio, mamá se pasaba la tarde preparando rosquillas de anís, papá nos llevaba al cine, en un momento dado renunciaban a pegarnos y todo eso, presumo, equivalía al amor. Yo sospecho que no sé amar; que empiezo y lo dejo enseguida porque me fatigo, me distraigo o me aburro. Qué lástima. Me enseñaron la conjugación del verbo, pero no la práctica del amor y ahora temo que ya es demasiado tarde para aprender.

Febrero

1

El domingo pasado tomé la decisión de no poner los pies en el parque durante unos cuantos días. Esto nos ha supuesto a la perra y a mí un incordio considerable, teniendo en cuenta que soportamos una racha de lluvias y aún se hace pronto de noche. Hay otras opciones de paseo por suelos de arena y de hierba. Sin embargo, todas ellas, para salidas de no más de media hora, me pillan demasiado lejos. Cinco días ha estado la pobre *Pepa* pisando asfalto y baldosas sin poder echarse unas carreras como es debido. Esta tarde he dicho basta.

No he olvidado lo que dijo Águeda el domingo pasado al despedirnos: «A lo mejor nos vemos otro día por aquí». Sus palabras, no niego yo que amables, me supieron a amenaza. Volver a ver a esa mujer es lo último que deseo.

Águeda dijo también que el parque que ella frecuenta con su *Toni* es la Quinta de la Fuente del Berro, por quedarle cerca de casa. No le pregunté dónde vive como ella tampoco me lo preguntó a mí; aunque, por señales que las mujeres captan con instinto certero, le habrá resultado fácil adivinar que resido en La Guindalera. Cuando agregó que el parque de Eva Duarte no está en su ruta de costumbre, dije entre mí: «Ni falta que hace».

De vez en cuando me alargo o, mejor dicho, me alargaba con *Pepa* hasta la Fuente del Berro a menos que la lluvia, el frío o la hora oscura lo desaconsejaran. El parque es bastante más extenso que el nuestro y no discutiré que más hermoso. Ahora bien, tal como se me han puesto las cosas desde el último domingo y considerando el plazo de vida que me he concedido, no creo que vuelva por allí jamás.

La razón está en el desagrado que me produce la idea de encontrarme de nuevo con esa mujer. ¿La detesto? En absoluto. Incluso diría que su modo de expresarse y su temperamento apacible me producen un principio de bienestar. En todo caso, constato que su figura destartalada no entra en mi pensamiento envuelta en nubes negativas. ¿Quién no se ha topado en alguna ocasión por la calle, en el supermercado, a la entrada de un centro médico, con una novieta del pasado? Y hasta resulta simpático rememorar al alimón los viejos tiempos y soltar frases del tipo: «¡Cómo vuelan los años! ¡Qué bien lo pasábamos! ¡Qué jóvenes éramos!». Yo no sé si Águeda sería capaz de echarme en cara que la dejé por otra. En tal caso, le replicaría con razonable frialdad: «Es que era mejor que tú, particularmente en la cama». Y entonces ella ¿qué me iba a responder?

Insisto en que no siento animadversión contra Águeda. Simplemente no deseo su amistad ni su trato. El problema lo sitúo más bien en el futuro, en la circunstancia de que ella entrase de nuevo en mi vida con consecuencias imprevisibles, aunque no de carácter sexual, eso de ninguna manera, porque de verdad que para tocar a esa mujer yo me calzaría primeramente unos guantes de cirujano.

Tengo por seguro que Águeda ya no vive en la calle Hortaleza, sino en algún lugar no lejos o no demasiado lejos de mi barrio, de forma que puede llegarse andando al parque de Eva Duarte. Así pues, peligro, peligro.

Total, que esta tarde, a la vuelta del instituto, me he atrevido a llevar de nuevo a *Pepa* al parque, claro está que con las debidas precauciones. La primera de todas, evitar la entrada principal. Con ese buen acuerdo bajo por la acera pegada a las casas de Florestán Aguilar hasta Doctor Gómez Ulla; rodeo las instalaciones deportivas y, poco antes de la gasolinera, me meto con la perra por uno de los accesos menos expuestos a las miradas de los visitantes.

Llego ojo avizor a la plazoleta central. Me dispongo a rodear la fuente y ¿qué veo al otro lado? ¡Madre mía! El chucho gordo y negro que se llama como yo. ¿Y la dueña? Ni lo sé, ni me interesa, ni me paro a averiguarlo. Vuelta atrás a espetaperro, tirando de la correa con todas mis fuerzas, pues a *Pepa* ya le ha llegado al olfato el olor de su amigo y se resiste a seguirme, mientras sacude el rabo en señal de saludo y como haciéndose notar. Sólo le ha faltado lanzar unos ladridos delatores.

2

Cuando se disponía a introducir la llave en la cerradura de su vivienda de la calle Hortaleza, Águeda me hizo señas para que guardara silencio. Enferma y débil, su madre, a la que nunca llegué a ver, se pasaba las horas dormitando delante del televisor, sin pisar la calle. Águeda me condujo directamente a su cuarto, donde me dejó punto menos que escondido mientras ella iba a enterarse de si su madre estaba bien o tenía alguna necesidad.

El cuarto, con una cama de barrotes, un viejo ropero y una mesa al lado de la ventana por todo mobiliario, presentaba un aspecto como de pensión barata, frío tanto por la falta de sello personal como por la falta de calefacción. En una pared se veía un póster descolorido con un paisaje de montaña y en otra, sobre la cabecera de la cama, una postal del Sagrado Corazón enmarcada y cubierta con un cristal. Del techo colgaba una lámpara de cinco brazos, con bombillas que simulaban velas. Entre el ropero y la pared quedaba un hueco ocupado por una máquina antigua de coser con su mueble provisto de cajones y su ancho pedal oscilante, similar a una que tuvo mamá cuando yo era niño. El cuarto había sido en tiempos alcoba matrimonial. Águeda se instaló en él, dejando todo como estaba, tras la muerte del padre algunos años antes. La vivienda olía, no sé, a medicinas, a sopa de sobre, a fruta pasada. De verdad, no me imagino un escenario menos estimulante para una aventura erótica; aunque a mí, en aquellos momentos, cualquier sitio me habría parecido bueno.

Águeda tardaba en volver. Yo, que estaba desnudo, empecé a tiritar de frío. Entreabrí la puerta del cuarto. Se oían voces del televisor al fondo del pasillo. No sin cierta irritación me puse las prendas de ropa que me acababa de quitar. Habíamos subido a casa de Águeda con el acuerdo de echar un polvo. Así como suena. Lo negociamos a la salida del Teatro La Latina, donde habíamos asistido a una representación humorística. No fue fácil obtener su resignación y no porque ella fuera una mujer casta ni pudorosa; de hecho, se mostró desde el primer instante dispuesta a darme gusto. El problema era que descartaba el procedimiento por mí deseado, que no era otro que el previsto por la Naturaleza desde la noche de los tiempos para la coyunda entre mamíferos.

Al fin, Águeda se tuvo que decidir: o accedía a consumar el acto carnal conmigo o yo me tomaría un tiempo para reconsiderar la viabilidad de nuestra relación. La cosa venía de unas semanas atrás y ya no admitía dilación. Después de dos coitos fallidos, Águeda condescendió sin entusiasmo a un nuevo intento en su casa y yo le aseguré y le prometí, como en ocasiones anteriores, suavidad, tacto, paciencia, comprensión, uso de preservativo y lo que ella me pidiera.

Por el trayecto en metro se borraron en nuestros rostros los últimos restos de las risas que nos habíamos estado echando en el teatro. Cogidos de la mano por la calle Hortaleza, encastillado cada cual en su silencio, daba la impresión de que ella iba al sacrificio y yo era su verdugo.

Y es que, a la menor tentativa de penetración, a Águeda le sobrevenían agudos dolores que convertían el acto sexual en un suplicio. «¿Y si lo hacemos despacito?» Ni por esas. De acuerdo con el dictamen de la ginecóloga, una anomalía congénita, sólo reparable mediante intervención quirúrgica, causaba el dolor. Águeda no renunciaba a operarse. Sin embargo, postergaba la visita al quirófano en parte por miedo al bisturí; pero sobre todo aterrada por la idea de que, si la cosa salía mal, su madre se quedara sola.

«Me da mucha pena lo que me pasa. Sé que voy a perderte.»

Desnudos en la cama, la certeza del dolor inminente sumía a Águeda en un estado de angustia y de tensión extremos. La primera vez profirió un grito descomunal; como no me había puesto sobre aviso, al pronto pensé (y no lo digo de broma) que yo estaba perpetrando un crimen y ella se defendía a la desesperada.

En tales condiciones, no había para ella posibilidad ninguna de gozo. Probábamos una postura, probábamos otra. Nada que hacer. Y al final, con los ojos arrasados en lágrimas, Águeda me pedía perdón. Yo la envolvía en mis brazos, trataba de consolarla con buenas palabras, caricias y masajes, disimulando a duras penas mi frustración, y ella, recobrada la serenidad, me satisfacía manualmente.

3

Algo más de veinte minutos me tuvo Águeda esperando en su cuarto. ¿Confiaba en que mientras tanto se me apagara el ímpetu? Excusó la tardanza alegando que acababa de darle la cena a su madre, quien ahora dormía en su sillón de la sala, con el televisor encendido. Cerrada la puerta, Águeda se desnudó en un costado de la cama; yo, por segunda vez, en el otro. No había un adarme de sensualidad en nuestros movimientos.

Acabé de desvestirme antes que ella. Al punto sentí la mordedura del frío por todo el cuerpo y me metí en la cama. Aproveché para hacer una exploración visual de Águeda. A sus treinta y un años (me llevaba tres), su aspecto era sano, tirando a rollizo, todavía de buen ver. La lencería era horrible. Anticuada, sin gusto, blanca en su origen, ahora con un matiz desvaído, consecuencia de innumerables lavados, y algún que otro hilo suelto. A Águeda le crecía en el pubis un matorral de pelo negro. Tenía el trasero y los muslos carnosos, las caderas opulentas y unos pechos grandes, pálidos, coronados por unos pezones que semejaban avellanas tostadas.

Me gustaba aquella figura robusta en la que parecía no haberse posado jamás un rayo del sol. Persistía entonces en mí, hoy ya menos, la afición por los cuerpos femeninos bien alimentados, de formas exuberantes al estilo de las pinturas de Rubens, en los que uno encuentra abundancia de materia carnal para el agarre y la restregadura y para revivir al contacto del calor blando sensaciones que se me figuran reservadas a los recién nacidos.

Águeda tenía la complexión de una mujer predestinada a la crianza. Yo no albergo duda de que habría parido copiosa y saludable descendencia de haber vivido en viejos tiempos, cuando las mujeres disponían de pocos recursos eficaces para eludir el embarazo, y de no haberse visto ella afectada de estrechamiento vaginal o de lo que fuera que aquejaba a sus santas partes. Águeda era, además, una persona con una capacidad extraordinaria para la ternura, inmune al enfado. Y yo, inmaduro y fogoso, no supe apreciar aquellas prendas que para una relación de afecto habrían resultado harto más valiosas o más duraderas que una cara bonita.

Se acostó a mi lado, voluminosa, tibia de carne y respiración. Rechinaron los muelles del somier. Tapados los dos hasta el cuello con la ropa de cama, juntamos labios y lenguas, entreveramos piernas, nos hurgamos mutuamente. Consumada mi erección, Águeda se volteó hasta ponerse boca arriba, tiesa como una tabla en previsión, supongo, de que sucediera lo de otras veces; pese a lo cual, atenazada por el miedo, permitió que la penetrase. Supe de su dolor por la manera de clavarme las uñas en la espalda. Busqué confirmación en su cara y vi, en efecto, que había cerrado los ojos y apretaba los dientes con empeño de soportar lo insoportable, cerrando la salida al chillido que le llenaba la boca. Puse yo especial cuidado en que mis embates fueran lo menos violentos posible; pero por desgracia la buena voluntad no sirvió de nada. Águeda se hizo bruscamente a un lado, obligándome a salir de ella. Sentí en el centro de mi excitación el frío del cuarto como un golpe de tralla. Torpe, llorosa, ella trató de masturbarme. La rechacé. Al tiempo que me vestía, alcancé a ver unas cuantas salpicaduras de sangre sobre la sábana y aquello redobló a tal punto mi rabia que me negué a preguntarle cómo se encontraba. Salí de su casa sin despedirme, y aunque al poco tiempo, por teléfono, nos reconciliamos, lo cierto es que la relación había sufrido un daño irreparable. El azar quiso, además, que por aquellos días yo conociera a una mujer llamada Amalia.

4

Yo los hacía en Zaragoza y, sí, parece ser que por razones de trabajo Raúl ya se ha instalado allá, lo que justificaría que no haya sido él sino mi cuñada quien ha venido a verme, previa llamada telefónica, claro está, porque tampoco mi piso es una oficina de atención al cliente a la que cualquier hijo de vecino acude cuando le sale del moño.

María Elena ha apelado durante nuestro diálogo telefónico a mi sensatez y a mi buen corazón. ¡Y yo que pensaba que ella y su marido me tenían por un indeseable! El halago me ha puesto en la senda de recelar que algo quiere esta gente de mí y no me he equivocado. El asunto es demasiado serio para tratarlo de broma en este escrito. María Elena me ha anticipado su deseo de solicitarme un favor cuya principal beneficiaria sería mi sobrina Julia. Ha recalcado que se trata de un favor muy grande. El caso requiere algunas explicaciones que no se pueden transmitir adecuadamente por teléfono. Ha añadido que no me sienta obligado; que si yo respondiera que no, ella lo entendería.

«Bueno, pues ven a las nueve y lo hablamos.»

Si no podía ser antes. Me ha parecido percibir una vibración patética en su voz. Habría sido feo rechazar el ruego. Feo y cruel. El adelanto de su venida me ha forzado a suspender el encuentro con Patachula, de lo cual me alegro, pues así no he tenido que recibir en su presencia la noticia del «resultado brutal de la biopsia» (tales han sido sus palabras por teléfono) que hoy mismo le han comunicado.

María Elena llega a la hora acordada. La sala, donde la invito a tomar asiento, no me parece que esté ni sucia ni limpia. Si quiere criticar que critique. Me acepta por cortesía un vaso de agua con gas del que después no ha tomado ni un sorbo. En sus ojeras advierto preocupación, marcas de llanto, noches sin dormir. Tiene los párpados abultados, la mirada acuosa. Noto un punto de desaliño en su peinado, también en su indumentaria. Reparo en el detalle porque ella, sin haber sido nunca un prodigio de elegancia, suele prestar atención al arreglo personal.

«¿Tan mal está Julita?»

«Ningún tratamiento, y mira que llevamos unos cuantos, ha servido para nada.»

Aborda sin mayores dilaciones el asunto que la trae a mi casa, no sin antes repetir lo que me había dicho por teléfono, que si no estoy conforme con su propuesta lo entenderá perfectamente. Ella misma no sabe si la aceptaría en mi lugar. Añade que lo último que desea es causarme un perjuicio; pero que como madre de una criatura gravemente enferma tiene que buscar soluciones como sea y donde sea.

A continuación saca del bolso un prospecto redactado en lengua inglesa. Se lo ha proporcionado un oncólogo del hospital Puerta de Hierro Majadahonda, doctor no sé cuántos. No me he quedado con el nombre. El texto versa sobre una terapia novedosa, denominada de protones, útil para el tratamiento de tumores inoperables o de difícil operación. Este método ha dado al parecer resultados positivos en más de doscientos mil casos en todo el mundo. A modo de demostración, María Elena me señala el pasaje del prospecto donde se afirma tal cosa. La escucho atentamente; aunque, si he de ser sincero, ignoro adónde me quiere llevar con todas estas explicaciones. Cada palabra de mi cuñada impacta en mi cerebro como una bola de granizo: terapia de protones, tipo diferente de radiación, haz de partículas aceleradas de alta energía, radiación más precisa contra el tumor, menor toxicidad, sesiones de unos veinticinco minutos pero irradiación de menos de un minuto. Me esfuerzo por retener datos. Hace media hora, antes de sentarme a escribir, he estado informándome en internet y más o menos he empezado a comprender. María Elena me cuenta que la Universidad Clínica de Navarra está construyendo junto a la carretera del aeropuerto una Unidad de Terapia de Protones que entrará pronto en funcionamiento; pero Julia no puede esperar. El consejo del oncólogo es que inicien cuanto antes los trámites para que la muchacha reciba asistencia médica en el extranjero, en un centro de protonterapia situado en la ciudad alemana de Essen. A mí la idea me parece buena y así se lo digo. No obstante, sigo sin captar qué pinto yo en todo esto.

«¿Y de qué manera os podría yo ayudar?»

De repente, mi cuñada, como si hubiera estado esperando justo esa pregunta para abrir las esclusas de su congoja, se suelta a llorar, *mater dolorosa,* con la cara apretada contra las palmas de las manos. Llora con un sonido ligeramente mucoso, pero sin alardes. La miro conmovido. ¿Será verdad que tengo el buen corazón que ella me atribuía esta tarde por teléfono? Le doy un golpecito afectuoso, solidario, en un hombro y María Elena, con la voz entrecortada, me pregunta si tengo un clínex. Busco y no encuentro, y al final le he alcanzado el rollo de papel de cocina.

Recobrada la serenidad, declara el favor que ha venido a pedirme. Consiste en que yo les ceda a ellos mi parte de la herencia materna. Una suma, dice, aún no incorporada a mi economía, circunstancia esta que a su juicio reducirá la sensación de pérdida. Empiezo a ponerme nervioso; incluso me parece de buenas a primeras verosímil que su llorera reciente haya sido un fingimiento interpretado con pericia teatral. La miro a los ojos con adusta fijeza para disuadirla de sucumbir a la tentación de tomarme por idiota. Han hecho cuentas, dice, y llegado a la conclusión de que con lo que dejó mamá podría financiarse el tratamiento de Julia en Alemania, así como todo lo relativo a la estancia de la hija y la madre en aquel país. Añade que la idea ha sido suya.

Aún queda un buen pico, pendiente de cobro, de los fondos destinados a sufragar los gastos de la residencia geriátrica de mamá. Por supuesto, ha continuado María Elena como tratando de ofrecerme garantías de honradez, que ellos empezarían por gastar la parte correspondiente a Raúl y sólo si dicha parte se agotara harían uso de la mía. O sea, que a lo mejor hay suerte y no necesitan tocar mi herencia, en cuyo caso me la devolverían. Ahora bien, esto no se puede prever ya que ignoran cuánto tiempo deberán pasar la madre y la hija en Alemania. En todo caso, disponer de una cantidad adicional las animaría a emprender el viaje. Pedir un crédito al banco ahora que ella ha renunciado a su trabajo y Raúl va a cobrar menos en la filial de su empresa se les antoja una opción arriesgada; aunque la considerarán si no hay más remedio. Me permito interrumpirla cuando vuelve a la cantilena de que no tengo que sentirme obligado.

«Ya es la tercera vez que me lo dices.»

Me mira expectante. Estamos hablando de una cantidad cercana a los treinta mil euros. No es broma. Le respondo que la solicitud me pilla desprevenido. Ya sé que les urge una solución, pero yo necesitaría algo de tiempo para pensármelo. Se apresura a decir que lo comprende.

«¿Qué comprendes?»

«Tienes un hijo y, supongo, muchos gastos. Algún día, cuando podamos, te devolveríamos el dinero.»

Me dan ganas de soltarle la verdad, que mi vacilación no procede de Nikita ni de las facturas que me llegan como a todo el mundo, sino de la sospecha de que entre mi hermano y ella hayan urdido un sablazo.

Me viene a todo esto una idea.

«Tengo que sacar a la perra», le digo. «¿Me podrías llamar dentro de una hora, cuando haya vuelto a casa? Recibirás entonces mi respuesta.»

Yendo con *Pepa* por la calle, pienso en lo que podría hacer de aquí al 31 de julio con casi treinta mil euros. No me faltan ideas: conocer Australia antes de morirme, fundir mi fortunita en los casinos de Las Vegas, pasmar con una dádiva monstruosa al primer mendigo que vea tirado en la calle, afincarme en una isla del Pacífico e ingerir el cianuro a la sombra de una palmera, mientras contemplo el atardecer... Si dejo esa suma a Nikita, añadida al resto de mis ahorros, se la gastará más que a paso en lo que no quiero ni pensar, o la meterá en la caja común donde él y sus amigos juntan dinero para abrir un bar, y no descarto que estos aprovechen para costearse mil y un vicios y pegarse las vacaciones de su vida a costa del tontuelo.

De vuelta en casa, suena el teléfono.

«Podéis quedaros con mi parte de la herencia. Le deseo a Julia mucha suerte.»

Y cuelgo antes que María Elena tenga tiempo de darme las gracias.

5

El instinto, que uno lleva toda la vida intentando desactivar a fuerza de reflexión y lecturas, me ha jugado esta tarde una mala pasada. Menos mal que Patachula, tras los primeros instantes de asombro, ha captado el verdadero sentido de mi error. No esperaba de mí, ha dicho, de un hombre a quien considera reflexivo y cauto, una reacción tan histérica. Me he asustado, eso es todo. Y en la cara de mi amigo se reflejaba decepción. No es para menos. Le he roto una taza, le he puesto la ropa hecha un Cristo y la cocina no digamos.

Mi amigo me hablaba del posible linfoma que le han diagnosticado en la clínica dermatológica. Se trata en principio de un informe de laboratorio a partir de una pequeña muestra de tejido; pero él da por hecho que futuras pruebas médicas no harán sino confirmar lo que, no sé si de broma o en serio, ha denominado la pena capital.

En esto, veo que vierte polvo blanco en el café que se acababa de preparar con su cafetera espresso automática, de la que está puerilmente orgulloso. Ayer la visita de mi cuñada con revelaciones acerca de la enfermedad de mi sobrina, hoy la llamada de Pata, que me convoca a su piso para informarme de la alta probabilidad de padecer cáncer: demasiadas impresiones fuertes que hacen que me sienta como en el centro de un huracán. Todo a mi alrededor son tragedias mientras yo gozo de calma y de una forma física envidiable. Estoy como quien dice gravemente sano. Nada me duele, como bien, duermo regular, pero duermo y además sin pesadillas, y tengo una vida sexual satisfactoria gracias a Tina. El bienestar que involuntariamente exhibo junto a personas que están pasando por un trance difícil me produce un sentimiento de vergüenza y culpa. Pienso que por solidaridad debería contraer al menos un constipado.

Un enjambre de pensamientos aciagos me asalta en la cocina de Patachula. No hay un gesto, un ademán, una palabra suya que no denoten desesperación. «Estoy muerto y vivo a la vez, como el gato de Schrödinger.» Me suelta esta necedad con una especie de humor negro que no me hace maldita la gracia. Adopta un tono lúgubre para decirme que no está dispuesto a sufrir. No piensa tolerar ni dos segundos de dolor. Lo veo a continuación verter con sospechosa presteza el polvo blanco en el café. El corazón me da un vuelco. ¡Qué cabronada! La policía me estrechará a preguntas. En un amén paso del estupor a la ira, y de un manotazo, sin prever las consecuencias de mi acción, le aparto violentamente a Patachula la taza cuando la estaba acercando a los labios. El líquido caliente y negro se desparrama por su camisa, mi brazo, la mesa, la pared, sobre todo la pared... La taza vuela por los aires, impacta en el empapelado, se rompe con estrépito contra las baldosas. Despavorida, *Pepa* suelta una andanada de ladridos que habrán resonado en todos los tímpanos de la vecindad. Patachula, de pie, mira el estropicio, me mira a mí y no sale de su asombro. Yo tampoco salgo del mío o de mi confusión, hasta que reconozco el sobre que ha quedado sobre la mesa.

«¿Cómo iba yo a saber que te traes a casa el azúcar del bar?»

Parece mentira. Con todo el dinero que tiene...

6

Leo en una página del Moleskine: «Yo no puedo, en puridad, afirmar que poseo un cuerpo, pero el vínculo misterioso que me une a mi cuerpo es la raíz de todas mis posibilidades. Cuanto más soy yo mi cuerpo, mayor es el grado de realidad a mi disposición. Las cosas sólo existen en tanto que entran en contacto con mi cuerpo y son percibidas por él», Gabriel Marcel (1953). Y a continuación, escrita por mí en letras mayúsculas, la tinta ya un tanto desvaída, la palabra: MENTIRA.

Estoy convencido de que la actividad intelectual de la mayoría de los seres humanos se basa en la omisión de su naturaleza perecedera. No otra cosa hago yo todos los días en clase, por disimulo y por perseverar en la costumbre salutífera de percibir un sueldo mensual, ocultándoles a los alumnos lo que pienso: que nacimos por azar, vivimos en función de una serie de leyes físico-químicas y nos vamos a morir tarde o temprano, todos, tú, tú y tú, y esto no lo cambian ni lo impiden la religión, la filosofía, las convicciones políticas, los espectáculos, el arte o el placer.

No hay arcanos, chavales; sólo ignorancia y miedo. No es que tengáis un cuerpo; es que sois un cuerpo, uno sólo, el que os ha tocado, y nada más. Reíd, reíd ahora que vuestro cuerpo es joven y pensáis que dispone de una provisión inagotable de futuro. Honestamente, debería caérseme la cara de vergüenza cada vez que en el aula escupo esos embustes llamados metafísica, alma, trascendencia, misterio ontológico, ente superior...

Tengo una sobrina de veinticuatro años con un tumor cerebral (o quizá, a estas horas, más de uno; no lo sé con exactitud) y tengo un amigo que perdió un pie en los atentados del 11-M y al que alguien que se ha asomado a la lente de un microscopio le atribuye altas probabilidades de padecer un cáncer linfático. La madre de mi sobrina reza sin descanso; pero, como no es tonta, confía su hija a la medicina y la técnica. Mi amigo no reza. Se pregunta: «¿Por qué ha tenido que sucederme a mí?», como si estableciera una distinción racional entre lo que él es y lo que a él le sucede, y como si hubiera un responsable a quien presentar una reclamación.

Queridos alumnos: Por la presente me complace comunicaros que no existe el más allá, pero tenemos que jugar a que sí existe y a que cada uno de nosotros merece asentar allá sus reales. Yo arriesgo mi puesto de trabajo si afirmo otra cosa. ¿El paraíso? Como no pintéis uno con rotuladores... La idea de un yo perpetuo disociable del envoltorio corporal está bien para hacer literatura. Meted la cabecita dentro del agua durante un minuto, dos, lo que aguantéis, y ya veréis el color que toman de repente vuestras ilusiones, proyectos, utopías...

Tú, chaval, despierta y escúchame; y tú, chavala que te pintas los labios a escondidas de tus padres, lo mismo. En cuanto palmes, luego, al salir del instituto y cruzar la calle sin prestar atención al tráfico, o el mes que viene, o dentro de siete décadas, se acabará todo para ti y nada te prolongará, con independencia de que alguien que te conoció te mencione de pasada en una conversación o mire tu retrato descolorido.

No hay alma inmortal. No hay cielo ni infierno. No hay Dios ni palabra de Dios. No hay cosa experimentada ni nombrada por los hombres que no haya sido concebida por los hombres. Todo es cultura y química neuronal, y todo acabará: los países, los idiomas, las doctrinas, los propios hombres y las obras de los hombres.

Aquí donde me veis, soy lo que Máximo Manso, el personaje de Galdós, afirma de sí mismo cuando se califica de «triste pensador de cosas pensadas antes por otros». Todos los días regurgito teorías ajenas ante un grupo de alumnos aburridos. Les sirvo en bandeja el vómito de mis mentiras que ni siquiera son mías y ellos se lo tragan sin inmutarse. El ser humano es un farsante por naturaleza.

7

A eso de las siete de la tarde he puesto rumbo con *Pepa* hacia la Castellana, aprovechando que no llovía y que disponíamos de tiempo para una caminata, pues después del incidente del azúcar he preferido no citarme hoy tampoco con mi amigo.

En estos días templados, baja de golpe la temperatura apenas oscurece. No sé cuántos grados tendríamos. No muchos más de uno o dos por encima de cero. La perra y yo íbamos uno al lado del otro expeliendo vaho. Al contrario que la lluvia o el viento, el frío no me disuade de dar paseos largos. Del frío nos podemos proteger, *Pepa* con su pelambre, yo con ropa de abrigo. Hay gente que pone chaleco a sus mascotas. Yo creo que *Pepa*, aunque de suyo tranquila, me arrearía un mordisco en la mano si intentase humillarla imponiéndole un atuendo a la usanza humana.

El caso es que he tomado una ruta poco frecuentada últimamente por mí. Ya está uno hasta el gorro de andar todos los días por las mismas calles, cruzarse con las mismas fisonomías y pasar por delante de los mismos portales, tiendas y fachadas. Me complace, además, conducir a *Pepa* por aceras anchas. Tanto Francisco Silvela como María de Molina están jalonadas de árboles con su alcorque correspondiente. Estos pequeños recuadros de tierra parecen pensados para facilitar a los perros sus deposiciones, que no sé otros dueños, pero yo me apresuro a recoger con una bolsa, pues tengo la sensación de que unos ojos vigilantes me siguen a todos lados.

Andando con calma, pero sin pausas, *Pepa* y yo llegamos a la plaza de Gregorio Marañón, cuya principal característica es la riada de vehículos que la colapsa de costumbre. Nuestra idea era torcer a la izquierda, bajar poco a poco hasta Cibeles y desde allí, subiendo por Alcalá, emprender el camino de retirada.

Hay mucho tráfico en la zona y mucho ruido y el aire huele al humo que a todas horas echan los tubos de escape. A *Pepa* y a mí nos envuelve un típico anochecer urbano de nuestros días. Hubo una época en que el asunto de la polución me preocupaba; ahora me da igual. La presagiada catástrofe climática me pillará acostado confortablemente en mi tumba.

Desde el borde de la plaza avisto un enredijo de faros intermitentes, sanitarios del SAMUR y policías con chalecos reflectantes junto a la estatua a caballo del Marqués del Duero. No paran de llegar coches a la zona, el atasco crece y el concierto de bocinazos alcanza dimensiones orquestales. Un guardia municipal regula el tráfico con su silbato estridente; otro, un poco más allá, lo secunda haciendo indicaciones con un palo luminoso. En medio del barullo no logro avistar el cuerpo del accidentado; tan sólo la moto tirada en la calzada. Me habría quedado a mirar un poco más, confundido en el corrillo de curiosos, si el motorista estuviera a la vista; pero lo mantienen oculto dentro de una especie de tienda de campaña de color amarillo. Y, la verdad, para no ver nada fuera de lo común y tener que aguantar a izquierda y derecha los comentarios estúpidos de otros mirones, mejor continúo mi camino.

A los pocos pasos noto que la perra no se acompasa a mi marcha. A cada instante me veo obligado a dar un pequeño tirón de la correa. ¿Qué ocurre? Me vuelvo. No advierto nada anómalo. *Pepa* me mira a los ojos en actitud expectante. ¿Estará cansada? ¿Tendrá algún dolor? «No me falles, amiga mía. Aún nos queda mucho recorrido.» Seguimos andando, ahora más despacio, y al punto mi mano percibe la misma resistencia en la correa. Decido imponer mi voluntad. Tiro con más fuerza, acelero el paso; pero ahora es cuando *Pepa* ejerce de freno con abierta insumisión. Así que vuelvo por segunda vez la cabeza y entonces descubro que la perra también está mirando hacia atrás, meneando el rabo como cuando experimenta alegría. Yo no diviso en el paseo nada que merezca su atención, mucho menos algo que pueda excitarla. ¿Se habrá entusiasmado con el accidente y las luces y el silbato del guardia, y le ha entrado capricho de regresar a la plaza?

Reanudada la marcha, concibo una súbita sospecha. Como carezco de vista y olfato caninos, debo valerme de un truco humano para llevar a cabo sin demora cierta comprobación. En lugar de seguir la ruta prevista, Castellana abajo, doblo en la primera esquina y doy de frente con la bifurcación de López de Hoyos y una calle estrecha bordeada de árboles, sin hojas en esta época. No hay tiempo que perder. En el ángulo de la intersección hay una parcela ajardinada con palmeras bajas en torno a una de mayor altura. El bosquecillo ofrece un escondite inmejorable. Y allí, al amparo de la vegetación, me he metido a toda velocidad con *Pepa*.

No hemos necesitado esperar ni un minuto para ver adentrarse en la calle, siguiendo el mismo camino que nosotros traíamos, a mi tocayo negro y gordo y a la consabida persona que lo guiaba. Agazapado entre las palmeras, me apresuro a juntarle a *Pepa* las mandíbulas y a taparle los ojos con la bufanda antes que a la tonta del bote le entre la tentación de delatarme.

8

Esta tarde, en el bar de Alfonso, el moribundo estaba de buen humor. No me fío de él. Le gusta la vida. Le gusta y apasiona por más que se empeñe en aparentar lo contrario. A mí no me la da. Este no se suicida ni aunque le paguen. Se queja de la reciente huelga de taxis, que no le afectó, puesto que acostumbra ir en metro o en su propio coche a la oficina; despotrica cada dos por tres contra la alcaldesa, a la que votó en 2015, y con particular saña contra los socialistas, a los que no puede ver ni en pintura. Los acusa de coquetear con el separatismo, con la extrema izquierda y con quien haga falta a fin de obtener apoyos para asegurarse el Gobierno de la Nación. Antaño Patachula les daba su voto en todos los comicios. A veces, para chincharlo, se lo recuerdo. Se excusa diciendo que lo camelaron para tragarse esa rueda de molino llamada progresismo. Y suelta una de sus típicas bombas dialécticas: «Muchos españoles tragan caca porque les han dicho que es caca progresista». Yo creo que un hombre que se expresa de este modo da por hecho que el último horizonte de su vida está lejos.

Llego con *Pepa* al bar. Pata, mal síntoma, sonríe al vernos. Pregunta dónde me he metido estos días y, sin darme tiempo de contestarle, se lanza a hacer una demostración de optimismo guasón. Incluso se ha permitido una broma a mi costa que me ha disgustado como no se puede imaginar.

«Para tu información», dice, ocurrente, risueño, «me dispongo a echar azúcar en esta taza de café. Controla por favor tus impulsos.»

Ha rematado el chiste con una carcajada que no he querido secundar.

En vista de cómo le puse la cocina el otro día, no me siento autorizado a enfadarme con él. Me ofrezco a pagarle un nuevo empapelado. Me manda a freír churros y a continuación me pide que vaya a su casa a estampar mi firma junto a la mancha de la pared para hacerla pasar por obra de arte. En fin, es repulsivo estropearles a los demás sus momentos de alegría; pero a veces no queda otro remedio. Conque adoptando una expresión condolida, máscara de mi despecho, le he preguntado cuándo tiene la primera sesión de quimioterapia.

Me concede media sonrisa, como preguntando si mi salero no alcanza para más. De momento permanece cerrada la puerta a un tratamiento «de tales características». La dermatóloga de Pozuelo, a la que el otro día tildaba de ignorante y ahora le parece una señora santa y sabia, discrepa de las conclusiones de la biopsia. No las desaprueba por completo en espera de nuevos análisis; pero considera que las afirmaciones principales del informe no se corresponden con la sintomatología del paciente. Ha dicho que ya les gustaría a los médicos tratar tumores que se curan solos después de unas semanas y encima no dejan huella, y le ha sugerido a Pata que pida sin demora una cita para hacerse una tomografía computarizada.

Lo que más admiro en él es la generosidad. Esta tarde me ha regalado dos ansiolíticos poco antes de despedirnos. Para que me calme, ha dicho. Me los he tomado hace un rato y ahora tengo paz. Más que paz, sueño, silencio suave en la cabeza, músculos laxos, y he escrito esto sin ganas, llevado por el hábito de redactar para nadie unas líneas diarias de crónica personal.

9

Amalia y yo teníamos en la sala un mueble bar de nogal y latón pulido, pieza de diseño bastante cara que contribuí a costear por más que luego, en el curso de nuestros rifirrafes matrimoniales, ella sostuviera lo contrario. Me da igual. Al verlo por primera vez lo alabé; no por nada, sino porque uno entró hace tiempo en la edad adulta y sabe a qué situaciones incómodas conduce la práctica sin freno de la sinceridad. Mi suegra, además, estaba presente, atenta a que yo expresase una opinión favorable, la única que madre e hija habrían consentido. Lo cierto es que nunca aprecié aquel armatoste con patas cuya utilidad principal se me hace a mí que consistía en permitirnos un lucimiento pretencioso delante de las visitas, objetivo difícil de alcanzar puesto que rara vez venía gente a nuestra casa.

El mueble bar lo escogieron Amalia y su madre una tarde de compras. La circunstancia de que yo no las hubiese acompañado a la tienda infundió en Amalia el convencimiento de que la pieza era de su exclusiva propiedad, y así me lo hizo saber con furia tajante en una de tantas discusiones. Histérica perdida, no se daba cuenta de que el maldito mueble me interesaba lo mismo que ella; por tanto, nada. Tampoco me interesaban las copas, los vasos y otros artilugios de mesa guardados dentro del armatoste; tan sólo la colección de whiskies y diversas botellas valiosas que nos habían regalado los amigos o que habíamos comprado ella y yo en alguno de nuestros viajes. Amalia, estoy seguro, porfió por el automatismo de llevarme la contraria y, de paso, humillarme. No hubo acuerdo entre nosotros hasta que no le cedí la provisión completa de vino. El resto, salvo la botella de anís del Mono reservada a mi suegro, lo puse con cuidado en cajas y me lo llevé.

Serían unas diez botellas, de las cuales sólo he conservado hasta el día de hoy, sin percatarme de ello, una de whisky escocés. El contenido de todas las demás lo pasé por el tracto digestivo en unas pocas noches de soledad, con la sola compañía de *Pepa* contagiada de mi desánimo. Ignoro por qué dejé intacta la botella de Chivas Regal 25. Sospecho que la olvidé donde esta tarde la he encontrado por casualidad, debajo del fregadero, oculta a la vista detrás de un balde viejo y otros cachivaches de limpieza no usados por mí desde hace unos cuantos años. Me da que fui sacando una botella tras otra con el cerebro nublado de tribulaciones y alcohol, y aquella de whisky caro, tapada por el balde, debió de pasarme inadvertida.

Mi primer impulso ha sido limpiar la botella sucia de polvo, después abrirla y servirme un trago con hielo, aunque yo soy más de coñac. Me ha disuadido, sin embargo, una aprensión. Pienso que el sabor y el olor del whisky me amargarán la noche con malos recuerdos; que de pronto sonarán golpes imaginarios en la puerta, me asomaré a la mirilla y veré a papá borracho esperando a que le abra. Cosas así.

Observada la botella al trasluz, su contenido presentaba un color ambarino precioso. Confieso que me apretaba una fuerte tentación; pero quiero y debo ser coherente con el propósito de desprenderme antes del 31 de julio del mayor número de pertenencias que me atan a la vida. Armado de dicho pensamiento, hemos ido *Pepa* y yo al atardecer hasta la Gran Vía y allá le he preguntado a un sin techo acurrucado al abrigo de un andamio, sobre cartones extendidos en el suelo, si le apetecía la botella de whisky, ha dicho que sí y se la he regalado.

10

Ni Raulito ni yo entendimos que mamá nos apremiase a salir del cuarto de baño. Tanto que insistía en que debíamos cepillarnos los dientes durante tres minutos antes de ir a la cama; los de la fila superior, de arriba abajo; los de la fila inferior, de abajo arriba, siempre en la dirección de las junturas hacia fuera y no de costado como se veía en un anuncio de la televisión, que eso no servía más que para desgastar el esmalte. Se ponía a sí misma de ejemplo y es verdad que ella, a sus treinta y tantos años, tenía motivos de sobra para sentir orgullo de su dentadura. Ante nosotros, con la cara vuelta hacia el techo, como quien dirige la mirada a las almas aposentadas en la gloria eterna, agradecía a su difunta madre el haberle enseñado a cuidar los dientes desde pequeña.

Vino al cuarto de baño como espoleada por una urgencia, con el delantal puesto y las manos mojadas. A toda pastilla nos hizo entrar en nuestra habitación. Sólo le faltó empujarnos. Mi hermano, por el camino, se quejaba con su voz aflautada de niño ordenancista. Aún no había terminado de limpiarse los dientes. Enarbolaba el cepillo apretado en el puñito, acusando a mamá de obligarnos a quebrantar la norma. Ella nos conminó a ponernos el pijama, acostarnos y apagar la luz, aunque aún faltaba un rato para la hora habitual de irnos a la cama. Todo lo teníamos que hacer deprisa y sin rechistar. Y nosotros, ya digo, no entendíamos nada salvo que aquel no era el momento de hacer ruido ni preguntas.

Este episodio, con pequeñas variaciones, se repetiría alguna que otra vez a lo largo de nuestra infancia.

Con frecuencia, tras la cena, mamá vigilaba desde la ventana de la cocina la llegada de papá. Según la manera de andar de él por la calle, adivinaba si se había emborrachado o no. Esto se lo oí contar siendo ya viuda. Papá no bebía todos los días; pero se conoce que cuando lo hacía era mejor que, al entrar en casa, Raulito y yo estuviéramos acostados y con la luz apagada. Ignoro si de este modo mamá nos protegía o si castigaba a papá impidiéndole ver a sus hijos.

Una noche de tantas, recién llegado a casa, papá se soltó a pegar gritos en el pasillo. De pronto abrió la puerta de nuestra habitación con el propósito de comprobar si dormíamos. Mamá, detrás de él, le susurró: «¿Lo ves?». Raulito en su cama, yo en la mía, no nos atrevimos a decir ni pío. Cerrada de un fuerte golpe la puerta, oímos a papá alejarse rezongando. Ahora flotaba en la oscuridad de la habitación un tufo a aire estadizo de taberna y a humo de tabaco, y yo, para no tener que respirarlo, metí la cabeza debajo de la manta.

11

Nos acostumbramos a verlo llegar a casa de vez en cuando con el morro caliente. Mamá lo decía así: morro caliente. La expresión abarcaba un amplio abanico de matices de la embriaguez, desde el leve achispamiento hasta la cogorza de no tenerse de pie, pasando por todos los estadios intermedios de la obnubilación etílica.

«Bebo para soportaros», nos soltó un día desde el umbral de la cocina, mientras cenábamos.

Raúl y yo habíamos ingresado por entonces en la adolescencia, así que mamá ya no necesitaba escondernos del monstruo.

De anochecida, papá entraba en casa con expresión invariable de cansancio. No era raro que sus dificultades para introducir la llave en la cerradura lo pusieran de mal humor. Al sentirlo entrar ninguno de nosotros se movía de su sitio. Simplemente no se nos pasaba por la cabeza acudir al vestíbulo a darle un abrazo. Yo me contenía a causa de su olor; pero también por la posibilidad de que llegara enfadado y como con deseos de descargar su frustración en el primer miembro de la familia que se pusiera a su alcance. No se hacía querer y, al mismo tiempo, podía montar en cólera porque no lo queríamos o porque no lo queríamos cuando él consideraba que había llegado la hora, el minuto, el instante, de quererlo.

De joven, sus ojos y los míos a la misma altura, me habría

gustado tener la valentía de ir a su encuentro y decirle: «Necesito abrazarte y te voy a abrazar aunque después me sacudas un tortazo».

Con una indiferencia que le debía de doler mucho lo veíamos tambalearse, turbio de pupilas, entrecerrado de párpados y más de una vez con el pantalón meado. Viniera como viniese, dijera lo que dijese, nosotros seguíamos haciendo nuestras cosas como si él no estuviera ahí, apoyado en el marco de la puerta, acometido de un ataque de sensiblería untuosa o de odio y desprecio a la familia.

Debía de sentirse muy solo a nuestro lado.

Lo estoy viendo asomarse a la cocina nada más llegar y preguntarnos, por ejemplo, a Raulito y a mí:

«¿Dónde está vuestra madre?».

«En la cama. Le duele la cabeza.»

Él se marchaba pasillo adelante hablando a las paredes, infeliz y gruñón, y a veces de la maraña de sus refunfuños se desprendía una frase comprensible: «Esa mujer sólo tiene cabeza para que le duela».

Mantenía una relación extraña con el alcohol. ¿Extraña? Digamos que, al ser una relación inconstante, de hombre capaz de mantener a raya el vicio, escapaba a mi entendimiento. Había épocas en que se mostraba taciturno y sobrio y venía a casa temprano, además de sereno, no raras veces cargado de libros y fajos de hojas fotocopiadas. Tras ordenar que guardáramos silencio y prohibirnos la música, las conversaciones en voz alta y cualquier clase de ruido, se encerraba en su habitación a proseguir la tarea no acabada durante el día en la facultad.

Y recuerdo asimismo que alguna que otra vez se pasaba una noche o dos o tres sin aparecer por casa. A su vuelta no explicaba dónde había estado o aducía que por exceso de trabajo había tenido que pernoctar en el despacho.

Mamá, con sumisión que hoy barrunto fingida, lamentaba que él no la hubiese avisado. Ella habría podido hacerle llegar por medio de Raulito o de mí algo de cena, un cojín, una manta...

«Es que no tenía previsto quedarme. Me lío a escribir y a estudiar y, para cuando me quiero dar cuenta, ya son las tres de la madrugada.»

Me pregunto si componía de noche sus *Canciones para Bibi*, después de haber estado, supongo, en actitud íntima con la persona que así se hacía llamar.

Un conocido le regaló o le prestó, ahora no me acuerdo, una fotografía en blanco y negro en la que se le veía acompañado de varios amigos cuando era un chaval enteco de la posguerra. Papá calculaba que en la imagen él tendría más o menos mi edad de entonces, quince años. Añadió, a pesar de mi evidente falta de interés, una serie de explicaciones acerca del lugar donde había sido tomada la fotografía y de los adolescentes risueños que se veían en ella. Papá estaba convencido de que él y yo éramos clavados. Esta circunstancia le producía un tierno entusiasmo que no pude ni quise compartir. Miré con frialdad la fotografía. La tuve que mirar porque él me la colocó delante de la nariz. Supuse que debía darle mi opinión. Le pregunté, no sin crueldad: «¿Quién de estos eres tú?». Y, sí, el chaval que él había sido y el que yo era guardaban cierta semejanza, en el pelo y la barbilla sobre todo; pero yo tenía una complexión más robusta y estoy seguro de que me habría sido fácil tirarlo al suelo en una pelea.

No hay duda de que le producía orgullo haberse parecido a mí de joven. Me da que en aquel momento él me sentía como algo propio o algo cercano, no sé, como un espejo en el que le resultaba grato reflejarse. Con el pretexto de la fotografía, me acababa de abrir una puerta por la que pude haber entrado a lo más íntimo de su persona y no entré. De esto me doy cuenta ahora que ha pasado el tiempo y que también soy padre. Entonces, estúpidamente, le respondí que tenía que marcharme porque me estaban esperando los amigos.

12

Muchas noches Raulito y yo, acostado cada cual en su cama, conversábamos bien avenidos. No podía ser de otro modo por mal que a veces nos lleváramos, pues hasta la muerte de papá compartimos habitación, lo que nos obligaba a una convivencia estrecha. Él me contaba sus cosas, yo le contaba las mías, exagerando un poquillo mis conquistas donjuanescas. Como no se jalaba una rosca y carecía de experiencia en lances amorosos y sexuales, mi hermano era fácil de engañar y a mí me complacía sobremanera inducirlo a admirarme.

Con la luz apagada, le contaba patrañas como la de que las mujeres tienen un hoyo entre dos vértebras, no siempre entre las mismas, que esto variaba de unas a otras. Y si conseguías apretar justo en ese sitio con la punta del dedo, ellas perdían la voluntad, les entraba el furor sensual y podías hacerles lo que te diera la gana y hasta te daban las gracias. Raulito todo se lo creía y a mí no me extrañaría que María Elena se hubiera preguntado alguna vez por qué su futuro marido, en la intimidad, le manoseaba con tanto ahínco el espinazo.

Fue en el curso de una de tantas pláticas nocturnas, siendo los dos adolescentes, cuando mi hermano me participó un descubrimiento que había hecho. Al principio no le creí, incluso lo acusé de intrigante y de mentiroso, y le reproché no sin acritud que espiara a nuestra madre.

Tanto porfió en que estaba al cabo de un secreto concerniente a mamá que al fin, pasada la medianoche, me pudo la curiosidad y accedí a levantarme de la cama e ir con él a la cocina a hacer la comprobación pertinente, estando ya nuestra casa sosegada. Fuimos a oscuras y con sigilo para que no nos sintieran nuestros padres; no encendimos la lámpara fluorescente de la cocina hasta tener cerrada la puerta a nuestra espalda, y abierta la de un cubículo que usábamos de trastero, mi hermano me enseñó dentro de una palangana dos botellas de brandy Soberano tapadas con un trapo, una ya casi vacía, la otra sin empezar. No más que por llevarle la contraria a Raulito, le recordé que mamá solía guisar de vez en cuando con vino blanco.

«A lo mejor también pone brandy en las salsas.»

«¿Y por qué esconde las botellas?»

«Para que papá no se las beba.»

Semejábamos dos aprendices de detectives, sólo que Raulito me debía de llevar varios cursos de ventaja a juzgar por lo avanzado de sus pesquisas. Me replicó:

«Pues ya sólo de comer vamos a terminar todos borrachos. Por la mañana esta botella estaba más llena. Y hace unos días había tres».

Me volví a la habitación enfurecido por las palabras elocuentes de mi hermano. También por su ironía, a la que yo no estaba acostumbrado, y quizá por ello me pareció que convenía pararle los pies al gordito antes que se volviera peligroso. De nuevo los dos en la cama, lo amenacé con preguntar a mamá al día siguiente, sin tapujos, si era verdad que ella pimplaba brandy cuando no la veíamos y con sacudirle a él la mayor zurra de su vida como se confirmase que se había inventado la historia de las botellas. Me respondió que si lo llega a saber no me cuenta nada y que de todas formas tarde o temprano yo tendría que aceptar la verdad.

Y la verdad era que, efectivamente, mamá tenía una constante y escondida relación con el alcohol. En casa bebía sobre todo de noche, sin ser notada, y en la calle y tal vez durante el trabajo me huelo yo que con frecuencia; pero nunca de modo que caminara haciendo eses. Por alguna particularidad de su metabolismo apenas se le apreciaban los efectos de la bebida o quizá, no sé, tenía un truco para disimularlos. Lo que ella no se podía seguramente imaginar es que su hijo pequeño la tenía sometida a vigilancia.

En el fondo me daba igual que mamá empinase el codo. Ella misma se castigaba provocándose migrañas. Papá también bebía. Y yo lo mismo con mis amigos. Ingerir alcohol a los dieciséis años se me figuraba un requisito inexcusable para el ingreso en el mundo de los adultos.

El único miembro de la familia que entonces no probaba el alcohol era el tontaina de Raulito. Por los días en que me reveló el secreto de mamá, le hice comprender en son de mofa que aún le faltaba mucho para convertirse en hombre, si es que alguna vez lo conseguía. Incluso le insinué (y no por vez primera) que todos los indicios apuntaban a que iba para maricón. Tanto insistí en la burla que rompió a llorar.

13

Un pensamiento me impedía dormir. «Este cabrón ¿no me querrá poner a malas con mamá? Tonto no es. Para ciertas cuestiones es un pardillo; pero me consta que para otras anda sobrado de malicia.» A oscuras, en la cama, yo no me quitaba de la cabeza la imagen de las dos botellas de Soberano dentro de la palangana e imaginaba a mamá bebiendo de ellas a morro, como una borrachuza que no se puede contener porque el cuerpo le reclama a cada rato una dosis de alcohol.

Empezaba a parecerme que Raulito me había llevado hasta el trastero con intención aviesa. ¿Quién me dice a mí que no había sido él quien había escondido las botellas dentro de la palangana? Cuanto más lo pensaba, más verídica se me figuraba la sospecha. Veo dos botellas de brandy, una casi vacía; sin mayores comprobaciones, llego a la conclusión de que mamá es alcohólica; acto seguido la repudio o, en todo caso, me distancio de ella, evito su compañía y así, sin prever las consecuencias de mi conducta, se la cedo entera en usufructo al gordito. ¿Serían estas la jugada y la esperanza de mi hermano?

Para salir de dudas, pensé que la mejor solución sería emprender indagaciones por mi cuenta. Al día siguiente, cuando volví del colegio, las botellas del trastero seguían como yo las había visto por la noche, en la misma posición, la una sin abrir, la otra con su culín de brandy. En casa no había nadie. Papá y mamá estaban en sus respectivos puestos de trabajo, Raulito en el instituto. Conque anduve mirando a mis anchas por aquí y por allá, en recovecos y cajones, dentro, encima y debajo de los armarios, sin dar con ningún indicio ni prueba de la presunta dipsomanía de mamá.

Supongo que a ella le parecería raro que a última hora de la tarde, de vuelta del pendoneo diario con los amigos, me lanzase a abrazarla y le estampara dos sonoros besos, uno en cada mejilla, justo yo, a quien ella atribuía un carácter desapegado y frío. Me lo había reprochado varias veces y, en todos los casos, lo que más me molestó, por no decir lo único, fue que pusiera a Raulito como dechado de hijo afectuoso. No negaré que me halagaba verla aspirar a mi cariño y que le doliese no recibirlo con frecuencia. Me complacía deducir que mamá distinguía entre mi cariño excepcional y, por tanto, valioso, como de oro, y el de hojalata de Raulito, barato, abundante, fácil de obtener.

Mi presunto rapto de efusividad era una simple excusa para acercar la nariz a su aliento. Hecho lo cual, no percibí la menor nota de brandy ni de bebidas similares en su boca. Y entonces, sin ganas de seguir jugando a investigador privado, le revelé que Raulito me había llevado por la noche a ver las botellas del trastero. Y tampoco le oculté que mi hermano iba diciendo que ella se embriagaba a escondidas. Para cuando llegué a este punto del relato, no había un músculo en la cara de mamá que no trasluciese cólera. Parecía como si se le hubiera olvidado pestañear. A todo esto, le echó un grito a mi hermano para que viniese de inmediato a la cocina. Y como él, desde la habitación, contestara que estaba haciendo los deberes, mamá le ordenó furiosa y tajante: «¡Que vengas!».

Raulito entró en la cocina preguntando si pasaba algo malo. Mamá se plantó delante de él. «Quítate las gafas.» Se lo ordenó con una extraña calma, como si de pronto se le hubiera pasado la rabia que le ardía por dentro. Y no bien Raulito hubo hecho lo que le mandaban, mamá, plaf, le atizó un bofetón que le volvió la cara bruscamente hacia un lado y extendió por toda la cocina un estallido de carne golpeada.

14

Un compañero mío de la facultad y antes del colegio estaba liado con una chica, estudiante de un curso superior al nuestro. Vivía ella en un piso compartido de la calle Ponzano y algunas veces, terminadas las clases, yo los acompañaba hasta la glorieta de Cuatro Caminos, donde me despedía de ellos y cogía el metro.

Esto mismo hice una tarde de finales de otoño del año 80, en los inicios de mi carrera universitaria. Bajando con mi compañero y su chica por San Francisco de Sales, en un momento en que por azar tendí la mirada hacia la acera de enfrente reconocí en la figura de una mujer con gabardina y pañuelo en la cabeza a mamá. Andaba ella a paso rápido en dirección contraria a la nuestra, con la cabeza gacha, mirando el suelo delante de sus pies como si quisiera estar segura de dónde pisaba. Dudé unos instantes de que se tratase de mamá, más que nada sorprendido de verla tan lejos de casa y porque no la asociaba en modo alguno con la zona.

Al pronto, me vinieron deseos de llamarla y hacerle por lo menos un saludo con la mano. La calle ancha, muy transitada a aquellas horas, me habría obligado a lanzar un potente grito de acera a acera a fin de atraer sobre mí la atención de mamá. Estuve en un tris de hacerlo si no fuera porque me detuvo la aparición de un adolescente rollizo que caminaba pegado a la pared del edificio, a unos ochenta o cien metros por detrás de ella. Era mi hermano, supuse enseguida que cumpliendo por iniciativa propia misiones detectivescas. Y al instante, mi alegre sorpresa inicial se tornó cabreo receloso.

No me pareció oportuno declararles a mi amigo y a su chica que la mitad de mi familia andaba por el otro lado de la calle, mi madre delante, encaminándose deprisa quién sabe adónde; mi hermano detrás, siguiéndole el rastro a la manera de un agente secreto. Preferí continuar como si tal cosa, conversando con mis acompañantes hasta llegar al metro de Cuatro Caminos. En un momento dado en que sonó a nuestra espalda una sirena de ambulancia, volví la vista atrás. Sólo vi a mi hermano.

15

La cena en casa transcurrió como de costumbre, cada cual sumido en sus reflexiones, papá ausente. Sorbíamos y masticábamos en medio de un silencio sólo roto por el tintineo de las cucharas contra la loza y por frases sueltas del tipo: «¿Me pasas el salero?», «Este pan ¿es de hoy o de ayer?». Cuando papá llegó sin gorda de hambre, con expresión de cansancio y el morro caliente, Raulito estaba en nuestra habitación, leyendo o empollando, quizá echándose una paja con el estímulo de una revista pornográfica cuyo escondite no me era desconocido, y mamá y yo mirábamos una película de televisión sentados en el sofá de la sala. Recuerdo que, para que no se manchase ni se desgastara, mamá protegía el sofá con una colcha. Papá hizo un comentario sobre el actor protagonista; como no le prestamos atención, profirió un gruñido a modo de despedida y se fue a dormir.

Terminada la película, mamá se quedó en la sala con el televisor apagado. En algún lugar distinto del trastero debía de guardar una botella. Le di las buenas noches y me retiré a mi habitación. Nada más apagar la lámpara, le dije a mi hermano de cama a cama que lo había visto espiar a mamá por la calle. Se apresuró a negarlo. Le revelé detalles incontestables. Persistió en la negativa.

«Ibas detrás de ella por el paseo de San Francisco de Sales. No te puedes imaginar lo poco que me ha faltado para ir a pegarte dos hostias.»

Se conoce que el gordito había escarmentado tras el asunto, meses antes, de las botellas de Soberano. Lo último que seguramente le apetecía era compartir conmigo sus descubrimientos y secretos. Envalentonado, me replicó que no veía la necesidad de ponerme al corriente de su vida privada. Lo amenacé con contarle a mamá que lo había pillado siguiéndola esa tarde por la calle. Y, por supuesto, puse en duda que tal cosa hubiera ocurrido por primera vez.

«Ya sólo falta que también se entere papá. ¿Has hecho testamento?»

Logré que se amilanase. Con voz delgada me dijo que mamá entraba todos los jueves por la tarde en el hotel Mindanao o por lo menos los jueves de las últimas tres semanas.

«Y ¿qué hace allí?»

Raulito se había acercado en una ocasión a las escaleras de la entrada y un portero con uniforme y gorra de plato le cortó el paso. Finalmente, todo lo que había conseguido averiguar era que mamá permanecía en el interior del hotel entre una hora y media y dos horas, y que todas las veces, a la salida, la estaba esperando un taxi y el portero le abría la puerta. El viaje de ida lo hacía en metro y por eso él la podía seguir; el de vuelta, en taxi y entonces la perdía de vista. Hasta la fecha nunca la había visto acompañada de nadie. Su principal hipótesis era que mamá trabajaba en el hotel despachando tareas de administración, pues era muy hábil con los números, y de este modo se sacaba un sobresueldo.

Corroboré sin convicción: «Es lo más seguro».

Le prometí a mi hermano que no me chivaría. Me hizo jurárselo. «¿No te fías de mí?» «No.» Y juré.

El jueves siguiente, a solas con mamá en la cocina, mientras ella preparaba la cena le señalé una mancha de carmín en la comisura de los labios. Ella se apresuró a limpiársela con el dorso de la mano. El maquillaje lo tenía estrictamente prohibido por papá. Me miró a continuación como estudiando cada detalle de mi cara y como tratando de escrutar el fondo de mis ojos. Yo la miré impertérrito. No dijo nada. No dije nada.

16

La dermatóloga de Pozuelo tenía razón, como ha demostrado la tomografía computarizada. Se descarta, pues, que Patachula padezca cáncer. Mi amigo dice de buen humor que tiene todos los órganos sanos y en su sitio. En la cara se le nota que ha dormido bien últimamente. Ha reanudado la práctica diaria del hedonismo, vuelve a interesarse por la actualidad política, echa pestes contra el Gobierno, cuyo presidente, al que no traga, convocó ayer elecciones generales tal como Pata venía augurando desde hace semanas. Tan sólo le han encontrado unas pequeñas cicatrices sin importancia en las paredes de los pulmones, secuelas probables de su antigua adicción al tabaco. Ayer se jactaba de que ni siquiera tiene cálculos biliares.

«Y las llagas ¿qué?»

«Ni idea, pero cáncer linfático no son.»

Le pregunté si, como imagino, se siente aliviado. Aliviado es poco: eufórico. Y con el propósito de celebrar la buena noticia reservó para hoy sábado una mesa en Las Cuevas de Luis Candelas, adonde hemos ido a atiborrarnos de cochinillo asado.

Conocemos este antiguo restaurante de dos o tres visitas anteriores, repartidas en un tramo dilatado de tiempo. Así pues, no nos resultan novedosos sus distintos salones, sus paredes de ladrillo visto, su decoración pintoresca, con motivos castizos, destinada al asombro del turista, y sus camareros ataviados a la usanza bandoleril del siglo XIX. Yo habría preferido un almuerzo más frugal; pero Patachula estaba hoy intratable de alegría, agresivo de alborozo, y por poco me deja noqueado con su largueza. Me molesta, no lo puedo evitar, su índole arrastradora. O sea, si se deprime, cosa que le ocurre con cierta frecuencia, espera de mí que lo agarre de la mano y nos adentremos juntos en las brumas del desánimo, y si le entra la alegría loca debo corearle las carcajadas. Pues a mí, diga lo que él diga, el vino me ha parecido caro. Disconforme con el comentario, Pata me ha acusado de tacañería. Casi me dan ganas de levantarme y dejarlo allí solo con su celebración.

A medio cochinillo y tras la segunda copa de vino tinto, me ha venido el antojo de poner en duda su intención de quitarse la vida.

«A ti te gusta mucho vivir», le he dicho en un claro tono de reproche.

Primero se ha defendido, cínico, guasón, hablando con la boca atorada por el bolo alimenticio.

«Tranquilo, que nos llevarán el mismo día al cementerio. Hasta entonces faltan varios meses y mientras tanto habrá que comer, digo yo.»

Luego, los dedos pringados de grasa, se ha puesto a perorar alegremente sobre el suicidio. Me ha endilgado una conferencia salpimentada de asertos atribuidos a autores célebres. Cioran es quien más le andaba hoy a Patachula por dentro de la boca ocupada mayormente en la deglución. «El suicidio es un pensamiento que ayuda a vivir.» Ahí queda eso. «Me parece que estás malo de la jícara», le he dicho. La idea de que a él y sólo a él le compete escoger la hora, el lugar y la forma de su muerte le hace a Patachula la vida tolerable. El sabelotodo confiesa que días atrás estuvo a dos dedos de ingerir su ración de cianuro. Supeditó la decisión al resultado de la tomografía. No quiso hacerme partícipe de su propósito por no causarme preocupación. ¡Qué tierno! No sé cómo no me ha entrado la risa. Ahora, según explica, se ha concedido una prórroga, durante la cual no tiene previsto privarse de vicios y placeres. Y, sin duda con intención de provocarme, va y se permite cuestionar mi decisión de poner fin a mis días en el día previsto ni nunca.

«El 1 de agosto de 2019 amaneceré cadáver.»

Esto lo he debido de aseverar con tanta firmeza que a Patachula se le han cortado de golpe las ganas de proseguir con sus chanzas. Como culminación del festín, hemos tomado orujo de hierbas. Le he dado las gracias por el convite, momento que él ha aprovechado para afirmar que soy bastante pelma, aunque buen tipo.

Pata, tras embucharse el chupito de un trago: «¿A que no sabes a quién encontré el otro día paseando por mi calle con un perrote negro?».

Me hago el tonto. Él guarda dos o tres segundos de silencio, como para imprimir emoción al relato, y cuando pronuncia el nombre consabido, yo me muestro impertérrito.

«Fui prudente», dice. «No le conté que vives en la zona.»

La vio desmejorada, añade. Y opina que haría bien en cuidar su aspecto.

«No vas a creer cómo se llama el perro.»

Le digo que ni lo sé ni me importa. Él no se aguanta las ganas de revelármelo. Me lo revela y concluye:

«Águeda me confesó que a todos los perros que ha tenido les puso ese nombre. Me da que no te ha olvidado ni un segundo de su vida».

17

No he sabido nunca y barrunto que Raulito tampoco, por mucho que en sus tiempos mozos se dedicase al espionaje con apasionamiento, a qué iba mamá algunos, muchos, quizá todos los jueves por la tarde al hotel Mindanao. A hacer chapucillas administrativas desde luego que no. Jamás se lo pregunté, ni entonces ni en años posteriores, cuando la viudez le habría permitido explayarse sin reservas, ni cuando, en los inicios del alzhéimer, empezaba a perder el gobierno de las palabras y me hubiese costado poco tirarle de la lengua.

Dudo que su vida privada encerrase un misterio digno de las tercas y pueriles pesquisas de mi hermano. Me inclino a pensar que mamá se entregaba en secreto a ciertos esparcimientos con los que presumiblemente se resarcía de los sinsabores de un matrimonio infeliz. Un poco de compañía y atención, algo de sexo, algún que otro regalito... Nada del otro mundo.

¿Para qué vive uno en una ciudad populosa sino para restregarse de vez en cuando con otros cuerpos y hacerse así la ilusión de vencer la soledad?

Le presenté a la chica con la que yo había empezado a restregarme unas semanas antes. La llevé a casa para que la conociera. En el instante risueño de las presentaciones, ni mamá se podía imaginar que estaba saludando a su futura nuera ni Amalia que estaba estrechando la mano de quien pronto se convertiría en su suegra. Se sonrieron e intercambiaron fórmulas de cortesía, haciendo que congeniaban sin dejar de estudiarse la una a la otra. Amalia obsequió a mamá con una cajita de yemas de Santa Teresa y unas flores; mamá había decorado la mesa para tomar café con el mantel y la vajilla de las ocasiones especiales, y yo, ignorante por completo en materia de cumplidos y protocolo, observaba admirado a las dos mujeres, sin percatarme de que a los pocos segundos de conocerse, entre sonrisas, ademanes educados y palabras de amabilidad y agradecimiento, habían dado inicio a su particular batalla.

Aprovechando que Amalia fue un momento al cuarto de baño, mamá me preguntó, susurrante, por Águeda. Le respondí con la boca pegada a su oído: «Hemos roto». Y no pudo refrenar un leve, apenas perceptible gesto de decepción.

Al cabo de unos meses le anuncié que me casaba. Así, por las buenas. Llegué y dije: «Mamá, me caso». Me preguntó si me casaba con Amalia. «¿Con quién, si no?» Y las cejas se le subieron hasta donde lo permiten los músculos faciales. El entusiasmo, en cualquier caso, se expresa de otro modo. Y eso que ella había alabado a mi chica en repetidas ocasiones: qué bien viste, qué buen gusto tiene, qué agradable es.

No he olvidado el diálogo que mantuve con ella días antes de la boda. «Supongo», me dijo, «que ya es tarde para disuadirte de cometer el mayor error de tu vida.» Su intuición femenina me auguró una difícil convivencia matrimonial. Consideraba que Amalia no era la mujer adecuada para mí ni yo el hombre adecuado para ella. No dudaba de que la elegida para ser mi esposa tuviera belleza, inteligencia, estilo y muchas otras virtudes, tantas como mis ojos de hombre encandilado quisieran atribuirle. «Lo malo es que también tiene ambición y carácter.» La chica anterior, en alusión a Águeda, le parecía mejor partido. «No era agraciada, pero bondadosa.» Le pedí que argumentase un poco más. Se limitó a decir que ella entendía de «esos asuntos». Entonces ¿por qué se había casado con papá? Alegó que eran otros tiempos. No recuerdo sus palabras exactas. Tiempos duros, tiempos adversos, en los que las españolas tenían que apencar con enormes dificultades para su desarrollo personal.

Ahí donde la veía, a partir de cierto momento, ya con dos hijos, le entró la pasión por destruirse, sí, por hacerse daño y afearse. Odiaba la imagen que le devolvía el espejo, descuidaba su aspecto ante las visitas, abrigaba el convencimiento de ser una basura humana. Papá, a lo suyo, sin enterarse. Porque para ese hombre ella no había sido nunca nada. Un ser inferior, una inculta, una tonta del bote que ni siquiera le daba en la cama el gusto a que él se creía acreedor. Y en dos ocasiones mamá intentó matarse, una con pastillas, otra con un cuchillo de cocina, sin lograr su propósito ninguna de las dos veces. A este punto, en prueba de su sinceridad, me mostró la cara interior de sus muñecas, donde, si miraba uno de cerca con atención, se veía lo que al parecer eran unas cicatrices finas como hilos, de una tonalidad ligeramente más blanca que la piel circundante. Ella no se lo había contado jamás a nadie. Tampoco a mi hermano.

Durante muchos años, dijo, se sintió metida en una prisión sin puertas ni ventanas. Y, lo que aún es peor, sin aire ni luz. Hasta que, aconsejada por una compañera de trabajo, decidió crearse una pequeña parcela de intimidad donde permitirse en secreto algunas satisfacciones y libertades. Y gracias a esa estrategia estaba allí conmigo, viva y por fin tranquila.

«Respeta a tu mujer cuando haga lo mismo. Todas, tarde o temprano, lo hacen.»

18

El yayo Isidro exigía su traguito de anís del Mono al término de cada comida. La santurrona se lo servía con una solicitud rayana en la sumisión. No hacía falta ni que el marido se lo ordenase. Atenta al último bocado del viejo, se apresuraba a ponerle encima de la mesa la copa y la botella. Yo no sé quién disfrutaba más, si mi suegra sirviendo a su repantigado y ahíto señor o el señor servido por la esposa abnegada que Dios había tenido la gentileza de depararle.

También Amalia, por si se daba el caso poco habitual de que su padre viniera a visitarnos, guardaba dentro del mueble bar una botella del anís referido. Allí se quedó, más llena que vacía, cuando hube de abandonar para siempre el campo de batalla conyugal.

Los gustos y hábitos del viejo me traían sin cuidado. Él mismo me traía sin cuidado. Lo que no me dejaba indiferente era su manía de inducir a Nikita a tomar un sorbo de su copa, enorgulleciéndose de ayudar al niño a hacerse «un español de pelo en pecho». A veces Nikita mostraba renuencia a cumplirle el capricho al yayo. Entonces el viejo lo sobornaba dándole una moneda. Y todo para conseguir su instante de gozo viendo que al pobre niño, no bien sentía dentro de la boca el ardor de la bebida, se le arrugaban las facciones de una forma al parecer graciosa que a mí no me hacía ninguna gracia.

Más me molestaba que Amalia transigiera con la terquedad de su padre, sin duda por temor a incomodarlo, aunque en el fondo desaprobara su conducta igual que yo. Por dicho motivo, un día, a la salida de casa de mis suegros, tuvimos una fuerte disputa. En principio yo sólo quería expresar mi disgusto por la insistencia del yayo en que el niño bebiera de su copa, induciéndolo desde edad temprana a considerar las bebidas alcohólicas parte de un juego entretenido y varonil. A Amalia le faltó tiempo para tildarme de exagerado y para acusarme de «llevar malos vientos» a casa de sus padres. Conservando la serenidad hasta donde me fue posible, alegué argumentos de naturaleza didáctica que ni ella ni nadie con dos dedos de frente habría podido rebatir. Amalia se sintió acorralada y, no atinando con la réplica idónea, ofendida en lo más profundo de su orgullo por mi aplomo y mi vocabulario un tanto elevado («filosófico», decía ella con menosprecio), optó por sacar faltas a mi madre. Estuvimos dos días sin dirigirnos la palabra.

Uno de tantos domingos, agotada mi paciencia, me atreví a pedirle a Isidro que por favor no diese a probar alcohol al niño. Me contestó que se trataba tan sólo de una chupadita. Le dije que ni siquiera una pequeña cantidad me parecía bien, y en los términos más respetuosos le recordé que Nikita sólo tenía seis años. El viejo estiró el gesto, visiblemente despechado; pero evitó enzarzarse en una discusión conmigo. Al rato, creyendo que yo no lo veía, le hizo una seña al niño para que se acercase a él y, con el reclamo de una moneda, lo apremió a libar de su copa. Huelga decir que prosiguió con el juego en las siguientes visitas, a menudo en presencia de Amalia, que prefería que su hijo de corta edad se acostumbrara a beber un poco de anís a malquistarse con el tufillas de su padre.

Otro domingo salí al balcón no bien me percaté de que mi suegra se disponía a sacar del aparador la maldita botella y el viejo ya andaba llamando al niño por señas. Puse mi enfado a refrescar en el biruji del exterior. Mientras tanto sucedió dentro de la vivienda un percance del cual sólo presencié las consecuencias. Se conoce que el viejo no estuvo atento o no percibió que el niño empezaba a familiarizarse más de la cuenta con el traguito de anís al final de las comidas familiares. El caso es que Nikita, por seguirle la broma al yayo, se bebió de un trago el contenido de la copa. De ahí a poco le sobrevino al niño un mareo y enseguida una primera náusea. A mi vuelta a la sala un charco de vómito se extendía sobre la alfombra, debajo de la mesa, donde Nikita, sintiéndose mal, había buscado refugio. Me sorprendió hallar macarrones enteros en la pasta maloliente, prueba de que el niño los ingería sin masticar. Mi suegra estaba fuera de sí por el estado en que había quedado la alfombra. Amalia se afanaba en hacer desaparecer a toda prisa el desaguisado antes que yo lo descubriera. El yayo Isidro tenía cara de ofendido o, en todo caso, de decepcionado con el españolito blandengue que le había tocado por nieto. Y yo, la verdad, pocas veces en la vida he sentido tantas ganas de abrazar a mi hijo.

19

Mi suegro era hombre hogareño, de costumbres austeras, dueño de una copiosa colección de soldaditos de plomo de distintas épocas y naciones. Los tenía expuestos en una vitrina cerrada con llave, fuera del alcance de Nikita, que ya una vez le rompió uno.

Fuera de su copa de anís del Mono, tomada a modo de digestónico, rara vez vi a Isidro trincar alcohol; si acaso un poco de vino rebajado con gaseosa durante las celebraciones familiares. Ni siquiera logro imaginármelo borracho. Ninguna contención mostraba, en cambio, con el tabaco. Épocas hubo en que fumaba dos cajetillas diarias, además de la indefectible faria de después de la siesta. Con los años se le fue poniendo la voz rasposa. Tengo entendido que siguió fumando después que le diagnosticaran el cáncer de pulmón que lo llevó a la tumba.

¿Qué más? Nunca intimé con el viejo ni le tuve simpatía. La vida es así: te lleva, te trae y a menudo te arrima a personas por las que no sientes atracción o curiosidad alguna y de las cuales resulta difícil deshacerse. Ahora mismo no recuerdo que mi suegro y yo hubiéramos mantenido jamás una conversación a fondo. Si juntara los minutos que pasamos los dos a solas, creo que no sumarían una hora. Siempre nos veíamos con gente al lado. Puede que de manera ocasional nuestros familiares nos dejaran un momento solos, y allá estábamos él y yo como una estatua al lado de la otra, en la sala, en el vestíbulo, en el balcón, sin nada relevante que decirnos. Y no es sólo que no me interesara su universo ideológico ni su biografía trivial de delineante de arquitectura e ingeniería; es que saltaba a la vista que a él tampoco le interesaba nada de lo mío: ni mi trabajo, ni mis aficiones, ni mi familia ni nada de nada.

Durante casi dieciséis años de encuentros esporádicos, desde el instante en que Amalia me lo presentó hasta la última vez que nos vimos, lo traté de usted, lo mismo que a mi suegra. Ellos me tuteaban.

Mi suegro llevaba clavada la espina de no haber tenido descendencia masculina. Se lo oí un día a mi suegra junto a la cuna de mi hijo: «¡A Isidro le habría gustado tanto ser padre de un varoncito! Dios sólo quiso darnos niñas». En los años iniciales de Nikita, el yayo Isidro aprovechaba la menor ocasión para ejercer de padre de su nieto. No tenía ni idea de pedagogía infantil, pero eso no le impedía darnos consejos a Amalia y a mí sobre la forma idónea de educar al niño. Insistía en que debíamos incentivar en él la fuerza física y la firmeza de carácter. «Que corra y salte y que sea un poco malo y haga sus travesuras.» Citaba a este respecto a Santiago Ramón y Cajal, de quien al parecer conocía en detalle el relato de su infancia y juventud. Decía cosas que sonaban más o menos así: «El gran sabio aragonés era revoltoso y peleón de niño, muy mal estudiante. Hasta fabricaba cañones de juguete y tiraba piedras con honda, y luego ahí lo tenéis, científico de fama mundial y premio Nobel». Nosotros guardábamos silencio, convencidos de que el propio Nikita le abriría tarde o temprano los ojos, como en efecto ocurrió.

20

Llamé por teléfono a Amalia después de vencer no pocas y punzantes vacilaciones. Teníamos convenido o ella me tenía ordenado que yo no la molestara en la emisora salvo que lo justificase un asunto de extrema gravedad. Convencido finalmente de que tal era el caso, la llamé, ya pasadas las once de la noche, para contarle que nuestro hijo de trece años aún no había vuelto a casa.

Era un día entre semana y Nikita, que a la mañana siguiente tenía, como yo, que madrugar para acudir a sus clases del instituto, hacía rato que debía estar acostado. Revoloteaban a mi alrededor, como avispas acuciosas, las preguntas que uno inevitablemente se formula en tales ocasiones. El chaval ¿se habría entretenido más de la cuenta en casa de un amigo? ¿Lo habría atropellado un vehículo? ¿Habría sufrido algún tipo de percance? Ninguna de esas preguntas conducía a una respuesta, sino al aumento de mi incertidumbre y mi preocupación. Pensé de pronto que la ausencia de Nikita acaso era intencionada. Se me iluminó en el pensamiento la hipótesis de que el chaval se negase en redondo a admitir la intromisión de Olga en nuestras vidas. En vez de transigir como el pusilánime de su padre con una situación vergonzosa, él había tenido la decencia de marcharse del hogar.

Amalia al teléfono: que a qué esperaba para ir a buscarlo. Buscarlo ¿dónde? «Donde sea. En la calle, en el parque, por ahí.» Y añadió, como si estuviera dirigiendo la palabra a un tirano sanguinario, que no le pegara cuando lo encontrase. ¿Por qué me decía semejante cosa si yo nunca le había puesto a Nikita la mano encima? Alegó que tenía que entrar en antena y colgó.

Hasta muy avanzada la noche estuve buscando a mi hijo, primero por las calles semivacías del barrio; después, sin rumbo, por otros sitios. Conducía fijando más atención en las aceras que en el tráfico, por fortuna escaso. Escuché en la radio del coche, hasta que se terminó, el programa de Amalia. Me sorprendían y al mismo tiempo me irritaban su calma y sus bromas a pesar de conocer la desaparición de Nikita. En vano esperé que ella aprovechase su posición privilegiada de locutora para solicitar información sobre el paradero de un muchacho de estas y las otras características. Estoy seguro de que su voz sonaba en hospitales y coches patrulla. Por un momento recelé que Nikita hubiese comunicado a su madre por teléfono dónde se encontraba y que ella, rencorosa, vengativa (Olga por medio), dejaba con placer maligno que yo pasase la noche en claro, llevando mi angustia a pasear por toda la ciudad.

Con los nervios de punta, me acerqué a los lugares de la vía pública que supuse frecuentados por Nikita. La ciudad se me figuraba más grande que de día. ¿Qué digo grande? Monstruosa, descomunal, además de cruel en la indiferencia que mostraba por mi estado de ánimo. Yo reducía la marcha, ya de por sí lenta, cada vez que avistaba un grupo de gente arracimada a la entrada de algún bar o discoteca. Me apeé varias veces. No bien ponía los pies fuera del coche, me arrancaba a caminar a paso rápido. Anduve por el parque de nuestro barrio, oscuro y solitario a aquellas horas; por jardines y plazas, en alguna de las cuales vi personas sin hogar tumbadas sobre periódicos y cartones, en sacos de dormir o a cubierto de una mísera manta. Eché un vistazo, por entre los barrotes de la verja, al patio del instituto donde Nikita estudiaba. Entré a preguntar en el servicio de urgencias de dos hospitales, en ninguno de los cuales me dieron razón de mi hijo. Y a las tres y media de la madrugada, insensible al sueño y, sin embargo, agotado, regresé a casa. Amalia me esperaba despierta. Y, a su lado, Olga en pijama.

«¿Qué hace esta tía aquí? Si le permites quedarse, yo me iré a un hotel y mañana hablaré con tus padres.»

Teníamos acordado que intrusos, amantes, querindongas y personas por el estilo, en casa, no. En un punto estábamos los dos conformes: no eran, aquellas, horas de iniciar una discusión.

Confieso que tuve que morderme la lengua para refrenar una alusión sarcástica al pijama, prenda de Amalia que a la larguirucha le quedaba ridículamente corto por arriba, por abajo y en las mangas.

«No es ninguna tía. Enseguida nos vamos.»

Amalia me pidió detalles sobre la búsqueda de Nikita, como si de pronto se hubiera acordado de que el niño no estaba en casa. Yo, que habría esperado un tono menos apacible en una madre asustada, le manifesté mi nula disposición a tratar asuntos familiares en público. Ahí murió la conversación. Poco después las dos mujeres salieron del piso cogidas de la mano. Antes de cerrar la puerta, Amalia sugirió la conveniencia de ir a la policía.

«O a la morgue», agregué, pero creo que no me oyó.

21

Supimos al día siguiente, por una llamada de la Policía Municipal, adónde debíamos ir a recoger a Nikita. También que, por tratarse de un menor, se había abierto una investigación. Obró en mí un efecto calmante el tono campechano con que el agente trató de rebajar mi alarma del principio. Se permitió incluso una chanza no especialmente graciosa, pero cordial, que contribuyó a aliviarme. Mi hijo estaba bien dentro de lo que cabía. Su caso era por lo visto uno de tantos que se dan a diario en la ciudad. En cuanto a la investigación, el agente de policía me dijo que no nos preocupásemos. Estaría encaminada a averiguar qué establecimiento había incumplido la prohibición de vender bebidas alcohólicas a menores de edad.

Por la tarde, Amalia y yo fuimos a recoger a Nikita al Hospital Clínico San Carlos. Víctima de una intoxicación etílica, el chaval había sido llevado de víspera hasta allí en ambulancia. Nos explicaron que lo habían ingresado hacia las ocho y media de la tarde con una melopea de campeonato, pero sin pérdida de consciencia, de manera que bastó aplicarle el tratamiento sintomático de rigor. Recibió vitaminas y glucosa, y lo hidrataron. Al verlo, su madre se dejó arrastrar por la emoción y lo abrazó y besó como si lo felicitara por haber ganado un premio. Yo intenté que prevaleciera esa cosa cada vez más en desuso y peor vista en nuestros días: el principio de autoridad paterna.

«Tenemos que hablar.»

«Ahora no, papá.»

Olía bastante fuerte y no muy bien. Y una vez más me resigné a quedar como el malo de la película.

Por el camino a casa, en el coche, su madre y yo tuvimos que tranquilizarlo. A toda costa deseaba saber si la policía lo iba a meter en un reformatorio. Le preocupaba asimismo que nosotros lo castigásemos sin jugar a la videoconsola.

«Primero tenemos que hablar.»

Su madre se entrometió: «Eso ya lo has dicho antes».

Y Nikita repitió desde el asiento trasero, con una vibración de súplica en la voz, que por favor otro día.

Lo que nos contó, no de una vez, sino luego de tirarle de la lengua en distintas ocasiones, fue que se juntó con unos amigos en el garaje del padre de uno de ellos. Había allí, entre la multitud de cachivaches, unas cuantas garrafas de mistela de fabricación casera, si bien la primera bebida que la alegre pandilla despachó fueron dos botellas de vodka adquiridas en un bazar chino por el hermano de unos de los presentes. Al encargado de comprarlas, un muchacho de dieciséis años, el tendero no le exigió el documento nacional de identidad, ni en esta ocasión ni en otras anteriores, ya fuera por la codicia de ganar unos euros, por desconocimiento de la ley o porque en sus ojos orientales el muchacho parecía mayor de lo que era.

Empezó un juego con prenda para el perdedor de cada ronda. La prenda consistía en tomar un trago de vodka mezclado con limonada. Dos compañeras de clase formaban asimismo parte del grupo. La presencia femenina excitó en los chavales la necesidad estúpida de rivalizar en osadía. Total, que todos achispados y contentos una vez vaciadas las botellas de vodka, llegaron las apuestas temerarias. Y, sin que Nikita pasara adelante con el relato, adiviné que su ingenuidad y sus pocas luces lo convirtieron en el seguro hazmerreír de la pandilla. Lo retaron, aceptó el desafío y, de un golpe, se metió entre pecho y espalda una cantidad exagerada de mistela que lo tumbó. No se acordaba de cuando lo introdujeron en la ambulancia. Vagamente se veía transportado en volandas hacia la calle entre varios, sin duda para evitarle al dueño del garaje problemas con la ley. Después de eso, ni siquiera tenía el recuerdo de haber sido atendido por los sanitarios.

Por aquellos días me metieron una nueva nota en el buzón.

«Tu hijo terminará drogadicto y criminal, y tuya será la culpa por no haberlo educado y por el mal ejemplo que le das.»

«Y para beber ¿qué desean los señores?» Amalia escoge un vino tinto selecto (de gama alta, que dice ella, o de los caros, que digo yo) y formula, dándose aires de enóloga, una pregunta enderezada no tanto a obtener información como a disuadir a la camarera de la menor tentativa de engaño. Acto seguido, le ruega que le sirvan el vino en copa grande. Por si hubiese dudas dibuja en el aire el abombamiento de la copa con ambas manos. Al hacer el movimiento se le desliza ligeramente por el antebrazo su relojito brillante con pulsera de perlas. Dice que si no tienen una vasija como la que ella desea, tomará otra bebida. Sin dejar de sonreír, dentadura reluciente a juego con el reloj, labios rojos y carnosos, amenaza con beber agua mineral sin gas. La camarera se apresura a responderle con cierta tiesura que el restaurante dispone por supuesto de copas grandes.

Vino significa para Amalia afirmación de la vida. Comporta, además, un placer que proporciona distinción. Ella jamás admitiría degustar vino de calidad en copa pequeña; aún menos, qué horror, en vaso. «Ni que fuera yo un albañil», frase con tufo a clasismo que ella jamás pronunciaría en la radio, donde ejerce de izquierdista-progresista de manual. No la contradigo. Aún son días en que la contemplo y escucho fascinado. A veces, sin que se dé cuenta, me acerco a ella por la espalda; aspiro en secreto la emanación perfumada de su melena; succiono con tal intensidad que, en cualquier momento, se me podría meter la punta de un mechón de su cabello en la nariz.

Amalia demora de costumbre el primer sorbo. El vino, según dice, debe respirar un rato fuera del recipiente. Ella se deleita observándolo al trasluz mientras se esfuman de la copa los presuntos malos espíritus. Adora la transformación del negro encendido en rojo oscuro. No rechaza el vino blanco ni el rosado. De vez en cuando se resigna a tomarlos en pequeñas cantidades, sin tantas ceremonias y siempre en compañía de personas a quienes correspondió la elección de la bebida. Vino es para ella, ante todo, vino tinto.

Acerca la copa a su encantadora nariz, los ojos cerrados para mejor recrearse en los matices aromáticos. Yo guardo silencio en el lado frontero de la mesa, temeroso de perturbar lo que parece un acto litúrgico. El olfato le anticipa a Amalia si el vino va a ser o no de su gusto. Siempre me agradó verla levantar la copa con su mano femenina de dedos finos y uñas esmaltadas. Ni siquiera más tarde, en horas de desesperación o de ira, cuando se trincaba ella sola una botella entera en un santiamén, le faltaba del todo al respeto a su bebida favorita.

Detesta a muerte el tintorro, el vinazo, el vino peleón, y muestra a veces algo de condescendencia con el llamado vino de mesa. En cierta ocasión la oí lamentarse irónicamente por no haber ingresado en la judicatura para condenar a muchos años de cárcel a quienes inventaron el calimocho y la sangría. La he visto más de una vez vaciar en el fregadero de la cocina una botella de tinto barato con que la habían obsequiado por su cumpleaños o por otros motivos los compañeros de la emisora, ignorando que ella es, como afirmaba su madre, mujer de morro fino.

Decía que la comida acompaña al vino y no al revés.

A veces, aniñada, golosa, rebañaba con la lengua una gota prendida en sus labios. ¡Qué tiempos aquellos en que me complacía cualquier cosa que ella hiciera! En los inicios de la embriaguez tenía un punto de sensualidad subida. A partir de cierto número de tragos, euforizada, se le empezaban a aflojar los frenos del pudor. Llegábamos a casa y ella, con dificultades para mantenerse erguida, reía sin motivo y soltaba obscenidades con voz melosa; se dejaba desnudar, permitía sin restricciones el manoseo. Tendida en el sofá, sobre la colcha o la alfombra, abandonada a un sopor gustoso y a una pasividad completa, yo le separaba las piernas, la volteaba, la ponía en posición propicia; en fin, me adueñaba de su cuerpo, igual que actualmente de Tina, hasta la consumación plena de mi placer.

Va para largo tiempo que todo eso se acabó; pero a veces me vuelve al recuerdo con nostalgia dolorosa, como hace un rato, mientras escuchaba el programa radiofónico de Amalia y he notado por su manera de reír, por la abundancia de donaires y por la pronunciación de ciertas sílabas que en la cena de esta noche ha bebido una cantidad generosa de buen vino.

En copa grande, estoy seguro.

23

Yo preparaba en la cama, cerca de la medianoche, mis clases del día siguiente. Aún eran tiempos en que me tomaba en serio la docencia. Tenía energía, tenía esperanza y deseos de superación, y experimentaba como propio el fracaso escolar de mis alumnos. Eran asimismo tiempos de molestias en la columna vertebral, lo que a menudo me obligaba a trabajar con la espalda recostada en almohadones.

A través del tabique oí la llegada de Amalia, el ruido de sus zapatos de tacón, el mazo de llaves depositado de golpe sobre la cómoda del pasillo. Supuse que volvía de sus revolcones lésbicos, que, a decir verdad, me traían sin cuidado. Con frecuencia ella pernoctaba fuera, quizá en casa de su amiga. No lo sé. Me daba igual.

Compartíamos vivienda por motivos prácticos. Quiero decir que ahora, al borde de la ruptura, tan sólo las cuestiones concernientes a la administración familiar nos ataban a un sucedáneo de convivencia.

No era raro que no nos viéramos en todo el día. Muchas veces yo la oía marcharse o llegar, o ella me oía a mí, sin que ninguno acudiera al encuentro del otro.

Nos acostumbramos a comunicarnos por medio de notas escuetas que dejábamos sobre la mesa de la cocina.

«No hay arroz.»

«Nicolás tiene cita el viernes con el dentista a las 11.30. No lo puedo llevar.»

Amalia recelaba que un buen día yo tomase las de Villadiego y me desentendiera de las facturas que continuarían llegando. Mientras viviésemos bajo el mismo techo, compartiríamos los gastos, empezando por el de la hipoteca del piso. Ella sabía de sobra que, en caso de mudanza, yo tendría que afrontar el pago de un alquiler, lo que unido a otros pagos previsibles supondría un tajo tan grande a mi sueldo de profesor de instituto que poca ayuda económica podrían recibir ella y Nikita de mí, aun cuando yo no me negase a apoquinar la cantidad que me correspondiese. A mí, en cambio, me inquietaba la idea de tener que irme para siempre de mi casa, o de la que yo creía que era mi casa, sin saber adónde.

A Amalia le producía un gran quebradero de cabeza pensar en el disgusto que se llevarían sus padres cuando se enterasen del pecado mortal cometido por ella contra el sacramento del matrimonio, aunque no estábamos casados por la iglesia. Adulterio y además con una mujer, ¡qué espanto, qué deshonor, qué vergüenza! Imagino el soponcio de la santurrona y al viejo facha ahogando su desconsuelo en litros de anís del Mono.

Más fácil lo habría tenido yo con mamá incluso en el caso de que ella no hubiera empezado a perder la cabeza. No por nada, sino porque mamá andaba muy lejos de profesar las convicciones retrógradas de mis suegros. Me inclino a pensar que, de haberse enterado de nuestro divorcio, mamá me habría felicitado.

Con intención protectora aparentábamos formar una familia estable delante de Nikita. El chaval no tenía la menor idea de las insalvables desavenencias que separaban a sus progenitores.

Ya entonces locutora de prestigio, a Amalia le interesaba por aquello del qué dirán que su historia de amor con Olga no llegase a conocimiento público, y eso a pesar de que estaba cada vez más extendida en España la aceptación de la homosexualidad. De hecho, por los años que evoco esta noche ya había sido aprobado el matrimonio legal entre personas del mismo sexo. Medio en broma, medio en serio y a veces completamente en serio, Amalia mencionaba su plan de divorciarse de mí como trámite previo para casarse en segundas nupcias con Olga.

«Sin que se enteren tus padres, ¿no?»

«Eso a ti no te incumbe.»

En lo que a mí respecta, no me apetecía dar que hablar a los compañeros del instituto, ni a los alumnos, ni a los padres de estos. Tan sólo Patachula estaba informado de mi naufragio matrimonial. Con alguien tenía que desahogarme. Y él me aconsejaba que mantuviese en secreto mi vida privada. Por distintas razones, Amalia y yo manteníamos el acuerdo tácito de fingir que continuábamos unidos. Y así por espacio de casi tres años, hasta que una abogada feroz y una jueza comprensiva con las reclamaciones de una compañera de sexo decidieron mi suerte.

De pronto la oí gemir. Me costó identificar el sonido. Al principio me pareció una especie de maullido borroso. Llegué a pensar, irritado, que Amalia tarareaba una melodía. Poco a poco fue subiendo el tono. Me dije: «Esta juerguista no respeta mi trabajo y va a despertar a Nikita». Luego me di cuenta de que profería lamentos, así que, dejando a un lado mis papeles del instituto y mi incipiente enfado, fui en pijama a la cocina, donde encontré a Amalia en un estado deplorable.

24

Lo primero que vi al entrar aquella noche en la cocina fue la pechera de su blusa moteada de sangre. No eran más de cinco o seis gotas de pequeño tamaño, pero esparcidas sobre la tela blanca resaltaban de forma llamativa y me alarmé.

Cuando por fin la veía sufrir como tantas veces lo había deseado en mis sueños y pensamientos, va y me apeno de ella.

Amalia gimoteaba con un hilillo de voz y la cara apretada contra las palmas de las manos. Se las apartó al oírme entrar. Entonces me fijé en que tenía un labio roto y la cara desfigurada, con el cerco de un ojo y un pómulo hinchados y todas las trazas de haber sufrido un accidente de tráfico.

«¿Qué te ha pasado?»

«¿No lo ves o qué?»

Le acababan de arrimar una paliza. ¿Quién? Dos energúmenos «de esos que disfrutan jodiéndoles la vida a los demás». En son de venganza y como hablando para sí, murmuró que dedicaría un monográfico en su programa a la violencia contra las mujeres.

Al salir Olga y ella de un local de Lavapiés, donde no habían cometido otro crimen que tomar una copa, dos individuos que al parecer las estaban esperando con malas intenciones les cerraron el paso y comenzaron a insultarlas y a pegarles. Nadie acudió en ayuda de las desvalidas. Pasado un rato, se oyó la voz de una señora en alguna ventana de la vecindad: «Os estamos grabando con una cámara». Entonces y sólo entonces los dos tipos se perdieron en la noche.

Y Amalia concluyó su relato preguntando con sereno y digno rencor: «Los hombres ¿por qué son así? ¿Me lo puedes explicar? Yo es que no lo entiendo».

Resignado a caerme de sueño al día siguiente, me ofrecí a llevarla en coche a urgencias. No quiso. Que si tendría que ponerse a la cola de un montón de heridos en atropellos y reyertas, borrachos, drogadictos y el copón; que si le darían las tantas en espera de que la atendieran; que si alguien relacionado con la prensa del corazón la podría reconocer y sacarle unas fotos comprometedoras... En vista de que no lograba convencerla, traje del cuarto de baño nuestro viejo botiquín repleto de artilugios todavía útiles. Amalia se dejó limpiar y desinfectar el labio igual que una niña dócil. Al sentir en la brecha la escocedura del alcohol de farmacia dio un respingo, pero se abstuvo de proferir ninguna queja. Tenía el peinado descompuesto y manchas como de polvo negro o de tierra grasienta en un hombro y en la espalda de la blusa. Le sugerí que se aplicase hielo sobre los hematomas. Aceptó. Saqué unos cuantos cubitos del congelador y, para no dar lugar a reproches, puse ostensible cuidado en demostrar que los envolvía en un trapo limpio. Yo no paraba de preguntarme de dónde has sacado tú esta compasión y dulce afecto por una tarasca que no para de amargarte la vida.

Sin buena ni mala intención, movido de simple curiosidad, le pregunté si a Olga también le habían hecho daño. «No me nombres a esa tiparraca.» Dijo esto inflamada en rabia repentina. Averigüé que la otra había recibido asimismo una estimable ración de golpes, si bien Amalia abrigaba el convencimiento de haber sido su propia cara la que se había llevado la peor parte. Después, dentro del taxi, Olga echó de menos uno de sus pendientes, perdido de fijo durante la zurra. Se empeñó en volver a Lavapiés a buscarlo y, «completamente histérica», se apeó y detuvo otro taxi en la dirección contraria, dejando sola a su maltrecha compañera. Tan indecente exhibición de egoísmo dolía a Amalia en lo más profundo; más, según dijo, que todos los mamporros recibidos, y ya no deseaba otra cosa sino acostarse y olvidar a todos y a todo, y que la dejaran en paz «por los siglos de los siglos».

Tuvo antes de irse a la cama el detalle de agradecer mis servicios de sanitario casero. Y ya parecía bastante calmada cuando se paró ante el espejo del baño. «Pero ¡si no se me ve este ojo!» Acto seguido, se arrancó de nuevo con sus lloros y lamentos. Que qué explicaciones les iba a dar a los compañeros de la emisora, a Nicolás o a sus padres. Que qué faena si alguien la reconocía por la calle y que lo mejor sería encerrarse en casa durante dos o tres semanas. Que menos mal que no trabajaba en la televisión y que esta es una ciudad inhumana, atestada de machos fascistas.

Lo último que dijo, ya camino de su habitación, mirándome con su único ojo útil, fue:

«Los hombres ¿por qué sois así?».

25

Me acosté, ya entrada la madrugada, con la sensación placentera de haber obrado como hombre libre de rencor. Amalia y yo podíamos tener nuestras diferencias y de hecho las teníamos a diario. ¿A diario? A cada instante. Pero hete aquí que yo le acababa de demostrar que su dolor no me era indiferente.

A punto de apagar la lámpara, descubrí una gota de su sangre en la pernera de mi pijama. Pude haberme puesto uno limpio; pero preferí dormir con la manchita roja que para mí significaba una especie de condecoración.

Pocas veces he andado más cerca de experimentar algo parecido a la santidad, a la santidad entendida como apogeo de la buena avenencia con uno mismo.

Yo había socorrido a Amalia y ella me había dado las gracias. De la misma boca que últimamente me deparaba acusaciones, insultos, desdenes sin cuento, habían brotado unas palabras de gratitud. Quizá sólo se tratase de un gesto formal de cortesía, de una cosa que se dice porque resulta incómodo y hasta feo no decirla. Lo importante, en cualquier caso, es que ese gesto me hizo mucho bien y me compensó de infinidad de sinsabores recientes.

Poco duró mi bienestar. Ya en la cama, con la luz apagada, un pensamiento repentino lo echó todo a perder. Imaginé que Amalia salía de casa al día siguiente con su cara magullada, su apósito en el labio, un ojo a la virulé, y se paseaba con sus hematomas y magulladuras, en fin, con su cara prestada de un cuadro de Francis Bacon, por las aceras del barrio. Al verla pasar, ¿a qué conclusión no habrían de llegar nuestros vecinos? ¿Qué diría la gente que nos conocía? En mis inquietantes figuraciones, yo me apresuraba a interponerme entre Amalia y la puerta de casa; le suplicaba que por favor no bajase a la calle sin colgarse un letrero sobre el pecho que dijera: «No ha sido mi marido».

Ahora me río; pero entonces el asunto no me hizo ninguna gracia.

De haber usado un poco de maldad conmigo, y en cuestión de maldad esa mujer sabía mucho latín, Amalia me habría tenido en su poder igual que a una mosca cogida en el puño. La ocasión era ideal para denunciarme a la policía por malos tratos. ¡Qué poco le habría costado que me endiñaran una orden de alejamiento! ¡Qué fácil lo habría tenido para vengarse de mí por tantos agravios y tantas discusiones! Porque, seamos sinceros, ¿cómo le demuestro yo a un juez de esta época nuestra, en que ser varón equivale a ser culpable, que no fue mi mano, la mano cruel de un machista, la que había transformado el semblante de mi dulce e inocente esposa en el mostrador de una charcutería? ¿Con qué cara me presento yo después en el instituto? «Mirad, mirad. Ahí viene el profe que le casca a su mujer.» Y si me descuido hasta me exponen a la vergüenza pública sacándome en televisión con nombre y apellidos, mientras soy introducido como un delincuente en un furgón policial.

No pude conciliar el sueño en toda la noche.

Siguieron unos días de calma doméstica, en los cuales pensé: «A ver si esta y yo acabamos firmando las paces».

Por aquellos días de tregua conyugal, Olga subió una tarde a usar el cuarto de baño. Cinco minutos, no más. Tenía yo acuerdo con Amalia de mantener a su amiga, pareja, amante o como la quisiera llamar, alejada de nuestro piso; a cambio, yo me comprometí a no comunicar (ella prefería el término *delatar)* ni a nuestro hijo ni a sus padres la verdadera naturaleza de su relación con aquella mujer.

Lo cierto es que Amalia y Olga se habían citado delante de nuestro portal para seguir después juntas al Teatro Maravillas, y como a Olga la apretase una urgencia natural, preguntó a través del portero automático si podía subir un momento al baño.

De este modo pude comprobar el estropicio que le habían hecho en la cara.

Total, que estaban las dos, ya anochecido, con gafas negras, gemelas en hinchazones y moraduras más o menos disimuladas bajo el maquillaje, listas para marcharse. Me pidieron que les sacase una foto en el pasillo. Ambas se divertían a costa de su aspecto de apaleadas y deseaban conservar una imagen lúdica de recuerdo. Pensé: «Si para alcanzar la felicidad bastaba con que os partieran la crisma, podíais haberme avisado».

Por la mirilla de la puerta las vi esperar el ascensor, y escuchando sus voces alegres, recelé que tarde o temprano llegaría a mi buzón una nota inculpatoria contra mí, escrita por una mano tan desinformada como artera. La nota llegó varios días después. Sin embargo, su contenido difería del que yo esperaba.

«Entérate de que las apalizaron por morrearse en un local público, donde no a todo el mundo le gusta presenciar ciertas escenas. Si no lo crees, pregúntaselo a tu mujer si es que todavía la tienes por tal.»

Y yo, por supuesto, le pregunté a Amalia si era verdad que las habían agredido por el motivo mencionado en aquel escrito anónimo. Al punto se acabó la frágil paz de los cónyuges. Amalia pensó que la nota era fruto de alguna maquinación mía y que la espiaba. Y aunque le aseguré que no y me hice el ofendido porque no me creyera, no me creyó.

27

Tenía que suceder y ha sucedido a pesar de mis esfuerzos por no cruzarme con ella. Llevo más de dos semanas sin pisar el parque con *Pepa.* He evitado las rutas habituales de paseo al modo de quien recibió aviso de que su nombre figura en la lista negra de una banda criminal. Mis precauciones no han servido para nada. Si algo me ha enseñado la vida es que, cuando a una mujer se le pone en los ovarios consumar un propósito, hay altas, altísimas probabilidades de que con perseverancia, astucia, cálculo y paciencia se salga con la suya. No digamos si, además, cuenta con la colaboración inestimable de un cómplice, como sospecho que ha ocurrido en este caso. Tarde o temprano me enteraré.

A ella le consta que vivo en este barrio; pero aún no ha averiguado en qué calle ni en cuál número. Al respecto no me hago ilusiones. Es cuestión de días, quizá de horas, que lo descubra y entonces ya no habrá forma de esquivarla.

A media tarde he bajado al mercado de la plaza de San Cayetano. Hace tiempo que adquirí la costumbre de dedicar los miércoles al aprovisionamiento de comestibles frescos. Ese día lleno el frutero, compro pescado, algo de carne y verdura y, en fin, productos naturales que prefiero a la comida envasada del supermercado.

Había poco público. Le pregunto en confianza al pescadero qué me puede ofrecer para la cena. «Llévate esta corvina.» Me la limpia, la envuelve en papel de pescadería, la mete en una bolsa de plástico, añade por su cuenta un puñado de almejas por si quiero guisar el pescado en salsa, me cobra (las almejas no) y tomo el camino de salida. A la altura del puesto de fruta que hace esquina la veo parada, sonriente, hinchada de ropa. Ni siquiera se molesta en hacerse la sorprendida. Águeda sin perro. Me ha parecido que iba algo más arreglada que las veces anteriores. Así y todo, la pobre no tiene pizca de gusto ni prestancia ni nada que de lejos merezca el calificativo de agraciado. En su honor he de decir que su aspecto era al menos limpio. En la nariz me ha pegado un fuerte olor a agua de colonia.

Me expreso en frases breves con el objeto de evitar que ella me enrede en una conversación larga. Mujer pegajosa y locuaz, me cuenta que por primera vez en su vida viene al mercado de La Guindalera. Se lo han recomendado, no dice quién, y, a juzgar por lo poco que lleva visto, le parece que ha merecido la pena la caminata desde su casa. ¡Ni que acabara de llegar a Venecia, a Nueva York, a Tokio, y no a un modesto aunque bien surtido mercado de barrio! Me cuido mucho de preguntarle dónde vive. Ella tiene el tacto de no preguntarme dónde vivo. Entre mí le agradezco que no sea tan fisgona ni tan invasiva. A ruego suyo le indico, sin extenderme en pormenores, los puestos donde considero que mejor atienden y donde me parece encontrar los productos de mayor calidad. Advierto que se las ingenia para encadenar un tema con otro, de forma que la conversación no decaiga. En un momento dado, pasados unos minutos, se le acaban sus buenos recursos dialécticos; su labia se ralentiza, frenada seguramente por mi renuencia a contribuir al parloteo de circunstancias, y ella no consigue impedir un instante de silencio que yo aprovecho para echar una mirada ostensible al reloj y decirle que tengo prisa.

Por la calle, cargado con mi bolsa de víveres, me pregunto si el encuentro ha sido casual. He regresado a casa dando un amplio rodeo. Nunca se sabe. De vez en cuando me volvía a mirar atrás.

28

Pensaba disimular mi sospecha y abordar el asunto poco a poco, como quien no quiere la cosa; pero Patachula, que ha llegado antes que yo y ya estaba resolviendo el sudoku del periódico del bar y pimplando una caña, me ha desbaratado la estrategia sin ni siquiera darme tiempo a decirle buenas tardes. De manos a boca me suelta que «el filósofo viene hoy de mala leche».

No me hace ninguna, lo que se dice ninguna gracia que me llame filósofo; aún menos que me lea el pensamiento.

Replico: «¿Cómo sabe el vendedor de chabolas con qué temple vengo yo?».

«A veces traes al bar la fisonomía de Platón y de pensadores afectuosos y tranquilos. Hoy te has puesto la jeta enfurruñada de Schopenhauer.»

Qué listo y qué leído es Patachula. Una eminencia. Dan ganas de solicitar a los integrantes de la corporación municipal que le pongan su nombre a la calle donde vive. ¿Qué digo a la calle? A todo el distrito, incluso a la ciudad entera.

Detrás de la barra, Alfonso me pregunta por señas si también quiero una caña. Imitando ademanes de niño chivato, le digo que «este» (y he tenido que morderme la lengua para no pronunciar el mote) «está haciendo el sudoku».

«Ya lo sé.»

«Deberías cobrarle el periódico.»

«Y el bolígrafo, que también es mío.»

Alfonso me sirve la caña con una ración de patatas fritas de bolsa. A Patachula se la ha servido un rato antes con aceitunas, y en el platillo, cuando yo he llegado, sólo se veían los huesos. Llevo mis consumiciones a la mesa. Patachula alarga una mano hacia las patatas fritas. Yo las defiendo arreándole una rápida palmada en el dorso.

«Son propiedad de Schopenhauer.»

Me lanza una mirada petulante, como si me estuviera perdonando la vida, y pregunta qué mosca me ha picado. ¿Se lo suelto, no se lo suelto? Sólo contemplo dos opciones: o doy en el clavo y él confiesa, o arruino nuestra amistad de tantos años. Tras breve vacilación, decido tirar a degüello y mantengo con él un diálogo que no puedo reproducir literalmente, pero que más o menos ha sido así:

«Ayer encontré a Águeda. O, por mejor decir, ella me encontró a mí. Me estaba buscando».

«¿Cómo lo sabes?»

Traigo urdida de casa la estratagema y juego mi baza con cínica pachorra.

«Le chivaste que los miércoles por la tarde voy a comprar al mercado. A partir de ahí lo tuvo fácil para dar conmigo.»

«Es que es un poco latosa.»

O sea, que mi sospecha no iba descaminada.

«¿Sólo un poco?»

«Me he tropezado varias veces con ella en la calle. Pregunta mucho y algo le tenía que decir. Te advierto que muestra bastante interés por tu persona.»

«A buenas horas me previenes.»

«Fue amable contigo, supongo. A mí no me parece mala gente. No sé qué opinas tú.»

«Opino que eres un gilipollas.»

«Y ¿aparte de eso?»

«Aparte de eso no hay más. Tu gilipollez abarca tu persona al completo, de la primera a la última célula.»

Después, entre caña y caña, hemos hablado de otras cosas hasta la hora de ir cada cual a su casa a cenar.

Marzo

1

Me vienen a la memoria los tiempos previos a la obtención de mi plaza en el instituto. Tenía veintitantos años, salud, tiempo libre, poco dinero. Había terminado la carrera con notas mediocres; pensaba doctorarme, no lo hice; viajaba tanto como mis modestas finanzas lo consentían, que no era mucho, pero algo era; coqueteaba con ciertas sustancias; leía a destajo; aceptaba trabajillos temporales hasta que reunía unas pesetas o me cansaba de la actividad, a veces del jefe, y los domingos, a menos que me surgiesen otros planes, iba a comer a casa de mamá.

Por aquella época, sólo los domingos me alimentaba decentemente; a decir verdad, también los lunes, pues era entonces cuando comía en mi piso compartido con otros estudiantes las sobras que mamá me ponía de víspera en diversos recipientes o envueltas en papel de aluminio.

Los domingos, tras la comida, me quedaba a tomar café y a mirar el telediario hasta el final, a menudo amodorrado en el sofá; después me despedía de mamá; ella desaparecía un instante en su dormitorio y volvía con algún que otro billete de mil. «Toma, para gastos», decía, guiñándome un ojo como con picardía de establecer algún tipo de conchabanza conmigo. Y a veces, consciente del escaso afecto que se profesaban sus hijos, en el momento de tenderme el dinero y aunque no hubiera a nuestro lado nadie que pudiera escucharnos, bajaba la voz para susurrarme: «De esto ni una palabra a tu hermano».

Conociéndola, estoy seguro de que a él le decía lo mismo.

Mamá me costeaba el alquiler del piso, bastante barato pues pagábamos la cuota entre cuatro inquilinos y los precios de entonces no eran ni la mitad de abusivos que los de ahora. Ella me hacía, además, la colada. Yo acostumbraba llevarle mi ropa sucia en dos bolsas de deporte y ella me entregaba, limpia, olorosa, perfectamente planchada y doblada, la del domingo anterior. Si me urgía alguna prenda, iba a buscarla a su casa entre semana, pero esto ocurría en raras ocasiones.

Amalia sostenía que mamá era la culpable principal de mi inmadurez. Estaba convencida de que mi madre no sólo me impedía evolucionar, sino que con el mal ejemplo que me dio, cuidándome y protegiéndome en extremo, eximiéndome de responsabilidades y haciéndome entender que yo había venido al mundo a ser servido, me incapacitó para la vida en pareja, a menos, claro está, que yo hubiese encontrado una esposa servicial, compasiva, sustituta de la madre, papel que Amalia no estaba dispuesta a desempeñar ni por el forro.

Un día le repliqué: «Dudo que me hubiera ido mejor siendo hijo de tus padres». Mis palabras desencadenaron una disputa monumental.

Mamá y yo almorzábamos solos. Aquel era uno de los momentos más agradables de la semana para mí. Cocinera excepcional (no porque fuera mi madre), mamá hacía esfuerzos notables (excesivos, según Amalia, la dura y celosa Amalia) por complacerme. Yo, entonces, no me daba cuenta; pero ahora tengo la certeza de que para mamá aquellos encuentros semanales conmigo (y con mi hermano, supongo, que la visitaba otros días) revestían una gran importancia, pues le permitían recuperar el trato con sus hijos; de ejercer, por consiguiente, de madre durante unas pocas horas a la semana. Iba ya para varios años que los polluelos habían abandonado el nido familiar.

He hojeado el Moleskine en busca de esta frase: «La juventud es esencialmente indelicada» (Gregorio Marañón, *Ensayos liberales)*. Compruebo que el aserto se ajusta plenamente al joven que fui. Me faltaban ojos para ver la soledad de mamá o tal vez me los nublaba un egoísmo que acaso sea consustancial a la edad.

Por lo común, mamá se pasaba la mañana del domingo, desde primera hora, cocinando para mí: pollo o besugo al horno, paella de marisco, fabes con almejas; en fin, platos que requerían destreza y preparación y que ella me servía en la mesa de la sala, adornada con manteles inmaculados y a veces con flores o velas. Y necesitaría un buen repuesto de alabanzas para hacerles justicia a los postres con que me sorprendía de continuo, elaborados muchos de ellos a partir de ideas sacadas de libros de recetas a los que gustaba de añadir algún detalle de su invención.

En una de tantas visitas dominicales, mientras comíamos uno enfrente del otro, me contó que Raulito le había presentado días antes a una novia. Entre nosotros, impulsados por la costumbre, continuábamos llamándolo Raulito; no así en su presencia, pues de sobra conocíamos su índole enfadadiza. Ni mamá ni yo teníamos noticia de que él hubiera tenido una novia, medio novia, amiguita, antes de conocer a María Elena. Y mamá, con su ojo infalible para encontrarle el quid a cada cual, me dijo con absoluta y granítica seguridad:

«Esa chica es la definitiva para tu hermano».

«¿Cómo lo sabes si la acabas de conocer?»

Con haberla visto y escuchado una vez, mamá ya le había hecho una precisa radiografía. Conceptuaba a María Elena persona corriente, sin grandes virtudes ni defectos llamativos, formal, equilibrada, laboriosa, un tanto rezadora, sin el menor sentido del humor y con una aspiración irrefrenable a compartir su vida con un hombre formal, equilibrado, laborioso, etc. Estaba convencida de que Raulito, aunque atravesase mares y recorriera países, no encontraría en parte alguna del planeta una mujer más adecuada ni más a medida para él.

«No me preguntes quién es el guante y quién la mano, pero eso es lo que son el uno para el otro.»

Les pronosticó una relación estable, una rápida boda y dos hijos; formuló otros vaticinios con respecto a ellos y, ahora que echo cuentas, advierto que en todos acertó.

Pasaron algunos años. Mi hermano casado y yo profesor en el instituto, seguí yendo una vez por semana a atiborrarme de las delicias culinarias de mamá y, de paso, a llevarle mi ropa sucia. Un día fui a su casa acompañado.

2

Águeda me manifestó su deseo de conocer a mamá. Atravesábamos Callao de atardecida, cogidos del brazo; nos detuvimos a escuchar a un músico callejero, uno que hacía unas virguerías estridentes con el saxofón, y en esto ella acercó su boca a mi oído, que pensé que me iba a dar un beso, y me preguntó si un día de estos podría acompañarme a casa de mi madre.

Debí de hacer tal gesto que ella se sintió compelida a ofrecerme una explicación. La circunstancia de que tanto su madre como la mía fueran viudas se le figuraba que nos unía a nosotros dos de un modo especial. No especificó a qué modo en concreto se refería. Yo me inclino a pensar que le bullía por dentro la necesidad, la aspiración, no sé, el propósito de establecer conmigo el mayor número posible de lazos, no importaba si sentimentales o de cualquier otro tipo con tal de que contribuyesen a afianzar nuestra relación.

Yo estuve una docena de veces en su casa de la calle Hortaleza, donde nunca llegué a hablar con su madre. Quiero decir que nunca fui a saludarla a la cocina o adondequiera que estuviese. Enferma, dura de oído, postrada en su sillón, ni siquiera se enteraba de mi presencia en la vivienda. Águeda lo quería así y yo también. Íbamos a lo que íbamos, aunque ninguna tentativa condujo al final deseado.

Confieso que me daba repelús presentarme con Águeda en casa de mamá. Lo de menos era que mamá sometiese a mi acompañante a una observación meticulosa y, por supuesto, despiadada, previa a un dictamen que yo conjeturaba negativo. Lo peor para mí era el hecho innegable de que la visita conferiría a Águeda el rango de novia formal. Que Águeda aspirase al cargo lo doy casi por seguro; aún tengo más claro que ella se daba cuenta de que yo me resistía a abrirle las puertas de acceso a una convivencia duradera. Así las cosas, le quedaba por jugar la carta de mi madre, de quien tal vez podría obtener algún apoyo a condición de ganarse su simpatía.

Águeda era, sí, una amiga, una muy buena amiga incluso. Con ella conversaba, compartía confidencias, intercambiaba regalitos y garatusas. Una amiga cuyos consejos y puntos de vista yo estimaba, con la que iba a librerías, espectáculos y exposiciones, con la que me reía y pasaba buenos ratos; pero también, grave inconveniente, con la que no había forma de echar un polvo como mandan los cánones.

Para más inri, mis amigos se descojonaban de mí, y no precisamente a mis espaldas, por salir con una chica carente de atractivo físico. Me doy cuenta de que incurro en un eufemismo. Ellos preferían tacharla directamente de fea. Y lo cierto es que lograban predisponerme en su contra, de tal forma que yo sentía un pinchazo de vergüenza cuando íbamos los dos por la calle y me cruzaba con algún conocido.

Águeda no se conformaba con divertirse en mi compañía. Quería más, aunque no lo declaraba. Sus ojos miraban por encima de nuestras diversiones a un porvenir compartido. Tanto repitió que le gustaría conocer a mi madre que terminé cediendo a su insistencia, y al llegar el domingo, durante la comida, le transmití a mamá el deseo de mi amiga, puntualizando que Águeda no era lo que pudiéramos llamar una novia en el sentido tradicional del término. Mamá se entusiasmó con la idea de que se la presentase y me instó a llevarla a su casa el domingo siguiente. Me preguntó con vivo interés por los gustos y preferencias de Águeda a fin de cocinar algo de su agrado, y si era de buen apetito, y si bebía vino, y si probaba el dulce, y si...

Yo, la verdad, empecé a asustarme.

3

Mamá deseaba recibir a Águeda a toda costa y Águeda ser recibida por mamá con las mismas ganas y la misma ilusión. La ciencia psicológica quizá logre explicar el fenómeno, misterioso para mí, de dos personas que empiezan a congeniar antes de conocerse. Yo sólo puedo hacer cábalas al respecto. Imagino que intervinieron indicios, el olfato femenino, acaso alguna premonición favorable a partir de alguna cosa que yo dije. No tengo ni idea.

Águeda acudió a la comida más arreglada de lo que era habitual en ella. Por primera vez en mi vida le vi los labios pintados, lo que le daba un aspecto novedoso que al principio, ignoro por qué, me disgustó; luego, durante el viaje en metro, comparado con el de otras mujeres, me empezó a camelar un poquillo y al final, cuando presencié el recibimiento claramente aprobatorio que le dispensó mamá, hasta le tomé gusto.

Durante varios días, Águeda se atormentó pensando en el atuendo que debía ponerse y en lo que podría llevar a mamá de regalo. Me pidió consejo. Con respecto a lo primero, le dije que no íbamos a un besamanos en el Palacio Real, sino sólo a comer con mi madre; o sea, que tampoco hacía falta acicalarse en exceso. Agregué que no se tenía que disfrazar para parecer lo que no era. Me hizo caso y fue vestida de persona normal o por lo menos no de persona que se emperifolla creyendo que causará sensación y da más pena que otra cosa.

En cuanto a la compra de un posible regalo, me reconocí incapaz de echarle un capote. A mí nunca me había pasado por la cabeza llevarle nada a mamá salvo mi ropa sucia de la semana. Después de largo cavilar, Águeda se decidió por unos agarradores de cocina confeccionados por ella misma. Según me contó, la noche anterior estuvo trabajando hasta la madrugada en los agarradores. Mamá, en prueba de que los apreciaba, los estrenó nada más sacarlos del envoltorio. «Son preciosos», dijo varias veces.

Resultó, para sorpresa mía, que a las dos les había entrado dolor de cabeza conforme avanzaba la mañana. Atareadas en la cocina, Águeda en labores voluntarias de ayudante que mamá aceptó encantada, yo las escuchaba a hurtadillas por la abertura de la puerta. Águeda no me había revelado el detalle de su migraña. En el metro habíamos venido conversando con aparente normalidad, sin que ella me pusiera al corriente de su dolor. Yo no sabía que lo tuviera con frecuencia, debido a lo cual percibí una sutil vibración acusatoria contra mí en el aire de la casa. No pude menos de preguntarme cuántos domingos habría yo saboreado los deliciosos platos de mamá y le habría dado la lata con mis cuitas, mis enfados y mis problemas sin reparar en que a ella, en esos momentos, sentada frente a mí, tal vez le doliera horriblemente la cabeza. Nunca se me había ocurrido preguntárselo. Y de la conversación de ambas mujeres en la cocina deduje que eran maestras en el arte de disimular su tormento ante los demás, siempre y cuando, supongo, que el susodicho tormento no sobrepasara ciertos límites.

Desde el pasillo las oía trajinar con los adminículos de cocina y, al mismo tiempo, hacer repaso de los diversos procedimientos que usaba cada una para combatir o aliviar la migraña. Yo no salía de mi asombro escuchando pormenores cotidianos de la vida de ambas que me resultaban por completo desconocidos.

Las dos coincidían en señalar la maldición de los fines de semana. «Justo cuando crees que te puedes relajar, zas, migraña al canto.» Dormir demasiado, mal; dormir poco, peor. Mamá nombró a los que consideraba sus mayores enemigos: el alcohol (y al recuerdo me vino la noche en que mi hermano me descubrió las botellas de Soberano escondidas en el trastero), la rigidez muscular en la espalda, saltarse el desayuno o no comer a las horas habituales. Águeda confirmó como propios algunos de estos enemigos y añadió otros: la regla (mamá: «yo viví la menopausia como una liberación»), salir a la calle con el pelo mojado, comer a destiempo, el chocolate... «¿El chocolate?» «Ni lo pruebo. Y el alcohol, tampoco.»

Y se comunicaron los respectivos remedios, por desgracia no siempre eficaces, a que cada una recurría para poner fin o al menos aliviar su martirio, no sólo fármacos, de los que Águeda había probado muchos y mamá, según colegí de sus palabras, todos. Mamá le recomendó a Águeda que tomara un poco de café con limón tan pronto como notara los primeros síntomas y Águeda le dijo que así lo haría sin falta en el futuro y le dio las gracias por el consejo. El buen entendimiento de las dos prosiguió durante la comida. Escuchándolas, nadie diría que acababan de conocerse.

Al despedirse: «No lo olvides. Una tacita de café con limón».

Días más tarde, mamá me dijo por teléfono: «Esa chica vale un Potosí. Sé listo. No dejes que te la quiten». E insistió en que la llevara a su casa otros domingos.

La llevé dos o tres veces más y, cuando ya empezaba a habituarme a sus labios pintados, apareció esa cara linda, esa hermosa y perfumada figura que se hacía llamar Amalia.

4

Hacía largo tiempo que Patachula y yo no íbamos a atiborrarnos de croquetas en Casa Manolo. A nuestra llegada, el bar, ya de por sí pequeño, estaba abarrotado de gente y hemos tenido que esperar un rato fuera a que la basca, abundante en señoras finas con peinado de peluquería, saliera en tropel y se metiese a la función del Teatro de la Zarzuela, al otro lado de la estrecha calle de Jovellanos. Desalojado el local, hemos podido sentarnos a una mesa próxima a la ventana y conversar sin barullo de voces a nuestro alrededor, mientras compartíamos un platillo de aceitunas y una copiosa ración de croquetas regadas con vino tinto. Con eso y un pincho de tortilla para rematar he venido a casa cenado.

Pata ha arremetido con toda su artillería dialéctica contra mi idea de que un dolor intenso, de esos que lo taladran a uno hasta tumbarlo, se pueda disimular. Una cefalalgia que desaparece por efecto de una aspirina, pase; no así una migraña brutal que convierte en suplicio el menor movimiento, o un ruido leve, o un simple rayito de luz que impacta en la pupila.

«Pero vamos a ver, muchacho. ¿Tú qué entiendes por migraña?»

Otra cosa, dice, es que yo, cegado por el egoísmo, sólo viera en mi madre una sirvienta, una máquina de cocinar, lavar y prodigar afecto; amamantadora perpetua, si no de leche, de alimentos por ella cocinados; una buena mujer que evitaba cualquier manifestación de dolor o de queja para no incomodar al pequeño Toni en su visita dominical.

«¿Tú le has dado alguna vez las gracias a tu madre?»

«¿Y a ti qué te importa?»

«¿A mí? Nada. Tú eres quien ha sacado el tema.»

Me pregunta a qué viene, de un tiempo a esta parte, tanto recuerdo, tanta evocación y tanta gaita por mi parte. ¿Y si soy yo y no él, como afirmo a veces, quien se aferra cobardemente a la existencia? Le respondo que lo mío es una forma de despedida. Estamos ya en marzo, mi tiempo se agota. Eso es todo. ¿Qué tiene de raro que uno pase revista a los viejos tiempos en el tramo final de su vida, al modo de quien ojea en calma un álbum de fotografías, y le comunique sus impresiones a un amigo que le parece o le parecía de confianza? No le cuento que a diario, antes de acostarme, garrapateo sin pretensiones literarias unas líneas. Temo su curiosidad. Pata no pararía de atosigarme hasta que yo le permitiera profanar con sus ojos malignos mis intimidades.

Conjetura que, hasta donde les era posible, mi madre y Aguedita callaban sus penalidades físicas delante de mí por amor. Juzga que esa es la palabra exacta: *amor*. Que cómo no me daba cuenta. Asegura con rotundidad rayana en la petulancia que un ser humano bien puede suicidarse por apego a la vida. No hay en ello paradoja ninguna. Y no dice nada bueno de mí que yo no me percate de semejante obviedad. Sintiéndolo mucho, él me tenía por más inteligente.

Con la boca llena de bechamel, Patachula se exaltaba:

«¿Te crees que no me gusta vivir? Pues claro que me gusta, sólo que libre de llagas y de depresiones y con dos pies, nos ha jodido».

Ha dicho que él estará a favor de la vida siempre, incluso en el momento de tragarse el cianuro y puede que en ese momento más que nunca. No ha olvidado traer a colación una cita, en este caso una de Max Frisch: «El suicidio debería ser un acto juicioso». O un acto meditado de amor a la vida, ha añadido él por su cuenta, como puntualizando las palabras del escritor suizo. Justamente porque a uno le complace la vida, debe abandonarla por voluntad propia, guardando las formas de educación y elegancia, cuando advierte que la afea con su desánimo, su vejez y sus lacras; cuando nota que ha dejado de merecerla; cuando ya ha disfrutado lo suficiente.

Patachula desprecia a quienes se suicidan movidos por un arrebato. Suicidas histéricos y chapuceros, los llama, desprovistos del menor sentido escénico. Es cosa segura que él se quitará la vida al modo postulado por Frisch, con pleno uso de sus facultades mentales y el convencimiento de estar llevando a cabo un acto estrictamente racional, de donde se infiere que antes de diñarla dejará todos sus asuntos (testamento, papeles varios, entierro...) en regla.

Miro ahora a *Pepa* y ella, tumbada en el entarimado, junto a la mesa en que escribo todo esto, no aparta los ojos de mí. «¿Qué miras? ¿También tú me vas a echar la bronca?» La perra, al sentir mi voz, estira el cuello, yergue las orejas, como aguardando instrucciones. ¿Quién me dice a mí que en este instante no sufre un dolor terrible y lo soporta a duras penas en silencio, con la resignación a que parecen condenados los seres desprovistos de lenguaje?

«Menea el rabo», le ordeno, «si en estos momentos te duele algo.»

Pepa levanta, en efecto, la punta del rabo y da con ella dos, tres golpecitos a las tablas del suelo. No tengo la menor idea de lo que estará tratando de decirme.

5

De verdad que no es plan. Uno no puede vivir escondiéndose a todas horas. Juzgo inaceptable otear la calle desde las ventanas de casa cada vez que me dispongo a salir de paseo. Camino por la acera volviendo a cada rato la mirada; en fin, voy por mi barrio con cautela de hombre perseguido. «Ya basta», me he dicho esta tarde. «No es sólo que se acabó el esquivar a esa mujer que no me ha amenazado, que ni siquiera parece mala persona, sino que hoy mismo vas a ir en su busca.» Y eso he hecho. ¿Que me quiere pedir cuentas por circunstancias del pasado? Pues que las pida. Y si se pone farruca, la mando a la porra.

Entrada la tarde, le he puesto a *Pepa* la correa y nos hemos dirigido los dos tranquilamente al parque, sin tomar las medidas precautorias de las últimas semanas. Allí me he sentado donde cualquiera puede verme, en la parte de la explanada con menos árboles.

Por el camino iba perdiendo fuerza mi coraje; así y todo, he seguido adelante con el propósito. *Pepa* husmeaba a sus anchas; yo mataba el tiempo leyendo pasajes sueltos de *El azar y la necesidad,* de Jacques Monod, en primera edición de 1971 traducida por Ferrer Lerín. Y de vez en cuando apartaba la vista del libro por si aparecían el perro negro y su dueña.

Encuentro en el Moleskine diversas afirmaciones transcritas del ensayo de Monod. Una de ellas reza así: «Se sabe hoy en día que, desde la Bacteria al Hombre, la maquinaria química es esencialmente la misma, tanto por sus estructuras como por su funcionamiento» (pág. 116). Creo recordar que en su día el pasaje me complació por hallar equiparado en él al ensoberbecido rey de la creación con un microorganismo.

A estas horas el libro seguirá en el parque, no lejos del área infantil, a menos que un transeúnte desconocido lo tenga en su casa o lo haya tirado a una papelera.

Cansada de correr, *Pepa* se tiende en el suelo arenoso, cerca de mí. La miro. No da señales de júbilo ni de inquietud. De su calma deduzco que el perro gordo no anda por los alrededores.

En esto, un anciano con bastón y gorra de pana, a quien ya he visto otras veces en el parque, toma asiento a mi lado. Sospecho, por ciertos sonidos bucales suyos semejantes a refunfuños, que he tenido la desfachatez de plantar mi trasero en su banco de costumbre, con el cual el buen hombre acaso mantenga el vínculo de un propietario con su propiedad. De pronto me dirige la palabra sin importarle poco ni mucho que me aparta de leer. El juicio de estos días a los líderes del proceso independentista catalán en el Tribunal Supremo lo reconcome y él necesita desfogarse con alguien. No hay duda de que me ha elegido para cumplir dicha función. A las pocas palabras me pide disculpas por abordarme de una manera tan impetuosa. Ya sabe que no debiera, que estoy leyendo; pero el asunto, según dice, lo saca de sus casillas.

También él cree, como Patachula, que el problema catalán se arreglaba en dos días con mano dura. Vuelvo hacia él la mirada. Le calculo entre ochenta y ochenta y cinco años, y me parece percibir en la expresión de su rostro y en su mirada acuosa un aire de niño atrapado en las facciones de un hombre mayor.

Le tanteo, como quien introduce la mano en una madriguera sin estar seguro del tipo de animal que habita en su interior, la posible vena nacionalcatólica.

«¿Cree usted que la solución vendría de la mano de un nuevo Generalísimo?»

Se ríe.

«Oiga, eso no. Ya tuvimos que aguantar uno durante muchos años.»

Le pido que me explique qué entiende entonces por mano dura.

«Basta con que se aplique la ley a rajatabla y mandar a la cárcel a toda esa pandilla de separatistas que nos quieren romper el país.»

¿Tendrá nietos? Se lo pregunto directamente.

«¡Quia! Mis hijas no están por la labor. La mayor ya pasa de los cuarenta. Conque... ¡na! Se acaba mi apellido.»

«¿Cómo se apellida usted?»

«Hernández.»

«Hombre, tanto como acabarse... Hay miles de Hernández en España.»

«Pero el Hernández que yo recibí de mis antepasados llega hasta mis hijas y ahí se acaba. A ellas les da igual.»

Para una vez que no huyo de Águeda y voy a su encuentro, ella no aparece.

Por el camino de vuelta a casa, casi anochecido, pienso en el anciano preocupado por el futuro de su país. A su edad, sin nietos, con un pie en la tumba, ¿qué más le da si España se rompe o se deja de romper? Yo creo que a muchos españoles deberían enseñarles que la muerte significa el final de todo.

6

Águeda llegó una tarde, de vuelta del trabajo, al piso de la calle Hortaleza. Se oían las voces del televisor desde la escalera del edificio, cosa en absoluto extraña, pues su madre estaba bastante sorda. Águeda la encontró muerta en el sillón, con la cabeza derribada sobre el pecho. Me ha dicho que las grandes probabilidades de que su madre hubiese expirado de repente, sin agonía, la ayudaron a asumir la pérdida. El fallecimiento ocurrió el año en que nació Nikita.

Águeda está al corriente de que mamá murió el pasado mes de enero. Se conoce que Patachula y ella se cruzan de vez en cuando por la calle. No he querido indagar. Águeda guarda, según dice, «un recuerdo maravilloso» de mamá. ¿Maravilloso? No creo que nadie pueda formular muchos enunciados en los cuales el término *maravilloso* no resulte excesivo; pero pudiera ser que Águeda lo haya usado con sinceridad. De hecho, al pronunciarlo, me ha parecido que se le empañaban ligeramente los ojos.

Me he enterado de que, tras la ruptura de nuestra relación, Águeda visitó a mamá en un par de ocasiones e incluso se citaron una tarde las dos en una cafetería para hablar de sus cosas.

Mamá nunca me lo contó.

En respuesta a una pregunta mía, Águeda ha trazado un resumen de su trayectoria laboral hasta la fecha. Mediando los noventa, logró un buen puesto como auxiliar administrativa en un despacho de abogados. La tarea le gustaba, no así el clima de trabajo en la oficina. El despacho se fue al garete a raíz de la crisis económica de 2008, aunque la cosa ya iba mal de antes por desavenencias entre los jefes. Desde entonces ella ha estado sosteniéndose con el subsidio del paro y con empleos ocasionales. Ha hecho de todo, sin atarse demasiado tiempo a nada. De su enumeración de oficios sólo he retenido que estuvo empleada en una galería de arte y como recepcionista en un hotel de Fuenlabrada. En la actualidad, si le entran ganas, da clases particulares de inglés. No siempre las cobra. ¿Y eso? Pues porque se le cae el alma a los pies cuando ve la situación económica de algunos hogares. Trabaja más que nada con la mira puesta en tener un motivo para levantarse de la cama por las mañanas y llenar el día; no por dinero, ya que viviendo, como vive, sola, exenta de obligaciones familiares y de grandes gastos, con sus ahorros bien podría tirar sin estrecheces hasta la vejez.

«No soy rica, la verdad. Pero con lo que tengo voy que chuto.»

Y me explica que va para dos años que vendió a una familia adinerada de exiliados venezolanos, a muy buen precio, el piso de la calle Hortaleza. Tomó la decisión animada por su tía Carmen, quien le propuso que se fuese a vivir con ella a cambio de dejarle en herencia el piso. Esta tía Carmen, hermana del padre de Águeda, era una viuda octogenaria, sin hijos, con domicilio en el barrio de La Elipa, donde Águeda tiene ahora su vivienda. No me ha dicho en qué calle ni yo se lo he preguntado. Muerta la tía al cabo de un tiempo, la sobrina heredó todos sus bienes, que por lo visto no eran pocos.

«Cuando me da la venada, acepto un trabajillo más que nada para no aburrirme.»

Ni una queja, ni un reproche, ni una palabra de rencor durante la media hora en que hemos estado conversando.

En el momento de despedirnos me ha confesado que un rato antes casi se marcha, convencida de que yo no iría este miércoles al mercado. Da la casualidad de que, en lugar de entrar por la plaza de San Cayetano, lo he hecho por la calle Eraso. Terminada la compra, casi me voy por donde había venido; pero de pronto he recordado que tenía que sacar dinero del cajero y, pensando en bajar hasta la esquina con Azcona, he salido a la plaza. Allá estaba Águeda bajo la lluvia, con su gabardina desgastada, su perro gordo y un paraguas negro de hombre.

7

Me sorprendió comprobar que Águeda estaba al corriente de numerosos pormenores de mi pasado. Por Patachula, supongo.

«Pronto hará once años que mi ex y yo nos divorciamos.»

«Sí, ya lo sé.»

En ese plan.

Y yo, por no alargar la conversación, que aun así se prolongó por espacio de media hora, me abstuve de indagar de dónde había sacado Águeda tan preciso conocimiento de algunos hechos de mi vida. Le pregunté por otros suyos relativos a su madre, su trabajo, su domicilio y esas cosas.

«Me operé.»

Comprendí que yo quedaría como un hipócrita si le preguntaba de qué se había operado y que no preguntárselo equivaldría a reconocer que el asunto de su estrechez vaginal seguía presente en mi recuerdo. La cautela me aconsejó guardar la boca. Águeda no pareció percatarse de la incomodidad que me produjo su revelación y agregó como quien no quiere la cosa: «Aunque, visto lo visto, me podía haber ahorrado el quirófano».

Interpreté que había suspendido toda actividad sexual. No estaba seguro. ¿Cómo estarlo? Carezco de la facultad de leer mentes ajenas. Lo más probable es que se tratase de una deducción estúpida. Y, por otro lado, ¿a mí qué me iba en todo aquello? Llovía, las dos bolsas de la compra me pesaban, la conversación empezaba a tomar un rumbo demasiado íntimo para mi gusto; en resumen, alegué que tenía algo de prisa y, evitando cualquier signo de hosquedad, me despedí.

Patachula me ha confirmado esta tarde en el bar de Alfonso que Aguedita, como a veces la llama, ha permanecido soltera hasta el día de hoy, cosa que yo me he permitido atribuir a su falta de atractivo físico. Pata discrepa de mi apreciación. Para empezar, considera que Águeda no es propiamente fea. Afirma que si ella cuidara más su presencia y adelgazara un poco causaría mejor impresión. «Pero es verdad», añade, «que va por la vida hecha un adefesio.» A su juicio, Águeda no se ha querido juntar con nadie por decisión propia y esto, según dice y yo no soy quién para llevarle la contraria, afecta también a la vida sexual de la mentada. Con los perros que ha cuidado hasta ahora se conoce que ya tenía compañía suficiente.

8

Mi primera experiencia sexual, pajas aparte, fue todo lo contrario de gloriosa. Tiene un punto de sordidez que me ha inducido a mantenerla en secreto. Patachula trató un día de hurgar en el episodio, más por curiosidad y picardía de amigote que por sospecha; pero lo despisté con cuatro bagatelas habituales de la pubertad. No sé si se las creyó ni me importa. Si algún día volviera a tocar el tema, me cogería en renuncio, pues no recuerdo bien lo que le conté hace un porrón de años y es cosa segura que mi siguiente embuste diferirá del anterior.

Amalia me relató una noche, mientras saboreábamos sendos cigarrillos poscoitales en la cama, cómo había sido su primera vez. Se reía recordando la mentira que endilgó a sus padres para poder dormir un sábado fuera de casa, y cuando hubo terminado su crónica trivial, me pidió que le revelase mi caso. No dudé en inventar una historia de adolescencia sin detalles espectaculares, como la suya en el fondo, y sin más dato verdadero que la edad, dieciséis años, bastante temprana para lo que se estilaba entonces, en comparación al menos con la generación de Nikita.

Amalia tenía dieciocho años cuando perdió la virginidad. Usó este verbo: *perder.* Y despeinada, colorado el rostro de satisfacción, se partía de risa: «Ya hablo como mi madre». Alcanzada la edad adulta, todavía debía llegar a su casa antes de las diez de la noche y rendir cuentas a sus padres de dónde había estado y con quién. Me acuerdo de que, durante el embarazo, insistía en que nosotros le habríamos de conceder a nuestro hijo, lo mismo si nacía niño o niña, las libertades que a ella le faltaron.

Por mis tiempos de colegial, teníamos un compañero de clase apellidado Soto, mal estudiante, pero al parecer muy versado en las contingencias de la vida y con un incipiente historial delictivo que nos inducía a profesarle admiración. No era fornido, no era pegón, no se engallaba; pero a su manera sabía hacerse respetar. Por si a alguno le cabían dudas al respecto, gustaba de enseñar de vez en cuando su navaja automática, ya fuera para exhibir sus habilidades lanzándola con buena puntería contra los árboles, ya para pelar su naranja o su manzana matinal o simplemente para sacarse lo negro de las uñas.

Oí decir que tenía una hermana un año menor que él, la célebre hermana de Soto, que lo hacía con cualquiera a cambio de dinero. Otros rumores indicaban que también se podía pagar en especie, principalmente en porros y cigarrillos. Recibí de un compañero de clase el empujón que me ayudó a superar los últimos asomos de timidez.

«Se deja hacer de todo.»

Soto se encargaba de la tarifa, del cobro y la mediación. Le pregunté si aquello que se decía era verdad. Me respondió, en su habitual estilo seco, que doscientas pesetas. «¿Cuándo?» «Cuando te venga bien.» Apoquiné por adelantado, sacrificando una buena parte de mi paga semanal, y como tantos otros chavales del instituto y del barrio consumé el primer polvo de mi vida con su hermana.

9

No ser débil, esa era la consigna. Que nadie se aprovechara nunca de nosotros, nos decía papá a Raulito y a mí. Y trató de adiestrarnos en el menosprecio del dolor, de las lágrimas, de la ternura. Uno no debía compadecerse. Había que luchar, tirar siempre adelante. Y con frecuencia terminaba sus alocuciones equiparando la vida con un campo de batalla.

Le gustaba entrar en el mar con sus hijos, sobre todo cuando había olas altas, y ver a mamá angustiada en la orilla pensando que nos encontrábamos en gravísimo peligro. Lo peor para él no era la derrota, sino la cobardía. Y a veces nos retaba: «Cinco duros al que me traiga una araña en la palma de la mano».

A papá lo sacaba de quicio que Raulito le fuera con el cuento de que yo le había hecho esto o lo otro. Me consta que le resultaba altamente desagradable la voz de pito de mi hermano. «Defiéndete, coño, que pareces marica.» Yo percibía que el jefe de familia me dejaba las manos libres para el ejercicio de la crueldad. Aún más, que era eso lo que él esperaba de mí, que en cualquier situación de la vida yo obtuviera ventaja o me fortaleciera imponiéndome a los más débiles.

Y luego veías que su tesis se cumplía al cien por ciento en el colegio. Un orden jerárquico determinaba el funcionamiento del grupo. No estaba escrito en ningún código, pero era igualmente reconocible; si no, tarde o temprano un puño te ayudaba a comprenderlo. Ese orden basado en la fuerza, no siempre física, también en la que emanaba del prestigio, de la disposición a la venganza, de la inteligencia maligna, del carácter intrépido o de la pertenencia a un clan, confería equilibrio al grupo. No era una jerarquía estática. De vez en cuando una pelea resuelta a favor o en contra le hacía a uno ganar o perder posiciones. Ay de ti como ocuparas alguna de las más bajas, las de los sometidos a la voluntad de los demás, las de los que debían soportar un mote ridículo, una bofetada gratuita, el robo del bocadillo en el recreo, esas cosas tan parecidas a las que suceden en el mundo de los adultos, donde no son menos encarnizados los juegos de poder.

Dejaré la vida sin haber visto la grandeza del ser humano. No niego que exista tal grandeza; simplemente afirmo que no estaba en los sitios que yo frecuenté. Quizá en países lejanos, quizá en islas solitarias o en el desván donde, espantado del mundo, se acurruca un hombre bueno.

Inducido por el ambiente social, a ratos también por decisión propia, por gusto de hacer daño, he jugado a lo que juegan todos o muchos o la mayoría, y estoy tan sucio como el que más. No se me cayó el velo de delante de los ojos hasta comprobar que mi hijo era de los de la parte baja de la jerarquía. Y entonces, demasiado tarde, me sentí herido en mi orgullo paterno y me indigné por injusticias que no se distinguían en nada de las que yo había cometido en mi adolescencia contra otros.

Más bajo que Nikita, en lo más hondo tal vez de la escala, estaba la desdichada criatura que la chavalería de mi instituto conocía como la hermana de Soto.

¿Qué habrá sido de ella?

Nada bueno, eso seguro.

10

En mi época de colegial, había a pocas manzanas del instituto un solar cubierto de escombros y hierbajos donde hoy día se levanta un feo edificio de viviendas. Años antes se había llevado allí a cabo una demolición. Sobre el terreno se veían apiladas las piezas de una grúa en espera de ser acopladas, así como diversos materiales de construcción, todo ello expuesto al deterioro paulatino de la intemperie. Los gatos correteaban a sus anchas por el lugar. Transcurría el tiempo y, por razones que desconozco, no daban comienzo las obras.

Aunque cercado, a los chavales nos era fácil penetrar en el solar por un hueco entre la valla de tablas y un viejo caserón colindante, más tarde también derribado. Este solar en situación de abandono sirvió de escenario una tarde de mucho calor, cerca de anochecido, a la primera experiencia sexual de mi vida.

Me presenté a la cita con más de quince minutos de antelación sobre la hora indicada por Soto. Un compañero de clase, a quien apodábamos el Ruso, se me había adelantado. Al verlo recobré parte de la tranquilidad que me había faltado desde la víspera. A mis dieciséis años yo era un completo ignorante en materia de sexualidad y no pude pegar ojo en toda la noche tratando de imaginar lo que me esperaba. El Ruso, con quien yo hacía buenas migas, me convidó a un cigarrillo y acto seguido entablamos conversación. Entre calada y calada, me enteré de que él había pagado a Soto menos que yo. «Es que es la tercera vez que vengo.» Siguiendo su consejo, me llegué a una tienda cercana de chucherías a comprar dos chocolatinas, pues, según él, la hermana de Soto se pirraba por los dulces y era más fácil hacérselo mientras se entretenía masticando chocolate.

Quizá en aquel instante, a pesar de mi inexperiencia, sin la excusa de mi excitación y mi atolondramiento, deberían habérseme encendido las alarmas. No fue así. Entre que, alterado de hormonas, había ido allá a lo que había ido y que ya estaban desembolsadas las doscientas pesetas, no encontré o no quise encontrar motivo alguno de recelo.

El Ruso y yo tuvimos que esperar un rato largo la llegada de Soto y su hermana. Crecía en nosotros la sospecha de que nos hubieran dado plantón. Finalmente aparecieron por el fondo de la calle, acompañados de un desconocido de estatura alta, algo mayor que nosotros, con la cara punteada de granos. Los dos chavales venían silenciosos uno al lado del otro. Los seguía a tres o cuatro pasos de distancia una niña gruesa, de rasgos hinchados y mirada perdida no se sabe dónde.

Nada más verle la cara, entendí que la hermana de Soto padecía un severo retraso intelectual. Tenía catorce años, los ojos más separados de lo que se considera normal en las personas y no bien alineados, la frente abultada y una sonrisa constante, excesiva, sin causa. El cuerpo rechoncho no resultaba más atractivo. Le susurré al Ruso: «Oye, parece subnormal». Y mi compañero, en el mismo tono de voz, respondió: «Para lo que vamos a hacer, qué más da».

Los cuatro entramos sin mayores dilaciones en el solar. Soto le lanzó un grito a su hermana para que se diese prisa en atravesar el hueco. La trataba peor que a un felpudo, riñéndola y empujándola cada dos por tres, pese a lo cual la niña mantenía su sonrisa llena de dientes separados entre sí y de húmedas y rosadas encías. «Venga, tonta del bote», la acuciaba al par que le daba órdenes y la apremiaba a cumplirlas.

Por decir algo, se me ocurrió preguntar cómo se llamaba. Soto no estaba con ánimo de conversación.

«Tonta del bote, ¿no lo has oído?»

A los otros les dio por reír y yo, por no distinguirme, también me reí.

Apoyados contra la parte interior de la valla había unos cuantos cartones de aspecto no muy limpio. Soto y el de los granos los colocaron a modo de lecho detrás de un montículo de escombros, entre este y las piezas apiladas y roñosas de la grúa. Luego Soto mandó a su hermana con áspero autoritarismo que se sentase en una piedra grande y él mismo se apresuró a quitarle los zapatos y la desnudó de cintura para abajo, sin que la niña opusiese resistencia ni interrumpiera la expresión bobalicona de su cara. «Venga, tonta, métete ahí.» Y sin esperar a que se diera la vuelta, le arreó un sonoro azote en el culo carnoso. Al tumbarse dócilmente sobre los cartones, perdimos a la niña de vista. Soto dijo con su sequedad de costumbre: «Como mucho, cinco minutos». Y después decidió que el chaval de los granos fuera el primero en ir a tirarse a su hermana. El Ruso y yo lo echamos a cara o cruz.

11

El Ruso salió de detrás del montículo de escombros abrochándose los pantalones. La noche empezaba a envolver el solar. Soto me dijo: «Te toca». Y yo pensé: «Voy a llegar tarde a la cena y mamá se enfadará conmigo».

La hermana de Soto estaba acostada boca arriba sobre los cartones. Una mata de vello púbico le oscurecía la entrepierna. Mientras yo me quitaba los pantalones, la niña profirió un sonido en el que más o menos pude entreoír la palabra *chocolate.* Quise cerciorarme.

«¿Quieres chocolate?»

Y ella, por toda respuesta, repitió como riéndose lo que a mí no me terminaba de parecer una palabra.

De rodillas entre sus piernas, me entretuve mirándole la vulva a la tenue luz del ocaso. Era la primera vez que veía una que no fuese en fotografía. Sentí una mezcla de repugnancia, curiosidad zoológica y fascinación, y tras alcanzarle a la hermana de Soto las dos chocolatinas, adelanté un dedo cauteloso para tocarle el sexo como quien examina un animalillo raro del que no descartamos algún tipo de reacción defensiva.

Salía de entre las piernas de la niña un olor penetrante que acaso fuera la causa de que no se me terminara de producir la erección. Hube de ayudarme con la mano. Ella permanecía quieta, como desentendida, masticando chocolate con los labios sucios de pasta marrón, y luego de unas dificultades probablemente relacionadas con mi inseguridad y mi inquietud y la conciencia de que no estaba bien aquello que le hacíamos a la pobre retrasada, la penetré. No hubo eyaculación; no era mi propósito llegar al orgasmo, sino estrenarme de cualquier manera en la experiencia del coito.

Me vestí deprisa. En el momento de salir del solar, oí a mi espalda la voz enérgica de Soto. «Levántate, tonta. Ya hemos terminado.»

Llegué a la cena en casa con algo de retraso; pero tampoco con tanto como para que mamá pusiera el grito en el cielo. Al acercar mi mejilla a la suya, me percaté de que arrugaba la nariz. Minutos más tarde, mientras sorbíamos la sopa en ausencia de papá, se me quedó mirando y dijo: «Oye, ¿tú cuándo te has duchado por última vez?».

12

Me costó poco tiempo tomarles gusto a La Guindalera y a la cómoda soltería que me dejaba un margen holgado para la lectura, las actividades de ocio, los encuentros y pláticas con mi amigo Patachula, los paseos con *Pepa*... Por supuesto que estaba triste y solo, con sensación de derrota, y que pagaba una pensión de alimentos, lo que en términos estrictamente económicos no me suponía un gravamen mayor que lo que me costaba subvenir a una parte de los gastos familiares cuando compartía domicilio con mi ex y mi hijo.

Considerada la cuestión desde un punto de vista práctico y superado cualquier asomo de sentimentalismo, debo afirmar que el divorcio no había sido mal negocio para mí; antes bien, una liberación. Me aficioné, quién lo iba a decir, a la cocina. Adquirí una plancha con la cual quemé dos camisas; después le cogí el truco al aparato y desde entonces no me ha vuelto a ocurrir sobre la tabla de planchar ningún desaguisado. Me agradaba no depender de nadie e imaginar, cuando pasaba ante la fotografía de papá, que este me obsequiaba con leves gestos aprobatorios. Durante las vacaciones escolares emprendí algún que otro viaje. Estuve en Roma. Así, por las buenas. Apareció una imagen de la ciudad en el televisor y me dije: «El sábado vas a ir allí» y fui. Me asé de calor en Tánger, conocí Oslo, visité la isla de El Hierro no más que porque está lejos. Viajaba solo y seguramente me aburría; pero al mismo tiempo me colmaba de felicidad concederme caprichos y hacer lo que me saliera del moño, sin nadie junto a mí que me juzgara a cada instante.

El primer año de divorciado me apunté a un curso de alemán. Se me esfumaron pronto las ganas de aprender un idioma tan difícil, pero algo aprendí. Tampoco perseveré en la redacción de un ensayo sobre la teoría hermenéutica de Gadamer, del que llegué a despachar una veintena de páginas. «¿Para qué asumir una tarea ardua de reflexión y escritura», me dije, «con lo tranquilo que vivo?» Desistí del empeño una tarde en que levanté la mirada, vi el cielo azul por la ventana y al punto determiné salir con *Pepa* a tomar el aire. Que les den morcilla a las lucubraciones filosóficas, propias de mentes encerradas en territorios donde anochece pronto y reinan de costumbre la lluvia, los vendavales y las bajas temperaturas.

Pero sobre todo y por encima de todo, garantizaba mi paz personal el hecho de que las hazañas del glorioso Nikita me alcanzaban por lo común en la forma atemperada de los ecos, o sea, en dosis reducidas o en trozos de problemas a menudo ya subsanados o a medio subsanar cuando llegaban a mi conocimiento. Aparte de que ni al chaval ni a mí nos apetecía hablar de «cosas chungas» durante el tiempo limitado de que disponíamos para estar juntos. Y, además, la mayor parte de los referidos problemas tenían su origen en roces de Nikita con su madre que a mí ni me iban ni me venían.

Yo veía a mi hijo con la regularidad establecida por la sentencia de la juez y, de modo excepcional, a petición de su madre, cuando él necesitaba algo de mí o se metía en algún lío gordo. Me hacía gracia que Amalia, responsable principal de que tan sólo me fuera autorizado estar con mi hijo cada dos fines de semana, opinara que yo debía ocuparme más de él. «Le falta un modelo masculino», dijo un día. ¡A buenas horas! «Y por lo demás», pensé, «ya se buscará él sus modelos por ahí.»

El chaval había crecido; pronto le sacó a su madre un palmo de estatura y ella no lo dominaba. De vez en cuando, Amalia me llamaba no tanto para solicitar mi intervención y mi ayuda en algún caso grave como para que yo, por mi cuenta, comprendiese que debía intervenir. El que no fuese capaz de dominar a su hijo significaba lisa y llanamente que él la dominaba a ella. Y sobre que el chaval, tras el divorcio nuestro, le puso en más de una ocasión a su madre la mano encima no existe la menor duda. Para Amalia, en el fondo, nada nuevo. Su padre, el forjador de temperamentos férreos, les cascaba de lo lindo a las dos hijas; su madre, la rezadora, otro tanto. Y tampoco Olga, como yo bien sé, se quedaba corta a la hora de zurrarle la badana a su dulce tesorito. El único de sus íntimos que no usó jamás la violencia física con Amalia fui yo, cosa que ella nunca pareció apreciar ni me granjeó prerrogativa ninguna en la escala de sus afectos.

Un año después del divorcio se produjo un suceso (este, sí, de dimensiones alarmantes) que hizo inexcusable mi intervención. El teléfono me sobresaltó a una hora desusada, ya cerca de la medianoche, estando yo acostado. La voz de Amalia, locutora profesional, sonaba tan alterada y, por qué no decirlo, tan histérica que al pronto no la reconocí. Hablaba atropelladamente. Por fin, cuando se hubo más o menos serenado, le entendí que el director del instituto donde estudiaba nuestro hijo le había dejado un mensaje en el contestador automático. Una alumna del curso de Nicolás, de dieciséis añitos, se había quedado embarazada y todo apuntaba a que Amalia y yo íbamos camino de convertirnos en abuelos.

«¿Dónde está el problema?», le dije haciendo alarde de sincero aplomo.

«El problema está en el padre de la chica, agente de la Policía Nacional. Al parecer plantea de manera agresiva exigencias económicas.»

Le recordé, no sin una punta de crueldad, que ella tenía la custodia de nuestro hijo.

«No esperaba algo así de ti. Nicolás también es hijo tuyo y te necesita.»

13

Nada más instalarme en La Guindalera, pensé: «Calma, esto es provisional. Tarde o temprano me mudaré a una zona de la ciudad acorde con mi estilo y mis preferencias». Me incomodaba que ahora el instituto me quedara más lejos que antes, tampoco mucho más lejos; pero, claro, si uno suma los veinte minutos de más que necesita cada día para ir al trabajo y volver a casa, eso supone al cabo de un año un desperdicio considerable de tiempo.

Dicho inconveniente, añadido a otros, no impidió que me adaptase con cierta prontitud al nuevo barrio. Me aficioné al bar de Alfonso y al mercado de la plaza de San Cayetano (donde, por cierto, esta tarde he sentido un pinchazo de decepción al no cruzarme allá con Águeda); el parque de Eva Duarte me queda ahí al lado y el piso de Patachula más allá, pero también cerca, y me llevé la grata sorpresa de que me habían tocado unos vecinos más simpáticos y más discretos que los de la casa anterior.

La idea reconfortante de una cesura en la vida y de un comienzo nuevo se me vino abajo de golpe un día, a la vuelta del instituto. ¿Cuánto llevaría viviendo en este piso? ¿Dos, tres semanas? No más. Vi que me había llegado correo, abrí el buzón y me entraron unas ganas incontenibles de arrancarme a despotricar no bien hube descubierto la nota anónima. ¡Qué poco le había costado localizarme a quienquiera que me las escribía! Y todavía me pregunto cómo hacía esa persona para introducirse en el edificio, si pulsaba los botones del portero automático escudándose en la astucia de hacerse pasar por mensajero o repartidor, si esperaba a que entrase o saliera algún vecino o, ya puestos a dar rienda suelta a la paranoia, si se habría agenciado una llave del portal.

Transcribo: «No pensarás que nos ibas a dar esquinazo, ¿eh, listillo? Los mismos ojos que te miraban antes te miran ahora y te mirarán en el futuro, vivas donde vivas, vayas a donde vayas».

14

El director del instituto, hombre conciliador y juicioso, puso su despacho a disposición de los implicados. Amalia había tenido un diálogo tenso por teléfono con el policía y este, por lo que se ve, no tardó ni diez segundos en ponerse faltón. Asustada, insegura, Amalia no se creía capaz de mantener el tipo delante de aquel hombre a quien tildó de «macho grosero». Me pidió que fuera yo en lugar de ella al instituto para un careo entre los dos adolescentes. La idea había partido de la propia Amalia después que nuestro hijo hubiese revelado detalles sobre los hábitos sexuales de la chica embarazada. Poco tiempo antes yo me había reunido una tarde, entre semana, con Nikita, a quien exigí en los términos más severos que me contara la verdad y nada más que la verdad del asunto.

Y la verdad, según Nikita, era que no se podía saber quién había preñado a la hija del policía por la sencilla razón de que ella había tenido relaciones sexuales con muchos chicos. Nombró entre los posibles fecundadores a unos cuantos compañeros de clase. Pasados unos minutos, le pedí que me los volviera a nombrar. Enumeró a los mismos.

«Me quieren meter a mí el paquete.»

«¿Y por qué precisamente a ti?»

«Porque se piensan que soy tonto.»

Le repliqué que a lo mejor los otros habían usado condón y él no. Lo negó, ya con los ojos empañados. «¿Y tú cómo lo sabes?», le pregunté. Al borde del llanto, me contó que habían hecho sexo en grupo en una fiesta y en los urinarios de chicas del instituto, y ninguno de los chavales se puso condón. Acto seguido, me acusó, no sin amargura, de tenerlo yo también a él por tonto.

Aún tuve la cautela de cotejar su versión con la que había contado a su madre y esta me había contado a mí, y comprobé que no había diferencia entre ellas. Con la seguridad de que mi hijo no mentía acudí a la reunión en el instituto. Patachula, a quien puse al corriente del caso, se ofreció a acompañarnos en calidad de presunto abogado, lo que a su juicio podría servir para pararle los pies al poli amilanándolo un poquillo por el lado judicial. Rechacé la propuesta; lo uno, porque si el policía, que quizá no era tan ingenuo como se había imaginado Patachula, descubría el engaño, nuestra situación empeoraría peligrosamente; lo otro, porque no me parecía bien mentir delante de Nikita después de haberle exigido que me contase la verdad y de conminarlo a que hiciera lo mismo en el despacho del director.

Fuimos los últimos en llegar a la reunión, con más de diez minutos de retraso como consecuencia del ataque de pánico que acometió a Nikita en el último momento, cuando los dos ya estábamos preparados para ponernos en camino. Y fue de tal manera que su madre y yo tuvimos que amenazarlo con graves consecuencias si no salía del cuarto de baño, donde se había encerrado con llave. Salió encogido de miedo. De camino al instituto, dentro del coche, no paraba de repetir que lo mismo que le echaban a él la culpa del embarazo se la podían echar a otros, también a chavales que no eran de su instituto, porque la chica esa era una salida de cuidado.

Escuchándolo se me partía el corazón, no tanto por lo que decía y por su tono lastimero, aunque en parte también, como por el hecho fácilmente demostrable de que yo había cometido con él idéntico error que papá conmigo, esto es, nunca le había hablado claro en materia de sexo, no le había participado mi experiencia cuando tuve su edad; en suma, había dejado que se adentrara solo, sin preparación ni consejos, como me ocurrió a mí, en los fangosos terrenos de la pubertad.

A nuestra llegada al despacho del director, el policía nacional y la posible madre de mi primer nieto ya estaban sentados a la mesa. Me llevé un leve desengaño estético al comprobar que él no vestía de uniforme. Se me figuró que su indumentaria de civil malograba la escena que Patachula y yo habíamos previsto. Mi amigo se lo había imaginado incluso con pistola al cinto, bien visible para que yo me acojonase.

La chica me produjo una impresión agradable. Era guapilla y delgada, de aspecto sano, con unos labios muy bonitos a los que de vez en cuando asomaba sutilmente una expresión risueña. Tenía los ojos pequeños, vivarachos; varios puntos rojos en la frente, huella de granos reventados acaso ese mismo día ante el espejo de su casa; pelo liso, buen color de mejillas y una nariz recta y larga con una de sus aletas atravesada por un *piercing* plateado.

El director nos invitó a Nikita y a mí a tomar asiento frente a ellos mientras él ocupaba, a modo de árbitro imparcial, una silla en un costado. Con moderada cordialidad, di las buenas tardes al policía y a su hija. No me respondieron. El policía, barba corta y negra, perfil hierático, no se dignó dirigirme la mirada. Ya sentado, advertí que la chica y Nikita intercambiaban sonrisas furtivas. Sobre la mesa se veían diversos botellines de zumo y agua mineral, vasos y una fuente metálica repleta de galletas. Conozco a mi hijo lo suficiente como para no sorprenderme que se apresurara a coger una sin esperar siquiera al comienzo del diálogo. La chica trató de hacer lo mismo; pero su padre le detuvo la mano en el aire.

«Vanesa, no hemos venido a merendar.»

Poco después me volví hacia el director para preguntarle con untuosa cortesía y, de paso, con ganas de poner a prueba la paciencia del agente de la ley, si me permitía probar una galleta. Que por supuesto, que para eso estaban y que por favor nos sirviéramos asimismo bebida si lo deseábamos. Nikita no se hizo rogar. Llenó un vaso con zumo de naranja, se lo bebió rápidamente y, en cuestión de unos pocos minutos, galleta tras galleta, dejó la fuente medio vacía. Yo comí dos o tres.

15

Tras una intervención salutatoria, de exquisita cordialidad, por parte del director del instituto, al policía le faltó tiempo para perder la contención. Derramó, enérgico, cejijunto, una serie de acusaciones dirigiendo continuas miradas incriminatorias a Nikita. Mi hijo mostraba más interés por la fuente de galletas que por la conversación, y de vez en cuando miraba a la chica y la chica lo miraba a él como queriendo comunicarse entre ellos con los ojos. A mí no se me movía un músculo de la cara, acorazado en una actitud flemática, de pura provocación, que solía sacar de quicio a Amalia durante nuestras antiguas trifulcas matrimoniales.

El policía no se expresaba mal, al menos mientras fue soltando las frases que a buen seguro traía aprendidas de casa, rumiadas en sucesivas noches de insomnio; pero conforme alargaba el discurso iba perdiendo fluidez verbal, se repetía y, en un momento determinado, empezó a dar muestras inequívocas de deficiencia oratoria y a farfullar como si de pronto le faltasen las palabras, cosa evitable con sólo que hubiera permitido a los demás meter baza en la conversación. Él trataba de salir del apuro con ayuda de tacos. Yo, que hasta entonces había permanecido en silencio, me volví hacia el director y le pregunté si le parecían adecuados aquel vocabulario y aquel tono. El buen hombre alzó resignadamente las cejas. El policía interrumpió su parla acelerada, sin duda desconcertado al verse convertido en materia de comentario al margen. Poco a poco, consciente de las cartas desfavorables que les habían correspondido a él y a su Vanesa en el asunto que habíamos ido a tratar allí, se fue calmando y, apenas transcurridos algunos minutos, especialmente cuando cedió a los ruegos de su hija y le permitió servirse una bebida, empecé a tomarle lástima. Huelo de lejos la desesperación aunque se disfrace de bravuconería.

El pobre desgraciado, más allá de expresar su preocupación y su cabreo, no sabía a ciencia cierta lo que quería. ¿Casar a su hija como en los viejos tiempos para evitar murmuraciones entre parientes, conocidos y compañeros del Cuerpo Nacional de Policía? Y casarla ¿con quién? ¿Con el zampagalletas que tenía delante, probablemente uno de los chavales más obtusos del instituto? Otra cosa bien distinta era costear la crianza del rorro. Y en este punto me parece a mí que radicaban ciertas aspiraciones del policía, sin duda legítimas, que él no terminaba de plantear de modo explícito. Yo me declaré dispuesto a asumir la carga económica que me correspondiese, «por cuanto se trata de asegurar el bienestar de mi nieto». Ahora bien, consideraba no sólo razonable, sino también necesario, determinar sin margen de error la paternidad de la criatura. «O de las criaturas», puntualicé cruelmente, «en caso de que vengan mellizos.»

Como si esperase una objeción de aquella naturaleza, el policía se apresuró a desplegar sobre la mesa un informe médico. Le hice comprender, y el director del instituto estuvo de acuerdo conmigo, que aquel papel certificaba el embarazo de su hija, pero no la identidad del fecundador. Confieso que usé con intención de zaherir esta palabra, *fecundador,* recordatoria de la condición animal de nuestra especie. El policía se agitaba nervioso en el asiento. Sudaba y se enjugó la frente con la manga de la camisa, me da a mí que arrepentido de haber dejado la pistola en casa. Sintiéndose tal vez acorralado, reanudó sus maneras agresivas. Que quién me había creído yo que era su hija. ¿Acaso una zorra que se juntaba con cualquiera o qué? Lo miré directamente a los ojos y le respondí con despiadada pedantería:

«Según mis datos, la segunda parte del enunciado es exacta».

«Pues ahora soy yo el que exige pruebas.»

Y fue entonces cuando le hice a Nikita la señal que habíamos convenido para que se soltase a relatar su versión de los hechos. Mi hijo mencionó la fiesta, los urinarios del instituto, el sexo en grupo sin condón; manifestó con encantadora ingenuidad y abundancia de detalles enternecedoramente sicalípticos, nombres, fechas, circunstancias, que desde el otro lado de la mesa la chica no daba abasto a desmentir. Pero al fin, cuando Nikita, sin perder la calma, enumeró testigos y dijo aquello de que pregunten a fulano, pregunten a mengano, Vanesa no pudo contener las lágrimas y, hundiendo la cara entre las manos, sospecho yo que menos por remordimiento o por vergüenza que por miedo a su padre, admitió.

Al policía le cambió de golpe la voz.

«No es esto lo que me habías contado a mí.»

Juro que en aquel instante me vinieron deseos de acercarme a él y estrecharlo entre mis brazos. Derrotado, se levantó tristemente de la silla; nos pidió perdón por las molestias causadas; después, casi en tono de súplica, que por favor se quedara entre aquellas cuatro paredes lo que allí se había hablado; por último, musitando unas palabras de despedida, salió del despacho seguido por su hija. Nikita y yo estuvimos charlando unos minutos con el director, que aprovechó la coyuntura para amonestar blandamente a mi hijo por sus malos rendimientos escolares. Al final, ya con Nikita fuera del despacho, me susurró que él no creía que aquella alumna fuera a dar a luz.

«Hoy día hay métodos», dijo.

Transcurridos unos meses desde la reunión en el despacho del director, supe por Nikita que la chica acudía a clase con normalidad, sin que se notase la menor señal de abultamiento en la barriga.

16

De nuevo los dos en el coche, bromeamos sobre la cantidad de galletas que él se había comido en el despacho del director.

«Tu madre ¿no te alimenta?»

«Es que estaban superbuenas.»

La reunión había concluido con un resultado favorable a nuestros intereses, de ahí que nos embargase a los dos parecida sensación de triunfo y alivio.

Le pregunté si no le daba vergüenza que el director le hubiera echado en cara su bajo rendimiento. Contestó con franqueza. El cole no le iba. Estaba deseando acabar la Secundaria y aprender un oficio, aún no sabía cuál. Seguro que yo había esperado de él que le gustasen los libros. A lo mejor, como no era así, lo quería menos. Le repliqué que, fuera o no lector de libros, yo siempre lo iba a querer igual.

Amenizamos un buen trecho del camino a casa de su madre criticando al policía. A Nikita no le entraba en la cabeza que el tipo me inspirase lástima. En su opinión, el madero era un cabronazo, además de un padre chungo. Menos mal que yo era diferente. El policía y su hija iban detrás de un primo que pagara los gastos del crío. «Se piensan que, como saco malas notas, me chupo el dedo. ¡Y un cojón!»

Le dije asimismo, tratando de hablarle no como padre a hijo, sino de hombre a hombre, que Vanesa me había parecido una chica bastante atractiva. Nikita ni contradijo ni secundó mi afirmación, como si nunca se hubiera percatado de los atributos físicos de su compañera. Y como yo insistiese en resaltarlos, respondió que había otras en su curso más majas y que le caían mejor.

Le conté que, en tiempos de mi adolescencia, los chavales de su edad lo tenían más difícil que los de ahora para mojar el churro. A mi colegio no asistían chicas; de hecho, hasta llegar a la universidad no compartí aula con ninguna. Eran como seres de un mundo paralelo. Nadie nos enseñó la manera adecuada de relacionarnos con ellas ni de dirigirles la palabra, no digamos ya de cortejarlas. Esto lo traías aprendido de nacimiento o te las tenías que ingeniar como pudieras, a menudo imitando torpemente a otros que daban muestras de ser más espabilados. Me habría ayudado tener una hermana que me abriera los ojos; pero, no siendo así, no me quedó otro remedio que aprender sobre la marcha. Y luego ellas estaban siempre como a la defensiva. El resultado era que los chavales de entonces nos iniciábamos en la vida sexual más tarde que los de ahora, aunque no tan tarde como en la época del abuelo Gregorio.

De golpe, como si no me estuviera escuchando o no le interesara gran cosa lo que le decía, Nikita me interrumpió.

«Papá, ¿tú te acuerdas de cuándo te tiraste por primera vez a una chavala?»

Debió de notarme dudoso. Quizá creyó que me negaba a responderle.

«Venga, enróllate. ¿Cómo fue? Yo te he contado lo mío.»

«Pues tenía tu edad, pero te aseguro que mi caso es una excepción. Lo normal, ya te digo, era estrenarse en el sexo a los dieciocho años o incluso más tarde.»

Parado el coche ante un semáforo en rojo, me volví a estudiar la expresión de su cara. Por fortuna no podía leerme los pensamientos. Antes de fantasear una pequeña crónica, supe que no tendría agallas de contarle la verdad.

17

Pues nada, que hace una temperatura inusual para estas fechas (más de veinte grados) y me he ido de excursión con Patachula. Suena el teléfono a primera hora de la mañana. Sobresalto; pero no: es él.

«¿Tienes previsto quitarte la vida hoy o te animas a almorzar conmigo en Aranjuez?»

«Y la perra, ¿qué?»

«La llevamos.»

Menudeaban repartidos en grupos fotografiantes, rebañegos, los turistas. Nosotros hemos evitado, como si fueran focos de infección, las principales atracciones del lugar. Nada de palacios y museos. ¿Y los famosos jardines? Un letrero prohibía la entrada de perros. Pues que les den morcilla a los jardines. Pata, a quien gusta condecorarse con el título de padrino de *Pepa,* apretaba los dientes indignado. Tal era nuestro cabreo que, de haber tenido el coche aparcado más cerca, habríamos seguido viaje hasta Ocaña, donde, como sabemos de otras veces, le cabe a uno la posibilidad de olvidar los sinsabores del existir atizándose un atracón de duelos y quebrantos o de migas manchegas.

Callejeamos a nuestro aire por el centro de Aranjuez hasta la hora del almuerzo. La recomendación de un lugareño nos lleva a un restaurante con terraza y hermosas vistas al río Tajo, verdoso y tranquilo. Nos han permitido entrar con *Pepa,* que mansamente esperaba debajo de la mesa los trozos de comida que de vez en cuando le arrojábamos.

Patachula y yo hemos pedido lo mismo: espárragos trigueros a la plancha, croquetas y, de plato principal, faisán al cazador. Tan sólo ha habido discrepancia en la elección del postre. Mi amigo ha optado por la torrija casera; yo, después de algunas dudas, por el flan con nata. Todo en su punto.

Dejando de lado algunas disquisiciones gastronómicas, la manifestación de ayer ha sido prácticamente nuestro único tema de conversación durante la comida. En realidad, ya lo habíamos tratado en el coche, de camino a Aranjuez; pero se conoce que el asunto ocupa mucho espacio en los pensamientos de mi amigo. El independentismo catalán llenó de adeptos, banderas y consignas el paseo del Prado. Yo, que dediqué la mañana y parte de la tarde del sábado a corregir exámenes y que no estuve atento a las noticias, ni me enteré. Pata me cuenta pormenores. Los unos afirman que asistieron menos de veinte mil personas; los otros, que más de cien mil. La convicción ideológica determina el recuento. Los independentistas llegaron en trenes y autobuses desde Cataluña; protestaron, protegidos por la policía, contra el juicio en el Tribunal Supremo a los políticos de su cuerda; clamaron contra un Estado opresor que, no obstante, les permite manifestarse a escasa distancia del Parlamento y pone a su servicio unidades de asistencia sanitaria; comieron bocadillos, tomaron cañas y, con el semblante alegre, se volvieron por donde habían venido.

Patachula, provocador, se colocó en la solapa una insignia representativa de la bandera constitucional, comprada en los chinos, y bajó hasta Cibeles a mezclarse en la muchedumbre independentista. Nadie lo increpó. Un tipo con más arrestos que él, dice, desplegó una bandera española en medio de la marcha. Le lanzaron unos cuantos silbidos, le dirigieron burlas en idioma vernáculo y algunas bocas lo calificaron de *feixista* por mostrar en su país la bandera de su país. La cosa se quedó en anécdota. No hubo que lamentar víctimas, ni siquiera un ojo morado. A Patachula, que esperaba ser testigo de un acontecimiento histórico, todo el montaje le pareció un pícnic de paletos. Celoso hasta hace poco de la unidad de España, ahora considera que nuestro país, habitado de gentes chabacanas, gritonas, pueblerinas, mal avenidas, está más cohesionado de lo que parece. «Vivimos en el equilibrio de una farsa diabólicamente perfecta.» Y al afirmar tal cosa le asomaba la punta oscilante de un espárrago por la comisura de los labios.

Poco antes de emprender el viaje de regreso, me ha enseñado una pequeña mancha roja que le salió ayer en la rodilla de la pierna mutilada. Aún no ha comenzado a supurar. Se pregunta de broma si se la habrá transmitido algún independentista catalán. No está preocupado, dice, porque ya sabe que no es cáncer.

18

Le he estado dando vueltas al asunto desde que volvimos ayer por la tarde de Aranjuez. Yo no participaría jamás en una manifestación en defensa de un sueño nacional. Ni siquiera a favor de un sueño a secas, por mucho que los promotores de la marcha me lo endulzaran resaltando su carácter colectivo. Me sumaría, sí, con gusto y convicción, y lo he hecho algunas veces, a una muchedumbre que proclamara en la calle unas exigencias prácticas; unas exigencias, ¿cómo diría yo?, que no limitaran su significación al orbe de mis sentimientos ni hubieran sido diseñadas por un sanedrín de espabilados para instalar en mí una religión de futuro.

Hablo, por el contrario, de medidas concretas conducentes a la mejora de la vida cotidiana de los ciudadanos y, por supuesto, de cumplimiento a corto plazo: sueldos dignos, la derogación de una ley que causa sufrimiento, la destitución de un mandatario corrupto, la bajada de los precios de los productos básicos... En el plano ideológico, apoyo sin restricciones lo que une a los hombres y, apartándolos de la crueldad, la discriminación, el envanecimiento de creerse moralmente superiores, los invita a la convivencia. Desconfío por principio de cuanto menoscaba la serenidad. No siento obligación ninguna de ser feliz. Le tengo alergia al concepto de utopía. Lo mismo digo de las tierras prometidas, los paraísos sociales y la paleta habitual de engañifas a menudo preconizadas por famosos intelectuales. Huyo a ultranza de embadurnarme el cuerpo con esperanzas que excedan mi modesto tamaño. No me calientan los símbolos de la patria; aunque, no enarbolados contra nadie, los respeto, de la misma manera que, como no creo en Dios, no practico la blasfemia. Sé que el espejo me define de manera insuficiente, que no consisto tan sólo en mis rasgos faciales; en pocas palabras, que necesito a los demás para terminar de saber quién soy. Así y todo, una vez que me he descifrado, ¿qué?

19

Yo ojeaba esta tarde un libro, sentado en un banco del parque. A veces me entrego al placer de extraer con los ojos cerrados un ejemplar de la estantería y de la misma manera lo introduzco a continuación en una bolsa. Después, en la calle, trato de adivinar por el tacto de qué libro se trata. Casi nunca acierto, pero eso no reduce el gusto que me procura el juego. Al llegar al destino de mi paseo, detengo la mirada en unos u otros pasajes antes de abandonar el libro en algún lugar de la vía pública y así voy diezmando poco a poco mi biblioteca. Aún queda un número grande de títulos en las baldas. Esperan con paciencia la hora en que les toque cambiar de propietario. La misma suerte aguarda al resto de mis pertenencias. Me acojo en este punto a los versos de Antonio Machado que alguna vez supe de memoria, los que hablan de la nave sin retorno en la que uno se embarca ligero de equipaje, casi desnudo, como los hijos de la mar.

Por el momento sigo vivo, ciertamente no mal de salud justo ahora que daría igual caer enfermo. A mi lado, recuperándose de sus recientes carreras locas, *Pepa* respiraba con fuerza mientras yo me entretenía con el libro que a estas horas acaso esté en otra casa y en otras manos, y practicaba un poco de ciclismo estático con ayuda de unos pedales instalados delante del banco. De pronto, como electrizada, la perra estira el cuello, yergue las orejas, se pone de pie, agita el rabo, lanza unos leves quejidos y yo infiero de estas señales que se ha percatado de la presencia de su amigo el perro negro. Aún tardo un rato en avistar la silueta gorda y torpona de mi tocayo; pero por allá viene trotando delante de su dueña. Me da que siempre acceden al parque por la entrada de Manuel Becerra. Ella trae... ¿un guante blanco? De cerca lo veo mejor: es una mano vendada.

Le pregunto, me cuenta. El viernes pasado, agentes de la Policía Nacional procedieron a cortar una calle de su barrio. Águeda se agregó a un grupo de vecinos que se opuso al desalojo de una familia con dos criaturas de corta edad. Era el segundo intento de sacarlos por la fuerza de la vivienda; la vez anterior la resistencia popular lo impidió. Miembros de la Plataforma de Afectados por la Hipoteca llegaron al lugar. Algunas bocas gritaban contra la policía: «¡Cucarachas, mercenarios!». Ya unos agentes protegidos por sus compañeros iban bajando a la calle los humildes enseres. La madre, con una niña en brazos, atendía en la acera a dos periodistas y, a su espalda, una señora mayor, tal vez la abuela, enarbolaba entre lágrimas de indignación el colchoncito de una cuna. El caso, uno de tantos, ha salido en los periódicos. Los echan por orden judicial a la calle después que la entidad financiera arrendadora haya vendido el piso a un fondo de inversión, el cual, capitalismo por medio, quiere obtener mayor rendimiento económico de la propiedad.

Águeda afirma que se cometen enormes injusticias en esta ciudad con el beneplácito de la clase política gobernante. Al decir tal cosa tiende la mirada hacia los edificios de los alrededores, como buscando a los culpables en las ventanas. En el supuesto de que yo me animara a acudir a protestas futuras contra los desahucios, ella me informaría a tiempo de cuándo y dónde se celebrarán las concentraciones.

No está mal la idea para averiguar mi número de teléfono o mis señas postales.

«Y todo esto», le pregunto, «¿qué tiene que ver con tu mano vendada?»

Pues que hubo carga policial, y en el lío de los empujones y los porrazos ella tropezó y, al caer, se hizo un corte en el dorso de la mano con un saliente metálico. La herida requirió seis puntos de sutura en el hospital. Se muestra dispuesta a soltarse la venda para que yo vea lo que hay debajo. «No, si ya te creo», le he dicho.

20

Como conversamos ayer en el parque, pensaba que el cupo de encuentros casuales de esta semana ya estaba cubierto y Águeda me concedería hoy un respiro; pero no, ahí estaba ella, a la salida del mercado, con la gabardina de otras veces, la mano vendada y el perro gordo, esperándome con una falta de disimulo rayana en el acoso. El perro no paraba de jadear. ¿Será asmático? En cuanto a la gabardina, me dan tentaciones de preguntarle a su dueña si se la ha alquilado a un pordiosero. O si es la del teniente Colombo, el de la famosa serie de televisión que mamá y yo veíamos juntos en casa hace muchos años, y ella la ha adquirido por una suma cuantiosa en una subasta internacional.

No sin malicia le he dicho a Águeda que últimamente se le ve mucho por La Guindalera. Al punto me ha pedido perdón. Le replico que vivimos en una ciudad libre, por la que la gente tiene derecho a ir y venir a su antojo. Ella insiste, con vigorosa modestia, en disculparse. Reconoce que le ha tomado gusto a intercambiar conmigo unas palabras en la vía pública. Si con ello me causa incomodidad, sólo tengo que hacérselo saber y no volverá a molestarme.

«Ahora, si me aceptas como amiga, sería muy bonito para mí.»

No tengo inconveniente en relacionarme con ella de vez en cuando de una manera amistosa. Ignoro si se ha percatado del énfasis que he puesto en la precisión temporal y confío en que comprenda que de vez en cuando no significa todos los días.

Hablamos a continuación relajados, quizá un poco ceremoniosos (sobre todo yo, empeñado en guardar las distancias), de las temperaturas agradables de estos días, de diversos asuntos de actualidad (a esta mujer le va la política) y de dos o tres bagatelas personales, yo con mi bolsa de la compra depositada en el suelo, entre los pies. Soy consciente de la granujería que cometo no invitando a Águeda a una consumición en algún bar de los alrededores; pero temo que, si lo hiciera, ella me rodearía peligrosamente con sus tentáculos afectuosos. Me aprieta, además, la prisa; se entiende que la prisa por quedarme solo con mi silencio y mis actividades aburridas de hombre solitario, y por evitar que se me recalienten en la bolsa las sardinas recién compradas.

En esto, el perro gordo con el que comparto nombre se acerca a mi costado. Viene a olisquearme, a dejarme una marca de saliva espesa en el pantalón; en fin, a ofrecerme muestras no solicitadas de aceptación y simpatía. Quizá me esté preguntando a la usanza perruna por *Pepa;* quizá, nostálgico, enamoradizo, quiera consolarse estregando el morro contra algún rastro de olor de su añorada amiga que yo lleve pegado a la ropa. Parece buen chico. En premio a su afable mansedumbre, le acaricio la cabezota y el cogote, empujándolo suavemente para apartarlo un poco de mí, y le doy unas palmadas en el lomo que él me agradece pringándome la mano con su lengua caliente.

El olfato no tarda en mandarme una señal de alarma. Acerco la mano a la nariz. El olor es fuerte.

«¿Hace mucho que no bañas al perro?»

Adivino por la repentina expresión de su cara que el asunto la ha pillado de sorpresa. Responde, en el tono de quien admite la posibilidad de haber cometido una infracción sin querer, que a *Toni* ella no suele bañarlo. Cada vez que oigo el nombre del perro siento irritación. ¿Cómo no pensar por un momento que soy yo a quien ella lleva atado con una correa por la calle? Leyó, ha olvidado dónde, que una capa de grasa natural recubre la piel de los perros con efectos protectores y que no es aconsejable el uso de productos de higiene normales, ya que pueden dañar dicha capa. «Dañar la mugre acumulada», digo entre mí. No me extrañaría que mi tocayo, el de la lengua colgante y la respiración dificultosa, padezca seborrea canina. Lo que Águeda hace, según dice, es sacar a *Toni* de casa cuando llueve y dejar que lo limpie el agua del cielo.

Me pregunta si yo acostumbro bañar a *Pepa.* «Por supuesto.» Y en ese instante recuerdo las múltiples ocasiones en que Amalia me exigía con cejas enfadadas que lavase con la mayor frecuencia posible a la perra, lo cual, como se sabe, no es bueno para la salud del animal. Una vez cada dos o tres semanas, salvo en invierno, baño a *Pepa* sólo con agua, más que nada para refrescarla. No la tengo que obligar. La perra disfruta como loca en la bañera y yo disfruto, tras secarla, de su pelambre sedoso y de su olor a limpio. Una vez cada dos meses la lavo con un champú especial para perros, sin parabenos, colorantes ni perfumes de síntesis, eficaz contra los picores. Se lo recomiendo encarecidamente a Águeda. Cuesta algo menos de diez euros. A mí me lo recomendó la veterinaria, me ha dado buenos resultados hasta ahora, etc. Águeda saca un bolígrafo del bolsillo interior de su vieja gabardina, anota la marca del champú en la palma de la mano no vendada, asegura que lo va a usar y me da las gracias por el consejo. Nos despedimos. No bien me quedo a solas, vuelvo a olerme la mano. Estoy deseando llegar a casa y lavármela.

21

Tina, sin más atuendo que unos zapatos de tacón y medias de malla, y *Pepa* junto a ella, al costado del sofá, me miran con idéntica fijeza, como pidiéndome explicaciones. Debería sacarles una foto. Y es que, sentada la una cerca de la otra, componen una imagen a un tiempo tierna y cómica. «Os quiero», les susurro. Y ellas no se inmutan.

Me he desprendido hace un rato del televisor. No era nuevo, pero funcionaba de maravilla. Si nadie se lo ha llevado en esta hora próxima a la medianoche, seguirá junto a la entrada del Centro Cultural Buenavista, en un banco adosado a la pared. A los pies del aparato he depositado el mando a distancia. Adiós telediarios, adiós películas, adiós concursos. No soy de ver mucha televisión, pues me roba tiempo para la lectura; reconozco, no obstante, que hace compañía.

De la cara que ponen estas dos, Tina y *Pepa, Pepa* y Tina, deduzco su miedo a correr la misma suerte que el televisor. A *Pepa* le digo que en realidad ella pertenece a Nikita, aunque él la haya olvidado. Que esté tranquila. Me conoce lo suficiente como para tener la seguridad de que yo sería incapaz de abandonarla en la intemperie. Ya lo intenté una vez y enseguida me arrepentí. Antes que llegue mi última hora le habré encontrado un nuevo hogar. No descarto la posibilidad de convencer a mi hijo. En cuanto a Tina, de momento no le puedo decir qué será de ella. «Pero no te preocupes, hermosa y seductora muñeca. Tampoco faltará quien cuide de ti. Al contenedor de la basura no irás a parar, te lo aseguro.»

22

El televisor, ahora que me acuerdo, no fue el primer aparato que entró en mi piso de divorciado.

Amalia predijo que, sin ella, yo iría por la vida hecho un pobre hombre. ¿Lo predijo o tal vez lo deseó? Yo, que no suelo usar corbata salvo en casos de compromiso ineludible, me presenté a una citación judicial trajeado y con unos zapatos negros que relucían como si fueran de ónice pulido. Amalia no hizo el menor comentario. Parece ser que tenía instrucción de su abogada de no acercarse a mí ni dirigirme la palabra; pero estoy seguro de que no se le escapó un detalle de mi atuendo y que le disgustó verme arreglado.

El primer aparato que compré, en sustitución de los viejos que había a mi llegada al piso, fue un lavavajillas. Tengo mis prioridades. La primera de todas, librarme de la odiosa tarea de fregar los cacharros. Pocos días después llegaron la aspiradora y el frigorífico. Les arreé un tajo brutal a los ahorros y aprendí a superar la indecisión en presencia de los dependientes. Siguieron la lavadora, el televisor y, en fin, poco a poco el resto de los electrodomésticos, ninguno de lujo, todos necesarios. Algunos, los de manejo más difícil, los aprendí a usar estudiando con paciencia los prospectos o preguntando a Patachula, hombre de una dilatada experiencia en menesteres de soltero.

Por aquellos días encontré en el buzón una de las pocas notas anónimas que no contienen burlas ni reproches. Dice así: «Vemos que últimamente estás adquiriendo aparatos. Todo apunta a que te has propuesto llevar una vida ordenada. Nunca es tarde para sentar la cabeza».

Francamente, ahora que estoy decidido a esparcir mis bienes por la ciudad, no me veo bajando yo solo a la calle los electrodomésticos de mayor tamaño. Ni siquiera dispongo de una carretilla. Además, si alguien me ve, podría interpretar que me deshago ilegalmente de chatarra y denunciarme. Algo quedará, por tanto, en el piso cuando yo no esté. Quizá Nikita le pueda sacar provecho.

23

En principio pensaba abandonar los seis volúmenes a la entrada del instituto que está frente a la plaza de toros. Podrían quizá interesar a los chavales o venirle bien a algún compañero de profesión, aunque es cosa fácilmente demostrable que hoy día el saber enciclopédico se ha trasladado a internet. Me da igual si los librotes acaban en el Rastro o en las ofertas de eBay. En mi instituto no los dejo ni loco. Podría aparecer de pronto la directora y quedárselos; antes los tiro a la basura.

La *Enciclopedia Internacional Focus* de la editorial Argos fue un regalo de cumpleaños de mis padres. Un vendedor ambulante que iba de puerta en puerta persuadió a mamá. Papá, convencido de que ella se había dejado engatusar por un timador a domicilio, se opuso a la compra y algo renegó cuando ya era tarde y los gruesos libros se apilaban sobre la mesa de la sala. Tras ojearlos, les dio el visto bueno. Andando el tiempo, incluso llegó a pedirme alguno prestado.

Puedo decir que con los seis tomos de la enciclopedia empezó mi biblioteca. Y aún diría más: empezó mi temprana afición por el estudio y la lectura. Va para largos años que no los consultaba. Sin embargo, jamás perdieron el significado de centro de gravedad alrededor del cual se fueron acumulando todos mis libros, hasta alcanzar una cifra considerable. Protegidos desde el principio por un forro de plástico, conservé en buen estado hasta el día de hoy los seis tomos de mi *Enciclopedia Focus,* si bien las hojas de papel satinado hace tiempo que se cubrieron de una pátina amarillenta.

El olor de sus páginas me evocaba esta mañana un sinnúmero de imágenes antiguas. Tendría yo ocho o nueve años cuando recibí el espléndido regalo, uno de los mejores que me han hecho en toda mi vida. La mayoría de las ilustraciones eran en blanco y negro; pero las había también en color. Estos pesados libros, auténticas reliquias de mi niñez a las que otorgo un alto valor sentimental, me acompañaron en todas las mudanzas. Haberme desprendido de ellos y de la réplica en latón de la torre Eiffel me confirma que no hay vuelta atrás en mi designio de dejar este mundo.

Por la mañana, he matado de forma simbólica al niño que fui o a lo que de él quedaba en mi interior, no sé si mucho o poco. El verano pasado me concedí un año para saber por qué deseo poner fin a mi vida. Sospecho que no hay respuesta matemática ni hace falta que la haya. En cambio, mi amigo Patachula afirma tener claros los motivos. Desde la mañana en que perdió el pie, no ha dejado un instante de sentirse humillado por la amputación. De vez en cuando la prótesis le causa molestias. Cuando menos se lo espera le vuelven los dolores. Sufre pesadillas por las noches, le salen llagas, le sobrevienen rachas de languidez. Resiste a duras penas con ayuda de antidepresivos.

En mi caso, creo que ya he disfrutado lo suficiente. Lo que me quedase por vivir de aquí a la vejez supondría un añadido superfluo. Tendría que acarrear un fardo cada vez más pesado de tedio, decadencia y penalidades. No quiero apestar a orina de anciano. No quiero que me falte el aliento después de subir con dificultad media docena de escalones. No quiero que nadie me tenga que cortar las uñas de los pies porque no las alcanzo con mis propias manos. No quiero que mis escuálidas esperanzas dependan de los fármacos. No quiero andar por el mundo como un ser encorvado, olvidadizo y tambaleante que no entiende nada de cuanto sucede a su alrededor. De los sitios hay que saber marcharse en el momento oportuno.

24

Los seis tomos juntos de la *Enciclopedia Internacional Focus* pesan 11,2 kilos. Lo comprobé ayer, antes de salir de casa, en mi báscula de baño. Lo que hice a continuación fue repartirlos en dos bolsas y llevármelos a la calle. A *Pepa* preferí dejarla en casa. Por el camino vi una urraca y las inevitables palomas urbanas, pero ni un solo vencejo. Los echo en falta. No creo que regresen antes de abril. Aún cabe una posibilidad remota de echarme atrás en mi designio de ingerir el cianuro; ahora bien, en cuanto aviste el primer vencejo de la temporada se habrá terminado el plazo para cambiar de decisión.

La urraca picoteaba inmundicias en la acera. Al verme llegar, se encaramó a un pino cercano, en torno a cuyo tronco había una trampa en forma de abrazadera destinada a la captura de orugas de procesionaria. ¡Qué poco le costará a la Naturaleza, pensé, adueñarse de las ciudades cuando la Tierra se vacíe de humanos!

Conforme me acercaba al Instituto Avenida de los Toreros tuve un golpe de intuición que me indujo a alargarme hasta el puente de Ventas a pesar de lo mucho que las bolsas me pesaban. Allí observé que el tráfico intenso de la M-30 en ambas direcciones obligaba a los vehículos a reducir la velocidad, lo que favorecía cierto procedimiento lúdico para desprenderme de los tomos de la enciclopedia. Lo que ocurre es que el puente de Ventas no sirve para tal propósito, pues está flanqueado por tableros similares a marquesinas, los cuales impiden a los peatones asomarse a la carretera que pasa por debajo. ¿Serán una medida antisuicidios? Lo ignoro. En cualquier caso, no me quedó más remedio que llegarme al otro puente, al de Calero, en la avenida Donostiarra, pintiparado para poner en práctica mi diversión.

Semanas atrás lo hice por vez primera, en el mismo puente, con un libro de bolsillo, el último de los ocho que anduve diseminando por la zona. Avisté una camioneta con remolque sin techo; pasó tan deprisa por debajo del puente y yo calculé tan mal el lanzamiento que el libro se estrelló contra el asfalto, donde la riolada subsiguiente de coches apenas tardó un minuto en destrozarlo.

Una circunstancia favorecía mi propósito. Y es que a poca distancia por delante del puente, sobre los carriles laterales, se alzan en una y otra dirección sendos paneles de señalización, grandes como paredes, que ocultan a la vista de los conductores a quienquiera que se arrime a la barandilla. Otra circunstancia, sin embargo, lo entorpecía. Me refiero al corto espacio disponible entre las señales y el puente para arrojar los libros en el interior de los remolques, empresa harto difícil si el camión circula a gran velocidad.

Después de hacer una prueba con saliva, concluí que un libro tarda entre dos y tres segundos en llegar a la calzada. Un lapso tan breve no admite margen de error. Si tiro el libro demasiado pronto impactará contra el parabrisas o contra el techo de la cabina; si demasiado tarde, el camión habrá desaparecido bajo el puente y el libro caerá en la carretera. Así pues, el juego sólo ofrece posibilidades de éxito cuando los vehículos circulan a poca velocidad, lo cual, en la autovía de circunvalación, no ocurre todos los días. Ayer, por fortuna, sí ocurrió.

La barandilla del puente Calero es alta y está pintada de azul. Veo en ella un obstáculo pensado por los responsables del Ayuntamiento para ponérselo difícil a la gente que quiera tirarse a la carretera. La barra superior me llega a la altura de la boca. Así y todo, entre las distintas secciones de la barandilla queda un hueco por el que los tomos de la *Enciclopedia Focus,* metidos de costado, caben sin problemas. El primero de ellos logré colocarlo en el remolque vacío de una camioneta. Fue muy fácil, ya que a causa de la enorme afluencia de tráfico, la camioneta se detuvo unos instantes justo debajo de donde yo estaba al acecho con mis bolsas. El grueso libro cayó de plano, haciendo tanto ruido que aún no me explico que el conductor no saliera a averiguar lo que había pasado. Quizá no se enteró porque era duro de oído o porque llevaba la radio encendida a todo volumen. En adelante elegí camiones grandes. Poco a poco me deshice de los seis volúmenes de la enciclopedia. Dejé para el final la pequeña torre Eiffel de latón.

De repente me pareció que si la tiraba cometería una monstruosidad. A este punto, me acometieron dudas punzantes, dado mi apego sentimental al viejo *souvenir,* hasta que entre las barras azules de la barandilla vi acercarse un pequeño camión y me dije: «Venga, cagueta, termina lo que has empezado». Ya más cerca, me fijé en que el camión cargaba dos bobinas de acero sobre su plataforma y así, al pronto, me dio en la nariz que no habría dificultad en colocar entre ambas piezas la figura de latón. Confiándome en exceso, quizá por la facilidad con que había metido los seis tomos de la enciclopedia en otros tantos remolques, no puse el cuidado suficiente, de tal forma que la pequeña torre Eiffel impactó contra una de las bobinas y salió despedida por los aires hasta detenerse, después de unos cuantos botes, en el carril izquierdo. Los primeros coches pasaron por encima sin tocarla. Al poco rato una furgoneta la impelió hacia el centro de la carretera. Distintos vehículos la impulsaron para aquí y para allá. Me tentó bajar a rescatarla, aunque ello conllevara poner en riesgo mi integridad física. En esto, un camión la aplastó y yo me volví a casa con la sensación amarga de que algo muy valioso dentro de mí se había perdido para siempre.

25

Con el ánimo por los suelos, Patachula crea una zona de silencio brumoso en el rincón del bar. Sobre la mesa, a su cerveza intacta e imagino que caliente se le ha disipado la espuma. Alfonso, el comprensivo Alfonso que conoce a Patachula desde hace largos años, se la retira y le pone otra que este no ha pedido.

Antes, cuando a mi amigo le sobrevenía el silencio, yo me preguntaba: «¿Para qué me cita en el bar si después no hay modo de arrancarle una palabra?». Confieso que en tales ocasiones me sentía molesto, hasta que comprendí que la cita era precisamente para eso, para estar él ahí y yo aquí sin decirnos nada. O para que hablase yo solo, lo que le proporciona «bienestar retroactivo», según me explicó un día.

Sin estar seguro de que me escuchara, yo estaba dispuesto a revelarle que de un tiempo a esta parte me ha dado por diseminar mi biblioteca por toda la ciudad. Y con el fin de entrar en materia, le digo que anteayer, mientras paseaba, me detuve en el puente Calero. Ya no he podido seguir. No bien oye el nombre del puente, a Patachula le desaparece la inexpresividad de sus facciones. El cambio es tan brusco que al pronto pienso que lo he ofendido, pero no. Me corta sin la menor consideración para hablar del Golden Gate. Se enteró por un artículo reciente del periódico que cada veintiún días se suicida una persona arrojándose al agua desde el célebre puente rojo de San Francisco. Tomado de súbito entusiasmo, menciona una cantidad no lejana a los dos mil suicidas desde la inauguración de dicho puente en 1937. Han tenido que instalar una red de acero para impedir que la gente salte al vacío. El tema llena de gozo a Patachula y lo vuelve apasionado y locuaz. Es su tema predilecto el suicidio, del cual se considera no sólo especialista, sino propietario. No me extrañaría que esta tarde, en el bar, el simple hecho de abordarlo le haya producido una descarga de serotonina. En esto, le arrea un primer sorbo a su cerveza. No tarda en apurar el vaso y echarle una voz a Alfonso para que prepare otra ronda. Patachula habla con entusiasmo de la muerte bella, de la muerte romántica y del «chapoteo escalofriante», dice, ¿desvaría?, de los cuerpos cuando, en apenas cuatro segundos de caída libre, se estrellan a ciento veinte kilómetros por hora contra la superficie del agua, dura, según él, como el cemento. Y afirma, en tono de reproche, que algunos sobrevivieron a la caída.

Ahora el que calla soy yo, reconcomido por no haber podido contar mi historia de la enciclopedia arrojada a los camiones. No me calienta poco ni mucho la épica de la muerte voluntaria. Desde que el retrato de mi padre custodia la bolsita de polvo letal, apenas le doy vueltas al asunto. Es cosa que tengo asumida a falta de un último trámite: con la llegada del primer vencejo quedará sellada mi decisión.

Pata asegura que si él viviera en San Francisco saltaría del Golden Gate por razones estéticas y para que lo sacasen en los noticiarios. Lamenta que en nuestra ciudad no haya una construcción parecida. «Aquí todo es pequeño, vulgar, paleto», dice. No le he llevado la contraria para evitar que recayera en el silencio.

26

Sorpresa en el buzón. Un sobre y, dentro, la tarjeta postal que me ha enviado mi sobrina desde Alemania. Son las primeras noticias que recibo de ella desde la visita de María Elena hace más de un mes. Dice así:

Essen, 19 de marzo de 2019

Querido tío Toni:

Mamá ya me contó que tuviste la generosidad de ayudarnos económicamente y yo quería darte las gracias. Ella me riñe por no haber escrito antes, pero es que he estado liadísima con el montonazo de pruebas previas a la terapia de protones. Me han dicho que no es dolorosa. Eso me tranquiliza mucho, pues la verdad es que tenía un poco de miedo. De la ciudad no he visto casi nada. Da igual. No hemos venido a hacer turismo. He comprobado que mi inglés es suficiente para comunicarme con las personas de aquí. El de mamá, la pobre, deja mucho que desear. En cuanto a la enfermedad, había perdido la esperanza, pero desde que me atienden en esta clínica moderna, donde trabajan profesionales amabilísimos, una lucecita en la noche me da ánimos.

Gracias, tío, por ayudar a mantener encendida esa luz. Te mando un beso grande,

Julia

27

Los miércoles previos a la reaparición de Águeda yo no hacía mucho caso de mi arreglo personal antes de bajar al mercado. A ver, no es que saliera de casa hecho un mendigo, por usar una expresión habitual de Amalia. Digamos que lo único que me preocupaba de mi indumentaria era que no albergase un festival de descosidos y lamparones. A menudo, por ahorrar tiempo, me echaba una prenda de abrigo sobre la ropa de andar por casa y santas pascuas. Por supuesto que no se me ocurría cepillarme los dientes ni rociarme de perfume para la media hora, minuto arriba o abajo, que invierto en despachar la compra.

Ahora cuido algo mi apariencia por dignidad y por un poco de orgullo, no porque Águeda me inspire una pizca de fascinación erótica. Obligado a elegir, preferiría aparearme con una señal de tráfico. De acuerdo, la frase es brutal y esa buena mujer merece que yo la respete; así y todo, montañas de respeto no podrán nunca tapar su formidable falta de atractivo físico. Las cosas como son. En su presencia seré cortés; pero en mis escritos privados no hay espacio sino para la sinceridad más descarnada.

Esta tarde me ha contado que el domingo bañó a *Toni* con el champú que le recomendé. ¡Cómo disfrutaba el animal! Dice que intentaba atrapar el chorro con los dientes. A tales extremos llegaba su euforia que al final Águeda lo tuvo que sacar a la fuerza de la bañera. Tras secarlo, le quedó el pelambre tan suave que daba gusto acariciárselo.

«No te puedes imaginar lo negra que estaba el agua.»

«¿No será que tu perro destiñe?»

De pronto, drama. *Toni*, algo mayor que *Pepa*, padece una insuficiencia cardíaca de intensidad media, motivo por el cual recibe una medicación específica desde hace un tiempo. Anoche le vino al pobre un acceso de tos y vomitó. Como medida preventiva, Águeda ha dado un paseo corto por la mañana con él y lo ha dejado en casa por la tarde. Conviene evitar que se fatigue. Ella me mira directamente a los ojos, como haciendo gala de entereza, y añade: «No creo que *Toni* vaya a vivir mucho tiempo».

El tema de conversación dista de hacer hervir la olla de mis emociones. Águeda parece haberse percatado de mi tibio interés y cambia de asunto. Aún lleva la mano vendada. Se remanga la gabardina, que si no es la del teniente Colombo se le parece como un guisante a otro guisante; despega el esparadrapo y levanta el borde de la venda. No me queda más remedio que dirigir la vista a las marcas rojas de la sutura. No sé qué decirle. Por no estar callado le pregunto si le duele.

«Ya no.»

Me despido de ella alegando que tengo tareas pendientes del instituto. Águeda me obsequia con un gesto de asentimiento comprensivo. La conversación ha sido tan breve que esta mujer debería, en mi opinión, considerar si merece la pena pegarse la caminata desde La Elipa hasta mi barrio y vuelta sólo para intercambiar conmigo unas pocas palabras insustanciales. ¿O acaso abrigaba esperanzas de que yo le concediera más tiempo? En su honor debo decir que tiene buen conformar. No insiste, no abruma, no se anda con argucias para prolongar a toda costa el encuentro. La misma sonrisa que endulzaba la expresión de su cara al verme asoma de nuevo a sus labios en el instante de la despedida. Con naturalidad y sencillez me da las gracias por haber accedido a hablar con ella. Nadie me había dicho nunca una cosa semejante.

28

He tomado una decisión y Patachula, a quien he consultado al respecto, la aprueba. Tomar decisiones me sube el ánimo. Próximo al desenlace de mi vida, quizá me dé igual adónde conduzcan, qué consecuencias acarreen. El simple hecho de gobernar la nave me procura satisfacción.

He decidido que mañana me presentaré sin avisar en casa de Águeda. Tengo sus señas postales. Sabía el barrio, pero no la calle ni el número del portal. Pata me ha proporcionado los datos. Y ahora que ella está determinada a dispensar a su perro de paseos fatigosos, es probable que la encuentre en casa. Aprovecharé para soltar unos cuantos libros por el trayecto.

«Juraría que Águeda y tú hacéis buenas migas, sobre todo a mis espaldas.»

A Patachula se le dibuja una sonrisa en un costado de la boca. Algún día averiguaré todo lo que este cabrón le ha contado a ella de mí.

Mi amigo, a ratos apático, a ratos mustio, pero no tan hundido como el lunes pasado, cree que Águeda se alegrará de verme. Yo imagino que el perro gordo también, puesto que pienso llevar a *Pepa* para que juegue con él y lo consuele.

La idea se me ha ocurrido esta mañana en la sala de profesores, mientras escuchaba a un compañero contar un caso personal. Mi único deseo es dejar las cosas claras entre Águeda y yo de una vez para siempre. Basta de disimulo, reticencia y esquinazos. Anoche dormí fatal. Estuve dándole vueltas en la cama a mi última conversación con Águeda. ¿A santo de qué me tengo que comportar mal con nadie? Aún menos con ella, que no me ha hecho nada.

Con suavidad, tacto, respeto (no sé si seré capaz), debo hacerle entender que no me opongo al trato cordial con ella, si bien me gustaría espaciar en el futuro los posibles encuentros; pero que me falta disposición, por tantas cosas desagradables que me han ocurrido, para permitir que una mujer ponga de nuevo los pies en mi espacio privado. Ya veré cómo se lo digo.

29

Los tres tomos de las obras completas de Goethe en la edición de Aguilar de 1963, traducidos por Rafael Cansinos Assens, que compré de joven en un puesto del Rastro y leí parcialmente; tres volúmenes en formato de bolsillo de los *Ensayos* de Montaigne (Cátedra, 1985 el primero y 1987 los dos siguientes), subrayados y con copiosas anotaciones en los márgenes, y un ejemplar de la Biblia de Jerusalén (Desclée De Brouwer, 1975) han sido las bajas de hoy en mi biblioteca, cada vez más mermada.

Deshacerme de libros que he amado (la Biblia principalmente por razones literarias) habría supuesto no hace mucho un sufrimiento insoportable para mí, como si me arrancaran las costillas de una en una sin anestesia. Ahora, en cambio, siento algo parecido al orgullo cada vez que deposito un libro en algún lugar de la vía pública. Después vuelvo a casa satisfecho tanto de mi firme decisión como de la certeza de no pertenecer a la clase de los hombres aferrados a sus propiedades, por muy valiosas que estas sean. Desde que empecé a esparcir mis bienes no he experimentado el menor atisbo de arrepentimiento. Lo de la torre Eiffel me dolió un poquillo, pero enseguida se me pasó. Y, desde luego, pienso continuar sacando de mi piso todo lo que se pueda, no sólo libros, en la esperanza de que sirva a otras personas, no necesito saber a cuáles.

De camino al piso de Águeda, he ido abandonando los libros en distintos puntos del trayecto. El último de ellos, el tomo segundo de las obras de Goethe, de más de dos mil páginas, lo tenía reservado para el puente sobre la M-30. Una vez allí, he desistido. Para empezar, un parapeto a modo de quitamiedos dificulta el acercamiento a la barandilla. Por si fuera poco, el tráfico rodaba esta tarde a demasiada velocidad como para acertar con el grueso libro dentro de un remolque.

Ya en La Elipa, cerca de la calle San Donato, donde vive Águeda, me he topado con una pequeña área de juegos infantiles. Allí bosteza un dragón verde, bastante alto, que a mi llegada estaba invadido de niños, algunos sentados en la cola, otros haciendo equilibrios sobre el lomo. Me ha dado el capricho de depositar el libro de Goethe en la boca del dragón, que forma una especie de repisa pintada de rojo. Me parece, no estoy seguro, que dos señoras me han mirado raro. A lo mejor el libro está ahora en casa de una de ellas, si no es que lo han tirado a la papelera por considerar que se trataba de un desecho nocivo para los niños.

De allí al portal de Águeda son cuatro pasos como quien dice. Lo he encontrado a la primera, sin necesidad de preguntar.

30

Nada de lo acontecido durante la media hora escasa que permanecí en el piso de Águeda guardaba la menor semejanza con lo que yo había imaginado. No es que esperase esto y encontrara lo otro, ni que mi limitada imaginación fuera incapaz de anticiparme nada que se saliese de las lindes de lo previsible. No. Ello es que, pasadas más de veinticuatro horas, no recuerdo un detalle de mi corta estadía en la vivienda que no me desconcertara ni me produjese al mismo tiempo una profunda incomodidad. Albergo dudas sobre la conveniencia de haber ido a casa de Águeda. Estoy persuadido de que la visita me traerá consecuencias, no sé si graves, pero desde luego negativas. Y ni siquiera me parece razonable echarle en cara a esa santa varona que se haya metido en mi vida cuando yo mismo le he abierto las puertas de par en par.

En adelante me resignaré a su compañía, ojalá esporádica, y eso es todo.

El gesto que puso al verme denotaba cualquier cosa menos sorpresa. Me pregunto si estaba segura de que tarde o temprano yo pulsaría el timbre de su casa. ¿O Patachula la había puesto sobre aviso de mi propósito?

Sin tiempo de arreglarse, Águeda me recibió descalza, remangada, con las manos mojadas y un delantal al que habría que volver del revés o mirar dentro de los dobladillos para hallarle unos centímetros de superficie sin manchas. Me alegró comprobar que sigue luciendo unos pies menudos y bonitos, bien conservados a pesar de los años que llevan transportando su poco agraciada persona. Recuerdo habérselos elogiado y besado en viejos tiempos, y también usado un par de veces, con su consentimiento, para un capricho erótico.

A su lado, el perro gordo nos dispensó a *Pepa* y a mí una acogida digna de mayores rivales. ¿No era este el animal achacoso que tosía y vomitaba, pobrecito, y al que había que ahorrar esfuerzos que pudieran reventarle el corazón? ¡Qué manera de ladrar y amenazarnos! Interpuesto en nuestro camino, nos enseñaba, estruendoso, desapacible, su dentadura inhospitalaria, negando que nos conociera. Yo habría pagado a gusto por patearle el hocico. Al cabo de unas blandas amonestaciones, Águeda logró que el gordo pusiera fin a sus ladridos y sólo entonces, cuando el animal se hubo calmado, ella retrocedió dos pasos en señal de que nos invitaba a entrar.

La casa olía a cerrado, a vapor de ducha, a coliflor hervida. Lo primero que vi fueron varios rimeros de cajas de cartón adosadas a la pared del pasillo, lo que me produjo la impresión de hallarme en el almacén de un trapero. Una de las cajas, abierta, mostraba un revoltillo de zapatos femeninos. Y de pronto, ahí delante, pasmada al verme, una niña desnuda de no más de tres o cuatro años. Deduje por su pelo mojado que la acababan de bañar. Ya le asomaba un indicio de lloro al labio inferior cuando echó a correr llamando asustada a su madre. Salió de lo que luego vi que era el cuarto de baño una mujer joven, también descalza, que cogió a la niña en brazos y, sin conocerme, no dudó en decirle que yo era un hombre bueno. Águeda se apresuró a corroborar:

«No hace daño. Es muy bueno». Y volviéndose hacia mí: «¿A que eres muy bueno?».

Interpreté mi papel en la escena de teatro infantil lo mejor que pude. Se me olvidó preguntar si debía descalzarme.

31

Tomé anoche la decisión de despedir marzo haciendo una excursión dominical a la sierra tras cerciorarme de que hoy no llovería, aunque hay bastantes nubes. Como de costumbre, primero he llevado a *Pepa* a hacer sus necesidades. Por el trayecto he comprado el pan y el periódico. Hasta ahí, nada anómalo.

Además de respirar aire puro y dejar que la perra corra a sus anchas, mi idea era mover un poco el coche, pues lleva bastantes días (desde la excursión a Aranjuez) muerto de risa en el garaje. Cerca de las diez y media lo tengo todo listo. Le coloco a *Pepa* el arnés, meto en la bolsa diversos libros que no volverán, dos bocadillos, un plátano y algo de bebida, y, cuando abro la puerta para salir del piso, descubro sobre el felpudo un objeto envuelto en papel de regalo que no estaba allí a mi vuelta de la panadería.

Por más que me estrujo el cerebro, no logro situar este papel en la memoria y, sin embargo, se apodera de mí desde el primer momento la sensación de que no es la primera vez que lo veo. Es rosa, con lunares blancos repartidos simétricamente. Los colores desvaídos, los bordes gastados y algunos corros amarillentos le dan aspecto de viejo. Así pues, durante la última hora, alguien que podía haberme entregado el paquete en propia mano ha preferido dejarlo delante de la puerta.

Antes me echaban notas anónimas en el buzón. ¿Ahora me hacen regalos a escondidas? Sopeso el paquete, le doy vueltas por si tuviera adherida una nota. Nada. La suspicacia me susurra que podría contener una carga explosiva; pero ¿quién soy yo para merecer la atención de una banda terrorista? ETA ya no existe. ¿Será una broma de los alumnos? ¿Una caja con excrementos o algo por el estilo?

En lugar de abrirlo, marco el número de Patachula. Me da igual si a estas horas aún no se ha levantado. Su voz suena efectivamente como salida de la garganta de un hombre que pocos segundos antes dormía como un tronco. Le pregunto si le ha revelado a Águeda dónde vivo. Se cabrea.

«Te di mi palabra de no hacerlo. ¿Por quién me tomas?»

No le digo nada del hallazgo en el felpudo. Tras la conversación telefónica, decido quitarle al paquete el papel de regalo. Ahora bien, no me fío. Lo deposito en el suelo del rellano y, por si acaso, me retiro un par de metros. Esperemos que el vecino de enfrente no me esté observando por la mirilla. Con el palo de la fregona aprieto el paquete contra el suelo y con la contera del paraguas le voy arrancando el envoltorio, hasta que asoma, no hay duda, un libro y entonces doy por terminadas las precauciones. Se trata de un ejemplar de *El Evangelio según Jesucristo* de José Saramago. Sigo sin comprender. El libro se encuentra en buen estado. Al abrirlo, descubro una dedicatoria escrita a mano con tinta azul y fecha de hace veintisiete años:

Para Toni,
mi tesoro, mi amor y mi filósofo,
con muchos besitos de

Águeda

Abril

1

El piso de Águeda estaba tan lleno de cajas, bolsas y cachivaches que nos tuvimos que reunir ella y yo en la cocina. Allí, en un rincón, junto a un cubo y una fregona, el perro gordo tenía una escudilla con agua y otra con un montoncito de comida seca. Receloso de que a *Pepa* le viniesen tentaciones de gorronearle la manduca, la engulló a toda prisa.

Por indicación de Águeda tomé asiento a la mesa, sobre la que se veían cubiertos para tres comensales, así como en un costado mi viejo frutero de porcelana con una pera solitaria en su interior. Más generosa que su mascota, Águeda me preguntó si deseaba cenar y respondí que no, gracias, que sólo iba a quedarme un rato. Me ofreció bebida y, agradecido, también decliné. Desde la cocina se oía el zumbido de un secador de pelo. Águeda reanudó la tarea interrumpida por mi llegada. Había puesto a calentar sobre el fuego de su aparato de gas una sartén con aceite y se disponía a freír rodajas de berenjena. Ya las tenía recubiertas de harina. Las fue sumergiendo con el tenedor en el huevo batido y poniéndolas en la sartén. Me fijé en que no llevaba la venda. Resultaba más agradable mirarle los pies, a pesar de las plantas renegridas, que la aparatosa cicatriz en el dorso de la mano.

En un segundo quemador hervía una cazuela con sopa. Me tentó sugerirle a Águeda que bajara la potencia del fuego, cubriera la cazuela con una tapa y abriese la ventana para darles al tufo y al vapor una vía de escape; pero quién soy yo para meterme donde no me llaman. Crecía en mí el convencimiento de haber cometido un error al visitar a Águeda en su casa. ¿No habría sido más conveniente esperar a uno de tantos encuentros por la calle y exponerle entonces, con calma, sin testigos, el asunto que deseaba tratar con ella? No hacía ni cinco minutos de mi llegada y ya estaba yo buscando el modo y la ocasión de despedirme.

Pedí disculpas por haberme presentado sin previo aviso. Águeda apartaba con leves manotazos mis palabras como dándome a entender que no eran necesarias tantas formalidades. Le conté lo que ella seguramente imaginaba, que nuestro común amigo Patachula, a quien me referí por el nombre verdadero, me había comunicado su dirección. Más no pude hablar, pues Águeda me interrumpió ansiosa por agradecerme en los términos más afables que hubiera ido a verla, daba igual si anunciando o no mi visita, pues su casa, según dijo, estaba abierta para todo el mundo y a cualquier hora, y por supuesto también para mí.

A continuación, bajó la voz para contarme que Belén y la pequeña Lorena llevaban cuatro días instaladas en la vivienda, sin atreverse a salir a la calle por miedo a que las descubriese el hombre del que se habían escapado. Le pregunté si lo conocía.

«Aún no he tenido el disgusto.»

Aprovechando que el maltratador se había ido a trabajar, Belén puso en práctica un plan de fuga ideado en secreto por ella en colaboración con un grupo de vecinos. Unas cuantas almas compasivas sacaron de la casa los bienes que pudieron meter dentro de cajas y bolsas. Y Águeda, que es todo corazón, dio secreto amparo en la suya a la madre y a la hija. Ambas llegaron con el terror en los huesos al refugio donde vivirán seguras mientras buscan remedio a su situación. Ayuda no les va a faltar.

«Y esa Belén, ¿por qué no presenta una denuncia?»

«Prefiere seguir con vida.»

Águeda, insistente, parlanchina, me invitó por segunda vez a cenar y yo volví a darle las gracias y a declinar el ofrecimiento. Y en esas estábamos, «quédate, hombre», «no puedo, de verdad», cuando Belén y su hija entraron en la cocina.

«Señoras y señores, con ustedes, la niña más limpia del mundo.»

Águeda se arrancó a aplaudir y yo, por no interpretar el feo papel de aguafiestas, la imité.

Seguían la madre y la hija descalzas, lo que parecía constituir una costumbre en aquella casa. La pequeña estaba en pijama y con el pelo seco. Como era obvio que se disponían a tomar la cena, no dudé en levantarme de la silla y ceder a cualquiera de ellas mi sitio junto a la mesa. Águeda intervino: «Ya le he contado a Toni por qué estáis aquí».

A la mujer le hizo gracia mi nombre. Se volvió a su hija y, en tono alegre, le dijo: «¿Has oído? Este señor se llama como el perro de Aguedita».

Y Águeda, con dificultades para aguantar la risa, declaró que se trataba de una coincidencia.

«Toni y yo éramos buenos amigos y nos hemos vuelto a encontrar después de mucho tiempo.»

Prolongué la visita unos pocos minutos, más que nada porque me retuvo en la cocina el capricho de la pequeña Lorena de acariciar a *Pepa.* Tan pronto como Águeda empezó a servir la sopa, anuncié que me marchaba, no sin antes hacerme el simpático con la niña y desearles a todas ellas buen provecho. Había permanecido media hora escasa en la vivienda sin haber dedicado una palabra al asunto que me había llevado hasta allí.

Por el camino de regreso, vi seis de los siete libros sacados esa tarde de mi biblioteca en el lugar donde los había abandonado, todos menos el tomo segundo de las obras completas de Goethe en la boca del dragón de La Elipa. De los demás, unos los dejé donde estaban; otros me pareció mejor depositarlos donde a la gente le resultara más fácil encontrarlos.

2

Papá pegaba a mamá. No a todas horas ni con saña ni en presencia de sus hijos salvo raras excepciones. A menudo la culpaba de obligarlo a hacer lo que no quería. Le hablaba entonces como si se dirigiera a una niña díscola y no a una mujer adulta, y me parecía ver en mamá menos a una madre que a una hermana rebajada a compartir fortuna con Raulito y conmigo. De una forma u otra, ella se las arreglaba para cobrarle los golpes y desaires recibidos sin que él se diera cuenta.

Desde mi perspectiva de receptor habitual de tortazos, no veía eso que ahora llaman violencia doméstica como una práctica en sí misma reprobable. Incluso la palabra *violencia* me suena a concepto demasiado técnico y como subido de tono para la cosa común que nombra. Papá pegaba a mamá. Papá y mamá me pegaban a mí, la segunda más que el primero. Papá, mamá y yo le pegábamos a Raulito, el cual se lo merecía por haber nacido el último. Lo nuestro era la bofetada tradicional, casera, que por supuesto dolía y humillaba, pero sin producir hematomas ni aterrorizar. Tundas salvajes como las que recibe del marido bruto la mujer que se ha escondido con su hija en casa de Águeda yo no las he conocido. Ni mi hermano ni yo hemos probado en nuestras carnes el cinturón o el palo paterno, tampoco la zapatilla materna.

Los profesores de mi colegio también sacudían a los alumnos de vez en cuando el polvo, con la anuencia, además, de los padres. Los niños asociábamos la bofetada en clase con los métodos de enseñanza vigentes en aquella época. La bofetada era por nuestro bien. Es lo que nos decían y así lo creíamos, y si nos hubieran instruido para agradecer cada una de las que recibimos, lo habríamos hecho con pleno convencimiento, besando si hiciera falta la mano de nuestros benéficos agresores.

En comparación con otras familias, tiendo a creer que en la mía se zurraba poco. A veces transcurrían semanas sin que resonase entre las paredes de nuestra casa el chasquido de una mejilla golpeada. Guardo en la memoria historias de compañeros de colegio y de niños de la vecindad que me siguen causando escalofríos.

Me habría gustado saber por qué papá pegaba a mamá. Si no hubiera muerto tan pronto, se lo habría preguntado, los ojos suyos y los míos al mismo nivel y libre yo de la dependencia económica. Sólo puedo enredarme en conjeturas. Obtener sumisión de la esposa no me parece que fuese un motivo relevante puesto que él podía conseguir idéntico resultado por medios pacíficos. En el plano intelectual, mamá lo respetaba sin restricciones y era obvio que, en cuanto el asunto tratado entre ellos excedía el marco doméstico, ella se esforzaba por eludir la pelea dialéctica, donde llevaba todas las de perder. Papá gobernaba como rey absoluto en el ámbito de la opinión, administraba el peculio familiar, tomaba las decisiones cruciales. Si la parienta no le disputaba ni un cachito de autoridad, ¿a santo de qué arrimarle candela? ¿Para apuntalar su autoestima, paliar la frustración, demostrarse a sí mismo que era el jefe de la tribu? Lo dudo. Me da que él encontraba en la violencia esporádica ejercida contra mamá un ingrediente de placer.

Yo nunca le asenté la mano a Amalia. Confieso, sin embargo, que a veces, dormido o en la vigilia, me complacía imaginar que le atizaba un bofetón, no por ira, ni para resarcirme de nada, ni por darme el gusto de experimentar poder, ni para castigar en ella lo que encontraba detestable en mí, sino pura y simplemente por el gozo de hacer sonar con mi mano su hermosa cara. Y lo que en mí no pasaba de ser un juego de la fantasía, jamás llevado a la práctica, puede que tuviese para papá, yo así lo supongo, un componente de adicción deleitable.

Por efecto del golpe imaginario, la cabeza se le volvía a Amalia bruscamente hacia un lado, sus rizos se agitaban con acompasada violencia un momento en el aire, las lágrimas daban brillo intenso a sus ojos y todas sus facciones resplandecían de enfurecida tristeza al tiempo que se mostraban tensas y desafiantes. Una visión prodigiosa. Es una lástima que la violencia cause dolor.

3

Me decanté por la filosofía porque vi en ella el camino recto hacia lo que yo deseaba ser, un hombre libre que transforma sus pensamientos en textos. Si la vida tiene el sentido que uno le da cuando fuerzas mayores no se lo impiden, ese habría de ser el mío, el de un ciudadano dedicado de lleno a reflexionar por escrito. Era joven, tenía salud y me acuciaba la necesidad de encontrar explicaciones.

Por supuesto que esto no se lo declaré a nadie. En casa dije simplemente que quería estudiar filosofía porque era lo que me gustaba. Papá me lanzó un dardo sarcástico delante del resto de la familia. Me preguntó si yo había hecho voto de pobreza. A mamá tampoco le hizo gracia mi elección. Me dijo a solas que habría preferido algo mejor para mí. ¿Mejor? «Ya me entiendes, unos estudios con buen futuro económico.» Así y todo, mis padres condescendieron. Interpreté que, aunque mi carrera universitaria les pareciese de segundo rango, aceptaban mi vocación de hombre libre. ¡Y tan libre! Desde que comenzó el curso, yo pasaba la mayor parte del día fuera de casa, adonde solamente iba a comer, dormir, ducharme y poco más.

Una noche, ya con la luz apagada, Raulito me contó de cama a cama que por la tarde papá había pegado a mamá, encerrados los dos en la alcoba matrimonial. «Luego tú no lo has visto.» «Pero lo he oído.» Insistió en que había que hacer algo. Ya no éramos niños. Podíamos pararle los pies a papá, sobre todo yo, que iba a la universidad y sabía expresarme. Le respondí que estaba muerto de sueño, que me recordase el asunto al día siguiente, y él, en efecto, me lo recordó y yo no hice nada porque en el fondo nada de cuanto acontecía por aquel entonces en nuestra casa me interesaba a menos que me afectase directamente.

Disconforme con mi pasividad, se conoce que Raulito emprendió por su cuenta y riesgo algún tipo de iniciativa en defensa de mamá. Alguna acusación, algún reproche, se le debió de escapar cuyo precio contundente pagaron sus mejillas. Yo no sé si es que me aludió o que papá atisbó en la acción temeraria de mi hermano un contubernio de hijos contra él; pero el caso es que, recién llegado yo a casa, vino a mi encuentro con pasos enérgicos; echó a Raulito, todavía lloroso, de la habitación y, duro de gesto, airado de ojos, dijo que él y yo teníamos que hablar.

Que no me hiciera el listo, que me tenía calado, que yo era la personificación de la zorrería, que seguramente había incitado al tonto, al servil de Raulito a decirle como cosa propia lo que pensaba yo en realidad, y que si tenía alguna queja de él como padre o como marido de mi madre se la soltara a la cara, «con hombría, me cago en la puta».

Hice cálculos. «Si me rebelo, si le refuto, si me levanta la mano y me defiendo o me largo de casa, mis sueños de libertad se vendrán abajo, puesto que dependo económicamente de este energúmeno. Pero si paso por el aro, renuncio igualmente a mi libertad.»

La Naturaleza propone otras opciones: el camuflaje, fingirse muerto, volverse venenoso...

Reuní calma y dije: «Mira, papá. No sé de qué estás hablando. Me suena todo muy abstracto».

Yo creo que la palabra *abstracto* le desordenó por un instante los hilos mentales. No tengo la menor duda de que le hizo efecto, aunque ignoro cuál. Una leve contracción de los músculos faciales lo delató. Y también sé que si no hubiera subestimado mis capacidades intelectuales, como subestimaba las de todo el mundo, aquel vestigio diminuto de lenguaje elevado no le habría sorprendido. Intuyo que lo consideró un rasgo de pedantería lo suficientemente ridículo como para ayudarle a superar el enojo que albergaba contra mí. Quizá interpretó que un estudiantillo de tres al cuarto lo estaba desafiando a un diálogo de altura. El veterano profesor se picó. Justo él que acababa de cagarse en la puta, se arrancó con un par de cultismos que no venían a cuento, hasta el punto de que pensé que me parodiaba. A Raulito le había partido la cara un rato antes; a mí me dio de pronto una palmada en la espalda, si bien demasiado recia como para conceptuarla afectuosa. «Saldrás adelante», me dijo con rencor sentencioso. En su opinión, la gente como yo siempre sale adelante, pero que no me hiciera ilusiones. España no es un país para filósofos. Hace demasiado calor. España es un país de playas, tabernas y fiestas populares. Y definió la filosofía como una actividad de solitarios amargados, habitantes de tierras oscuras. Una manera de matar las horas junto a los rescoldos de la chimenea, cuando fuera hace un frío que pela, sopla el viento y anochece a las cuatro o las cinco de la tarde. Que me desengañase, que la lengua española era adecuada para muchas cosas, pero no para la reflexión de calado. «Nuestro idioma está bien para la metáfora y el chascarrillo, el taco y las coplas. Es expresivo, pero impreciso.» Siguió un buen rato derramando desdén. Yo callaba, impertérrito, sin tentación alguna de llevarle la contraria. Nunca lo había visto tan estúpido, tan infantil, tan mezquino. Creo que finalmente logró entrever que al otro lado de mi silencio podía haber de todo menos admiración. Debió de juzgar, no sin lucidez, que sacudirle una bofetada a un estudiante que tenía la mesa cubierta de libros abstrusos le impediría salir airoso de la situación. Además, había revelado de sus ideas y convicciones más de lo que acaso convenía para mantener intacta su autoridad intelectual. Me miró sonriente, y sin duda para que yo no interpretara su sonrisa como una claudicación, me arreó otra palmada en la espalda, esta más amistosa que la anterior.

«Bien, Aristóteles, bien», fueron las últimas palabras audibles que pronunció antes de salir de la habitación hablando por lo bajo.

Tanto mamá como Raulito sintieron curiosidad por saber lo que habíamos hablado papá y yo. Advertí un mismo pasmo admirativo en la mirada de ambos cuando les conté que papá no me había tocado un pelo.

4

Resuelto el misterio que nunca fue tal. Águeda, ayer, a la salida del mercado: «Me daba cuenta de que buscabas algo en la vida y que eso que buscabas, fuera lo que fuese, yo no te lo podía ofrecer». Esta mujer no ha podido superar nunca nuestra separación. Recuerda cada detalle, cada gesto, cada palabra que dijimos en el momento de la despedida. Es como si todavía, después de veintisiete años, siguiera allí, quieta como una estatua a la sombra de un árbol de la plaza Santa Bárbara. Mi antigua relación con ella se me figura un episodio carente de la menor relevancia biográfica. De joven viví peripecias similares a porrillo; pero, claro, no me atrevo a decírselo por no herirla. Se conoce que ella invirtió ilusión, esperanza y mucho afecto en lo que para mí sólo fue una aventura a la que le queda ancho el calificativo de amorosa.

Ayer me dijo con semblante risueño, limpio de resquemor, en apariencia al menos, que por aquel entonces ella estaba segura de que tarde o temprano yo la dejaría. «Y sin embargo», añade, «habría sido capaz de todo con tal de retenerte.» Que no me ría. «¿Yo? Si no me estoy riendo...» Que si me hago cargo del precio que ella estaba dispuesta a pagar. Le respondo con franqueza: no tengo ni idea, nunca he hecho pasar por caja a nadie que quisiera estar conmigo, suena como a deseo de esclavizarse. Y ahora es ella la que se ríe. Dice: «Son muy pocos los capaces de entender a qué extremos puede llegar una mujer enamorada».

Me contó con palabras alegres que muchas veces se dio el gusto de ponerle a nuestra escena de la plaza Santa Bárbara un desenlace diferente. Así, por ejemplo, le digo de pronto que todo es una broma, que he fingido romper con ella para comprobar su reacción. O bien me alejo y, al llegar a la esquina, doy marcha atrás, arrepentido de mi decisión, y le doy el beso de saludo que un rato antes le había negado y aparecen unos violinistas y tocan a nuestro alrededor. A veces, en la misma esquina, me atropella una moto o un ladrón me hunde su navaja en el abdomen, impaciente porque tardo en entregarle la cartera; en todos los casos, ella se apresura a llamar a los sanitarios y de este modo contribuye a salvarme la vida.

También me dijo que hubo un detalle de nuestra escena de ruptura que al principio no le cuadraba. ¿Cuál? Pues que yo hubiese aceptado su regalo. Pensó: «Bueno, tendrá algo de mí dondequiera que viva». Y luego me siguió por la calle, a distancia, sin sorprenderse de que una mujer me estuviera esperando en el interior de un coche.

«Con la que te casaste, supongo. Me pareció muy guapa.»

De camino a su casa, reconoció el regalo en el escalón de entrada de un portal y lo conservó hasta el domingo pasado sin quitarle el envoltorio. Dice que ha soñado alguna vez que el azar nos reunía a los dos, al término de nuestras vidas, en un asilo de ancianos. Y, como fin de la película, ella me entregaba en el comedor del centro el libro de Saramago; yo le daba las gracias y hasta se me escapaba una lagrimilla.

«Tú sueñas mucho, ¿verdad?»

«Bastante.»

Le pregunté cómo se las había ingeniado para averiguar mi dirección. No me faltaron tentaciones de poner en la diana de mis sospechas a nuestro amigo Patachula. Me mordí la lengua. ¿Quién sabe los tratos y conversaciones que estos dos se traen a mis espaldas? Águeda respondió que en la era de internet resulta sencillo saber dónde vive la gente. Hasta hay una foto mía en la página web del instituto. Bastante antigua, por cierto; a ver si la cambio. Tampoco le supuso ninguna dificultad colarse en el edificio. Sólo tuvo que esperar a que saliera un vecino.

«¿Por qué no llamaste a la puerta?»

«Pensé que estarías en la cama.»

5

Desde hace dos días resuenan en mi pensamiento las palabras de Águeda. Vaya, vaya, vaya. ¿Conque es la cosa más fácil del mundo averiguar dónde vive la gente, seguirle el rastro en internet, meterse en los portales, subir a los pisos, depositar objetos delante de la puerta?

¿Y dentro de los buzones?

Nada más llegar a casa, he buscado en el fajo de notas anónimas una que no estuviera escrita ni con ordenador ni en letras mayúsculas a mano. Hay bastantes; por ejemplo, esta: «Se te ve muy solo desde que viniste a vivir a La Guindalera. Por algo será. Algo haces mal. Reflexiona».

O esta otra: «Llevas toda la semana con los mismos zapatos. Cerdo».

Comparo el texto de las notas con el de la dedicatoria escrita por Águeda hace veintisiete años en el libro de Saramago. Para mayor seguridad, los examino con mi vieja lupa de aficionado a la filatelia. Por más que miro y remiro, no encuentro semejanza ni en el tamaño ni en la forma de ambos tipos de letra. Los puntos sobre las íes difieren en su colocación; sólo los de las notas están perfectamente alineados con el palito de la i. Los rasgos caligráficos de Águeda tienen una apariencia más antigua. Sus erres son como las de mamá, aprendidas en cartillas escolares de épocas pasadas. Ningún alumno mío de ahora las hace así. Observando con detenimiento, se aprecian, sí, similitudes (la inclinación de ciertas consonantes); pero predominan las diferencias.

¿Qué significa todo esto? Ya sólo el hecho de que algunas notas estén impresas o escritas con mayúsculas demuestra que quien las redactó abrigaba el propósito de no ser identificado. Por esa regla de tres, el truco podría consistir igualmente en la deformación cuidadosa de la propia escritura.

6

He visitado la tumba de papá. «Es la última vez», le he dicho, «que vengo por mis propios pies. La próxima me colocarán encima de ti y así estaremos hasta que venza el plazo de concesión de la sepultura y nos peguen fuego.» No profeso especial afición a dirigir la palabra a los difuntos; pero hoy me he permitido una salvedad. Por un lado, me apetecía escucharme como si yo no fuera yo, sino un testigo imparcial de mí mismo; por otro, el viejo merecía que le contase si se cumplió en mí su vaticinio.

Digamos que acertó en el resultado, no en las razones. Mi pereza y mi temprano descreimiento, más que la circunstancia de vivir en un país abundante en bares, caluroso y festivo, me vedaron la posibilidad de dejar una muesca en la historia universal de la filosofía. No soy el iniciador de una corriente de pensamiento, ni el autor de un tratado, ni siquiera de un opúsculo. Publiqué hace años un puñadito de artículos cortos en diversas revistas especializadas, ninguno de ellos remunerado; pensé reunirlos en un libro; no llegué a releerlos todos, pues comprobé enseguida que no valían gran cosa, que eran un pisto de ideas sacadas de aquí y de allá, que estaban llenos de imprecisiones y redactados con descuido. Cada vez que me rondó la cabeza un proyecto de largo alcance y me senté a escribir, perdí las ganas a la primera dificultad. Sin embargo, a diferencia de papá, no experimento frustración. La conciencia de mis límites no me ha hecho infeliz. Y nunca he culpado a otros de mi falta de talento y ambición.

No creo en verdades absolutas, susceptibles de ser embutidas en un discurso especulativo. Detesto la jerigonza filosófica, la cosa en sí, «la razón de la sinrazón que a mi razón se hace» y, en fin, el lenguaje tecnificado, del que intento hasta donde sea posible dispensar a mis alumnos. Afirmar que el hombre es un «ser para la muerte» es decir lo que cualquier abuela sabe desde la noche de los tiempos: que todo el que nace, palma, sabiendo además que va a palmar. «Yo soy yo y mi circunstancia» es una buena frase para insinuar a nuestros huéspedes que vayan pensando en coger los abrigos y largarse. ¿Y qué decir de la chorrada de Descartes: «*Cogito, ergo sum*»? Meo y cago, luego existo. Conduzco un automóvil, luego existo. Llevo a cabo acciones propias de quien existe, luego existo.

Perogrulladas + lenguaje intrincado = filosofía.

El resto es refutación o comentario de lo afirmado por otros.

La filosofía ya cumplió hace tiempo su loable misión: liberarnos de las supersticiones religiosas mientras la humanidad se afanaba en el descubrimiento de la luz eléctrica.

Estoy con Jean Piaget. Pongo en duda que la filosofía pueda generar algún tipo de conocimiento o saber.

Nada de cuanto sea expresado fuera del dominio y el rigor de la ciencia puede aspirar a otra cosa que a convertirse en literatura. A veces, no lo niego, en buena literatura. Y aunque yo no se lo confieso a mis alumnos, me considero antes que nada profesor de literatura filosófica o literatura escrita por filósofos.

Creo, sí, que se puede pensar en estos y aquellos pormenores de la vida y ordenarlos y clasificarlos, y que algunos racimos de conceptos, silogismos, definiciones y máximas contienen belleza. No tuve nunca verdadero afán de crearla con mi esfuerzo. Fue suficiente para mí consumir la que forjaron congéneres más brillantes que yo. He pretendido entender y algo he entendido, aunque ni siquiera de eso estoy seguro. Considero necia la ambición de cincelar el nombre propio en la memoria de los hombres venideros, como si en ello residiera la posibilidad de una proyección más allá de la peripecia vital de cada uno. Nada permanece, tampoco la memoria. Me acuerdo bastante de mi padre; pero lo que recuerdo de él morirá conmigo si no se ha borrado antes. Queda una foto de mi abuelo Estanislao, el héroe caído en el frente de batalla por ideas que avergonzaron a su hijo. Mi bisabuelo, mi tatarabuelo, ¿quiénes fueron, qué cara tenían, cómo se llamaban? He leído mucho, quizá demasiado, en parte porque con frecuencia encontré en las páginas de los libros la belleza esa que he mencionado, a la que me vincula una especie de adicción placentera. Vine al mundo sin preguntas, me iré del mundo sin respuestas.

A mi entierro asistirán cuatro gatos, menos incluso que al de papá hace más de treinta años. No he sido nada y no he llegado a nada, tal como él me anticipó en su malévola profecía.

Se estaba bien esta mañana en el cementerio. Poca gente, buen tiempo, tranquilidad. Soplaba un viento ligero que difundía olores del campo sobre las tumbas. «Nos veremos a principios de agosto», le he dicho a papá a modo de despedida. Y con la confianza y el afecto que no debe faltar entre los miembros de una familia, le he preguntado si quiere que le traiga alguna cosa.

7

Lo que no le dije a Águeda en su casa porque no encontré el momento oportuno, porque estaba allí aquella mujer con su hija o por lo que fuera, se lo podría decir en otra ocasión a solas, no importa dónde. Por mí, en la calle. Total, no necesito más de cinco minutos. El miércoles, a la salida del mercado, estuve en un tris de sacar el tema. Me contuve. Temí que la conversación tomase un rumbo íntimo y se alargase demasiado. Hombre, ¿no acabas de afirmar que no necesitas más de cinco minutos para comunicarle tu ruego? Sí y lo repito. Ocurre, sin embargo, que pronunciada mi última palabra le tocará hablar a ella y, entonces, ¿quién es el guapo que echa el freno a su locuacidad?

La peor opción, con todo, sería llamarla por teléfono, ya que entonces Águeda averiguaría mi número, como por lo demás yo tendría que averiguar, Patachula mediante, el suyo. La consecuencia es obvia: establecido ese hilo de comunicación, ella no desaprovecharía la oportunidad de alargar hasta mí, tantas veces como quisiera, un tentáculo telefónico.

Y el caso es que todo lo que tengo que decirle se resume en una frase: «Por favor, no vengas a verme». Ensayo otras variantes: «Por favor, déjame tranquilo». «Por favor, déjame en paz.» Esta última es, como diría mi hijo, bastante *heavy*. Dicha la frase, podría añadir por si aún quedaran dudas: «Tengo suficiente con la compañía de mi perra». Ya sé que soltárselo así resulta grosero. Me gustaría que ella comprendiera y aceptara mi posición sin que se repitiese la escena de hace veintisiete años en la plaza Santa Bárbara.

No se me oculta que está en la menopausia, curtida de desengaños, y que quizá sólo trata de atraerme hacia una amistad meramente conversacional, como la que mantiene con Patachula, sólo que a mi amigo no lo busca con tanto ahínco como me busca, ¿me persigue?, a mí. Él, que cree saberlo todo de todos los temas, que sabe hasta lo que ignora y es, sobre todo, especialista en lo que ignora, tiene una teoría al respecto. Para empezar, su vinculación con Águeda está determinada por el hecho de que nunca trabaron lazos sentimentales. Congenian, eso es todo. No hay ni ha habido nada erótico entre ellos.

«Yo no formo parte de su mitología personal. Nunca la vi en pelotas.»

«Pues no te perdiste gran cosa.»

«Me lo figuro.»

Pata abriga el convencimiento de que el posible afecto, la posible simpatía, que yo pudiera inspirar actualmente en Águeda nace de la compasión. Si no me he dado cuenta de que ella actúa como actúa por altruismo. Está seguro de que yo le doy pena. Una pena similar a la que le dan los desahuciados, la mujer maltratada que tiene recogida estos días en casa o los mendigos a los que alguna vez prestó una habitación y una cama después de encontrarlos tirados en la calle, en días y noches de intenso frío, cosa de la cual he tenido por primera vez noticia esta tarde en el bar de Alfonso.

Y me pregunto yo por qué le tengo que dar pena a nadie y menos a una solterona que no se ha jalado una rosca en su vida y no sabrá jamás qué es un orgasmo como no vaya alguien y se lo cuente.

«Coño, pues porque te ve solo, comprando tus puerros y tus mandarinas de los miércoles, y piensa en la manera de ayudarte por si estás deprimido, no vaya a ser que te suicides.»

A este punto, ha soltado tal risotada que no ha habido una sola cara en el bar que no se haya vuelto a mirarnos. Después, en voz baja:

«¿O te crees que le gustas? ¡Anda ya!».

Me ha dejado de piedra.

8

A Amalia le daba mucha pena su hermana. De pronto, acordándose de ella, decía: «Pobre Margarita». Acostumbraba agregar a modo de coda dramática frases del tipo: «¡Quién sabe por dónde andará en estos momentos!», «¡Cuánto me gustaría echarle una mano!».

No obstante, Amalia fluctuaba en sus apreciaciones. Había veces en que, después de haber visto a su hermana o de haber hablado con ella por teléfono, se llenaba de rabia y la criticaba con dureza.

«Es una perdida.» «Está para que la encierren.» «Se cree que me regalan el dinero.»

En casa de mis suegros apenas se hablaba de Margarita, al menos en nuestra presencia; pero si alguno, durante la comida de turno o en la sobremesa, aludía a ella, no era raro que lo hiciera con acritud. Yo callaba. A mí ni me iba ni me venía el asunto de aquella supuesta ingrata que no llamaba nunca, ¡ni por Navidad!; que no mostraba el menor interés por el estado de salud de sus padres; que estaría quién sabe dónde cometiendo quién sabe qué delitos, ofendiendo gravísimamente a Dios y tirando al barro el nombre de la familia. Amalia, para tener la fiesta en paz, como solía decir, asentía de costumbre a los denuestos de sus padres, no les quitaba razón y a veces, entre bocado y bocado, deslizaba de manera oportunista algún juicio negativo contra su hermana.

Margarita había sido una muchacha extravertida y vivaz. Y muy guapa, dicho sea de paso. Habla en favor de su inteligencia y de su buen gusto el que no soportase el ambiente represivo que reinaba en la casa familiar. Por lo visto se daba mucha maña para el dibujo, tocaba la guitarra, hacía buenas fotografías, coleccionaba sobresalientes en el colegio; en fin, que tenía las mejores cartas para ganarle al futuro la partida. No pudo ser. Al cumplir los dieciocho años, sin medios de subsistencia, confiada tal vez en su buena estrella y en su fortaleza de carácter, decidió emprender una nueva vida. Había empezado estudios universitarios, que hubo de interrumpir al no poder costeárselos y acaso también (aunque no estoy en condiciones de afirmar si esto fue causa o consecuencia) porque el destino decidió arrojarla al fondo del precipicio por el que se despeñó mucha gente joven de aquella época: la heroína. Bueno, la heroína, el alcohol y todo lo que se les pusiese por delante.

Amalia tenía catorce años cuando su hermana se fue de casa. Estaba convencida de que ella se habría marchado igualmente en caso de haber sido la mayor. El mal ejemplo de Margarita disuadió a Amalia de emplear más tarde la misma estrategia. Aparentó someterse a la voluntad de sus progenitores. Valiéndose de esa astucia, logró alzarse con el título de hija predilecta, cosa fácil por otra parte, pues no tuvo rival. A sus padres, tan cerrados de mollera, les faltó imaginación para sospechar que su hija modélica había perdido la virginidad mucho tiempo antes del matrimonio, que disfrutó y festejó a escondidas cuanto pudo, que terminaría casada sólo por lo civil, que era una lesbiana de marca mayor y que ningún sacerdote mojó jamás la cabeza de Nikita sobre la pila bautismal.

«Si mi padre te pregunta qué has votado, dile que al PP.»

Y lo cierto es que tanto ella como yo otorgábamos en todos los comicios nuestro voto a la izquierda.

El arte del disimulo se nos daba de maravilla. Sin haberlo estudiado, lo dominábamos a la perfección. Había noches en que, al llegar a casa, sentía vergüenza al mirarme en el espejo. El disimulo, la hipocresía, el pasteleo, practicados asimismo entre nosotros, nos evitaba líos o los amortiguaba, y en líneas generales nos aseguraba una existencia cómoda, si bien a cambio de no hacer nada valioso ni heroico porque nada arriesgábamos, porque no había en nosotros un gramo de verdad y porque exudábamos cobardía por cada poro de la piel. Recuerdo un sinfín de escenas de matrimonio en las que Amalia y yo fingíamos con cinismo risueño y con palabras asquerosamente falaces que aún nos profesábamos afecto. Hoy, sólo de pensarlo, me entran arcadas.

9

Acabábamos de asistir a un espectáculo en el Teatro Español, Amalia hinchada de vientre en su octavo mes de embarazo. Una mujer de aspecto sucio y boca bastante despoblada de dientes abordaba a los espectadores que salían en masa del teatro para implorarles «una ayudita». Más de uno hizo un desvío a fin de no rozarse con ella. Para cuando quisimos darnos cuenta la teníamos delante, cortándonos el paso con la mano extendida. Amalia me susurró al oído que la esperase en el centro de la plaza. Deduje del tono apremiante de sus palabras que aquel no era el momento oportuno de pedir explicaciones.

Apenas me hube alejado un trecho, volví la mirada y vi que Amalia entregaba a la menesterosa algo que acababa de sacar del bolso. Tardó un buen rato en reunirse conmigo. Y me bastó verle los ojos húmedos para adivinar con quién había estado hablando. La cogí del hombro y, en silencio, bajamos hasta la Puerta del Sol. Allí esperé a que hubiera recobrado la serenidad para preguntarle si la mujer a la salida del teatro era su hermana. Amalia asintió con una sacudida triste de cabeza.

Me contó que Margarita le había faltado al respeto en medio del gentío, no precisamente en voz baja, y había dicho también cosas feas de mí aunque no me conocía, molesta porque Amalia estuviese embarazada y no se lo hubiera comunicado. «Pero si no sé ni dónde vive.» Amalia dio a su hermana algo de dinero, lo que no sirvió para que la otra se calmase; lejos de mostrar agradecimiento, arreció en sus insultos y reproches, hasta el punto de que un señor intervino en defensa de Amalia creyendo que estaba a punto de ser agredida por una loca.

Transcurrió cosa de un año. Una tarde, Margarita se presentó de improviso en nuestra casa. Nikita dormía en su habitación, dentro de la cuna, y Amalia tenía turno de trabajo en su emisora de entonces. Justo cuando, callado por fin el crío, me disponía a echar una cabezada en el sofá, sonó el timbre. Oí por el audio del portero automático la voz confusa de una mujer. No dijo quién era. Tampoco hizo falta. Lo adiviné al instante. Que si estaba Amalia. Le dije la verdad. No me creyó. En un tono de burla agresiva, me preguntó si yo era el mayordomo de la casa y tenía orden de mentir. Celebró su propio chiste profiriendo una risa ronca, como salida de la garganta de una fumadora empedernida. Me habría despachado a gusto si no fuera porque decirle a aquella fresca lo que me quemaba en la punta de la lengua me habría supuesto a buen seguro un conflicto con Amalia. Margarita seguía siendo un ser lejano para mí, poco más que un nombre mencionado de forma esporádica en la conversación. De hecho, nunca antes de pulsar el timbre de nuestro portero automático habíamos intercambiado ella y yo una sola palabra. Le repliqué no sin cierta acritud. «¿Tienes algo contra los mayordomos?» A partir de ese instante se mostró más suave, incluso zalamera. Si podía subir a ducharse. «Pues sube.» Estaba en los huesos y olía como olía. No se interesó por el niño, de lo cual me alegré, ya que no me apetecía que con su suciedad y su olor se acercase al chaval y me lo despertara.

«Qué chungo es todo, ¿verdad, tronco?»

Tras la ducha, envuelto el torso en una toalla, las piernas esqueléticas moteadas de psoriasis, pidió permiso para vestirse algunas prendas limpias de Amalia, luego de prometer que las devolvería a cambio de que le laváramos las que ella había traído puestas. Accedí convencido de que Amalia me habría de echar la bronca tanto si permitía a Margarita ponerse su ropa como si no. Conduje a esta hasta nuestra alcoba matrimonial. Vio la cama perfectamente hecha, con la colcha blanca y lisa, con cojines de adorno apoyados en la almohada, y preguntó al tiempo que soltaba una risa rasposa: «¿Aquí echáis los quiquis?». En el fondo, ella misma me había dado la idea de cómo debía comportarme en su presencia: como un mayordomo estirado e impasible. Y creo que no interpreté mal mi papel. Abrí de par en par las puertas del armario.

Sólo me faltó calzar unos guantes blancos para darle un toque cinematográfico a la escena. A la vista del abundante vestuario de Amalia, Margarita exclamó con mala baba: «¡Joder con los privilegios de la burguesía!».

Permaneció poco más de media hora en casa. Le ofrecí un secador. Lo rechazó diciendo que pasaba de comodidades, que el calor de la calle le secaría el pelo. Por el olor intenso que la envolvía me percaté de que se había servido en abundancia del perfume de Amalia. Ya vestida, me pidió algo de comer. No quiso que le preparase nada caliente. Alegó que tenía prisa. Abierto el frigorífico, le atizó varios lingotazos a morro a la caja de leche. Luego extrajo con un dedo mermelada de un frasco; se chupaba el dedo, lo volvía a hundir en la mermelada y así repetidas veces. En una bolsa de plástico que le proporcioné metió unas cuantas piezas de fruta, jamón de York y dos o tres rebanadas de pan de molde. No le supe negar un billete de dos mil pesetas que me socaliñó con carita de sufrimiento. «Qué bien te enrollas, mayordomo.» Y se marchó. Amontonados en el suelo del cuarto de baño quedaron sus zarrios pestilentes. Amalia los introdujo por la noche en una bolsa de basura y me pidió que los bajara sin falta al contenedor.

10

Ayer martes pasé por el mercado, dejando para hoy la compra de unos cuantos productos que no me urgían. A veces llevo bastante carga, o las hortalizas asoman por la abertura de la bolsa, o el pescado expande su olor, y entonces me incomoda la imagen que ofrezco cuando me paro a hablar con Águeda en la calle.

Hoy, al salir del mercado a la hora habitual, ella no estaba esperándome en la plaza. Confieso que al pronto he sentido un pinchazo de coraje. No por ella, desde luego, que es libre de acudir o no a mi encuentro, sino por mí, por el tiempo perdido yendo dos tardes seguidas al mercado y por el empeño inútil de preparar minuciosamente las palabras que llevo días queriendo decirle.

Ya me retiro decepcionado cuando oigo que me llama por detrás. Águeda se reúne conmigo alterada y jadeante, vestida con la gabardina horrenda que parece estar implorando asilo en un contenedor de ropa usada. Al principio atribuyo su excitación a la prisa que se habrá dado por alcanzarme; pero resulta que no, que ha hecho el trayecto desde su casa a paso rápido, sin perro, espoleada por una gran inquietud. Pregunta si le permito robarme cinco minutos, sólo cinco, lo jura, e invitarme a una consumición en la terraza del bar Conache, allí junto.

Bebiendo ella una infusión (no prueba el alcohol) y yo un cortado, me cuenta que ayer, a primera hora de la tarde, asistió por casualidad y de tapadillo a un diálogo telefónico de Belén. Ella se disponía a echar la siesta en el sillón que antaño perteneció a su madre. El sillón está colocado delante de una ventana de la sala, ya que Águeda gusta de aprovechar la luz del exterior mientras lee. Con la lectura y aún no digerido el almuerzo reciente, la fue venciendo el sueño, y ya se le habían cerrado los ojos cuando sintió que se abría la puerta despacito. A su espalda, en el extremo opuesto de la sala, oyó que Belén pulsaba las teclas del teléfono. Sin duda, en su nerviosismo, no se percató de la presencia de Águeda, oculta por completo tras el respaldo del sillón. Águeda prefirió no moverse de donde estaba y permanecer en silencio, más que nada, dice, para evitar que la «pobre mujer» se sintiese pillada usando el teléfono sin haber pedido permiso. Los susurros de Belén al aparato confirmaron a Águeda la naturaleza clandestina de la llamada. Hundida en el sillón, formó propósito de hacerse la dormida en caso de ser descubierta. Y así, quieta y temerosa de hacer ruido al respirar, escuchó frases pronunciadas en un tono de sumisión lastimera. No las recuerda todas, pero sí, con bastante exactitud, algunas: «Si me perdonas y prometes que no me pegarás...». «La niña, bien. Un poco triste por lo que está pasando.» «En casa de una buena mujer.» «Primero necesito saber que me perdonas.» «Sí, lo que tú quieras.» «Te lo agradezco y Lorenita seguro que también. Está deseando verte.»

Le pregunto si madre e hija continúan a estas horas instaladas en su piso. Me responde que por la mañana, al volver de un paseo con *Toni* ya no estaban, rompiendo de este modo el acuerdo de no salir a la calle hasta tanto las personas que se venían ocupando del caso hubiesen encontrado remedio a la situación. No obstante, pensando en que, agobiadas por el confinamiento, sólo hubieran salido a dar una vuelta por el barrio, Águeda les ha preparado la comida como en días precedentes. Le he dicho que podía haberse ahorrado la molestia si la tal Belén le hubiera dejado una nota.

«No se lo tomo a mal. La pobrecilla está tan asustada...»

Luego me refiere que las cajas con ropa y otras pertenencias de Belén y de la niña siguen amontonadas en su piso. De ahí el miedo que la embarga, pues teme que el bruto del marido venga de un momento a otro a buscarlas y le pida cuentas.

Conclusión: los cinco minutos que Águeda consideraba suficientes para contarme su historia se han prolongado por espacio de tres cuartos de hora, durante los cuales no ha habido posibilidad de decirle lo que me quema en la punta de la lengua desde hace un tiempo.

11

Antes que nada hemos debatido acerca de si debíamos escribir lista de convicciones o lista de certezas. Patachula objeta que las convicciones son subjetivas y a menudo cambiantes. No me ha parecido mal el argumento; en consecuencia, nos hemos puesto de acuerdo en consignar certezas a condición de que las compartamos, al margen de que estuvieran basadas en el estudio o la experiencia o tuviesen carácter premonitorio. No valían las que uno profesa y el otro no. Esto acordado, le hemos pedido a Alfonso una hoja de papel y un bolígrafo. Transcribo a continuación el resultado:

–La tortilla de patata siempre con cebolla.

–El capitalismo es detestable. El comunismo es peor. El capitalismo te permite a un tiempo llevar vida de capitalista y renegar del capitalismo, mientras que el comunismo es por principio incompatible con cualquier forma de disidencia.

–A principios del siglo XXII, España no existirá con sus fronteras actuales. «Esto huele más a convicción o vaticinio que a certeza.» «Es certeza», ha sentenciado Patachula. Y hemos dejado la frase en la lista.

–Una causa, por muy justa que sea, se vuelve dañina tan pronto como la defiende un fanático.

–La humanidad constituye hoy día una plaga. Razonablemente la Naturaleza, en busca de equilibrio ecológico, tomará tarde o temprano cartas en el asunto, diezmando dicha especie con ayuda de algún virus o bacteria letal.

–La *Divina Comedia* es un tostón.

–Somos de izquierdas, pero no todo el rato.

–China gobernará el planeta y hará olvidar por largo tiempo el significado de la libertad individual.

–La fiesta de los toros, en su forma actual, tiene los días contados.

–Follar es importante.

–Raymond Aron acierta de lleno cuando afirma que «revolución y democracia son nociones contradictorias».

–La vida es una singularidad temporal de la materia. (Esta frase la hemos sometido al veredicto de Alfonso, quien por toda respuesta nos ha mandado a la mierda.)

–Dios no existe.

12

Tuvimos una comida dominical tensa en el piso de mis suegros. Puede que Amalia no escogiera el momento oportuno ni el tono adecuado para tratar el espinoso asunto de su hermana. En casa, antes de salir, yo la había animado a hacerlo, acogiéndome al argumento de que nada se perdía por intentarlo.

Quizá debí sugerirle que hablase de Margarita al término del almuerzo, cuando, satisfechos los estómagos, estuviéramos todos gratamente ahítos y soñolientos, y el yayo Isidro, repanchigado en el sillón, se dispusiera a paladear el habitual chupito de anís.

Por razones que ignoro, tal vez porque se sentía nerviosa y el niño, que no paraba, le trastornó el plan o porque le escarabajeaba dentro de la boca lo que tenía previsto decir, el caso es que, no bien atacamos los entremeses, Amalia preguntó a sus padres, sin preámbulos suavizadores, si no accederían a perdonar a Margarita o, en todo caso, a prestarle ayuda (no especificó de qué tipo) para que su hija mayor pudiera salir del pozo en el que había caído, del que nunca lograría salir por sus propias fuerzas, etc. Todo esto y alguna cosa más lo dijo Amalia un tanto atropelladamente, mientras su padre y su madre comían impertérritos, sin levantar la vista del plato.

El viejo fue el primero en reaccionar. Atajó a Amalia, furibundo de ojos: «Tiene lo que se merece».

Y la santurrona aliñó la sentencia del marido con una dosis de resentimiento meloso: «No es una niña. Ya debería saber lo que hace».

Por espacio de varios segundos flotó sobre las cabezas un silencio tirante. Ni siquiera Nikita, tan inquieto desde primera hora de la mañana, se meneaba en su asiento. Pensé: «¿Cómo haría yo para convencer a Amalia de que se calle?». Por debajo de la mesa, conseguí rozarle un pie; pero ella no entendió la señal o no quiso hacerme caso, y soltó, ayayay, la bomba:

«Hemos sabido que Margarita cumple condena en la cárcel de Valencia».

¡Qué gente, Dios! No preguntaron ni cuántos años le habían impuesto ni por qué delito la habían condenado. Ni un comentario, ni una mueca, nada, como si la noticia no fuese con ellos, encastillados ambos en su dureza rencorosa.

Y ahora, sí, tras una patadita bajo la mesa, Amalia tomó la sabia decisión de no seguir hablando de su hermana. Tuvo el acierto de encontrarle un remate astuto a la conversación: «Bueno, yo ya os lo he contado», como dando a entender que su propósito había sido meramente informativo.

Sentada frente a mí, me dirigió una mirada que yo no dudé en interpretar como un ruego para que tomase sin demora la palabra. Elogié la comida; las facciones de mi suegra experimentaron un cambio súbito que confirmó mi buen tino en la elección del tema.

Fingí interesarme por los ingredientes de la ensaladilla rusa a riesgo de recibir una latosa lección culinaria, como así fue. Y, envalentonado por la aprobación gestual de Amalia, me arranqué a eslabonar lugares comunes sobre la situación escolar en España, la desmotivación y mal comportamiento de los alumnos y, en fin, sobre cuestiones que, por no afectar a ninguno de los presentes, fueron acogidas por todos ellos, según me pareció, con complaciente pasividad. Dichas cuestiones los dispensaban a un tiempo de permanecer incómodamente callados o de continuar a vueltas con un asunto delicado que con facilidad habría podido desembocar en una agria discusión. Y cada vez que mi suegro, al hilo de lo que yo decía, soltaba una de sus afirmaciones categóricas contra la juventud actual, su indisciplina y su falta de buenos modales, no tuve el menor empacho en darle la razón. Nos retiramos pronto.

13

Anoche, mientras cenaba, recibí una llamada telefónica de Patachula. Que si tengo un plan para el domingo. Él pensaba que, como estoy de vacaciones, a lo mejor se me había ocurrido salir de viaje. Le contesté que a gusto me largaría por ahí, a la playa, al extranjero, a recorrer España en coche, pero la perra me ata. Y entonces, sabiéndome anclado en la ciudad, me preguntó si estaría dispuesto a acudir a las doce del mediodía de mañana al piso de Águeda. Está previsto que a dicha hora el tipo que maltrata a su mujer recoja las pertenencias de esta y de su hija que quedaron en casa de Águeda, y convendría, por razones obvias, que el canalla no creyese que nuestra amiga vive sola, sin nadie que la defienda. «¿Y a ti te parece que entre tú y yo lo podemos asustar?» Me explica que se trata de interponer un pelotón de varones entre Águeda y el maltratador, con la posibilidad de organizarle a este último un escrache. Y, en todo caso, si fuéramos pocos, intentaríamos poner cara de abogados o de funcionarios de la Agencia Tributaria, lo que con frecuencia impone más respeto que los puños; de ahí que él hubiera decidido presentarse a la cita vestido de traje y corbata, y me pidió que yo hiciese lo propio. «A lo mejor encuentro en el Rastro quien me venda una toga y un birrete.» Aseguró que el chiste era buenísimo, pero que por falta de tiempo posponía para otra ocasión premiármelo con una carcajada. Cuántas veces le he visto partirse de risa con una chanza de su cosecha infinitamente menos graciosa.

Él, yo y otros vecinos, prosiguió, nos encargaríamos de bajar las cajas y bolsas a la calle, de forma que el tipo que casca a su mujer sólo tuviera que meterlas en su vehículo y se pudiese largar cuanto antes de la zona, no sin antes recibir una andanada de abucheos que le quitasen las ganas de volver por allí. Por razones de seguridad, convenía que no viese a Águeda. Después podríamos celebrar en un restaurante el éxito de nuestra acción. No hallando el modo de negarme a su propuesta, le respondí, más que nada por quitármelo de encima, que contase conmigo. Pasé una noche malísima, dando vueltas en la cama, caviloso y desvelado. Me detestaba a mí mismo con un furor tal que me impedía conciliar el sueño. Durante mi agitada vigilia, herido en mi amor propio, decidí que yo no iría vestido como para una boda a casa de Águeda.

14

Minutos antes del mediodía encuentro conciliábulo de vecinos en el portal de Águeda, con Patachula, hecho un pincel, fingiéndose no sé si abogado, notario o alto cargo de un ministerio en medio de ellos. Andaba la gente hormigueando por las escaleras con los cachivaches, las cajas de cartón y las bolsas, y amontonándolo todo más allá de la franja de jardín que antecede al edificio, en el borde de la acera. Águeda me recibe en su casa con un abrazo, el primero tras su reaparición en mi vida, y yo, mientras le correspondo con mi parte alícuota de la escena afectuosa por aquello de no representar el papel de desaborido, pienso: «¿Qué pretende esta mujer remangada y con delantal salpicado de manchas estrechándome entre sus brazos y, además, en presencia de testigos?». Luego he visto que hacía lo mismo con otra persona recién llegada y me he calmado.

Gordo, afónico, descortés, el perro negro nos ladra a *Pepa* y a mí con el propósito evidente de impedirnos la entrada. Su dueña lo manda callar llamándolo por mi nombre, que es como si me mandara callar a mí. El perrote antipático cesa en su actitud y viene, de pronto zalamero, a olisquearnos a *Pepa* el orificio anal, a mí los bajos del pantalón. Quedaban cuando yo he entrado en la vivienda pocas cajas arrimadas a la pared del pasillo. Bajo a la calle una con calcetines y ropa interior de la niña, y eso es todo lo que he hecho aparte de engrosar un corrillo de vecinos delante del portal, se conoce que dispuestos a llevar a cabo algún tipo de acción amilanadora contra el maltratador de Belén.

En esto, sucede algo que ninguno de los presentes se esperaba por mucho que la Naturaleza los hubiese provisto de fantasía. Y es que se detienen junto a las cajas un furgón funerario y detrás una moto. Como la calzada, de dirección única, es estrecha (debido, en realidad, a los coches aparcados en ambos bordes), me parece que el motorista, por tener el camino interceptado, echa pie a tierra para pedir que le dejen paso. Del vehículo negro descienden dos hombres de edad mediana, bien apersonados, vestidos a juego con el color de la carrocería; en cualquier caso, sin las trazas patibularias que mi imaginación había atribuido al marido salvaje. Pronto se revela que el motorista hace equipo con ellos.

Le pregunto a Patachula en voz baja cuál de aquellos individuos es el maltratador. Mi amigo, tan ignorante como yo, traslada la pregunta a un señor que está a su lado, quien tampoco sabe responder. Y así, pasándose la pregunta unos a otros, compruebo que no hay ninguno capaz de identificar al marido de Belén. Mientras tanto, el motorista, sin quitarse el casco, y sus dos acompañantes introducen o, por mejor decir, arrojan las cajas, las bolsas y todo lo demás en el espacio del furgón destinado al transporte de los ataúdes. Ninguno de los tres hombres se digna mirar a quienes los miramos en silencio a escasos metros de distancia. Tampoco hablan entre ellos. Supongo que dan por hecho que no hay más carga que la que han encontrado en la calle; sea como fuere, se abstienen de preguntarnos si hay más. Y sólo en el momento en que los unos suben al furgón y el motorista pone en marcha su moto, se produce un conato de escrache por iniciativa individual que el resto de las bocas congregadas en la acera no secunda. Comentando más tarde el episodio, Pata y yo llegamos a la conclusión de que la presencia del vehículo fúnebre nos había dejado a todos un tanto descolocados.

Salgo pitando para mi casa sin decirle adiós a Águeda. Veo que los demás suben en procesión a saborear la prometida recompensa de un piscolabis en el piso de ella y que, por tanto, el trámite de mi despedida no tendría carácter privado y podría alargarse más de la cuenta. Mi idea era llegar con tiempo a casa para darle a *Pepa* de comer, ducharme y acudir sin prisas a la cita con Patachula en el restaurante. Llego casi puntual y cuál no es mi sorpresa, mi asombro, mi estupor, cuando diviso desde la entrada, en una mesa al fondo del local, a mi amigo acompañado de Águeda.

Participo poco en la conversación, receloso de lo bien que congenian estos dos. De pronto les comunico mi decisión de pasar las vacaciones de Semana Santa con *Pepa* fuera de la ciudad, aún no sé dónde. Añado que me desplazaré en coche y pernoctaré en hoteles o pensiones que admitan perros. Me miran sorprendidos, supongo que por la brusquedad de mi intervención. Pata: «Ah, pues no me habías contado nada». «Es que no lo tenía previsto hasta hace poco.» Y mientras ellos siguen dale que te pego al asunto del maltratador y las pertenencias de Belén y Lorenita, yo dudo entre esconderme durante siete días en mi casa o salir verdaderamente de viaje.

Tras el postre, Águeda y Patachula se enzarzan en un toma y daca por decidir quién corre con los gastos del almuerzo. Los dejo entretenidos en la disputa cordial y me voy tranquilamente al servicio. No sé quién ha pagado la cuenta ni me importa. Para mí estaba claro que yo había ido al restaurante como invitado.

15

En casa, nada más volver del restaurante, marqué el número del hotel Miranda & Suizo. Lo elegí después de haber leído en internet que aceptan mascotas a cambio del pago de un suplemento. Confirmado por teléfono el dato, reservé para dos noches la única habitación que, según me dijeron, les quedaba libre y aquí estoy ahora, contemplando el cielo nublado de media tarde, el lento desfile de paseantes por la calle Floridablanca, una hilera de castaños de Indias con las hojas nuevas, y redactando estas líneas en una mesa de la terraza del hotel, bajo un toldo que no protege de nada, puesto que no luce el sol y no llueve. Sobre la mesa, el periódico del día, ya ojeado por mí, y una copa de coñac que he pedido por capricho de conferirle un aire burgués a mi ocio. En la mesa de al lado hay un tipo escribiendo con bolígrafo en un cuaderno. Más joven que yo, a ratos me mira con el rabillo del ojo. Yo lo miro de vez en cuando como al descuido, fingiendo que el objeto de mi observación está más allá de él. Calla. Callo. Sigo a lo mío y él sigue a lo suyo. Así da gusto compartir planeta.

No he venido a San Lorenzo de El Escorial más que a preservar mi soledad, sin otra ocupación que abandonarme a mis pensamientos y disfrutar de un tedio tranquilo. El propósito se ha visto un tanto perturbado en el momento de instalarme con *Pepa* en la habitación. A través del tabique llegaban los ruidos de una disputa de claro signo matrimonial. La voz de un hombre contendía con la voz de una mujer. He intentado entender lo que decían, sin conseguirlo. Tampoco me ha sido posible identificar el idioma extranjero en que se abroncaban. Por supuesto que la que más hablaba era ella. Me figuro de pronto que esta escena es uno de tantos lances de la guerra inmemorial entre hombres y mujeres, librada en una sucesión infinita de batallas a dos en todo el mundo; guerra, con resultado incierto, que durará lo que dure la especie. Por solidaridad masculina, he determinado que él tenía razón. Al respecto no abrigo la menor duda, como tampoco vacilaría en ponerme del lado de ella en el caso de que yo fuera mujer. Los silencios de él me resultaban familiares. Son silencios de varón que calla para no empeorar las cosas, para no perder el dominio sobre sus impulsos, para no abrir nuevos cauces a la discusión, para no dejar residuos dialécticos que pudieran acarrearle complicaciones y desventajas en peleas futuras, para acabar cuanto antes con el espectáculo bochornoso que acaso se esté escuchando al otro lado de techos y paredes, para evitar que la discordia comporte restricciones sexuales y porque la parla veloz de ella no le permite meter baza en la conversación y porque él ya no recuerda bien cómo empezó la zaragata ni por qué. Si hubiera un ventano en el tabique, yo lo abriría para mostrarle al compañero de sexo un pulgar hacia arriba en señal de que le deseo la victoria frente a la Amalia de turno, se llame como se llame, y de que cuenta con mi apoyo, no importa cuál sea la postura por él defendida en la discusión.

Le susurro a *Pepa:* «Esta gente nos va a obligar a divertirnos».

Dos noches en el hotel, de traza antigua, con ventanas que dan a la sierra y todo el encanto de los suelos crujientes de madera, no me las quita nadie. El miércoles decidiré si continúo el viaje o vuelvo a casa. Allá se ha quedado sola la pobre Tina con su lencería seductora y su mirada inmóvil.

Me pregunto si el tipo que escribe en la mesa de al lado y hunde su picatoste en una taza de chocolate estará en una situación personal semejante a la mía. En mis pensamientos le dirijo la palabra: «Perdone que lo interrumpa. ¿Usted también ha decidido poner fin a su participación en esta comedia trágica que llaman vida y mantiene, como yo, un diálogo sin interlocutores, en prosa cotidiana? ¿Se puede saber qué escribe usted con tanto afán en ese cuaderno? ¿Por qué no me mira de frente y me formula las mismas preguntas que yo le formulo a usted? ¿Se acordó de añadir a su equipaje la sustancia letal o la ha dejado en casa para cuando llegue la hora prefijada? No hace falta que me responda. En realidad, no me interesa lo que pudiera decirme. Lo único que le pido es que, si está alojado en este hotel, tenga la amabilidad de no arrojarse por la ventana. Dejaría las baldosas de la calle hechas una porquería y, además, ya ve que por aquí pasan niños».

16

Diversos ramos de flores se reparten en torno a la cruz y al nombre esculpidos en la piedra blanca. Al parecer, el señor aquí sepultado, de estatura menguada y poco ducho en materia de compasión cuando vivía, sigue concitando adhesiones a los casi cuarenta y cuatro años de su muerte. Uno de los ramos, el de claveles blancos y rojos envueltos en celofán, está provisto de una cinta que repite los colores de la bandera nacional. Si Patachula supiera adónde he venido, me pediría explicaciones. Anoche la curiosidad lo indujo a escribirme al móvil. ¿Controla mis movimientos? Le respondí que tengo previsto pasar toda la semana en Cáceres, ciudad lo suficientemente lejana de la nuestra como para apartarlo del propósito atroz de visitarme.

Confieso que esperaba encontrar más fascismo entre estos muros altos y bajo el mosaico de la cúpula; pero todo lo que veo a mi alrededor (aprovecho para accionar mi ametralladora de adjetivos) es religión suntuosa, maciza, pétrea, trasnochada, recorrida por excursionistas, algunos de los cuales no cesan de parlotear. Por ahí va un padre joven empujando un carrito de bebé, por allá una chicuela con pantalón corto que deja al aire la alegría de unas piernas adolescentes, por acullá un grupo lento de jubilados. Más de un visitante se pasa por el forro la prohibición de hacer fotografías.

Vivo en un país que consagra un templo ciclópeo a la veneración de un general victorioso en una guerra entre sus habitantes. Los socialistas actualmente en el poder están empeñados en sacar los restos del difunto uniformado a fin de inhumarlos en otro sitio, sin acceso al público. De hecho, el Gobierno ya había obtenido en el Congreso la aprobación de su decreto a principios de año, pero la suspensión cautelar impuesta por no sé qué magistrado y la resistencia de los familiares del difunto han impedido por ahora consumar la reubicación del cadáver.

Al atravesar las distintas secciones del largo corredor que conduce en línea recta al crucero, he ido dejando caer con disimulo los primeros papelitos. Cojo unos cuantos del bolsillo de la americana y los voy soltando de uno en uno por delante de mis piernas. Son tan pequeños que no abultan más que la uña del dedo meñique. Sólo de cerca se aprecia su sentido, y aun eso a condición de que caigan con la parte coloreada hacia arriba. Detrás de mí se va formando un reguero como el de las piedrecillas de la historia de Hänsel y Gretel que mamá nos contaba a Raulito y a mí de niños.

Llegado al crucero, rodeo el altar mayor en busca de la sepultura de Franco. Como delante de la losa se arraciman unos cuantos visitantes, me desvío hacia la capilla del Santísimo, donde aprovecho para diseminar una docena de papelitos en el pasillo y debajo de algunos bancos. Veo, ¿dónde?, junto a la entrada de la capilla de enfrente, a un empleado de seguridad con uniforme y porra. La vigilancia se me figura discreta, tirando a escasa, a menos que haya cámaras ocultas o celadores camuflados entre los turistas. Al poco rato, compruebo que no hay nadie junto a la tumba del dictador. Me voy entonces despacio para ella y, al llegar, me agacho con calma y finjo ocuparme de las flores, como queriendo mejorar su colocación. Con la mano libre espolvoreo un puñado de papelitos sacados del bolsillo, lo menos veinte o treinta que quedan esparcidos sobre la losa. Me retiro un paso. Si alguien me está observando, supondrá que soy un nostálgico del franquismo a punto de ponerse tieso y, en su arrobo patriótico, hacer el saludo romano. Advierto que mis movimientos tranquilos no han llamado la atención. Nadie se acerca a mí. Y sabiéndome a resguardo de miradas, hago bocina con las manos como si me rascase a un tiempo ambas mejillas, a la vez que lanzo un escupitajo sobre la losa.

La idea de homenajear así a papá se me ha ocurrido por la mañana, de paseo con *Pepa* por el centro de la localidad, al avistar el escaparate de una papelería. En dicho establecimiento he comprado por una suma módica de dinero todo lo que necesitaba: rotuladores de punta gruesa y unas tijeras escolares. De vuelta en la habitación del hotel, trazo en sentido horizontal, sobre dos folios en blanco, líneas alternas rojas, amarillas y moradas, siempre en ese orden hasta cubrir todo el espacio del papel. Luego, con las tijeras, corto tiras finas en sentido vertical y, cada una de estas, en cuadraditos que abarcan los tres colores. Calculo que habré reunido cerca de un millar de diminutas banderas de la Segunda República. Me las he metido en un bolsillo de la americana; he besado a *Pepa* en la frente, prometiéndole no demorarme más de lo estrictamente necesario, y me he dirigido en coche al Valle de los Caídos, donde yo no había estado jamás. Quizá Nikita sí; tendría que preguntárselo.

17

Lo siento por *Pepa,* que se ha pasado varias horas jadeando en el asiento trasero, estresada como consecuencia de los meneos del coche; pero no ha habido más remedio que viajar a Extremadura. Nubes, nubes, nubes. A la altura de Navalmoral de la Mata ha empezado a llover y ya no ha parado en lo que quedaba de trayecto. Patachula, indagador, metete, volvió a escribirme ayer, antes de la cena. Que qué tal en Cáceres y que le mandase desde el móvil fotografías de *Pepa* en el casco antiguo de la ciudad. Atrapado en mi embuste, me puse a buscar a la desesperada un alojamiento con ayuda de internet. ¡A corto plazo y en Semana Santa!

«Estamos completos.»

Acto seguido, otro hotel, otro número, otra voz... y la misma respuesta. ¿Cómo le explico de manera convincente a mi amigo que no me es posible mandarle ninguna fotografía de Cáceres estando en Cáceres? El muy bellaco quizá sospeche que no salí de casa y quiera pillarme en un renuncio. A veces no puedo menos de ver en él a una segunda Amalia que controla mis movimientos y me pide cuentas igual que la primera. Se me ocurrió anoche, como única solución, engañarlo con la verdad, y en vista de que no encontraba alojamiento para *Pepa* y para mí en Cáceres, resolví buscarlo en alguna población cercana desde la cual desplazarme en coche a la capital de la provincia, hacer las malditas fotografías y mandárselas a Patachula. Lo intenté en Trujillo. «Estamos completos.» En Arroyo de la Luz. No admitían perros. Seguí estudiando el mapa y haciendo pesquisas y llamadas telefónicas. Finalmente conseguí alojamiento en Mérida, en un hostal llamado Las Abadías, donde ahora, ya noche cerrada, escribo esta página. No es un establecimiento de lujo, pero la limpieza y el servicio me parecen intachables.

Desplazarme a Cáceres poco después del largo y pesado viaje desde San Lorenzo de El Escorial me ha parecido una insensatez. Habríamos llegado a nuestro nuevo destino, distante más de setenta kilómetros de aquí, a la caída de la tarde, por supuesto bajo la lluvia, con *Pepa* encogida de miedo, y aún nos quedaría el viaje de vuelta. ¿Solución? Dar un paseo por el casco antiguo de Mérida y darle a entender a Patachula, mediante fotografías, que he dedicado la jornada a visitar esta ciudad, ocultándole que me alojo en ella.

A cubierto de un paraguas que me han prestado en la recepción, busco al azar monumentos famosos de Mérida. *Pepa,* mojada y mansa, se resigna a que la fotografíe bajo el Arco de Trajano, al comienzo del puente romano, ante el muro de la alcazaba y en otros sitios reconocibles. Y tras una cena ligera en un bar de la plaza de España, vuelvo a la habitación del hostal provisto de una botella de coñac, pues algo me dice que la noche va a ser larga y se me poblará de cavilaciones y fantasmas. Seco lo primero de todo a *Pepa,* baja de ánimo, sin apetito ni vitalidad. He estado un buen rato abrazado a ella, sintiendo el peso caliente de su cabeza sobre el hombro, antes de agarrar el móvil y dársela con queso a Patachula. Percuten en mis oídos, a través de la pared, los ronquidos de un extraño.

18

A Patachula, como a Jean Améry, a quien mi amigo tiene por autor de cabecera, le disgusta la palabra *suicidio,* aunque a veces la usa. Yo intuyo que su disgusto no lo motiva tanto la palabra en sí como la circunstancia de vincularse o de que lo vinculen con ella. Dice que cuando la lee o la escucha le viene la imagen de un individuo que se agrede salvajemente, buscando hacerse el mayor daño posible de paso que acaba con su vida. Prefiere la locución *muerte voluntaria,* en la que atisba connotaciones más sosegadas y menos sangrientas, así como «una nota de elegancia metafísica» que a saber lo que significa. Le sugiere una despedida conforme a los cánones de la buena educación, que es a lo que Patachula aspira y a lo que yo, según él, debería aspirar. Esto es, procedo a abandonar el mundo de los vivos y, cumpliendo mi voluntad soberana, efectúo el tránsito por la puerta que llaman muerte, sin dejar el suelo salpicado de manchas repulsivas. Patachula es capaz de fatigar horas teorizando sobre la materia.

Hoy, en Cáceres, con un tiempo de perros, me ha llenado el WhatsApp de mensajes. No bien recibe una fotografía de *Pepa,* hecha bajo la lluvia en la plaza Mayor, me escribe a modo de acuse de recibo lo siguiente: «Juan 10:30: "Yo y el Padre somos una sola cosa". Por tanto, si Jesús de Nazaret es Dios, en su crucifixión medió consentimiento. La Semana Santa conmemora la historia de un suicida». ¿A qué viene esto? Me abstengo de preguntárselo. Creo haber cumplido con él mandándole la fotografía que prueba mi presencia en Cáceres.

Una hora después, sentado a la mesa de un restaurante, me llega otro mensaje suyo mientras saboreo un plato de carillas con verdura, al que debía seguir en breve una ración de pestorejo extremeño con patatas fritas. Leo: «He repasado la clasificación de Durkheim. Entre el suicidio altruista, el anómico, el egoísta o el fatalista, ¿por cuál te inclinas? Si lo tienes claro, ¿me podrías recomendar alguno? Es urgente». Le comunico que ahora no puedo, pues estoy en plena faena nutricional en un restaurante. «¿Acompañado?» «A lo mejor.» Que no desperdicie la ocasión de disfrutar de un plato de pestorejo. Yo: que ya es tarde, pues he pedido otra cosa y pronto me la servirán. Hago señas al camarero para que se acerque a mi mesa. Le pregunto si estoy a tiempo de cambiar el segundo plato. Me dice que lo tiene que consultar en la cocina. Se va y vuelve. No hay problema. Entonces escojo una ración de chanfaina sin saber con exactitud en qué consiste, simplemente por librarme de la sensación de comer al dictado.

Pata no para de escribirme, aunque sabe de sobra dónde estoy o quizá por eso, por darse el gusto de joderme el almuerzo. Conozco a mi amigo lo bastante para atribuir su incontención comunicativa al efecto compensatorio de algún psicofármaco. Que le mande una foto de mi comida y, si no hay inconveniente, de la persona que me acompaña. Ya basta. Silencio el móvil; después lo apago, decidido a librarme del acoso.

Me agradaría callejear por Cáceres; pero llueve, las tiendas están cerradas, yo tengo los pies mojados y *Pepa,* pobrecilla, parece que acaba de caerse a un río. Ya sólo faltaría que se me pusiera enferma. A las cuatro de la tarde estamos de vuelta en el hostal de Mérida, sin plan, sin ganas de nada, sin alegría. Enchufo el televisor con la idea de no oírme respirar. Acurrucada junto a la pared, la perra me clava una mirada lánguida y a buen seguro acusatoria. A mí me repite la chanfaina. Se me forma una bola de asco en la garganta. Intento arrastrarla hacia el canal alimentario bebiendo un culín de coñac que queda de anoche. Como no se produce el efecto deseado, pienso seriamente en vaciar el estómago metiéndome los dedos. Mañana temprano volveré a casa, de donde el otro día no debí salir.

Ya el cielo oscuro y yo en pijama, conecto el móvil y veo una ristra de mensajes de Patachula, provocadores, insolentes, humorísticos, morbosos. En el último, enviado a las 19.23, me comunica que me ha llamado varias veces a lo largo de la tarde y empieza a preocuparse pensando si me habrá ocurrido algún accidente. Que por favor lo saque de dudas «en caso de seguir entre los vivos». Le escribo con dedo furioso que estoy de vacaciones y no me apetece hablar con nadie.

Me responde de ahí a poco:

«Perdona la equivocación. Creía que éramos amigos».

19

Devuelta la tarjeta llave y pagada la cuenta, me digo que aún es temprano, las siete menos diez de la mañana, y desayunaré por el camino; pero llovía tanto que he preferido llegar a casa cuanto antes, así que sólo he hecho un alto, nada más salir de Mérida, para llenar el depósito.

Las gotas percutían en el parabrisas lo mismo que los mensajes de ayer de Patachula en mi pensamiento. He dormido fatal, si es que algo he dormido, y no sólo por culpa del roncador de la habitación contigua. Mi amigo habla mucho, demasiado, de la muerte voluntaria. Me recuerda a Cioran, quien cada dos por tres disparaba afirmaciones rotundas sobre la cuestión y al final murió de viejo, debidamente atendido en un hospital.

La transformación del suicidio en un tema, no sé si obsesivo, pero en cualquier caso recurrente, se me figura a mí una añagaza para mantenerlo a distancia, pues reducido a materia de meditación, de comentario, de diálogo, trivializado en suma, ¿cómo va a ser peligroso, cómo va a acarrear consecuencias, cómo va a gobernar nuestras pesadillas aunque parezca que lo tenemos a nuestro lado a todas horas? Yo he aprendido que una cosa es pensar en el suicidio y otra muy distinta sufrir su callada y constante dominación. Algo similar sentenció Cioran en uno de sus escritos, se me ha olvidado en cuál. Patachula seguro que se acuerda de la cita exacta. Yo prefiero renunciar a una posición intelectual sobre el asunto. Delego en los vencejos. No bien hayan vuelto de su viaje migratorio, hablarán por mí. «Sigue adelante o no sigas», me dirán con sólo revolar por encima de mi cabeza. En este terreno no hay una teoría a mi medida. Ni opinión. Ni razones. Esto se resuelve con un sí o un no en el último momento.

Conduzco, hablo conmigo, llueve. Delante de mi cara estalla a cada instante un chisporroteo de gotas contra el parabrisas; a mi espalda, los jadeos de la perra lijan el aire; dentro del cráneo me gorgotean los pensamientos inducidos por los mensajes de ayer de Patachula. Ahora mismo no sé si nuestra relación de amistad está rota. ¿Me importa, me duele? Pues sí, mucho. Ya que no me es posible viajar dentro de una envoltura de silencio, como me gustaría, conecto la radio y trato de distraerme con la música, los ojos fijos en la carretera sin apenas tráfico, todo el cielo ennegrecido de lúgubres nubarrones.

Odio la lluvia; pero una vez la amé. Tendría yo seis o siete años y voy caminando con Raulito y con papá. ¿Por dónde? El recuerdo se niega a proporcionarme imágenes diáfanas. Sé que estamos de regreso, mamá nos espera y de pronto, al atravesar lo que la memoria me pinta borrosamente como un descampado, nos sorprende un chaparrón. La lluvia rompe con tal violencia que se forma una neblina a ras del suelo. Los tres nos reímos empapados y felices, papá el que más, tan juguetón, tan saltarín como sus hijos. En esto, clonc, clonc, rebota a nuestro alrededor un sinnúmero de piedras de hielo. Raulito profiere un ay. Papá nos insta a arrimarnos a él. Con la fuerza inmensa de sus brazos nos aprieta a mi hermano y a mí contra su vientre, al tiempo que se inclina hasta cubrirnos con su torso. Se conoce que yo no soy lo suficientemente rápido o no obedezco a su satisfacción, y me arrea un cachete ni fuerte ni doloroso. Al fin nos tapa con el techo de su corpulencia y él soporta el pedrisco soltando unos tacos terribles. Y era lo malo de papá, que incluso en sus momentos estelares, cuando mostraba grandeza de ánimo y se sacrificaba por los suyos, apenas dejaba un resquicio para la ternura.

Aún no son las diez de la mañana cuando entro en casa. Busco lo primero de todo un orgasmo con la participación silenciosa de Tina; pero me detienen sus ojos yertos que parecen decirme: «Te ha pegado tu padre, ¿verdad? ¿Así cómo vas a gozar?». Comprendo que tiene razón. Mejor lo dejamos para la noche. Ahora convendría sacar la ropa sucia de la maleta y meterla cuanto antes en la lavadora. A Patachula lo llamaré otro día.

20

Lo que yo no supe hasta más tarde fue que Margarita y Amalia, de niñas, se llevaban a matar, si bien en un plano digamos más sutil que en el que nos movíamos Raulito y yo; quiero decir que lo de ellas sucedía principalmente en el campo de las palabras más que en el de las acciones. Con pocas salvedades: cierto día, Amalia mordió a su hermana e Isidro riñó a esta por no haberse defendido.

Todo ello me lo contó Amalia una noche durante un arrebato sentimental provocado, en parte al menos, por el mucho vino que había ingerido. Persuadida por la psicóloga penitenciaria, en un momento determinado su hermana dejó de rechazar la ayuda que Amalia le ofrecía. Se conoce que la muerte de una compañera de celda a causa de una sobredosis aterró a Margarita lo suficiente como para deponer su tozuda resistencia. Por delante tenía el cumplimiento del resto de la condena, finalmente reducida a tres años y medio; el tratamiento penoso de la hepatitis C; el arreglo de la dentadura, que nosotros le financiamos, y el ingreso en el mercado laboral una vez superada la drogadicción al amparo del Proyecto Hombre. Lo habían conseguido otros, incluso después de alguna que otra recaída, ¿por qué no lo iba a conseguir ella?

Nunca tuve ni busqué la oportunidad de preguntarle sobre su infancia y adolescencia en la casa familiar. Ignoro, pues, cómo veía ella todo lo que al respecto me contó Amalia, cuya versión, en resumen, era más o menos como sigue.

Margarita tiene cuatro años cuando su madre regresa de la Maternidad de O'Donnell con una niña recién nacida. Lo que al principio sólo parecía una muñequita sonrosada que gime desvalidamente y se mueve sin cables ni pilas no tarda en revelarse como una competidora feroz a la hora de acaparar la atención de sus padres. Hasta ahí nada nuevo en la historia de la humanidad. Durante un periodo que se prolongará hasta la entrada en la adolescencia, la salud frágil de Amalia constituirá una preocupación constante para sus padres, lo que en la práctica se traducirá en una desatención de Margarita, que desde muy joven se sintió poco importante y poco querida, obligada a contentarse con las migajas de afecto que le sobraban a su hermana. «Hija», le decía su madre, «tú eres fuerte, gozas de salud y te puedes valer por ti misma, mientras que Amalia... ¡Pobrecita!» A su padre, estas cuestiones de índole psicológica se le figuraban veleidades femeninas, rasgos de debilidad y coquetería, mimos. «También tú debes ocuparte de tu hermana», le dijo un día en tono de reproche a su hija mayor, cargándola con una responsabilidad que terminó de destruir la poca autoestima que la niña albergaba.

Amalia, la noche aquella en que el vino le entristeció los recuerdos, creía sin sombra de duda que el sentirse relegada había causado una herida incurable en la sensibilidad afectiva de Margarita. A esa desgarradura emocional se añadieron después las disensiones con los padres propias de la pubertad, agravadas en su caso por la circunstancia de que el ambiente doméstico era represivo a más no poder, al tiempo que se le seguía exigiendo obediencia estricta a una edad en la que lo natural es que la gente joven quiera desasirse de las sujeciones familiares. «Yo creo que Margarita se hacía daño a sí misma para castigarnos a mí y a mis padres. Como si dijera: mirad las consecuencias del trato que me habéis dado.» Y ese presunto castigo o venganza no se satisfacía nunca por la sencilla razón de que no servía para arreglar nada, mucho menos para modificar el pasado, y porque en el fondo, según el firme parecer de Amalia, Margarita se detestaba a sí misma.

21

Esta mujer que a mediodía de un domingo del verano de 2005 llevo en mi coche al aeropuerto es programadora informática. Abandona su país decidida a instalarse para siempre en Zúrich, donde su pareja sentimental (un suizo redondo y colorado, once años mayor que ella, con el que conversa en inglés y con el que se casará más adelante) la ha incorporado a su empresa. Esta mujer es mi cuñada Margarita, que por razones que Amalia no me ha sabido o querido explicar, se ha empeñado en que yo la lleve al aeropuerto.

«¿No puede coger un taxi o qué?»

«Pues llámala y dile que te niegas.»

Paso a recogerla a la hora y en el lugar que Amalia me ha indicado. Anoche mi cuñada nos convidó a una cena de despedida en un restaurante de postín. Nadie me dijo que hoy tenía que ejercer de chófer. Sigo viendo en Margarita una mujer extraña a la que sólo me une un lazo débil de parentesco adquirido. Es guapa, tiene distinción, viste con elegancia. Diez años atrás esta señora atractiva que ni fuma ni prueba una gota de alcohol era un guiñapo humano, un esqueleto pestilente y una presidiaria. Nos saludamos en la acera con un leve roce de mejillas. Me agrada la fragancia que la envuelve. Apostaría a que le parezco un don nadie.

La maleta pesa horrores.

«¿Llevas un cargamento de piedras?»

«Doy por hecho que me harán pagar el sobrepeso.»

Se va a vivir al extranjero sin despedirse de sus padres, con quienes no se habla desde hace más de dos décadas. No perdona, no la perdonan. Ellos están al corriente de sus planes por la información que les ha proporcionado la menor de sus hijas. Amalia me tiene prohibido mentar a mis suegros en presencia de su hermana y a esta delante de aquellos.

Aprovecho un espacio libre entre dos taxis para dejar a Margarita enfrente de la entrada de la Terminal 2. Va con tiempo de sobra, no necesita apresurarse. Me excuso de no llevarle la maleta hasta el mostrador de facturación por falta de aparcamiento. Ella dice que no es necesario. Y, efectivamente, la pesada maleta provista de ruedas se desliza sin dificultad. Le deseo suerte en su nuevo país de residencia. Da, tacones de media altura, traje de chaqueta beis, unos pasos en dirección a la entrada. Está en los bordes de la obesidad; pero aún conserva un bonito perfil de cintura y caderas. En esto, se da la vuelta y me dice sonriente: «Haz feliz a mi hermana, mayordomo».

Pongo en marcha el motor y emprendo el regreso a casa. A estas horas de domingo hay poco tráfico. Aún flota un rastro de perfume caro dentro del coche. Escucho en la radio las tonterías políticas del momento y de pronto golpea mi atención un sobre blanco apoyado en el respaldo del asiento del copiloto. ¿Algún mensaje confidencial? Con una mano sujeto el volante, con la otra extraigo del sobre un papel rojo. Al desplegarlo compruebo que se trata de un billete de dos mil pesetas. Dudo entre conservarlo como recuerdo o ir mañana al banco a que me lo cambien por euros. Y hasta llegar a casa no me quito del pensamiento aquel dedo sucio de Margarita hurgando en el frasco de mermelada.

22

Tuve un mal día, eso es todo. Uno más de una no corta serie. Algún percance en el instituto, el divorcio aún reciente, una factura abusiva, el temor a enfermar, yo qué sé. Una acumulación de sinsabores cotidianos, que en circunstancias distintas me inmutarían lo justo y razonable, dieron conmigo en un agujero amargo. No lo digo por compadecerme. Juro que no me inspiro pena. Antes al contrario, noto a menudo un deseo de perderme de vista, una tendencia a no querer saber de mí; pero luego paso por delante de un espejo o de la luna de un escaparate y ahí estoy de nuevo, con mi cara inevitable, mirándome como se mira a un ser pegajoso que por alguna razón ignorada me sigue a todas partes.

Total, que bajé al parque, ya de noche, con *Pepa* para que hiciera sus últimas necesidades del día y se aireara unos minutos después de tantas horas encerrada en el piso, sin apenas moverse. Esa era mi única intención. Supongo que me creí solo. Miré en derredor. Serían como las once de la noche, una hora antes del cierre del parque. No vi a nadie. Estaba oscuro y, escondido detrás de un árbol, expelí la rabia que llevaba dentro lanzando un grito con todas mis fuerzas. Por espacio de unos pocos segundos mi garganta exhaló la emisión acústica más ruidosa y animalesca jamás salida de mi boca, un alarido descomunal que debió de oírse, más allá de la vegetación y de las verjas, en alguna que otra ventana de los alrededores. Luego guardé silencio y, subidas las solapas, volví tranquilamente a casa con la perra, sintiéndome durante varios minutos liberado de un peso.

Al día siguiente encontré una nota en el buzón:

«Ir al parque de noche a dar gritos no está bien; pero comprendemos tu necesidad de desahogo. Pobre desgraciado».

Once de la noche, oscuridad... Todavía me hago preguntas.

23

Comprobaciones de la jornada. Una, que Patachula no se enfadó conmigo como yo había colegido erróneamente del último mensaje suyo que recibí durante las vacaciones y de su silencio posterior. Pensó que sus llamadas y mensajes por mí no atendidos me resultaban enojosos, con mayor razón estando yo acompañado. Ha tenido la delicadeza de no preguntarme quién viajaba conmigo; pero con su sonrisa maliciosa pretendía insinuarme que se lo imagina. Habría sido feo romperle la ilusión confesándole que estuve solo, sin oír a mi lado más respiración que la de la perra. Él optó juiciosamente por esperar a que yo reanudase el contacto. Con una alabanza mía a su comprensión hemos zanjado el asunto como buenos amigos.

La segunda comprobación es que la Aguedita y el Patachulín tienen más trato de lo que yo suponía, y eso que no era poco lo que yo suponía. El caso de Belén y la niña los ha unido aún más, y esta tarde, a mi llegada al bar de Alfonso, Águeda estaba allí con el perro gordo adormecido en el lugar que *Pepa* ocupa habitualmente. El motivo de su presencia en nuestro rincón del bar, usufructuando mi silla de costumbre, era que se había comprometido a llevarle a Patachula una pomada contra las llagas. Entre los dos me han asignado en su comedia el papel del crédulo. *Pepa,* resignada, ha tenido que tenderse en lugar aparte. El gordo no le ha hecho ni caso. Y Patachula, para apuntalar la verosimilitud del relato pomadesco, me ha enseñado un asqueroso *noli me tangere* de formación reciente a la altura del bíceps braquial.

He sentido la presencia de Águeda en el bar como una invitación a no hablar sino lo estrictamente indispensable. Al principio, estrechado por mi amigo a preguntas con la participación esporádica de ella, he dicho cuatro vaguedades acerca de mi viaje a Extremadura, procurando que mis palabras no condujesen a revelaciones comprometedoras ni a preguntas nuevas. De ahí la utilidad de las respuestas lacónicas, los monosílabos y mis miradas discretamente suplicantes y recriminatorias al centro de las pupilas de Patachula, en la esperanza de inducirlo a cambiar de tema. Le agradezco, como él no se puede imaginar, que no le hubiese pasado inadvertida mi renuencia a entrar en terrenos confidenciales delante de Águeda. Celebro que no haya llevado el interrogatorio a extremos inasumibles para mí. Ahora bien, lo que en definitiva ha afianzado nuestra amistad ha sido el gesto amable de reservar las insinuaciones picantes a un momento en que Águeda se encontraba en el servicio.

Siguiente comprobación: a ellos mis peripecias vacacionales les importan un rábano. Lo que despierta su pasión y su locuacidad son las elecciones generales del próximo domingo. La derecha y la izquierda, la república y la monarquía, las manidas alusiones a Franco y a la Guerra Civil, la corrupción y el nacionalismo, la banca y los desahucios, los centralistas y los antiespañoles... ¡Dios, qué cansancio me daba escucharlos! Ninguna cuestión que pudiera interesar más allá de nuestras fronteras; todo doméstico, local, intrauterino.

Discrepan con ardor afectuoso en su intención de voto. Y es un espectáculo digno del escenario de un teatro de comedias el ahínco que ponen en refutarse, hablando los dos a un tiempo. Pata adolece de la obsesión por Cataluña, hasta el punto de que mantiene en cuarentena sus convicciones socialistas y republicanas en favor de una solución contundente a cargo de un «cirujano de hierro» a lo Joaquín Costa, a quien Águeda no ha leído, aunque asegura que el nombre le suena.

En consecuencia, piensa votar a Vox, partido que detesta. Le dará su voto «nada más que para joder al personal», dice, y porque ahora mismo le parece la opción más útil con vistas a remover el estanque político nacional. Ella, escandalizada pero alegre, le reprocha que eso es votar a la extrema derecha, como si la palabra *derecha* por sí sola pusiera o quitara razón. Él replica, ella contraataca, vaciando los dos mano a mano el platillo comunal de aceitunas.

«Pero, hijo, ¿te has dado de frente contra una farola? ¿Desde cuándo eres tú de derechas?»

«No lo soy. Por eso mi mérito es mayor que el tuyo, que te aferras a la vieja monotonía de tus creencias.»

Águeda preconiza un comunismo de base cristiana; pero como la palabra *comunismo* le escuece en la boca, prefiere llamarlo solidaridad. No un comunismo teórico ni de partido, dice, sino de gente buena dispuesta a repartir el pan en cachos del mismo tamaño. En resumidas cuentas, «un comunismo democrático», denominación que a Patachula le ha arrancado una risotada. Ella amonja el gesto, bondadosea el ademán y habla con emoción del pueblo llano, de un escudo social y de la maldad intrínseca del capitalismo. Así que lo tiene claro, va a votar a Podemos. Patachula reacciona como gato escaldado.

«Pero, criatura, eso es extrema izquierda. ¿Quieres para tu país la hambruna roja, el gulag, los millones de muertos de Mao, la ruina de Venezuela?»

«Yo sólo quiero un poquito de justicia.»

«Palabras huecas, demagogia, abstracciones que poco o nada tienen que ver con la realidad, tomadura de pelo que conduce a la tiranía de un líder. Parece que no has sacado ninguna enseñanza del siglo XX, el más sangriento de... los últimos cien años.»

Siguen así (reproduzco de memoria partes del diálogo), entre bromas y veras, un rato largo, absolutamente concordes en no estar de acuerdo. De pronto, se percatan de mi presencia.

«Y tú, ¿a quién vas a votar?»

Me observan expectantes, deseosos de comprobar a cuál de los dos doy la razón.

«A mí sólo me interesan el calentamiento global, el deshielo de los polos y el control de las emisiones de dióxido de carbono. En pocas palabras, la ecología.»

Tras un instante de desconcierto, acaso de incomprensión, se han mirado entre ellos como diciendo: «¿De dónde ha salido esta cosa hablante? ¿Qué hace un tipo así en España?».

24

Pensaba mientras me dirigía al mercado: «Si se presentó ayer en el bar, no creo que esta señora tenga necesidad de salirme al paso también hoy». Pues bien, allá estaba con su torpe aliño indumentario y el perro gordo, que por lo visto se encuentra de nuevo en las condiciones físicas adecuadas para dar paseos largos.

Águeda considera que su presencia me disgusta. Me comunica su certidumbre sin el menor atisbo de acritud, con una pálida intensidad de pena en la mirada. Yo entreveo en sus palabras una sombra de crítica; pero puede que esto sólo sean figuraciones mías. ¿Me está insinuando que disimulo mal? Yo preferiría que me sacasen otros defectos; señalarme precisamente ese, duele.

Le pregunto cómo ha llegado a semejante conclusión. Responde que ya se había percatado con anterioridad de mi actitud esquiva. Ayer, en el bar de Alfonso, la entristecieron mis prolongados silencios cuando debatía con Patachula, al que no llama así, sobre el embrollo político actual de nuestro país. Cree que tal vez yo deseaba hablar con mi amigo de asuntos privados y no lo pude hacer por estar ella presente. Quizá la conversación no era de mi agrado. Quizá, «a causa de mi talante tranquilo», me incomodó el acaloramiento de la discusión. Que la controversia no iba en serio, añade; que en su opinión (¡qué ilusa es!) la amistad está por encima de las diferencias ideológicas.

Asimismo advirtió en mi cara un leve gesto de fastidio al entrar en el bar y descubrir que ella estaba allí. Que por favor no me tome a mal sus palabras; que en realidad sólo quiere disculparse si se ha equivocado en algo o ha dicho alguna inconveniencia; en fin, que ha venido a la puerta del mercado a decirme «con el corazón en la mano» que no me preocupe, que lo último que desea es causarme molestias y que, si no me apetece verla, sólo tengo que declarárselo y me dejará en paz.

«Estoy un poco solita, ¿sabes?»

Confiesa derretirse de admiración por la confianza camaraderil con que nos tratamos Patachula y yo, por nuestras tertulias en el bar de Alfonso, nuestras bromas y complicidades, y que ella, en su ingenuidad, creía que también podría formar parte, no todos los días, pero de vez en cuando, de ese círculo de amistad que se le figura lleno de alegría y de risas; pero a lo mejor, por ser mujer, tiene el acceso vedado.

Si supiera...

Examino con detenimiento sus facciones mientras habla. Águeda es bastante parlanchina. Sin embargo, su locuacidad no me taladra los tímpanos como me ocurre de costumbre con otras personas de temperamento parecido. Yo lo atribuyo a que se expresa con propiedad y a que tiene una voz bonita, no tan eufónica como la de Amalia, pero así y todo grata al oído. Ignora por completo la coquetería. No hay en su cara la menor intervención cosmética. Los labios, delgados, irregulares, no encajan del todo cuando se juntan; el cutis, liso, está bien conservado, aunque muestra las irreparables arrugas de la edad al borde de los ojos y en el cuello. El deterioro dental, las gafas, las canas, la nariz roma..., todo en ella apunta a una falta completa de gancho erótico. Cuanto más la miro, con mayor fuerza me vence la impresión de estar ante un ser asexuado, no monstruoso, eso no, pero sin misterio, sin encanto, sin nada de particular en sus movimientos y en su figura, como un pariente al que sentimos tan cercano y, ¿por qué no decirlo?, tan vulgar que nunca se nos ocurriría evaluarlo desde la perspectiva de la sensualidad y la hermosura. Yo ya me entiendo.

De pronto: «Daría cualquier cosa por saber lo que te irrita de mí».

No dudo en responderle. Y no es que no dude, es que las palabras se me han escapado como un chorro por la boca, sin tiempo de meditarlas.

«No soporto tu gabardina.»

Águeda se queda un instante tiesa de estupor y yo mismo me siento invadido por un súbito desconcierto. ¿Cómo he podido perpetrar tamaña insolencia? Tan ofensivo ha debido de parecerle lo que he dicho como la manera, el tono, de decirlo. No me sorprende que se apresure a darme la espalda. ¿Para que yo no sea testigo de sus lágrimas? Sin despedirse, se aleja con su perro torpe y negro, supongo que herida en lo más hondo. Sinceramente, no creo que volvamos a vernos. Esas palabras mías son de difícil reparación. Compruebo entretanto que Águeda, siguiendo un rumbo inusual dentro de la plaza, se dirige hacia la rampa de acceso al aparcamiento subterráneo. Me consta que no tiene coche ni tan siquiera carnet de conducir, aunque sé por Patachula, el gran cotilla, que Águeda recibe clases en una autoescuela. Picado por la curiosidad, no aparto de ella la mirada e incluso avanzo unos pasos para poder observarla mejor. En esto, la veo detenerse delante de una papelera próxima al pretil que bordea la rampa. Luego de soltar la correa del perro, se quita la gabardina y, haciendo una bola con ella, la deja caer en el interior de la papelera. Sonriente, me hace adiós con la mano y yo, tonto de mí, correspondo de igual manera.

25

Según me acerco a la entrada, fijo mi atención en el lenguaje corporal de *Pepa.* Tengo la esperanza de que su rabo, su cara, sus orejas, me confirmen la presencia del perro gordo en el bar de Alfonso, en cuyo caso daré media vuelta y volveré por donde he venido. La perra no muestra señales de ningún tipo, así que entro. Y allá está Patachula embebido en la lectura del periódico desplegado sobre la mesa. Dice que no me esperaba. Le explico que ando de paseo por la zona y he entrado a mirar, y que sólo me quedaré el tiempo justo de tomarme una caña. Tras darle un giro al periódico, me enseña el título del editorial que estaba leyendo a mi llegada: «El clima, ausente». Constata que yo tenía razón el otro día. Nuestros líderes políticos se pasan la ecología por el forro. Sinceramente, no he ido al bar a departir con él sobre esta clase de asuntos. Lo que me interesa es otra cosa; en concreto, inquirir qué le ha contado hasta la fecha a Águeda acerca de mi persona. Sugiere que me tranquilice. Le respondo, faltando a la verdad, que estoy tranquilo. Con el propósito evidente de escurrir el bulto, suelta una cuchufleta que no me hace ninguna gracia. Después alaba a Aguedita (su sencillez, su solidaridad con los desfavorecidos, su buen corazón), dándome a entender que no se puede esperar nada malo de ella. No ando yo esta tarde con ganas de rodeos ni de evasivas. Le pido, ¿le exijo?, a Pata que me defina su relación con ella. Son amigos en grado medio de intimidad. O sea, que hay confianza, pero trato esporádico. Si se la ha tirado. «¿Estás loco?» Le agradecería algo más de precisión. Bueno, Aguedita no es su tipo y ya la menopausia como que la dejó fuera de servicio hace una larga temporada. Tiene la jeta de sugerirme que no tema avances eróticos de ella. ¿De dónde saca él que yo tema nada relacionado con esa señora? Le pregunto si le ha soplado mi número de teléfono. No supo negárselo, dice, pues ella se lo pidió a bocajarro y lo pilló desprevenido. «¿Te ha llamado?» Aún no. ¿Qué pasa con mi dirección? Si la sabe es porque la habrá descubierto por su cuenta. Igual me siguió un día hasta el portal o indagó entre los vecinos del barrio. Si le ha contado detalles de mi pasado, mi matrimonio roto, mi hijo, mi trabajo. Me entero de que ella intentó alguna que otra vez sonsacarle información y él, en todos los casos, la despistó con vaguedades. ¿Tina? Ni una palabra. De todos modos, Águeda pregunta mucho, ¿no? Y él responde demasiado. Patachula admite que Aguedita es bastante curiosa; pero niega que albergue segundas intenciones. No descarta que me encuentre interesante. ¿La bolsita con los polvos? «¿Estás loco? ¿Por quién me tomas?» Lo miro con retadora frialdad. «Puedes borrarme de tu lista de amigos si le cuentas eso.» Después, hasta apurar mi caña, hemos hablado de las elecciones del domingo. En realidad, ha hablado él. Yo me he limitado a decirle que no estoy haciendo esfuerzo ninguno por informarme y que ni siquiera vi el debate televisado del otro día. Asegura que no me perdí gran cosa. En el momento de despedirme, acaricia la cabeza de *Pepa* y, fingiendo hablarle en susurros, le dice de modo que yo pueda oírlo: «Preciosa, a ver si le quitas a tu dueño la mala leche».

26

Hoy, al levantarme de la cama, he concebido el propósito de evitar que me sucediese entre el desayuno y la cena nada novedoso, intenso ni apenas perturbador. No es la primera vez que me propongo tal cosa, más difícil de cumplir de lo que a simple vista parece, en especial durante los días laborables, cuando uno no dispone de la opción de segregarse de la vida colectiva.

A primera hora de la mañana, mientras me vestía mis prendas comunes en mi habitación común, guarnecida de muebles comunes fabricados con materiales comunes, he deseado ardientemente para mí un día sin imponderables, daba igual si venturosos o desdichados; un día exento de peripecias que me rompiesen la rutina.

El problema es que el cumplimiento cabal de este deseo no depende sólo de mí. Están los demás y son muchos. Un congénere de tantos podría abordarme en cualquier lugar y en cualquier instante, arruinándome el plan sin mala fe, con sólo una acción o unas palabras. Así pues, he procurado reducir en la medida de lo posible el trato con la gente durante todo el día. Por supuesto que he correspondido a saludos y despedidas, sin olvidarme de sonreír, y contestado de forma lacónica o evasiva a preguntas, y secundado, como si me fuera la vida en ello, las simplezas futbolísticas y culinarias y las generalidades meteorológicas de mis compañeros del instituto; pero sin tomar la iniciativa en ninguna conversación.

A los alumnos les he administrado una dosis de aburrimiento ni corta ni excesiva, de modo que durante las clases he conseguido mantenerlos en un estado de modorra sin sobresaltos. Huelga decir que hoy la enseñanza ha sido frontal; sólo hablaba el profesor y los alumnos copiaban frases de la pizarra. Y cada vez que alguno, creyendo que yo no lo veía, infringía a escondidas una norma de comportamiento, le he dado a entender con una rápida mirada que me reservaba la posibilidad de intervenir. Se notaba en el aula una especie de pacto tácito: «Usted vaya a lo suyo, profesor; nosotros, a lo nuestro fingiendo que atendemos a las explicaciones». La estrategia ha dado resultados óptimos para ambas partes.

Mi almuerzo, en su mayor parte compuesto por sobras de la víspera, ha sido de lo más común, lo mismo que el paseo de media tarde con *Pepa* por los lugares de costumbre. No he presenciado accidentes, reyertas ni escenas aparatosas. No me he detenido a hablar con nadie. No he hecho compras. No he conectado la radio. No he ido al bar de Alfonso.

El esfuerzo continuo por que no me ocurriera nada relevante me ha permitido vivir uno de los días más grata y sólidamente grises de los últimos años. De ahí que a la hora de la cena, culminado con éxito el plan, me embargase una sensación de triunfo. Ahora mismo tendría dificultades para señalar el acto menos indigno de recordación llevado a cabo por mí en el curso de este viernes. Si me empeñara en ello, por fuerza habría de elegir entre minucias: el timbre que anuncia el término de las clases, la circunstancia de que no haya llovido; sucesos triviales insuficientes para imprimir una alteración en la línea plana de mi rutina.

A las once de la noche me he dado el gusto de felicitarme. A continuación, he marcado el número de teléfono de Patachula. Noto en un primer momento cierta vibración de alarma en su voz.

«Sólo quiero que me llames gilipollas.»

«Muy bien. Gilipollas. ¿Algo más?»

«Gracias. Eso es todo.»

Me he dado prisa en colgarle para que no me sintiera llorar.

27

Han vuelto los vencejos. Desde que allá por el otoño último emprendieran su migración anual a los territorios de invernada en África, raro ha sido el día en que, al ir por la calle, yo no levantara un instante los ojos al cielo, aun conociendo de antemano la inutilidad de mi acción. Era en muchos casos un movimiento reflejo, nacido de una expectativa que, aunque desplazada de la primera línea de mis pensamientos, no se ha apartado un segundo de mí en todos estos meses.

Ya en las recientes vacaciones de Semana Santa me dio unas cuantas veces un pálpito que esta tarde, por fin, se ha cumplido. Sin tiempo de experimentar, no sé, alegría, desánimo, inquietud..., lo que sea que pueda experimentarse en una situación semejante, el corazón me ha sacudido un latigazo feroz, al punto de que pensaba si no se me habría abierto una grieta en la tabla del pecho. ¿Fue algo así lo que sintió papá en el momento de morirse?

De camino con *Pepa* al bar de Alfonso, he avistado el primer vencejo de la temporada. Allá arriba estaban su silueta negra o gris, según le dé la luz; su vuelo nervioso, en apariencia errático; su envergadura que duplica la distancia entre el pico y la cola; la cabeza que parece privada de cuello y la gracia de su remate posterior en dos puntas. El rápido pajarillo zigzagueaba en el cielo nublado del atardecer, quién sabe si emitiendo sus chillidos característicos que el tráfico ruidoso no permitía oír. Y enseguida, un poco más adelante, veo revolotear un segundo vencejo y, poco antes de llegar al bar, otros dos.

No bien le participo a Patachula mi descubrimiento, barrunto, por su expresión de cara, que se va a mofar. En efecto, me pregunta con sonrisa malévola si estoy seguro de que los vencejos no eran palomas. Algo debe de vislumbrar en mí, en mis facciones, en el fondo de mi mirada, que lo disuade de seguir adentrándose por los vericuetos de la burla. De pronto, serio:

«¿Qué has decidido?».

«No lo sabré hasta más tarde, cuando me mire en el espejo de casa.»

«Pues yo lo tengo claro con vencejos o sin vencejos. Cualquier día de estos vendrás a tomar cañas tú solo.»

Cerca de las diez entro en casa con la perra. Le digo a la fotografía de papá que han vuelto los vencejos, y en su perenne sonrisa entreveo de pronto afecto compasivo, como si lo conmoviese escuchar una noticia que ya conoce o que ya esperaba. Creo que no voy a cenar; que por esta noche, con lo que he picado antes en el bar de Alfonso, tengo suficiente. Abierta de piernas en el sofá de la sala, Tina se me insinúa. Esta mujer es insaciable. No estoy ni diez segundos en el cuarto de baño, el tiempo justo de encender la luz y examinar la mirada del tipo idéntico a mí que me escruta desde el espejo. Vuelvo ante la fotografía de papá. Y ahora su sonrisa parece decirme: «No hace falta que me expliques nada. Lo he sabido todo el tiempo. Hijo, debes terminar el curso. No estaría bien que dejases en la estacada a tus alumnos, que ninguna culpa tienen, ni a *Pepa*, que te necesita». Me confortaría verter unas lágrimas; pero no domino la técnica de forzar el llanto. Lo de ayer por la noche fue distinto.

28

Desde que me vine a vivir a La Guindalera me toca votar en el gimnasio Moscardó, cerca de casa. Esta mañana, nada más abrirse los colegios electorales, he entrado allí con *Pepa.* A esa hora, nueve y un minuto, había poca gente en el recinto. Alguno de los presentes habrá pensado que me impelía la impaciencia por votar. Nadie me ha dicho que la perra debía quedarse fuera, en cuyo caso yo habría engrosado las cifras de la abstención. Veo a los integrantes de la mesa electoral, ninguno conocido. Y pienso: «¡Qué putada tener que hacer el primo durante un porrón de horas dominicales a cambio, creo, de sesenta y cinco euros!». Veo los letreros, las urnas, las pilas de papeletas, las caras soñolientas, y me invade la desgana. En la cabina, cojo una papeleta de cada partido hasta formar un pequeño fajo; las mezclo como si fueran naipes, extraigo una con los ojos cerrados y, también sin mirarla, la introduzco en el sobre correspondiente. En cuanto a la papeleta para el Senado, iba a marcar tres nombres al azar; pero como había olvidado en casa las gafas de lectura, al final no he hecho ninguna cruz. Así pues, para el Senado he votado en blanco y para el Congreso no lo sé. Tal ha sido mi aportación democrática a la jornada electoral. A estas horas de la noche ya se sabrán los resultados. Amalia los estará comentando en su programa. El menda se va a la cama.

29

El aire atufaba hoy en todas partes a porcentajes, a reparto de escaños, a posibles coaliciones. La ciudad rebosa de expertos. Algunos hacían cábalas esta mañana en la sala de profesores. Curiosa ciencia esta de la política, al alcance de cualquier entendimiento sin necesidad de estudio, paraíso del prejuicio, campo abonado para el dogma donde el pensamiento superficial, inseparable de la convicción, crece como champiñones en el estiércol.

Desde por la mañana yo sabía que esta tarde no iría al bar de

Alfonso. ¿Para qué? ¿Para soportar la tabarra postelectoral de Patachula? Mientras cenaba he recibido un mensaje suyo de WhatsApp: «Has hecho bien en no dejarte ver. Ha aparecido la ínclita Aguedita. Estaba de un rojo insufrible y muy discutidora. Cuando quieras que te pegue un toque para volver a llamarte gilipollas, avisa. Siempre a tus órdenes».

Pasadas las diez de la noche, a punto de sentarme a escribir, suena el timbre. Nikita, por el portero automático: «Soy yo, papá. Abre, por favor. Tengo que hablar contigo». Presiento una catástrofe. Una más. Me apresuro a esconder a Tina en el ropero. Por el camino se le ha desprendido un zapato. Rápidamente lo meto en un cajón de la cómoda.

Hace bastantes semanas que no veía a mi hijo. Las últimas veces que le propuse por teléfono ir a comer juntos me respondió que estaba ocupado. ¿Habrá cometido un crimen, le habrán roto la crisma, lo persigue la policía? Este no viene a mi casa a semejantes horas si no es para ponerme al corriente de algún problemón. Entra: alto, fuerte, desgarbado. Las arrugas de su frente revelan miedo. La hojita de roble parece como si estuviera flotando a la deriva entre ellas. *Pepa,* cariñosa, eufórica, le planta las patas delanteras en el vientre, tratando de alcanzarle la cara con la lengua. Nikita no le presta atención.

«Papá, tengo algo muy chungo. No se lo he contado a nadie.»

Me confirma que tampoco a su madre. «A esa aún menos.» Y añade, confidencial: «Es cosa de hombres, ya me entiendes». No entiendo nada. Me explica que es «un tema que le ha salido en la polla». Noto que pelea con las palabras y que al final, venciendo el apuro, la inseguridad, la timidez, opta por dejarse de tiquismiquis semánticos y expresarse a su manera. Así pues, la polla. Le pido que me la enseñe. No está mal dotado el chavalín. Veo pellejos, diversas manchas rojizas, semejantes a quemaduras recubiertas de una capa escamosa. Se extienden por uno de los testículos y afectan asimismo al glande. Al punto relaciono las manchas con una pequeña costra que le afea un codo. Le pido que me enseñe las rodillas. Las tiene limpias. El pecho. Nada. La espalda. A la altura de los riñones, sobre el espinazo, descubro una especie de pupa con varios puntos sanguinolentos.

«Te has rascado, ¿verdad?»

«Es que pica mogollón.»

Me mira con ansiedad, como miran los pacientes aterrados al médico que los atiende.

«Para mí que he pillado el sida y me voy a morir.»

Lo tranquilizo.

«Es psoriasis. Te voy a pedir una cita con el dermatólogo. Cuando te pregunte, no le digas polla. Dile pene. Suena un poco mejor, ¿sabes?»

Le hablo con empaque profesoral, pensado para que se calme. El pobrecillo está fuera de sí. Empiezo por lo peor: la psoriasis no tiene cura; tan sólo pueden paliarse los efectos con medicación, sol y dietas saludables. No es contagiosa. La ha heredado de la familia de su madre. En la mía, que yo sepa, no hubo nunca ningún caso. A mi hijo grande, mi hijo musculoso, mi hijo al que no le vendría mal cuanto antes un baño, se le humedecen los ojos. Que dónde va a poner él la polla al sol. «Pene, di pene.» Dedica un chorro de epítetos a cuál más afrentoso al yayo Isidro, culpándolo de su desgracia. De pronto, se acerca a mí y me envuelve en un abrazo poderoso. Va para largo tiempo que no lo veía tan desvalido, tan niño. Dice que estas manchas echan para atrás y que ninguna chica se lo va a querer montar con él.

30

En los días de nuestro matrimonio y no me extrañaría que ahora también, Amalia vivía aterrada por la posibilidad de llenarse de psoriasis como su padre, condenado desde la juventud a vestir de manga larga. Hubo un tiempo en que ella soñó con dar el salto a la televisión. Yo la recuerdo desnuda delante del espejo, examinándose a diario por delante, por detrás, de costado, en continuo temor a que una erupción cutánea arruinase su carrera. Al final su sueño se truncó, pero por razones ajenas al mal hereditario que tantas noches la mortificó en sus pesadillas.

Le salían, según las épocas, unos corros escamosos en el cuero cabelludo, por encima de las orejas, bien escondidos bajo el pelo. Ella los trataba con champús especiales, costosos y no siempre aromáticos. Las células olfativas de mi memoria siguen oliendo uno de color negro, elaborado con brea, que venía a ser aproximadamente lo contrario de un perfume. Amalia achacaba al tinte de peluquería aquellos brotes, al parecer urticantes, que consideraba de caspa común; pero en el fondo sabía que se trataba de la enfermedad recibida con los genes paternos, por suerte para ella en cantidades moderadas, de fácil ocultación.

Sé que Margarita tenía bastante psoriasis. Yo mismo le vi un día las marcas en las piernas esqueléticas. Amalia la creía responsable del problema, al menos en parte, por no cuidarse. «Es una abandonada», decía. Y en el fondo de su coraje me da a mí que palpitaba el miedo a que su hermana le acercara la enfermedad y se la hiciese patente.

Lo de su padre era mucho peor. De mi suegro nevaban los pellejos. Las placas de escamas le asomaban por fuera de las mangas y se extendían por el dorso de ambas manos, así como por la base del cuello, por la nuca y a menudo por las sienes. No quiero imaginar el aspecto que el viejo tendría desnudo. Amalia lo comparaba con el mostrador de una charcutería. A cada instante, la santurrona amonestaba con autoritarismo melifluo al marido lleno de picor.

«Isidro, no te rasques.»

Yo le prometí a Amalia hacer una aportación genética de calidad para que nuestros futuros hijos (al final nació sólo uno, aunque daba el trabajo de tres) no heredasen la psoriasis. Estaba seguro de mi éxito hasta el desengaño de ayer.

Mayo

1

Más que sujetar el volante parece que lo está empuñando. Mientras efectúa bajo mi supervisión diversas maniobras de aparcamiento, me resulta inevitable detener la mirada en la cicatriz de su mano. Tampoco puedo apartar del pensamiento la idea de que lo mismo que agarra con fuerza el volante me agarra a mí. De pronto imagino que me arranca los genitales y, peludos y sanguinolentos, los va exhibiendo por toda La Guindalera, al tiempo que grita como una loca que son suyos, que no los piensa compartir con nadie.

Ya no recuerdo el número de veces que Águeda me ha dado las gracias esta mañana. Nada más montarse en el coche se ofrece a pagarme la gasolina. Incluso ha hecho ademán de sacar dinero del bolso. Insiste: venga, que cuánto es, que no quiere abusar. «Nueve mil euros, IVA aparte.» Se ríe. Que qué cosas tengo, que le encanta mi sentido del humor. Le respondo que no necesita abrumarme con sus buenos modales. Persiste en la risa aun cuando es imposible que se le haya ocultado el sentido vejatorio de mi respuesta.

La he recogido delante de su portal a la hora acordada ayer por mediación de Patachula, un metete de tomo y lomo. En un primer instante, me vino la tentación de escurrir el bulto anunciando a los dos pelmas que había decidido pasar el puente de mayo en la costa. Lo de la costa se me ocurrió de repente; también habría valido otro lugar con tal de que estuviera lejos. Me disuadió el recuerdo de las últimas vacaciones. No quiero repetir la experiencia. Descarto asimismo la treta de esconderme en casa y hacerles creer que he salido de viaje. La reclusión ni siquiera requeriría preparativos, pues la despensa me alcanza para largo tiempo. Plantea, sin embargo, el problema de las salidas con la perra. Podría llevarla a hacer sus necesidades a horas desusadas; pero me da que ni de día ni de noche estoy enteramente libre de toparme con Águeda en la calle. De noche, además, me delataría como embustero la luz en mis ventanas.

Patachula me reveló ayer por teléfono el propósito de nuestra amiga de remunerarme con un obsequio la clase de conducción y el uso del vehículo. Le rogué que le comunicara de inmediato que no me llevase nada. «¿Y por qué no se lo dices personalmente?» «Porque has sido tú quien me ha metido en este engorro.» Mi amigo volvió a llamarme minutos después. Asunto resuelto: Águeda había aceptado mis condiciones, si bien objetando que le daba apuro aprovecharse de mi generosidad.

En el momento de saludarnos, me resigno a un beso suyo en la mejilla. Tiene los labios fríos, huele a colonia barata. Entre mí me digo que un beso rápido, como de primos carnales, no va a ningún lado. Al mismo tiempo constato que esta mujer cada día se atreve a más. Por el camino hacia Las Ventas no para de rajar. Me agradece que haya accedido a buscarla temprano; así podrá estar a las once y media en Neptuno y sumarse a la manifestación del Primero de Mayo. Si también tengo previsto acudir. No, prefiero hacer limpieza en casa. Pasar la aspiradora y eso. La ha puesto muy contenta comprobar que mi coche y el de la autoescuela son de la misma marca, aunque no idénticos. Con el de Patachula, moderno y sofisticado, no se apaña. Aún menos con las técnicas de enseñanza de nuestro amigo, ni modernas ni sofisticadas. Él es, según Águeda, una bellísima persona, a la que quiere como a un hermano, pero con el inconveniente de la impaciencia. Mi formación didáctica y mi aplomo le inspiran mayor confianza, sobre todo ahora que, por no tener que soportar su gabardina, me mostraré de seguro menos irritable. He estado a punto de imitarle la risita como premio por la agudeza; pero se conoce que hoy me he levantado con los músculos faciales de la alegría entumecidos. Si creyera en Dios Todopoderoso, le suplicaría que arrojase un rayo fulminador contra la lengua de esta mujer. ¿Cómo es posible que un ser humano disponga de tanto combustible dialéctico? Yo creo que en Águeda son indistintos el acto del pensamiento y el del habla. En esto, se arranca a contarme la historia de la gabardina, asunto que ni borracho se me ocurriría calificar de apasionante. La compró en unas rebajas hace veinte años, etc. Parece que me ha leído la mente.

«Hablo mucho, ¿verdad?»

«Bastante.»

Asegura que es habladora, no por naturaleza, sino por timidez, porque le da vergüenza y la pone nerviosa que haya silencio cuando está en compañía de otras personas. Lo que es por ella, en tales situaciones no abriría la boca; pero teme que los demás piensen que se siente a disgusto o que los rechaza. Si no me ocurre a mí lo mismo.

«En absoluto.»

2

Llegamos al lugar donde Águeda practicó con Patachula en días precedentes y donde mi amigo, según el relato de ella, la llamó torpe, inútil, negada. Supe, además, que en un momento dado, perdida la última pizca de paciencia, le espetó:

«A ti la Naturaleza no te dotó de mucha inteligencia espacial, ¿verdad?».

«¿Eso te dijo?»

«Como lo oyes, pero no se lo tomo a mal. ¡Es tan irónico!»

La dificultad mayor de Águeda radica en la técnica del aparcamiento marcha atrás. No ve, no acierta, calcula mal. Ella deseaba ejercitarse conmigo justo en esa clase de maniobra, sin la asistencia de una cámara como la que hay en el coche de Patachula, ya que el de la autoescuela carece de dicho dispositivo y Águeda quiere presentarse al examen con una preparación adecuada.

Entramos en un ramal asfaltado, de unos trescientos metros de longitud, entre la calle Roberto Domingo y el talud que flanquea la M-30 lateral. Supongo que en dicho espacio, acotado y con un solo punto de acceso, aparcan los coches los días en que hay espectáculo en la cercana plaza de toros. A nuestra llegada estaba vacío de vehículos. Sólo se veía, al fondo, a un señor jugando a tirarle la pelota a un perro. El sitio es ideal para que Águeda desarrolle algunas habilidades al volante sin destrozarme el coche, aunque su notoria impericia me aconsejaba permanecer ojo avizor.

Ella tiene aprobado el examen teórico; el práctico, en una primera y reciente tentativa, lo suspendió. Llevaba un calzado inadecuado, no pudo dominar los nervios, se le fue el santo al cielo en un lance crucial de la prueba: las excusas habituales, apenas distintas de las de Amalia en su día, que necesitó de tres exámenes, y de las de Patachula, que necesitó de dos porque, además de algún despiste confesado, el examinador le profesaba manifiesta antipatía. Yo me ahorré bastante dinero sacándome el carnet a la primera, lo mismo que Nikita, por cierto, si bien el chaval fracasó unas cuantas veces en el examen teórico. Con Águeda, como no mejore, lo veo crudo.

Cambiamos de asiento. Puso el coche en marcha, dimos un tumbo que nos impulsó hacia delante, el motor se caló. Me mordí la lengua para no decirle que he conocido pocas personas tan faltas de maña al volante como ella. En lugar de eso, intenté que se calmara. Es bastante receptiva e hizo progresos a medida que fue cobrando confianza en sí misma. Le entró una especie de euforia porque le salieron bien dos giros consecutivos hacia atrás, elogiados por mí tal vez en exceso; pero entendí que había que sacarla de su estado de agarrotamiento y puede que hasta de pánico. Águeda resoplaba, se mordía el labio inferior y, por supuesto, hablaba. Todo ello mientras yo me mantenía vigilante para que no me estrellase el coche contra el quitamiedos de un borde o la barandilla del otro, atento en todo momento a llevar el pie izquierdo al pedal del freno aunque tuviera que meter mi pierna entre las suyas.

Por el camino de vuelta a su casa, además de mostrarme de nuevo gratitud, me dijo que irradio tranquilidad y que conmigo se aprende mejor que en la autoescuela. Aseguró que soy un excelente profesor y que no se puede imaginar que mis alumnos del instituto no me adoren. Buena chica.

3

Estaba hace un rato escuchando el programa radiofónico de Amalia. Allá cada cual con el instrumento de sus flagelaciones. Yo empleo, para golpearme, la voz, la risa, los comentarios de esa mujer que suple hábilmente con encanto personal sus notorias lagunas intelectuales. A mi lado, como de costumbre, aunque no siempre, una hoja de papel en la que trazo rayas enderezadas a contar los fallos de la presentadora, ya sean anacolutos, redundancias, balbuceos, frases sin terminar; en fin, cualquier cosita que dañe la fluidez y limpieza de la locución. La idea, por cierto, fue suya, un encargo de viejos tiempos que con frecuencia me obligaba a permanecer pegado al aparato en horas robadas al reposo nocturno. Enferma de perfeccionismo, Amalia me pedía que anotase en casa los fallos por ella cometidos. Eso la ayudaría a tomar conciencia de ellos y a subsanarlos.

«¿Los tengo que anotar todos?»

«Oye, no creo que sean tantos.»

De vuelta de la emisora, Amalia entraba en casa no raras veces a altas horas de la noche, toc, toc, con sus zapatos de tacón y venía deprisa a preguntarme por sus errores del último programa: cuántos y cuáles. «Hoy sólo dieciséis, cariño. Vas progresando.» Convinimos en que, para no tener que despertarme, yo le dejara la hoja de papel sobre la mesa de la cocina. Aquel cómputo, pensado inicialmente para ayudar, se convirtió en un motivo de discordia conforme la convivencia matrimonial se fue deteriorando; también porque a ella, cada vez más ciega de odio, le dio por creer que me animaba el deseo de zaherirla al señalarle fallos que no eran tales o que sospechaba exagerados con mala intención por mí. Hoy día, con o sin rayas, sigo a la captura de sus deslices, movido por una especie de placer tal vez malévolo, pero a fin de cuentas placer. Tengo además comprobado que a partir de cierto número de rayas duermo mejor.

Y de pronto, el programa hace un alto de varios minutos para dar paso a las noticias de las once de la noche. A mí, por hoy, ya me basta. Desconecto la radio; me dispongo a redactar un par de impresiones de la jornada, algún viejo recuerdo, lo que se me ocurra; ir después a eyacular dentro de Tina y acostarme. De repente suena el teléfono. Amalia. Al pronto pienso: «¿Cómo sabe que la estaba escuchando? ¿Tendrá una cámara escondida por aquí?». Me solicita, en un tono sobremanera cordial y yo diría que hasta meloso, veinte minutos mañana, cuando y donde a mí me convenga. Repite que veinte minutos son suficientes para tratar conmigo el único asunto que, como bien sabe, me persuadiría a acudir a una cita con ella: nuestro hijo. Pienso que no está de más aclararle que atravieso en la actualidad una fase de equilibrio y sosiego. No deseo estropearla con discordias, de forma que si la cosa va de enzarzarse en una discusión o de llenarme la cabeza de reproches, renuncio al encuentro.

Jura que no abriga el menor propósito de discutir, que irá sola (qué raro que me diga esto) y que lo único que quiere es hacerme algunas preguntas sobre la enfermedad de la piel de Nikita y su posible tratamiento, cuestión que ella desconocía hasta hoy y sobre la cual el chaval se niega a proporcionarle detalles. Considera inadecuado despachar por teléfono un asunto tan serio y menos a estas horas y desde la emisora. Que ella sólo quiere ayudar; pero el niño (¡el niño!) no se deja, etc. Accedo porque la noto humilde, además de preocupada. Así pues, mañana, a las doce en punto, nos veremos en la cafetería del Círculo de Bellas Artes, sitio donde ya nos hemos citado alguna vez después del divorcio. Agradece mi comprensión y yo me siento complacido de su trato suave y respetuoso. Por si acaso, me cercioro: «Veinte minutos, ¿eh?». «De sobra, te lo prometo.»

Picado por la curiosidad, conecto de nuevo la radio. Tras las noticias, prosigue el programa de Amalia, ahora con otro tema y con un nuevo invitado al teléfono. Su voz vuelve a sonar despreocupada, seductora, con esa nota particular de alegría que, en nuestros tiempos, ella no alcanzaba sino a partir de la segunda copa de vino.

Me martillea dentro de la cabeza la promesa que me ha hecho de acudir sola a la cita. ¿Qué razón había para prometer tal cosa? ¿Cómo no recelar después que en algún rincón del local alguien relacionado con Amalia nos estará observando?

4

Llego a la cafetería del Círculo de Bellas Artes, que llaman La Pecera, a la hora acordada. Detesto hacer esperar o que me esperen. Visto de traje y corbata, atuendo inusual en mí que hoy obedecía a una intención doble: por un lado, acentuar el carácter, digamos, oficial del encuentro; por otro, no darles pie a esta señora ni a quienquiera que la acompañe de tapadillo para ver en mí a un pobre hombre, un mendigo o un abuelo, por usar el viejo vocabulario de Amalia. Ella, que ha llegado antes que yo, no puede menos de dedicarme un comentario: «Estás muy elegante». Me hago el sordo. Confianzas, ninguna. Nadie me ha despreciado tanto en la vida como ella. No necesito que ahora me unte de elogios. Yo me abstengo de comentar su aspecto, lo cual no significa que me pase inadvertido. Sigue tan guapa como siempre. Tal vez demasiado delgada y demasiado maquillada. Huele de maravilla, usa un rojo llamativo de labios y me gustaba más con el pelo largo. Me tiende una mano, se la estrecho sin efusión y ese es el saludo frío de dos personas que fundieron sus cuerpos cientos de veces.

Delante de ella, sobre la mesa, se aburre una taza de café con leche. Que si quiero tomar alguna cosa. «No, me están esperando.» Miento para hacerle entender que nuestra conversación durará los veinte minutos apalabrados de víspera, ni un segundo más, y que, al tener otra cita, mi atuendo no es un disfraz previsto para desconcertarla ni mucho menos un honor que le hago. O sea, que si me acicalo no es por ella. Aposta olvido preguntarle por su salud y su trabajo; por la santurrona, si es que vive, o por su hermana, que se arrimó a un suizo con posibles. Miro en derredor. Hay poca gente. Diez, doce parroquianos, algunos de espaldas a nuestra mesa. El único que está sentado solo es un señor mayor, de barba corta y blanca, entretenido en la lectura de un periódico. Su fisonomía me recuerda la del escritor Luis Mateo Díez. Me aprieta la tentación de ir a confirmarlo. Hasta donde alcanzan mis comprobaciones, nuestra presencia no despierta el interés de nadie; pero yo sigo convencido de que Amalia ha venido acompañada.

Lamenta que Nikita, a quien llama Nicolás, le falte al respeto, a veces con una agresividad que la asusta. Me cuenta que ayer el niño la insultó y que, en su juvenil acaloramiento, estuvo a dos dedos de ponerle la mano encima. Amalia no sabía que nuestro hijo, a sus veinticinco años, hubiera contraído la psoriasis. Él la culpa a ella y a su familia de la enfermedad. Una camarera interrumpe la conversación, le digo que no tomaré nada y aprovecho para avizorar nuevamente el local, sin que mi mirada logre detenerse en nadie a quien hacer objeto de mis sospechas. No creo yo que don Luis Mateo Díez, si es que se trata de él...

Amalia se alegra o dice alegrarse de que el niño y yo nos llevemos bien. «Claro, entre hombres debe de resultar más fácil el entendimiento en según qué cuestiones.» ¿Le molesta? Pues peleaste como una leona por quedarte con su custodia y luego te he oído quejarte porque al chaval le faltó durante la pubertad un modelo masculino. Ella habla, yo callo con un ojo puesto de continuo en las otras mesas.

Al rato de mi llegada, entra en la cafetería una mujer de más o menos nuestros años. Chaqueta y falda rojas, collar de perlas, porte distinguido. Una mujer, se nota, acostumbrada a gustar, que anda con seguridad un tanto estirada y mira con fijeza hacia los ventanales, en el lado opuesto de donde nosotros nos encontramos. Esta es. No abrigo la menor duda. Lo único que no comprendo es a qué viene. ¿A estudiar mi catadura? ¿A compadecerse de Amalia examinando de cerca al miserable con el que estuvo casada? Sin prestarnos atención, ocupa una mesa próxima a la estatua de la mujer yacente, en el centro de la cafetería, y tras encargarle a la camarera lo que sea que quiera tomar, saca el móvil del bolso. Nosotros estaremos como a cinco o seis metros de ella, próximos a la pared, de manera que con una leve vuelta de cabeza podemos verla. Observo las facciones de Amalia. Ninguna reacción. Sigue a lo suyo: el odio visceral que Nicolás parece haberle cogido como consecuencia del brote de psoriasis. Más que a informarla, dice, fue ayer a su casa a pedirle cuentas hecho una furia. Le contó algo de un dermatólogo que yo conozco. Si me voy a encargar del tratamiento. Respondo afirmativamente. ¿Y los gastos? Pues tendré que asumirlos. Ella se muestra dispuesta a pagar lo que le corresponda. A continuación me entero de que el niño se negó a enseñarle los corros de su enfermedad. Si por favor yo podría proporcionarle algún detalle. Dudo entre ser fiel al vocabulario del chaval y llamar polla al pene o si mostrarme algo más fino y llamar pene a la polla. Menciono asimismo la espalda y un codo. Y concluyo: «No está tan lleno de psoriasis como tu difunto padre; pero conviene que un especialista lo trate cuanto antes».

Me pregunto si conservo en algún bolsillo unas hilachas de afecto por esta mujer. Respuesta: todo lo que sentí por ella se volatilizó. Si me dan pena sus inquietudes, sus tribulaciones. Me dejan frío. Si me lanzaría a las olas a salvarla porque se está ahogando. Que se moje Rita. Si me la follaría. Por supuesto, en cualquier lugar, a cualquier hora.

Se conoce que advierte en mí distracción, intranquilidad, y me pregunta si ocurre algo. Acerco mi cara a la suya porque no quiero que mis palabras lleguen a otros oídos que no sean los suyos. Llevada del instinto, me hace la cobra. ¿Se habrá pensado que trataba de besarla? Le susurro: «¿Te importaría decirle a tu amiga que no me grabe con el móvil?».

«¿Qué amiga? ¿De qué hablas?»

A los veinte minutos exactos de mi llegada, me he despedido dándole de nuevo la mano. Por insistencia suya, un tanto patética diría yo, me comprometo a mantenerla al corriente de la enfermedad cutánea de nuestro hijo y de lo que al respecto decida el dermatólogo. Entre mí: si me acuerdo. ¿Que intente convencer al niño para que sea más respetuoso con su madre? ¿Quién soy yo para entrometerme en los sentimientos de mi hijo? ¿Un director espiritual o qué?

Salgo a la calle. Tráfico intenso, ruido, sol. Y, en la acera de enfrente, ya en la bifurcación con la Gran Vía, espero la salida de Amalia apostado tras la marquesina de la parada del autobús. Pasa el tiempo. No sale. Diez, quince minutos. Estará, supongo, de palique con la otra, despellejándome sin piedad. Por fin, en contra de mi presentimiento, Amalia abandona sola la cafetería. En el borde de la calzada, para un taxi. Juzgo probable que, a pesar de los años de separación, sigamos conociéndonos muy bien. Ella sabe que la espío, escondido en algún lugar de los alrededores, y yo sé que la mujer de rojo y el collar de perlas era su amiga.

5

Mañana de sol y de vencejos madrugadores y de tranquilidad en las esquinas. Esta vez hemos acudido mejor preparados a nuestra segunda y última lección de maniobras de aparcamiento previa al examen. Águeda amenaza con invitarnos a un restaurante a Patachula y a mí si aprueba. No puedo menos de admirar la capacidad de entusiasmo de esta mujer.

Para simular un hueco entre dos vehículos imaginarios, cada vez más reducido conforme Águeda iba superando con éxito las diferentes tentativas, se me ha ocurrido usar una maleta vieja y una caja de cartón traídas de mi casa. Le he dicho: «No te preocupes si las rompes». «No las voy a romper.» Y no las ha roto, aunque sí rozado con el parachoques a pesar del pitido de los sensores. Hace progresos, no hay duda, en buena medida por la confianza en sí misma que siente tras haberse acostumbrado a los mandos, las dimensiones y, en fin, el manejo de mi coche. Afirma que si alguna vez se compra uno habrá de ser idéntico o similar al mío, pues le ha tomado cariño.

Me cuenta que está citada por la tarde con Belén y su hija Lorena. Le han prometido a la niña un paseo en barca por el estanque del Retiro. He sabido que transcurrió bastante tiempo sin que Belén diese señales de vida tras su marcha brusca de la vivienda de Águeda, a tal punto que esta empezó a preocuparse y determinó llevar a cabo indagaciones. Le pregunto si el marido continúa con los malos tratos. Por supuesto. De vez en cuando se le escapa algún que otro bofetón; ella se resigna, extrema la docilidad y tira para adelante. Tirar para adelante significa que incluso se muestra indulgente con la conducta violenta del marido. Si hasta parece que la comprende y justifica. «No hay nada que hacer. La asusta más romper con él y quedarse en la calle, sin recursos y sin hija, que aguantar sus agresiones.» El miedo, según Águeda, induce a este tipo de estrategias de supervivencia. Así que Belén acepta como mal menor las tortas y los gestos de desprecio, segura de que no son lo peor que cabe esperar del marido. A veces él sufre una acometida de blandura sentimental y se excusa bien sea alegando que le gustaría refrenar sus impulsos, pero no lo consigue, o bien echándole la culpa a su mujer porque lo provoca, no hace las cosas como es debido, etc.

Le digo que el estanque del Retiro, un domingo por la tarde, con el cielo despejado y la grata temperatura de hoy, rebosará de gente. Águeda responde que no importa, que guardarán cola el tiempo necesario ante el puesto de las barcas. Disponen de la tarde entera para solazarse en el parque con la niña. ¿La tarde entera? Vaya, vaya. Qué mejor ocasión para culminar un plan que lleva rondando mis pensamientos desde hace varias semanas.

A las cinco de la tarde, yo ya andaba buscando aparcamiento por las calles de La Elipa. Después habré estado como quince minutos, puede que un poco más, junto al portal de la casa de Águeda, al acecho de algún vecino que entrara o saliese. Por fin ha salido una anciana y yo, amparándome en un pretexto, me he colado en el edificio. Llevaba en el bolsillo una nota escrita en casa, que decía: «Es muy feo y de muy mala educación echar notas anónimas como esta en buzones ajenos». La he metido en el de Águeda y me he largado.

Si se sabe pillada, no le quedará otra que confesarse autora de los anónimos. Podría, claro está, tirar de cinismo y guardar la boca, en cuyo caso no habrá manera de conocer el resultado del experimento. Contemplo entonces dos posibilidades: que Águeda calle por astucia, sabiendo que a falta de una prueba definitiva seguiré atrapado en un dédalo de conjeturas y sospechas, o que verdaderamente ella no tenga nada que ver con las notas y no entienda el sentido de la que yo le he echado en el buzón esta tarde ni me la pueda, por tanto, atribuir.

6

A nadie le cuento lo que a Patachula, sin que eso signifique que le cuente todo. Es probable que él mantenga respecto a mí la misma actitud de franqueza con restricciones. De vez en cuando le metería a gusto un dedo en el ojo. Él haría con no menor satisfacción lo mismo conmigo. Nada de ello impide que perseveremos en la compañía, la conversación, la confidencia ocasional y en ciertos ritos más o menos impensados cuyo carácter repetitivo genera costumbre. Tan pronto lo detesto como lo añoro. Prefiero, claro está, lo segundo a lo primero. Ambos somos igual de reacios a abrirnos a otras personas. Él no tiene amigos de verdad en la oficina, yo no los tengo en el instituto. Tanto como en un puñado de coincidencias y complicidades, nuestra amistad se asienta en enojos frecuentes.

Hoy, en el bar de Alfonso, Patachula se ha picado. Y como si formáramos un matrimonio, yo me he picado porque él se ha picado. Le conté la semana pasada lo de Nikita. Ahora me arrepiento. El muy entrometido se ofreció a hablar con la dermatóloga de Pozuelo a fin de conseguirle lo antes posible una cita médica al chaval, dándome a entender que él tiene vara alta en aquel consultorio. Afirmaba esta tarde que yo me mostré de acuerdo. Le di las gracias por su buena voluntad; pero de ahí a permitir que me suplante en las decisiones relativas al tratamiento de la psoriasis de mi hijo hay una distancia considerable. Lo cierto es que resolví probar por mi cuenta en otro sitio, más que nada porque Pozuelo de Alarcón me pilla lejos. Averigüé que hay una clínica dermatológica privada cerca de mi barrio, que además abre por las tardes, a partir de las cuatro, lo que me viene de perlas. Llamé. Me atendió una voz amable. Tras precisarle el tipo de enfermedad padecida por mi hijo, obtuve cita para una primera revisión antes de lo que yo suponía, de donde deduje que cobran fuerte, como luego he podido comprobar. No importa. Amalia pagará la mitad. Y aunque así no fuera, me sentiría igualmente compensado por la oportunidad que se me presenta de ayudar a Nikita y hacerme querer un poquillo por él.

Pues bien, le cuento todo esto a Patachula y ya veo desde el principio que pone mala cara. Resulta que él entró en contacto telefónico con la dermatóloga de Pozuelo por la misma cuestión. Que qué le dice él ahora a la especialista. Yo tenía previsto revelarle lo de la nota anónima que le metí ayer a Águeda en su buzón; pero he preferido callarme. No estaba el horno para bollos. En esto, aparece en el bar con el perro gordo la mencionada, que no se tiene de los nervios pensando en el examen de conducir del viernes que viene. El corazón me ha dado un vuelco. He estado pendiente de cada una de sus miradas, sus gestos, sus palabras, con la tensa expectativa de captar un detalle que la delatara. En vano. Tras despedirnos de nuestro amigo, hemos caminado un trecho juntos por la calle, ella y yo solos con los perros, hablando de normas y minucias del tráfico, sin que Águeda hiciese la menor alusión a la nota. Le he deseado suerte en el examen.

7

Pienso mucho en Nikita según se acerca la cita para su primera revisión en la clínica dermatológica. Veinticinco años atrás, aniñados por la felicidad, Amalia y yo hacíamos cábalas sobre lo que nuestro hijo llegaría a ser de mayor. Ella con su vientre enorme, a punto de dar a luz; yo a su lado, reclinadas nuestras espaldas en el cabecero de la cama, nos entregábamos al placer de soñar despiertos.

Tan pronto imaginábamos al fruto de nuestra unión presidiendo el Gobierno de España como haciendo descubrimientos cruciales para la curación del cáncer; sin haber nacido aún, Amalia lo nombraba doctor *honoris causa* por diversas universidades extranjeras de gran prestigio; yo lo veía con frac y pajarita mientras pronunciaba su discurso de ingreso en la Real Academia. Lo pasábamos bien ella y yo matando el tiempo, en espera del parto, con aquellas expansiones de optimismo delirante. Por lo general, una frase sensata, dicha por ella o por mí, remataba el entretenimiento: «En fin, será lo que él decida».

Si uno de los dos expresaba una predicción agorera referida al niño, el otro lo atajaba de inmediato.

«Esperemos que no herede la psoriasis de mi padre.»

«Por supuesto que no. Mis genes se encargarán de impedirlo.»

En ocasiones era yo quien incurría en algún rasgo de fatalismo: «Ojalá no nos salga fascista ni beato».

«¿Estás loco? Lo educaremos en los principios de la democracia y el progresismo. Y si sale gay, que salga.»

«Cualquier cosa menos reaccionario.»

El niño, cuyo sexo conocíamos por las imágenes de la ecografía fetal, nació, colorado y llorón, en el plazo previsto. Pesaba cuatro kilos y medio, mamaba como si se hubiera propuesto desecar a su madre, gozaba de salud. Y siguió creciendo sano y fuerte, y nos cambió la vida poco a poco, sin que nos diéramos cuenta, no precisamente para bien. Tardó mucho en empezar a hablar, cuestión a la que el pediatra, en varias ocasiones, restó importancia.

He estado todo el día bajo de moral, pensando en mi hijo.

8

Mi hermano y mi cuñada aprovechaban cualquier ocasión para ufanarse de la compostura de sus hijas, a menudo en presencia de nuestro pequeño con mocos, el morro sucio de chocolate o un lamparón de salsa de tomate en la camisa. Presumían de sus logros, su inteligencia, su aplicación, su comportamiento y de tantas habilidades que a Nikita le eran desconocidas.

A Amalia la sacaban de quicio. Les cogió manía a sus cuñados y a sus sobrinas, si bien Cristina y Julia, tan formales, tan modosas, ninguna culpa tenían de la presunción de sus padres. Evitábamos en lo posible las reuniones con ellos para no tener que sentirnos humillados por su asombro al comprobar las cosas sencillas que Nikita aún no entendía o no sabía hacer a una edad en que por lo visto sus hijas ejercían de catedráticas precoces.

Nosotros nos consolábamos pensando que los varones necesitan más tiempo para su completo desarrollo y que llegaría el día en que nuestro hijo pudiera medirse sin problemas con sus primas.

Si no sabe jugar al ajedrez, nos decíamos, como ellas, a los seis años, aprenderá a los doce o a los catorce, qué más da; la vida da muchas vueltas, etc.

Perdí toda esperanza al poco de entrar Nikita en la escuela primaria. Lo que hasta entonces no había sido sino sospecha inquietante se convirtió de golpe en realidad dolorosa. Ya no hubo duda de que nuestro hijo sano y fuertote habría de afrontar los retos de la vida con un cociente intelectual limitado.

Recuerdo el momento exacto en que hice la penosa comprobación. Agotados sus recursos didácticos y su paciencia, Amalia me pidió una tarde que me encargase yo de ayudar al niño con los deberes escolares; que ella, no pudiendo más, admitía su fracaso y se daba por vencida. A fin de que los números no tuvieran una entidad meramente abstracta para él, se me ocurrió hacérselos visibles por medio de canicas. El uno, una canica; el dos, dos canicas; en ese plan. A continuación animé al niño a resolver una serie de sumas y restas por el procedimiento de añadir o retirar bolitas de colores en consonancia con las cantidades determinadas por cada uno de los ejercicios. Nikita perdía con frecuencia la concentración; pero más o menos el juego lo conducía a soluciones correctas que él anotaba en el cuaderno, siempre bajo mi supervisión, pues lo mismo le daba escribir un resultado aquí que allá. Fue entonces cuando descubrí con brutal nitidez que a los seis años mi hijo era incapaz de comprender la noción del cero. Lo intenté de muchas maneras: con canicas, con granos de café, con onzas de chocolate. En balde. Me quedé mirándolo entre triste y fascinado: sus rizos negros, su frente ancha, sus tiernas manecitas. Sentí de pronto flácidos los músculos, el pensamiento suspendido y un vacío grande en mi interior, como si mis huesos y mis órganos se hubieran convertido en aire cansado. En medio de mi invencible marasmo, desvié los ojos hacia la ventana de la habitación, por la que en aquellos instantes se divisaban unas pocas nubes de atardecer sobre la azotea de enfrente. Y allá, entre las antenas de televisión, estaba mi hijo hecho todo un hombre con su camisa blanca, su frac y pajarita negros, pronunciando un discurso de ingreso en la Real Academia lleno de faltas.

Mañana lo acompañaré a la clínica dermatológica. No tiene buena estrella este chaval.

9

Mientras esperábamos a que lo llamaran, Nikita se mostraba nervioso por tener que «enseñarle los huevos y la polla a una señora». «Habla más bajo y, cuando estés dentro, haz el favor de decir testículos y pene.» Me pregunta qué haría yo en su lugar y si no basta con enseñar el codo y la espalda, y luego extender el tratamiento a todo lo demás sin que la médica de la piel se entere.

Tamaño candor desata en mí un acceso repentino de ternura. Por poco me lanzo a estrechar a Nikita entre mis brazos.

A la salida de la clínica, el chaval parecía aliviado, incluso contento. Por el camino a la farmacia, confiesa que llevaba días con miedo de que le recetaran inyecciones. Se lo había pronosticado un compañero suyo de piso que al parecer sabe «de estos rollos». Le pregunto por los consejos que seguramente le ha dado la dermatóloga. Se ríe: «Que no fume; que no se me ocurra tatuarme; nada de estrés y que deje el alcohol, el chocolate, el café, el picante y no sé cuántas cosas más. Pero ¿qué vida es esa?».

Le hace gracia que la dermatóloga se la haya mirado con una lupa.

«Le habrá parecido que la tienes pequeña.»

«La mía es más grande que la tuya, papá. Una vez las comparamos, ¿te acuerdas?»

«Y si me ha crecido en los últimos tiempos, ¿qué?»

«Venga ya, no me vaciles.»

No le falta razón y así se lo reconozco, complacido de verlo bromear y con mucha pena por el excesivo número de días que no pudimos estar juntos después del divorcio. Mi hijo. Mi hijo desastroso, ingenuo, más alto y fuerte que yo. Mi hijo que esta tarde, sin saberlo, ha sucumbido a la esperanza inútil y costosa de las pomadas, los champús especiales, los corticoides...

En la misma calle de la farmacia hay una carnicería. Delante de la entrada le propongo a Nikita comprar unos filetes, unas salchichas, lo que él quiera, y organizar entre los dos una cena rápida en mi casa antes que él empiece su trabajo en el bar. Experimento una gran necesidad de prolongar su compañía. Al mismo tiempo imagino que a él lo estarán acuciando las ganas de reunirse con su gente y me responderá que no. Por suerte, me equivoco. Resulta que Nikita se ha aficionado a la gastronomía. Tiene a su cargo preparar bocadillos y tapas en el bar, y muchas veces cocina para sus compañeros de piso. Está deseando hacerme una demostración de su pericia.

«¿Y cómo has aprendido?»

«Pues probando.»

Pone como condición que él empanará y freirá la carne y que a las nueve a más tardar se dará el piro. Por mí, conforme. Le pedimos al carnicero que nos filetee dos pechugas de pollo. De todo lo demás (pan rallado, huevos, kétchup, ingredientes para una ensalada o postre) tengo yo de sobra en casa.

Se me ocurre dejarle la llave y que se apee delante del portal. Mientras él se ocupa de los filetes, yo aparcaré el coche en el garaje subterráneo. Así ganamos tiempo. «¡Cuánto me gusta que nos entendamos!», digo entre mí. Y no es hasta el momento de apagar el motor cuando reparo en el fallo monumental que acabo de cometer.

¡Tina!

Tina en posición coital, con todo el asunto al aire, sobre el sofá de la sala.

Experimento un súbito impulso de echar a correr; pero ya es tarde.

10

Me entero por Patachula de que Águeda ha estado esta tarde llamándome al teléfono de casa. Mi número de móvil, toco madera, no lo conoce y pesa sobre mi amigo la prohibición de comunicárselo. Al parecer, ella no desea molestarme; pero hoy ha sido un día especial. ¿Especial? Para Águeda sí, pues ha aprobado el examen de conducir y se muere de ganas de festejar el acontecimiento con nosotros. Tiene previsto pasar por el bar para referirnos los pormenores de su proeza e invitarnos a unas consumiciones. Patachula: «No imaginas lo agradecida que está contigo». En realidad, ya debería haber llegado. Y conjeturo que el ramo de flores que Patachula ha depositado encima de la mesa es para ella, lo cual me coloca en una situación un tanto desairada.

«Vas a quedar como un caballero.»

«Si quieres, le doy el ramo en nombre de los dos.»

«Prefiero regalarle otro día un collar de diamantes o un caballo de carreras.»

Antes que llegue Águeda, me doy prisa en contarle a mi amigo que Nikita descubrió ayer la existencia de Tina. Añade una de sus típicas chanzas, cuya característica principal consiste en que sólo son graciosas para él, y a continuación la celebra con una de esas risas estentóreas que suelen atraer hacia nosotros la mirada de toda la parroquia.

Callo de repente, pues acaban de entrar en el bar un perro gordo y una sonrisa, detrás de la cual asoman los rasgos faciales de Águeda. A su manera atropellada, ella nos participa la buena nueva que ya conocemos. Nosotros le expresamos nuestra más cordial felicitación y Patachula, lisonjero, solemne, digno de veinte latigazos, le entrega el ramo de flores. No me pasa inadvertido que Águeda se vuelve hacia mí por si yo también albergo la intención de obsequiarla con alguna cosa. En un gesto que la honra, aparta enseguida la mirada a fin de no dejarme en mal lugar. Habla y habla. Y en una curva. Y al llegar al semáforo. Y todo el rato detrás de un camión. Y menos mal que he pisado el freno a tiempo.

Paga las consumiciones aclarando que esta no es la festividad culinaria a la que ha venido a invitarnos. La gran celebración será el domingo en su casa. Yo le suplico a mi cerebro: «Por favor, proporcióname un pretexto que me dispense de asistir». Pero el cerebro, «¡ay!, siguió muriendo» y el muy atolondrado va y me deja en la estacada cuando más lo necesito.

Salimos a la calle, Águeda con su mascota, yo con la mía, Pata con su prótesis y con las flores que nuestra amiga había dejado olvidadas en la mesa del bar. Mi amigo se ofrece a llevarla a casa en su coche e incluso, temeridad de temeridades, le sugiere que hoy conduzca ella. Águeda declina el ofrecimiento alegando que aún no le han entregado el carnet provisional y que, aunque lo tuviera, no se siente segura. Prefiere, además, que el perro gordo haga ejercicio.

Así que nos despedimos de nuestro amigo y caminamos un trecho juntos abarcando todo el ancho de la acera, ella con el perro gordo y las flores, yo con *Pepa,* sumida desde su nacimiento en adorable mansedumbre. Al gordo le sobreviene una necesidad imperiosa delante del escaparate de una óptica; en consecuencia, enarca el lomo y suelta una deyección a juego con el color de su pelambre. Es tal la negrura de lo excretado que no puedo menos de preguntarme si el animal se alimenta principalmente de chipirones en su tinta. Y resulta que tengo que socorrer a su dueña con una de mis bolsitas de plástico porque la buena mujer ha olvidado las suyas en casa. Al ir a sacarla del bolsillo de la americana, noto un extraño roce en las yemas de los dedos. Compruebo, mientras Águeda se agacha a recoger la caca de mi tocayo, que son tres papelitos con los colores de la bandera de la Segunda República, de aquellos que pinté durante las vacaciones de Semana Santa en el hotel de San Lorenzo de El Escorial. Ahí dentro seguían desde entonces, sin que yo lo supiera. Espero a que Águeda haya introducido la bolsita en una papelera para depositar las diminutas banderas sobre la palma de su mano. «Aquí tienes mi regalo. Espero que lo sepas apreciar, aunque su valor material sea mínimo.» Me da a mí que, en la misma situación, millones de personas barruntarían que les estoy tomando el pelo, y es posible que muchas de ellas me pusiesen a caer de un burro. Águeda, no. Por un momento me ha parecido que se emocionaba.

«Me encantan estos detalles.»

Parados los dos a la luz de una farola, me reitera su agradecimiento. Cree que sin mi ayuda, sin los trucos que le enseñé y sin mi coche, similar al del examen, no habría superado la prueba. Ha conseguido incluso aparcar de forma impecable a la primera. No se lo explica. Tampoco el profesor, que no ha podido callarse su asombro en el momento de felicitarla.

11

Con Patachula en el Thyssen, que acoge hasta final de mes una muestra retrospectiva de pinturas de Balthus. Cuarenta y tantos cuadros de distintas épocas del artista. Hay de todo, también una muestra nutrida de muchachas con el chichi al aire, en poses desinhibidas. Interesante. No veo en estas paredes la mano de Holbein o de Caravaggio, pero tampoco los pintarrajos del engañabobos moderno de turno. Mi amigo, que aprovecha la proximidad de mis oídos para largar en cuestión de tres cuartos de hora diversas lecciones magistrales sobre asuntos varios, considera que la mentalidad en la cual nosotros para bien o para mal nos formamos, caracterizada a su juicio por la ruptura de tabúes, ha llegado a su fin, al menos como modelo cultural hegemónico en la parte del mundo que habitamos. «Cuadros como estos, con niñas en pelotas, absolutamente follables digan lo que digan los protectores acérrimos de la infancia, acabarán, quizá pronto, en los sótanos o en las hogueras.» A las siguientes generaciones les tocará pagar la factura de nuestra libertad. Patachula cifra en el martes 11 de septiembre de 2001, cuando cayeron las torres gemelas de Nueva York, la fecha inaugural del cambio de rumbo histórico. Vuelve a imponerse, en su opinión, la vigilancia de las costumbres. El péndulo de la historia hace lo único que sabe: ir de un extremo al otro, y en este caso le toca volver hacia el lado de los códigos restrictivos, la censura y las represalias. Mi amigo escupe juicios acalorados por las salas del museo: época de repliegue, auge del puritanismo, malos tiempos para la incorrección política y para la creatividad. Esto último me lo suelta delante del famoso cuadro de la niña que enseña la braguita. Qué suerte haberlo contemplado, dice, antes que lo retiren de la circulación. Se mofa: «Vámonos, que ya me cosquillean en la entrepierna los primeros síntomas de pederastia. Si ves que me masturbo a la vista de un carrito de bebé, échame por favor agua fría a los genitales». Se considera de sobra en una civilización como la que se empieza a perfilar. Me he detenido de pronto, haciendo como que me atraía uno de los cuadros, y he visto a Patachula seguir por la sala adelante gesticulando y hablando a solas.

En la cafetería del museo, me ha expresado sus ganas de conocer en detalle el encuentro de mi hijo con Tina. Lo que le conté ayer, interrumpido por la llegada de Águeda, le parece insuficiente. Advierto que lo aprieta la urgencia de divertirse. Entre sorbo y sorbo a un café con leche, le sirvo a Patachula un resumen de lo acaecido en mi casa el jueves pasado. Le contaría más, se lo contaría todo, incluida la parte sentimental del asunto, si no fuera porque en el fondo mi historia pequeña y seguramente cursi le importa un comino. Tan sólo desea escuchar una ristra de pormenores ridículos que le garanticen una buena dosis de carcajadas. Se imagina una escena de película de risa; pero se equivoca.

Mi hijo vio la muñeca nada más entrar en el piso. Me confesó (y esto Pata nunca lo sabrá) que en un primer momento le había parecido una mujer de verdad. Llegó incluso a decirle buenas tardes. Nada, un segundo o dos de espejismo, hasta que la observó más de cerca. Al instante entendió su sentido y se apenó de mí. Me emocionaron sus esfuerzos candorosos por levantarme el ánimo mientras cenábamos. Y arremetió contra su madre, a quien ha tomado un odio feroz. Le reprocha que me dejase tirado «para montárselo con tías». Le da vergüenza ser hijo de «una guarra» y cree, desde luego con razón, que me consuelo con la muñeca.

«Se llama Tina y hablo mucho con ella. Algún día, si quieres, te la prestaré.»

No le hizo gracia la broma. Puede que ni siquiera la entendiese. Mi hijo es poco ducho en materia de ironía.

En el vestíbulo, ante la mirada estática de su abuelo, nos abrazamos. Esto tampoco se lo he contado a Patachula en la cafetería del Thyssen. Fue un abrazo largo, sin palabras. El abrazo más intenso de nuestra vida. Ya pueden caer torres que ese abrazo no me lo quita nadie.

Prometí a Nikita ayudarlo en el problema de su piel y volví a elogiar sus filetes empanados. Él me hizo con los dedos el signo de la victoria poco antes de entrar en el ascensor.

Nikita, si algún día pasas los ojos por este escrito, sabrás que te quise; aunque en líneas generales fueras un puto desastre, seguramente como lo somos todos, cada cual a su manera. No sé por qué no te dije nunca que te quería. Quizá por timidez. A lo mejor, después de todo y de tantos libros leídos, es que soy tonto. En fin, perdona.

12

Entresaco del fajo de notas anónimas una de cuando ya residía en La Guindalera. Acababa de cambiar de coche después que me hubiesen dicho en el taller que el viejo requería una reparación costosa. Quienquiera que vigilara mis pasos, no conociendo aquel antecedente, consideró que yo trataba de vivir por encima de mis posibilidades. En la nota me daba con intención burlesca tratamiento de marqués y me acusaba de jugar a rico. Al final ponía en duda que mi sueldo de «simple» profesor de instituto alcanzase para semejante dispendio. Tengo la ligera sospecha de que la persona que escribió el texto no entendía de coches o al menos no lo suficiente como para percatarse de que yo había comprado uno de segunda mano, aunque por el aspecto impecable de la carrocería no lo pareciera. Este detalle ha sido determinante a la hora de elegir justamente esa nota. La he llevado escondida dentro de un bolsillo a casa de Águeda por si se terciaba echársela en el buzón. De no ser así, por los motivos que fuesen, había previsto devolverla al fajo en espera de una nueva oportunidad. He aprovechado un margen del trozo de papel para escribir: «¿Reconoces tu letra?». Juzgo imposible que en este caso Águeda no reaccione si de verdad es la autora de las notas. De la que le eché el lunes pasado no ha dicho ni mu.

13

La sobremesa del domingo se alargó hasta casi las cinco de la tarde. Repostería casera, conversación, café y más café, yo me habría querido marchar por lo menos una hora antes. Dirigía de continuo miradas al reloj de pared sin ver la ocasión propicia de anunciar mi despedida. Tenía el convencimiento de que la trola del montón de exámenes por corregir no se la iba a creer ninguno de los circunstantes, empezando por Patachula, quien, suelto de lengua a causa del no poco vino que había ingerido, acaso me habría dejado en evidencia con alguna broma impertinente de las suyas. Tampoco me valía la excusa de tener que sacar a la perra de paseo, pues la había llevado conmigo a casa de Águeda por petición expresa de esta y del propio Patachula. Esta vez el perro gordo, corto de resuello, no sé si cansado de la vida o simplemente cansado, se abstuvo de recibirnos con su habitual descortesía.

Patachula fue el primero en abandonar la reunión. Tenía previsto asistir con un compañero de oficina a la novillada de las siete en Las Ventas. Sabe que conmigo no puede contar para este tipo de espectáculos y solo no le gusta ir a la plaza de toros; tampoco al teatro, ni al cine, ni prácticamente a ningún sitio donde se produzca aglomeración de público.

Además de a Pata y a mí, Águeda invitó a comer a un tipo de barba espesa y gafas de culo de vaso, militante de Izquierda Unida, según él mismo reveló al poco rato de las presentaciones; el cual, por si aún quedaban dudas acerca de sus inclinaciones políticas, ostentaba en la solapa una insignia con la hoz y el martillo sobre estrella roja entre laureles. Patachula no se aguantó las ganas de preguntarle con impostada ingenuidad si se trataba de alguna condecoración. «Qué va. Me la vendieron en el Rastro por un euro.»

Completaban la concurrencia dos mujeres de edad similar a la nuestra, gente al parecer comprometida en asuntos sociales y muy de izquierdas, al decir de la anfitriona, quien dos días antes nos había pedido a Patachula y a mí que por favor evitáramos discutir de política con los otros comensales.

Pata se mostró conciliador, inusualmente moderado en sus aseveraciones, como hace tiempo que yo no lo veía. Transigió con los argumentos del barbudo en pro de la instauración de un sistema federal en España y de la conveniencia de un referéndum legal en Cataluña. A veces puntualizaba, tranquilo y educado en el desacuerdo, sin pasar al ataque ni elevar el tono de voz, y las sucesivas pláticas transcurrieron por cauces pacíficos hasta que, servida la segunda ronda de cafés, surgió el tema de los toros y visto y no visto se acabaron la paz y el entendimiento. Mi amigo se levantó como si se hubiera sentado encima de una brasa apenas las primeras objeciones contra el festejo taurino hirieron su amor propio; le estampó a Águeda dos besos agresivos, uno en cada mejilla; nos deseó a todos, con porte gallardo de torero, un feliz domingo, arrojando al centro de la mesa su montera imaginaria, y se marchó del piso no sin antes dejar suspendida en el aire una de sus chanzas: «Voy a refocilarme con el sufrimiento de seis astados. Señores, con su venia, viva la República y viva el Rey».

Todo el tiempo noté a Águeda extrañamente apagada; desde luego, menos habladora que de costumbre. Y algunas felicitaciones jocosas relativas al examen de conducir apenas le provocaron una tibia sonrisa. Se tomó un esfuerzo excesivo por agasajar a sus invitados. Ya sólo el bizcocho de naranja y yogur y la tarta con arándanos y nueces le debieron de costar sus buenas horas de trabajo. Supimos que de víspera había estado ocupada en la compra de comestibles y bebidas, y hasta cerca de la medianoche, en los primeros preparativos de la celebración, y que se había pasado toda la mañana del domingo, desde muy temprano, bregando en la cocina. Huelga decir que los invitados nos arrebatábamos la palabra los unos a los otros para transmitirle nuestro agradecimiento y nuestros elogios.

De pronto, ella enfrente de mí, absorta en quién sabe qué lucubraciones, le sorprendí un gesto que me resultó familiar. Pasado un rato, lo repitió. Y era que, con la cabeza apoyada en las manos, creyendo tal vez que nadie la observaba, mantenía unos segundos los ojos cerrados como si durmiera de a poquitos, mientras los demás nos entregábamos a un vivo parloteo, con el barbudo y una de las mujeres llevando la voz cantante. Al punto me acordé de mamá, quien solía cerrar los ojos de igual manera y hundirse en los mismos silencios en situaciones parecidas, con gente a su lado. Más tarde, sin otro propósito que echar una mano y descansar de tanta conversación, llevé mi vajilla y la de Patachula, ya ausente, a la cocina en varios viajes, en el último de los cuales encontré a Águeda parada junto a la ventana, mirando la calle. De cerca descubrí sus lágrimas.

«Te duele mucho la cabeza, ¿verdad?»

Hizo una leve mueca afirmativa. A continuación pidió disculpas por no poder atendernos como le habría gustado. Que no me preocupase por ella; ya estaba acostumbrada y, en cuanto se quedase sola, tomaría una pastilla y se acostaría. Palabras idénticas o muy similares sonaron docenas de veces en nuestra casa familiar, salidas de la boca de mi madre. De vuelta en la sala, interrumpí la conversación de los allí presentes para contarles lo que sucedía. Propuse que recogiéramos entre todos la mesa. Los tres se levantaron con rapidez. Retirados en un plis plas los cubiertos y la vajilla, tirados los residuos al cubo de la basura, Águeda nos dio las gracias y nos dijo que al día siguiente ella se encargaría de limpiar y poner orden. «De eso, nada», le replicó, con solidaridad autoritaria, una de las mujeres. A mí me pareció llegado por fin el momento de ahuecar el ala. Me da que el barbudo, a juzgar por su manera astuta de mantenerse distante del epicentro de la tarea, se andaba preguntando qué pintaba él allí habiendo mujeres remangadas, prestas al fregoteo, por más que durante el almuerzo el hombre había hecho ciertos alardes masculinos de feminismo. Yo primero, al poco rato él, nos escaqueamos como dos tunantes.

En el portal, me detuve junto a la fila de buzones. «¿Qué hago? ¿Echo la nota o no la echo?» Considerando el penoso estado en que Águeda se encontraba, me parecía cruel agravárselo con un nuevo motivo de disgusto. Sin embargo, era razonable pensar que ella no saldría a la calle antes del día siguiente. Las horas transcurridas hasta entonces le harían más difícil vincularme con la nota a menos que reconociese en ella su propia letra; en cuyo caso todo silencio y disimulo por su parte y por la mía carecerían de sentido. Así cavilando, oí al barbudo salir al rellano y despedirse de las que se quedaban dentro del piso. El ruido de sus pasos por las escaleras disipó mis dudas; introduje a toda prisa la nota en el buzón y, con *Pepa* a mi lado, emprendí el camino de vuelta a casa.

14

La pasada noche murió mi sobrina en un hospital de Zaragoza, víctima de su enfermedad. Era un año más joven que Nikita. Me he enterado por su hermana. Durante mi ausencia, Cristina me había dejado un mensaje escueto en el contestador. A la vuelta del instituto la he llamado. Con admirable entereza me ha dicho que en estos momentos ni su padre ni su madre están en condiciones de atender al teléfono y por eso ella ha asumido el compromiso de dar la triste noticia a parientes y conocidos. Hemos hablado poco tiempo, no más de tres o cuatro minutos, pues, la verdad, aparte de formularle alguna que otra pregunta relativa al final de Julia y transmitirle mi más sentido pésame, no se me ocurría qué decir. Cristina parecía la encarnación de la serenidad y la sensatez. Me ha desaconsejado que me ponga por ahora en contacto con mi hermano. «Papá está hundido. Mamá lo lleva un poco mejor.» Así las cosas, ha considerado buena mi idea de enviar por carta unas líneas de condolencia a sus padres.

Se conoce que el tratamiento en la clínica de Essen no dio los frutos deseados; aunque, según Cristina, su hermana volvió de allí bastante animada y con aspecto de haber experimentado una mejoría. El entierro se efectuará el próximo viernes en un cementerio de Zaragoza. He excusado mi asistencia por razones laborales. Cristina: que no me preocupe, que ya lo entiende y que sus padres prefieren que la ceremonia se lleve a cabo en la intimidad.

Tras la conversación con mi sobrina, he estado caminando por el piso, entregado de lleno a la rememoración de escenas en las que aparecía, lozana y alegre, la pobre Julia, como si de esa manera yo le pudiese devolver un poco de la vida que ha perdido. En una de tantas idas y venidas entre el comienzo del pasillo y mi habitación, me ha resultado inevitable acordarme de mi parte de la herencia de mamá que les cedí para ayudar a cubrir algunos gastos del desplazamiento y estancia de Julia y de su madre en Alemania. Me pregunto si la habrán gastado toda. De no ser así, ¿me devolverán lo sobrante? Son pensamientos seguramente mezquinos que uno no puede esquivar, que llegan por sí solos y se iluminan como en una pantalla de la mente. Alguna vez soñé que mataba a mi exmujer, a mi hijo, a mi padre, a Patachula, a la directora del instituto (a esa sobre todo) y a muchas personas más, y no por eso creo tener un instinto sanguinario ni se apoderan de mí durante la vigilia las pulsiones asesinas. Es el imbécil del cerebro, que en sus horas de ocio se entretiene con películas de terror y perversión, sin efectos posteriores en la vida real.

Esta tarde he dudado si ir o no ir al bar de Alfonso. No acababa de parecerme compatible con el luto pimplar cañas, hablar de frivolidades y bagatelas e intercambiar bromas con mi amigo sabiendo que a la misma hora el cuerpo que llamábamos Julia yace en la cámara frigorífica de un hospital y que Raúl y mi cuñada estarán sumidos en un sufrimiento insoportable. Confesaré que la duda me ha durado poco. A mi hermano y a su mujer, no digamos a su difunta hija, todos ellos lejos de aquí, ¿en qué les afecta que yo siga con mis hábitos cotidianos? He salido de casa empujado por el deseo de no quedarme a solas con mis pensamientos. Me picaba asimismo la curiosidad de comprobar si Patachula acertaría a descubrir en mi conducta, mis gestos o mis palabras algún signo de duelo. No le he contado nada acerca del fallecimiento de mi sobrina ni él ha entrevisto en mí ningún detalle que lo indujese a preguntarme qué tengo, qué me pasa.

15

Dormí bien anoche. Ninguna pesadilla perturbó mi reposo. Por dicha causa he estado todo el día sintiendo pinchazos de remordimiento. ¿Tan poco significa para mí la muerte de mi sobrina que su cara no apareció una sola vez en mis sueños? Le digo al retrato de papá en el momento de salir para el trabajo: «Papá, se ha muerto una de tus nietas». Y papá persiste en su sonrisa estática y yo me voy al instituto convencido de que nuestra familia está compuesta por una pandilla de insensibles.

Ayer, a la vuelta del bar, envié sendos mensajes breves a Amalia y a Nikita para notificarles el fallecimiento de Julia. Amalia fue la primera en responder. «Terrible», escribió. Y que estaba profundamente abatida. Un rato después comenzó su programa radiofónico. No me pareció que una noticia calificada de terrible unos minutos antes hubiese dejado rastro alguno en su voz ni en el buen humor de que hizo gala a lo largo de la emisión. Su presunto abatimiento no la condujo a cometer más fallos que otras veces. Es una profesional de la cabeza a los pies.

Nikita respondió sin miramientos ortográficos a las tantas de la madrugada: «Ostia ke palo».

Hoy, que la gente prefiere los dispositivos electrónicos para comunicarse, no lo creo, pero por la época en que murió papá aún perduraba el hábito de dar el pésame por correo, en hojas de papel con orla negra. Había, por supuesto, otros procedimientos. Sin ir más lejos, mamá instaló una mesa con un libro de condolencias en el portal. A nuestro buzón llegaron varias cartas cuyos sobres ostentaban una orla de luto. Yo no dispongo de nada parecido. He pensado que serviría un folio común para escribirles unas líneas a mi hermano y a mi cuñada. En casos así es cuando uno echa de menos una mujer a su lado, una mujer sensible y perspicaz que nos ayude, torpes varones, con su destreza para manejarse en situaciones de alto voltaje emocional, a salir airosos de los compromisos más delicados. Los tíos son, somos, unos zopencos. Alguno dirá en defensa propia que esta afirmación es un tópico; pero, aun admitiendo que lo sea, no creo que ande muy lejos de la verdad.

He escrito lo primero de todo: «Querido Raúl, querida María Elena». Y ahí me he bloqueado. El quid de la cuestión no radicaba tan sólo en qué decir sino en cómo decirlo. Tras largos y penosos minutos delante del folio en blanco, he buscado calma y un poco de inspiración con el auxilio de una botella de coñac que me compré el otro día, y eso que hoy he vuelto del bar de Alfonso bastante cocido. No sin esfuerzo he logrado redactar cerca de una veintena de renglones. Pues bien, no había uno solo que no fuera convencional, farragoso, aborrecible a causa de su pedantería gélida y sus extremos de compasión forzada. Me han entrado ganas de llamar a Amalia y suplicarle que me dictase por teléfono unas frases. O a Águeda, arriesgándome a que se meta de lleno en mi vida. O a mamá en ultratumba, pero supongo que allá no funcionan los servicios de telefonía.

Así que, llevado de un impulso repentino, he marcado el número de mi hermano. El dedo ebrio no atinaba con las teclas precisas. Me he visto obligado a hacer varios intentos. Pensaba ir al grano: «Mira, Raúl, no esperes de mí que verbalice emociones. En resumen, lo siento mucho, te mando un abrazo fraternal, adiós». Se ha puesto mi cuñada, cuya serenidad parecía calcada de la que su hija Cristina mostró conmigo ayer. «Mejor que no hables con Raúl. Aguanta gracias a los tranquilizantes. Ya le diré que has llamado.» Mi cuñada entiende que no me sea posible desplazarme el viernes a Zaragoza. Ella y su marido agradecen de corazón las expresiones de condolencia que están recibiendo; al mismo tiempo desean que se junte la menor cantidad posible de gente en el entierro. Me amplía la información sobre su difunta hija que ayer me proporcionó Cristina: la recuperación pasajera de Julia a la vuelta de Alemania, la súbita recaída, los cuidados paliativos, la rapidez del final. Murió sin sufrimiento, la van a incinerar («la niña así lo quería»), depositarán la urna en el panteón de la familia de María Elena. Noto que a mi cuñada, desde que se estableció en Zaragoza, le ha aumentado el acento aragonés que con el alejamiento de su tierra se le había mitigado. Su despedida ha sido cálida, como si fuera ella la que me tenía que consolar a mí.

16

Entro en el aula a dar mi primera clase del día. ¿Qué veo? ¡Julia! Allí está, sentada cerca de la ventana, mirándome ni seria ni alegre. El corazón se me desboca. «¿Qué haces aquí? Pero ¿no te habías muerto?» Y también: «Se habrá escapado del crematorio y viene a preguntarme si la puedo esconder en mi casa, aunque sólo sea por unos días». Normal. ¿A quién le agrada que lo quemen, lo metan en una urna y lo sepulten? «No se trataba de un sueño», escribe Kafka en el segundo párrafo de *La transformación*. Gregor Samsa no imagina que se ha convertido en un bicho, sino que es realmente, desde el amanecer, una criatura monstruosa dotada de conciencia humana. Y yo tampoco estoy soñando. Yo he entrado en el aula con mi cansancio crónico y mi boca seca y mis ganas de que se acabe ya el día recién empezado. Vengo a despachar mi tarea diaria, que consiste en adormecer a un rebaño de adolescentes administrándoles una dosis de conceptos soporíferos, y a justificar mi sueldo disertando de filosofía; en el caso de hoy, sobre Nietzsche y la crisis de la razón ilustrada, que es lo que tocaba esta mañana por decisión de los diseñadores del temario. Se acabaron para mí los días en que me tomaba la molestia de preparar las clases como si las fueran a televisar en directo para una audiencia numerosa. De unos años a esta parte me basta con echar una ojeada a la lección poco antes de salir para el instituto y con tirar después en clase de apuntes viejos, mayéutica socrática y debates improvisados. Con mi maletín y mis violentas palpitaciones me dirijo por entre las mesas hacia la que ocupa Julia, quien, al verme llegar, sonríe. Me planto delante de ella y le pregunto: «Ane, ¿te importa que abra la ventana? Hace mucho calor aquí dentro». Mientras doy la clase, pienso que los alumnos sólo ven en mí a uno de los docentes más aburridos, si no el más aburrido, del instituto. Familiarizados con mi presencia, mi voz y mi sosería, quizá crean que me conocen; pero no saben nada de mí como seguramente yo no sé apenas nada de cada uno de ellos. Ignoran todo lo relativo a mis pensamientos y emociones, en qué situación personal me encuentro, a qué me dedico fuera de las horas lectivas; aunque se me figura que esto último es fácil de adivinar. Me dedico a sobrevivir, actividad que ocupa mis horas al completo. Lo dicho: no saben nada. Tampoco Ane, Ane Calvo, que guarda un asombroso parecido facial con una sobrina mía cuyas cenizas serán enterradas mañana en un cementerio de Zaragoza.

17

Me reafirmo en el convencimiento que expresé anoche por escrito. Los alumnos ignoran lo que se oculta tras la apariencia de profesor tedioso que ven cuando estoy delante de ellos. Tampoco es que les interese gran cosa averiguarlo. Les importa un pepino, y yo lo comprendo y lo apruebo. No menos superficial se me figura el conocimiento que puedan tener de mí los compañeros de trabajo. Sin embargo, pongo en duda que se pueda asegurar lo mismo de Águeda. Me da que esta mujer posee detrás de las pupilas un dispositivo de rayos X que le permite escudriñar a fondo la conciencia de sus semejantes, y no es raro que me sobrevenga una sensación de desnudez cuando ella me mira con cierta intensidad. Peligro, peligro.

Ayer, miércoles, también acudió a mi encuentro a la salida del mercado. Esta vez la trajo a mí un cometido agradable: regalarme un trozo del bizcocho que sobró el domingo pasado. El bizcocho me lo entregó pulcramente envuelto en papel de aluminio. Me acordé de mamá, quien, cada vez que nos invitaba a Raúl o a mí a comer en su casa, cocinaba mucho más de lo que nuestros estómagos eran capaces de albergar, de modo que al término de la visita ella pudiese cargarnos con alguna que otra ración de comida sobrante. Supongo que así se hacía la ilusión de seguir amamantándonos en la edad adulta, de paso que aleccionaba a sus dos nueras sobre la forma adecuada de cuidarnos.

¿A las palabras con que le agradecí a Águeda el bizcocho les faltó algo de chispa? Seguramente, pero ocurre que uno es como es; yo no estoy a estas alturas de la vida con ánimo ni fuerzas para cambiar de personalidad y, por otro lado, me cohibía un recelo. De pronto consideré plausible que Águeda intentase ganar mi confianza mediante un regalito y sonrisas y ademanes dulces a fin de sorprenderme con las defensas bajas en el momento de abordar por sorpresa el asunto del anónimo en el buzón. Águeda justificó su obsequio recordando que yo había elogiado el bizcocho en su casa. Es posible. Los demás invitados también se deshicieron en elogios y yo no quería desentonar. Sea como fuere, Águeda decidió mostrar su preferencia por mí reservándome, qué gran honor, el último trozo de bizcocho, si bien carezco de pruebas para descartar que los demás no hayan recibido con antelación otra clase de manjares sobrantes.

No le dije que me había gustado más la tarta de arándanos y nueces. En lugar de eso, le pregunté por su migraña, cuánto tiempo le había durado, si tomó una pastilla, si esta le hizo efecto. No ocultó la satisfacción que le producía el que yo me interesase por su estado de salud. «Fue una migraña con aura», dijo, «de las peores que he sufrido en mucho tiempo.» Y repitió sus disculpas por no haber podido atendernos como era su deseo. En ningún instante hizo alusión al anónimo. Estuve atento por si deslizaba en la conversación algún pormenor insinuante, cualquier cosita relacionada con el portal, el servicio de Correos, una posible acción vengativa del marido de aquella mujer que estuvo acogida en su casa, quizá algún episodio de acoso vecinal, quizá una gamberrada de chavales. Nada.

Ella ahí, yo aquí, sólo por eludir la fijeza de sus ojos provistos de rayos X, levanté los míos por encima de su cabeza y por encima de los árboles de la plaza.

«Mira, dos vencejos.»

Se los señalé con la mano. No les prestó la menor atención.

«A ti te pasa algo», dijo.

«¿De dónde sacas tú eso?»

«No sé. Te noto triste. Espero no ser yo la causa.»

Hablamos un rato más de asuntos sin trascendencia. A mi sobrina fallecida no la mencioné. Y nos despedimos.

18

Amalia aborrecía los encuentros familiares en casa de mamá. Más de una vez se negó a acudir a ellos, alegando que se sentía enferma o que le había surgido un compromiso laboral urgente. Un día, harta de disimulos, delegó en mí la decisión de disculparla como se me antojase; incluso me autorizó a contarles la verdad a nuestros parientes: que malditas las ganas que ella tenía de soportar a los Perfectos. Procurábamos mantener a Nikita alejado de estas conversaciones, pues sabíamos por experiencia que a Raúl y a María Elena les costaba poco aprovecharse de la ingenuidad del niño para sonsacarle información sobre nosotros.

Los Perfectos, o sea, mi hermano, su mujer y sus hijas, conformaban una familia sin tacha, con todos sus miembros limpios, aromáticos, educados, inteligentes y, por supuesto, felices. Se dijera que para ellos la felicidad constituía una especie de obligación existencial; una tarea de panaderos de la vida que amasan su pan feliz juntando un día y otro los mismos ingredientes: orden, normas y sensatez. Todo lo hacían bien; en consecuencia, todo les salía bien, a menos que interviniese de mala fe una mano ajena. Y el hecho fácilmente comprobable de que a nosotros nos redujeran al papel de meros testigos de su habilidad para obtener favores de la fortuna me incomodaba como no podían imaginarse. Peor lo llevaba Amalia, a quien la exhibición de felicidad por parte de sus cuñados desataba una furia sorda de la que sólo se sabía remediar apretando los dientes.

Para más inri, mamá los alababa sin contención, a menudo por los motivos más nimios. Les daba a entender que encontraba en sus decisiones y sus actos, en sus propuestas y sus logros y en cualquier bobadita que dijeran, un manantial de alegría fresca. No se cortaba ni estando nosotros delante. Mientras dedicaba lisonjas a la familia de mi hermano (y eso que a María Elena no le tenía especial simpatía, pero quizá tan sólo cuando la juzgaba aparte), nos miraba a nosotros con el rabillo del ojo como insinuando que deberíamos tomar ejemplo de ellos.

De los Perfectos nos sentíamos distanciados por infinidad de motivos. Yo creo que no nos unía nada salvo la circunstancia fortuita del parentesco. ¿Lazos de afecto, comunidad de intereses, aficiones y gustos compartidos? Cero absoluto. Ahora bien, si algo se interponía entre ellos y nosotros, imposibilitando cualquier asomo de relación cordial, era un abismo insalvable en cuyo fondo chapoteaba, embarrado de deficiencias, limitación intelectual e inclinaciones destructivas, un bicho para ellos repulsivo llamado Nicolás. No lo podían ver ni en pintura. Estaban sin la menor duda convencidos de que el carácter, la conducta, el bajo rendimiento escolar y, en fin, cualesquiera defectos del niño provenían directamente de la pésima educación que recibía de Amalia y de mí. Y a veces, por alguna que otra palabra soltada como sin pensar, nos percatábamos de que mis sobrinas tenían instrucción de apartarse de su primo tanto como fuera posible. A mí se me partía el alma viendo la poca delicadeza con la que a veces le hacían el vacío.

Me viene a la memoria alguna que otra escena habitual de aquellas reuniones. Mamá, pongo por caso, nos llamaba a la mesa. «Hala, a comer.» Enseguida María Elena o Raúl mandaban a sus hijas a lavarse las manos. Las niñas obedecían con una prontitud que nosotros sospechábamos ensayada. Nuestro desastroso hijo salía asimismo corriendo, sólo que en dirección contraria, impelido por su proverbial glotonería. Sin esperar a nadie, tomaba asiento a la mesa y, aunque lo tenía prohibido y después en casa le reñíamos, se apresuraba a meter los dedos sucios en el platillo de las aceitunas o en la fuente donde mamá había repartido con esmero las lonchas de jamón ibérico. A Amalia y a mí no nos pasaban inadvertidas las miradas reprobatorias de nuestros parientes, que, sin embargo, callaban. Más les valía. A cambio, supervisaban con ademanes policiales y aspavientos remilgados las manos de sus hijas, elogiando su limpieza en los términos más exagerados, mientras que a nosotros, por puntillo, no nos daba la gana de ordenar a nuestro hijo que fuera a lavarse las suyas.

Mañana lo llamaré por teléfono para que me cuente con detalle cómo ocurrió lo de la guitarra.

19

En el asiento del copiloto, a la vuelta de Cercedilla, Patachula alaba un libro que está leyendo estos días. Me anota en la esquina de un periódico la referencia bibliográfica: Ramón Andrés, *Semper dolens. Historia del suicidio en Occidente*, editorial Acantilado. En vista de su entusiasmo, prefiero seguir ocultándole que en la actualidad no compro libros. ¡Si supiera que ya me he desprendido de la mitad de mi biblioteca! Él nos recomienda vivamente el libro en cuestión. Águeda, ingenua, pregunta de qué va. Es posible que a causa del ruido del motor, acomodada en el asiento trasero, entre la jadeante *Pepa* y el gordo amodorrado, no haya oído bien el título.

«¿De qué va una historia del suicidio en Occidente? Pues de frutas y verduras.»

A Águeda el tema del suicidio le repele. «Quita, quita.» Le gustan más los libros de política, las biografías, las novelas y, en general, cualquier obra que la instruya y entretenga sin bajarle el ánimo.

«Pues para nosotros el suicidio es el tema por excelencia. Todos los demás nos parecen secundarios, ¿a que sí?»

Corroboro sin tomarme en serio ni comentar la afirmación, y sin apartar la vista de la carretera. El tráfico va en aumento conforme nos acercamos a la ciudad. Desde que salimos de Cercedilla, me repiten los judiones con chorizo que he comido en el restaurante por recomendación insistente de Patachula.

Águeda nos pregunta de manos a boca si puede hacernos una confesión. Pata remeda las mónitas de un cura untuoso: «Ábrenos tu alma, hija. Te masturbas a diario. ¿Es eso?». Águeda nos dice que le han gustado mucho la excursión, el paseo por el monte y la comida en el restaurante de Cercedilla; que se lo pasa pipa con nosotros y con nuestras controversias; que le encanta nuestro sentido del humor y que se alegra cuando alguien incurre en la vana pretensión de ofenderla, pues, aún no terminada la ofensa, ya la está perdonando. Esta particularidad de su carácter no se la ha revelado hasta ahora a nadie, sólo a nosotros porque le inspiramos confianza. No quiere dar pie a que la gente abuse. Agrega que si escribiera una lista de placeres, pondría en primer lugar el placer de no tener enemigos.

«Ni aunque me llamarais puta me enfadaría con vosotros.»

Lo raro habría sido que Patachula dejara escapar la ocasión: «Puta».

Ella: «En tus labios, un piropo».

Mi amigo, dirigiéndose a mí: «Para y vamos a violarla detrás de aquellos matorrales».

«Huy, qué gusto.»

Pata tenía hoy un día más sarcástico que de costumbre y ya es decir. Para mí que se ha levantado esta mañana con el pie izquierdo; claro, no le queda otra posibilidad. Le pregunta a nuestra amiga si prepara oposiciones de ingreso en el santoral. Y, adelantándose a su respuesta, le dice, venenoso y risueño, que el puesto de santa Águeda no está vacante. Lo ocupa con méritos sobrados Águeda de Catania, a la que cortaron las tetas. «No vemos que a ti te hayan cortado nada.»

«Pues a ti un pie», pienso, pero me callo. Sospecho que el edificio de nuestra amistad se derrumbaría si yo fuese el destinatario de una burla tan grosera; pero Águeda es como es, le arrea un cachete cariñoso en el cogote a nuestro amigo y se ríe sentada entre los perros. Se ríe con una felicidad limpia y noble que me produce un acceso de admiración compasiva.

A la ida, la he invitado a conducir durante un trecho de la A-6, apenas transitada en la hora temprana del domingo. Para que practique y no se le olvide lo aprendido. Patachula: «¿Estás loco? Nos va a matar». Águeda, al volante, combatía su inseguridad y su nerviosismo hablando. Nos llevaba tan despacio que Pata me ha preguntado, a la altura de Las Rozas, si no sería mejor que él y yo siguiésemos el viaje andando y esperásemos a Águeda en el punto de destino.

Mediada la tarde, los hemos dejado a ella y al perro gordo ante el portal de su casa. Desde la acera, Águeda nos ha tirado un beso pueril con la mano. Mientras la vemos alejarse, ancha de trasero, de espalda y de cintura, mi amigo dice:

«Qué maja es y qué sola está».

20

Llamé a Nikita a la vuelta de la excursión. Va y me suelta que no tiene tiempo. Estaba pintando con sus compinches las paredes del piso que han usurpado. «Acabaréis en la cárcel.» «Mejor. Allá se vive sin trabajar.» Que lo llamase otro día y es lo que he hecho sin falta esta tarde. El muy puñetero pretendía darme largas otra vez. Yo he insistido hasta lograr que me concediese cinco minutos de su vida privada.

«¿Qué tal la piel?»

«Ahí está.»

No entiende por qué le doy vueltas a «una chorrada» de hace tantos años. Los niños, se justifica, hacen esas cosas. Las hacen sin pensar. ¿O es que yo, cuando vestía de pantalón corto, era un santo? «Mamá y tú comprasteis una guitarra mejor que la que tenían. ¿Qué más quieren?» Le sigue pareciendo «superbién» que no le pegáramos.

Ahora soy yo el que necesita justificarse. «Como sabes, el viernes enterraron a tu prima. La llevo muy presente estos días en mis pensamientos y ando un poco melancólico, repasando historias antiguas de la familia.»

Dice que ya casi no se acuerda, que ha llovido mucho desde entonces y él era pequeñajo. Ocho años o por ahí.

Su madre y yo cometimos el grave error de perderlo unos minutos de vista en casa de su abuela.

Amalia aseguró a media mañana, antes de ponernos en camino, que a gusto habría pagado dinero con tal de no asistir a la comida familiar. Traté de convencerla: mamá celebraba su cumpleaños, había cocinado; viuda y sola, nos esperaba con las consabidas expectativas. Insistí: que por favor y tal y cual, cariño; que nos marcharíamos lo antes posible y que yo no me negaba a visitar a sus padres, donde tampoco es que me divirtiera gran cosa. Y triunfé: a regañadientes, hinchando los pulmones como para no tener que respirar hasta la noche, Amalia condescendió.

Mamá improvisó en la sala de estar un escenario para las niñas perfectas; las cuales nos ofrecieron una demostración de sus habilidades musicales, no tan perfecta como ellas, pero con mucha prosopopeya. La mayor, fija la mirada en las partituras que le sostenía su madre, hizo con la flauta travesera unas virguerías no exentas de algún que otro pitido. Con plausible intención didáctica, Raúl se apresuró a disculpar los fallos: «Es que todavía está aprendiendo». Julia llevaba dos meses estudiando guitarra en una academia de música y ya era capaz de arrancarles a las cuerdas unos cuantos acordes. Juntas tocaron y entonaron el *Japi bardey tuyú*, con voz aguda y acento adaptado a oídos hispanos. La homenajeada se derretía de emoción al borde de las lágrimas y puede que decidida (no, ciertamente, por vez primera) a recompensar con una paga bajo mano a sus nietas predilectas. Al término del breve concierto, María Elena, con no muy buenas pulgas en mi opinión, se volvió a Nikita para preguntarle si no le gustaría a él también aprender a tocar un instrumento. El chavalillo nos dirigió una mirada de desconcierto a Amalia y a mí. No daba pie con bola en el colegio y sólo le faltaba eso, aumentar su colección de fracasos.

Mientras las primitas se lucían ante la mirada atenta de los adultos, él hacía jeribeques detrás de ellas, incapaz de estarse quieto, reventándoles la gala pese a nuestras amonestaciones; y cuando todos, por descontado, aplaudimos la actuación de las niñas perfectas, tan formales y pulcras, tan peripuestas y bien peinadas con sus trencitas y sus lacitos, Nikita lanzó una andanada de berridos, muerto de celos porque nadie le hacía caso.

Me ha contado esta tarde por teléfono que su prima la menor y él estaban solos en la terraza, a la sombra del toldo, la pequeña sentada en una silla baja, él de pie, y Julia, clin, clin, clin, tocaba su guitarra suya porque se la habían comprado a ella y por tanto era suya, y el barniz de la madera brillaba tan bonito a primera hora de la tarde luminosa, ya terminada la comida. Nikita intentó meter un dedo en la boca del instrumento, pero la niña no se lo consintió; tras lo cual, rabioso, él se lo arrebató a lo bruto. Y me ha contado que su prima intentó recuperarlo y protestó, amenazándolo con llamar a sus padres.

«Dame mi guitarra. Que me la des. Que la vas a romper.»

La escena siguiente transcurrió en la sala, a la vista de los adultos. Y fue que la niña entró de la terraza llorando a lágrima viva. Tan grandes y sentidos eran sus sollozos que no le permitían articular palabra, por más que hacía esfuerzos por contarnos lo que había sucedido. Tras ella entró Nikita con mandanga más que sospechosa, y no sé a los demás, pero a mí me bastó ver la expresión de su cara para adivinar que había cometido una diablura. Salimos todos a la terraza y, efectivamente, la guitarra estaba allá abajo, rota en la acera, rodeada de peatones que miraban hacia arriba.

Me apresuré a pedirles a Raúl y a María Elena que por favor mantuviesen la calma, que por supuesto y con la mayor brevedad le compraríamos a la niña una guitarra nueva. Francamente, mi hermano podía haber contribuido a rebajar la tensión. No quiso. «Eso esperamos», me replicó con ofendida sequedad. Ya no hubo más conversación entre nosotros. Incapaz de soportar el silencio embarazoso, quizá disconforme con Amalia y conmigo por no abroncar al chaval o por no sacudirle un tortazo a su viejo estilo, mamá reconvino a Nikita, quien se defendió sacándole la lengua. Amalia me indicó por señas la conveniencia de marcharnos y de ahí a poco nos despedimos, no sin antes reiterarle a nuestra sobrina que tan pronto como fuera posible, al día siguiente si era preciso, tendría una guitarra nueva.

De vuelta a casa en coche, a las pocas calles vi por el espejo retrovisor que Nikita se había quedado dormido con la boca abierta y la expresión de inocencia de quien no ha roto un plato en su vida. Me apretaba el deseo de conocer los pensamientos de Amalia en aquel instante. Me volví a mirarla. Ella también me miró. Bastó aquel encuentro casual de miradas para que los dos a un tiempo soltáramos el trapo a reír.

21

Vuelvo al último domingo. Aún era temprano cuando llegamos a Cercedilla. Sol, poca gente en las calles (a mediodía, más) y, sobre los tejados soñolientos, los tañidos vivaces de una campana. Decidimos arrimarnos al monte a fin de dar suelta a los perros. Me daban alegría las carreras de *Pepa* entre los árboles, persiguiendo presas imaginarias, mientras el gordo, corto de resuello, trataba en vano de imitarla. A cada instante se paraba a marcar el terreno, fingiéndose activo. Se me hace a mí que de este modo intentaba ocultarnos su falta de energía. Flotaba en el aire fresco y limpio, surcado de pájaros matinales, un grato olor a tierra en sombra, a hierbas aromáticas y a pinos. Patachula, que desde el comienzo de la excursión no había cesado de disparar mordacidades, adoptó de repente un tono lúgubre. Adentrados en un pinar, nos mostró primeramente el *noli me tangere* del brazo, ya en fase final de postilla; después nos reveló con gesto de inquietud que le había salido otro en la ingle, acompañado a ratos de mortificante prurito. Aquella fue una de las pocas cosas serias que dijo en toda la jornada. Nos preguntó si estábamos de acuerdo en echarle un vistazo a la llaga y darle nuestro parecer. Por descontado. Se bajó el pantalón; asomaron la prótesis y un calzoncillo de colores, tipo bóxer, de buena marca. Yo supuse que enseñarnos la llaga era una excusa para alardear de ropa interior. Se quitó el calzoncillo sin el menor indicio de timidez, y Águeda, en cuclillas, acercó la cara a aquel mundo genital, oscuramente piloso, con el objeto de examinar de cerca la herida de la ingle. Un senderista que hubiera visto la escena desde el camino habría jurado que en aquel hermoso paraje se estaba consumando una succión. Me admira la confianza con que ella y mi amigo se tratan. «No es cáncer», afirmó él atajando de antemano cualquier conjetura agorera. Y tanto Águeda como yo le aconsejamos que buscara en el pueblo una farmacia de guardia donde comprar un frasco de antiséptico y quizá una crema hidratante para reducir el picor. Así lo hizo y entró a aliviarse de su problema en los servicios de un bar. Más tarde, en el restaurante, Águeda le sugirió que llevase por espacio de dos o tres semanas un registro de las comidas y bebidas que tomase a diario, de todas sin excepción. «Porque me huele a mí que tú te estás intoxicando sin saberlo y tu cuerpo intenta expulsar alguna sustancia nociva abriendo orificios donde sea y como sea.» Patachula prometió hacerle caso; pero no sé si hablaba en serio, pues para entonces había reanudado las cuchufletas y sarcasmos, y dio en mofarse sin piedad de los presuntos conocimientos dermatológicos de nuestra amiga, que tiene unas aguantaderas como de aquí a las costas de Australia.

22

Muchas veces he afirmado delante de los alumnos que uno de los mayores beneficios de la cultura es el de enseñar a los hombres el arte del buen morir. A morir se aprende, les digo y se lo repito, aunque ellos se rían. Se entiende que a morir de manera digna, noble, elegante, libre de histeria y de terror. A los chavales les traen sin cuidado mis razonamientos. Normal. Son jóvenes. Ven tan lejos su final que se creen inmortales.

La cultura, cierta cultura, además de proporcionar saber y entretenimiento, tiene capacidad consoladora por cuanto nos invita al ejercicio de la aceptación, a menos, claro está, que uno se cierre a tal provecho. Esto lo digo en el aula con palabras limpias de jerigonza académica para que los chavales lo puedan comprender. Hasta la fecha no me han venido padres ni madres devotos a echarme en cara que corrompo al alumnado con ideas contrarias a la religión. Sí se me han quejado por otras razones. Este curso, sin ir más lejos, un padre no ha dejado de darme la lata porque el manual de filosofía dedica un pasaje al marxismo. Imbécil.

Ahora no veo tan clara mi convicción. De unos días a esta parte, la coraza cultural que me protege de las formas más patéticas de la angustia presenta algunas fisuras. Por supuesto que no voy a pedir un sacerdote en el último minuto. No experimento pavor. No voy a gritar en medio de la noche. He desarrollado desde que tomé la decisión de poner fin a mi existencia una familiaridad, yo diría que física, con mi tumba de la Almudena; no espero nada, ni luz ni oscuridad, de la dispersión de mis átomos, y hace tiempo que en todo cuanto me rodea parece haberse posado el polvo apacible de la despedida.

¿Qué me priva entonces de mi bien ganada calma?

Murió papá, respiré hondo. Sin necesidad de abrir las ventanas, la casa se nos llenó de aire renovado. Podíamos respirar por fin a pleno pulmón. Mamá floreció como una planta que, a punto de secarse, recibe agua.

Tampoco me costó asumir la muerte de ella. Ahora caigo en la cuenta de que desde entonces mamá y yo nos hemos reunido poco en mis pensamientos. La Naturaleza, que la despojó de voluntad y de memoria, por fin tuvo la gentileza de dispensarla de tanta humillación y llevársela. No era grato ser hijo de un vegetal con facciones maternas. La expresión tranquila de su cara de difunta me confortó. Besé, agradecido, aquellos labios inertes y me marché.

Mi exsuegro murió. Pasó a mejor vida, según la santurrona. Sin comentarios.

Más me conmovió la muerte de mi compañera Marta Gutiérrez. El profesorado adoptó por imitación recíproca dos días de semblante compungido. Después, ¿quién se acordaba de ella? Su puesto lo ocupó con rapidez otra profesora y la vida en el instituto siguió su curso habitual. Sucederá lo mismo conmigo.

En comparación con esas muertes cercanas, la de mi sobrina me ha pegado con más fuerza y, por lo visto, donde más duele. No se me borra su imagen del pensamiento, aun cuando nunca tuve una relación estrecha con ella. Desde que alcanzó la edad adulta, apenas la vi un puñado de veces, de modo que me resulta difícil evocarla con rasgos distintos de los de la niñez. Nos unían los no elegidos vínculos de parentesco y no sé si algo más. Y, sin embargo, la noticia de su muerte me acompaña a todas partes como una mala sombra. A decir verdad, no siento nada intenso. No estoy roto de aflicción ni de nada que se le parezca. Debe de ser otra cosa, una de tantas cosas que escapan a mi entendimiento. La tragedia prolongada y cruel de esa muchacha ha dañado seriamente el sistema de defensa que me había construido a lo largo de muchos años con ayuda de los libros y la reflexión. Mis murallones estoicos se resquebrajan con grave peligro de venirse abajo. Y creo que los demás lo notan. Patachula me dio sin motivo aparente una palmada afectuosa en la espalda el otro día, mientras cruzábamos la plaza Mayor de Cercedilla en busca de una farmacia. Sentí un escalofrío tanto por la palmada como por lo que pude leer en sus ojos: «Sé lo que te pasa, conmigo no te valen disimulos». La buena intención de su gesto me dejó deshecho.

23

A la salida del mercado, propuse a Águeda tomar una bebida en la terraza del Conache. No le oculté que deseaba tratar cierto asunto con ella. Sentados los dos a la sombra de un toldo, me reveló que se le estaba anunciando un ataque de migraña. Le noté la voz encogida al pedirle al camarero un café con limón, conforme a un viejo consejo de mi madre que Águeda no ha dejado nunca de aplicar en cuanto nota los primeros síntomas. Y como en esos momentos, ya es mala suerte, se les hubiera acabado el limón a los del bar, entré rápidamente en el mercado a comprar uno.

Esto fue ayer. El perro gordo tosía a nuestro lado. Le dije a Águeda que desapruebo las mofas que hizo de ella el otro día Patachula, a quien me referí por su nombre verdadero. Durante la excursión a Cercedilla, nuestro amigo se propasó. En realidad, se propasa de costumbre; pero digamos que el domingo último su desfachatez llegó a extremos insufribles. Ella se apresura a disculparlo. Los une la amistad y él, «lo mismo que tú si te apetece», tiene carta blanca para soltarle las burradas que se le antojen. Diga lo que diga, jamás conseguirá enfadarla. Águeda atribuye a Pata intención humorística, en modo alguno afrentosa, y considera que nuestro amigo estaba nervioso por la llaga de la ingle; de ahí que recurriese a las bromas con el fin de mitigar su preocupación.

Esta tarde he tenido un rifirrafe con Patachula en el bar de Alfonso. No me he andado con medias tintas. «Me desagrada profundamente lo mal que tratas a Águeda.» También él apela en son de disculpa a su amistad con la damnificada. Y alega en defensa propia: «¿Tú viste que se tomara a mal alguna de mis palabras?». No me he dado a partido. «Cuando estés con ella a solas, humíllala a tus anchas, pero por favor no delante de mí.» Se ha picado. Que me den. Que le den a él, nos ha jodido. Cuando yo creía acabada la discusión, va y me pregunta a qué espero para acostarme con nuestra amiga. Replico que no es mi tipo, se acerca a los sesenta, carece de atractivo erótico y yo no follo por caridad. Que quién me he creído que soy. Que si hace mucho que no me miro en el espejo. Que si no me he visto la barriguilla y las entradas y los pelillos que me salen de las orejas y algunos dientes torcidos. Me han dado ganas de lanzarle un escupitajo entre los ojos.

«Eres mi peor amigo», le he dicho.

«Cierto. El peor y el único.»

24

Hoy la fatiga y el bajo ánimo (quizá más lo segundo que lo primero) me obligan a limitarme a una breve evocación. Estamos los tres en la Castellana, metidos en el gentío, viendo pasar la Cabalgata de Reyes. Aún formamos una familia armónica que no descarta agregar un cuarto miembro. Los tres coincidimos en desear una niña. La fortuna no se cansa de tendernos su mano dadivosa. Tengo un buen trabajo, lo mismo que mi mujer, que además es bella. Y nuestro hijo de cinco años crece sano y vigoroso. Cumplimos todos los requisitos exigidos para llevar un tren de vida burgués y profesamos ideas progresistas que cuestionan (en parte) nuestros hábitos, lo que nos permite practicarlos sin mala conciencia. Hace frío, pero no llueve ni sopla viento. Conque lo estamos pasando divinamente en medio de la celebración multitudinaria. Expelemos vaho por la boca. Y para que el chaval, frenético de emoción, contemple mejor las carrozas y a sus ocupantes ataviados con vestimentas exóticas, lo he sentado sobre mis hombros. De tan nervioso que está, tira de mi pelo sin darse cuenta hasta hacerme un poco de daño. Amalia se encarga de recolectar caramelos que a cada rato caen a nuestro alrededor. Tanto ella como yo abrigamos la convicción de que nuestro hijo, que es el niño más robusto de la guardería, se las apañará para hacerse valer cuando acuda al colegio. No queremos que pegue ni que le peguen. Pasan unos años, llegan otras cabalgatas y un día, por la madre de una niña del curso de Nikita, nos enteramos de lo que el chaval no nos quiere contar. Sus compañeros se ríen de él, le gastan bromas pesadas, le pegan, le roban pertenencias o se las rompen, y lo conminan a no chivarse de todo ello a sus padres ni a los profesores. ¿Cómo es posible que con sus puños recios nuestro hijo no se haga respetar? Los otros, por lo visto, son muchos. Pronto averiguaremos que en realidad son todos contra él y que entre ellos no falta alguno que excede a Nikita en fuerza. En inteligencia y maldad parece ser que lo superan todos.

25

Puse a Amalia al corriente de algunas técnicas empleadas por mi padre con Raulito y conmigo para fortalecer nuestros músculos y nuestro carácter.

Papá sostenía que la vida es principalmente lucha. Lucha de clases, lucha por la supervivencia, por el control de los medios de producción, por esto y por lo otro, y lucha asimismo en el ámbito familiar y privado.

«A ver, decidme, ¿quién manda en casa: vuestra madre o yo?»

«Tú.»

«Pues eso.»

Se consideraba en la obligación de criarnos fuertes. Debo puntualizar que no abrigaba un concepto meramente físico de la fuerza; esta bien podía tener, en su opinión, naturaleza intelectual. De hecho, su arquetipo de hombre poderoso no era el gañán hercúleo que levanta piedras de doscientos kilos, sino el jefe, el líder, aquel que en virtud de unas cualidades y de sus dotes de mando logra imponerse a los demás.

Solía mencionar a modo de ejemplo los atributos de ciertos animales: el vigor del elefante, la fiereza del tigre, la velocidad de la gacela, la paciencia de la araña, la laboriosidad de las hormigas, la astucia del zorro, la potencia mortífera de las serpientes venenosas... «Elegid lo que más os acomode con tal de librarme de la vergüenza de haber engendrado una estirpe de sometidos.» Y con estos tópicos y proclamas nos educaba o se hacía la ilusión de que nos educaba.

Durante las vacaciones en la costa, a papá le daba por poner a pelear a sus hijos fuera de la vista de mamá, ya que ella se asustaba mucho con estos juegos y los reprobaba. A veces, tras el baño colectivo de rigor, él nos mandaba a mi hermano y a mí acompañarlo hasta el final de la playa, dándonos a entender que los tres formábamos una patrulla de exploradores. Y cuando ya nos habíamos alejado un buen trecho de mamá, tumbada al sol en su toalla, nos llevaba a un lugar apartado y allí nos inducía a combatir cuerpo a cuerpo, él en un costado ejerciendo de árbitro. Se trataba solamente de derribarnos el uno al otro. Nada de puñetazos, patadas ni agresiones que dejasen huella. Claro está que la diferencia de edad y de complexión hacía que yo ganase fácilmente. Papá se enfurecía con Raulito, no tanto porque perdiera los combates como por la poca resistencia que oponía. Lo acusaba de poco correoso y nada ágil y nada luchador; lo humillaba reprochándole sobrepeso, blandura de manos, falta de coraje, y le auguraba un futuro tristísimo de hombre sojuzgado. «Serás de esos a los que dominan las mujeres.» No escatimaba calificativos vejatorios: último mono, cero a la izquierda, pelagatos. O ya en el colmo del desprecio: «No, si al final nos saldrás maricón».

Una mañana, en un paraje solitario donde acababa la arena y empezaba un adelfar silvestre, papá me agarró de pronto por la espalda, y apretándome contra él hasta inmovilizar mi torso y mis brazos, azuzó a Raulito para que me pegase. Vi acercarse a mi hermano, el puño infantil en posición. Traté de zafarme de la fuerza monstruosa de mi padre. En vano. Estábamos los tres en bañador, solos y a pleno sol. En esto, Raulito se detuvo delante de mí con intención de golpearme a su salvo, sin que yo me pudiera defender; hallándose desprevenido, levanté una pierna, lo único que me era dado mover, y se la hundí con furia en el vientre carnoso. Le costó unos instantes recobrar la respiración, y sólo entonces pudo expandir entre las adelfas su llanto agudo de cochinillo en el matadero, mientras papá le echaba una bronca descomunal y casi le arrea una bofetada «por blandengue».

Amalia no dudó en calificar de primitivo el método de papá, pese a lo cual se me hace a mí que no lo rechazaba del todo. Estuvo varios días dándole vueltas a la cuestión hasta que se le ocurrió la idea de que nuestro hijo se ejercitase en algún tipo de lucha bajo las órdenes de un profesional. Por iniciativa suya, acordamos inscribir a Nikita en un centro de artes marciales. Nos parecía que ningún remedio contra el acoso a que lo sometían sus compañeros de colegio daría buen resultado mientras él no aprendiera a defenderse por su cuenta.

26

Quienquiera que espiara mis pasos me vio volver un domingo del colegio electoral y al día siguiente me echó una nota en el buzón. «Venías muy estirado y como sonriente de votar. ¿Te hacen gracia las elecciones? Conociéndote, seguro que votaste al partido más estúpido.» Tampoco en este caso me tomé la molestia de fechar la nota. Ignoro, por consiguiente, a qué votaciones se refiere. Lo único que sé a ciencia cierta es que la recibí por los tiempos en que ya vivía en La Guindalera.

Me he acordado de buscarla en el fajo porque hoy ha habido elecciones municipales. Según los datos difundidos a primera hora de la noche, lo más seguro es que caiga la alcaldesa. En la radio, a medida que avanzaba el escrutinio, la voz de Amalia se iba tiñendo de sutil decepción. De nada sirven sus dotes de disimulo ante quienes la conocemos bien. Y aunque se haya pasado el programa repitiendo que la alcaldesa Carmena y los suyos han ganado, se confirma que la suma de votos obtenidos por su partido y por los socialistas no supera los de toda la derecha junta, incluida la ultraderecha a la que Pata dijo que esta vez no apoyaría porque la cosa no va de España, sino de gestionar el municipio.

Yo he vuelto a votar a ciegas. Y no es que me den igual los unos o los otros, pues siempre cabe la posibilidad de escoger al menos malo; lo que me da igual es el porvenir de la ciudad, el país, el planeta, el universo entero. Ejercido mi derecho a voto, mientras volvía con *Pepa* a casa me han venido al recuerdo las cualidades de ciertos animales de las que, según papá, debíamos tomar ejemplo mi hermano y yo a fin de sobreponernos a nuestros congéneres, en cada uno de los cuales él veía un rival. Yo creo, querido y equivocado padre, que si resucitaras no te quedaría otro remedio que renunciar a tu convicción. Hoy, para llegar a alcalde, a presidente o, en fin, a líder, necesitas el beneplácito de aquellos a los que se supone que impondrás tu ley. Tienes que hacerte el simpático, darles coba, lamer sus culos, aventar mentiras y promesas a todas horas. Hoy mandan los débiles. No llegarás lejos si exhibes excelencia, carácter, voluntad, lenguaje culto, conocimientos profundos, todo aquello que tanto te gustaba; o si tratas de ser consecuente con tus ideas, o si te empeñas en la rectitud moral y en la coherencia ideológica. Desconfiarán de ti, les resultarás sospechoso, pensarán que quieres distinguirte, te tomarán por arrogante y elitista. La vida ya no es lucha, papá, como en tus tiempos. Ahora todos se rozan con todos y todos chapotean en un lodazal inmundo de intereses personales, moral laxa, negocios turbios, narcisismo y mediocridad. Hoy todos quieren ser pequeños y populares. En nuestros días lo que prevalece es la condición rastrera y la fría viscosidad de las babosas. Yo mismo, papá, si no estuviese tan cansado, tan fatal y definitivamente cansado, podría hacer carrera política en estos tiempos. Reúno todos los requisitos puesto que no descuello en nada ni creo en nada.

27

Clac, clac, clac. Tres fracturas limpias en el patio del colegio, de tres antebrazos tiernos pero no exentos de maldad. Y sus compañeros siguieron haciéndole el vacío, más que antes si cabe, con la diferencia de que ningún niño se atrevió ya a ponerle la mano encima ni a escupirle en el bocadillo. Semanas después llegaron las vacaciones y cambiamos a Nikita de colegio. El director nos lo había aconsejado en el curso de una conversación a puerta cerrada. Incluso nos ofreció ayuda para aligerar los trámites, aunque no hacía falta. Amalia y yo habíamos hecho las debidas gestiones por nuestra cuenta.

También decidimos sacar al niño de las clases de karate que tanto le gustaban. Según sus propias palabras, presenció en el gimnasio algunos ejercicios de los alumnos más avanzados, escuchó lo que escuchó y entendió lo que quiso o lo que le convino entender. Con tales antecedentes, unos ensayos que hizo a escondidas y el convencimiento de que tanto su madre como yo estábamos deseando que se defendiera, el chaval fue dando forma a su mala idea hasta que un día de tantos resolvió llevarla a cabo.

Consumada la agresión, nos la refirió en casa con ingenua tranquilidad, sin la menor conciencia de culpa. Dijo que ni siquiera hubo pelea. Que buscó durante el recreo uno a uno a los que peor lo trataban y todo fue rápido y fácil: un chasquido, unos lloros en medio de la gritería infantil del patio y una bandada de niños apartándose del monstruo.

Las tres familias afectadas reaccionaron de manera diferente. Tuvimos que soportar las invectivas de un matrimonio integrado por madre histérica y padre faltón. Hablaban de Nikita como de un criminal que debiera estar entre rejas, aun cuando no ignoraban que su criatura, ahora con el antebrazo escayolado, era uno de los principales acosadores de nuestro hijo. Amenazaron con presentar una denuncia, nos encogimos de hombros y no la presentaron. ¿Para qué?

Una madre divorciada se lo tomó como cosa de chiquillos que no están a lo que hay que estar. «Así aprenderá, no me hace caso, mi ex prefiere ocuparse del bebé que tiene con otra», etc. Y por último un padre, inmigrante venezolano, que no sé si aceptó o rechazó nuestras disculpas, pues apenas abrió el pico cuando nos entrevistamos con él. Miraba de una forma enconada aquel hombre bajito y de ojos negros en los que ardía un destello metálico. Fue el que más miedo nos dio.

28

Me faltaban detalles y, como no tenía nada mejor que hacer, he llamado a Nikita para que me los contara; de paso, para que me dijera si la pomada contra la psoriasis le está haciendo el efecto deseado. Que vea que me preocupo por él.

«Déjalo, papá. Fue un tema de niños.»

«Los mayores somos así. Sentimos temor a que se nos borre el pasado.»

Diez añitos. Me corrige: doce. Creyéndolo tonto y manso, se mofaban de él dentro y fuera del colegio («Nicolás, Nicolás, mea por delante, caga por detrás»), le tiraban bolitas ensalivadas de papel con el canuto del bolígrafo, le ponían zancadillas, lo ridiculizaban con toda clase de motes y le hacían marranadas. ¿Qué marranadas? Pues «lo típico»: le volcaban zumo dentro de la cartera, a veces cosas peores, y le llenaban de escupitajos el estuche, los libros, los bocadillos. Algunas niñas tampoco se quedaban atrás.

«Y un día se me fue la olla. Eso es todo.»

La idea le vino en el gimnasio, mientras miraba una clase de karate de los mayores y sorprendió una explicación sobre lesiones graves. Le dio por poner en práctica lo que había escuchado, con ramas arrancadas de los árboles del Retiro y con el palo de un rastrillo que, según me he enterado hoy, les mangó a los jardineros del parque. Dice que no le tembló el pulso cuando llegó el día de tomar venganza. Buscó a sus acosadores principales en el patio. Y aún se acuerda del ruido de los huesos al partirse y de lo rápido que fue todo y de los brazos colgantes y doblados y de la cara de bobos que pusieron los tres niños malos antes de echarse a llorar. Y fueron tres como pudieron ser quince; pero los demás, al ver lo que les había ocurrido a sus compañeros, salieron de estampida pegando gritos. Entre dos profesores sujetaron a Nikita, y luego el director le echó la bronca en su despacho; lo amenazó con llamar a la policía y le dijo que en su colegio tenía los días contados, que ya podía ir pensando en marcharse lo más lejos posible, porque en aquel centro no querían matones, y que gentuza como él es la que al final termina en la cárcel o tirada en las cunetas.

«Pues eso no nos lo contaste. Yo pensaba que el director era un hombre amable y comprensivo.»

«Era un cabrón, papá. Cuando nos quedamos solos, me dio dos hostias. Pim, pam. Todavía me zumban los oídos.»

29

Y como remate de la cena, he untado dos magdalenas en un vaso de leche caliente con miel, para mí acaso el acto más digno de recordación de todo el día. He olvidado cuándo las probé por última vez. Supongo que de niño, en la casa familiar. Al contrario que mi hermano o que mi hijo, yo no les tengo afición a la bollería ni a los pasteles.

Lo particular de las dos magdalenas de hoy es que me las ha regalado Águeda y que ella, a su vez, las recibió ayer martes de Manuela Carmena. Se conoce que la alcaldesa, ahora en funciones, acostumbra cocinarlas en su casa y luego las regala con maneras de abuela afable a sus invitados, visitantes y, en fin, a todo aquel que se ponga a tiro. Águeda, que fue a saludarla a título personal con un miembro de la Plataforma de Afectados por la Hipoteca, recibió unas cuantas y me ha dado dos esta tarde, a la salida del mercado. A Patachula le tenía reservadas otras dos.

Por cierto, salgo a la plaza con mi bolsa de la compra y no veo a Águeda ni al perro gordo, y ya estoy por retirarme decepcionado cuando advierto que una mano me hace señas desde la terraza del Conache.

Águeda estaba triste por los resultados electorales del domingo. Da por seguro que su admirada y querida Manuela Carmena, con la que, desde su acceso al cargo, ha estado repetidas veces en contacto por cuestiones relacionadas con los desahucios y la acogida de refugiados, pierde la alcaldía. La alcaldesa no abriga la menor duda de que el Partido Popular y Ciudadanos llegarán a un acuerdo con la extrema derecha para desbancar a la izquierda del gobierno municipal. «Habrá pacto de investidura», pronosticó delante de Águeda y su acompañante, «aunque ellos, por ahora, no se atreven a decirlo en voz alta. Pactaron meses atrás en Andalucía y lo harán ahora aquí y donde les convenga. Ya en febrero pasado se fotografiaron todos juntos en la plaza de Colón.» No le he dicho a Águeda que mi hijo estuvo allí.

30

Águeda aseguró ayer en la terraza del Conache que a ella la política de partido no le interesa. Jamás ha pagado cuota de militante.

A ella nadie la verá pegando carteles electorales ni optando a un cargo. Lee libros de tema político más que nada para informarse y «adquirir vocabulario». Afirma morirse de aburrimiento con la teoría. Ella cree en la movilización y en la solidaridad, y si la sacan de ahí ya no sabe cuántas son cinco. Todo lo que sea ayudar con medidas concretas al que lo necesita le parece estupendo, sobre todo cuando se trata de mejorar las condiciones de vida de los más desfavorecidos, pues «del bienestar de las clases pudientes ya se encargan ellas mismas». No nada en la abundancia; pero, por suerte, como no tiene apenas gastos, ni ambiciones desatadas, ni pasión por el lujo, gracias a lo que heredó, al capital obtenido por la venta del piso de su madre y a algunos ingresos por trabajillos ocasionales, vive exenta de estrecheces, con tiempo de sobra para dedicarse a sus queridos asuntos sociales. Si eso es política, entonces ella está politizada, como le reprocha a menudo Patachula, quien suele hablarle sin freno, tomándose toda clase de confianzas.

«Tú, lo que pasa, es que estás mal follada, me dijo hace poco.»

Y ella no sólo no se ofende de ser objeto de semejantes groserías, sino que las encuentra graciosas y hasta le da la razón a nuestro amigo. Me revela con semblante melancólico que le habría gustado tener hijos. No pudo ser. Le queda, dice, la capacidad de dar amor y no quiere desaprovecharla.

«Y quien no quiera mi amor, que se aparte a un lado.»

Un vivo sentimiento de vergüenza me impelió a volver la mirada hacia las otras mesas de la terraza, en la suposición de que habría personas que nos estuvieran escuchando. La tarde amagaba ponerse demasiado íntima. Sobre nuestras cabezas, el revoloteo de los vencejos en el cielo azul se me figuraba más frenético que de costumbre.

Justifiqué las salidas de tono de nuestro amigo achacándolas a los vaivenes de su ánimo. A Águeda le llama la atención que, de un tiempo a esta parte, él habla a menudo de suicidio y de suicidas. Sin duda goza hablando de temas lúgubres, lo que a ella empieza a preocuparle, pues le parece que algo de verdad pudiera esconderse bajo el suelo de tantas bromas.

«Patachula ha tenido siempre una vena macabra.»

«¿Patachula?»

«Es una manera amistosa de llamarlo.»

De pura rabia conmigo mismo me habría hundido la frente a martillazos.

31

Tina de mi corazón, dulce hermosura, lo siento de veras, pero en la sala no podías continuar. Sé lo mucho que te debo, los momentos de placer, la compañía, y créeme que te doy las gracias. Sucede que una mujer se ha introducido poco a poco en mi espacio privado. Se llama Águeda. Calma, calma. No es lo que imaginas. Deja que te explique. Ni joven ni esbelta, con sólo que la vieras un instante entenderías que no te puede reemplazar. Me unen a ella un puñado de recuerdos antiguos, todo lo contrario de gloriosos, que yo preferiría olvidar, y desde hace unos meses su hábito pertinaz de cruzarse en mi camino. He renunciado a la esperanza de hallar escapatoria a su presencia y a su conversación; conque, para evitar incordios mayores, le pongo buena cara. Últimamente se presenta con frecuencia en el bar de Alfonso. Ya no me sorprende encontrarla acomodada en mi silla de costumbre y en mi lado de la mesa. A Patachula, que la considera una especie de santa laica, le cae bien. Los dos están para morder en un confite y yo no abrigo la menor duda de que mi amigo la convida a mis espaldas a participar en nuestras tertulias. Nosotros trincamos cerveza, ella pide infusiones. A veces pienso que domina como nadie el arte de hacerse la mosquita muerta. Se le da de maravilla ejercer la compasión de izquierdas, siempre con la certeza de haberse avecindado de por vida en el lado correcto de la Historia. Tanta bondad cansa, te lo aseguro, sobre todo cuando quien la practica es una persona con propiedades adhesivas. Todos los miércoles, a la salida del mercado, le adivino el deseo de que la invite a subir aquí. Hasta la fecha me he resistido a su nunca formulada solicitud. Ella calla y yo me hago el tonto; pero sé que es tenaz, es lista y espera con paciencia mi cordial ofrecimiento. Esa mujer es agua incansable que a fuerza de roce desgasta el granito. Le eché en su buzón, a escondidas, dos notas anónimas. ¿Tú crees que me ha hecho algún comentario al respecto? De la misma manera que nos aturde a Patachula y a mí contándonos infinidad de pormenores de su vida privada y de sus andanzas de heroína social, podía habernos dicho en prueba de su inocencia: «Alguien me mete notas raras en el buzón». Su silencio alienta mis sospechas. Ya una vez me dejó un paquete encima del felpudo. Imagínate, estuvo ahí cerca, en un tris de conocerte. Tarde o temprano, con algún pretexto, se las ingeniará para entrar en nuestra casa. ¿Qué pensaría de nosotros si te encontrase abierta de piernas en el sofá? Asumamos, además, Tina preciosa, que nuestra relación ya no es lo que era. Noto en ti un desapego creciente. ¿Has perdido humanidad? ¿Estás envejeciendo? Hace un rato, mientras buscaba en ti el placer que tanto necesito y tanto me consuela, no te has tomado la molestia de disimular tu falta de pasión. Tú también te aburres conmigo, ¿verdad? Y por venganza has resuelto convertirte en lo que nunca debiste ser, en una muñeca fría, en un juguete resignado. Mantengo la promesa de no abandonarte en la vía pública. Ahora bien, a partir de esta noche te alojarás en el interior del armario, tu nuevo y definitivo domicilio. No puedo arriesgarme a que esa mujer te descubra como te descubrió mi hijo. Es lo que hay, hermosa. Nada dura para siempre. Todo se corrompe, todo se termina.

Junio

1

Al corriente de las vejaciones que Nikita sufría en el colegio y antes de la triple rotura de radios y cúbitos, Amalia dedicó varios espacios radiofónicos de casi una hora cada uno al tema del acoso escolar (se negaba a usar el anglicismo *bullying)*, con participación de expertos, entrevistas a afectados y mucha información. Soy testigo de que se preparó a conciencia. La recuerdo en casa llamando por teléfono a sociólogos, docentes, psicopedagogos y demás, en busca de invitados que pudieran hacer una aportación interesante a alguno de los coloquios previstos.

En ninguna de sus intervenciones, Amalia se refirió a su hijo; en ninguna se le escapó una declaración confidencial. Consideraba que un asunto tan grave y tan desatendido, a su parecer, por las autoridades educativas merecía amplia atención mediática. Con tal argumento justificaba todos los días ante sus oyentes la intención de consagrar varios programas a lo que conceptuaba (cito de memoria) «un escándalo y una de las peores lacras de nuestra sociedad». El éxito de la iniciativa suscitó comentarios elogiosos en la prensa y afianzó el prestigio profesional de Amalia, quien empezaba por entonces a saborear las mieles del estrellato o eso es lo que ella suponía.

Sobra decir que nosotros, como padres de hijo acosado, nos sentíamos víctimas. En tiempos de nuestra adolescencia no había sido así y sólo ahora que observábamos las humillaciones y las perrerías desde el lado de quienes las padecen éramos conscientes de las consecuencias de nuestros actos antiguos. De adolescentes, ella en su colegio, yo en el mío, habíamos formado parte de la grey de los despiadados, aunque ninguno de los dos se hubiese distinguido en la suya como cabecilla. Pienso que Amalia, en sus programas radiofónicos, además de barajar posibles soluciones al problema de Nikita, trató de descargar su conciencia. Le reproché pasado un tiempo, en el curso de una de nuestras discusiones matrimoniales, que se hubiese valido del padecimiento de Nikita para medrar en su carrera de locutora. Se lo tomó a mal y estalló. No solía ella decirme a mí cosas menos hirientes.

Una mañana, en la cama, poco antes de la emisión del primer programa monográfico, nos contamos el uno al otro episodios de acoso de nuestra época de colegiales. Amalia recordaba uno en especial de cuando tenía catorce o quince años y estudiaba en el colegio Nuestra Señora de Loreto. Formaba parte de su curso una niña gruesa junto a la que nadie quería sentarse. La hicieron sufrir mucho durante una época por el placer que les daba verla llorar. «Eso era todo, y cuando por fin le salían las lágrimas nos quedábamos todas tan anchas y complacidas.» Durante unas vacaciones de verano, la niña se sometió a una dieta draconiana de adelgazamiento, de tal manera que, al reanudarse las clases, volvió al colegio con un aspecto distinto, convertida en una chavala esbelta. Se atrevía a sostenerles la mirada a las demás y pronto tuvo un novio que venía a buscarla a la puerta del colegio. En adelante no sólo la dejaron tranquila, sino que algunas de las que habían estado martirizándola ahora buscaban su compañía. Amalia me confesó que en el transcurso de sus programas sobre el acoso temió que aquella antigua compañera de colegio llamara por teléfono a la emisora, al igual que otros radioyentes, para revelar alguna experiencia propia y aprovechase la ocasión para dejar en evidencia a la locutora.

Yo me arrepentí de referirle un caso que tuvimos en clase, el de un chaval afeminado. El grupo se ensañó con él hasta no dejarle más remedio que irse a otro colegio, donde hubo de enfrentarse a una situación similar. Él mismo ha contado su historia en un libro de memorias que en su día alcanzó un notable éxito de ventas. Me quedé atónito al escuchar su voz en el programa de Amalia. Averigüé después que ella había revuelto Roma con Santiago hasta localizarlo, luego de enterarse por mí de quién se trataba. Hoy es un escritor célebre que no solamente no oculta su condición de homosexual, sino que la tiene a gala y ha sabido sacarle provecho literario. De niño lo pasó mal, muy mal, a causa de la crueldad de los otros niños. Doy fe. Más de una vez lo he visto firmando ejemplares de sus obras en alguna caseta de la Feria del Libro; siempre pasé de largo como con vergüenza de que me reconociera, y eso que en nuestra época de colegiales yo jamás lo agredí ni me mofé de él directamente, aunque confieso haber reído de buena gana las gracias que otros hacían a su costa. Era un niño apacible y escuchimizado (hoy es un señor metido en carnes que se expresa, por cierto, estupendamente). Yo lo recuerdo dotado de inteligencia, aplicado y sensible: un cervatillo entre lobos. Sacaba de costumbre las mejores notas, lo que irritaba no poco a sus compañeros; pero era sobre todo su manera afectada de hablar y aquellos mohínes y ademanes relamidos, que pensábamos impostados pero no lo eran, lo que despertaba la inquina de sus compañeros, a la cual se añadían de vez en cuando las pullas de algunos profesores. Dos o tres colegiales traían al marica por la calle de la amargura. Dejó escrito (y lo repitió en el programa de Amalia) que lo que más le dolía era el silencio de la mayoría. Entre los silenciosos estaba yo. La curiosidad me llevó a leer ese libro suyo en que hace un repaso pormenorizado de su infancia y adolescencia. Empieza con un prólogo donde dice de sí mismo que era un «niño distinto», razón por la cual pasó unos años terribles en el colegio, sin más consuelo que la lectura en soledad y una dedicación temprana a la escritura. Más adelante, en uno de los capítulos, menciona entre sus martirizadores a dos profesores por sus iniciales y a varios compañeros por sus nombres de pila. No figuro entre ellos.

2

Lo que más me gustaba de los enfados de Amalia era la transformación súbita de sus facciones. Tengo para mí que la ira afea a las personas. A ella la favorecía, bien que por un espacio breve de tiempo; transcurrido el cual (imprecaciones, lágrimas, histeria), todo asomo de encanto se desvanecía. Por fin, gracias a la fase inicial de sus arrebatos, yo podía contemplar un momento su cara auténtica, mucho más bonita que la otra, la escondida debajo del maquillaje.

No poco de su belleza natural se estropeaba por la acción de los cosméticos. Amalia poseía un armario de cinco baldas atestado de artículos de droguería, mientras que los productos de higiene míos y de Nikita cabían de sobra en sendos cajones. Impelida por un miedo tan evidente como inconfesado al envejecimiento, Amalia era asidua de la peluquería y los centros de estética. En casa se pasaba horas delante del espejo, cuidando de su arreglo personal. «Cariño, hoy no me esperes, que tengo manicura.» O depilación. O gimnasio. La recuerdo diciendo a diario ese tipo de frases.

No tuvimos aquella hija que tanto deseábamos o decíamos desear, y cuya gestación Amalia fue posponiendo, temerosa de que un nuevo embarazo le arruinara la figura, y porque el tiempo exigido por la crianza pondría en peligro su carrera profesional o al menos la perturbaría gravemente durante una temporada.

«Y tú bien sabes que en este mundo competitivo nuestro las oportunidades o las coges al vuelo o se las llevan otros.»

De puertas para fuera, Amalia mostraba un aspecto impecable. Olorosa, elegante, acicalada: una señora sin tacha ni arrugas. Por casa, sin embargo, donde nadie salvo Nikita y yo la veíamos, iba y venía muchas veces con ojeras y greñas, la celulitis al aire, un comienzo de varices en ambas pantorrillas, las chanclas viejas y la cara embadurnada de pasta. No era raro que mi hijo y yo no pudiésemos entrar en el cuarto de baño porque la señora se acababa de teñir el pelo allí dentro y un olor insoportable, como de amoníaco, nos hacía imposible la respiración.

Los retoques constantes imprimían a su belleza un aire artificial. Asomado a la ventana, yo la miraba caminar calle adelante, hasta la esquina, y me parecía una mujer de plástico, como fabricada en un laboratorio; lo mismo que Tina, sólo que dotada de voz, movimiento y mala leche. Tan sólo cuando nos enzarzábamos en una disputa y a ella le sobrevenía el consiguiente acaloro, en su cara se encendía por breve tiempo la fuerza natural de su atractivo; el mismo, aunque ya con signos de desgaste, que me fascinó hasta entontecerme cuando la conocí.

De pronto se traslucía una suerte de resolución fiera en sus labios. El inferior, más grueso, más sensual y cariñoso que su compañero, parecía decidido a perseverar en la comunicación verbal, aunque sólo fuera en el grado de réplica; pero el de arriba, irascible y severo, se lo impedía apoyándose sobre él hasta inmovilizarlo. El acto del habla quedaba así suspendido y, dentro de la boca, las palabras no dichas acababan primero comprimidas, después trituradas entre los dientes que se adivinaban fuertemente apretados.

Los ojos me escrutaban con fijeza taladrante, olvidados de pestañear. En su cristal agresivo ardían los rescoldos de la rabia, diminutos pero intensos, tan lindos que me venían tentaciones de felicitarme por haber sacado de sus casillas a esa mujer. La estoy viendo entrecerrar los párpados; sus comisuras se alargaban ligeramente, como cuando uno, al encarar un rifle, aguza la puntería. Y, en efecto, los ojos finamente rasgados de Amalia disparaban contra los míos unas miradas que yo sentía similares a proyectiles.

Al mismo tiempo, sus cejas se enfadaban, separadas por dos surcos verticales, indicativos de una fina y preciosa irritación. Su frente se cubría de una lisura seria, en armonía con la altivez del mentón y las mejillas. El odio tenso, todavía silencioso, se iba extendiendo sobre cada una de sus facciones a modo de una delgada capa de barniz brillante. Y podía suceder, y de hecho sucedía casi siempre, que sus labios se despegasen de repente y brotara entre ellos de sopetón un chorro agrio y vulgar de palabras hasta entonces retenidas, echando a perder en un instante aquella gracia natural de su fisonomía que tanto me gustaba.

3

Debía abandonar mi casa ya, enseguida, sin demora, y aún no había encontrado una vivienda. Si no es por Patachula, que me acogió temporalmente en la suya, habría tenido que instalarme en una pensión o, quién sabe, debajo de un puente. Mi amigo me dijo que no me preocupase, pues más pronto que tarde, aprovechando sus conexiones en el mundillo inmobiliario, me conseguiría un piso acorde con mis necesidades y mis ingresos. Que si tenía preferencia por algún barrio. En principio, no. Me gustaría, eso sí, ahorrarme el incordio de recorrer todos los días un trayecto largo hasta el instituto.

«Tú pides mucho.»

Nikita, quince años, cara mustia, me ayudó a meter libros en cajas de cartón.

«Papá, ¿te vas para siempre?»

«No te echarás a llorar, ¿eh?»

Amalia tuvo la gentileza de no estar presente en la escena de la despedida del detestado y el hijo común. Su ausencia, digna de agradecimiento, me permitió hablarle al chaval con libertad, sin que la madre entrometida, pensando en protegerlo, me interrumpiese a cada instante para corregirme y desautorizarme según su costumbre.

No fue fácil convencer a Nikita de que él no tenía la culpa de mi marcha. Por supuesto que yo desaprobaba su comportamiento en el colegio y sus malas notas; pero eso no significaba que renunciase a la paternidad como él suponía, barrunto que influido por lo que su madre le contaba de mí.

Que dónde iba a vivir. «De momento, no lo sé; pero en ningún caso en otra ciudad.» Dondequiera que me instalase, le dije, él podría visitarnos a *Pepa* y a mí tantas veces como quisiese, no sólo en los días estipulados por la sentencia judicial, pues yo siempre le abriría la puerta y me alegraría un montón de verlo y darle un abrazo. Le prometí poner una cama para él en mi nuevo piso. «¿Y una videoconsola?» «Por supuesto.» Y ya veríamos qué más. Haríamos muchas cosas juntos y seríamos colegas, además de padre e hijo. Esto último casi no termino de decirlo por el nudo que se me puso en la garganta. Me preguntó: «¿Mamá es mala?».

Vacilé un instante, acometido de una perversa tentación; pero me contuve al ver la expresión de inocencia de Nikita. En lugar de meterle más veneno, le contesté que no, que cómo se le ocurría pensar semejante disparate. Mamá y yo habíamos dejado de entendernos y de querernos, y era mejor para todos, también para él, que no viviéramos bajo el mismo techo. Seguiríamos siendo una familia, sólo que cada uno en un sitio distinto. Así evitaríamos los malos rollos.

Claro que, los dos a solas, yo podía haberme aprovechado de la coyuntura para presentar a su madre bajo una luz desfavorable. Es lo que ella llevaba haciendo conmigo desde hacía meses con el fin de predisponer al chaval en mi contra. Al principio la jugada le funcionó; pero sólo hasta cierto punto y mientras Nikita no tuvo delante de la nariz otro horizonte que deshacerse de una de las dos autoridades que pesaban sobre él, en este caso la mía. Cuando finalmente comprobó que yo no significaba obstáculo alguno para sus planes, y que además era inclinado a aflojar la mosca muy a su conveniencia, las intrigas de Amalia por alejarlo de mí no sólo cayeron en saco roto, sino que se volvieron contra ella, haciendo que al poco tiempo el chaval le perdiese hasta la última partícula de respeto.

Desde mi marcha forzosa de casa, opté por darle a mi relación con Nikita un sesgo nuevo. ¿Mi estrategia? Muy simple: esforzarme al máximo por crear un espacio libre de conflictos entre mi hijo y yo y esperar, no había otra posibilidad, esperar con paciencia benedictina que un día el chaval descubriese por sí solo que su padre era lo más parecido a un buen tipo y no el monstruo abominable que su madre le pintaba a todas horas.

4

No me tengo por experto en perros, aunque algo entenderé de la materia después de tantos años cuidando a *Pepa.* Tampoco soy adivino ni creo que haga falta serlo para darse cuenta de que al gordo le quedan de vida tres telediarios. Ha habido un momento esta tarde, en el bar de Alfonso, en que me ha parecido que agonizaba. A escondidas de mis acompañantes, desentendido de su conversación sobre la actualidad política, lo he estado empujando con la punta del zapato debajo de la mesa. Estorbaba como un saco de piedras entre nuestros pies. ¿Reacción? Ninguna. Y eso que algunos empujones rayaban en patadas.

Los ojos cerrados, la lengua colgante como una corbata lacia y húmeda, la respiración dificultosa y, en fin, una más que evidente falta de energía inducían a pensar que el animal se está muriendo. Se muere despacio porque todo lo hace despacio, porque no tiene fuerzas ni para morirse. A *Pepa*, que a sus catorce años también ha entrado en la vejez, le tiras una gamba pelada o un taco de queso y los atrapa al vuelo con la boca. Al gordo, esta tarde, el queso le impactaba en la cabeza y luego, no sé si por falta de ganas o por falta de olfato, le costaba encontrarlo a su alrededor.

Patachula y yo creemos que nuestra amiga no debería someter al animal a grandes esfuerzos. Águeda: que la distancia de su casa al bar no es excesiva, que tiempos hubo en que ella y el perro emprendían paseos mucho más largos, de horas de duración, con juegos y carreras. Nos explica que tardan poco más de media hora en recorrer el trayecto desde su casa hasta el bar, salvo que den un rodeo, lo cual no ha sido hoy el caso. Si se suma el tiempo de la vuelta, a paso tranquilo hace un total de hora y cuarto u hora y veinte de camino, minuto arriba o abajo, sin contar alguna que otra parada de descanso. Yo creo que Águeda no termina de entender que la salud de su mascota sufre un grave deterioro. Se acoge, erre que erre, al dictamen del veterinario, quien considera que a *Toni* (¡me da un coraje cada vez que escucho el nombre!) le conviene moverse. Ella atribuye el desmadejamiento actual del perro a la edad y al probable efecto de los fármacos. Peor sería, dice, tenerlo todo el día encerrado en casa.

A la llegada de Águeda al bar, yo le estaba contando a Patachula la historia de los tres brazos rotos por mi hijo hace años en el patio del colegio. Mi amigo se ha pensado que me quería quedar con él. Un brazo, pase; dos, a lo mejor; pero tres... Que qué exageración, que ya sería para menos, que esas cosas sólo ocurren en las novelas malas. Águeda nos saluda con roce doble de mejillas. Pata y yo ni siquiera solemos darnos la mano. Hola, qué hay, y eso nos basta. Mi amigo le pregunta de sopetón a Águeda, sin ponerla en antecedentes ni darle tiempo de sentarse, si ella se tragaría la historia de un niño de doce años, aprendiz de karateka, que un día les rompe el brazo a tres colegiales que se metían con él. Águeda, adorable, rápida de reflejos, le responde que por qué no se la va a creer. Cosas peores suceden a diario en los colegios y en los barrios de nuestra ciudad. «Sin ir más lejos...» Y a continuación nos ha contado un episodio truculento acaecido hace unos meses en La Elipa. A Pata no le ha quedado más remedio que callar.

De anochecida los he acercado a sus respectivos portales, primero a Patachula, que insistía en pedir un taxi.

«No seas tonto. Si de todos modos voy a pasar cerca de tu casa...»

Nos mira a ella y a mí, a mí y a ella, con malicia pueril, como si de sus ojos salieran sendas cuerdas con las que tratara de amarrarnos.

«Es que no quiero molestar.»

Ni Águeda ni yo le hemos reído la gracia. La idea era ahorrarle al gordo una caminata que le podría reventar el corazón. Tras despedir a nuestro amigo delante de su portal, solos en el coche, me dice Águeda que la historia escalofriante acaecida en La Elipa hace unos meses se la ha inventado. Me vuelvo a mirarla sorprendido. Sinceramente, la consideraba incapaz de mentir. Se justifica: «Es que enseguida me he dado cuenta de que Patachula quería ponerte en evidencia».

«¿Lo llamas Patachula?»

«Oye, que yo también tengo sentido del humor, ¿eh? No sólo vosotros.»

Nos hemos dado palabra mutua de ocultarle a nuestro amigo el mote. No hay duda de que a él le dolería en lo más profundo, como todo lo que tenga que ver con el pie que perdió, particularmente si está concebido con un propósito de burla. A Águeda le encanta la idea de compartir un secreto conmigo. En el momento de sacar al gordo del asiento trasero, me pregunta si mañana por la tarde iré al mercado. Le he dicho que soy hombre de costumbres fijas, así que si quiere que tomemos algo juntos en el Conache, que venga, pero no hace falta que traiga al perro.

5

Se lo tenía que decir y se lo he dicho. Ya ayer, cuando me despedí de ella en el coche, pensé: «Le debo una aclaración sincera y cuanto más la retrase, peor». Va para largos años que yo no hacía llorar a una mujer, si bien, en el caso de Águeda, no termino de entender por qué ha llorado. Confieso que en los viejos tiempos arrancarle unas lágrimas a Amalia en el curso de una pelea matrimonial equivalía para mí a un triunfo. A veces le decía cosas con el exclusivo fin de que llorase, cosas que no se correspondían con lo que yo pensaba. Y el placer que me embargaba cuando sus ojos comenzaban a cubrirse de un brillo acuoso desataba en mí una breve pero fortísima sensación de éxtasis. Yo he llegado a tener erecciones discutiendo con Amalia. En cuanto a Águeda, ignoro con qué criterios juzgarla. Mi única explicación plausible es que yo le inspire pena. Esa mujer posee un sentido de la empatía tan desarrollado que probablemente, mientras escuchaba mis ridículas confidencias, le ha sobrevenido una efusión de piedad. ¡Si dijéramos que la he ofendido o que la rechazo! Pero ella misma se ha de dar cuenta de que no es así. Nos vemos con cierta frecuencia, estoy abierto a la conversación, el trato es fluido e incluso grato, bien que sin sobrepasar unos límites que he tratado de dilucidar esta tarde en la terraza del Conache con la mayor precisión posible; pero sin hacer que saltasen por los aires esos mismos límites. Argumento central: conmigo ya no es posible establecer una relación que merezca el calificativo de intensa ni que implique, por tanto, una correspondencia emocional. Y no es que yo no quiera. Sucede que, debido a una acumulación de desperfectos biográficos, estoy incapacitado para vincularme estrechamente con mis congéneres. ¿El amor? Me parece maravilloso en los libros y las películas o, en todo caso, en la vida de los demás. Me encanta que la gente se ame; pero, por favor, sin salpicar. Yo me tengo prohibido el amor. Así, como suena. El amor es un coñazo. Es estresante y fatigoso, un pésimo invento del género humano que al principio cosquillea agradablemente y al final te parte con el mismo ruido que a un palo seco. Un nuevo accidente amoroso daría al traste con mi tranquilidad. Me he propuesto preservarla a toda costa en lo poco que me queda de aquí al reencuentro con mi padre. Ya he dicho que hay límites o parapetos tras los cuales tengo escondida una parte sustancial de mí, de lo grande o pequeño, seguramente pequeño, que yo soy. Por lo mismo que no deseo amar ni ser amado, renuncio a la posibilidad perturbadora de viajar a Nueva York o comprarme una moto. Paz, quiero paz y nada más que paz. Y si he de pagar un precio por ella en forma de vida retirada, insulsa, huérfana de sensaciones y aventuras, lo pago y santas pascuas. Ese estimulante de las glándulas sudoríparas que en lenguaje popular se denomina amor y que sirve, entre otras cosas, para ensamblar individuos y a continuación amargarles la existencia, a mí hoy día me produce alergia. Más aún, pánico. Te sale de pronto un amor como te sale un carcinoma. Prefiero, por razones de salud, la calma del solitario, del indiferente, del que sobrevive en la soñolienta paz de una fatiga crónica. Nada de cuanto acontece a mi alrededor me interesa. Ni siquiera me intereso yo mismo. Y mientras yo soltaba todo esto en la terraza del Conache, llevado por una especie de embriaguez verbal, Águeda me miraba con ojos atónitos y cara de piedra. Me miraba en silencio, ella que es tan habladora. Salí, le he dicho, escaldado de mi historia matrimonial. Juré que nunca más me volvería a pasar nada ni remotamente parecido, juramento fácil de cumplir por la sencilla razón de que nunca estableceré lazo alguno con nadie en el plano sentimental. Seguro que fui un idiota al invertir tantas ilusiones y tanto tiempo en un proyecto familiar que me devastó. Esa es la palabra justa, por melodramática que pueda parecer: *devastación.* Y además contaminó mi vida entera de culpa. A este punto, a Águeda, sentada frente a mí, le salía un hilo de lágrimas de cada ojo. Le he pedido disculpas por mi sinceridad. «No, no, si yo te la agradezco.» Un rato después se ha ido, despidiéndose con un adiós apagado. Sobre la mesa continuaba su infusión intacta, el saquito aún dentro del vaso.

6

A propósito de las lágrimas de Águeda (quien esta tarde, por cierto, no ha comparecido en el bar de Alfonso), me viene al recuerdo la única vez en toda mi vida que vi llorar a papá. Yo era muy niño y no estoy seguro de nada, salvo de unos pocos detalles que se me quedaron grabados a hierro candente en la memoria. ¿Qué tendría yo: cinco, seis años? Por ahí. Siguiendo la costumbre familiar, habíamos ido de pícnic a la Casa de Campo en un día festivo. Estábamos los cuatro almorzando alrededor de nuestra mesita de playa, la misma que solíamos llevar de vacaciones a la costa, papá y mamá en sus respectivas sillas plegables, Raulito y yo en el suelo, sobre la hierba. ¿Qué hay para comer? Ni idea. Tal vez, para no variar, tortilla de patata y pollo empanado. Da igual. Lo que recuerdo con cierta nitidez es esto: comemos los cuatro en silencio; mi memoria no me da como otras veces el sonido del transistor; me pinta, eso sí, el cielo de un azul intenso; de pronto, mamá se levanta de la silla; hay precipitación en sus movimientos: ¿qué ocurre?; sin decir una palabra me arranca de las manos lo que sea que estoy comiendo y lo mismo hace con Raulito; la veo acto seguido ayudándonos a ponernos de pie; no nos riñe; se limita a señalarnos unos pinos como a cincuenta pasos de distancia; ordena que vayamos allí y no nos movamos del sitio hasta que ella nos llame, y yo me acerco a los pinos y llevo a Raulito de la mano. Lo de los cincuenta pasos es un decir. En todo caso, mi hermano y yo nos apartamos lo suficiente como para ver a papá convertido en una figura de tamaño reducido que se cubre la cara con las manos; pero no creo que nos alejáramos demasiado, pues desde los pinos se oían con claridad sus sollozos. Jamás he vuelto a ver a nadie llorar de esa manera. De hecho, me costó unos instantes darme cuenta de que papá estaba llorando. Emitía unos gemidos extraños que ponían los pelos de punta. No recuerdo que el llanto le durase más allá de un minuto. Cuando se hubo calmado, mamá nos hizo señas para que volviéramos a la mesa. Raulito y yo volvimos como nos habíamos ido, cogidos de la mano, modosos y asustados. El almuerzo prosiguió como si tal cosa, con la única novedad de que ahora no nos atrevíamos a mirar a papá. Yo al menos, al principio, no me atrevía. Pasado un rato, se conoce que reuní algo de valor para volver la mirada con disimulo hacia él. Me fijé entonces en sus ojos enrojecidos. Ninguno hablaba. A decir verdad, no he sabido nunca la razón de aquella llorera de papá. Quizá por eso la recuerdo. A mamá la he visto llorar un sinnúmero de veces y, sin embargo, mi memoria tiene dificultades para representarme un episodio suyo de lágrimas separado de los demás. Si papá viviera, le preguntaría: «¿Por qué lloraste aquel día de mil novecientos sesenta y tantos en la Casa de Campo?». Conociéndolo, no me sorprendería que me respondiese: «Bah, cosas mías». O si lo pillo en un mal momento: «¿A ti qué te importa?».

7

A Patachula no se le termina de secar el *noli me tangere* de la ingle. Esta tarde pretendía enseñármelo, pero he declinado el honor. Tengo, le he dicho, fuerza imaginativa suficiente para hacer superfluas las comprobaciones oculares.

Se conoce que la herida no deja de supurar. La tiene bastante peor que el domingo de la visita a Cercedilla. Le produce tal comezón que últimamente se acuesta con guantes de látex por miedo de arrancarse dormido la carne con las uñas. De día se unta con pomada, en la esperanza de reducir el picor. «De las llagas que me han salido hasta la fecha, esta es la más cabrona de todas.» Me cuenta que se le ha desplazado hacia la cara interior del muslo y menos mal, porque si hubiera puesto rumbo hacia el otro lado y le afectara al tejido próximo al ano, el tormento sería muy malo de sufrir.

«¿Una llaga móvil?»

Parece mentira, dice, que a todo un profesor de filosofía haya que explicarle conceptos tan elementales. No es la primera vez que un *noli me tangere* suyo se va extendiendo poco a poco en una dirección a la vez que forma postilla en la zona de procedencia, de modo que, culminado su lento proceso, es posible (si no he entendido mal) que se detenga y desaparezca a una distancia como de un centímetro o centímetro y medio del punto inicial.

Por segundo día consecutivo, Patachula ha llevado al bar la lista de los alimentos y bebidas que han atravesado su tracto digestivo en las dos últimas semanas y media. Las anotaciones ocupan tres folios por ambas caras. Su idea, por no decir su ilusión (a la vista del entusiasmo que le echa al asunto), es someterlas al dictamen de Águeda; pero ocurre que nuestra amiga, por motivos que él ignora y yo sospecho, aunque me los callo, no se deja caer por el bar. Poco antes de mi llegada, Pata, impaciente, ha hablado con ella por teléfono. «¿Y qué te ha dicho?» «Que nos veríamos aquí, pero son casi las diez y esa ya no viene.» No he creído oportuno mencionarle las lágrimas de Águeda anteayer en la terraza del Conache.

Le pido que me permita ojear la lista de alimentos y bebidas. Leche, fruta, carne, verdura... Pan, agua mineral, agua del grifo, anchoas en aceite, precocinados... Queso, yogures, cerveza, vino, sardinas de lata... En principio, nada del otro jueves. Este hombre come y bebe como un tudesco. No puede descartarse que alguno de los productos ingeridos le produzca una reacción alérgica en forma de dermatitis, tal como apuntaba la hipótesis de Águeda. Le pregunto a Patachula si va a continuar con el registro alimentario. «Que le den por saco.» Le sugiero que, por si las moscas, conserve la lista para cuando venga Águeda. «¿Y si no viene? ¿Y si ya no quiere saber nada de nosotros?» Me ha entrado de pronto la duda: «¿Tú crees?».

8

Había un banco público no lejos del portal de casa. El banco tenía estas y las otras características. A veces, de tanto poner recuerdos por escrito, me siento un poco novelista. Bueno, lo que yo me proponía contar esta noche (con la venia del coñac que llevo pimplado) es que lo mismo que vine por un lado, por el lado de la calle donde estaba el banco, pude haber venido por el otro. En tal caso, ella se habría quedado sin la posibilidad de abordarme. Ahora que lo pienso, quizá eso ocurrió en los días precedentes, o sea, que la mujer me había estado esperando en un sitio por el que últimamente yo no había pasado.

Lo más probable es que caminase absorto en mis cavilaciones. La indisciplina de los alumnos, la aspereza de la directora y mi desgana invencible me hacían cuesta arriba la docencia. Soñaba a todas horas, dormido y despierto, con terremotos que destruían el instituto o con epidemias que obligaban a suspender las clases durante meses. Algunas mañanas iba con miedo a trabajar: miedo a que los chavales me amargasen el día, a que un padre con malas pulgas me causase problemas, a perder un trabajo que en realidad me hacía infeliz. ¿Incentivos? El sueldo, las vacaciones y pare usted de contar.

Pasé de largo, sin fijarme en nada ni en nadie. De pronto, oigo que una voz me llama por detrás y, al volverme, vi a la mujer sentada en el banco mirándome con una sonrisa que se me figuró más ostensiva de desafío que de simpatía. Sus primeras palabras lo confirmaron. Olga no me estaba esperando en son de paz.

Era algo más alta que yo, espigada, atlética. Tengo entendido que de joven había participado en competiciones de natación. Me preguntó si le podía dedicar un minuto. Había en sus ojos un leve enrojecimiento, como si estuvieran aquejados de conjuntivitis. Le corría la nariz. De vez en cuando se la limpiaba de manera poco elegante con el dorso de la mano, gesto acaso interpretable como una muestra de desprecio hacia mí. Le pregunté, haciéndome el ingenuo, si estaba acatarrada. «Un poco», contestó con agresiva rotundidad. También Amalia, que en sus buenos tiempos solía conformarse con el estímulo del vino, andaba metida en la cocaína, no sé si mucho o poco, desde que se acostaba con aquella larguirucha.

Olga, bonitos labios, deseaba cerciorarse de si yo le tenía prohibido entrar en mi casa, que también era «la de su pareja». Mientras me gozaba en la contemplación de su bien conservado cutis, dije algo así como: «Conoces de sobra la respuesta». Que por qué. Que por qué qué. Y como viera que la conversación tomaba un rumbo desfavorable a sus intereses, me tildó, resentida, haciendo un hermoso gesto de repugnancia, de «machista y retrógrado». Qué quién era yo para prohibirle a Amalia recibir visitas. Su nariz, sin ser perfecta y a pesar de que moqueaba agüilla, tenía encanto. Por supuesto que Amalia podía recibir visitas. ¿De dónde sacaba ella que no? De hecho, mentí, las recibía con frecuencia, «pero tú no vas a poner un pie en mi casa». Agregué que no suelo cambiar de opinión por el hecho de que una persona que no sabe guardar las formas y a la que le gotea la nariz me ponga a los pies de los caballos. Me percaté de que, al igual que a la madre de mi hijo, también a Olga, cuello largo, pechos pequeños, la sacaban de quicio mi pachorra y los vocablos y modismos inusuales. A todo esto, me endosó el insulto preferido de Amalia: filosofito, de donde deduje que con dicho remoquete mi todavía mujer me nombraba a mis espaldas.

Por efecto, supongo, de los estimulantes consumidos, Olga se las echó de valiente. La podría haber dejado allí plantada. Tentaciones no me faltaron. Después de una jornada laboral penosa, lo último que me apetecía era someterme en plena calle a una ración suplementaria de insolencias. Sin embargo, confieso que me retenía ante la mujer despechada cierta fascinación de naturaleza erótica. Mientras ella se engallaba y me cubría de denuestos, me dediqué a examinar sus componentes físicos, de tal manera que por la noche, cuando en sueños imaginase que me la beneficiaba, cosa que iba a ocurrir de seguro, yo pudiese adornar mi fantasía con el mayor verismo posible.

Mirada altiva, barbilla retadora. Y si entraba en mi casa, ¿qué? «Pues nada, te sacaré a hostias.» Dijo, mordiendo las palabras, que entonces me denunciaría. Le contesté que antes de denunciarme tendría que esperar a que le dieran el alta en el hospital. Manifestó con diversos vituperios su odio a «los tíos», entiendo que considerándome a mí en aquellos momentos representante de la especie maldita.

Intentó zaherirme: «Te he birlado la mujer. Jódete, cornudo». Le repliqué sin perder la calma que todos los indicios apuntaban a que no estaba versada en la teoría de K.H. Meyer, a quien cité: «El llamado sexo lésbico no es más que una técnica de masajes». ¡Cómo se puso! Sabihondo, pedante y filosofito fue lo más dulce que me llamó. Yo fingí sorprenderme de que una mujer «en apariencia culta» no conociera a Meyer. No captó la añagaza dialéctica. Quizá, de haber estado menos ofuscada, habría sospechado que el tal Meyer nunca existió.

Más afirmaciones: que no le extrañaba que Amalia me considerase la mayor desgracia de su vida. Que no entendía cómo la pobre podía haber soportado tanto tiempo a un tipo como yo. Que vivir conmigo debía de ser el infierno. Encastillado en mi provocativa tranquilidad, chasqué la lengua en señal de que encontraba desacertados sus hábitos expresivos y le pedí por favor que desistiera del empeño inútil de cabrearme. Por mí se podía quedar allá todo el día farfullando insultos; pero ni de esa ni de ninguna otra manera lograría acceder a mi casa. ¡Y ay de ella como lo intentara en mi ausencia! No entendía, dijo como hablando para sí, que Amalia se plegase a semejante prohibición. Si hubiese sido un poco más lista, habría entendido que a Amalia no le convenía que yo visitara a mis suegros y les provocase un soponcio mortífero contándoles secretos picantes de la vida privada de su hija.

9

Una semana después, yo volvía de un paseo con *Pepa,* que entonces era una perrita joven, dulce, llena de energía, y al doblar la esquina, como a cien pasos de distancia, las vi entrar juntas en el portal.

Mi primer impulso fue echar a correr detrás de ellas e incluso lanzarles un grito airado desde el fondo de la calle. Me dispuse a recordarle a Amalia en los términos más severos el compromiso que tenía adquirido conmigo y, en todo caso, yo estaba resuelto a despachar a su querindonga de nuestra casa, a empujones si fuera necesario.

Luego reparé en que, por mucha prisa que me diese, no las habría de alcanzar antes que se hubieran metido en el ascensor, por lo que mi encuentro con la intrusa, a buen seguro desagradable, se efectuaría dentro del piso. La idea de armar un escándalo que resonase por todo el edificio me produjo una sensación aplastante de cansancio. Cambié de plan por eso y porque me iba pareciendo, a partir de ciertos indicios, que Olga ejercía una autoridad férrea sobre Amalia. Quizá la relación entre ambas mujeres no era como yo la veía o creía verla, de forma que antes de cometer una grave equivocación opté por ponerlas a prueba con un truco sencillo.

Y fue que llamé al teléfono fijo de nuestra casa para preguntar por Nikita, aunque yo sabía que el chaval no volvería hasta más tarde. Le conté a Amalia que había prometido a nuestro hijo echarle una mano con los deberes del colegio. Que por favor le pidiera que me esperase, que no se marchara con sus amigos si llegaba antes que yo. Dicho lo cual, dejé caer que yo estaba en camino y que no tardaría más de un cuarto de hora en llegar. Minutos después vi salir a Olga a paso rápido del portal.

«¿Has cambiado de perfume?»

«¿A ti qué te importa?»

¿Importarme? No me importa tanto que me mientan como que me tomen por tonto o que me falten a la palabra dada. Amalia debió de leer en mis ojos que la visita clandestina de su amiga no me había pasado inadvertida. Para sacarla de dudas se lo confirmé con una serie de sonrisas insinuantes a las que ella opuso una mueca adusta. Calló y callé, pues es lo cierto que estábamos fatalmente encadenados el uno al otro: por la hipoteca, el sinfín de facturas y contratos compartidos, el hijo, sus padres, mi madre... Puede decirse que esperábamos a estar solos para desprendernos de las máscaras sociales y manifestarnos sin disimulo aversión recíproca. Ella no quería dar que hablar a la prensa, donde la mencionaban con cierta frecuencia, ni yo suscitar rumores malévolos en el instituto.

Olga, autoritaria, celosa, acuciaba a Amalia para que me dejase. Poco, nada, le habría costado a Amalia complacer a su amiga si no fuera porque en el paquete de la separación también entraba Nikita y eso sí que no. De estos y otros detalles tuve certeza más adelante, pues una vez que Amalia se hubo liberado de su amante posesiva, vivimos los dos un periodo de cierta tranquilidad en casa, sin convivencia afectuosa pero con esporádicas conversaciones no exentas de espesor confidencial. Nos unía ahora el acuerdo tácito de montarle a nuestro hijo adolescente el teatro de una estructura familiar estable, lo que hoy considero un error al cual atribuyo la prolongación innecesaria de aquella tortura denominada matrimonio. Y por supuesto que la presunta época de paz estuvo salpicada de discusiones; ahora bien, en ningún caso llegaba la sangre al río, pues de momento zanjábamos nuestras diferencias por el socorrido método de encerrarse cada cual en su habitación y estar después un tiempo sin dirigirnos la palabra. Y así un día y otro día, detestándonos con apariencia de respeto hasta que llegaron las últimas tormentas matrimoniales, que esas sí que fueron de correr a guarecerse a toda prisa.

10

Pues hoy tampoco ha venido Águeda al bar, cosa que a mí, considerando los antecedentes, no me sorprende. Patachula, transformado por iniciativa propia y sin levantarse de la silla en heroico aventurero, descubridor de mares y conquistador de continentes, propone una expedición de urgencia a La Elipa. ¿Cuándo? «Ahora, en taxi.» Me acababa de sentar y Alfonso, detrás de la barra, estaba tirándome una cerveza. Le objeto a Patachula que es tarde para expediciones. «Entonces mañana o, si no, el miércoles.» Conjetura (además de expedicionario, detective) que nuestra amiga pudiera hallarse enferma, quizá inconsciente en el suelo de su casa, fulminada por un ictus, y necesita ayuda. Se conoce que la ha estado llamando y ella no se ha puesto al teléfono, ni ayer ni hoy.

Mi hipótesis: «Águeda prefiere alternar con amigos mejores que nosotros».

«Que alterne con otros amigos, pase. Que sean mejores, lo dudo.»

Patachula estaba hoy en vena locuaz, menos sarcástico que otras veces, quizá por la ausencia de público femenino. Desconfía de los socialistas; pretenden gobernar sin apoyos parlamentarios suficientes; mal panorama que pronto nos condenará a nuevas elecciones; a cambio de instalarse en el poder, los socialistas tendrán gatuperio con cualquiera de esos partidos y partiditos que tradicionalmente acechan la oportunidad de debilitar las estructuras del Estado; la derecha mansurrona y masoquista de este país goza dejándose demonizar; el liberalismo no arraiga en la juventud española, no genera iconos, no es *cool;* sin solución de continuidad, agrega que la prótesis del pie vuelve a causarle problemas: roces, dolor; en cambio, el *noli me tangere* de la ingle, aleluya, por fin ha empezado a secarse y, a menos que lo toque, no lo siente; ayer domingo, a la vuelta de los toros (vigesimosexta corrida de San Isidro, con morlacos de Baltasar Ibán y un muslo de Román destrozado por una cogida escalofriante), como no tenía nada mejor que hacer, redactó un nuevo testamento a mano; en «la hora crucial» lo dejará a la vista, sobre la mesa de la cocina, donde su hermano gemelo lo encuentre sin dificultad; anoche, somnífero mediante, durmió bien por vez primera en mucho tiempo. De pronto, parece percatarse de mi presencia.

«Y tú ¿sigues repasando a solas el álbum de los recuerdos?»

Le cuento que desde hace unos días el espectro de Amalia vuelve a merodear por mi memoria, esta vez en compañía de aquella mujer de la que estuvo locamente enamorada.

«¿La que le arreaba tortazos? Jo, macho, qué historia.»

Me pregunta si no se me ha ocurrido poner por escrito esa y otras peripecias de mi historia familiar. Darían, dice, para un libro, de autoficción los llaman ahora, y si lo condimento con estilo y gracia, hasta podría pensarse en mandarlo a una editorial. Le respondo que me falta ánimo para una tarea de semejante envergadura. Quien dice ánimo, dice fuerza y constancia. Salgo baldado del instituto, no raras veces con cuadernos y exámenes para corregir, y ¿qué hago: echarme a la espalda un par de horas de escritura diaria? ¿De dónde saco yo la concentración necesaria? Además, no siento el prurito de dar a conocer pormenores de mi vida privada ni de la vida de los seres con quienes conviví, empezando por Nikita.

Y me quedo tan ancho.

«Ahora que lo pienso, antes te imagino escalando montañas que escribiendo un libro.»

«Se ve que me conoces bien.»

Y aprueba que proteja la intimidad de mi hijo. Patachula haría lo mismo en mi lugar. Le gustaría saber cómo afrontó el chaval la inclinación lésbica de Amalia. Le cuento que un día, a mi llegada a casa, le pregunté a Nikita por su madre.

«Se ha marchado hace un rato con la tía Olga.»

«La tía Olga ¿ha estado aquí?

«Sí, pero mamá me ha dicho que no te lo diga.»

Con los auriculares puestos o entretenido con la videoconsola, no se enteraba de nada el pobre. Años más tarde, Amalia y yo divorciados, Nikita vino con ojos pasmados a revelarme lo que acababa de descubrir: que su madre se lo hacía con mujeres. Y añadió, pensando que yo no daría crédito a la noticia:

«Te lo juro, papá. Yo la he visto morrearse».

Lo único que sentía, dijo, era asco. Y también ganas de irse de casa. Y miedo, sí, miedo de que se enterasen sus amigos. Aunque ya no estaba en la edad de que yo ni nadie pudiera seguir tallando el duro granito de su formación, me pareció útil dirigirle unas cuantas y democráticas palabras acerca de la importancia del amor, el respeto y esas cosas; pero, al poco de empezar, me cortó.

«Te estás volviendo pesado y como muy triste, papá. ¿Te faltan vitaminas o qué?»

11

Repasando el fajo de notas, encuentro una, como siempre sin fecha, que no logro asociar a un suceso concreto de mi vida. Es de las más concisas y dice así: «Algún día te arrepentirás de todo esto». ¿De qué me tengo que arrepentir? En un ángulo del papelito, campea una estrella diminuta dibujada con tinta azul a la que tampoco logro atribuir significado.

Recuerdo las declaraciones en internet de un militante de ETA recién salido de la cárcel, donde había pasado más de dos décadas en cumplimiento de una condena por diversos asesinatos. No se arrepentía de nada. Así de rotundo. Abrigaba la certeza de que hizo lo que debía hacer, sin la menor consideración del daño inferido a otras personas. Las acciones por las que un día fue sentenciado a prisión le parecían tan justificadas que no entenderá jamás el castigo que se le impuso. Liberado de la cárcel, la gente de su pueblo lo había recibido con música y ovaciones, para él una prueba, supongo, de que nunca pisó fuera del camino correcto. Al final de la entrevista, daba a entender de una forma bastante explícita que se veía a sí mismo como víctima de una injusticia. Hay un claro determinismo en esta actitud que supedita la voluntad a un argumento ni siquiera ideado por quien se afana en ponerlo en práctica. Si una misión dicta los actos del individuo, ¿qué margen queda para la responsabilidad moral? Sólo los cerebros colonizados por la Idea, la Gran Verdad, la Causa Suprema, ignoran toda forma de empatía, incluyendo la empatía hacia uno mismo. En una situación de esa naturaleza, arrepentirse equivaldría a admitir la vaciedad de la fe asumida; lo hecho fue erróneo y baldío, y no habría música al regresar al pueblo.

Mi amigo Patachula se sitúa en el extremo opuesto. Le pregunto si se arrepiente de algo. Responde sin vacilar: «Me arrepiento de todo». Le pido que hable en serio. Dice que más en serio no puede hablar. De todo lo vivido no salva nada. Si por él fuera volvería al punto de partida dispuesto a recorrer su trayectoria biográfica desde la cuna hasta la hora actual con la cautela de un jugador de ajedrez, meditando largamente cada paso. Esta actitud reposa en la pretensión (¿la esperanza?) de que la existencia consista en el resultado directo de la voluntad. Yo soy lo que a cada instante decido ser y no el peón de un proyecto o de una ideología. Se me hace a mí que el ejercicio incesante de la libertad ha de obrar en el individuo efectos devastadores. La libertad, así entendida, es trabajosa, es agotadora, es un tumor; obliga a estar en guardia las veinticuatro horas del día y a soportar cantidades ingentes de soledad en medio de los otros. Sea como fuere, hay que estudiar mucho para ser libre y yo intuyo que ese filtro lo pasan pocos, porque no pueden, porque no saben, porque no quieren.

Contra el vaticinio malévolo de la nota, debo decir que no me arrepiento de todo. Lamento muchas cosas, algunas imputables al azar; otras, quizá la mayoría, consecuencia de mi falta de cálculo, de mis errores o de ciertas fallas de mi formación y mi carácter. Veredicto: me absuelvo y me condeno a partes iguales, resignado a mi biografía como a mis rasgos fisonómicos. Me alegro de no haber renunciado a unos cuantos principios morales en el tramo final de mi vida, justo cuando ya apenas reconozco algo valioso a mi alrededor y tengo conciencia de caminar por el borde de un abismo de indiferencia.

Hay hombres cordillera cuya peripecia vital alterna las cumbres y las hondonadas. Yo he sido más bien un hombre planicie, sin otras alturas visibles que dos montículos negros: Amalia y mi hermano. Ellos concitan mis únicos arrepentimientos dignos de mención. Lamento profundamente haber convivido con Amalia. Me duele no haber sido capaz de establecer una relación afectuosa con Raúl. El resto de mi vida me causa lo contrario de entusiasmo; pero tampoco me ha dejado, que yo sepa, heridas incurables. Quizá debí elegir otro oficio. Quizá habría sido más prudente apearse del mundo antes de alcanzar la edad adulta. Algunas veces, al salir de casa, me detengo ante la fotografía de papá y le digo: «Nunca te perdonaré que me sacaras del Sena». Él parece interrumpir por un instante su sonrisa perpetua para decirme en tono de amonestación que la vida es lucha y trabajo, y, como todo lo que se empieza, hay que terminarlo. Al final va a resultar que sólo viví por obligación.

12

Imaginaba que Águeda no estaría en la plaza. Cargado con mi bolsa de la compra, he salido por si las moscas a mirar. A lo mejor esa mujer no es tan inmune al resentimiento como nos ha hecho creer.

Durante varios minutos me he entretenido en la tarea imposible de contar vencejos. Había más que de costumbre. Van, vienen, se entrecruzan en el aire a toda velocidad y no hay manera de abarcarlos dentro de un número. He pensado que me gustaría reencarnarme en uno de ellos y revolotear a partir de agosto sobre las calles del barrio. Convencido de que Águeda no vendría, me he vuelto a casa.

Una hora más tarde, recién duchado y todavía en paños menores, estaba yo dudando si bajar al bar de Alfonso o abandonarme a la placidez del sillón con un buen libro, una copa de coñac y la respiración cercana de *Pepa,* que de ordinario obra en mí el efecto de un calmante, cuando suena de pronto el timbre y acto seguido una voz de mujer me habla por el portero automático. «Adivina quién viene a visitarte.» ¡Menos mal que encerré a Tina en el armario! El tiempo que habría empleado en ocultarla me ha venido de perlas para acabar de vestirme. Abro la puerta; una botella de vino avanza hacia mí sostenida por una mano cuyo dorso ostenta una aparatosa cicatriz.

«Me he dicho: voy a ver qué hace Toni y de paso le llevo un regalo.»

«¿Y el otro *Toni?*»

«Ese está para pocos trotes.»

La invito a acomodarse en el sofá. Poco antes, en el vestíbulo: «Este señor ¿es tu padre?». Por suerte hice limpieza el último domingo. No veo suciedad; sí algo de desorden, aunque tampoco tanto como para tener que avergonzarme. Y a Águeda, claro, la sorprende el estado de mi biblioteca, con baldas vacías o semivacías y no pocos libros tumbados. Le explico que los huecos son debidos a donaciones recientes. Ella adora que las personas no se aferren a sus propiedades. Se lo he oído decir más de una vez. La animo a llevarse los ejemplares que le plazcan, no importa cuántos ni cuáles, con la única excepción de la novela de Saramago que ella me regaló, a la vista sobre una de las baldas. En realidad, sólo quería darle a entender que no me he desprendido del obsequio. ¿Habrá pensado que deseo conservarlo por la estima (¿literaria, sentimental?) que le profeso? A decir verdad, el libro de Saramago, lo mismo que está en mi estantería, podría hallarse a estas horas en manos de un viandante desconocido.

Águeda curiosea entre los restos de mi biblioteca. Si le regalo este y el otro libro, pregunta. «Coge lo que te apetezca. ¿Quieres una bolsa?» Afirma que no es su intención abusar. Me da las gracias. Aprovecho que está de espaldas para examinar con detenimiento la etiqueta de la botella de vino.

Le ofrezco de comer y beber. Nada. No quiere nada. Bueno, sí, un vaso de agua. ¿Con gas, sin gas? Le da igual. «Del grifo mismo.» Y hablamos de cuestiones diversas, privadas pero sin meternos en ciénagas confidenciales, ella sentada ahí, con su ropa excesiva para el tiempo que hace; yo enfrente, debatiéndome entre la sorpresa y la suspicacia. Águeda me cuenta que ha estado con migraña estos días. Me abstengo de preguntarle si por esa razón no venía al bar. Hago cálculos: de cada veinte palabras, diecisiete salen de su boca, tres de la mía. Más o menos.

Y por fin anuncia que va a revelarme el motivo de su visita. La mueve una petición que ella se apresura a calificar de atrevida. Antes que nada quisiera justificarla a fin de evitar malos entendidos. Y acepta por adelantado que yo la rechace. El instinto me susurra al oído que me ponga en guardia. Las alarmas se me saltan de veras cuando ella asegura que no se trata de nada erótico ni amoroso, aunque lo parezca. «Mucho cuidadito con esta lagarta», me digo. Como para restarle fuego a lo que sea que se trae entre manos, añade, verbosa, explicativa, que se trata de un capricho, un juego, una chiquillada. Sus palabras me suenan como pequeños relámpagos encima de la cabeza. Y para remate de mal agüero, va y se embarulla. «Bueno, olvídalo.» Que olvide ¿qué? No entiendo nada. Nunca entiendo nada. Ni siquiera alcanzo a interpretar la expresión de su cara, que parece como si estuviese en trance místico o disimulando un dolor de muelas. Le pregunto qué puedo hacer por ella, «si no me induces a delinquir...». Por fin, en un arranque de valor, se aclara. Hace veintisiete años que juntó por última vez sus labios con otros. Confiesa que arde en ganas de renovar aquella experiencia física. Insiste en no interesarse por la simbología del beso. Sólo busca la sensación táctil. Que si la entiendo. Yo no tendría que hacer nada: estarme quieto a la manera de un maniquí y ella me daría un beso «sin lengua y sin segundas intenciones». Me lo jura.

«Iba a pedírselo a Patachula, pero no me atrevo. Conociendo su genio zumbón, seguro que se cachondea de mí y además tiene un bigote que me rompe un poco el experimento.»

Con fingida naturalidad, doy mi visto bueno a la petición y me pongo de pie a fin de adoptar la postura pertinente. Vacilante, medrosa, Águeda se acerca a mí. Apoya las manos en mis hombros con la inseguridad de una principiante de baile. Como la veo titubear, le pregunto a qué espera, cuál es el problema. En el momento de arrimar su cara a la mía, cierra los ojos. Me acuerdo, a todo esto, de Diana Martín y pienso en lo excitado que yo estaría si, en lugar de Águeda, aquella mujer hermosa y turbadora me hubiera venido con la petición del beso. Noto la tibieza de los labios de Águeda en los míos y también, repartiéndose por mis mejillas, el cosquilleo del aire expulsado por sus fosas nasales. La veo concentrarse en su fantasía, sin fogosidad ni extremos pasionales. Yo soy un poste con no más vida que Tina cuando la abordo. Al separarse de mí, Águeda hace gala de buena educación y me da las gracias. Repite que no sabía a quién pedirle el favor. Tiene amigas que se habrían prestado a cumplirle el antojo; pero no es lo mismo. Espera que me guste el vino. Hablamos (sobre todo habla ella) de perros, del juicio a los políticos catalanes que se lleva a cabo estos días y de lo buenas personas que eran nuestras respectivas madres. Saltando de tema en tema, transcurre cosa de una hora. En esto, ella inicia la despedida. Coge los libros; afirma, sonriente, que tengo un piso muy bonito, la acompaño hasta la puerta y se va.

13

A mi llegada al bar, Águeda y Patachula estaban estudiando la relación de bebidas y comidas ingeridas por nuestro amigo en los últimos tiempos. Pata, escéptico, menea la cabeza, poniendo en duda que en alguno de los renglones se esconda la causa de sus llagas. Nuestra amiga ni afirma ni niega. Se limita a proceder por sospechas y pálpitos. Sin que ninguno de los dos me ponga al corriente de lo que han hablado durante mi ausencia, me preguntan qué opino. Ya que la lista existe, respondo, ¿por qué no tratar de sacarle provecho? Me limito a proponer un método de observación a partir de las anotaciones, estableciendo grupos distintos de comidas y bebidas para experimentar con ellos de forma sistemática. Patachula pone los ojos en blanco.

«Ya está el racionalista reventando cohetes lógicos.»

A Águeda no le parece tan descabellada la idea. Cree como yo que con el mero comentario de las anotaciones no vamos a ninguna parte. Me piden que, si se me ha ocurrido un plan, lo exponga. El procedimiento, les digo, consistiría en beber y comer de manera selectiva, conforme a un orden, lo consignado en la lista. Así, si Águeda está en lo cierto con su teoría de la sustancia tóxica (que, según ella, podría ser un conservante, un colorante o cualquier otro aditivo alimentario) y a nuestro amigo le sale en los días subsiguientes un nuevo *noli me tangere*, tendremos una oportunidad inmejorable para descubrir el origen del problema.

Pregunta retórica de Patachula: que para qué leches ha sacrificado él tiempo y dinero con la dermatóloga de Pozuelo si nos tenía a nosotros, que llevamos camino de ganar al alimón el Premio Nobel de Medicina cualquier día de estos y, si nos descuidamos, hasta el de Química y Literatura. Luego se queja de que la lista es muy extensa y no sabe por dónde empezar. Águeda lo madrea dulce y sensata. Señala como sospechosos principales a los comestibles elaborados en fábrica y nos llama la atención sobre la presencia de alimentos precocinados de la lista.

«Dieta típica de soltero», dice.

Nuestra amiga constata que los tres vivimos solos y sugiere que en el futuro compartamos vivienda. Una semana nos instalamos en el piso de Patachula, otra en el mío, otra en el suyo y vuelta a empezar. No bien se ha sentido abrasada por nuestras miradas, se ha apresurado a declarar que hablaba de broma.

La diferencia con respecto a Patachula es que Águeda pone cuidado en su alimentación y yo no meto en el cuerpo cualquier cosa. Cuando me ha tocado hablar de mí, les he recordado que soy cliente asiduo del mercado de La Guindalera, donde todos los miércoles me abastezco de comestibles salubres, en la elaboración de la mayoría de los cuales no intervienen máquinas. No me apaño mal en la cocina, entre otras razones porque mis papilas gustativas rechazan por principio la bazofia y me alimento no sólo con intención de llenar el bandullo. Águeda secunda mi filosofía gastronómica. Patachula, acorralado, nos manda a freír espárragos, «pedantes de mierda, ecologistas de pacotilla». A continuación se da a partido y anuncia que empezará a experimentar con las pizzas y los congelados, y luego ya irá viendo.

«No sé para qué os cuento nada.»

Cerca de las diez hemos salido los tres del bar. Fuera hacía una temperatura agradable. La contaminación lumínica apenas permite observar unos pocos puntos brillantes en el firmamento nocturno. No me consta que este sea un problema prioritario para los habitantes de nuestra ciudad. Patachula, al principio, cojeaba no por molestias de la prótesis, sino porque al parecer se le había dormido su único pie. Mientras esperaba la llegada de un taxi, afirma haber visto conchabanza entre nosotros para llevarle la contraria. Se le descuelga del labio, blanda como baba, una pulla: «Hacéis muy buena parejita». Y desde el interior del taxi, como un niño, nos ha sacado la lengua. Águeda en compañía del gordo, no muy católico, pero con resuello suficiente para aguantar la caminata, y yo con *Pepa* hemos bajado paseando hasta el parque, donde ambos perros han hecho sus necesidades. Por el trayecto, Águeda me ha ido contando algunas cosillas privadas.

14

Me confesó, camino del parque, que después de nuestra separación rehusó de forma categórica invertir un solo gramo de esperanza en nuevas tentativas amorosas.

«Se acabó. Que se amen otros.»

Esta decisión ¿no es idéntica a la mía, a la misma que la hizo llorar la semana pasada, cuando se la comuniqué en la terraza del

Conache? Quizá se emocionó por eso, porque se vio reflejada en mí y mis palabras le sonaron como suyas.

Ayer su sinceridad me pilló con la guardia baja. Temeroso de soltar alguna inconveniencia, opté por escuchar en silencio lo que ella quisiera contarme, complacido, lo reconozco, de que no hubiese en su voz una nota de enfado o de amargura.

Según dijo, apenas se hubo acabado lo nuestro decidió no trabar nunca más relación sentimental con hombre alguno. De momento se dedicaría por entero al cuidado de su madre, que bastante trabajo le daba. Águeda tiene la convicción de que aquella tarea a menudo agotadora le permitió mantener a raya sus tendencias destructivas. Veía a su madre tan enferma y necesitada de ayuda, sentía tanta pena por ella, que los asuntos propios se le figuraban de segundo rango. Ya se encargaría más adelante, cuando se quedara huérfana, de poner orden en su vida. Un día, a la vuelta del trabajo, Águeda encontró a su madre muerta. La sensación de soledad y vacío que le vino de golpe alcanzó tales extremos que no tenía ganas de comer, ni de encontrarse con nadie, ni tan siquiera de respirar. Iba al trabajo como un zombi, hablaba lo menos posible, perdió en poco tiempo ocho kilos, se pasaba los fines de semana en la cama. Y cree que, de haber vivido en otro siglo, de fijo habría ingresado en un convento.

«Si es que incluso tengo aspecto físico de monja.»

Se volvió a mirar mi reacción y yo, no sabiendo qué decirle, me limité a imitar su gesto risueño.

Ella sabía que, mientras le durase el problema vaginal, no podría satisfacer las naturales expectativas de ningún hombre. Tampoco las suyas propias, me imagino, fueran las que fuesen.

«No te culpo de nada. Hiciste lo que yo habría hecho en tu lugar.»

«Te agradezco de corazón que lo veas así.»

Pasado algo más de un año desde la muerte de su madre, Águeda aceptó las recomendaciones de la ginecóloga, venció el miedo y se operó, pues había llegado a un punto en que la soledad empezaba a pesarle más de la cuenta y el cuerpo, quieras que no, le estaba pidiendo lo suyo. La operación se llevó a cabo sin complicaciones. «Lástima», dijo, «no haberlo sabido antes.» La ginecóloga le aseguró que en el futuro podría mantener relaciones sexuales con normalidad. Nunca ha podido comprobarlo. Cuando quiso, no pudo; cuando pudo, no quiso.

Y es que, para decirlo a la manera de Águeda, el guion de su vida se obstinó en negarle el compañero adecuado. Durante largos años ella prefirió orientar su capacidad afectiva hacia las actividades sociales y la atención de los necesitados, incluyendo a su tía, de quien recibió en herencia el piso de La Elipa, así como un capital que yo intuyo cuantioso y que, bien administrado, seguramente permitirá a Águeda estar sin preocupaciones económicas el resto de sus días.

Me contó, sonriente, que hubo algún que otro acercamiento con aires de amorío. Uno en particular, con un «señor muy majo de patillas blancas», habría podido prosperar. Tontearon un poco sin que la cosa pasara a mayores. Los unía cierta semejanza de caracteres, ideas políticas y gustos, o al menos es lo que Águeda creyó antes de averiguar por terceros que el tal señor, además de majo, era un mentiroso, estaba casado y tenía varios hijos en edad escolar.

Su mayor locura estuvo en un tris de cometerla con un sin techo al que recogió en la calle una tarde de nieve. No fue el primero ni sería el último al que invitó por solidaridad a cenar, ducharse y pernoctar en su casa. A este, cuyo mayor inconveniente era la mugre que lo cubría, intentó seducirlo, muerta de ganas por echar un polvo. El tipo no se dio por enterado o quizá sí, pero no hubo manera de convencerlo para que se metiese en la ducha, requisito sin el cual ella descartaba cualquier contacto físico. Al sin techo lo único que al parecer le interesaba era beber alcohol y, como allí no lo había, en algún momento de la noche abandonó el piso sin ser notado, llevándose diversas pertenencias de la anfitriona.

Todo esto me lo iba contando Águeda ayer de buen humor mientras caminábamos por la calle con los perros. De vez en cuando se reía de sí misma: «La culpa de no haber tenido suerte en el amor es mía por no ser guapa».

«Oye, no digas eso.»

«¿Por qué no si es la verdad?»

La miré haciendo como que disentía de lo que acababa de decir; pero entre mí pensaba: «¡Cuánta razón tienes!».

15

Águeda nos ha dejado de piedra esta tarde en el bar. Ignoro a cuento de qué venía su repentina confesión, puesto que estábamos hablando del cambio más que posible de gobierno municipal; por tanto, de un tema que nada tenía que ver con lo suyo.

Cuando más tranquilos estábamos, va y se descuelga con que su compromiso social y su entrega a los desfavorecidos del capitalismo pudiera proceder de un fondo egoísta. A mí, al pronto, me ha parecido que se le han escapado sin querer los pensamientos por la boca. Patachula, intrigado: «A ver, niña, explícate. Te tenemos por una figura relevante del santoral. ¿No irás a salirnos rana?».

Que no nos podemos imaginar el placer que se siente cuando alguien, a quien has echado una mano, a quien has sacado de un apuro o paliado el hambre, te da las gracias.

Yo: «¿Placer espiritual?».

«No, placer físico.»

Unos ojos arrasados en lágrimas de gratitud, la palmadita aprobatoria que te dan los compañeros en la espalda, los elogios subidos de tono y endulzados con jalea moral, la sensación de estar en el lado de los buenos: todo eso lo ha buscado Águeda desde hace años, igual sin darse cuenta, pero con un afán que, ahora que lo piensa, no le parece nada noble, puesto que está encaminado a conseguir una íntima y secreta satisfacción personal.

Patachula: «Joder, qué buena definición del izquierdismo moderno».

Nuestro amigo cree, como yo, que al beneficiario de la ayuda social le traen al pairo las motivaciones particulares de sus benefactores. «A ti, lo que pasa, es que se te ha despertado el derechista que todos llevamos dentro.» Y yo he añadido que es humano buscar recompensa al esfuerzo y que discrepo de cualquier consideración negativa del placer.

Ella ha afirmado que, sea como fuere, necesitaba hacernos la revelación, no por nada sino porque las palabras le estaban quemando en la punta de la lengua. Que tengamos la certeza de que si abre la boca ante nosotros es para decir la verdad y solamente la verdad.

Poco después, Alfonso se ha acercado a nuestra mesa con una nueva ronda de cañas y la consabida infusión para nuestra amiga.

Patachula: «Alfon, haz el favor de echar a esta hembra de tu bar. Tiene ideas disolventes».

Alfonso, sin inmutarse: «De aquí no se echa a nadie que paga las consumiciones».

16

Un domingo, al atardecer, Nikita y yo volvimos de un viaje a la costa alicantina. Por aquel tiempo, ni el chaval ni yo teníamos teléfono móvil, de manera que Amalia, que sí tenía uno (primitivo en comparación con los actuales, pero útil), no habría podido ponerse en contacto con nosotros para averiguar dónde estábamos.

Habíamos salido el viernes, después de las clases, y nos alojamos en una pensión modesta, algo lejos de la playa. El chaval, catorce años, no captó el sentido oculto de la excursión ni falta que hacía. Debió de parecerle un secuestro con promesa de diversiones. Mientras nos dirigíamos al garaje subterráneo, me dio a entender que prefería pasar el fin de semana con sus amigos; yo elegí pegarle un susto a su madre.

El martes anterior vi a Amalia por última vez, en casa, mientras se preparaba para ir a la emisora. Por la noche no regresó; al día siguiente, tampoco. El viernes por la mañana seguía sin dar señales. No es que me interesase saber por dónde andaba ni con quién; pero vamos a decir que compartíamos vivienda y la crianza de un hijo, y eso supone obligaciones de las que, debido a su abandono del hogar, me tenía que ocupar yo solo. Consideré la conveniencia de denunciar su desaparición a la policía, no tanto porque estuviera preocupado como en previsión de que me endosaran el papel de sospechoso principal en el caso de que a ella le sucediese algún percance. A diario comprobé por su programa de radio que Amalia continuaba en el mundo de los vivos; de buen humor incluso, al menos en apariencia.

Conjetura, casi certeza: se había largado con su amiga; si temporalmente o para siempre, ya habría ocasión de comprobarlo. Se conoce que no juzgó oportuno dejarnos una nota explicativa. En correspondencia, tampoco le dejé yo otra a ella el viernes por la tarde, antes de meter una maleta y a Nikita en el coche y poner rumbo al pueblo donde mi familia solía veranear cuando yo era pequeño.

«Papá, ¿adónde me llevas?»

«A un sitio muy chachi. Ya verás.»

Nikita y yo nos bañamos juntos en el mar, exactamente como hacía papá de costumbre con sus hijos, en el mismo tramo de costa, hoy sobreedificado, y entre olas idénticas a las de entonces; nos pringamos las manos comiendo sardinas asadas en un chiringuito; le dejé ganarme al minigolf; la segunda noche disfrutamos de una película en un autocine, durante la cual le permití fumar un cigarrillo dentro del coche, y el domingo por la tarde, tranquilamente, volvimos a casa.

Allí estaba Amalia con los nervios de punta y un dedo listo para marcar el número de la policía. ¿Qué podía reprocharme si ella había sido la primera en largarse sin decir adónde? Nikita se lo preguntó nada más verla. Al tiempo que lo abrazaba y besuqueaba, su madre le respondió que había tenido mucho trabajo. Casi se me escapa una risotada. El chaval quiso saber por qué no nos había llamado al teléfono de casa. Amalia reconoció que debía haberlo hecho. «Perdóname, cariño. No volverá a ocurrir.» A cinco pasos de distancia, yo paladeaba la teatral exhibición de hipocresía. Amalia intentaba aplacar su mala conciencia por la vía de apretarse con frenesí amoroso contra Nikita, prodigándole las carantoñas de las que lo había privado durante la semana y cubriéndolo de besos y mentiras.

A la luz de una lámpara, descubrí un punto rojo en uno de los pómulos de Amalia. En un primer instante no supe que se trataba de una quemadura, de la quemadura ocasionada por la punta encendida de un cigarrillo, del cigarrillo con el que Olga le quemó adrede la cara para marcarla como marcan los ganaderos a las reses.

17

Desesperación. No se me ocurre palabra más adecuada para designar su estado de ánimo de aquellos días. Eso explica que la gran dama y famosa locutora, que tantas veces se jactó delante de mí de ser dueña de su propia vida, se plegara a sincerarse conmigo hasta unos extremos de humildad insólitos en ella.

A sus tremendos problemas personales, de los que yo no había tenido noticia hasta la fecha, se agregó mi escapada con Nikita a la costa. Amalia interpretó nuestra excursión como un ensayo previo a una huida definitiva y, según me dijo, le entró miedo. En sus pesadillas nocturnas me veía raptando a Nikita con miras a instalarnos los dos en un país donde las mujeres sólo pueden salir tapadas a la calle y carecen de los derechos más básicos, lo que hacía de todo punto imposible para ella conseguir la recuperación del niño por cauces legales. Le aseguré que jamás me había pasado por el pensamiento un despropósito semejante ni me parecía que una aventura de esa naturaleza fuese lo más indicado para preservar la salud mental de nuestro hijo. Agradeció mis palabras; pero le duró poco el alivio, pues se vino abajo a continuación, cuando comparé el punto rojo de su pómulo con una quemadura de cigarrillo. Nunca en todos los años de nuestro largo y tortuoso matrimonio yo la había visto llorar de igual manera, con grandes sollozos acompañados de lamentos («soy la mujer más desgraciada del mundo») y la tradicional amenaza de quitarse la vida. Nikita, descalzo, en pijama, vino desde su habitación alarmado.

«Vuelve a la cama, hijo. No pasa nada. Tu madre, que se ha puesto triste de repente.»

El chaval se tranquilizó después que Amalia lo llamase a su lado para picotearle una ristra de besos en las mejillas. En el momento de irse, le guiñé un ojo, dándole a entender que no había motivo de preocupación. Solos de nuevo, me ofrecí a dejar a Amalia en paz, pues pensé que tal vez le apetecería desahogarse sin testigos. Ella prefirió, pesarosa y atractiva, que la acompañase un rato más. Hacía meses que yo no pisaba su habitación. Sentados los dos en el borde de su cama, en otros tiempos también mía, yo le miraba los muslos y los pechos ocultos bajo la ropa, y no podía evitar sentirme atravesado por un calambre erótico. Ella debió de darse cuenta y me permitió, tendida sobre la colcha como en el diván de un psicoanalista, que le masajeara los pies. Mientras tanto, se soltó a contarme intimidades. La cuestión central, como enseguida comprendí, era que Olga la tiranizaba. A este punto se señaló la quemadura del pómulo. «A ver», le dije. Y con la excusa de examinar de cerca la herida, me llené las fosas nasales de su calor y su perfume. Estuve en un tris de besarla en los labios. Me pareció que la quemadura no era profunda. En consecuencia, vaticiné que no le dejaría cicatriz, como así fue, aunque la mancha roja, que ella cubría con abundante maquillaje, tardó largo tiempo en desaparecer.

El martes último, después del trabajo, Olga le prohibió volver a casa. Que para familia ya estaba ella.

«Tiene celos. Cree que tú y yo aún nos acostamos juntos.»

Le pregunté si había algo que yo pudiera hacer por ella. Respondió que ya me lo diría a la mañana siguiente, que primero necesitaba consultarlo con la almohada. Transcurrieron dos días durante los cuales Amalia no volvió a mencionar el asunto, de donde deduje que seguramente habría superado su crisis de pareja con la larguirucha; pero al tercero, nada más llegar a casa, vino a mi encuentro y, en la cocina, nerviosa pero decidida, me suplicó que por favor la ayudase a poner fin a su relación con Olga, que ella sola no se sentía capaz. Dejó bien claro que eso no significaba la reanudación de nuestra vida matrimonial. Entendería, eso sí, mi ayuda como un favor enorme por el que me estaría «eternamente agradecida».

«Olga te tiene por un energúmeno», añadió. «Cuando te vea, se acojonará.»

«Le habrás contado monstruosidades de mí.»
Sonrió.

18

La lista de Patachula presenta los primeros tachones. Se trata de alimentos ingeridos por él al menos dos veces durante los últimos días. Ninguno de ellos ha conducido a la aparición de nuevas llagas. Los precocinados quedan en su mayor parte fuera de sospecha. Falta someter a prueba uno o dos que nuestro amigo dice consumir muy de cuando en cuando. El examen de las bebidas, en realidad unas pocas, está concluido con un dictamen inapelable: son inocentes. Se nos planteaba esta tarde la duda de si proseguir el experimento con los lácteos, el picante o las conservas. Águeda se inclinaba por estas últimas, sin otra razón que una corazonada procedente de su instinto femenino, motivo por el cual Patachula y yo nos hemos apresurado a desechar la propuesta.

Más tarde, hablando de esto y de lo otro en nuestro rincón del bar, me entero de que Águeda acostumbra escuchar el programa radiofónico de Amalia. Patachula, a quien no paro de pedirle que guarde discreción sobre mis asuntos privados delante de nuestra amiga, le ha preguntado si ya sabe que Amalia estuvo casada conmigo. Sin que se le despeinara un pelo de las cejas, Águeda le ha respondido que sí, claro. Y ha añadido: «Era guapa y sigue siéndolo. Y muy elegante».

Si la conoce en persona. No, eso no; pero ha visto fotos de ella en revistas de moda y una vez que la reconoció por la calle le entraron ganas de ir a decirle que le encanta su programa.

De retirada, hemos vuelto a caminar ella y yo un trecho juntos con los perros. Águeda se ha mostrado preocupada pensando que sus alusiones a mi exmujer me podían haber molestado. ¿Por qué me tenían que molestar? Cree que quizá se ha excedido en los elogios. Yo los he considerado justos y los comparto. Amalia era (he puesto cierto énfasis en el uso de los verbos en pasado) una mujer atractiva que cuidaba con esmero su apariencia, no sólo por coquetería, sino porque así se lo exigía su profesión.

Águeda confiesa con cierto tono de melancolía, tal vez de arrepentimiento, que nunca se preocupó gran cosa de cuidar su aspecto. Toda la vida se conformó, dice, con ir limpia. Considera que quizá no sea tarde para mejorar su figura, desde luego que no en el sentido de la frivolidad y el lujo. Me estaría agradecida si yo la ayudara en el intento. Le he respondido que no tengo inconveniente en asesorarla; pero que no piense que mis opiniones son las de un experto.

Se ha guardado un detalle para poco antes de la despedida. A buen seguro le ardía dentro de la boca. Me cuenta que leyó una vez, en una revista, unas declaraciones de Amalia en las que la célebre locutora de radio dejaba entrever su bisexualidad. Entre mí me he dicho que esta salida del armario por fuerza tuvo que producirse por los días en que su padre ya estaba bajo tierra y la santurrona con las entendederas deterioradas. De no ser así, me los imagino tiesos de estupor.

19

He sentido un pinchazo, no de irritación, no de enojo, ¿cómo diría yo?, de incomodidad, eso es, de incomodidad, al ver a Águeda dentro del mercado, aunque está en su derecho. ¡No faltaba más! Acostumbrado a que los miércoles, si viene, espere fuera, me siento seguro mientras hago la compra, puesto que yo mismo decido el momento de salir a la plaza y encontrarme con ella. Pero hoy la he visto comprándole judiones a la frutera y ha sido inevitable que después me acompañase por los sucesivos puestos.

A pesar del buen tiempo (veintitantos grados, cielo sin nubes), Águeda ha venido a La Guindalera sin el perro, que otra vez anda pocho. Continúa poseída por el entusiasmo de cambiar de imagen y mejorarla, con más ganas aún desde que le di palabra de ofrecerle mis servicios de asesor. No sé qué idea exacta se hace de mi supuesto asesoramiento; en todo caso, es evidente que se trata de una idea que desata su alborozo.

Conversando sobre el asunto en la terraza del Conache, le he dicho que debería empezar por rasurarse las axilas. Ella se ha quedado unos instantes inmóvil y en silencio, acaso sorprendida de que yo tuviese noticia de sus pelambreras recónditas. Ciertamente no existe posibilidad de vérselas cuando sale de casa, por la demasiada ropa que se pone incluso en días en que el común de los mortales se ahoga de calor; pero en su piso se las vi por el hueco de las mangas cortas el domingo aquel en que nos invitó a comer.

He vuelto a casa convencido de la desconsideración brutal de mis palabras. ¿Cómo he podido soltarle tamaña grosería? Antes de la cena, arrepentido, la he llamado por teléfono para pedirle disculpas. Ella: que qué bobada; que ni yo ni Patachula lograremos «nunca, nunca, nunca» enfadarla y que si a esas horas aún no se había pelado las axilas era porque no tiene en casa crema ni cuchillas de afeitar, pero que mañana por la mañana saldrá sin falta a comprarlas. Al final hasta me ha dado las gracias.

20

Yo estaba sentado frente a ella cuando concertó por teléfono la cita con Olga. Amalia vacilaba, temía y la tuve que apremiar: «¿A qué esperas para llamarla? No dispongo de todo el día». A veces, durante el diálogo, a Amalia le temblaba ligeramente el labio inferior. Se expresaba con la voz susurrante, insegura, untuosa, que le imponía el miedo, evitando las frases largas y haciendo gestos aprobatorios de todo punto superfluos, puesto que su interlocutora no los podía ver desde el otro extremo de la línea.

«Tomas la decisión de romper con ella ¿y le dices: adiós, cariño, un besito?»

«Tú deja que yo haga las cosas a mi manera.»

Estoy seguro de que si no hubiera intentado disimular, yo no me habría fijado en la mancha de sus pantalones. Corrió a cambiárselos. «Ahora vuelvo.» Estuve tentado de decirle que no necesitaba apresurarse, que mi presbicia no me había impedido reparar en las consecuencias húmedas de su pavor y era, por tanto, inútil tratar de ocultármelas. Ganas de hacerla sufrir un poquitillo no me faltaban; pero pudo más en mí no sé si la piedad o el propósito de no empeorar aún más la situación, y preferí guardar silencio.

El encuentro quedó fijado a la hora y en el lugar que la otra eligió: las siete de la tarde de ese mismo día en la cafetería del Hotel de las Letras, inaugurado uno o dos años antes en el número 11 de la Gran Vía. Fui solo en cumplimiento del favor que Amalia me había pedido. Aposta llegué con casi quince minutos de retraso, no tanto por inferir a Olga una humillación como por el deseo de que la escena transcurriese tal como yo la había imaginado.

Ella estaba sentada junto a uno de los ventanales que dan a la calle del Clavel. No entré por la puerta que hace esquina entre esta calle y Caballero de Gracia, sino atravesando la recepción del hotel, lo que me permitió aproximarme a Olga por detrás. Sobre el velador se veía una taza con su correspondiente platillo, una cucharilla y el sobrecito de azúcar sin abrir. Olga no tuvo tiempo de precaverse. Sin saludar ni pedirle permiso, tomé asiento enfrente de ella. El miedo súbito que se dibujó en su cara me recordó el de Amalia unas horas antes y, no lo voy a negar, me gustó.

«¿A qué vienes?»

«Ahora lo sabrás.»

Una camarera se acercó a preguntarme qué deseaba tomar. Le contesté que nada, gracias; que me iba a quedar poco tiempo. Vi a Olga volver la mirada varias veces hacia un lado como calibrando las posibilidades de escapar de la cafetería, poco concurrida en aquellos momentos, o de pedir socorro. Ni en Amalia, ni en mi hijo, ni en mis alumnos creo haber suscitado jamás una reacción tan ostensible de miedo. Quizá en Raulito cuando éramos niños.

Pensé que, en caso de conocerme mejor, Olga habría permanecido relajada; pero está claro que Amalia, ansiosa de solidaridad femenina o por despertar conmiseración, gustaba de referirle barbaridades de mí. Por lo demás, yo no acudí a la cafetería del Hotel de las Letras con la idea de representar un papel de galán ni de exhibir un repertorio de buenas maneras. Fui a lo que fui, resuelto a despachar el asunto en breve tiempo y sin contemplaciones. No negaré que me ayudó a conseguir mi propósito la seguridad en mí mismo que me procuraban los signos de cobardía de la mujer.

Le entregué dos bolsas de plástico con pertenencias suyas que obraban en poder de Amalia, varias llaves unidas por una cinta, un sobre con cerca de quinientos euros en billetes, una sortija de matrimonio (aún no consumado) y una carta cerrada cuyo contenido Amalia me rogó que no conociese, ya que era «demasiado íntimo» y no trataba de mí.

«Me daría mucha vergüenza que la leyeras.»

Sin dar explicaciones ni pedirlas, coloqué uno tras otro aquellos objetos encima del velador y ya Olga fue entendiendo con qué intención me había presentado yo en la cafetería. Rompió su silencio orgulloso para reprochar a Amalia que no hubiera tenido la decencia ni el coraje de decirle personalmente lo que tuviera que decirle.

«Si te acercas a mi mujer, te las verás conmigo y te aseguro que tengo mala leche y amigos muy brutos.»

«Métete a tu mujer donde te quepa. No quiero verla ni en pintura. Me da asco.»

Me levanté del sillón y, sacando un cigarrillo que llevaba conmigo al efecto, puesto que hacía mucho tiempo que yo no fumaba, le pregunté si me daba fuego.

Hacía cosa de un año que había entrado en vigor la ley antitabaco.

«Aquí no se puede fumar.»

«No es para fumar. Es para quemarte la cara.»

No dijo nada, yo tampoco y, con la mayor calma del mundo, salí a la calle.

21

Una frase de C.S. Lewis en el Moleskine: «La tarea del educador moderno no es cortar selvas, sino regar desiertos».

Hoy ha sido el último día del curso. Por la tarde había una celebración con actuaciones musicales y esas cosas, pero no he ido. La directora ya habrá tomado nota de mi ausencia.

No me sorprende que un número inusual de alumnos me sonriera por los pasillos y en el patio, y que algunos de ellos, los más dotados para la adulación, me desearan felices vacaciones. Me he ganado la simpatía general por repartir sobresalientes y buenas notas a voleo, y por aprobar asimismo a los que no lo merecían. Estos chavales pronto me olvidarán; pero entretanto quisiera dejar una huella positiva en su memoria.

He pasado mi último día como regador de desiertos riendo por nada. Cualquier afirmación que sonase a mi alrededor la he celebrado con semblante alegre. Hace tiempo que no me reía tanto. No se me ocurría otro procedimiento para ocultar la tristeza que me embargaba. Una tristeza como la gotera de un grifo que no cerrase bien. Plin, plin, plin... Una tristeza horadante, minuciosa, que me ha empezado a gotear dentro del cuerpo desde la mañana temprano.

En la sala de profesores, cada cual contaba animadamente dónde pasará las vacaciones. No he escuchado a ninguno que no tuviera previsto solazarse en la costa. A mí nadie me ha preguntado por mis planes. Mejor. Así no me ha hecho falta mentir.

Luego he pensado que habría sido gracioso verles la cara si les llego a decir la verdad.

La directora deambulaba entre los grupos de conversación con el cuello estirado y un brillo adusto y jerárquico en la mirada, como diciéndonos: «Os escapáis, pero en septiembre volveréis a saber quién manda aquí».

Repartidas las notas, he permanecido unos minutos solo en el aula. Tantos años, tantas historias, tantos desiertos. He trazado con tiza un círculo en un ángulo de la pizarra. Un dibujito que nada significa, destinado a convertirse en la acción última de mi carrera de docente. Parado ante el vano de la puerta, me he dicho: «Cuando atravieses el umbral, ya no serás profesor». He jugado a que los pies se obstinaban en desobedecerme. Por fin, a pesar de su resistencia, he logrado que el izquierdo pasase al otro lado. El derecho seguía clavado al suelo del aula. No ha habido más remedio que obligarlo a viva fuerza a salir al pasillo. De allí me he dirigido al aparcamiento sin despedirme de nadie.

22

Ya lo dice Patachula: «Tenemos que tratar bien a Águeda, pues es la única persona que derramará una lágrima por nosotros».

Hoy sábado he acompañado a nuestra amiga a comprar ropa. Se lo prometí y he cumplido. No hay duda de que se toma en serio la idea de mejorar su aspecto. Llena de orgullo, me enseña una axila depilada. Poco después ha hecho una alusión a Amalia. Le he pedido que por favor no me la recuerde. Águeda gusta de compararse con ella en una especie de ejercicio de autoflagelación y modestia excesiva que me empieza a molestar.

«Si tu idea es parecerte a mi exmujer, deberás buscarte otro asesor de imagen.»

Me da que casi llora. Luego de un rato de silencio contrito, comprende que no está bien remover en la olla de los dolores ajenos y, con cara de viernes, me pide disculpas.

Anoche busqué en internet tiendas de ropa, ni de lujo ni para jóvenes, que no estuvieran demasiado lejos. Descarté desde el principio los grandes almacenes. Se supone que un experto va más allá de las soluciones fáciles. Me decidí por una tienda llamada Punto Roma, en la calle de Alcalá, no por nada, sino por la ubicación idónea y por las fotos que mostraban un estilo de ropa propio de señoras de la edad de Águeda. Y también, todo sea dicho, porque no estaba dispuesto a prolongar la búsqueda hasta el amanecer. Total, que la elección se ha revelado acertada y ahora mismo me figuro que soy para Águeda lo más parecido a un absoluto conocedor de la moda, capaz de hablar de tú a tú con Giorgio Armani o con Karl Lagerfeld cuando vivía. ¿Para qué romperle la ilusión?

Le cuesta decidirse y yo me admiro de la paciencia profesional, sonriente, explicativa, de la dependienta. Águeda piensa hablando. No es que manifieste pensamientos por vía oral a medida que los concibe; es que en ella el acto de razonar y el de hablar son la misma cosa, y aun sospecho que en ocasiones la segunda actividad precede a la primera; de esta manera, uno tiene acceso directo a su mecanismo mental, ofrecido a la vista como el interior de un pez transparente.

Delante del espejo, observa su no esbelta figura enfundada en una de tantas prendas que se está probando. Le gusta, no está segura, más bien no le gusta, aunque tampoco la encuentra mal del todo, le vuelve a gustar, le vuelve a disgustar, le gusta y le disgusta al mismo tiempo. Para salir de dudas, decide probarse otra prenda, que bien puede ser una que se había puesto un rato antes. Cada vez que sale del probador espera, ansiosa, mi dictamen. La dependienta calla, puesto que ya estoy yo allí para opinar. La ropa es de calidad; el diseño, aceptable, y la combinación de tonos, bien elegida; pero hay un problema insoluble. Águeda quiere enseñar y esconder al mismo tiempo, y eso no es posible. Yo, honradamente, me inclino por favorecer las prendas que ocultan su falta de cintura, su culo gordo, sus brazos carnosos. Como si dudara de mi sinceridad, se diría que Águeda me busca en el fondo de los ojos mi verdadero parecer. Yo percibía junto al oído una voz imaginaria que me susurraba: «Dile que se quite eso inmediatamente, dile que no tiene edad para un vestido tan ceñido, pregúntale si no le resultaría de mayor provecho ir a una tienda de sotanas».

Era la voz de Amalia.

Al final, con mi conformidad, Águeda ha comprado diversas prendas de verano por algo más de cuatrocientos euros. Algunos arreglos se los hará ella en casa. Por lo visto se da maña con la aguja y el dedal.

La dependienta siente de pronto la necesidad de hacerse la simpática y me dice en son de elogio: «No se ve todos los días a un marido que dé consejos a su mujer. El mío, que es un santo, de temas de vestir no tiene ni idea».

He vuelto a toda prisa la mirada hacia Águeda, quien ya había desviado la suya hacia otra parte.

23

Almuerzo dominical en casa de Patachula. Es de justicia destacar, entre todos los platos que nos ha servido, el risotto con champiñones y queso parmesano, digno de un cocinero que domina el oficio. Cuenta que encontró la receta en internet y que el resto del almuerzo forma parte de su repertorio de toda la vida.

Prosiguiendo la búsqueda de la sustancia causante de sus llagas, ha ingerido de postre dos chiles habaneros, uno de color naranja y otro rojo, que a juzgar por la congestión de su semblante desfigurado por los visajes han debido de saberle a hierro fundido. «Creedme, esto supera a las drogas más duras.» Se socorría con rápidos y repetidos tragos de agua. Águeda, por curiosidad, ha mordido una esquina, nada, un cachito del habanero rojo, y por poco vomita. Desde hace varios días, nuestro amigo experimenta con productos picantes, uno de sus suplicios favoritos, según dice. No le ha salido en este tiempo ningún *noli me tangere,* por lo que está decidido a trazar un nuevo tachón en la lista de alimentos sospechosos.

Águeda se había presentado a la comida con veinte minutos de retraso y un ramillete de gerberas para el anfitrión. Viste una de las prendas que compró ayer.

«Oye, que dice este que te has afeitado los sobacos. Enseña.»

Ella se baja sin titubear una hombrera del vestido. Asoman carne pálida y una cazoleta del sostén. Patachula alaba, socarrón, el recoveco pelado: «Cada día estás más buena». Y le pregunta con malicia risueña si se ha depilado algo más.

«A lo mejor.»

«Enseña.»

«Cien euros.»

«¿Qué tarifas son estas? Ni que fueras la marquesa de Pompadour.»

Durante la comida, Águeda nos revela que ha conocido a un hombre al que califica de apuesto y educado. Se trata, añade, de un compañero de la Plataforma de Afectados por la Hipoteca, algo más joven que ella. Pudiera ser que entre los dos haya surgido algo más que simpatía mutua. Sus palabras suenan a justificación de sus tentativas actuales de mejorar de imagen. Nosotros no hemos dudado en darle la enhorabuena y en desearle mucho amor y mucha suerte.

Patachula, en su tono de costumbre: «Podías haberlo traído a comer.»

«Es que se fue ayer a Talavera de la Reina a visitar a unos familiares.»

En un momento en que ella se ha retirado al cuarto de baño, Patachula me susurra: «No me creo que exista ese hombre».

24

No sé qué pensar. Por un lado, persiste en mí un resto de sospecha que me dibuja borrosamente a Águeda como autora de las notas anónimas. Hay unas cuantas en el fajo que hacen burla de mi indumentaria. Me viene al recuerdo aquella en que se afirma que visto como un abuelo, frase que podría proceder igualmente de la boca de Amalia o de la de algún compañero del instituto. No estoy diciendo que una persona por mí conocida dedicara su valioso tiempo a espiarme. Las observaciones bien pudo realizarlas alguien por encargo.

Encuentro una nota referida a un chaquetón forrado de piel de conejo, con un borde en la capucha del mismo material, que adquirí hará unos siete u ocho años pensando en los días más crudos del invierno. Dice: «¿Te han obligado a comprarte una parka de esquimal? Ya sólo te falta ir al trabajo en canoa».

Por otro lado, las objeciones a mi indumentaria no concuerdan con la falta de interés y de criterio mostrado por Águeda hasta hace poco en lo tocante a cuidar su aspecto.

Hoy me ha hecho prometerle que la acompañaré a comprar zapatos.

Sobre las notas que deposité en su buzón no ha dicho una palabra hasta la fecha.

No sé qué pensar. Empiezo a ver la cara de un paranoico cada vez que me miro en el espejo.

25

Estaba yo tan tranquilo en casa, releyendo un libro *(Cómo morimos* de Sherwin B. Nuland) que hace veinte años o más me causó viva inquietud y ahora un efecto sedante, cuando suena de pronto el timbre. Por el tono de voz en el audio del portero automático se podía presagiar la visita de un problema grave o de una urgencia imperiosa dentro del envoltorio corporal de mi hijo. Nikita sube las escaleras a todo correr, sin paciencia de esperar la llegada del ascensor. Me abraza. Dilataciones en las orejas, brazo tatuado, barba de cuatro días. Más que abrazarme se arroja sobre mí, sudoroso, caliente, fornido, igual que si me quisiera derribar (cosa que le costaría poco), y con su último aliento, refrenando a duras penas un pujo de llanto, me cuenta, ¡ahí es nada!, que le han destruido la vida.

«No eres el primero ni serás el último», digo entre mí.

Le sugiero en vano que se serene. Suelta, entre desesperado y rabioso, una ristra de palabrotas. Lo invito a sentarse, a tomar un refresco, a picar lo que quiera: galletas, un plátano, jamón, hablándole de modo que se le pegue algo de mi sosiego. Interpreto como un signo alarmante la intensidad afectuosa con que aprieta la cara contra el pelambre de *Pepa.* Le pregunto si se ha peleado con su madre. Niega con una impetuosa sacudida de cabeza.

«¿Te ha empeorado la piel?»

«La piel me da por culo.»

«Entonces, ¿qué ha pasado?»

Y parece que hubiera estado esperando justo esa pregunta para romper a llorar. *Pepa* se compadece de él. Con su lengua larga y rosada le lame cariñosamente una mano, mientras mueve la cola con rápidas oscilaciones.

En resumen, un compañero de piso se ha largado con la caja

común. Adiós dinero, adiós proyecto de montar un bar. Ha volado una cuantiosa suma que a los ilusos ahorradores no se les ocurrió depositar en una cuenta corriente. No sé los otros okupas, pero Nikita, domiciliado con su madre, tiene una. Su aportación a la caja desaparecida ascendía a unos ocho mil euros, ganados como camarero, pinche de cocina, hombre de la limpieza y de otras tareas manuales que van surgiendo en el local donde trabaja sin contrato. No he creído oportuno manifestarle mi opinión. ¿Para qué si el asunto ya no tiene remedio? Desde que me dio noticia del procedimiento de ahorro adoptado por la cuadrilla de incautos imaginé que podría suceder lo que finalmente ha sucedido.

«Papá, vamos a buscarlo y lo vamos a matar.»

Que no me meta en medio, que no trate de pararlo. Él y sus compañeros desplumados han hecho una votación a mano alzada y ha salido por unanimidad que sí, que van a regar de gasolina al desalmado y a continuación le pegarán fuego.

Le pregunto, más que nada para desviarlo de sus pensamientos criminales, si la pandilla no ha pensado en denunciar el robo a la policía, ya que es lo normal y lo civilizado en estos casos. Insiste en que prefieren matarlo ellos. ¿Qué idea tendrá este chaval de la policía? Ya han empezado, dice, a preguntar por la zona. El hijoputa, canalla, cobarde, etc., caerá tarde o temprano. Y por un momento me parece ver en Nikita una mirada encendida y torva que no desentonaría en el semblante de un asesino.

Lo que Nikita dice a continuación me revela el motivo auténtico de su visita. Que qué posibilidades hay de que yo lo saque de apuros pagándole de mi bolsillo todo o parte del dinero que le han birlado. Supone que algo heredé de la abuela.

«¿Eso te lo ha dicho tu madre?»

Asiente. Le cuento que la herencia de la abuela se la cedí al tío Raúl y a la tía María Elena. Quise de este modo ayudarles a cubrir gastos relacionados con el tratamiento de Julia en una clínica alemana. Al final no supe si se gastaron todo, una parte o nada. Propongo que los llame por teléfono a Zaragoza y les pregunte. Le recalco: con amabilidad. Si aceptan entregarle a él ese dinero o lo que quede de él, por mí, encantado. «Pero deberías», le digo, «guardarlo en tu cuenta corriente.»

26

Águeda me comunica en la terraza del Conache el dictamen de su veterinario. «A *Toni* le queda poco tiempo de vida.» Me tienta preguntarle a qué Toni se refiere. Mejor me callo. El veterinario no se ha andado con rodeos. Se compromete a hacer cuanto esté en su mano para prolongar la vida del animal en contra de los designios de la Naturaleza; pero sugiere a Águeda que considere la conveniencia de ahorrarle sufrimientos a *Toni* administrándole una inyección de pentobarbital. Temerosa de quemarse los labios, Águeda toma con cautela un sorbo de una de sus infusiones habituales, que debe de estar muy caliente, y acto seguido improvisa un soliloquio sobre la condición pasajera de los seres vivos y la pena que sentirá cuando se despierte por las mañanas y no vea a *Toni* a su lado. De repente, como le parece que me estoy aburriendo, cambia de tema y me pregunta si el próximo sábado tendré tiempo de acompañarla a comprar zapatos. Le gustaría repetir la experiencia del otro día en la tienda de ropa, pues, además de confiar en mi criterio, le transmito calma. «Al hombre», le digo, «con el que sales ahora, ¿no le importa que yo me meta en tus asuntos?» No se lo esperaba. A su ingenuidad bondadosa le sienta bien el desconcierto. Y, sin embargo, una punta de malicia sonriente asoma de pronto a sus labios y se mantiene en ellos cuando me pregunta si yo tampoco creo que exista ese hombre. No me da tiempo de responder. «¡Qué buen olfato tenéis los dos! Ese hombre me lo he inventado.» Agrega que nos ha mentido a Patachula y a mí porque le apetece ser como nosotros. «¿Mentirosos?» «No, qué va. Bromistas, socarrones, divertidos.» Y no para de expeler palabras hasta arrancarme la promesa de que la acompañaré a la zapatería un día de estos. «¿A cuál de ellas? Hay muchas.» Dice que a la que yo elija.

27

El libro de Nuland me tiene completamente absorbido. Anoche no pude parar de leer hasta que a altas horas de la madrugada el sueño y los ojos irritados me dijeron basta. El otro día sólo quise echar una ojeada al libro antes de abandonarlo en la vía pública; pero sucede que, abriéndolo por aquí y por allá, se me despertó la curiosidad y, para cuando quise darme cuenta, ya me había puesto a releerlo de cabo a cabo, quizá porque en esta ocasión, al contrario de la primera, siento que trata de mí.

El profesor Nuland afirma en las páginas iniciales de su estudio que todo el mundo desea saber en qué consiste la experiencia biológica de la muerte, concebida, por tanto, al margen de divagaciones de índole metafísica o religiosa. A estas horas, él ya debe de estar en el cuento, pues falleció en 2014. Lástima que los difuntos no escriban.

Me atrae (aún más: me seduce) la posibilidad de averiguar qué sensaciones lo esperan a uno en los instantes finales de su existencia. De ordinario asociamos la muerte con el deterioro físico, el dolor y los accidentes. Nuland afirma en la página 141 de mi edición: «En la mayor parte de los casos, la muerte no sobreviene limpiamente y sin padecimientos». La mayor parte de los casos no significa todos los casos. Mientras no se me demuestre lo contrario, yo no descarto la presencia del placer en los instantes finales, en dosis a buen seguro pequeñas pero suficientes para que al cadáver se le aquiete una sonrisa en el rostro. Nuland no da respuesta a esta interrogante. ¿Lo hará en las páginas que me faltan por leer?

Me gustaría mucho, me alegraría la nada eterna, experimentar satisfacción corporal en el último minuto de mi vida. Estoy dispuesto a provocar dicha satisfacción por mi cuenta; pero ignoro cómo. Quizá ayuden, mientras agonizo, unas chupadas a un helado de vainilla, música que podría escuchar por los auriculares, unas gotas de perfume... Me conformo con poco: un sabor, una melodía, una fragancia. Estoy seguro de que, si mi proyectada muerte es indolora, no me será difícil introducir en ella algún ingrediente placentero. Claro que si el cianuro me fulmina al instante, entonces no cabe esperar nada, ni en el sentido del sufrimiento ni en el del gozo. Podría, en caso de disponer de unos minutos, hacer una tentativa de masturbación, aunque el tiempo no alcanzase para llegar al punto culminante. Me disuade, sin embargo, un pensamiento, y es que si caigo de pronto desplomado, la imagen que ofreceré a los sanitarios o a cualquiera que deambule por el lugar no destacará precisamente por su elegancia. ¡Mira que si unos viandantes me sacan fotos!

Yo creo que la única cosa meritoria que he hecho en la vida ha sido elegir el momento y la forma de mi muerte. ¿Por qué no aprovechar el trance para despedirme de este mundo con un pequeño gozo? Noto que estas disquisiciones me sientan bien. Desde hace unos días, Patachula, en cambio, las evita. Antes andaba a vueltas con la muerte, el suicidio, los tanatorios y las tumbas, ufanándose cada dos por tres de ser el mayor especialista de España en asuntos mortuorios. Ahora, por algún motivo, elude incorporarlos a la conversación.

Yo no tengo ni pizca de miedo.

28

Primero, bronca; después, reproches e imputaciones; por último, sollozos, que a pesar de los años transcurridos me siguen sonando tan familiares como cuando éramos niños. Raúl al teléfono, en su piso, supongo, de Zaragoza. Y yo tratando de apaciguar su ánimo con forzado aplomo, pues lo cierto es que varias veces, durante la tensa conversación, he estado en un tris de pararle los pies.

Me ha llamado «la peor pesadilla» de su vida.

«Entonces», le replico, «¿para qué buscas el contacto conmigo?»

En fin, todo muy desagradable y, al mismo tiempo, triste.

Los hechos: Nikita los llamó, como yo le recomendé, para preguntar por la parte de la herencia de mamá que les cedí en un gesto de generosidad o, si se prefiere, de compasión, y que María Elena prometió devolver íntegra o en parte, según lo que hubieran gastado. He averiguado por el propio Nikita que el chaval se mostró en todo momento amable por teléfono. «Te lo juro, papá.» Hasta contó a su tío el episodio de la caja robada para que este comprendiera su interés por el dinero de la herencia. Lo que mi hijo no podía prever ni yo tampoco es que Raúl no tenía la menor idea de aquella cuantiosa suma que María Elena me pidió y yo le entregué. O sea, que la madre heroica, desgarrada, actuó a espaldas del marido, sabiendo de antemano que él habría rehusado mi ayuda por orgullo. De ahí el pique de Raúl esta mañana, aun cuando resulta obvio que, con su hija gravemente enferma, hubo buena fe en todas las partes implicadas. No bien le surge un problema, se apresura a volver la mirada hacia mí en la seguridad de encontrar al culpable de sus males.

No ha habido manera de hacerle entrar en razón. Lleno de odio, me ha dicho que me devolverá hasta el último céntimo; que no quiere nada de mí, pues eso faltaba; que ojalá no me cruce jamás en su camino. Y me ha colgado. El de hoy ha sido con toda seguridad el último diálogo de nuestra vida.

Una hora más tarde me llama María Elena. Su voz sonaba pequeñita y humilde. «Ya perdonarás, Raúl sigue afectado por la pérdida de Julia, está en tratamiento psiquiátrico», etc. Le he respondido que no se preocupe, que lo entiendo, y a continuación, por ruego suyo, le he comunicado mis datos bancarios.

29

Antes de colgar, le pregunté a mi cuñada, como quien no quiere la cosa, si sabía de una zapatería donde se pudiera comprar calzado de señora a buen precio. Sin mostrar interés por el propósito de mi pregunta, me recomendó la zapatería de Antonio Parriego en la calle Goya, frente a la Blanca, ¿la qué?, la basílica de la Concepción, y yo le di las gracias.

A Águeda le inspiraba confianza esta mañana la firmeza de mi decisión.

«Vamos a una tienda de la calle Goya. Te gustará.»

La espoleaba el deseo de averiguar mi relación con la referida zapatería. Me da que en ese instante Amalia estaba de visita en sus pensamientos. Sin embargo, ha tenido la prudencia de no mencionarla. Buena chica. Le he dicho que a mi edad no es raro que uno haya reunido cierta cantidad de conocimientos acerca de la ciudad en que habita.

Águeda tiene unos pies preciosos. Finos, largos, proporcionados, sin el afeamiento de deformaciones, arrugas, venas o durezas. Incurriré aposta en un rasgo de cursilería ahora que no hay nadie a mi lado que pueda leer esto: los pies de Águeda son pura porcelana. Si la Naturaleza hubiese puesto el mismo esmero en formar el resto de su persona, esta mujer sería una segunda Diana Martín.

Y quedaría cerca de la perfección si no fuera tan parlanchina.

Mientras se probaba zapatos, le he dicho con franqueza un tanto hosca que sus pies mejorarían si se pintara las uñas, lo que implicaría el uso de calzado abierto. Y en ese instante, a un metro de distancia, el espectro de Amalia me ha dicho que sí con la cara.

«¿Para qué te sirven unos pies bonitos si los escondes? ¿Sólo para andar?»

Y me ha dado la razón cuando he añadido que enseñarlos no es cuestión de vanidad, ni de coquetería, ni de aburguesamiento, ni de pollas en vinagre, sino de autoestima. De paso, he aprovechado para pedirle que por favor deje de usar esa maldita agua de colonia con que se riega desde los viejos tiempos, y que le resultaría de mayor provecho si la usara para limpiar los cristales de las ventanas.

«Cuesta respirar a tu lado.»

«No vas a conseguir ofenderme.»

Ella pensaba comprar un par de zapatos, a lo sumo dos pares, y al final, animada por mí, se ha llevado tres, todos abiertos, veraniegos, ni caros ni baratos. En agradecimiento por haberla acompañado, quería invitarme a almorzar en un restaurante de mi elección. Le he dicho que me lo impedía un compromiso inaplazable. No ha insistido.

30

Discrepo de algunas afirmaciones que arroja Sherwin B. Nuland contra el suicidio. Me he sentido incluso atacado en las escasas páginas de su libro que se ocupan de esta forma inmemorial de morir. Lamentar que quienes se quitan la vida privan a la sociedad de una posible aportación me parece una chorrada, lo mismo que echar en cara a los suicidas que corroan «poco a poco los extremos del tejido social de nuestra civilización». Esto es naftalina moral.

Dice que siente más pena por los muertos involuntarios, como si hubiera un ingrediente de premio en la compasión que les profesa. Allá él con sus aversiones y simpatías. Y escribe, lo que me ha incomodado bastante, que «quitarse la vida es casi siempre un error». Un error ¿con respecto a qué o a quién? El mero hecho de vivir ¿es un acierto? ¿Un servicio a la comunidad? Me han entrado ganas de abandonar la lectura de un libro que hasta ese momento me estaba gustando.

Nuland niega el suicidio racional. Lo asocia a una «opresiva desesperanza que nubla la razón». Ya estamos otra vez insinuando que la muerte voluntaria es propia de tarados. En el colmo de la simplicidad, Nuland considera que uno se tira al tren o se cuelga de una farola por no tomarse la molestia de «superar la desesperanza».

No me siento aludido. Bueno, aludido, sí; pero no bien descrito. Yo gozo de salud; no sufro una grave depresión, aunque tengo mis horas malas; conservo la lucidez. A menos que se produjera una merma notable de mi estado físico o mental, creo que podría dejarme llevar sin mayores quebrantos por el suave cauce de los días hasta desembocar en la senectud; pero ocurre que, después de tantos años, estoy cansado y puede que hasta aburrido de desempeñar un papel en una película cuyo argumento ni me despierta ni me duerme; una película que me parece mal concebida y peor ejecutada. Eso es todo, Nuland. ¿Por qué no tener la elegancia, incluso la decencia, de dejarles el sitio a otros? ¿Salir de escena por mi propio pie no podría interpretarse también como una aportación?

Julio

1

Prometí prestarle el coche para que él y sus compinches de okupación se llevaran los enseres que les he regalado. Mi hijo ignora que dentro de un mes el coche será suyo, tal como consta en mi testamento ológrafo. Por mí, que lo venda o lo empotre en una tapia.

Nikita ha llegado puntual por la mañana temprano a mi casa, con dos compis del piso que todos ellos usufructúan por el morro, grandotes, desgarbados, uno con el borde y el lóbulo de ambas orejas grapado de aros. De broma les pregunto por qué no alquilan un camión y fundan una empresa de mudanzas. No entienden, les explico y, mientras hablo haciendo los mismos ademanes que cuando estoy en presencia de mis alumnos, se consultan entre ellos con la mirada, como diciendo: «A este viejo se le ha perdido el último tornillo que le quedaba». Luego el de los aros en las orejas responde que ya se lo pensarán. Estos siguen con el trauma del bar que no podrán abrir después que el menos tonto de la pandilla se largara con la pasta.

Han hecho varios viajes de mi barrio al suyo con los muebles y objetos que les he ido entregando. El favor es mutuo: ellos mejoran el mobiliario y equipamiento de su guarida, yo me libro de bajar a la calle un montón de trastos. Les he ofrecido los libros, tantos como quieran; si lo desean, todos lo que quedan en las baldas, pero no. Libros no es lo que andan buscando. Han cargado con una vitrina y una cómoda que previamente han desmontado para que cupieran dentro del coche; dos mesillas, cacharros de cocina, una lámpara de pie, la mesa de la sala, algunas herramientas... Lo que no les valga lo venderán. Les he pedido en varias ocasiones que tuviesen cuidado de no rayar las paredes del ascensor, que aquí hay vecinos y yo no quiero recibir quejas ni pagar reparaciones.

Nikita, a quien no parece sorprender que yo me deshaga así como así de tantas pertenencias, me interrumpe.

«A ver, papá, ¿qué pasa con el sofá?»

«El sofá no se toca.»

Al final, los tres sudaban jadeantes y satisfechos, sus bocas entreabiertas (¿no respiran por la nariz?), torpes en la manifestación verbal de la gratitud. Les he ofrecido agua con gas o del grifo. Han declinado. Y comida, en mala hora, pues visto y no visto se han zampado una fuente de cerezas que yo tenía benditamente reservadas para mi postre de mediodía, aliñadas con nata y un chorrete de licor de almendra. Los hambrones se han embaulado en la misma racha de devoración media docena de plátanos.

Nikita se queda un rato a solas conmigo mientras los otros esperan en el coche. Por fin le puedo regañar, con cariño, eso sí, sin que nadie me oiga.

«No has parado de rascarte la espalda en toda la mañana.»

«Es que, cuando sudo, pica mogollón. Tendré la camiseta llena de manchas de sangre.»

«Y la pomada ¿no te ayuda?»

«La pomada es un timo. Para lo que sirve, lo mismo me podría poner mayonesa.»

Pregunta por la muñeca. Si todavía me la beneficio. Cree que podría aliviar su mala situación económica vendiéndola por un puñado de euros. «¿Por cuántos?» No tiene ni idea de comercio el pobre. «Cincuenta», dice, inseguro. «Pero ¿adónde vas tú con cincuenta euros? ¿No ves que es un producto de alta tecnología?» Al instante se le ilumina una chispa de codicia en las pupilas y yo siento que he cometido un acto de ingratitud y de crueldad al considerar a Tina un producto. Nikita quiere saber cuánto podría pedir por ella en eBay, en Wallapop o quizá en el Rastro.

«¿No te abochorna exponer en la calle una muñeca erótica?»

«A mí no me abochorna nada. Estoy pelado de dinero.»

«Ni se te ocurra pedir menos de cuatrocientos.»

Pretendía echársela al hombro como si fuera un tablón y llevársela a la vista de todo el mundo, sin importarle las posibles hablillas del vecindario. Le explico que tengo una profesión honorable, además de una reputación que guardar, y que él podría comprometerme si la gente del barrio lo reconoce como hijo mío. Nikita no entiende de honorabilidad ni de reputación; pero, por poner fin a mi insistencia, ha accedido a volver por la tarde sin sus amigotes, provisto de un saco o de una bolsa grande donde transportar a Tina escondida.

«¿Está prohibido tener muñecas o qué?»

«Tú hazme caso a mí.»

Por la tarde, en la sala, parecíamos dos asesinos empeñados en ocultar un cadáver. Tina, seria, limpia, perfumada, aceptaba en silencio el cambio de dueño. He evitado mirarla a los ojos. Como el saco quedaba corto, hemos preferido que no sobresaliera por la abertura la cabeza de hermosas guedejas, sino los lindos piececillos, prudentemente cubiertos con una bolsa de plástico. En otra bolsa aparte hemos metido la lencería, los zapatos de aguja y los accesorios, excepto dos frascos de perfume, uno empezado y el otro sin abrir. Pagué bastante por ellos, así que he preferido conservarlos.

«Cuatrocientos euros, ¿de verdad que no es mucho?»

Me temo que la va a malvender. Sea lo que fuere que le den por ella, le he aconsejado que lo deposite en la cuenta corriente o lo use para sus gastos. Habría que ser muy tonto para caer de nuevo en la trampa de la caja común. Que no se la recuerde, que todavía están él y sus compañeros muy quemados. Antes de irse me propina un abrazo con palmada. Por poco me derriba. Este chaval me quiere. A su manera, pero me quiere. Lo último que le he dicho, cuando ya salía por la puerta con el saco al hombro, es que peine de vez en cuando a Tina y no la exponga a la luz del sol y no la deje caer y la trate con delicadeza.

«Y sobre todo higiene, mucha higiene.»

2

Querida Tina:

Mi amigo Patachula, que es como yo gusto de llamar en secreto a tu primer dueño, te reemplazó por una muñeca de compañía que habla y mueve los párpados, programada para conversar en inglés y para adoptar distintos tipos de personalidad: cariñosa, sumisa, dominante... Ignoro cuántas funciones tiene. Lo que sé es que a mi amigo le costó un dineral. No acostumbra mencionarla. Lo hace alguna que otra vez con orgullo, insinuando que la muñeca está enamorada de él y lo adora.

A mí me gustabas como eras, silenciosa, inexpresiva, con tus extremidades articuladas y tu piel de silicona. Un poco distante, eso sí, pero sin anular por completo la sensación de que me escuchabas y me comprendías. Ahora que ya no estás conmigo, pienso con profunda gratitud en los buenos ratos que me hiciste pasar.

Este mes debíamos separarnos y tú bien lo sabes. De hecho, tu encierro en el armario, siguiendo los consejos de la prudencia, había supuesto un primer paso hacia la referida separación. Desde entonces ya nada entre los dos era como antes, cuando ningún motivo impedía tu presencia constante en el sofá. Acepto tu reproche silencioso: soy un hombre débil dispuesto a renunciar a la libertad por temor a ser criticado.

Prometí que no acabarías abandonada una noche de tantas en un banco del parque, para regocijo o escarnio, a la mañana siguiente, de los operarios de la limpieza o para irritación de los viandantes. Te aseguro que pocas veces en la vida me dolió tanto separarme de un ser querido. Para mí eras una persona, por cuanto estabas dotada de la humanidad que yo proyectaba en ti.

Agradezco que me dispensaras del sexo de pago, con sus riesgos para la salud y la conciencia culpable de formar parte de una cadena de explotación humana. Y también te agradezco que me resarcieras de ese otro sexo que parece que no se paga porque va asociado a la convivencia; pero se paga igual, incluso resulta más costoso y más proclive a frustraciones y conflictos. Gracias asimismo por librarme de esa cosa monótona, opresiva, debilitante, que es la soledad del hombre aislado entre las paredes de su casa. Y aún te voy a decir más.

En el orden de mis estimaciones, hoy por hoy antepongo la compañía al placer.

Me hacía bien no tener que implorarte sexo o afanarme en merecer tu ternura, libre a tu lado de hacerme el simpático o el caballeroso, de que juzgaras mis decisiones o dictaras mis palabras y mi conducta a cambio de una satisfacción física. Jamás vi en ti un mero juguete ni un sucedáneo de mujer. Fuiste un cuerpo al que yo puse alma. Te hice humana porque llené tu hermosura de humanidad, te convertí en real porque te llené de realidad. Yo sé lo que me digo y por qué lo digo.

No te garantizo que ahora estés en las mejores manos; pero, créeme, tampoco había mucho donde elegir. Ojalá termines en la casa de un hombre bueno que te trate con el respeto que mereces. Yo así te lo deseo de todo corazón, mi querida, mi preciosa Tina.

3

Júbilo en nuestro rincón del bar. A Patachula le ha salido una llaga en el pulpejo de la mano derecha. ¡Por fin!

Nuestro amigo afirma que anoche no la tenía. Si está seguro. Segurísimo. La ha descubierto esta mañana en la oficina. Le pica la mano; pero la molestia es tan leve que él, al principio, no le concede importancia; aunque tampoco puede evitar rascarse de rato en rato. De pronto, en medio de sus tareas cotidianas, se mira la zona afectada y descubre una de esas manchitas rojizas que le son tan familiares. El *noli me tangere* se encuentra en su fase inicial. De atardecida, cuando lo he visto, había alcanzado el tamaño de un grano de arroz. Aún no supura. Pata estaba contento; Águeda y yo también, convencidos de haber resuelto el enigma.

Todos los indicios apuntan a que el origen del problema de nuestro amigo radica en las sardinas en conserva. A Patachula le chiflan, ya sea entre pan y pan, en ensalada o añadidas a la pasta con salsa de tomate. Conforme al plan de comidas, anteayer abrió una lata para cenar, anoche otra. Por lo visto siempre las ha consumido en abundancia, alternadas con las anchoas en aceite, que los tres consideramos ahora igualmente perjudiciales para su salud.

Así pues, la conjetura de Águeda se demostró certera. Causantes de las llagas patachúlicas son las conservas de pescado, que yo pruebo de cuando en cuando sin que de ello me resulten consecuencias nocivas. A los dos nos ha parecido justo admitir que Águeda tenía razón. Ella, conciliadora, modesta, replica que lo importante es que hayamos descubierto el origen del mal, lo que permitirá ponerle remedio. Acaso animada por la buena puntería de sus intuiciones, sugiere que Pata vuelva a ingerir sardinas de lata más adelante, cuando se le haya curado la llaga actual. De este modo, nos dice, allanadas las dudas, habremos obtenido la prueba definitiva. Pata, que en ese momento estaba tomando un trago de cerveza, por poco se atraganta.

«¡Y un huevo!»

Por la tarde, Águeda no ha ido a buscarme a la plaza de San Cayetano. Pienso en un primer momento que, quizá obligada por el perro gordo a andar despacio, aún esté en camino. Por si acaso, decido esperarla tomando un refresco en la terraza del Conache. Y ya voy hacia allí con mi bolsa de la compra cuando casi piso un vencejo tirado en el suelo. Lo volteo suavemente con la punta del zapato. El pajarillo está infestado de moscas piojo que saltan y corretean sobre su cuerpo inmóvil. La imagen del pajarillo muerto, cubierto de parásitos, me ha dado tal repelús y tan mala espina que de inmediato he vuelto sobre mis pasos y he puesto rumbo a casa con la cabeza atiborrada de pensamientos funestos.

En el bar de Alfonso, ella me explica la causa de no haberse reunido conmigo esta tarde en la plaza. La causa, como ya me imaginaba, es el perro gordo. Águeda insistía en pedir disculpas, por más que yo le he dejado claro que no tiene obligación de acudir a una cita no acordada. Nos cuenta a Patachula y a mí que *Toni* está muy mal. No come y casi no bebe, apenas le quedan fuerzas para ponerse de pie, respira con dificultad, seguramente tiene dolores. El veterinario está informado y mañana por la mañana habrá que tomar una decisión. «Ya os podéis figurar cuál.» Águeda nos transmite todos estos pormenores con entereza; pero se equivoca si cree que nos engaña. Hasta en la sonrisa y sobre todo en la sonrisa se le notaba el esfuerzo por no poner una nota sombría en nuestra alegre tertulia.

Hoy no ha hecho falta pagar a escote las consumiciones. El ilustrísimo Patachula, en señal de gratitud por nuestro asesoramiento médico, ha corrido con los gastos. A la salida del bar, en la acera, me pide que *Pepa* pernocte en su casa. Águeda se muestra gratamente sorprendida por este hábito nuestro. Pata le explica que él es el padrino de *Pepa* «con todas las cargas y obligaciones que tan alta responsabilidad comporta». Le cuenta que tiene en su casa una escudilla para agua, otra para manduca, además de una caja de galletas para perros, un paquete de tiras de carne seca, un rollo de bolsas de plástico para recoger excrementos y una manta para uso exclusivo de su peluda ahijada.

Tras despedirnos de él delante de su portal, Águeda y yo nos hemos quedado unos minutos charlando en la acera. Me parecía por fin llegada la ocasión de darle el frasco de perfume de Tina, el empezado, aprovechando la ausencia de Patachula. Poco me cuesta imaginar las bromas de nuestro amigo en caso de haber presenciado la escena. Yo llevaba el frasco en un bolsillo de la americana, lo mismo que a media tarde cuando he ido a hacer la compra, y eso a pesar de que el calor invitaba hoy a salir en mangas de camisa.

Me disponía a sacar el regalo del bolsillo cuando de repente caigo en la cuenta del desaire que estoy a punto de cometer. Torpe varón, parece mentira que no se me hubiera ocurrido antes. Al frasco le falta algo menos de la mitad de su contenido. ¿Cómo no se va a preguntar Águeda por su procedencia? ¿Cómo no se va a sentir obsequiada con el resto que otra dejó? ¡Y mira que si se entera de que la otra era una muñeca! En buena hora he cambiado de propósito. El frasco abierto lo guardaré para mí. Me servirá para acordarme de Tina. El otro, aún no estrenado, se lo regalaré a Águeda. Esperemos que lo sepa apreciar.

4

Tengo la impresión de que mi teléfono suena de una manera o de otra según quién llame. Oigo el primer timbrazo en la mañana calurosa y digo: Águeda. Miro el reloj. Pronto las diez, y repito: Águeda. El teléfono continúa sonando y ya no me cabe la menor duda: el gordo verá hoy por última vez la luz del día.

Otro que se me adelanta.

Águeda preferiría que el veterinario la visitase con el fin de practicarle a *Toni* la eutanasia en su domicilio. Como a estas horas de ajetreo en el consultorio tal cosa no es posible, ella me pregunta si yo estaría dispuesto a llevarla en mi coche a la clínica. Podría ir en taxi siempre y cuando el taxista le permitiera meter el perro en el vehículo. Se siente incapaz de cargar con *Toni*. Añade que si no puedo ir a su casa no me preocupe, que ya se las arreglará.

Encuentro al gordo tendido de costado en el suelo de una habitación en la que me dice Águeda que raras veces suele entrar. Silencioso, inmóvil, se ha retirado a esperar la muerte en la oscuridad. La aceptación del acabamiento me parece un signo de grandeza. ¿Que hay que morir? Pues se muere, procurando no molestar a los demás. Admirable filosofía la de algunos animales. Humanos angustiados, quejumbrosos, derrotistas o equipados con alma y esperanza, a ver si aprendéis.

Me agacho hasta introducir mi cara en el campo visual del perro. «Hueles fuerte», le digo en pensamiento, pues no quiero que su dueña me oiga. Águeda, que acaba de encender la lámpara, permanece de pie junto a la puerta y me ha dejado entrar a mí solo en la habitación. Arde un punto luminoso en la pupila del gordo; al acuclillarme a su lado, el punto se apaga. Me aparto, se reenciende. Me interpongo entre la lámpara y el ojo, se repite el eclipse. Paso mi mano consoladora por la cabezota caliente y negra. El animal no muestra reacción alguna. Ni agradece ni rechaza. Y yo siento de buenas a primeras que he cesado de profesarle antipatía.

Trato de interpretar lo que expresa su ojo: «No quiero más, no puedo más, sacadme esa y tú de aquí, tened la decencia de no dejarme solo en mi última hora, no hace falta que me ladréis al oído palabras humanas, no necesito caricias, me basta con vuestra presencia y, por favor, guardaos las manifestaciones de pena para cuando yo no esté».

Nos ponemos en camino, Águeda con una manta y dos juguetes del gordo conforme a la recomendación del veterinario. La idea es que los objetos familiares y el olor transmitido a la manta ayuden al animal a mitigar la sensación de hallarse en un sitio extraño cuando lo duerman. El gordo pesa más, bastante más que *Pepa.* Lo llevo, patas colgantes, cuerpo inerte, en brazos, apretándolo para mayor seguridad contra mi pecho. Águeda me precede escaleras abajo sin hablar. Esta mujer, cuando no se abandona a la locuacidad, parece envuelta en un halo trágico. En el portal nos topamos con una vecina curiosa. Que si a *Toni* pobrecillo, «le pasa algo». Águeda le cuenta que lo llevamos a la clínica y tenemos prisa y no da más explicaciones y salimos a la calle. Junto al coche se produce una situación que yo debería haber previsto. No lo he hecho, maldita sea, y ya es tarde para impedir que suceda. Le indico a Águeda en qué bolsillo de mi pantalón está la llave. Siento el movimiento de sus dedos cada vez más adentro; sus dedos exploradores, resolutivos, a punto de tocar lo sagrado. No es momento de bromas; pero hay pensamientos que uno no puede evitar. Mientras extiende la manta del gordo sobre el asiento trasero, Águeda me pregunta si tengo algún inconveniente en que ella viaje sentada al lado de su mascota.

5

Apagado el motor, dirigí la mirada al cielo a través del parabrisas. ¿Vencejos? Ni uno. Siento rachas de fea, de viscosa soledad cuando no diviso sus siluetas allá arriba, recortadas contra el fondo azul o gris.

A petición de Águeda, me quedé haciendo compañía al gordo dentro del coche, como a cien metros de la entrada principal de la clínica, en el primer aparcamiento que vimos libre. Ella: que iba a ocuparse de las formalidades y a preguntar por qué puerta debíamos entrar, pues, al decir del veterinario, en los momentos previos a la eutanasia no era conveniente que el gordo tuviese contacto con otros animales.

Águeda me rogó que la esperase sentado en la parte de atrás, y velara a *Toni* y le dijera de vez en cuando algunas palabras amables para que no se sintiese abandonado. Conque tomé asiento junto a la cabeza del moribundo, al que, tan pronto como nos quedamos los dos solos, pregunté por sus temas de conversación predilectos. ¿Fútbol, política, literatura? Y como no me respondiese ni diera señales de haberme entendido y ni siquiera de haberme escuchado, me arranqué a hablarle a mi aire y le dije unas cuantas cosas que por supuesto no recuerdo, pero que más o menos sonaron así: «¿Cómo llevas la agonía? Considérate un suertudo. Créeme, no vas a sentir ningún dolor. Si quieres, te explico el procedimiento. Es sencillo y dura poco. Primero te anestesiarán, luego te inyectarán una dosis letal y, sin que te enteres de nada, quedarás libre del incordio de existir. ¿Has leído *Del inconveniente de haber nacido,* de Cioran? Probablemente no. No tienes aspecto de perro culto. Yo, a *Pepa,* que, por cierto, te manda recuerdos, le he leído muchas veces poemas en voz alta y hasta algún que otro pasaje filosófico. A mí se me hace que le gustaban. Lo digo más que nada por la cara que ponía, como de concentración y respeto. En fin, gordito, no es mi propósito apabullarte con comparaciones que te dejen en mal lugar, cosa de todo punto fácil dada tu falta de formación y refinamiento. Alégrate de tu muerte de pago. Un lujo. Si pertenecieras a la especie humana, tendrías que apurar tu copa de sufrimiento hasta la última gota. Manda narices; si eres hombre, te obligan a morir como un perro; si perro, te facilitan una muerte indolora, haciendo todo lo posible para que estés tranquilo y no te sientas solo. Aquí donde nos ves, con nuestro progreso y nuestras máquinas, los ciudadanos de este país no disponemos aún de una ley de eutanasia. Envidio tu suerte, admiro tu conformidad. Te quedan minutos de vida, si es que a este decaimiento tuyo todavía se le puede llamar vida, y aquí estás tan tranquilo, agonizando sin aspavientos. Me gusta tu estrategia. Me gusta tanto que la tomaré de modelo dentro de poco, cuando también a mí me toque decir adiós a todo esto».

Vi venir a Águeda sin la manta ni los juguetes y lo último que le dije al gordo fue más o menos esto: «Sé bueno conmigo, tocayo. ¿Qué te cuesta contarme la verdad ahora que nadie nos oye? ¿Era tu dueña quien me echaba los anónimos en el buzón? No hace falta que expreses la respuesta con ladridos. Ya sé que no te quedan fuerzas. Me basta un pestañeo o una leve sacudida de las orejas. ¿Por qué no dices nada?».

Águeda, ojos mustios, voz apagada, me comunicó que ya estaba todo dispuesto y el veterinario esperaba a *Toni*. Cargué con el gordo en brazos y lo llevé a morir. Depositado sobre la mesa del quirófano, no me apetecía presenciar la compasiva ejecución, así que le dije a Águeda que, si no tenía inconveniente, prefería esperarla en el coche. Ella me respondió que no era necesario que la esperase; la eutanasia iba a tomar tiempo y ella podía volver a casa por su cuenta. Me despedí del gordo dándole una palmada amistosa en el lomo.

6

En las postrimerías de mi vida, sólo concibo una posibilidad de inquirir quién estuvo tantos años metiéndome papelitos en el buzón. Dicha posibilidad se me presenta estos días en el pensamiento con la forma de una escena inverosímil. Suena el timbre, abro la puerta y, parada en el rellano, está la persona que se confiesa autora de los anónimos. «Ah, ¿eras tú?», le digo con un grado mayor o menor de sorpresa, según de quién se trate.

Nunca conoceré la verdad oculta en tan desagradable asunto. Poco me costaría afirmar, inducido por una punta de orgullo, que me da igual persistir en la ignorancia; pero es mentira. Esas notas, esas malditas notas, de la primera a la última, han obrado en mí durante años un efecto similar al de una urticaria, además de robarme a menudo el sueño. Muchas veces imaginé que un día, al entrar de pronto en el portal o al salir del ascensor, pillaba in fraganti a la persona que dedicó un tiempo considerable de su vida a vigilar mis pasos y a molestarme como una mala conciencia. Sin darle tiempo a moverse del sitio ni a pronunciar una palabra, yo le saltaba al cuello con ímpetu de lobo hambriento. En fin, ya sé que incurro en las figuraciones de un individuo al que le habría gustado estar hecho de una pasta más fiera.

Repaso una vez más el fajo de notas. Leo:

«¿Tú no caes nunca enfermo ni sufres accidentes? ¿Nunca llegará la hora en que nos des la alegría de ingresar en un hospital? Pensando en tipos como tú, que nada aportan a la sociedad, se inventó el dicho: *Mala hierba nunca muere*».

¿Qué mano resentida pudo escribir una cosa así? ¿A quién puedo inspirar tamaña aversión? Pienso en Amalia y me digo sin la menor sombra de duda: «Sólo puede haber sido ella»; aunque, acto seguido, no alcanzo a creer que, después de tantos años viviendo bajo techos distintos, yo siga mereciendo por su parte una miaja de atención. Pienso entonces en Raúl y en mi cuñada, y tampoco juzgo imposible que uno de ellos o los dos juntos hubiesen tramado contra mí una larga venganza, si bien jamás, en ninguno de nuestros encuentros, se delataron con gestos, con palabras, no sé, con algún género de indicio. ¿Y Águeda? La mosquita muerta, quizá despechada porque la abandoné, ¿habrá estado siguiendo mis pasos a escondidas desde aquella lejana fecha de nuestra separación? ¿Y con qué fin? ¿Qué placer o qué provecho habría podido sacar ella de una burla cuyos efectos no puede conocer, puesto que no me ve cuando abro el buzón ni cuando leo las notas?

A veces, por incitación de un delirio persecutorio, los pienso a todos empeñados en hacerme víctima de una confabulación a la que acaso se hubieran agregado la directora y compañeros del instituto, viejos amigos a los que perdí de vista, vecinos malévolos..., en fin, gente que por una u otra razón desea mi infelicidad. Quizá exista, sin que yo me haya enterado, una Agencia del Acoso dedicada a la tarea de amargarles la vida a personas determinadas a cambio de unos honorarios, de manera que quienes encarguen tal servicio no hayan de preocuparse de su ejecución.

Aquí otra nota sin fecha, recibida algún día en que me figuro que estuve de baja por enfermedad: «¿Con catarrito en casa, fingiéndote pachucho para no ir a trabajar? Un profesor que hace novillos, un caradura y un bribón, eso es lo que eres».

7

Nikita remoloneaba por teléfono en lugar de responder sin tapujos que no. Voz ronca, frases soñolientas, carraspeos. Que ayer se acostó muy tarde; que los sábados por la noche son de mucho jaleo en el bar; que hubo una pelea de madrugada y él recibió una hostia, pero sacudió seis; que estaba hecho polvo; que mi llamada, a las once de la mañana, lo había sacado de la cama. «Pero ¿tú duermes en una cama?» «Bueno, en un colchón sobre el suelo.» Parecía lo contrario de feliz con mi propuesta, hasta enterarse de que la idea del almuerzo era hablar del dinero de su difunta abuela, que el tío Raúl me ha devuelto íntegro, y entonces se le han ido de golpe la pereza y las dudas y los carraspeos, y hemos quedado en comer juntos en un restaurante del centro. Le digo a Nikita que el local en el que pienso reservar mesa es de cierta categoría, por lo que convendría que él viniese arreglado o por lo menos limpio. Me reprocha que empiezo a parecerme a su madre. Y concluye, cabreado, que él es como es y que si no lo acepto como es prefiere pasar el día con sus amigos.

Llega impuntual, ojeroso, desgarbado, no sucio, eso no, pero sin afeitar y con los cordones de sus gastadas zapatillas sueltos. Este último detalle es tan ostensible que lo supongo deliberado, razón por la cual considero superfluo señalárselo. Nikita me envuelve, alto, fornido, en un abrazo con tufo a paredes húmedas, no sé, a vapor de sopa, a cocina mal ventilada. Sentado frente a mí, le doy a entender que se le nota bastante la hinchazón del pómulo. Suelta una palabrota y a continuación, cejas enfadadas, afirma que no le guipó la intención al borracho y que por eso no pudo esquivar su golpe. «En un santiamén, pim, pam, el tipo sangraba como un cerdo en el matadero. Y porque me apartaron, que si no...» Mi hijo, que ya rompía huesos en el colegio. Mi hijo grande e incauto, pero con los cojones bien puestos. Le digo que yo creía que ayudaba en la cocina, servía y limpiaba; pero no que hiciera de segurata en el bar. Responde que él hace lo que haga falta y sus colegas lo mismo, pues trabajan en equipo, etc.

Traslada al interior de su boca las lonchas de jamón, la ensalada de bogavante (especialidad de la casa) y las croquetas con tan convencida voracidad que estoy tentado de recordarle que hemos pedido los entrantes para compartir. Me callo, no por nada, sino porque veo a mi hijo alimentarse con provecho y disfrute, y uno, quieras que no, ejerce la paternidad de forma vitalicia, empujado por la fuerza del instinto a procurar *in aeternum* el engorde de su descendencia, lo que no me ha impedido rescatar a toda velocidad, en beneficio propio, una croqueta, que también es ley de la Naturaleza que uno coma, cuánto más si se sentó con dicho fin a la mesa de un restaurante.

Le pregunto qué ha hecho con Tina.

«¿Quién es esa?»

Me cuenta, me explica, llevando el bolo alimenticio de un lado a otro de la boca a fin de darles resquicio de salida a las palabras. Sucede que él y sus amigos han colocado a Tina de adorno en un rincón del bar, sentada a una mesa junto a la cual hay una silla libre por si algún cliente necesita compañía y quiere tomarse un trago al lado de una atractiva figura femenina. Si guarda alguna foto de ella en el móvil. No guarda ninguna. Me confiesa que la muñeca (no dice Tina) está descalza. ¿Y eso? Perdió un zapato o igual se lo mangaron, no lo sabe con certeza, y entonces al dueño le pareció mejor que la muñeca enseñara los pies, que a juicio de todos los del bar son muy bonitos. Le pregunto en un arranque súbito de suspicacia si Tina no estará por casualidad desnuda. «No, con el sujetador y las bragas que llevaba cuando me la regalaste.» Y del cuello le han colgado un letrero: NO TOCAR.

«¿No habrás contado que era de tu padre?»

«Qué más da.»

Los dos hemos pedido de primer plato crema de boletus.

«¿Qué hace tu piel?»

Parece que la psoriasis se le ha estabilizado: ni aumenta ni disminuye. Cuando se acuerda, se pone la pomada, de la que ya le va quedando menos, y siente alivio porque puede tapar bajo la ropa las zonas afectadas. Eso sí, no se bañará jamás en una playa, ni en una piscina, ni se quitará la camisa en ningún sitio donde la gente le pueda ver las rojeces y las escamas.

Le pregunto, mientras esperamos el plato principal (él, hamburguesa de buey con patatas fritas y guarnición; yo, carrillada de ternera con verdura), si le gustaría alguna vez tener mi coche. «¿Te vas a comprar uno nuevo o qué?» Al pronto se muestra indiferente. Le sirven poco después lo que ha pedido y cambia de opinión con los primeros bocados. Ahora afirma que el coche le vendría como Dios para llevar cosas y para irse de vez en cuando con los amigos por ahí. «Claro, claro, y beber más de la cuenta y estamparte contra una pared.» El problema, según dice, es que no le tengo confianza. Que qué hace mal. A ver, que se lo diga. No se droga; tan sólo fuma un canutillo de vez en cuando, nada, cosa de poco momento, qué coño, y no se emborracha porque el alcohol le da asco. Y a modo de prueba me señala la botella de Coca-Cola que tiene delante. Por si todo ello no fuera suficiente para demostrar que él es un tío cabal, me recuerda que se gana la vida con su curro, que, aunque cansino y no bien pagado, le mola. Le pido en voz baja que por favor no se exalte. Ya nos están mirando. Le da igual («me da por culo») que nos miren. Si no se había percatado de que le hablaba en broma. Le estoy ofreciendo el coche. No ahora, no hoy, pero más adelante, quizá pronto. ¿Qué más quiere?

Y en el fondo me agrada que se soliviante y proteste y exija respeto.

«Tienes mala leche, ¿eh?»

«Joder, papá. Es que parece que te gusta tocarme las pelotas.»

De ahí a poco propone que hablemos del dinero de la abuela. Si es verdad, como le dije, que estoy dispuesto a dárselo todo.

«Depende.»

A este punto me pongo serio, le moleste o no a Nikita, porque lo que no me apetece, le digo, es que financie con la herencia de mi madre los vicios de otros. Si es para sus gastos personales, para comprar ropa, comida, lo que necesite, entonces ingresaré la suma entera en tu cuenta.

«Me vendría bien.»
«No quiero que se aprovechen de ti.»
«Tranqui, papá. Sé cuidarme.»

Rebañada la última partícula comestible de su plato, desea saber si no tengo intención de acabar la carne que he dejado en el mío. Apenas le respondo, se lanza a deglutir el resto de mi carrillada, que supongo frío, y poco después, con la boca aún llena, se pide de postre un flan con nata y una bola de helado. Me tienta averiguar cuándo comió por última vez. Yo estoy saciado desde hace rato y, tanto como saciado, con la sensación de que se me van a reventar las costuras del vientre. Apenas me queda espacio en el estómago para un café solo. Le pregunto a Nikita si alguna vez su madre o un pariente le encargó meterme una nota en el buzón. Por la cara que pone me doy cuenta de que voy a obtener la misma respuesta que si consulto la hora en la rueda de un tractor. Nikita no entiende. «¿Nota? ¿Qué nota?» Y como el asunto no le despierta el menor interés, lo tengo fácil para cambiar el rumbo de la conversación.

A la salida del restaurante, le entrego una copia de la llave de mi piso. Le pido que la guarde en lugar seguro. No oculta su extrañeza. «Nunca se sabe», le digo. Y agrego que quizá un día me caiga al salir de la ducha o por alguna razón pierda el sentido, en cuyo caso convendría que él tuviera acceso a la vivienda.

«Pues hace unos años te negaste a darme una llave.»

«Tú lo has dicho: hace unos años, cuando todavía eras un crío. Ahora eres un hombre hecho y derecho.»

«¿Te quieres quedar conmigo, verdad? ¿Cuándo llegará el día que me tomes en serio?»

Se mete la llave en el bolsillo sin formular nuevas preguntas. Tras el abrazo de rigor, echa a caminar por la calle arriba, fortachón, atiborrado de comida, los cordones de las zapatillas sueltos; antes de perderse de vista, se da la vuelta; me enseña la llave con el brazo levantado; sonriente, simula arrojarla con todas sus fuerzas contra los coches; me hace un corte de mangas; vuelve a enseñarme la llave; hace como que se la come; pega un brinco burlesco y dobla la esquina.

8

Ni mi hermano me llamó para comunicarme que había enviado el dinero a mi cuenta corriente ni yo lo llamé a él para confirmarle que lo había recibido. No parece que tengamos mucho que decirnos, y ahora que él anda medio zumbado a consecuencia de la muerte de su hija, menos.

Me había hecho el propósito de no volver a acordarme de él en este escrito; pero está claro que el flujo de los recuerdos no depende de abrir o cerrar un grifo cuando a uno le da la gana. En realidad, no es a Raúl a quien yo me he propuesto evocar esta noche. Mi hermano se ha metido en mis pensamientos a causa de una constatación. Pudiera decirse que no hemos estado nunca de acuerdo en nada salvo en el rechazo sin paliativos de Héctor Martínez, a pesar de que la generosidad del viejo dentista nos permitió llevar a buen término nuestros estudios universitarios. Iba a escribir, en descargo de aquel hombre, que jamás nos causó a mi hermano y a mí el menor perjuicio; pero no es verdad. Tuvo la osadía de robarnos durante varios años a nuestra madre y nosotros fuimos incapaces de perdonárselo.

No abrigo la menor duda de que el señor Héctor se portó como un caballero con mamá, aliviándola de las cargas de la viudez, principalmente, creo, de la soledad, y prodigándole esas cosas de las que supongo que ella estaba por demás necesitada: atención, afecto... La llevó con frecuencia de viaje pagando de su bolsillo los gastos. Contribuyó a mejorar su vestuario y la obsequió con muchos ramos de flores y alguna que otra joya. Juntos solían acudir a conciertos, a museos, a restaurantes de postín y a un sinnúmero de sitios agradables. Por fin alguien se esforzaba en que a ella le fuera bien y no al revés, como de costumbre. Me costó bastante tiempo percatarme de ello y barrunto que a mi hermano también.

Nos parecía que aquel señor trajeado, un tanto ceremonioso y, según mamá, bueno se empeñaba en suplantar a nuestro padre. Conscientes del beneficio económico que de él recibíamos, Raúl y yo nos teníamos que morder la lengua para no decirle a la cara lo mal que nos caía. A sus espaldas hicimos prometer a mamá que mantendría su relación con él fuera del alcance de nuestra vista. Raúl aún fue más lejos. Que no se le ocurriera pensar en casarse con el septuagenario. Yo me sumé al veto. Mamá nos pedía calma, comprensión y que intentáramos conocer mejor a Héctor, y nos daba toda clase de explicaciones a fin de poner coto a nuestros temores, que ella calificaba de infundados. Decía que llevaba y llevaría siempre a papá en el corazón, cosa que yo no he creído jamás.

Así pues, veíamos poco (yo, que vivía independiente, casi nada) a Héctor; pero de vez en cuando y en según qué circunstancias resultaba inevitable que nuestros caminos y el suyo se cruzasen. Raúl por su lado, yo por el mío, fuimos testigos de sendas escenas que nos determinaron a torpedear la relación de aquel hombre con nuestra madre hasta lograr finalmente que se separaran. Mi hermano vino una mañana, completamente fuera de sí, a contarme que los había visto besarse en la boca, no recuerdo ahora dónde ni importa saberlo. «¡En la boca, Toni, en la boca! ¿Te imaginas?» A Raúl aquello le parecía no sólo una acción antihigiénica y una profanación del recuerdo de papá, sino la prueba incontestable de que el vejestorio tramaba meterse en nuestra familia. «Son tipos que se hacen los amables y, cuando han conseguido su objetivo, se quitan las máscaras, empiezan a mandar y se apoderan de lo que no es suyo.» No me quedó claro cómo llegaba Raúl a semejantes conclusiones; pero la simple idea de que Héctor Martínez hubiera juntado sus labios rugosos con los de mamá bastó para destemplarme el cuerpo.

Un atardecer en que me dirigía a casa de mamá en busca de la ropa que ella me solía lavar, los vi apearse de un taxi. Avanzaron un trecho cogidos de la mano y, poco antes de llegar al portal, a la sombra de un árbol, se fundieron en un abrazo. No estaba el sitio tan oscuro como para impedirme comprobar que el hombre sobaba los pechos de mamá y que mamá, no sólo consentía el manoseo, sino que retiró un poco el torso para facilitarlo. Estuve en un tris de lanzarles un grito de reprobación como a unos veinte metros de distancia; pero, tras breve titubeo, opté por marcharme sin subir a casa de mamá a recoger mi ropa limpia.

9

Con el tiempo, sólo aguzando la mirada se podía adivinar que algún día los pétalos fueron amarillos. La primera vez que vi la rosa en el florero de cuello alargado, sobre el aparador, ya estaba bastante marchita. Ingenuamente sugerí a mamá que le pusiera agua.

«Pónsela tú.»

Yo encontraba en cada una de mis visitas la flor más pálida, con los bordes marrones y unas pocas hojas retorcidas, tan resecas que parecían haberse convertido en papel y esperar un leve roce para desprenderse del tallo. Transcurrieron muchos meses antes de saber que mamá conservaba aquel capullo, nunca del todo abierto, en acto de protesta contra sus hijos. Era una rosa del último ramo que le había regalado Héctor Martínez. Cuando mamá me lo confesó, yo apenas me acordaba de aquel hombre del que ella se tuvo que separar inducida por nosotros. Un día, no sé cuándo, tiró la flor a la basura.

No hay duda de que Raúl tenía por los días de nuestra juventud más fácil acceso que yo a las intimidades de mamá. Normal. Los dos siguieron juntos bajo el mismo techo mientras yo compartía piso con otros estudiantes en el último año y medio de mi carrera y después de la licenciatura. Raúl era de suyo controlador y preguntón, además de la causa principal de que el pobre señor Héctor se tuviera que despedir de mamá en el portal, sin poder acompañarla, viagra mediante, al piso y, dentro del piso, a su habitación y, dentro de su habitación, a su cama, como le habría gustado.

El caso es que yo me enteré por mi hermano de que nuestra madre, antes de comunicarle a Héctor Martínez que debían separarse, intercedió para que este y su hijo reanudasen el contacto y finalmente llevaran a cabo una tentativa de reconciliación en la ciudad de residencia del segundo. Ignoro el desenlace de la historia. Lo que sí sé es que fue entonces, en vísperas de que el buen hombre emprendiera viaje al Canadá, con la maleta ya hecha, cuando mamá le anunció de manos a boca que ella y él no volverían a verse puesto que sus hijos así se lo exigían.

Con posterioridad, ella entabló relación pasajera con otros hombres; imagino, no estoy seguro, que por medio de la agencia matrimonial. Se cuidó mucho de que Raúl y yo los conociéramos. Más tarde le dio por jugar al bingo y por otros entretenimientos similares que no siempre lograba mantener en secreto y que algún dinero le costaban.

Un día, durante una comida familiar, sin que viniera poco ni mucho a cuento, nos dijo de repente: «Pocas veces he sido feliz». Raúl me miró desde el otro lado de la mesa como pidiéndome que me abstuviera de comentar aquellas palabras. Esto fue por los días en que mamá mostraba los primeros síntomas de estar perdiendo la cabeza. Me hice, pues, el sordo; mi hermano también, y la frase se perdió en el aire como se pierden tantas cosas en la vida, lo mismo que si nunca hubieran existido.

10

No había visto a Águeda desde el jueves pasado, cuando la llevé a la clínica veterinaria. Me dijo entonces que los siguientes días iban a ser difíciles para ella. Le había pasado lo mismo con los perros anteriores. Esta vez no tenía el propósito de sobreponerse a la pérdida del animal por el socorrido procedimiento de adquirir rápidamente uno nuevo. En todo caso, si la falta de compañía se le hiciera insoportable, podría agenciarse un par de periquitos o un gato, por considerar que estas especies requieren menos atenciones. Que qué opinaba yo. Al punto se me ocurrieron diversas posibilidades a cuál más chusca en la elección de la mascota; pero me callé. El gordo con una pata en el otro mundo, ella compungida, acariciándole la cabeza en el asiento trasero de mi coche, no me pareció que aquel fuera el momento oportuno de soltar una chanza.

Hoy, a la salida del mercado, tampoco. Ahí estaba ella con su carita de pena en la tarde calurosa. Dice lo primero de todo que ha venido a verme con una petición. Me alarmo como ella seguramente no alcanza a imaginarse. ¿Otra fusión de labios? ¿Un paso más allá en el roce de los cuerpos, con perspectivas de trabazón? Le propongo refrescar la garganta en la terraza del Conache. Águeda declina la propuesta. No tiene sed. Me pregunta si me puede acompañar hasta el portal. Quiere hablarme.

«Bueno.»

Por el camino saca a colación mi hábito de prestarle de vez en cuando la perra a Patachula. Le encanta la idea, según dice, y quisiera saber si yo accedería a que *Pepa* también pernoctase en su casa, de modo que el vacío que *Toni* ha dejado allí se le haga a ella más llevadero. Si sólo fuera posible hoy, se conformará. Si no es posible ninguna noche, «no pasa nada». Hurgo en los pensamientos a la busca de un pretexto creíble que me dispense de separarme de *Pepa.* Hace calor, me noto lento de reflejos, no encuentro las palabras apropiadas. Conque subimos a mi piso y, nada más abrir la puerta, *Pepa* corre alborozada a saludar a Águeda. Emocionada por tan inequívoco gesto de amor, nuestra amiga se echa a llorar. Lo que me faltaba.

Tampoco en casa ha querido Águeda beber ni picar nada. No entraba en sus planes (ni en los míos) llegarse hoy al bar de Alfonso. Se me hacía violento, dadas las circunstancias, no invitarla a cenar; aunque, sinceramente, la dorada que he traído del mercado no tenía tamaño suficiente para satisfacer dos estómagos.

«Te lo agradezco, pero no.»

Sentada en el sofá, Águeda se abrazaba a *Pepa* y, pasados unos veinte minutos, se la ha llevado a su casa. ¿Cuándo me la devolverá? Lo ignoro. Y ahora yo estoy aquí apechando con la soledad. La cosa se me ha hecho tan angustiosa que, en vez de preparar la cena a la hora prevista, he corrido al bar en busca de la compañía y las chorradas de Patachula, quien, como ya me temía, no se ha presentado.

11

¿Quién dijo aquello de que la vida es un ajedrez embrollado, una contienda sin sentido ni normas de todos contra todos? Podría ojear el Moleskine en busca de la formulación precisa. ¿O se trata de una idea que sin querer se me ha ocurrido a mí? Sería extraño que mi cerebro produjese algo que no fuera salpicadura del esfuerzo intelectual ajeno. En materia de pensamiento, soy como los escarabajos peloteros, que viven de la mierda de otros.

No sé nada, no entiendo nada con este cerebro de calidad inferior que me asignó la Naturaleza y me doy cuenta de que esta noche vuelvo a moverme en el terreno de las conjeturas. Intento examinar el alma de mi madre conforme se me presenta en el recuerdo, entendiendo por alma esa dimensión interna de la persona, similar a un estuche (¿o sería más preciso decir a una cloaca?), donde cada cual encierra su verdad intransferible. Y compruebo que yo no he tenido jamás acceso a dicha dimensión, ni a la de mi madre ni posiblemente a la de nadie, y que sólo por indicios y deducciones puedo hacerme una idea, jamás sabré si errónea o acertada, de lo que había y acontecía allá dentro.

Más de una vez he imaginado que contrataba los servicios de un torturador profesional para que la obligase a contar uno a uno, en mi presencia, sus secretos.

«Arránquele usted otro cacho de carne con las tenazas.»

«Toni, por favor. Llevamos cinco horas en este sótano. ¿Qué más quieres que te cuente?»

«Mamá, ¿no ves que este señor y yo estamos dispuestos a llevar el interrogatorio hasta sus últimas consecuencias? Lo único que tienes que hacer es contarlo todo. No nos hagas perder el tiempo. Cada hora de tortura me cuesta un riñón.»

Mamá es uno de los seres más incomprensibles que yo he conocido. Me atribuyo la culpa, si no de toda, al menos de una parte considerable de dicha incomprensión. Tantos y tantos días tuve delante a mamá, tan próxima, tan familiar, que no se me ocurrió pensar que hubiera nada suyo que comprender. No le formulé las debidas preguntas, no me impliqué en largas y pormenorizadas conversaciones con ella, ni siquiera me pareció que poseyese una personalidad propia, interesante más allá de mi conveniencia. Ella fue para mí de principio a fin una madre a jornada completa, un ser que sirve y que da, una teta incesante. Si caes, te levanta; si aprieta el frío, te arropa; si te haces daño, te cura y te consuela. En tales circunstancias, ¿cómo va a pensar uno que esa mujer estuviese ansiosa de recibir lo mismo que daba?

Aquí me detengo. Es tarde y he bebido demasiado. Por hoy ya basta de hacerme mala sangre.

12

Tengo para mí que mamá no superó jamás la ruptura con Héctor Martínez. El viejo la adoraba. No voy a entrar en si los unía el amor. Seguramente no o no del todo, al menos por parte de ella. Ahora bien, creo que mamá se encontró por fin en la situación, para ella novedosa y por supuesto agradable, de recibir y no de dar. Lo que él obtuviera a cambio me trae sin cuidado.

Inseparable de esta convicción mía, más bien sospecha, es una segunda. Mientras conservó la lucidez, mamá no nos perdonó que la hubiésemos forzado a separarse de aquel señor elegante y bueno. A mí no me lo reprochó nunca directamente. No sé a Raúl. De tiempo en tiempo dejaba caer una insinuación, una indirecta, o adoptaba una pose triste o lamentaba sentirse desganada, sin ilusiones, incluso sin deseos de vivir, y Raúl y yo sabíamos, puesto que así lo habíamos hablado varias veces, en qué o en quién estaba pensando ella cuando nos llenaba los oídos de quejas no asociadas a hechos concretos. Mamá se guardaba de mencionar el nombre de Héctor en nuestra presencia y, sin embargo, yo apostaría a que, tan pronto como llegábamos de visita a su casa, se acordaba con amargura y puede que hasta con rabia de aquel hombre que la había agasajado como nadie la agasajó jamás.

Me pregunto si, cuando nos invitaba a comer a su casa, nos escupía a escondidas en la sopa.

Capaz.

Más claro tengo que optó por cultivar un escondido desapego con respecto a nosotros. No recuerdo que al encontrarme con ella me negase un beso o un abrazo; pero tampoco que se excediera en la efusión. Y, cuanto más lo pienso, más convencido estoy de que era una maestra en el arte de disimular sus verdaderos sentimientos y de castigarnos a Raúl y a mí con su frialdad sin que nosotros nos diésemos cuenta.

«¿Qué tienes, mamá?»

«No sé. La tensión o algo que habré comido.»

Barrunto que se le planteó un dilema insoluble. Carezco de pruebas; pero me voy a dejar de melindres, puesto que no me estoy expresando delante de un tribunal, así que no me privaré de disparar con el cañón de las afirmaciones. Me da que, por un lado, mamá consideraba que nos tenía que amar, puesto que éramos sus hijos, nos había parido, criado, etc.; pero, por otro, nos odiaba y nos siguió odiando a socapa hasta que su cerebro cada vez más deteriorado se vació de conciencia.

Rota su relación con el señor Héctor, juraría que por despecho se obstinó en no aceptar nuestra felicidad, ni la de Raúl ni la mía, si bien no en el sentido de que nos deseara infortunios, eso no. Le habría dolido en lo más hondo, así lo pienso ahora, que nosotros disfrutáramos justamente de lo que le habíamos vedado a ella: una relación duradera y armónica con nuestras respectivas parejas. Y me siento confirmado en mis recelos no bien rememoro el trato que dispensaba a ambas mujeres de costumbre, sobre todo a María Elena, quien por su manera de ser, más cálida, más condescendiente y con menos recursos defensivos que Amalia, se llevaba los mayores desprecios. Recuerdo algunos de grueso calibre, que después Amalia y yo comentábamos a solas. «Tu madre no traga a María Elena. ¿Te has fijado en el corte que le ha pegado durante la comida? Me hace a mí eso y exploto.» Estoy seguro de que mamá se refrenaba un poco más con Amalia por temor a la labia y la mala uva de la locutora, lo que no significa que le mereciera mayor respeto ni que le profesase un ápice de simpatía, no digamos ya de cariño.

13

Querida *Pepa:*

Cuatro noches consecutivas sin tu compañía son demasiadas. A veces, no sin cargo de conciencia, pienso que debería haber hecho más cosas contigo para alegrarte la vida, qué sé yo, inventar juegos, practicar habilidades nuevas, llevarte al campo todos los fines de semana, dirigirte la palabra más a menudo aunque no me entiendas.

Nunca como en estos últimos días había experimentado yo tanta desazón por causa de tu ausencia. No se trata de añoranza ni de ninguno de sus derivados sentimentales. Es algo físico, una especie de ahogo lento que me priva de serenidad, aun cuando no esté todo el rato pensando en ti. Es como si por la simple circunstancia de no tenerte en casa mi existencia se hubiese quedado sin rumbo ni orden, y las horas hubieran adquirido a mi alrededor una consistencia material que no cesa de oprimirme.

Con Patachula no suelo dejarte tanto tiempo. Puedo tolerar que pases fuera de casa una noche, a lo sumo dos; cuatro constituyen un lapso excesivo. Y aquí sigo, más solo que la una, entre paredes silenciosas, con mi deprimente botella de coñac, mientras alivias las penas de esa mujer a la que he comunicado hoy por teléfono, en los términos más cordiales de que he sido capaz, pero ya en los bordes de perder la paciencia, que mañana sin falta debe traerte de vuelta. He tenido que morderme la lengua para no acusarla de estar abusando de mi amabilidad.

No es propio de ti, mi dulce *Pepa,* reprocharme nada; aunque presumo que motivos para ello no han de faltarte. No siempre supe refrenar el enfado que me producía tener que llevarte de paseo y hacerlo además por el recorrido de costumbre, tan visto, tan tedioso, no pocas veces bajo la lluvia, con un frío intenso o un viento desapacible. Me sulfuraba interrumpir mis tareas urgentes del instituto o la placidez doméstica para atender a tus necesidades. Luego pienso en que la suma total de paseos da una cantidad enorme de kilómetros andados y no puedo menos de estarte agradecido, pues yo, que aborrezco las actividades deportivas, que ni bajo amenaza me hubiera apuntado a un gimnasio, sin la obligación de sacarte a la calle unas cuantas veces al día me hubiese convertido en una bola de carne torpe y achacosa por falta de movimiento.

En vano busco ahora, ya cerca de la medianoche, tu mirada. La mirada de esos ojos color avellana que infunden tranquilidad. Con frecuencia, tumbada tú en el suelo, no se apartan de mí durante horas, y parecen decirme cuando sufro un bajón del ánimo: «Venga, no es para tanto». O cuando alargo en exceso la escritura: «¿Qué tal si dejas de vomitar palabras y te acuestas?». O simplemente: «Pobre humano, atrapado en los hilos pegajosos de su raciocinio».

Había días en que de pronto imaginaba que tu silencio afable, mientras me escrutabas, contenía una invitación a tenderme junto a ti, en la alfombra o directamente en el suelo frío, y así lo hice muchas veces, seguro del bienestar que me aguardaba. Pegaba entonces la oreja a tu costado cubierto de suave pelambre, y me dedicaba a escuchar allá dentro los latidos de tu corazón. Habría cambiado con gusto tu destino por el mío. Sí, lamento no haber estado en la vida con la forma de un perro. No de un perro cualquiera, claro está, sino de uno idéntico a ti, mi hermosa, mi tierna *Pepa.* Mañana te quiero de vuelta en casa.

14

Patachula nos cuenta con recobrada jovialidad (últimamente me parecía apagado) que lleva dos días desayunando pan seco con cerveza. De este modo pone en práctica una recomendación de Charles Dickens mencionada en una biografía de Van Gogh que está leyendo. El inusual desayuno pretende desviar de su propósito a suicidas inminentes. En su caso, añade, la argucia sólo funciona a ratos. Quiere decir que cuando moja el pan en el vaso de cerveza se olvida del suicidio; pero a continuación no puede menos de preguntarse: «¿Qué hago yo aquí desayunando esta porquería?». Y la respuesta, inevitablemente, le despierta el recuerdo de lo que trataba de olvidar.

Hacía ya un tiempo que Patachula no abordaba de manera tan explícita estos asuntos macabros a los que siempre ha profesado singular afición. A Águeda la supuesta chufla de nuestro amigo le ha hecho gracia, hasta el punto de que la ha prolongado con algunas bromas de su cosecha; yo, por el contrario, no la he considerado digna de ser celebrada. Conozco a Pata lo bastante para adivinar lo que piensa y siente de verdad leyéndole los surcos del entrecejo, aun cuando el resto de sus facciones se entregue a toda clase de ejercicios mímicos de distracción. Y lo que yo veía entre sus ojos este mediodía no era nada bueno, debido tal vez, he pensado en un primer instante, a la llaga de la mano. La tiene, según dice, en su apogeo, hecha un boquete en carne viva que a ratos le produce escozor y él protege de la suciedad con una venda casera.

Nos habíamos citado los tres para tomar el aperitivo. Le sugiero a Patachula que salgamos a la acera con nuestras respectivas consumiciones, pues Águeda está al caer y preveo que *Pepa,* al reencontrarse conmigo después de cuatro días de separación, dará rienda suelta a su alborozo y es mejor que se desfogue fuera del bar, donde hay menos riesgo de que moleste a los parroquianos. Total, que pasados unos minutos llega Águeda. La perra me ve y, en contra de mis previsiones, no da la menor muestra de entusiasmo; antes bien, ignora mi presencia y acude mansamente a la caricia de Patachula. Ni me ha plantado las patas en el vientre ni me ha puesto perdido de lametones como yo suponía. La llamo, viene con pasos no sé si cansados o aburridos, o las dos cosas a la vez, y es como si no tuviera la menor conciencia del tiempo que hemos permanecido separados.

Águeda, de buen humor, cariñosa, risueña, roza mejillas a su llegada. Huele intensamente a Tina y se diría que con la ayuda de *Pepa* ha logrado superar el duelo por el gordo, al que ninguno de los tres ha mencionado en la conversación. Nuestra amiga viste ropa y zapatos que compró en mi compañía, y se ha pintado de rojo oscuro las uñas de las manos y de los pies. Nos habla con parla veloz de paseos y juegos y comidas y otros pormenores de *Pepa* en estos últimos días. A Patachula le entran de pronto deseos de lo mismo y me pide a la perra para esta noche. Le he soltado un no como un golpe de timbal. Y si se pica que se pique. Quizá impresionado por la firmeza de mi contestación, no ha insistido. En esto, Águeda entra en el bar a pedirse una bebida sin alcohol. Yo me vuelvo a Patachula y le digo: «A ti te pasa algo. Te conozco como si te hubiera parido». De su semblante desaparece cualquier asomo de expresión divertida. Dice, bajando la voz, hondos los surcos del entrecejo, que ha cometido una tontería en la oficina. Prefiere no entrar ahora en detalles; tan sólo asegura que la cifra es alta. Aún no lo han descubierto; pero no cree que tarden mucho. El jefe, todavía desorientado, confía en él, hasta el extremo de que le ha pedido que mañana, cuando se reabra la oficina, se ocupe del desajuste contable recién descubierto, lo que en la práctica equivaldrá para Patachula a investigarse a sí mismo. Si entiendo por qué necesita tener a *Pepa* una noche. Me han venido tentaciones de aconsejarle que cene pan seco y cerveza. En lugar de eso, le he dicho que no estoy en condiciones anímicas de pasar una noche más sin *Pepa.* A todo esto, Águeda ha salido del bar con un zumo de naranja y una cazuelita de champiñones al ajillo para compartir, y hasta la despedida hemos estado los tres departiendo en alegre ronda de amigos sobre temas diversos, ninguno de ellos demasiado personal.

15

En vista de que él no me llamaba, lo he llamado yo para preguntarle cómo ha transcurrido su jornada en la oficina y de paso averiguar si ya lo han despedido. No ignoro que desde hace años, sirviéndose de sus conocimientos en materia de alquiler y venta de viviendas, Patachula mantenía contactos lucrativos en paralelo a la agencia inmobiliaria. Fue suplantando a su empresa como me consiguió este piso a partir de una información interceptada en la oficina. Por regla general, se trataba de desvíos de negocio, a los cuales habría que añadir alguna que otra comisión subrepticia. Lo de ahora huele a desfalco, no el primero al parecer, sólo que en esta ocasión el exceso de confianza le ha debido de jugar una mala pasada. Dice que está estudiando la posibilidad de inculparse y devolver el dinero, en la esperanza de minimizar las consecuencias. Da por perdido el puesto de trabajo. De momento, se dedica a ganar tiempo; pero juzga imposible que tarde o temprano el jefe y, más allá del jefe, los propietarios no descubran la verdad.

Admito que me irritan su preocupación y su quejumbre, y así se lo he hecho saber sin rodeos durante nuestra conversación telefónica. Nos quedan poco más de dos semanas en este valle de lágrimas. ¿Qué teme perder? ¿El empleo? ¿El honor? Ni siquiera hay tiempo para una citación judicial, y el cierre de la agencia por vacaciones, con la segura postergación de las pesquisas, está a la vuelta de la esquina. Cuando se reanude la actividad laboral a finales de agosto, sus cenizas ya estarán fuera de peligro en una urna o esparcidas por el campo.

Me ha pedido a *Pepa* para esta noche. Le he mentido con descaro, diciéndole que la perra está con mi hijo, pues quiero que el chaval se acostumbre a ella y ella al chaval antes que él la tenga que cuidar todos los días. Ahora pienso que un ladrido de *Pepa* a mi espalda me habría puesto en una situación embarazosa. *Pepa* tiene un natural silencioso, lo que no quita para que de vez en cuando un timbrazo, unas voces o pasos en la escalera la lleven a demostrar que no es muda.

La despedida ha sido fría.

Este tío es un aferrado a la vida y un bocazas que, por sacudirse el polvo del aburrimiento, diserta entre caña y caña sobre el suicidio y gusta de coquetear con la idea de matarse. Supongo que ha estado jugando conmigo todos estos meses, al tiempo que me obsequiaba con una bolsita de cianuro (no lo he probado, vete tú a saber si no contiene aspirina molida) y me empujaba a una decisión que él no se ha planteado nunca en serio. Se entiende así que ahora se cague en los pantalones pensando en que lo van a despedir del trabajo por chorizo.

Miro, once y veinte de la noche, a mi alrededor. De mi abundante biblioteca, reunida con gran esfuerzo económico durante largos años, apenas queda un centenar de libros. He reducido asimismo mi vestuario, diseminado, junto con otros trastos de la casa, por diferentes lugares de la ciudad. Los pocos muebles que conservo están semivacíos y, si no los he tirado, es porque espero que Nikita acepte la propuesta, incluida en mis últimas voluntades, de instalarse en esta casa, cuyo alquiler, si él no decide otra cosa, tendrá asegurado por largo tiempo con ayuda de mis ahorros. Abrigo la certeza de que jamás volveré al instituto. Lo tengo casi todo preparado: dinero, testamento, instrucciones relativas a contratos y otras disposiciones de tipo burocrático que dejaré aclaradas por escrito. Me falta buscarle albergue a *Pepa,* de la que Nikita habrá de ocuparse mal que le pese. Y si en el último momento noto que me tiemblan las piernas como a Patachula, recurriré al método infalible de plantarme ante la fotografía de papá; afrontaré su perenne sonrisa y esa mirada augusta, paternal, poderosa suya que parece decirme: «Hijo, tenemos una cita. Ya sabes que detesto la impuntualidad». Y estoy seguro de que no le fallaré.

16

He pegado fuego al fajo de notas en el fregadero. No es que me moviese ningún deseo de borrar huellas, pues a fin de cuentas transcribo el contenido de bastantes notas en estas páginas. Sin embargo, a la vista del montoncito de papel carbonizado he sentido que me quitaba un peso de encima.

Hace bastante tiempo que encontré en el buzón la última nota anónima. Me costó un rato comprender que era una más de la serie, puesto que estaba en blanco. A punto de tirarla a la basura, caí en la cuenta de que por sus dimensiones y por la forma de sus dobleces se asemejaba a la mayoría de los trozos de papel del fajo. Por dicho motivo decidí conservarla como si de una nota más se tratase. La circunstancia de que no hubiese nada escrito en ella no aminoró mi desazón. A ese anónimo en blanco no siguió ningún otro, aun cuando mis sospechosos principales continuaban domiciliados en la ciudad.

El gusto de quemar vestigios me ha animado a hacer lo propio con un gran número de fotografías. Apenas queda ahora una selección de quince o veinte en el álbum. Son aquellas de las que me parece que no tengo derecho a privar a Nikita, principalmente fotografías de sus abuelos y suyas de cuando era niño. He librado asimismo de la pira tres o cuatro en las que se nos ve a los dos en poses agradables: él con traje de karateka haciendo como que me ha derribado; él, recién nacido, en mis brazos; él, con camiseta del Atleti, soplando junto a mí una tarta de cumpleaños con cuatro velas. Otras, por repetidas, aunque estaban bien, las he entregado igualmente a las llamas, lo mismo que todas en las que aparecía su madre.

De las fotografías en que sólo se me ve a mí he salvado una similar a la de papá en el vestíbulo, por si Nikita quisiera enmarcarla. Tengo buen aspecto en esa imagen; se me ve relajado y sonriente. Es así como me gustaría que mi hijo me recordase.

17

El encuentro de esta tarde con Águeda, a la salida del mercado, me ha dejado mal cuerpo, no por ella, que no tiene culpa de nada, sino por nuestro amigo Patachula, cuyo comportamiento de los últimos días da que pensar. Ayer la llamó por teléfono llorando. Ella corrió a su casa, donde ha pernoctado a petición de Patachula, quien entró en pánico ante la posibilidad de quedarse solo. Me cuesta imaginar a nuestro amigo, siempre tan sarcástico, tan riguroso y firme en sus puntos de vista, profiriendo gemidos; pero parece ser que le entró una llorera colosal. He sabido que él y Águeda estuvieron hablando hasta la madrugada; ella, supongo, en funciones consolativas. Sobre todo habló Patachula, quien contó muchas cosas suyas personales, pero también algunas mías, y eso, lo confieso, me ha irritado bastante.

«¿Te permite revelarme el contenido de vuestra conversación?»

«Tampoco me dijo que fuera secreto.»

Nuestro amigo, al que esta tarde Águeda ha preferido exonerar del mote, necesita ayuda urgente. Movida por la noble idea de acudir en socorro del hombre con la mente averiada, ella quiere pedirme un favor; pero se sentiría a disgusto consigo misma si antes no me pusiera al corriente de cuanto habló anoche con él y, en especial, de la delicada situación en que se encuentra nuestro amigo.

«¿Te refieres al asunto de la oficina?»

Y resulta que de eso no hablaron. A la cara de Águeda asoma un gesto de sorpresa y me da que a la mía, por imitación o por contagio, otro parecido. Me percato de que no está informada del lío de Pata en la oficina. Pero estos dos, entonces, ¿de qué hablaron? Puntualiza que ella se refería a la situación anímica de Patachula, al que atribuye afirmaciones en pro del suicidio, pero esta vez sin intención burlesca; deseos de contraer un cáncer fulminante; diatribas varias contra la vida en general, contra España y sus políticos, contra sus padres por haberlo traído al mundo y contra su hermano gemelo, que vive en Valladolid y nunca lo llama ni le escribe.

Que qué pasa, me pregunta, en la oficina.

«No, nada. He pensado que él está hasta el gorro de ir todos los días a trabajar.»

Y con este subterfugio y poniendo cara de bobo juraría que he logrado dejar sin efecto el patinazo.

Águeda asegura que con el arte de sus «manos mágicas» (y me las enseña como esperando que yo vea en ellas otra cosa que dos manos normales de mujer) pudo al cabo de un rato tranquilizar a nuestro amigo, quien hasta entonces había estado encadenando incongruencias. He sabido que hará unos quince años Águeda participó en un curso de masaje, actividad que nunca ha ejercido de forma profesional, pero que practica a gusto, sin cobro de honorarios, cuando se ofrece la ocasión. Y ha añadido con sonrisa angelical, aunque vete tú a saber qué turbios pensamientos y dobles intenciones se esconden detrás de esos ojos de cierva bondadosa, que si algún día me entran ganas de disfrutar de sus servicios no dude en solicitárselos. Llevada de una acometida de vanidad que me resulta extraña en ella, no escatima autoelogios. Afirma conocer una técnica infalible contra los dolores de espalda.

«Gracias, pero no me duele nada.»

«Tú te lo pierdes.»

¿Me reta? Se me ocurre de pronto pensar que a esta mujer se le ha cambiado el carácter con sólo pasar una noche en casa de Patachula. La noto, no sé, más resuelta, rozando ya los límites del descaro. Lejos de arredrarme, decido plantarle cara, y cuando después de un sorbo a su infusión me cuenta que a ella sí le duele la espalda, y tanto como la espalda, el cogote, debido a que durmió en un sillón, poco y en mala postura, le pregunto, mirándola fijamente a los ojos, si es que no había espacio para dos en la cama de Patachula.

«Su muñeca ocupa la mitad. Son inseparables.»

La juzga una monada. «En serio», añade. Cara preciosa, cuerpo esbelto, piel morena «y lo que más os gusta a los hombres: sumisión absoluta». Me apresuro a darle la razón, mientras le sostengo la mirada con voluntad de desafío. Me cuenta lo que ya sé: que la mulata de Patachula se mueve y habla inglés. Ah, y usa la misma marca de perfume que yo le regalé a ella.

Esta mujer es un peligro.

Es una culebra sigilosa, paciente, acechadora, y yo soy su presa.

El chivato, el llorica y deprimido va y le cuenta que con anterioridad tuvo otra muñeca, más primitiva (¿primitiva, Tina?, ¡será imbécil!), o sea, con menos funciones, y que me la regaló al comprarse la nueva.

«Hace mucho que me deshice de ella. Ya no tengo edad para juguetes.»

Ella persiste en la expresión jovial. Apostaría a que sabe que estoy mintiendo; pero no lo dirá. Decirlo pondría en fuga a su presa.

Cuando acto seguido se entrega de lleno a mostrarme lo comprensiva y misericordiosa que es, la interrumpo para preguntarle por el favor que se supone yo debo hacer sin falta a nuestro amigo. Es entonces cuando me propone que esta noche le lleve a *Pepa*.

«Te lo pido por favor.»

Entiendo que todo lo que me ha contado estaba encaminado a dirigirme esa petición.

Y yo no he tenido arrestos de rechazarla.

18

Antes de llevar la perra a casa de Patachula, llamé a este por teléfono pensando en tomarle la temperatura emocional, no fuera que abrigase ilusiones de hallar en mí, lo mismo que de víspera en Águeda, un paño de lágrimas, a lo cual yo no estaba dispuesto. Me alivió comprobar que se expresaba con aplomo, más serio que de costumbre, pero sin sollozos ni demás alardes patéticos. No le oculté que la idea de que *Pepa* pernoctase en su casa había partido de nuestra amiga, y con idéntica falta de tapujos le advertí que sólo se la iba a dejar una noche, puesto que yo también ando necesitado de compañía. Pata se mostró de acuerdo y me dio las gracias por adelantado. Suave, conciliador, me preguntó poco antes de colgar si siento por él algún tipo de animadversión.

«¿Por qué lo dices?»

«Es que noto tirantez en tu voz.»

«Tampoco tú pareces la alegría de la huerta.»

Aún no había oscurecido cuando entré en su portal después de anunciarle mi llegada por el portero automático. Subí los cuatro pisos detrás de *Pepa*, que conoce bien el edificio y estaba tan eufórica que, sin paciencia de esperar al ascensor, echó a correr a toda velocidad escaleras arriba. Patachula salió al rellano a abrazarla. Fuera de sí, *Pepa* le arreaba frenéticos lengüetazos en la cara, en la oreja, donde podía. Él y yo intercambiamos un saludo frío; no hostil ni como de enfado, pero sin las chanzas de costumbre.

Me dijo cosas raras. Que si había oído por la tarde voces en las paredes o detrás de las paredes (no entendí bien ni le solicité detalles), que si había recibido varias llamadas misteriosas de alguien que colgaba el teléfono cuando él se ponía al aparato.

«A lo mejor era la misma persona que me echaba notas en el buzón.»

Lejos de mi propósito permanecer en su piso más de lo justo y necesario, así que le pregunté sin mayores preámbulos por el asunto de la oficina, que me parecía de obligada mención. Se estrechaba el cerco, me dijo. No obstante, mientras ganaba tiempo siguiendo aposta líneas falsas de investigación, había emprendido averiguaciones secretas enderezadas a pillarle al jefe en alguna maniobra fraudulenta, antigua o reciente, de manera que con una buena carta en la mano lo pudiese forzar a algún tipo de acuerdo a espaldas de los propietarios. Y si la tentativa fallaba, Patachula estaba decidido a confesar su «error» y devolver la pasta sustraída, confiando en que después el jefe, con quien nunca en sus muchos años de relación laboral había tenido un conflicto grave, se mostrara más o menos benévolo y, a cambio de la devolución del dinero, hiciera la vista gorda o al menos interviniese para librar a Patachula de un procedimiento por la vía penal. Le pregunté si era consciente de que se acercaba el último día de julio y faltaba poco para que se cumpliera el plazo que nos habíamos concedido un año atrás. Y agregué: «A mí, en tu lugar, todo lo relacionado con la oficina me importaría un cuerno».

«Cada uno es como es.»

Le conté en un tono no precisamente amistoso que había estado por la tarde con Águeda. Me había sorprendido que nuestra amiga no supiera ni media palabra del problema de él en la agencia inmobiliaria y, sin embargo, tuviese cabal información acerca de mí y de mi vida privada. Conocía incluso la existencia de Tina, de la que yo jamás le había hablado. Pata hizo amago de responder, lo interrumpí. No hacía falta que me dijera nada. ¿O se creía que ella no me había contado los pormenores de la conversación que mantuvieron ambos anoche?

«Sé que lloraste. Sé que ella durmió en un sillón y tú con tu mulata. Ahórrate explicaciones.»

Vi en su cara que mis palabras le causaban dolor y me callé. Lo último que le dije, ya de camino hacia la puerta, fue que, si apreciaba mi amistad, en adelante no revelase a nadie confidencias de mí y mucho menos a Águeda.

Por la mañana temprano, antes que él saliera para la oficina, he ido a su piso a buscar a *Pepa* conforme lo teníamos acordado. Me ha invitado a desayunar. Le he dicho que no. Ha insistido en almorzar entre las dos y las tres de la tarde conmigo en algún restaurante. Tampoco. Pata me inspira pena: el vendaje no limpio de su mano, las pantuflas anticuadas, el olor penetrante, como a medicamentos, de su piso y el miedo que le da ir a trabajar. Retraído, sin vitalidad facial, sin fuerza en la voz, parece otra persona, no sé, una persona que hubiera perdido en cuestión de pocos días todo su encanto, su chispa, su energía. En el rellano, después de la despedida, me he dado de pronto la vuelta y en silencio lo he abrazado, y ha sido como abrazar a una estatua blanda y triste.

19

Demasiado calor para un paseo largo con *Pepa,* así que primeramente la he llevado hasta el árbol de la esquina a que se vaciase de vejiga e intestinos y después la he dejado en casa, no sin antes darle un baño refrescante, cosa que la vuelve loca de alegría. Como a las cinco y media de la tarde, con el Moleskine de tapas negras bajo el brazo, me he ido a recorrer calles a la buena ventura.

En líneas generales, esta ciudad me ha parecido aceptable como escenario de mi vida. Las hay sin duda más interesantes, más cómodas y bellas, y mejor gobernadas, pero también peores. No tengo mala relación con mi ciudad natal, al menos con las partes de ella que tuvieron para mí relevancia biográfica. Patachula, en cambio, la juzga con dureza.

Procurando caminar por aceras en sombra y sin más parada que un breve alto en una heladería de la calle Luchana (no bien he visto el letrero, el niño que perdura en mí se ha adueñado de toda mi persona), me he alargado hasta Malasaña, por donde anduve mucho de joven.

Los suelos parecían exhalar vaho de horno. Se veía poca gente en los espacios públicos y menos tráfico que de costumbre. Luego, según la tarde iba cayendo y el calor perdía intensidad, en algunas terrazas, delante de algunos comercios, se aglomeraba algo de público, seres humanos de distintos tamaños, edades y colores, y yo me preguntaba a la vista de los semblantes desconocidos qué me une a mí con toda esta masa de bípedos. ¿Qué culpa tengo yo de ser contemporáneo de nadie? Imagino que con la mayoría de los viandantes comparto nacionalidad, lo cual, para mí, no significa gran cosa. A uno lo paren en una parcela acotada del planeta y, por capricho del azar, es español, irlandés, argentino o lo que le toque, y se supone que debe sentir alguna suerte de entusiasmo patriótico, no a todas horas, me figuro, porque el fervor excesivo debe de ser la mar de fatigoso; pero cada cierto tiempo, no sé, cuando suena el himno, un deportista nacional gana una medalla de oro o le dan el Premio Nobel a un paisano.

En la calle San Andrés había un contenedor raso de escombros delante de un portal. Conversaban, ¿en rumano?, dos albañiles blanqueados de polvo alrededor de una carretilla en la que echaban la ceniza de sus cigarrillos, y yo, fingiéndome vecino de la casa, he entrado tranquilamente en el portal, el primero que he pillado abierto desde el comienzo del paseo. El Moleskine no cabía en ningún buzón. No ha habido más remedio que encajarlo en la ranura de uno de ellos, provisto de un letrero que decía: H. Collado. ¿Hombre, mujer? ¿Herminio, Herminia? Me pregunto ahora, mientras redacto mis nimiedades de cada día, qué habrá hecho el señor o la señora Collado con un cuaderno repleto de citas filosóficas.

A la vuelta, por Gran Vía y Alcalá, me notaba más ligero. Sudoroso y con sed, eso sí, pero con una sensación como de cerebro reseteado. Se me ha hecho raro pasar por delante de la Casa del Libro y no entrar a echar un vistazo al género; pero es que va para largo tiempo que dejé de agrandar la biblioteca y no me interesan las novedades editoriales. En casa, bajo la ducha, tanto como quitarme la suciedad pegajosa, me parecía que con el chorro de agua me limpiaba de adherencias librescas, de nociones y conceptos y frases y máximas que en el fondo no me han servido nunca para nada, salvo para impresionar de vez en cuando a algún incauto.

No he ido a la hora habitual al bar de Alfonso por pereza de vestirme para salir y de exponerme al calor, a la locuacidad de Águeda, a las cuitas de Patachula.

Vaciedad. No dolor, no pena, ni siquiera unos asomos de angustia existencial, aunque últimamente, esté donde esté, vaya a donde vaya, me aburro como una ostra.

Creo que ya sólo vivo por la inercia de respirar.

Y cuento los días. En apariencia son pocos, pero a mí me parecen demasiados.

20

Varios días he estado llamándola al número que figuraba en el anuncio, sin que nadie se pusiera al aparato; pero ayer, a la vuelta de mi largo paseo, lo volví a intentar y hubo suerte. Tras explicarle dónde había encontrado el número de teléfono, pues así lo pedía ella en su presentación de la página web, le conté en pocas palabras cuál era mi propósito. Dije que estaba de acuerdo en pagar lo que tenía estipulado en su tarifa a cambio del cumplimiento de un deseo especial. A partir de cien euros, ponía al pie de su retrato. Las hay que se conformarían con bastante menos por el mismo servicio, pero en mis cálculos sólo entraban los rasgos faciales de esta mujer de alrededor de treinta años. Con cierta sequedad, o al menos eso es lo que a mí me pareció, dijo que hace todo excepto griego.

Inferí del acento y de algunos errores lingüísticos que cometió que la lengua española no era la suya materna. Respondió en un tono maquinal (me recordó a la muñeca de Patachula) que antes de aceptar nuevos clientes tiene por norma citarse con ellos en el parque Baterías para conocerlos (o sea, examinarlos) y sólo entonces decidía si los dejaba entrar o no en su piso. El pago, claro está, antes del sexo, al contado o con Visa. Todo esto lo explicaba ella a su modo un tanto defectuoso, pero expeditivo y fácil de entender.

No vacilé en admitir las condiciones, en buena medida encaminadas a preservar su seguridad personal. Le dije que en cuanto me viese se daría cuenta de que soy un hombre educado y limpio. No hizo ningún comentario. Yo, en su lugar, tampoco me fiaría. Tras la breve conversación se avino a encontrarse conmigo a las cuatro de la tarde de hoy junto a la pérgola del parque Baterías, en el barrio de la Concepción, muy cerca, como luego he sabido, de la vivienda de una compatriota suya que le tiene alquilada una habitación de trabajo. Tanto la dueña, también del gremio, como ella y otra que practica allí el sexo de pago proceden de Rusia, y eso es todo lo que sé y más no necesito ni he querido averiguar.

En el parque compruebo que la rusa no se parece tanto a Amalia como en la fotografía de internet. Algo, no sé, un aire, un estilo de Amalia joven y con melena se vislumbra, sin embargo, en las facciones de esta prostituta. Respecto al cuerpo, veo a la rusa más alta y más corpulenta, con los pechos bastante más voluminosos que los de Amalia, juraría que agrandados con implantes. Viste, por así decir, con cierto atrevimiento; pero tampoco de manera que se adivine a simple vista su oficio. Pensando en inspirarle confianza, yo me he vestido de traje y corbata a pesar del calor.

Le explico con cierto detenimiento, a la sombra de los árboles, sin gente en las proximidades, lo que deseo. Se trata de reproducir un episodio erótico de hace muchos años, compartido con una mujer que ya no está en mi vida: una especie de representación teatral en la cual ella, la rusa, interpretaría el papel de la otra mujer. Ese es el servicio que busco y por el que estoy dispuesto a pagar lo que me pida. «¿Y qué tengo que hacer?» Le respondo que un francés. Nada más. Sobre una cama, sin ropa y en una postura determinada que yo le indicaré. Me dice que «chupar cuesta cien», que por menos ella no recibe, que algunos clientes vienen sólo a hablar y contar penas y les cobra lo mismo. «Y, por supuesto, con condón.» Lo siento, pero el condón me rompe el plan, ya que en la escena original no lo usé. Así pues, no hay trato. La rusa se va sin despedirse. Simplemente se da la vuelta y se marcha rezongando y con un contoneo furioso de caderas. Claro, le he hecho perder el tiempo. Apenas se ha alejado una docena de pasos en dirección a la calle Juan Pérez Zúñiga, enristra de nuevo hacia mí y me dice, preciosa dentadura, que sin condón serían doscientos euros. Pienso que por la misma cantidad podría estar una semana entera trajinándome latinas en Delicias. Le digo que bien, que de acuerdo. La rusa me advierte que deberé lavarme con agua y jabón delante de ella porque tiene dos hijos en su país y no quiere enfermedades. Me dispongo a seguirla; pero me detiene. Necesita, según dice, media hora para «ponerse guapa». Me indica un número de portal y el timbre del portero automático que debo pulsar tres veces, una larga y dos cortas. Si no, no me abrirán. Que no haga ruido al subir porque hay algunos «vecinos chungos» y ella y sus compañeras están cansadas de problemas. Me recuerda que el pago es por adelantado. Luego, desde la acera, me tira un beso.

21

La voz de Amalia en la radio. Doy por seguro que esta noche la he escuchado por última vez. Me he hecho la ilusión de mantener una conversación imaginaria con ella, respondiendo a las preguntas que formulaba a diversos interlocutores en el curso de su programa, por supuesto que sin prestar atención a los temas por ella tratados. En total, habré permanecido con la oreja próxima al aparato cosa de media hora, tiempo suficiente para contarle, como si respondiera a sus preguntas, mi experiencia de ayer con una mujer rusa, con cuya costosa colaboración reproduje aquel lance erótico nuestro en el Altis Grand Hotel de Lisboa, ¿te acuerdas?

La rusa siguió mis instrucciones al pie de la letra, pese a lo cual el resultado no me pareció del todo satisfactorio. Para mí que esa mujer, una vez cobrados los honorarios y convencida de que se las había con un pobre diablo de quien no cabía esperar peligro alguno, puso todo su empeño en terminar cuanto antes la faena y perderme de vista. Conque la cosa condujo, sí, a la consumación del último orgasmo de mi vida (a menos que yo mismo me procure algún otro en los próximos días con el sencillo y barato procedimiento manual); pero, en líneas generales, la experiencia me defraudó. No sé, me habría gustado un poco más de pasión venérea en la profesional del sexo, aunque fuera fingida. Por supuesto que no me permitió eyacular dentro de su boca. En fin, ella y la dueña de la casa me despidieron con grandes aspavientos de cortesía y me mostraron sus deseos de volver a recibirme. ¿Cómo no dar la bienvenida a un imbécil que paga tanto por tan poco?

Si bien yo habría esperado una mayor implicación de la rusa por el mismo precio, en modo alguno me arrepiento de haber acudido a ella. El cosquilleo de su peluca a lo largo de mis muslos fue la sensación más conseguida de cuantas yo deseaba revivir. Su posición de rodillas, aunque requirió de explicaciones que restaron encanto a la escena; la curva de su hermosa espalda, el ruido de la succión, todo eso cumplió de manera aceptable mis expectativas. Por desgracia, el trabajo bucal, mecánico, desapasionado, incluso rudo, me impidió experimentar una impresión genuina de viaje al pasado. Y un tatuaje de colores que le abarcaba el hombro y parte del antebrazo no paró de distraerme de lo que realmente me importaba.

Cuando se lo he terminado de contar a Amalia, que seguía dale que te pego al repaso de la actualidad política española, apago el aparato y me asomo a la ventana. Pasa de medianoche. Por la calle no transita un alma. Se oyen los ruidos del tráfico a lo lejos, punteados por alguna que otra sirena de policía o de ambulancia. La noche es cálida, sin nubes, pero con sólo dos, tres, cuatro luceros, omitido el resto por la contaminación lumínica. Aquí y allá se divisan ventanas encendidas. No muchas. Se conoce que la gente ya se ha acostado. Normal. Mañana lunes muchos tendrán que trabajar. Otros, probablemente, están de vacaciones. Le doy un fuerte impulso a mi viejo aparato de radio, tan viejo que ya lo tenía en mi época estudiantil, para que caiga más o menos en el centro de la calzada. Transcurren unos segundos antes que se estrelle contra el asfalto produciendo un estrépito considerable. Se rompe en cachos que salen despedidos en distintas direcciones. Y aún espero un rato asomado por si llega algún coche y lo termina de aplastar. Pasan los minutos, nadie viene y yo cierro la ventana.

22

Recuerdo, como uno de los instantes más gratos de mi vida, aquel en que por primera vez fui consciente de que no tenía que levantar la cara para mirar en línea recta a los ojos de papá.

Me viene asimismo a la memoria un limonar que se extiende ladera arriba, a las espaldas de nuestro apartamento de alquiler en la costa. Soy un niño de siete u ocho años, estoy solo y, en busca de lagartijas, he saltado la tapia que rodea las hileras de árboles. Es tal la intensidad de la luz de mediodía, del aroma y los colores que una fascinación invencible me induce a despojarme de la ropa y a permanecer un rato largo desnudo entre los limoneros, sin moverme.

Añadiré una tormenta nocturna, al poco de mi divorcio, con un incesante retumbo de truenos. Yo acaricio la cabeza de *Pepa*, que tiembla asustada sobre mi regazo; se empeña en lamerme la mano, fijando en mí una mirada de tierna gratitud, y yo trato de calmarla y le digo: «Tú y yo siempre estaremos juntos, pase lo que pase».

Las lágrimas de mamá, orgullosa y feliz, cuando la levanto como si fuese una niña y le comunico que acabo de aprobar el último curso de la carrera.

Mi hijo de cinco semanas el día en que, al introducir mi cara en su campo de visión, me obsequia con su primera sonrisa social.

Mi encierro, a los dieciocho años, en una casa de Las Navas de Buitrago para concentrarme en el estudio de *El mundo como voluntad y representación*. La casa, a la sazón deshabitada, pertenecía a la abuela recién fallecida de un compañero de la facultad y contiene los enseres de la vieja y quizá el fantasma de la vieja y en la despensa aún quedan provisiones y yo leo en soledad, mañana, tarde y noche, a la luz de una bombilla que cuelga desnuda del techo.

Mi primer sueldo, la existencia del cine y el teatro, la existencia de la música y la pintura, algunos poemas (de Quevedo, de Lorca, de Antonio Machado) que aprendí de memoria en la adolescencia y representan para mí lo que para un creyente sus oraciones.

Una tarde de juventud, risas y amigos (chicos y chicas) en un pueblo de la sierra, sentados todos alrededor de una fuente de cerezas sumergidas en agua con hielo.

La noche inolvidable de Lisboa.

Contemplar el vuelo errático de los vencejos y sentirme uno de ellos.

Mi vida ha sido pobre en acontecimientos, lo que a buen seguro me equipara con la mayoría de mis congéneres.

No todo fue malo. Viví pequeños episodios de felicidad en cantidades que considero suficientes para evitar la amargura; pero, sinceramente, creo que ya basta; que esto, a las puertas de la vejez, no da más de sí.

23

¡Dios, qué faena más grande! Me rompe todo el plan. Y menos mal que se me ha ocurrido llamarlo por teléfono. A poco que yo hubiese demorado la llamada ya no pillo a mi hijo en la ciudad.

Nikita me cuenta que, desde ayer, el bar donde trabaja está cerrado por vacaciones. A él y a dos amigos les han prestado una autocaravana «vieja, pero que todavía carbura», y los tres se disponen a viajar por toda España, con la posibilidad de adentrarse en Portugal. Lo estudiarán por el camino. Dice que se le ha acabado la pomada contra la psoriasis; pero que «se la suda» porque, total, no le hace ningún efecto. A cambio, tomará el sol como le recomendó la médica de la piel.

El problema es qué puñetas hago yo la semana que viene con *Pepa*. Tenía previsto dejarla aquí sola con abundante agua y comida. Como parte del plan, pensaba persuadir a Nikita a que viniera al piso un día después. Previamente yo habría depositado en lugar visible una nota explicativa para que el chaval comprendiese lo que había sucedido y supiera a qué atenerse: «Es tu perra, amiguito. La compramos para ti. Tú verás qué haces con ella».

Le pregunto cuándo volverá. No está seguro, tiene que consultarlo con sus amigos; pero, en cualquier caso, no antes de mediados de agosto. Que por qué quiero saberlo. «Pues porque yo también tengo previsto ausentarme y quería pedirte un favor.» Le pregunto si a la vuelta de su viaje podría pasarse por mi piso y comprobar que todo está en orden. Para camelarlo, añado que le dejaré algo de dinero en la cocina, dentro del cajón de los cubiertos. El dinero es un cebo irresistible para mi hijo. Que qué tiene que hacer. Sólo mirar. Me pregunta adónde voy a ir.

«Lejos.»

Suelta una risita de compinche.

«Alguna mujer, ¿eh?»

«Pues no.»

«Venga, papá, que te conozco.»

24

Busco ahora adjetivos para calificar sus manos. El primero que me viene al pensamiento es *agradables*. Otros que también les cuadran: *pequeñas, tibias, resolutivas*. La gratuidad y abundancia de las palabras lo inducen a uno a derrocharlas. No ocurriría lo mismo si el Estado impusiera un tributo a los ciudadanos por el uso de la lengua oficial.

Esas manos agradables recorren mi espalda, que ella ha untado previamente de aceite. Aprietan sin timidez, resbalan decididas, suben, descienden. A veces se detienen en mis hombros y los oprimen con fuerza. De todo lo que ella me hace eso es lo que más me gusta. Puesto que carezco de experiencia en la materia, ignoro si Águeda es hábil o torpe masajista. Yo diría que se maneja bien, en el sentido de que su ajetreada sobadura me resulta placentera, además de relajante. ¿Qué más se puede pedir?

Como de costumbre, hecha la compra de los miércoles, Águeda me estaba esperando en la plaza. Nada más entablar conversación, me enseña el frasco de aceite y lo agita delante de mis ojos al modo de quien hace sonar una campanilla. Esta vez le he dicho que no me vendría mal una sesión de masaje en la espalda, pues últimamente la noto endurecida. Me responde con gesto serio que en su casa, antes de salir, había tenido un pálpito y que por eso ha traído el aceite, persuadida de que yo no le haría hoy ascos a un «buen manoseo».

Me he sentado en la única silla que conservo de las cuatro que tuve, colocada en el centro de la sala. Mantengo los brazos apoyados sobre el borde superior del respaldo y Águeda, detrás de mí, amasa mis músculos y habla. Y habla. Y no para de hablar. Y *Pepa,* desentendida de la locuacidad de nuestra visitante, dormita plácidamente acurrucada en su rincón.

Águeda elogia mi espalda. La califica de varonil y afirma con cierto empaque de experta en anatomía que, cuando salíamos juntos, era una de «las cosas» que más le gustaban de mí. Alego que, como se habrá fijado, no soy inmune al deterioro físico achacable al paso del tiempo. No me quita la razón; pero sostiene que mi espalda sigue siendo «una maravilla». Le confieso que si no fuera por las molestias que de vez en cuando me ocasiona, yo no sería consciente de tenerla.

La cabeza apoyada sobre los brazos, me va venciendo una gustosa somnolencia. Y aun podría haberme quedado dormido si no fuera porque, de repente, noto que Águeda me estampa los labios en una paletilla. No hay la menor duda del beso, de un beso veloz y furtivo, semejante a un picotazo.

«¿Esto forma parte del masaje?»

«Por supuesto.»

«¿Y lo haces siempre?»

«Depende del cliente.»

En vista de su buen humor, creo llegado el instante de decirle lo que me arde en la lengua desde nuestro encuentro en la plaza. Águeda se equivoca de medio a medio si cree que el masaje es el motivo de que yo la haya invitado a subir a mi piso. Le cuento que la semana que viene me marcharé de la ciudad y no puedo llevarme a *Pepa.* Le oculto la duración y el destino del viaje, y ella o no siente curiosidad o teme importunarme con preguntas. Si sería tan amable, le digo, de hacerse cargo de la perra el próximo martes. Bromea: que se lo tiene que pensar. Y hace como si dudara y se sumiera en hondas cavilaciones. El corazón me da un vuelco. Maldita sea, si esta mujer me falla, mi plan se viene abajo, puesto que yo no puedo abandonar a *Pepa* a su suerte. Tal como están ahora mismo las cosas, Águeda es mi última oportunidad. Ella afirma con mueca maliciosa que acoger a *Pepa* en su casa tiene un precio. No es mucho lo que pide. ¡Si supiera lo que yo estaría dispuesto a concederle a cambio de un favor tan grande!

«Eres como una niña», le digo tras resignarme a su segundo beso en la espalda, este más lento y bastante más prolongado que el anterior.

25

Esta tarde me he reunido con Patachula en dos ocasiones, una a la hora del café y otra antes de la cena, como de costumbre, en el bar de Alfonso. En ambas él ha salido de su casa con un estado de ánimo distinto, como quien se cambia de atuendo. Nos vemos primeramente, a ruego suyo expresado por teléfono, en una cafetería de su calle, frente a la Maternidad, para un diálogo sin testigos. Sin testigos quiere decir sin Águeda, a la que aún no ha revelado el lío de la oficina. Por alguna razón que desconozco, él no ha considerado oportuno recibirme en su casa.

En resumen, Pata devolvió ayer, por iniciativa propia, el dinero sustraído en la agencia inmobiliaria y presentó la renuncia, que le fue admitida. De este modo cree haberse ahorrado un procedimiento judicial, cuestión sobre la que al parecer no tiene más garantías que la palabra del jefe. Son ostensibles sus esfuerzos por mostrar entereza; pero, en el fondo, se le nota abatido. El dinero no le supone hoy por hoy ningún problema grave. Se trata, según afirma, de un número en el banco y el suyo alcanza y sobra para un buen pasar. Aparenta aplomo, incluso frialdad; pero yo percibo una leve vibración de pesadumbre en su voz.

A todo esto, levanta el borde de la venda para enseñarme la llaga de la mano, que ya ha empezado a formar postilla. Me cuenta que le ha salido otra bastante grande en un glúteo, a pesar de que últimamente no ha comido pescado en conserva. Menos mal, dice, que la tiene en un costado, pues de lo contrario no podría sentarse. A falta de un diagnóstico claro, me limito a conjeturar que su problema tal vez obedezca a más de una causa. Asegura, no sin desaliento, que le da igual, que le da absolutamente igual y que ojalá sea cáncer.

Fruncido el entrecejo, señala a *Pepa,* tumbada a nuestro lado, y me pregunta qué pienso hacer con ella. No aclara cuándo; pero yo sé a qué se refiere y qué pensamientos bullen ahora mismo en su cabeza, y le contesto que se la confiaré a Águeda, de quien ya he obtenido la conformidad. Le cuento, le explico. En pocas palabras, le dejaré a Nikita una nota con instrucciones. Mi hijo tendrá que elegir. O se hace cargo de la perra, que a fin de cuentas le pertenece, o habla con nuestra amiga cuando vuelva de las vacaciones y, si ella quiere quedarse con *Pepa*, pues que se arreglen entre ellos.

Advierto en las facciones de Patachula que experimenta incomodidad con el rumbo que ha tomado nuestra conversación. ¿O son figuraciones mías? Siento de repente que nos estamos convirtiendo en extraños el uno para el otro. Se hace un largo silencio entre los dos. No dice nada, no digo nada. Él mira para un lado, yo miro para el otro. Calor. Después de un rato, le pregunto si Águeda acostumbra alabarle alguno de sus componentes anatómicos cuando le hace masajes. Me entero de que hasta media docena de veces Aguedita lo ha aliviado este verano de tensiones musculares, pero sin dispensarle alabanzas. Que por qué.

«No, por nada.»

Horas más tarde, nos hemos reencontrado en el bar de Alfonso, al que también ha acudido Águeda. Patachula parecía un hombre distinto del de primera hora de la tarde: ocurrente, bromista, irónico. Puesto de pie, ha hecho una parodia de la voz y los ademanes de Pedro Sánchez, quien esta tarde ha fracasado en su intento de ser investido presidente del Gobierno, lo que aboca al país a las segundas elecciones generales en un mismo año. Con su imitación desenfadada, Patachula ha movido a risa a todos los presentes, a tal punto que Alfonso, detrás de la barra, ha sugerido la posibilidad de montar un escenario al fondo del bar y contratar a Patachula para actuaciones humorísticas.

26

Pues juraría que hoy he puesto los pies por última vez en el bar de Alfonso. Patachula nos ha anunciado a Águeda y a mí que se va mañana de viaje (a sus raíces, dice, o sea, a su Valladolid natal) y no termina de ilusionarme la idea de ir al bar en estos próximos días a estar solo.

Patachula no es el primero que escenifica la culminación de su existencia en la forma de un regreso a la madre, como si la vida de un hombre consistiese en salir de una cavidad y volver a ella después de haber andado durante cierto número de años por esos mundos de Dios.

Asegura que le empieza a faltar el aire en esta ciudad. Por eso se marcha. El pretexto, en mi opinión, enunciado por él con énfasis un tanto teatral, no constituye lo que pudiéramos llamar un alarde de agudeza. Claro que, en vista de que nuestra amiga se lo traga sin rechistar, habrá que darlo por bueno. Abrigo la certeza de que mientras nos pone al corriente de sus planes, bien que sin excederse en pormenores, Patachula comprueba con el rabillo del ojo que lo estoy observando desde un costado de la mesa. A toda costa evita que se crucen su mirada y la mía. Habla con la cara vuelta hacia Águeda, quien, incapaz de permanecer en silencio, ingenuamente lo interrumpe para preguntarle cuántos días piensa estar fuera. Él responde que bastantes. Y nuestra amiga, persuadida de que tanto él como yo nos disponemos a emprender sendos viajes de vacaciones con unos pocos días de diferencia, adopta una pose de cierva herida por los lobos y, a un tiempo afable y severa, sonriente y dolida, nos atribuye un acuerdo secreto para dejarla sola.

«¿Por qué no te vas tú también?»

«Tengo que cuidar la perra de este.»

«Que la cuide él.»

«Es que ya le he dado mi palabra.»

Patachula (su AVE sale a las diez y cuarto de la mañana) acepta que Águeda y yo vayamos a despedirlo a la estación, y a mí, ¡por fin me dirige la mirada!, me ruega que lleve sin falta a *Pepa*, pues considera que tocar la cabeza del animal le trae suerte. Insiste en ello y Águeda, torpe, torpe y mil veces torpe, aunque no malintencionada, le pregunta si le da miedo viajar o qué. Al momento se da cuenta del desliz y pide perdón. Nuestro amigo no se lo toma a mal. Nos recuerda sin perder la compostura lo que ya sabemos: que le produce ansia subir a los trenes. Seguro que esta noche no va a pegar ojo.

Transcurre cosa de media hora de conversación, con alternativas de bromas y veras, y yo, pimplada una cantidad considerable de cerveza, voy a vaciar la vejiga al servicio. A mi vuelta, sorpresa: Patachula se ha ido del bar y me encuentro a Águeda con gesto de pesadumbre y los ojos empañados. Dice, más bien balbucea, que ha cometido un error, que ha sido sin querer, y levantándose de forma brusca, me pide perdón y se va. Yo me acerco a la barra a preguntarle a Alfonso si sabe qué ha pasado. Admitiendo que no está del todo seguro, contesta que nos iría mejor si habláramos menos de política. La marcha súbita de mis amigos ¿se debe a diferencias de opinión? Lo cierto es que, en efecto, hemos estado comentando durante un buen rato los discursos y la votación de investidura de ayer en el Congreso. Águeda lamenta que la izquierda siga dividida y no advierta la enorme oportunidad histórica que se le ofrece para formar un gobierno de coalición, el primero de la democracia española. Pata le ha respondido en tono risueño que no se preocupe, que es cuestión de tiempo y de maniobras en la sombra el que los socialistas se abracen con cualquiera y a cualquier precio con tal de plantar las posaderas en el poder. Por más vueltas que le doy al asunto, no hallo motivos para una desavenencia grave en nada de cuanto hemos tratado. Y, desde luego, en el momento de levantarme de la mesa para ir al servicio, no estábamos hablando ni mucho menos discutiendo de política.

He salido de dudas al poco de llegar a casa. Me estaba calentando la cena cuando suena el teléfono.

«Nunca lo hubiera pensado de ti.»

Que si no me hago cargo de todo lo que ha sufrido él por la pérdida del pie, de los dolores que lo martirizaron durante años, de las operaciones, las hemorragias, las pesadillas, de la disminución de su calidad de vida. Se expresa, él que es tan irónico y a menudo tan sarcástico, con una especie de exaltación rencorosa que me empieza a resultar molesta. Y el caso es que no sé aún qué mosca le ha picado, hasta que por fin me revela que ha sabido por Águeda que lo llamo a escondidas Patachula.

«¿Y por eso te cabreas?»

En lugar de responderme, me dice, tajante, resentido: «No hace falta que mañana vengas a la estación».

Y, sin darme siquiera la oportunidad de pedirle disculpas, zas, me ha colgado.

27

También le dijo ayer a Águeda que no se le ocurriera ir a despedirlo; pero en el fondo Patachula nos esperaba y, al vernos llegar, a mí con *Pepa* y a nuestra amiga con un pequeño ramo de flores, se le notaba complacido, aunque durante unos minutos se ha estado haciendo el tieso. Manosea el lomo, el costado, la cabeza de *Pepa* como queriendo impregnarse de buena suerte, y agradece a la perra su presencia al mismo tiempo que ignora la de Águeda y la mía, quietos y mudos los dos a su lado.

Por fin nos concede el augusto favor de su mirada.

«¿Qué, habéis venido a haceros los simpáticos?»

Águeda le entrega el ramo.

«No hacía falta, ya he desayunado.»

Se ve poca gente esta mañana en la estación de Chamartín. Nosotros, con *Pepa* en medio, permanecemos de pie, aunque ahí cerca hay asientos libres de sobra, y entablamos una conversación de circunstancias salpicada de generalidades meteorológicas, juicios sobre la situación del tráfico ferroviario en España y asuntos por el estilo, sin otro objeto, creo yo, que rehuir el silencio incómodo, pero sin destapar la caja de las intimidades, salvo cuando Pata confiesa que no ha dormido en toda la noche pensando en la experiencia inquietante de meterse en un tren. Nos cuenta que ya se ha tomado dos calmantes en lo que va de mañana. Entonces Águeda, que tiene un sinnúmero de dones pero no el de la oportunidad, le pregunta si no habría sido mejor hacer el viaje en coche. «Total, de aquí a Valladolid se tarda poco.» Pata, rápidamente ceñudo, alza la mirada hacia el panel informativo. Faltan quince minutos para la salida de su tren. Se vuelve a Águeda y le dice: «Hala, dame un beso y déjame a solas con este».

Y cuando nuestra dulce amiga se ha alejado lo suficiente como para no poder oírnos, Pata me dice que duda entre darme un abrazo o una hostia. Le respondo sin inmutarme que prefiero lo primero. Me insta, ¿me exige?, que le diga a la cara el mote con que lo nombro a sus espaldas. Si está seguro de que lo desea. Por supuesto.

«Patachula.»

«Muy bien, Aristotelito. Me alegraría que te equivocaras en la dosis y palmases poco a poco entre dolores espantosos.»

Me da un abrazo con palmada sonora, aunque no me lo merezco, dice; acaricia la cabeza de *Pepa* y se va, y cuando ya se dispone a enfilar la rampa de acceso al andén, con intención burlesca y el convencimiento de que lo estoy mirando, finge una cojera exagerada, como de maniquí descoyuntado.

Durante el viaje de vuelta en metro, Águeda me pregunta si no me parece raro que alguien se marche de vacaciones con una bolsa de deporte por todo equipaje. Sentada a mi lado, en un vagón con pocos pasajeros, me llega un efluvio aromático que inevitablemente provoca en mí la añoranza de Tina.

«¿Adónde va ese sin maleta?»

«¿De quién hablas?»

«De quién va a ser, de Patachula.»

Y los dos a un tiempo nos hemos echado a reír. Luego ella me ha invitado a almorzar como reparación por su metedura de pata (nueva risa) de ayer en el bar de Alfonso. Le he respondido que hoy no me es posible. Me gusta que no insista ni indague ni pida explicaciones. Me he apeado, roce de mejillas, en la estación de Diego León y ella, en el instante de iniciar la marcha el tren, me ha hecho adiós con la mano desde su asiento.

28

De sala en sala, me he ido despidiendo en silencio de los viejos amigos: Goya, el Bosco, Velázquez y el resto de la peña venerada, con el añadido de Fra Angelico, a quien estos meses está dedicada la exposición temporal. En principio pensaba ir solo; pero como

Águeda sigue erre que erre con la idea de resarcirme por su indiscreción del otro día, le dije anoche por teléfono: «Pues acompáñame y tú pagas las entradas». Estuvo de acuerdo al instante, si bien agregó que por la tarde, a partir de cierta hora, la entrada es gratuita, a lo que respondí que yo sólo disponía de la mañana.

Su llamada fue para preguntarme por Patachula, de quien no sabemos nada desde que lo despedimos en la estación. Águeda, que ayer intentó hablar con él en varias ocasiones, cree que nuestro amigo tiene el móvil desconectado.

Ignoro cuántas veces, durante la visita al Prado y después en el restaurante, donde hemos tenido un rifirrafe cortés a la hora de pagar, Águeda me ha tocado. Juraría que no se daba cuenta. Yo, al principio, tampoco, quizá porque eran movimientos naturales, de esos que se hacen sin pensar y en el curso de una relación de confianza; pero, claro, después de siete, ocho roces o más, he comprobado que los pequeños contactos se repetían sin solución de continuidad.

También creo o más bien sospecho que su parla nerviosa es una forma de establecer un vínculo físico con sus semejantes. Los toca, los acaricia, los soba, como quien dice, con palabras.

Total, que quiere llamar mi atención sobre este o el otro detalle de un cuadro; dice: «Mira», y me da un golpecito con los dedos, o un codazo ligero, o bien jala de mi camisa, al tiempo que formula una pregunta, sugiere una interpretación o se enreda en un ovillo de explicaciones.

Subimos por las escaleras del museo y se agarra de mi brazo. Más tarde, al bajarlas, lo mismo.

Delante de *La familia de Carlos IV* me quita un pelo que yo llevaba por lo visto adherido a la hombrera de la camisa.

En la cafetería, se produce algún que otro roce casual de piernas y rodillas por debajo de la mesa, con la particularidad de que en todos los casos yo soy el tocado y ella la que toca.

Y después, en el restaurante, mientras esperamos a que nos atiendan, me coge de pronto las manos para saber, dice, si las tengo frías o calientes. A continuación, tras afirmar que nunca ha visto unas manos de hombre tan bonitas, me lee las rayas de la palma, pronosticándome una serie de acontecimientos afortunados y una larga vida. Asegura que pagaría por echar un vistazo a mis pensamientos. Se conoce que no le basta con manosearme por fuera y también le gustaría hacerlo por dentro. Se ha ofrecido a hacerme otro día masajes. «En la espalda o donde quieras, que yo no tengo preferencias.» Esto último lo ha dicho con una sonrisa en la que asomaban unos ribetes de picardía.

A última hora de la tarde, solo con *Pepa,* he esparcido en las calles del barrio los últimos libros que me quedaban, incluido el de Saramago que Águeda me regaló.

29

Me agradan los días anodinos, de deliciosa monotonía. Son mis favoritos y el de hoy ha sido justamente uno de esos días incontaminados de noticias, de sorpresas, de aventuras. Un día menos en el que he tenido la cautela de alejarme del teléfono y del ordenador, y en el que sólo he intercambiado unas palabras con una costurera y un viejo desconocido.

Por la tarde, en la calle, me he acordado de una cosa que me dijo Amalia hace muchos años: «Tú sí que no sabes lo que es sufrir». No recuerdo en qué situación me disparó la frase, cargada de reproche y desdén a partes iguales. Ahora que lo pienso, mamá también podría haber pronunciado esas palabras.

Yo quería hoy sufrir un poco. Quería experimentar por última vez un dolor físico, siendo yo el dueño absoluto de mi sufrimiento: víctima, victimario y dosificador. Así lo iba pensando mientras bajaba al parque con *Pepa* y reflexionaba sobre la manera de llevar a cabo el propósito. Y conforme me acercaba a la plaza de San Cayetano, se me ha ocurrido entrar en el mercado a comprarle una aguja a la señora que atiende en el puesto de arreglos de ropa. Con frecuencia ella me recortó mangas y perneras, y alguna vez llegué a comprarle lotería de Navidad. Así pues, me conoce y, como imaginaba, no sólo no me ha cobrado la aguja, sino que me ha regalado otra un poco más larga y con el ojo más ancho por si me surgieran dificultades para insertar el hilo, pues ya se sabe que cuando uno tiene la vista cansada, etc. Simpática, la señora.

Estoy sentado en un banco del parque, a la sombra de un árbol. Calor y cielo azul. Brota, rápida, diminuta, una gota de sangre de mis «bonitas manos masculinas», que diría Águeda. El experimento no funciona. El dorso es demasiado duro; la aguja, al topar hueso, comienza a curvarse y el tormento alcanza tal intensidad que me ha faltado poco para soltar un grito. Este no es el dolor que yo buscaba, un dolor que me librase del miedo y me conectara con la madre tierra o incluso me reconciliara con ella. Descubro, allá arriba, de pronto, dos, tres vencejos. ¿Vienen en mi ayuda? Al punto me doy cuenta de que contemplándolos me es dado tolerar el dolor de la aguja clavada lentamente, abstraerme de cuanto me rodea y concentrarme en mi sensación dolorosa sin necesidad de interrumpir el flujo de mis pensamientos.

Le muestro poco después a un anciano, sentado allí cerca, a quien nunca he visto, las dos agujas que me atraviesan la carne entre el pulgar y el índice; se echa a reír y me dice:

«Quita, quita, artista. Seguro que ahí hay truco».

30

Buena parte de la mañana la he dedicado a adecentar el coche, que ahora brilla como nuevo. Lo he llevado a lavar al sitio de costumbre, he pasado la aspiradora por dentro y he llenado de gasolina el depósito. Mi idea es que Nikita lo pueda usar en las mejores condiciones desde el primer momento o que esté lo más presentable posible si decide ponerlo a la venta.

De cuatro a ocho de la tarde me he entregado a uno de los mayores zafarranchos de limpieza que vieron los siglos, procurando rascar hasta la última partícula de mugre. Y no es que hubiera mucha suciedad en el piso, salvo debajo de los escasos muebles que me quedan; pero me hacía el efecto de un ácido abrasivo en el amor propio la idea de que a partir del jueves entrasen aquí, no sé, Nikita acompañado de su madre rota de aflicción (me parto de risa), un inspector de policía en busca de pruebas o algún vecino que, viendo la puerta abierta, se agregase al grupo y todos ellos pasaran el dedo por doquier y proclamaran de común acuerdo: «Era un guarro».

Abrigo la esperanza de que los pinchazos de ayer en el parque fueron mi último sufrimiento en el reino de los que respiran. Peor que el dolor, lo peor de todo con diferencia, es el miedo: el miedo al miedo que yo he tratado de combatir hoy con el método socorrido, aunque no siempre infalible, de emprender actividades. No he parado en todo el día, lo cual oportunamente mantiene a raya las cavilaciones. Esta técnica del hacer para no pensar yo creo que la aprendí de papá, quien se anulaba a sí mismo, por razones que sólo él conocía, sepultándose bajo montañas de trabajo.

A las ocho y media, como habíamos convenido, me recibe Águeda en su piso, descalza, no dudo que por hábito, pero sospecho que también, en esta ocasión, por la coquetería de lucir ante mí las uñas de los pies pintadas. No había más que verle la cara de satisfacción cuando se las he elogiado.

Tiene palabras de afecto y caricias para *Pepa,* que se las agradece a su manera lingual, y para mí unos besos de bienvenida que en esta ocasión me han parecido un tanto subidos de intensidad. Llego provisto de embustes, ideados a lo largo del día en previsión de preguntas a las que, efectivamente, he tenido que responder. Al poco de mi llegada me he visto obligado a desenfundar los tres primeros, gracias a los cuales me he librado de quedarme a la cena. Eran los siguientes: que saldré de viaje antes del alba, que hoy debo acostarme temprano y, por si todo ello fuera poco, que aún me tengo que ocupar de las maletas.

Pepa, mientras tanto, husmea suelos, zócalos, rincones. Me da que busca a su difunto congénere. La he llevado en coche a casa de Águeda. Por el camino no paraba de proferir jadeos alternados con pequeños gemidos de temor. Lo siento por ella, pero yo no tenía otra posibilidad de transportar sus bártulos, que no son pocos: lecho, escudillas, arnés, correa, abundante comida en lata, cepillo, juguetes y demás. Ignoro si Águeda conserva los del gordo; pero yo no quiero que los use con *Pepa.*

¿Qué más? Pues que seguimos sin noticias de Patachula. Y yo aprovecho para decirle a Águeda que no me llevaré el teléfono móvil en el viaje, pues me he propuesto desconectar de todo. Ella, apenada de cejas, mimosa de morrito, se queja dulcemente de que la dejemos tirada en la ciudad, sin saber siquiera por cuánto tiempo. Me pregunta por mi fecha de regreso. Siguiente embuste: como voy por mi cuenta a donde me empuje el viento, volveré cuando ya no soporte la soledad.

«Y eso ¿cuándo puede ocurrir?»

«Pues no lo sé. Yo aguanto mucho.»

Un momento especialmente difícil para mí ha sido el de la despedida de *Pepa,* por más que llevaba días previendo la escena y me suponía pertrechado de entereza para resistir cualquier embate de las emociones. Como Patachula el sábado pasado en la estación de Chamartín, yo también quería atraer la buena suerte tocándole la cabeza a *Pepa* antes de marcharme; pero, nerviosa y retozona, la perra no escuchaba mi llamada y al final he tenido que ir yo a su lado para hacerle la última caricia de nuestras vidas. Me parecía imposible disimular la fortísima impresión que me embargaba; pero Águeda ha acudido sin querer en mi ayuda con un golpe de locuacidad.

«¿Me traerás un recuerdo de algún sitio que visites?»

«¿Qué te apetece?»

«No sé. Una sorpresita. Me conformo con poco.»

Largo rato he permanecido sentado al volante sin decidirme a poner en marcha el motor. Me ha faltado un pelo, lo que se dice un pelo, para volver al piso de Águeda, declararle la verdad y llevarme a *Pepa.*

Desde entonces han transcurrido algo más de dos horas y la mala conciencia continúa sin darme tregua, alimentada por la culpa de haberme desprendido de mi mascota con malas artes y habérsela endosado ruinmente a Águeda.

Dudas.

Me asaltan de pronto las dudas.

La casa está llena de espeso silencio esta noche y yo no me atrevo a mirar la fotografía de papá por si hubiera dejado de sonreír.

31

No he salido en todo el día de casa salvo dos o tres minutos a media tarde para bajar la basura. Yo, que tanto presumí, cuando nadie me oía, de hombre que había alcanzado la serenidad a fuerza de meditación y de libros, me pasé la noche dando vueltas en la cama como un vulgar atormentado. Ahora me parece (a menos que mi capacidad de autoengaño roce la perfección) que estoy tranquilo. ¿Tranquilo? No es esa la palabra justa. Yo diría que me envuelve una membrana transparente de indolencia. Es esta una sensación un tanto extraña. O, a lo mejor, yo la encuentro extraña porque nunca antes experimenté algo similar. Quizá, simplemente, estoy a un tiempo cansado y vacío. Da igual, pues nada de lo que siento ahora va a influir en mi decisión. Son las once menos diez de la noche. A las once en punto saldré de casa.

Repaso por última vez la lista de tareas. Vaciar el frigorífico: hecho. Nota a Nikita con instrucciones: también. Basura: sí. Cerrar grifos: sí. Borrarme de las redes sociales: sí. Móvil: desconectado. Aparatos electrodomésticos: también desconectados. El grueso fajo de hojas que abarca este escrito se lo dejaré a Nikita a la vista junto con la carta, las tarjetas bancarias, el reloj de pulsera, las llaves y la documentación del coche. Otras cosas ya las encontrará él por su cuenta cuando enrede en los cajones.

Sobre la mesa de la cocina está el botellín de plástico con la mezcla que me llevará al encuentro con papá.

Y eso es todo, amigos.

Hubo cosas buenas y cosas malas. El balance de mi vida está hecho y puesto aquí por escrito. El resultado es el que es y nada ni nadie podrá cambiarlo. Me voy sin amargura.

Seis días después

Ayer lunes enterramos a Patachula en el cementerio de Las Contiendas de Valladolid, en medio de un calor asfixiante. Lo mismo que yo a Nikita, Pata le dejó una nota con instrucciones a su hermano, José Ramón de nombre, que fue quien nos comunicó por teléfono a Águeda y a mí la luctuosa noticia. Que este José Ramón es gemelo de Patachula, uno lo comprueba con una simple mirada. Se parecen tanto que por momentos tuve la sensación de que Patachula, sin bigote, había acudido al cementerio como testigo de su propio sepelio. No conocíamos a ninguno de los asistentes. Águeda derramó unas lágrimas detrás de sus gafas de sol y enseguida nos marchamos. En el momento de la despedida, José Ramón nos entregó un sobre por encargo del difunto.

Lo abrimos en el coche. El mensaje lo tengo aquí, a mi lado, y dice: «Todas las tardes, vayáis o no, mi espectro os esperará en el bar de Alfonso a la hora de costumbre. No podréis verme ni oírme; pero de alguna manera me las apañaré para desmontar vuestros argumentos falaces. Amaos». Y firma: «Patachula, como os gusta llamarme, cabrones».

Yo le había ofrecido a Águeda la posibilidad de conducir un trecho durante el viaje de vuelta, pues a la ida ella se había quejado de estar perdiendo práctica en el manejo del volante; pero la lectura de la breve misiva de nuestro amigo le hundió el ánimo y declinó.

Llegado a este punto, noto la mente perezosa y la mano cansada. El convencimiento de que lo esencial de mi vida está contado me induce a detenerme aquí. Me limitaré a dejar constancia de que al final las cosas no salieron como yo las tenía planeadas. El miércoles pasado, a las once de la noche, nada más salir del portal me sorprendieron unos ladridos. En la acera de enfrente estaban esperándome Águeda y *Pepa* bajo la luz de la farola. Al instante adiviné que un chivatazo de Patachula había puesto a nuestra amiga sobre aviso de mis intenciones. Con posterioridad averigüé que el chivatazo se había producido a eso de las nueve de la noche. Cuando salí a la calle, Águeda no me llamó ni se movió de su sitio, donde por lo visto llevaba esperando cerca de una hora. Al verla con la perra, sentí que en mi interior algo como un objeto de vidrio se rompía en miles de pedazos. *Pepa* no paraba de alborotar con sus ladridos. Crucé la carretera. ¿Qué otra cosa podía hacer? Vi que el resplandor de la farola se concentraba en las pupilas del animal y que, convertido en dos frenéticos destellos, salía rebotado con fuerza hacia mis ojos. Águeda tendió hacia mí una mano y, seria y firme, dijo: «Dame el veneno». En un primer instante pensé en sortear la situación con ayuda de un pretexto; pero ya *Pepa* me había plantado las patas en la cintura y alargaba el cuello con intención de lamerme la cara, y como me faltase el socorro urgente de una mentira, me di por vencido. Así que, volviéndome hacia Águeda sin atreverme a mirarla a los ojos, deposité el botellín de plástico en la palma de su mano, y cuando, a continuación, ella vertió el contenido por la rejilla del alcantarillado, vi que era la mano de la cicatriz.

Han transcurrido seis días desde entonces y esta mañana he comprado un libro.

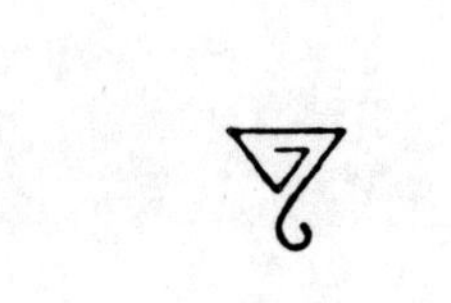